VOLUME III

THE BEAUTY OF DARKNESS

CRÔNICAS DE AMOR E ÓDIO

Copyright © 2016 by Mary E. Pearson

Todos os direitos reservados

Arte da capa © Jonathan Barkat

Design da capa por Rich Deas

Fotografias da capa
© Jonathan Barkat
© Nejron Photo/Shutterstock.com
© Alessandro Guerriero/Shutterstock.com
© Luis Louro/Shutterstock.com
© CanStockPhoto

Mapa © Keith Thompson

Tradução para a língua portuguesa
© Ana Death Duarte, 2017

Os personagens e as situações desta obra
são reais apenas no universo da ficção;
não se referem a pessoas e fatos concretos,
e não emitem opinião sobre eles.

Diretor Editorial
Christiano Menezes

Diretor Comercial
Chico de Assis

Editor
Bruno Dorigatti

Editor Assistente
Ulisses Teixeira

Designers Assistentes
Pauline Qui
Raquel Soares

Design
Retina 78

Revisão
Isadora Torres
Amanda Cadore/Estúdio do Texto

Impressão e acabamento
Ipsis Gráfica

DADOS INTERNACIONAIS DE CATALOGAÇÃO NA PUBLICAÇÃO (CIP)
Andreia de Almeida CRB-8/7889

Pearson, Mary E.
  The beauty of darkness / Mary E. Pearson ; tradução de
Ana Death Duarte. — Rio de Janeiro : DarkSide Books, 2017.
  576 p. (Crônicas de amor e ódio ; v. 3)

  ISBN: 978-85-9454-027-0
  Título original: The beauty of darkness.

  1. Ficção norte-americana 2. Ficção fantástica norte-americana
  I. Título II. Duarte, Ana Death

17-0189   CDD 813

          Índices para catálogo sistemático:
                1. Literatura norte-americana

[2017]
Todos os direitos desta edição reservados à
DarkSide® *Entretenimento LTDA.*
Rua do Russel, 450/501 – 22210-010
Glória – Rio de Janeiro – RJ – Brasil
www.darksidebooks.com

MARY E. PEARSON

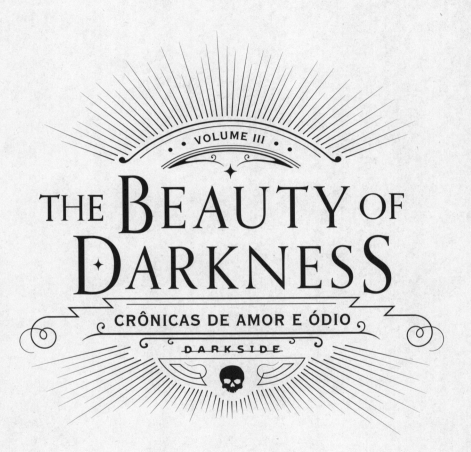

VOLUME III

THE BEAUTY OF DARKNESS

CRÔNICAS DE AMOR E ÓDIO

DARKSIDE

TRADUÇÃO
ANA DEATH DUARTE

Para Rosemary Stimola,
que transforma sonhos em realidade

Fim da jornada. A promessa. A esperança.
Um lugar para ficar.
No entanto, este lugar ainda não pode
ser avistado, e a noite é fria.

> *Saia da escuridão, menina.*
> *Venha até onde eu possa vê-la.*
> *Tenho uma coisa para você.*

Eu a seguro, balançando a cabeça.
O coração dela palpita sob a minha mão.
Ele promete descanso. Ele promete comida.
E ela está tão cansada quanto faminta.

> *Venha.*

Mas ela conhece os truques dele e permanece ao meu lado.
A escuridão é tudo que temos para nos manter a salvo.

—Os Últimos Testemunhos de Gaudrel—

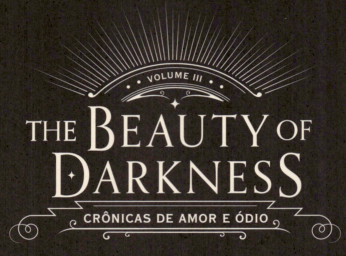

Capítulo 1
CRÔNICAS DE AMOR E ÓDIO

A escuridão era uma coisa bela. O beijo de uma sombra. Uma carícia tão suave quanto o luar. Sempre fora o meu refúgio, o meu local de fuga, quer eu estivesse entrando sorrateiramente em um telhado iluminado apenas pelas estrelas ou descendo uma viela à meia-noite para me juntar aos meus irmãos. A escuridão era a minha aliada. Ela fazia com que eu esquecesse o mundo em que estava e me convidava a sonhar com outro lugar.

Afundei ainda mais, buscando conforto. Doces murmúrios me agitavam. Apenas uma fatia de lua dourada brilhava na escuridão líquida, flutuando, embalando, sempre se movendo, o tempo todo fora do meu alcance. Sua luz cambiante iluminava uma campina. Meus ânimos ficaram elevados. Vi Walther dançando com Greta. Logo adiante, Aster rodopiava ao som de uma música que eu não conseguia ouvir muito bem, os longos cabelos fluindo abaixo dos ombros. Será que já era o Festival da Libertação? Aster me dizia: *Não demore agora, senhorita.* Cores intensas giravam, um conjunto de estrelas ficou púrpura, as bordas da lua dissolviam como açúcar molhado no céu preto, a escuridão ficava mais intensa. Cálida. Acolhedora. Suave.

Exceto pelos solavancos.

O chacoalhar rítmico que ia e vinha... repetidas vezes. Exigente.

Fique.

A voz que não desistia. Fria, clara e pungente.
Aguente firme.

Um amplo peito rígido, respirações geladas quando eu rolava os olhos para abri-los, uma voz que continuava puxando a coberta, a dor avançando sobre mim, tão entorpecedora que eu não conseguia respirar. O terrível brilho lampejando, apunhalando e por fim declinando quando eu não conseguia aguentar mais.

A escuridão outra vez. Convidando-me a ficar. Sem respirações. Sem o que quer que aquilo fosse.

Quando eu estava no meio do caminho, entre um e outro mundo, surgiu um momento de claridade.

Isso era morrer.

Lia!

Fui arrancada do conforto da escuridão mais uma vez. A suave calidez tornou-se insuportavelmente quente. Mais vozes vieram. Duras. Gritos. Graves. Vozes demais.

O Sanctum. Eu estava de volta ao Sanctum. Soldados, governadores... o Komizar.

Minha pele estava pegando fogo, ardendo, quente com o calor.

Lia, abra os olhos. Agora.

Ordens.

Eles tinham me encontrado.

"*Lia!*"

Meus olhos se abriram com tudo. A sala girava com fogo e sombras, carne e faces. Eu estava cercada. Tentei recuar, mas a dor causticante arruinava a minha respiração. Minha visão estava confusa.

"Lia, não se mexa."

E então um turbilhão de vozes. *Ela recobrou os sentidos. Mantenham-na abaixada. Não deixem que ela se levante.*

Forcei uma respiração rasa a entrar nos meus pulmões, e a minha visão ganhou foco. Analisei as faces que estavam me encarando. O governador Obraun e seu guarda. Não era um sonho. Eles me capturaram. E então a mão de alguém virou a minha cabeça com gentileza.

Rafe.

Ele estava ajoelhado ao meu lado.

Voltei a observar os outros, lembrando. O governador Obraun e o guarda tinham lutado ao nosso lado. Eles nos ajudaram a fugir. Por quê? Jeb e Tavish também estavam lá.

"Governador", sussurrei, fraca demais para falar mais do que isso.

"Sven, Vossa Alteza", disse ele, prostrando-se no chão com um joelho só. "Por favor, me chame de Sven."

O nome era familiar. Eu já ouvira esse nome em momentos de um borrão frenético. Rafe o havia chamado de Sven. Olhei ao redor, com a intenção de me localizar. Estava deitada no chão, em um saco de dormir. Pilhas de cobertas pesadas que cheiravam a cavalo estavam sobre mim. Cobertas feitas de selas.

Tentei me erguer apoiando-me em um dos braços, mas fui novamente dilacerada pela dor. Caí para trás, a sala girando.

Temos que tirar as farpas.

Ela está fraca demais.

A menina está ardendo em febre. Só vai ficar ainda mais fraca.

As feridas precisam ser limpas e costuradas.

Nunca costurei uma moça antes.

Carne é carne.

Ouvi enquanto eles discutiam, e então a memória se avivou. Malich atirara em mim. Uma flecha na minha coxa e outra nas minhas costas. A última coisa de que me lembrava era de que eu estava à margem de um rio e Rafe me pegara nos seus braços, e os lábios dele estavam frescos junto aos meus. Há quanto tempo isso havia acontecido? Onde estávamos agora?

Ela está forte o bastante. Vá em frente, Tavish.

Rafe segurou o meu rosto com as mãos em concha e inclinou-se perto de mim. "Lia, as farpas estão bem fundas. Teremos que cortar as feridas para removê-las."

Assenti.

Os olhos dele brilhavam. "Você não pode se mexer. Vou precisar segurar você."

"Tudo bem", sussurrei. "Como você mesmo disse, sou forte." Ouvi a fraqueza da minha voz contradizendo as minhas palavras.

Sven encolheu-se. "Eu gostaria de ter um pouco de uma bebida forte para você, menina." Ele entregou algo a Rafe. "Coloque isso na boca de Lia para ela morder." Eu sabia para que aquilo serviria: para que eu não gritasse. Será que o inimigo estava por perto?

Rafe colocou um pedaço de couro na minha boca. O ar fresco vinha para cima da minha perna desnuda enquanto Tavish dobrava para trás a coberta a fim de deixar minha coxa exposta. Eu me dei conta de que estava com pouca roupa por baixo das cobertas. Uma camisola, no máximo. Eles deviam ter tirado o meu vestido ensopado.

Tavish murmurou um pedido de desculpas para mim, mas não perdeu tempo. Rafe forçou os meus braços para baixo, e outra pessoa pressionou as minhas pernas. A faca cortava a coxa. Meu peito estremecia. Gemidos escapavam por entre os dentes cerrados. Meu corpo recuava contra a minha vontade, e Rafe fazia mais pressão. "Olhe para mim, Lia. Continue olhando para mim. Vai acabar logo."

Fitei os olhos dele, cujo azul ardia. Seu olhar contemplativo me prendia como se fosse fogo. O suor escorria da sua testa. A faca me feria, e perdi o foco. Ruídos gorgolhados saltaram da minha garganta.

Olhe para mim, Lia.

Escavando. Cortando.

"Consegui!", gritou Tavish por fim.

Minha respiração veio engasgada, aos poucos. Jeb limpou o meu rosto com um pano fresco.

Bom trabalho, princesa. Quem dissera aquilo, eu não sabia.

Costurar foi fácil, em comparação a cortar e retirar as farpas. Contei cada vez que a agulha entrou. Catorze vezes.

"Agora, as costas", disse Tavish. "Essa vai ser um pouco mais difícil."

Acordei com Rafe dormindo ao meu lado. O braço dele repousava pesado em cima da minha barriga. Eu não conseguia me lembrar muito de Tavish cuidando das minhas costas, exceto que ele disse que a flecha havia ficado presa na costela e que provavelmente isso salvara a minha vida. Eu havia sentido o corte, as mãos dele mexendo na carne, e então senti uma dor tão intensa a ponto de não conseguir mais enxergar. Por fim, como se fosse a quilômetros de distância, Rafe sussurrou no meu ouvido: *A flecha saiu.*

Uma pequena fogueira ardia em um círculo de pedras não muito longe de mim, iluminando uma parede ali perto; o restante de nosso abrigo, porém, permanecia nas sombras. Estávamos em uma espécie de caverna grande. Eu ouvia os cavalos relinchando. Eles estavam ali conosco. Do outro lado do anel do fogo, vi Jeb, Tavish e Orrin adormecidos em seus sacos de dormir, e bem à minha esquerda, sentado, encostado na parede da caverna, o governador Obraun... *Sven.*

Pela primeira vez, juntei dois mais dois. Esses eram os quatro homens de Rafe, os quatro em quem eu não tinha depositado qualquer confiança: o governador, o guarda, o coletor de fezes e o construtor de jangada. Eu não sabia onde estávamos, mas eles, de alguma forma, enfrentaram grandes adversidades e conseguiram fazer com que cruzássemos o rio. Todos nós vivos. Exceto por...

Minha cabeça doía, tentando discernir aquilo tudo. Nossa liberdade veio a um alto custo para outros. Quem havia morrido e quem sobrevivera ao banho de sangue?

Tentei tirar o braço de Rafe de cima da minha barriga para que eu pudesse me sentar direito, mas até mesmo esse pequeno movimento me fez sentir abalos ofuscantes nas minhas costas. Sven sentou-se direito, alertado pelos meus movimentos, e sussurrou: "Não tente se levantar, Vossa Alteza. É cedo demais".

Assenti, medindo as minhas respirações até a dor diminuir.

"Muito provavelmente a sua costela está quebrada por causa do impacto da flecha. Você deve ter quebrado outros ossos no rio. Descanse."

"Onde estamos?", perguntei.

"Em um pequeno esconderijo no qual me enfiei há muitos anos. Fiquei grato por ainda conseguir encontrá-lo."

"Quanto tempo eu permaneci desmaiada?"

"Dois dias. É um milagre que esteja viva."

Eu me lembrei de ter afundado no rio, de me debater e então ser cuspida para cima, com uma rápida rajada de ar enchendo os meus pulmões, e depois ser puxada para baixo de novo. E de novo. Minhas mãos agarrando penedos, toras, e tudo deslizando dos meus dedos, e então a vaga lembrança de Rafe se inclinando acima de mim. Virei a cabeça na direção de Sven. "Rafe me encontrou na margem do rio."

"Ele carregou você por quase vinte quilômetros antes de nós o encontrarmos. Essa é a primeira vez que ele dorme desde então."

Olhei para Rafe, cujo rosto estava abatido e machucado. Ele tinha um corte acima da sobrancelha esquerda. O rio também o havia ferido. Sven explicou como ele, Jeb, Orrin e Tavish manobraram a jangada para chegar ao destino planejado. Eles haviam deixado os próprios cavalos, além de meia dúzia de outros cavalos vendanos que tinham tomado na batalha, em um cercado improvisado, mas muitos acabaram fugindo. Eles reuniram quantos lhes foi possível, pegaram as provisões e as selas que tinham escondido em ruínas ali por perto e começaram a voltar, procurando pela gente nas margens do rio e na floresta. Por fim, avistaram algumas trilhas e seguiram-nas. Assim que nos encontraram, cavalgaram a noite toda até este abrigo.

"Se vocês conseguiram encontrar as nossas trilhas, então..."

"Não se preocupe, Vossa Alteza. Escute..." Ele inclinou a cabeça para o lado.

Um pesado chiado vibrava pela caverna.

"Uma nevasca", disse ele. "Não haverá trilha alguma a ser seguida."

Eu não sabia ao certo se a tempestade era uma bênção ou uma maldição... Isso também nos impediria de seguir viagem. Lembrei-me da minha tia Bernette contando a mim e aos meus irmãos sobre as grandes tempestades brancas da sua terra natal, que bloqueavam o céu e a terra e deixavam pilhas tão altas de neve a ponto de ela e suas irmãs só poderem se aventurar lá fora do segundo andar da fortaleza. Cachorros com patas membranosas puxavam os trenós pela neve.

"Mas eles vão tentar nos seguir", falei. "Em algum momento."

Ele assentiu.

Eu tinha matado o Komizar. Griz erguera a minha mão para os clãs, que eram a espinha dorsal de Venda. Ele me declarara rainha e Komizar de uma só vez. Os clãs me aclamaram. Apenas com o meu cadáver seria provada a existência do direito a um sucessor na regência. Eu imaginava que tal sucessor seria Malich. Tentei não pensar sobre o que tinha acontecido com Kaden. Eu não poderia permitir que a minha mente vagasse para lá, mas, ainda assim, o rosto dele agigantava-se na minha frente, assim como a sua última expressão de mágoa e traição. Será que Malich o derrubara? Ele tinha lutado contra eles por mim. No final das contas, ele escolhera a mim e não ao Komizar. Será que ter visto o corpo de uma criança na neve finalmente deixara Kaden fora de controle? Pois foi isso que aconteceu comigo.

Eu tinha matado o Komizar. Foi fácil. Não hesitei, não tive qualquer remorso. Será que a minha mãe pensaria sobre mim como sendo algo um pouco acima de um animal? Eu nada senti quando enfiei a faca nele. Não senti o que quer que fosse quando enfiei a faca nele de novo, exceto pelo leve puxão de carne e tripas. Nada senti quando matei mais três vendanos depois daquilo. Ou foram cinco? Os rostos deles, marcados pelo choque, mesclavam-se em um movimento distante.

No entanto, nada daquilo acontecera a tempo de salvar Aster.

Agora era o rosto dela que se agigantava à minha frente, uma imagem que eu não conseguia suportar. Sven segurava uma xícara de caldo junto aos meus lábios, dizendo que eu precisava comer, mas eu já sentia a escuridão se fechando diante de mim outra vez, e deixei, grata, que ela me tomasse.

CAPÍTULO 2
CRÔNICAS DE AMOR E ÓDIO

cordei com o som do silêncio. O uivo da tempestade se fora. Minha testa estava pegajosa e havia mechas dos meus cabelos grudadas nela. Eu tinha esperanças de que isso fosse um sinal de que a febre estivesse baixando. E então ouvi sussurros tensos. Abri os olhos com cautela, espiando sob os meus cílios. Havia uma luz suave que era filtrada pela caverna, e eu os vi aninhados, juntos. Que segredos estariam guardando agora?

Tavish estava balançando a cabeça. "A tempestade acabou, e eles logo vão começar se mexer. Precisamos sair daqui."

"Ela está fraca demais para cavalgar", disse Rafe em voz baixa. "Além disso, a ponte está danificada. Eles não podem atravessar o rio. Ainda temos tempo."

"É verdade", disse Sven, "mas há o baixo rio. Eles vão cruzar pelo baixo rio."

"Isso dá uma boa semana de cavalgada para nós ficarmos longe do Sanctum", foi a resposta de Jeb.

Rafe tomou um gole da caneca fumegante. "E agora, com a neve, será o dobro disso."

"O que também vai diminuir o nosso ritmo", alertou Tavish, lembrando-o desse fato.

Orrin girou nos calcanhares. "Caramba, provavelmente eles acham que estamos todos mortos. Eu pensaria isso. Ninguém conseguiria cruzar aquele rio demoníaco."

Rafe esfregou a nuca, e então balançou a cabeça. "Mas nós conseguimos. E, se eles não encontraram um único corpo flutuando em nenhum lugar rio abaixo, vão saber que sobrevivemos."

"Porém, até mesmo quando eles cruzarem o rio, não vão ter a mínima ideia do lugar onde estamos", disse Jeb. "Poderíamos ter saído em qualquer ponto. São centenas de quilômetros para se fazer uma busca sem nenhum rastro a seguir."

"Sem nenhum rastro *ainda*", falou Tavish em um tom de cautela.

Sven se virou e foi andando até a fogueira. Cerrei os olhos e ouvi enquanto ele despejava alguma coisa do bule na sua xícara de lata, e então senti que ele estava parado à minha frente. Será que Sven sabia que eu estava acordada? Continuei com os olhos fechados até ouvir ele voltando para se juntar aos outros.

As discussões continuaram enquanto eles pesavam as opções, com Rafe argumentando a favor de esperar até que eu ficasse mais forte. Será que ele estava arriscando a si mesmo e aos outros por minha causa?

Murmurei, como se estivesse acabando de acordar: "Bom dia. Rafe, você pode me ajudar a levantar?". Todos eles se viraram e ficaram me observando com ares de expectativa.

Rafe veio até mim e se ajoelhou ao meu lado. Ele pressionou a mão na minha testa. "Você ainda está quente. É cedo demais..."

"Estou me sentindo melhor. Eu só..." Ele continuou a resistir, segurando os meus ombros, forçando-os para baixo. "Eu tenho que fazer xixi, Rafe", falei, com firmeza.

Isso fez com que ele parasse de me segurar. Rafe olhou com timidez por cima do ombro, para os outros. Sven deu de ombros como se não soubesse como aconselhá-lo.

"Tenho medo até mesmo de pensar nas indignidades que posso ter sofrido nesses últimos dias", falei. "Mas agora estou acordada, e quero fazer as minhas necessidades em particular."

Rafe assentiu e, com cuidado, me ajudou a levantar. Fiz o melhor que pude para não fazer uma careta. O processo de ficar em pé foi longo, desajeitado e doloroso, e colocar o mais leve peso na minha coxa recém-costurada enviou uma onda de choques ardentes pela minha perna, até a virilha. Apoiei-me pesadamente em Rafe. Minha cabeça girava com a tontura, e senti gotas de suor formarem-se no meu lábio superior, mas eu sabia que todos eles estavam olhando, medindo a minha força. Esbocei um sorriso. "Pronto, assim está melhor." Puxei a coberta mais para junto de mim por causa do pudor, pois tudo que estava vestindo eram as minhas roupas de baixo.

"Seu vestido está seco agora", disse Rafe. "Posso ajudar você a vesti-lo novamente."

Encarei o vestido de casamento estirado em cima de uma rocha, com as tinturas carmesim de muitos tecidos sangrando em cima dos outros. Seu peso havia me puxado para baixo no rio e quase me matou. O Komizar era tudo que eu conseguia ver quando olhava para o vestido. Eu sentia as mãos dele descendo pelos meus braços, mais uma vez me clamando como dele.

Eu sabia que eles sentiam a minha relutância em colocar o vestido de volta, mas não havia nada além daquilo para eu vestir. Nós todos escapáramos por pouco com apenas as roupas do corpo.

"Eu tenho uma calça extra no meu alforje", disse Jeb.

Orrin olhou para ele, boquiaberto, desacreditando. "Calça extra?"

Sven revirou os olhos. "É claro que tem."

"Nós podemos cortar a parte de baixo do vestido para que o restante possa servir como uma blusa", disse Tavish.

Eles pareciam ansiosos para se ocuparem com alguma coisa que os distraísse da minha tarefa pessoal do momento, e então começaram a se afastar.

"Esperem", falei, e eles pararam no meio das suas passadas. "Obrigada. Rafe me disse que vocês eram os melhores soldados de Dalbreck. Agora eu sei que ele não superestimou as suas habilidades." Voltei-me para Sven. "E eu sinto muito por ter ameaçado dar o seu rosto para os porcos comerem."

Sven sorriu. "Tudo em um só dia de trabalho, Vossa Alteza", disse ele, e então se curvou em reverência.

Eu me sentei entre as pernas de Rafe e me reclinei no seu peito. Os braços dele me envolviam, e um cobertor cobria a nós dois. Nós nos aconchegamos perto da boca da caverna que dava para uma cadeia de montanhas, observando o sol mergulhar entre os seus picos. Não era um belo pôr do sol. O céu estava brumoso e cinza, e uma funesta mortalha de nuvens pendia sobre as montanhas, mas era a direção de casa.

Eu estava mais fraca do que pensava, e os meus poucos passos descendo mais um trecho da caverna para o meu solicitado momento de privacidade fizeram com que eu caísse junto a uma parede para me apoiar. Fiz as minhas necessidades, mas depois precisei chamar Rafe para me ajudar a voltar. Ele me pegou nos braços como se eu não pesasse nada e me carregou até aqui quando pedi para ver onde estávamos. Tudo que vi por quilômetros foi uma tela branca, uma paisagem transformada por uma única noite de neve.

Senti um nó na garganta quando o último vislumbre de sol desapareceu. Agora eu não tinha mais no que me focar, e outras imagens foram se insinuando na minha mente. Vi o meu próprio rosto. Como era possível que eu enxergasse a minha expressão aterrorizada? Mas eu a vi, embora a observasse de algum alto ponto de vantagem, talvez do ponto de vantagem de um deus que poderia ter feito alguma intervenção. Todos os passos foram repetidos na minha mente, enquanto eu pensava no que poderia ou deveria ter feito de diferente.

"Não é culpa sua, Lia", disse Rafe, como se ele pudesse ver a imagem de Aster nos meus pensamentos. "Sven estava parado em um passadiço superior e viu o que aconteceu. Não havia nada que você pudesse ter feito."

Senti um pulo no meu peito e abafei um soluço na minha garganta. Eu não tivera a oportunidade de passar pelo devido luto pela morte dela. Houve apenas alguns gritos de descrença antes de eu esfaquear o Komizar e tudo sair do controle.

Rafe entrelaçou a sua mão na minha debaixo da coberta. "Quer conversar sobre isso?", sussurrou ele junto à minha bochecha.

Eu não sabia como fazer isso. Minha cabeça estava anuviada por sentimentos demais. Culpa, fúria e até mesmo alívio; um completo e supremo alívio por estar viva, por Rafe e os seus homens estarem vivos, grata por estar aqui nos braços dele. Uma segunda chance.

O final feliz que Rafe me prometera. No entanto, logo na minha próxima respiração, fui tomada por uma onda sobrepujante de culpa por esses mesmos sentimentos. Como eu podia sentir alívio quando Aster estava morta?

Depois, a fúria contra o Komizar borbulhou e veio à tona novamente. *Ele está morto.* E eu desejava, com todas as batidas do meu coração, que pudesse matá-lo mais uma vez.

"Minha cabeça está voando em círculos, Rafe", falei. "Como um pássaro nas vigas de um telhado. Parece não haver lugar para onde me virar, nem janela pela qual eu possa sair voando. Nenhuma forma de consertar isso na minha cabeça. E se eu tivesse...?"

"O que você deveria fazer? Permanecer em Venda? Casar-se com o Komizar? Ser a porta-voz dele? Contar a Aster as mentiras dele até que ela estivesse tão corrompida quanto o restante daquele povo? Isso *se* você conseguisse viver para fazer isso. Aster trabalhava no Sanctum. Ela sempre esteve a um passo do perigo bem antes de você chegar lá."

Eu me lembrei de Aster me dizendo *nada é seguro por aqui.* Era por isso que ela conhecia tão bem todos os túneis secretos. Sempre havia uma saída rápida à mão. Exceto daquela vez, porque ela estava cuidando de mim, em vez de cuidar de si mesma.

Droga, eu deveria saber que aquilo ia acontecer!

Eu deveria saber que ela não ia me dar ouvidos. Mandei ela ir para casa, mas dizer isso não foi o bastante. Aster desejava fazer parte de tudo. Ela queria tanto me agradar. Fosse orgulhosamente apresentando a mim as minhas botas polidas, abaixando-se para recuperar um livro descartado nas cavernas, guiando-me pelos túneis ou escondendo a minha faca em um pote na câmara, ela sempre queria me ajudar. *Sei assoviar bem alto.* Foi a súplica dela para permanecer por lá. Aster estava ansiosa por qualquer...

Chance. *Ela só queria ter uma chance.* Uma saída, uma história maior do que aquela que havia sido escrita para ela, tal como eu mesma tinha desejado. *Diga ao meu papai que tentei, senhorita.* Uma chance de controlar o próprio destino. Contudo, para ela, a fuga era impossível.

"Ela me trouxe a chave, Rafe. Ela foi até o quarto do Komizar e pegou a chave. Se eu não tivesse pedido que ela..."

"Lia, você não é a única que está questionando as suas decisões. Por quilômetros caminhei com você quase morta nos meus braços. E, a cada passo que dava, eu me perguntava o que poderia ter feito de diferente. Perguntei a mim mesmo centenas de vezes por que ignorei o seu bilhete. A história toda poderia ser outra se eu tivesse apenas levado uns dois minutos para responder a você. Por fim, tive que afastar isso da cabeça. Passar tempo demais revivendo o passado não leva a lugar nenhum."

Apoiei a minha cabeça junto ao peito dele. "É onde estou, Rafe. Em lugar nenhum."

Ele esticou a mão para cima, traçando a linha do meu maxilar gentilmente com os nós dos seus dedos. "Lia, quando perdemos uma batalha, temos que nos reagrupar e seguir em frente. Escolher um caminho alternativo, se for necessário. Porém, se perdermos tempo pensando em cada ação que tomamos, isso nos aleijará, e, então, não tomaremos ação alguma."

"Essas me parecem as palavras de um soldado", falei.

"E são. É isso que sou, Lia. Um soldado."

E um príncipe. Um príncipe que com certeza era agora tão procurado pelo conselho quanto a princesa que havia esfaqueado o Komizar.

Eu poderia apenas nutrir esperanças de que os piores do bando tivessem sido eliminados no banho de sangue, que certamente havia tomado os melhores.

CAPÍTULO 3
CRÔNICAS DE AMOR E ÓDIO

RAFE

u a beijei e a deitei com cuidado na cama feita de cobertas. Ela havia adormecido nos meus braços no meio de uma frase, ainda insistindo que conseguiria voltar andando sozinha. Cobri-a e fui até lá fora, onde Orrin estava assando o jantar dessa noite.

Alimente a fúria, Lia, eu havia dito a ela. *Use-a*. Porque eu sabia que a culpa iria destruí-la, e eu não conseguiria suportar que ela sofresse ainda mais do que já havia sofrido.

Orrin tinha preparado a fogueira debaixo de uma saliência rochosa, para dispersar a fumaça. Só por precaução. Porém, os céus estavam densos com o cinza e com a neblina. Até mesmo se houvesse alguém procurando no horizonte, ver a fumaça seria impossível. Os outros se aqueciam perto do fogo enquanto Orrin virava o espeto.

"Como ela está?", perguntou Sven.

"Fraca. Com dor."

"Mas ela fingiu bem que não estava sentindo nada", disse Tavish.

Nenhum deles fora enganado pelo sorriso dela — e eu, menos ainda. Todas as partes do meu corpo foram atingidas e machucadas pelo rio, os nós dos dedos estavam rachados, os músculos, tensos, e eu não tinha sido perfurado por duas flechas. Ela havia perdido muito sangue. Pouco era de se admirar que tenha ficado zonza quando se levantou.

Orrin assentiu em aprovação para o texugo assado que ganhava um tom marrom-dourado. "Isso vai consertá-la. Uma boa refeição e..."

"A dor dela não é só no corpo", falei. "A morte de Aster é um peso sobre ela. Lia fica pensando e repensando cada passo que deu."

Sven esfregou as mãos acima do fogo. "Isso é o que um bom soldado faz. Analisa movimentos passados e então..."

"Eu sei, Sven. Eu sei! Reorganiza as tropas e segue em frente. Você me disse isso milhares de vezes. Só que Lia não é um soldado."

Sven voltou a colocar as mãos nos bolsos. Os outros olharam para mim com cautela.

"Talvez ela não seja um soldado como nós", disse Jeb, "mas ela é um soldado mesmo assim."

Desferi a ele um olhar fixo e gélido. Eu não queria ficar ouvindo isso de ela ser um soldado. Estava cansado de Lia sempre correr perigo e não queria convidar outros riscos a entrarem em cena. "Vou dar uma olhada nos cavalos", falei ao partir.

"Boa ideia", disse Sven depois que me pus a caminho.

Eles sabiam que não havia necessidade de olhar os cavalos. Tínhamos encontrado um grupo de árvores de daviésia no qual poderiam pastar, e os animais estavam amarrados de forma segura.

Um soldado mesmo assim.

Havia muito mais para analisar em retrospecto durante a minha caminhada de quase vinte quilômetros do que apenas a minha falha ao não responder ao bilhete dela. Também vi Griz, repetidas vezes, erguendo a mão de Lia e declarando-a rainha e Komizar. Vi o pânico no rosto dela e me lembrei da minha própria fúria emergindo. Os bárbaros de Venda estavam tentando afundar as suas garras bem mais a fundo, e eles já tinham causado danos o bastante.

Ela não era a rainha e nem a Komizar deles, e não era um soldado.

Quanto mais cedo eu conseguisse levá-la em segurança para Dalbreck, melhor.

CAPÍTULO 4
CRÔNICAS DE AMOR E ÓDIO

m por um, eles se colocaram prostrados em um só joelho, oferecendo-me apresentações formais. Embora todos já tivessem me visto seminua e me segurado dos modos mais familiares enquanto os pontos estavam sendo costurados, talvez fosse a primeira vez em que acharam que eu poderia realmente viver tempo o suficiente para me lembrar de alguma coisa depois.

Coronel Sven Haverstrom, da Guarda Real de Dalbreck, Guia Designado do Príncipe da Coroa, Jaxon. Os outros riram desse título. Eles sentiam-se à vontade para fazer piadas e provocações, até mesmo com um oficial superior a eles, mas Sven respondeu a eles da melhor forma que lhe foi possível.

Oficial Jeb McCance, das Forças Especiais de Falworth.

Oficial Tavish Baird, Estrategista, do Quarto Batalhão.

Oficial Orrin del Aransas, Primeiro Arqueiro da Unidade de Ataque de Falworth.

Mordi o canto do meu lábio, hesitante, e ergui as sobrancelhas. "E posso confiar que esses são os seus nomes de verdade e as suas reais ocupações desta vez?"

Eles olharam para mim com incerteza por um instante e depois deram risada, percebendo que eu estava brincando junto com eles.

"Sim", disse Sven, "mas eu não confiaria no camarada em quem você está apoiada. Ele diz que é um príncipe, mesmo não passando de um..."

"Já chega", disse Rafe. "Não vamos exaurir a princesa com essa tagarelice tola de vocês."

Abri um sorriso, apreciando a leveza deles, mas senti uma certa inquietação por trás disso, um esforço para mascarar a amargura da nossa situação.

"A comida está pronta!", anunciou Orrin. Rafe me ajudou a sentar junto a um apoio de costas improvisado, composto de selas e cobertores. Enquanto me agachava, dobrei a perna, e um choque fogoso passou por ela, como se estivesse sendo perfurada por uma flecha novamente. Eu me controlei para não soltar um gemido.

"Como estão as costas e a perna?", perguntou-me Tavish.

"Melhores", respondi, assim que recobrei o fôlego. "Acho que você deveria acrescentar Hábil Cirurgião de Campo à sua lista de títulos."

Orrin ficou me observando comer como se cada mordida que eu desse fosse uma prova das suas habilidades culinárias. Além da carne assada, ele fizera uma sopa da carcaça do animal, e havia também alguns nabos. Ao que parecia, Jeb não fora o único que havia armazenado alguns luxos no seu alforje. A conversa ficou centrada na comida e nas outras carnes de animais que eles tinham avistado para futuras refeições: cervo, gambá e castor. Tópicos suaves. Nada parecido com o que eles planejavam nessa manhã e que haviam tentado impedir que eu ouvisse.

Terminei a minha refeição e voltei a conversa para um assunto mais premente. "Então parece que temos uma semana à frente deles", falei.

Eles pararam de comer por um momento e olharam de relance uns para os outros, rapidamente avaliando o quanto tinha sido dito pela manhã e o que eu poderia ter ouvido. Rafe limpou o canto da boca com a lateral da mão. "Duas semanas à frente, com a neve pesada que caiu."

Sven pigarreou. "Isso mesmo. Duas semanas, Vossa Al..."

"Lia", falei. "Chega de formalidades. Todos nós estamos além disso agora, não é?"

Todos olharam para Rafe, deixando a decisão para ele, que assentiu. Eu quase havia me esquecido de que Rafe era soberano deles. De que era o príncipe deles. Hierarquicamente, ele estava acima de todos, inclusive de Sven.

Sven confirmou com um único assentir. "Muito bem, Lia."

"Pelo menos duas semanas", concordou Orrin. "Seja lá o que foi que Rafe colocou nas engrenagens da ponte, deu conta do recado."

"Foi Lia quem me deu aquilo", falou Rafe.

Eles olharam surpresos para mim, talvez se perguntando se eu havia conjurado algum tipo de magia morriguesa. Contei a eles sobre os eruditos nas cavernas que ficavam embaixo do Sanctum, que estavam revelando os segredos dos Antigos e que haviam desenvolvido o poderoso líquido claro que dei a Rafe. Também descrevi a cidade do exército oculto do Komizar e as coisas que eu havia testemunhado, inclusive os Brezalots de ataque, que carregavam os embrulhos que explodiam como uma tempestade de fogo. "O Komizar planejava marchar para cima de Morrighan primeiro e depois para o restante dos reinos. Ele queria todos eles."

Sven deu de ombros e meio que confirmou a minha história, dizendo que o Komizar falava com empolgação sobre o poder desse exército que os governadores e as suas províncias estavam financiando. "Mas pelo menos metade dos governadores permanecia cética. Eles achavam que o Komizar estava inflando os números e a sua capacidade para conseguir dízimos maiores deles."

"Você viu a cidade?", perguntei a ele. "O Komizar não estava exagerando."

"Não vi, mas outros governadores que a viram ainda não saíram convencidos."

"Eles provavelmente só queriam que o Komizar amenizasse os seus encargos. Sei o que eu vi. Não restam dúvidas de que, com aquele exército e aquelas armas que ele estava acumulando, Venda poderia facilmente aniquilar Morrighan... e Dalbreck também."

Orrin soltou uma bufada. "Ninguém é capaz de derrotar o exército de Dalbreck."

Olhei incisivamente para ele. "Ainda assim, Morrighan fez isso muitas vezes no nosso passado truculento. Ou vocês não estudam história lá em Dalbreck?"

Orrin olhou de relance para mim, sem jeito, e então baixou o olhar para a tigela de sopa que tinha em mãos.

"Isso foi há um bom tempo, Lia", interveio Rafe. "Bem tempo antes do reinado do meu pai... e do reinado do *seu* pai. Muito mudou desde então."

Não deixei de notar a baixa consideração que ele tinha sobre o meu pai. Estranhamente, isso fez com que uma centelha defensiva se acendesse dentro de mim. Contudo, era verdade. Eu não fazia a mínima ideia de como era o exército de Dalbreck hoje. No entanto, nos últimos e vários anos, o exército morriguês havia encolhido. Agora eu me perguntava se isso acontecera por causa do Chanceler, para fazer de nós um alvo mais fácil, exceto que eu não tinha certeza de que ele sozinho, como supervisor do tesouro, poderia ter feito com que isso acontecesse, nem mesmo com a ajuda do Erudito Real. Seria possível que outros membros do gabinete estivessem nessa conspiração?

Rafe esticou a mão e a pousou no meu joelho, talvez percebendo a dureza do seu comentário. "Isso não vem ao caso", disse ele. "Se este exército realmente existe, sem a ambição calculista do Komizar, ele vai cair em desordem. Malich não tem sagacidade para liderar um exército, muito menos para manter a lealdade do conselho. Pode até ser que ele já esteja morto."

Pensar na cabeça arrogante de Malich rolando pelo chão do Sanctum me acalentava... sendo o meu único arrependimento o fato de que não fora eu a responsável por isso. Mas quem mais poderia assumir a poderosa posição do Komizar? E quanto a *chievdar* Tyrick? O governador Yanos? Ou talvez Trahern, dos *Rahtans*? Eles eram com certeza os indivíduos mais detestáveis e determinados daqueles que restavam do conselho, mas eu sabia que nenhum deles tinha a perspicácia ou a fineza necessárias para garantir a lealdade do conselho, muito menos para seguir adiante com as descomunais ambições do Komizar. No entanto, com tanta coisa em jogo, será que essa era uma suposição que qualquer reino poderia se dar ao luxo de fazer? O reino de Morrighan precisava ser avisado da possível ameaça e estar preparado para ela.

"Facilmente duas semanas", disse Jeb, tentando voltar ao assunto mais positivo do nosso amplo tempo à frente deles. Ele arrancou mais um pedaço da carne de texugo. "O Sanctum estava imerso em caos quando partimos, e, com mais gente tentando tomar o poder, pode ser que eles não comecem a seguir de imediato a jornada pelo baixo rio."

"Eles vão fazer isso." Sven olhou para Rafe com os seus frios olhos cinzentos. "A questão não é em quanto tempo farão isso, mas sim quantos soldados vão enviar. Não é só atrás dela que eles estarão. Você será um prêmio altamente cobiçado também. O príncipe da coroa de Dalbreck não apenas roubou algo que eles valorizam como também, sem sombra de dúvida, feriu grandemente o orgulho deles com o seu engodo."

"Foi o orgulho do Komizar que eu feri", disse Rafe, corrigindo-o, "e ele está morto."

"Talvez."

Olhei para Sven, incrédula, e o meu coração ficou apertado como um nó frio. "Não existe nenhum 'talvez' em relação a isso. Eu o esfaqueei duas vezes e torci a lâmina. As entranhas dele estavam em pedaços."

"Você o viu morrer?", perguntou Sven.

Se eu o vi morrer?

Fiz uma pausa, tomando um tempo para compor uma resposta bem fundamentada. "Ele estava no chão, engasgando nos seus últimos suspiros", falei. "Se não sangrou até morrer, o veneno liberado nas entranhas acabou com ele. É uma forma dolorosa de morrer. Lenta às vezes, mas eficaz."

Cautelosos olhares de relance foram trocados entre eles.

"Não, eu nunca havia esfaqueado alguém na barriga antes", expliquei. "Mas tenho três irmãos que são soldados, e eles não escondiam nada de mim. Não existe chance alguma de que o Komizar tenha sobrevivido aos ferimentos."

Sven tomou um longo e lento gole da sua caneca. "Você levou uma flechada nas costas e caiu em um rio imenso e gelado. As suas chances não eram boas e, ainda assim, aqui está você. Quando nós deixamos o terraço... o Komizar não estava mais lá."

"Isso não quer dizer nada", falei, ouvindo o pânico que se erguia na minha voz. "Ulrix ou algum guarda podem ter carregado o corpo dele para longe de lá. Ele está *morto*."

Rafe colocou a xícara de lado, e a colher bateu ruidosamente na lateral dela. "Ela está certa, Sven. Eu mesmo vi quando Ulrix arrastou o corpo pelo portal. Reconheço um cadáver quando vejo um. Não há dúvidas de que o Komizar está morto."

Seguiu-se um momento de silêncio tenso entre eles, e então Sven aquiesceu, em silêncio, abaixando o queixo em reconhecimento a isso.

Eu não tinha me dado conta de que estava inclinada para a frente, e voltei a me apoiar no monte de cobertas que Rafe preparara para mim, fraca com a exaustão, minhas costas molhadas de suor.

Rafe esticou a mão e sentiu a minha testa. "Você está ficando com febre de novo."

"São só o fogo e a sopa quente", falei.

"O que quer que seja, você precisa descansar."

Não discuti. Agradeci a Orrin pela comida, e Rafe me ajudou a ir até o meu saco de dormir. Os últimos passos drenaram toda a minha energia e eu mal conseguia manter os olhos abertos enquanto ele ajudava a me ajeitar. Aquilo foi o máximo de conversas e atividades que tive em dias.

Ele se inclinou para cima de mim, tirando mechas dos meus cabelos úmidos de suor e deu um beijo na minha testa. Começou a se levantar, mas eu o impedi, perguntando-me o que mais ele poderia ter visto.

"Você tem certeza de que ele estava morto?"

Rafe assentiu. "Sim. Não se preocupe. Você o matou, Lia. Descanse agora."

"E quanto aos outros? Você acha que eles sobreviveram? O governador Faiwell, Griz, Kaden?"

Ele cerrou o maxilar com força quando mencionei o nome de Kaden e demorou para responder. "Não", disse ele por fim. "Não acho que tenham saído daquela vivos. Você viu o enxame de soldados chegando quando fomos embora. Kaden e os outros não podiam escapar. Havia Malich também. Da última vez que vi Kaden, ele estava engajado em um combate com ele. Se Malich conseguiu descer até o rio, você pode imaginar o que aconteceu com Kaden."

A dor do que ele não falou crescia dentro de mim... Kaden não mais era um obstáculo para Malich.

"Ele teve o que mereceu", disse Rafe baixinho.

"Mas ele nos ajudou a lutar para que pudéssemos fugir."

"Não. Ele estava lutando para salvar a sua vida, e por isso sou grato, mas ele não estava tentando ajudá-la a fugir. Ele não fazia a mínima ideia de que tínhamos um plano de fuga."

Eu sabia que ele estava certo. Pelos seus próprios motivos, tanto Kaden quanto Griz queriam me manter em Venda. Não era para me ajudar a fugir que eles estavam erguendo as espadas contra os seus irmãos.

"Ele era um deles, Lia. Morreu da forma que viveu."

Cerrei os olhos, com a exaustão deixando as minhas pálpebras pesadas demais para que eu as mantivesse abertas. Meus lábios ardiam com o calor, e as palavras que murmurei faziam com que ardessem mais. "Aí está uma ironia. Ele não era um deles. Era morriguês. De nascimento nobre. Só se voltou para Venda porque a própria espécie o havia traído. Exatamente como eu fiz."

33

"O que foi que você disse?"
Exatamente como eu fiz.
Ouvi Rafe se afastando e então se seguiram mais sussurros. Dessa vez, porém, não fui capaz de discernir o que estava sendo dito. As palavras abafadas entrelaçavam-se com a escuridão em uma sedosa neblina negra.

Acordei alarmada e olhei ao meu redor, tentando rememorar o que havia feito com que eu acordasse. Um sonho? Mas eu não conseguia lembrar. Rafe dormia ao meu lado, com o braço em volta da minha cintura, de forma protetora, como se alguém pudesse me pegar e me levar embora. Jeb estava sentado, apoiado em uma grande rocha, com a espada ao seu lado. Esse era o turno dele na vigília, mas os seus olhos estavam fechados. Se estávamos com duas semanas à frente deles, por que eles sentiam a necessidade de manter uma vigília? É claro que havia animais selvagens a serem considerados, que poderiam gostar desta bela e espaçosa caverna para se refugiarem nela. Orrin havia mencionado ter visto rastros de pantera.

Jeb devia ter acabado de adicionar carvão à fogueira, porque ela ardia em chamas, quente. Ainda assim, um calafrio subia de mansinho pelos meus ombros. As chamas tremeluziam com a brisa, e as sombras ficavam mais escuras.

Ande logo, senhorita.

Minha cabeça latejava com o som da voz de Aster, e eu me perguntava se isso me assombraria para sempre. Ergui um dos braços e sorvi um gole de um cantil. Rafe sentiu o meu movimento, e o braço dele me puxou com mais força, o corpo aproximou-se ainda mais do meu aos poucos. Encontrei conforto nesse pequeno ato. Parecia que ele nunca mais permitiria que algo se colocasse entre nós novamente.

Sven estava roncando, e Orrin estava deitado de lado, com a boca escancarada, um fino filete de baba escorrendo pelo canto dela. Tavish estava enrolado, como se fosse uma bola, com o cobertor puxado por cima da sua cabeça, apenas uma mecha dos cabelos pretos para fora da coberta. Todos eles em paz, conseguindo o descanso que tanto mereciam, com os corpos também se curando das suas feridas.

Eu havia começado a me acomodar de volta no meu saco de dormir quando o frio me atingiu de novo, dessa vez mais forte, fazendo pressão no meu peito, tornando mais difícil respirar. As sombras ficavam mais escuras, e o temor insinuava-se por mim como uma víbora, desejando dar o bote. Fiquei esperando. Sabendo. Temendo. Alguma coisa estava...

Não demore, senhorita, ou todos eles vão morrer.

Eu me sentei ereta, ofegante, tentando respirar.

"Não consegue dormir?", perguntou-me Jeb.

Fiquei com o olhar fixo nele, meus olhos formigando com o medo. Jeb bocejou. "O sol só vai se erguer dentro de mais uma hora aproximadamente", disse ele. "Tente descansar um pouco."

"Precisamos ir embora daqui", falei. *"Agora."*

Jeb fez um movimento para que eu me calasse. "Shhhhh. Os outros estão dormindo. Nós não precisamos..."

"Todos vocês, levantem-se!", gritei. "Agora! Temos que ir embora daqui!"

CAPÍTULO 5
CRÔNICAS DE AMOR E ÓDIO

KADEN

ncontrem-na. Não voltem sem ela. Viva ou morta, não me importo. Matem todos eles. Mas a tragam de volta.
Não havia muito mais com o que ocupar a minha cabeça senão com aquelas que poderiam ter sido as últimas palavras do Komizar. Ele precisava da cabeça dela como prova. Uma forma de suprimir a inquietação de uma vez por todas. O massacre aleatório dos clãs que torciam por ela na praça não tinha sido o suficiente para ele.

Olhei para trás, para o perigoso pontilhão pelo qual havíamos acabado de conduzir nossos cavalos. "Eu vou fazer isso", falei a Griz, tirando dele o machado, e Griz começou a protestar, mas ele sabia que não adiantava. Ele não conseguia erguer o braço esquerdo sem ficar pálido. O que teria lhe tomado uma dezena de golpes quando não estava machucado me tomou mais do que duas vezes isso, mas finalmente as estacas soltaram-se e caíram, e as correntes faziam um som metálico enquanto caíam água abaixo. Coloquei o machado de lado para um eventual uso futuro e ajudei Griz a voltar a subir no seu cavalo. O caminho à nossa frente estava denso com a neve, e não havia qualquer trilha a seguir. Tudo que tínhamos era um palpite de Griz e uma memória amortecida.

Puxei o meu manto apertado para me proteger do frio. Em conluio, todos eles. Eu deveria ter sabido que o governador Obraun fazia parte do estratagema dela. Ele cedeu com facilidade demais durante as nossas negociações do conselho porque ele sabia que nunca teria que seguir em frente e dar dízimo algum. E o príncipe. *Mentirosos malditos, ele era o príncipe!* Meus dedos estavam rígidos nas minhas luvas enquanto eu segurava as rédeas. Agora tudo fazia sentido. Todos os detalhes, tudo, desde o começo lá em Terravin. Ele era um soldado treinado, exatamente como eu havia suspeitado... Provavelmente com o melhor dos treinamentos que Dalbreck poderia oferecer. Quando Griz confessou que conhecia a identidade dele o tempo todo, quis matá-lo por traição. Entretanto, ele me fez lembrar dos meus próprios modos traidores. Eu não tinha como discutir isso. Eu havia traído o meu juramento meses atrás quando não cortei a garganta de Lia enquanto ela dormia na sua cabana.

Mas a tragam de volta.

O Komizar faria com que ela morresse de uma forma ou de outra pelo que havia feito. Pelo que todos eles tinham feito. Contudo, sua preferência era que ela fosse trazida de volta viva... e então ele faria com que ela sofresse em público da pior forma possível pela sua traição.

Encontrem-na.

E com o meu último suspiro vendano, era exatamente isso o que eu haveria de fazer.

s ventos estavam opressores,
os céus, enfurecidos,
e a natureza selvagem testava os Remanescentes
até que a última das trevas escorreu para dentro da terra,
e Morrighan encarregou os Sagrados Guardiões
de contarem as histórias, pois, embora a devastação
tivesse ficado para trás, ela não deveria ser esquecida,
porque os seus corações ainda batiam
com o sangue dos seus ancestrais.

— Livro dos Textos Sagrados de Morrighan, Vol. II —

CAPÍTULO 6
CRÔNICAS DE AMOR E ÓDIO

RAFE

Nós acordamos assustados, alarmados com os gritos dela. Ficamos de pé em um pulo, sacando as nossas espadas, procurando pelo perigo. Jeb estava dizendo que se tratava de um alarme falso, que não havia nada de errado, mas, de alguma forma, Lia conseguira ficar em pé sozinha, com os olhos selvagens, dizendo-nos que precisávamos ir embora. Uma respiração de alívio passou sibilante por entre os meus dentes e abaixei a espada. Ela só havia tido um pesadelo. Dei um passo na direção dela. "Lia, foi só um pesadelo. Deixe-me ajudá-la a deitar de novo."

Ela foi mancando para trás, determinada, com o suor brilhando no rosto, o braço esticado para me manter longe dela. "Não! Preparem-se. Nós partimos pela manhã."

"Olhe para você", falei. "Está cambaleando como se estivesse bêbada. Não vai conseguir cavalgar assim."

"Consigo e farei isso."

"Qual é a pressa, Vossa Alteza?", perguntou Sven.

Ela olhou de mim para os meus homens, cujos pés estavam firmemente plantados no chão. Eles não iriam a lugar algum com base nas demandas dos olhos selvagens de Lia. Será que ela estava no pico de outra febre?

Sua expressão ficou séria. "Por favor, Rafe, você tem que acreditar em mim em relação a isso."

Foi então que eu soube do que ela estava falando. Ela se referia ao dom, mas eu ainda estava hesitante. Eu tinha pouco conhecimento disso e ainda menos entendimento. Em que eu poderia confiar mais? Na minha experiência e no meu treinamento como soldado ou em um dom que até mesmo ela não conseguia explicar de forma completa para mim?

"O que foi que você viu?", perguntei.

"Não foi o que vi, mas sim o que ouvi... a voz de Aster me dizendo para não me demorar."

"Ela não disse isso para você uma dezena de vezes?"

"Pelo menos umas dez vezes, sim", foi a resposta dela, mas a posição permaneceu determinada.

Toda essa pressa por causa de um *não demore*?

Desde que eu a pegara nos meus braços na margem daquele rio, eu vinha olhando por cima do meu ombro procurando pelo perigo. Eu sabia que ele estava lá. No entanto, precisava pesar aquela incerteza em comparação com os benefícios da cura também.

Desviei o olhar, tentando pensar. Eu não sabia ao certo se estava tomando a decisão correta ou não, mas me virei para os meus homens e disse: "Arrumem suas coisas".

CAPÍTULO 7
CRÔNICAS DE AMOR E ÓDIO

PAULINE

 cidade estava coberta de preto, exceto pelas viúvas. Elas trajavam os lenços de pescoço de seda branca, que representavam o luto. Eu mesma havia usado um desses poucos meses atrás. Os últimos dias foram um pesadelo, tanto para Civica quanto para mim. Morrighan não apenas perdera um pelotão inteiro de jovens soldados, incluindo o príncipe da coroa, mas também sua Primeira Filha, a princesa Arabella, agora marcada como a mais vil das traidoras e responsável pela morte do próprio irmão. Em tavernas, as fofocas ficavam cada vez mais feias, dizendo que a pior das notícias não havia sido anunciada para o público: que a própria Lia tinha enfiado a espada no peito de Walther.

O rei ficara doente. Todo mundo sussurrava que ele estava mal do coração, de tristeza. Walther era o orgulho dele, mas Lia... Por mais que eles sempre batessem de frente, por mais que ela o exasperasse... todo mundo sempre dizia que ela era mais filha do pai do que da mãe. A traição dela o derrubara.

E o que ela fizera comigo?

Eu ainda não havia confrontado Mikael. Em vez disso, nesses últimos dias, trouxera à tona na minha mente todas as conversas que tive com ele, analisando-as palavra por palavra, como se fossem pedrinhas e eu estivesse em busca de uma que reluzisse com a verdade.

É claro, Pauline, tão logo a minha patrulha final tenha acabado, nós nos assentaremos em Terravin. Onde quer que o seu lar seja, meu coração sempre estará lá.

Mikael, se por acaso eu tiver que partir antes de você voltar, saberá onde me encontrar. Mas virá atrás de mim?

Sempre, meu amor. Nada poderia me impedir de ficar com você. Vamos agora, uma última vez antes que o meu pelotão parta.

E então ele beijou os nós dos dedos da minha mão, um de cada vez, e me levou para dentro da casinha abandonada do caseiro, que ficava ao lado do reservatório de um moinho. Ele sempre dizia as palavras certas, fazia as coisas certas, com tanta estabilidade no olhar contemplativo que eu acreditava que ele enxergava o interior da minha alma. Até mesmo agora, meu peito arde com a lembrança do beijo dele. Eu ainda o desejo. Queria que as palavras dele fossem verdadeiras. *Eu tinha o bebê dele crescendo na minha barriga.*

Mas não podia negar que sempre existiu a preocupação por trás daquelas semanas em Terravin, quando eu havia esperado que ele fosse até lá. Pensei que se tratava de preocupação com a segurança dele, preocupação com a possibilidade de que ele tivesse sido ferido na patrulha, mas agora eu me perguntava se a minha preocupação não era de outro tipo. De um tipo que eu não admitiria sequer para mim mesma.

De alguma forma, Lia sabia. Só podia ter sido Walther quem contara a ela coisas terríveis sobre Mikael, o que ele pensava ser verdade. E, ainda assim, ela tinha tão pouca fé em mim e em Mikael que não me contou o que ele lhe disse. *Walther poderia estar errado.*

Então, por que Mikael não tinha ido atrás de mim em Terravin? Por que eu não estava indo até ele agora? O que me impedia de revelar a minha presença a ele e ver o alívio inundando os seus olhos? Comecei a tricotar com mais fúria.

"Planejando isso para um bebê com duas cabeças?"

Puxei a lã, arrebentando os meus pontos errantes, e ergui o olhar para Gwyneth. Ela estava vestida para o serviço público. Era hora de irmos, e acolhi com boas-vindas uma caminhada pela cidade até o cemitério da abadia. O rei e a rainha não estariam lá: o rei estava muito doente, e a rainha ficaria ao lado dele, mas Bryn e Regan estariam presentes. Eles tinham permanecido em silêncio, e eu temia que também tivessem virado as costas para a própria irmã, mas, por fim, Bryn nos enviou um bilhete. Eles queriam conversar. Embora o restante de Morrighan pudesse ter se voltado contra Lia, ainda havia uma pontinha de fé deles em relação a ela, e Bryn tinha outras notícias que queria compartilhar, mas disse que não era seguro colocá-las em um bilhete.

Empurrei meu tricô para o lado e, enquanto saíamos pela porta, eu me perguntava se algum dia seria seguro para Lia voltar para casa

CAPÍTULO 8
CRÔNICAS DE AMOR E ÓDIO

nquanto eles colocavam as selas nos cavalos e empacotavam os suprimentos, faziam uma conferência entre si em relação a qual seria a melhor rota a ser tomada. As opções eram a de viajar para o sul, onde a travessia pela cadeia de montanhas que diminuía gradativamente seria mais fácil, ou seguir na direção oeste, por uma passagem pela cadeia montanhosa que era mais íngreme e mais difícil, porém mais rápida.

"Vamos pelo oeste", falei.

Tavish ficou rígido e parou de colocar as cargas no cavalo. Ele estava tentando empurrar a ideia de cavalgarmos em direção ao sul antes de cruzarmos a cadeia de montanhas. Ele fitou Rafe, recusando-se a olhar para mim. "Nós não conhecemos aquela passagem e, com a neve profunda, será mais difícil cruzá-la."

Rafe prendeu com tiras o alforje ao cavalo que eu cavalgaria e verificou novamente o cinto da sela enquanto dava a resposta. "Mas isso realmente corta alguns quilômetros até o posto avançado mais próximo, além de ter a vantagem de nos colocar no Vale dos Gigantes, onde há bastante ruínas que podem servir como abrigo... e lugares para nos escondermos."

"Você está presumindo que vamos precisar nos esconder", replicou Tavish. "Não foi você que disse que tínhamos uma vantagem de duas semanas?"

Todo mundo fez uma pausa, inclusive Rafe. Havia um ar inconfundível de desafio no tom de Tavish. Estava claro que ele não tinha qualquer consideração pelo dom, e eu me dei conta de que era possível que nenhum deles tivesse.

"Nós estamos nos reagrupando, Tavish", respondeu Rafe, de forma conclusiva. "Temos novas informações."

Reagrupando. Eu quase podia ver a palavra ardendo em chamas na cabeça de Tavish. Ainda evitando o meu olhar, ele assentiu. "Para o oeste então."

Cavalgamos em duplas, vestindo mantos improvisados que os homens tinham feito com as cobertas de sela vendanas para nos proteger do frio. Sven e Tavish seguiam na frente, com Jeb, Orrin e o cavalo extra seguindo atrás de nós. Eu sentia que Rafe me observava, como se eu pudesse cair da sela. Para falar a verdade, logo que me sentei no cavalo pensei que o machucado em minha coxa fosse abrir. A dor inicial havia diminuído, mas fora substituída por uma dor de queimação. Eu mal tinha precisado do manto, porque a cada vez que o cavalo batia com o casco no chão, uma outra gota de suor se formava em meu rosto. Sempre que o cavalo tropeçava no terreno coberto de neve, eu cerrava os dentes para mascarar a dor, porque as palavras *não demore, senhorita, ou todos eles vão morrer* assombravam meus pensamentos. Eu não queria que algo, inclusive um gemido de dor, diminuísse o nosso ritmo.

"Continue cavalgando", disse Rafe para mim. "Logo estarei de volta." Ele virou o cavalo e chamou Sven para que este ficasse no lugar dele.

Sven parou, esperando que meu cavalo alcançasse o dele. "Como você está se sentindo?", ele me perguntou.

Eu não queria admitir que minhas costas e minhas pernas gritavam de dor. "Bem o bastante. Estou bem, em melhor forma do que antes de Tavish retirar as flechas."

"Que coisa boa de se ouvir. Temos um longo caminho até a segurança do posto avançado."

Tavish seguia em frente cavalgando, em momento algum olhando para trás, nem de relance. Observei-o em sua jornada pelo terreno, todos os seus passos incertos na neve que engolia as pernas de nossos cavalos até a altura dos machinhos.

"Ele não ficou feliz com a nossa partida repentina", falei.

"Talvez sejam apenas as circunstâncias por trás disso tudo", respondeu Sven. "Tavish é um estrategista bem conceituado na sua unidade. Ontem ele havia exposto argumentos para uma partida rápida."

"E Rafe disse não a ele."

"Mas bastou uma palavra sua..." O modo como Sven deixou a frase pairando no ar fez com que eu me perguntasse se ele também questionava a decisão de Rafe.

"Não foi apenas qualquer palavra. Não foi a minha opinião. Foi outra coisa."

"Sim, eu sei. Só que Tavish também não acredita em magia."

Magia?

Fitei Sven até que ele sentiu o meu olhar contemplativo voltado para ele e virou-se na minha direção. "Então nós temos algo em comum. Eu também não acredito em magia."

Rafe fez um sinal para que todo mundo parasse e viesse se juntar a nós, com Orrin ao lado dele. O príncipe disse que havia analisado os animais e que o cavalo de Orrin tinha quartelas mais longas e oblíquas, as partes posteriores mais livres e uma andadura mais suave. "Vocês vão trocar de montaria. Isso vai lhe propiciar uma cavalgada mais fácil."

Fiquei grata pela troca e especialmente grata porque não era Tavish quem teria que trocar de animal comigo. Eu já havia ferido o ego dele. Não queria ferir o traseiro também.

As próximas várias horas passaram de um modo consideravelmente mais confortável. Rafe conhecia os cavalos... e os cavaleiros. Ele ainda me observava com a visão periférica.

Assim que ele se certificou de que eu estava mais confortável, seguiu cavalgando em frente para falar com Tavish. Ele também conhecia os seus homens, e eu tinha certeza de que o comentário conciso de Tavish dessa manhã não fora esquecido. Sven recuou para ficar ao meu lado novamente, e observamos enquanto os dois cavalgavam juntos. Para falar a verdade, Tavish jogou a cabeça para trás uma vez e deu risada. Suas longas cordas de cabelos negros balançavam, soltas, por suas costas. Sven me disse que Rafe e Tavish eram amigos íntimos desde que eram recrutas e frequentemente aprontavam juntos. Nos arredores do palácio e na cidade, raramente um era visto sem o outro. Isso me levou a pensar nos meus irmãos e nas encrencas que criávamos, e uma pontada de dor embotada cresceu dentro de mim. Minha última visão no

Saguão do Sanctum havia me mostrado que a notícia da morte de Walther havia chegado a Civica. Será que as mentiras do Komizar sobre a minha traição também haviam chegado até lá? Será que eu ainda teria um lar para o qual voltar? Era bem provável que o único reino que não tivesse um preço sobre a minha cabeça no momento fosse Dalbreck.

Nós paramos bem antes de o sol se pôr, quando nos deparamos com um abrigo no sota-vento de uma montanha, que nos proveria alguma proteção das intempéries. Eu estava grata por acampar cedo, porque estava bastante cansada, realmente exausta. Eu sentia raiva por não ser capaz de forçar a fraqueza a me deixar por meio de pura vontade. Esse era um sentimento novo e humilhante para mim, ter que depender de alguém para os menores dos favores. Isso me fazia pensar em Aster e em tantos outros que tinham trilhado essa linha frágil por todas as suas vidas, explorando favores e misericórdia. O verdadeiro poder sempre esteve bem além do alcance deles, mantido na pegada firme de alguns poucos.

Insisti em entrar ali mancando, mas sozinha, e então examinei o alojamento dessa noite enquanto Rafe partia para coletar lenha. Assim que os devidos cuidados com os cavalos tinham sido tomados, Tavish disse que ia ajudar Rafe a pegar lenha. "Vamos precisar de muita madeira."

Ficou óbvio que o comentário dele era direcionado a mim, mas eu o ignorei e comecei a desenrolar o meu saco de dormir.

"É melhor ir o máximo para dentro quanto conseguir, princesa", ele disse ainda. "Essa caverna não é muito funda e não será tão quente quanto a última."

Girei para ficar cara a cara com ele. "Estou ciente disso, Tavish, mas pelo menos estaremos *vivos.*"

Ouvi o arrastar de botas atrás de mim, com os outros se virando ao ouvirem o comentário, e então o silêncio. O ar estava tenso com a expectativa.

Tavish voltou atrás imediatamente. "Eu não quis dizer nada com isso."

"É claro que quis." Dei um passo, aproximando-me dele. "Você tem forças, Tavish, que eu admiro muito. Suas habilidades ajudaram a salvar a minha vida e a vida de Rafe, pelo que sempre estarei em dívida com você. Mas existem outros tipos de força também. Silenciosas, sutis e que são tão valiosas quanto as suas, até mesmo se você não as compreender totalmente."

"Então, ajude-o a entendê-las."

Virei-me na direção da boca da caverna. Rafe havia voltado com um monte de lenha nos braços.

Ele colocou a madeira no chão e veio andando juntamente com o restante de nós. "Ajude todos nós a entendermos isso."

Eles ficaram esperando que eu dissesse alguma coisa. Preparei-me para aquela familiar sensação de fracasso que vinha com a menção do dom, mas, em vez disso, um novo sentimento se assentou sobre mim, sentimento este que era firme e sólido. Pela primeira vez na vida, eu não sentia algo se encolhendo dentro de mim. A vergonha que me importunava na corte morriguesa desaparecera. Eu não me sentia compelida a apresentar qualquer pedido de desculpas pelo que eles não conseguiam — ou se recusavam — a entender. Esse fardo era deles, não meu.

Fui mancando até a espada de Rafe, embainhada no piso da caverna. Desembainhei-a em um movimento rápido e a ergui bem alto. "Essa é sua força, Rafe. Diga-me, ela é ruidosa ou silenciosa?"

Ele olhou para mim, confuso. "É uma espada, Lia."

"É ruidosa", disse Jeb. "Em batalhas, pelo menos. E mortal."

Sven esticou a mão e, com gentileza, pressionou a ponta da espada para baixo, para fora do alcance do rosto dele. "Também é um aviso silencioso, quando está pendurada na lateral dos nossos corpos."

"É um metal bem afiado", disse Tavish, pragmático.

"O que ela é, afinal?", exigi saber. "Metal? Ruidosa? Silenciosa? Mortal? Um aviso? Nem mesmo vocês conseguem decidir."

"Uma espada pode ser muitas coisas, mas..."

"Vocês definem uma espada pelos termos que lhes são familiares em todas as formas como veem, sentem e tocam. Contudo, e se houvesse um mundo que falasse de outras maneiras? E se houvesse outra forma de ver, ouvir e sentir? Nunca sentiram alguma coisa bem lá no fundo de vocês? Não tiveram um vislumbre disso brincando atrás dos seus olhos? Já ouviram uma voz em algum lugar nas suas cabeças? Mesmo que não estivessem certos disso, esse conhecimento fez com que os seus corações batessem um pouco mais rápido? Agora multipliquem isso por dez. Talvez alguns de nós saibamos das coisas mais profundamente do que outros."

"Ver sem olhos? Ouvir sem ouvidos? Você está falando de magia." Tavish não fez qualquer esforço para tirar o cinismo do tom de voz.

Estranhamente, isso me fez lembrar da primeira vez em que falei com Dihara. Pensei no que ela dissera a mim: *O que é magia senão aquilo que ainda não entendemos?* Balancei a cabeça em negativa. "Não. Não se trata de magia. Trata-se de algo bem lá no fundo da gente, que faz parte de nós tanto quanto o nosso sangue ou a nossa pele. Foi assim que os Antigos sobreviveram. Para sobreviverem, eles tiveram que retornar a essa linguagem de conhecimento enterrada quando tinham perdido todo o restante. Alguns eram mais fortes nesse conhecimento do que outros, e eles os ajudaram a sobreviver."

O ceticismo permanecia entalhado nos olhos de Tavish. "Você ouviu apenas algumas poucas palavras e ainda estava acordando", disse ele. "Tem certeza de que não foi apenas o vento?"

"Algum de vocês tem plena certeza sobre as suas próprias habilidades e os seus próprios dons? Vocês sabem com certeza como os seus planos cuidadosamente traçados vão terminar? Será que Orrin sempre sabe exatamente o quão reta ou o quão longe a flecha dele vai voar? Quando qualquer um de vocês gira uma espada, sabem com completa confiança que derrubarão o inimigo? Não, eu não tenho sempre certeza em relação ao dom, mas estou certa quanto a tudo que ouvi essa manhã. Não foi *apenas o vento*, como você disse."

Rafe deu um passo mais para perto de mim, com o rosto franzido, o que deixava o seu rosto sombrio. "Exatamente o que foi que você ouviu essa manhã, Lia? Conte tudo."

O olhar contemplativo dele me gelava. Ele sabia que eu não tinha revelado tudo.

"Não demore", respondi, o que eles já haviam me ouvido dizer. Pigarreei e acrescentei: "Ou todos eles vão morrer".

Seguiu-se um tenso momento de silêncio. Tavish, Sven e Orrin trocaram olhares de relance. Eles ainda acreditavam na sua longa vantagem à frente dos inimigos. Eu sabia que essa era uma conclusão razoável. A ponte estava altamente danificada. O próprio Kaden havia me dito que a única forma alternativa de cruzar o rio era bem ao sul. Mas eu também confiava no que tinha ouvido.

"Eu não espero que vocês acreditem em tudo que acabei de dizer nesse minuto. Mesmo que Rafe tenha me falado que vocês eram os melhores soldados de Dalbreck, eu não acreditei que sairiam vivos do Sanctum, muito menos que fossem capazes de nos ajudar a fugir.

No entanto, vocês provaram que eu estava errada. Às vezes, tudo que se faz necessário é um pouquinho de confiança para que ela cresça. Talvez esse possa ser um ponto de partida para nós."

Tavish mascou o lábio e por fim assentiu. Uma trégua instável.

Rafe limpou pedacinhos de folhas e de terra que estavam nas mangas de sua roupa como se estivesse tentando dissipar a tensão no ar. "Nós estamos fora de perigo agora. É isso que importa", disse ele. "E indo para casa... Se não morrermos de fome antes. Vamos preparar esse jantar." Todos ficaram felizes em seguir o comando de Rafe, ocupando-se com as preparações do acampamento, algo que todos eles eram capazes de entender.

No decorrer dos dias, vim a conhecer melhor aqueles que me resgataram. Tive com frequência oportunidades para cavalgar ao lado de um deles quando Rafe desviava, indo para um ponto de observação mais alto ou quando fazia o reconhecimento de uma trilha cega à frente, o que acontecia muitas vezes. Ele clamava que estava apenas verificando para ver se havia alguma patrulha vendana desordenada que pudesse ainda estar por ali. Eu suspeitava de que ele estivesse simplesmente com comichão para sair de cima daquela sela. Depois de todas as semanas em que precisou se conter e se reprimir de modo forçado no Sanctum, Rafe finalmente estava livre, e parecia que a energia acumulada havia tempos precisava ser liberada. Se eu antes achava que o sorriso dele era capaz de me desarmar, agora esse sorriso me liberava. Quando ele voltava de uma cavalgada vigorosa, com o rosto ruborizado pelo calor, com os cabelos jogados com o vento e um sorriso tranquilo iluminando o rosto, eu ansiava para que saíssemos da trilha e fôssemos para algum lugar com mais privacidade.

Com frequência, eu me deparava com Sven observando Rafe com o que eu achava que era o orgulho de um pai. Um dia perguntei há quanto tempo ele era o guia incumbido a Rafe. Ele me disse que o príncipe tinha saído de uma ama de leite direto para os cuidados dele... havia alguns anos mais ou menos.

"Isso é um bom tempo. Você o criou como um belo soldado."

"Mais do que um soldado. Um futuro rei."

Sim, o orgulho era inconfundível. "E, ainda assim, você permitiu que ele transpusesse o Cam Lanteux atrás de mim?"

Sven soltou uma bufada. "Eu não *permiti* que ele fizesse isso. Na verdade, tentei tirar essa ideia da cabeça dele, mas não havia como impedi-lo. O rapaz tinha perdido um tesouro que estava determinado a recuperar."

Apesar do ar frio, rios de calidez haviam se espalhado pelo meu peito. "Ainda assim, sob um risco considerável para todos vocês. Eu sinto muito em relação ao que houve com a sua face."

"Essa coisinha aqui?", disse ele, fazendo um movimento na direção da sua bochecha. "Pff. Não é nada. E, conforme esses jovens patifes apontaram inúmeras vezes, é provavelmente uma melhoria, isso sem falar que acresce algo às minhas credenciais. Espere até os novos cadetes verem isso. Talvez isso haverá até mesmo de despertar um pouco da centelha da clemência no rei."

"O rei vai ficar com raiva por você não ter impedido Rafe de fazer o que fez?"

"É o meu trabalho, obviamente, manter o herdeiro fora de perigo. Em vez de fazer isso, eu praticamente o escoltei em direção ao perigo."

"Por que faria uma coisa dessas?"

"Como eu lhe disse, a decisão dele estava tomada." Fez uma pausa, como se estivesse ele mesmo contemplando o motivo e, por fim, soltou um suspiro. "E estava na hora."

Ao conversar com Sven, uma coisa rapidamente se tornou aparente: ele não era sequer parecido com o arrogante fanfarrão governador Obraun que fingira ser. Em vez de tagarelar sem parar, ele escolhia com cuidado as suas palavras. Naqueles dias no Sanctum, Sven se saíra tão bem na arte do engodo quanto Rafe, mas ele tinha sido mentor de Rafe durante muitos anos. Suas longas e silenciosas pausas faziam com que eu me perguntasse no que ele estaria pensando.

Orrin, por outro lado, fazia me lembrar de Aster. Uma vez que ele começasse a falar, era difícil fazer com que parasse.

Jeb era o mais silencioso do grupo. Era como se ele tivesse me adotado como uma das suas irmãs. Fiquei sabendo disso porque os outros o provocaram em relação à calça extra que ele havia escondido. Eles revelaram que ele era bem dândi lá no palácio, sempre vestido na última das modas. A mãe dele era a costureira chefe da corte da rainha.

"Quando seus baús chegaram em Dalbreck, isso meio que causou um reboliço", ele me disse. "Todo mundo estava exaltado com a curiosidade em relação ao que haveria dentro deles."

Eu quase havia me esquecido de que as minhas roupas e os outros pertences pessoais haviam sido enviados antes da minha esperada chegada em Dalbreck. "O que fizeram com eles? Usaram para uma grande fogueira? Eu não os culparia se o fizessem."

Ele deu risada. "Não, eles queriam dar uma boa olhada no conteúdo antes de fazerem isso", disse ele, provocante. "Mas abrir os baús tornou-se um cobiçado evento secreto, em que todo mundo desejava estar presente. Isso foi deixado a cargo das costureiras, mas minhas irmãs e até mesmo a rainha reuniram-se em volta da minha mãe quando ela abriu um dos baús com a desculpa de que ia pendurar um dos seus vestidos para o caso de as circunstâncias mudarem."

Não consegui conter uma bufada. "Que circunstâncias? Que minha fuga não tivesse passado de um mal-entendido? Que eu, por acidente, tivesse aparecido na abadia errada?"

Jeb abriu um largo sorriso. "Minha mãe disse que eles estavam esperando algo bem diferente do que viram. Ela falou que os seus vestidos eram bonitos e elegantes, mas que eram muito..." Ele buscou a palavra certa. "Simples."

Sufoquei uma risada. Pelos padrões morrigueses, eles eram extravagantes. Minha mãe fizera todo o possível para que eu tivesse um novo e mais pomposo guarda-roupa feito, porque os dalbretchianos eram conhecidos pelos seus deleites em relação às roupas, mas eu havia recusado a maioria dos adornos e insistira em levar os vestidos de uso diário também.

"Minha mãe ficou satisfeita, na verdade", disse Jeb. "Ela sentia que isso mostrava respeito, que você não pretendia brilhar mais do que as outras damas na corte. É claro que ela falou, de imediato, que poderia fazer umas poucas alterações que os melhorariam enormemente, mas a rainha ordenou que fossem todos empacotados e devolvidos a Morrighan."

E lá eles prontamente os queimaram, pensei. Junto com uma efígie minha.

"Algum problema?", perguntou-me Jeb.

Percebi que eu estava fechando a cara. "Estou só pensando em..." Parei o cavalo e virei-me para ele. "Jeb, na primeira vez em que você foi até o meu quarto lá no Sanctum, você disse que estava lá para me levar para casa. A que casa estava se referindo?"

Ele olhou para mim, confuso. "Ora, para Dalbreck, é claro."

É claro.

Falei com Rafe sobre isso depois, lembrando-o de que tínhamos que ir até Morrighan primeiro.

"Nossa prioridade é chegarmos a um local seguro", foi a resposta, "e tal lugar seguro é o posto avançado de Dalbreck. Morrighan pode vir após isso."

As coisas permaneciam distantes entre mim e Tavish. Ele era educado, mas quando Rafe precisava cuidar de alguma outra coisa, ele nunca se oferecia para ficar para trás e cavalgar ao meu lado. Estava bem claro que ele não queria ficar sozinho comigo.

Rafe continuava inquieto e estava sempre saindo, cavalgando para verificar alguma coisa. Nós só havíamos estado na trilha por um curto período de tempo hoje, quando ele disse que ia a um ponto de observação para ver se conseguia avistar alguma caça. Ele chamou Sven para que cavalgasse ao meu lado, mas Tavish se ofereceu para fazer isso. Até mesmo Rafe notou, erguendo uma sobrancelha curiosa para mim antes de partir. A princípio, Tavish travou comigo uma conversa sobre assuntos banais, perguntando-me como eu estava me sentindo em relação às minhas costas, dizendo que ele poderia retirar os pontos depois de mais ou menos uma semana, mas eu sentia que ele tinha outra coisa em mente.

"Em momento algum eu respondi à sua pergunta", murmurou ele por fim.

"Que pergunta?", falei.

Ele olhou para trás, para a trilha, e então embarcou em um assunto totalmente diferente. "Rafe havia ficado hesitante em relação aos barris e à jangada, mas eu prometi a ele que funcionaria." O cavaleiro fez uma pausa, pigarreando. "No momento em que os perdemos de vista no rio, eu estava certo de que nenhum dos dois sobreviveria. Aquelas horas que passamos procurando por vocês foram as mais longas..." Ele franziu a cara, juntando as sobrancelhas ao fazer isso. "Aquelas foram as horas mais longas que eu já passei na minha vida."

"Não é culpa sua que tenhamos caído em..."

"É culpa minha", disse ele. "É o meu trabalho. Pensar nos piores casos e ter um plano para evitá-los. Se eu tivesse..."

"Se eu não estivesse usando aquele vestido", falei, cortando-o. "Se a reunião do conselho não tivesse terminado mais cedo. Se o Komizar não tivesse matado Aster. Se eu apenas tivesse me casado com Rafe, para começo de conversa, como esperavam que eu fizesse. Eu também brinco desse jogo do 'e se', Tavish. É praticamente um hobby meu, mas descobri que é um jogo de infinitas possibilidades sem nenhum vencedor. Não importa o quão grande seja um dom ou uma habilidade, é impossível prever todos os resultados."

Ele não parecia convencido. "Até mesmo depois de os encontrarmos, eu ainda não estava certo de que você viveria. A expressão no rosto de Rafe..." Ele balançou a cabeça, como se estivesse tentando apagar aquela memória. "Você me perguntou se eu sempre tenho certeza das minhas habilidades e dos meus dons. Antes daquele dia, a minha resposta teria sido sim."

"Seu plano pode não ter saído exatamente como você queria, mas ele nos salvou. Digo isso não para poupar os seus sentimentos, mas porque é verdade. Com o seu plano, nós tivemos uma chance. Sem ele, nossas mortes eram certas, desse tanto eu sei, e você também deve acreditar nisso." Pigarreei como se estivesse perturbada. "Para falar a verdade, ordeno que você acredite nisso", acrescentei, com um ar esnobe.

Uma ponta de um sorriso quebrou a expressão solene dele. Nós seguimos cavalgando, dessa vez em um silêncio mais confortável, com meus pensamentos vagando para a culpa que ele tinha carregado nos últimos dias, a culpa que ainda cortava os meus pensamentos.

"Outra coisa", disse ele por fim. "Eu não entendo esse seu saber, mas quero tentar compreendê-lo. O dom em algum momento pode errar?"

Errar? Imediatamente pensei em Kaden dizendo que tivera uma visão de nós dois juntos em Venda, com ele carregando um bebê no colo, e então eu me lembrei do meu sonho recorrente em que Rafe me deixava para trás.

"Sim. Às vezes", foi a minha resposta.

Às vezes, o dom tinha que estar errado.

CAPÍTULO 9
CRÔNICAS DE AMOR E ÓDIO

KADEN

Tentar ajudar Griz a descer do seu cavalo era como tentar lutar com um urso até colocá-lo no chão.

"Tire as mãos de mim!", berrou ele.

"*Shhhhh!*", ordenei pela milésima vez. A dor que ele sentia o deixara descuidado. Seu rosnado ecoou pelo cânion. "Pode ser que eles ainda estejam por perto."

Soltei o cinto dele e ele caiu, levando-me para baixo consigo. Nós dois ficamos deitados na neve.

"Siga em frente sem mim", gemeu ele.

Eu estava tentando fazer isso, mas precisava dele. Aquele homem poderia ser útil. E, sem sombra de dúvida, ele precisava de mim.

"Pare de reclamar e levante-se." Eu me coloquei de pé e estiquei a mão para ajudá-lo. Ele tinha o peso morto de um touro assassinado.

Griz não estava acostumado a depender de alguém, menos ainda a admitir fraqueza. O talho na lateral do seu corpo começou a vazar sangue de novo. A ferida precisava de mais atenção do que o meu apressado trabalho com a bandagem lhe provera. Ele murmurou um xingamento e pressionou a ferida com o braço. "Vamos."

Nós analisamos as trilhas do lado de fora da caverna.

Griz usou a sua bota para esmagar um montezinho de neve feito pelo casco de um cavalo. "Eu estava certo. O velho a trouxe até aqui."

Ele havia confessado para mim que ele e o tal do governador Obraun tinham uma história, e parte dela incluía essa caverna, um lugar onde eles haviam se escondido juntos quando escaparam dos grilhões de um campo de trabalho forçado.

O nome verdadeiro de Obraun era Sven, e ele era um soldado na Guarda Real de Dalbreck. O engodo de Sven não me surpreendeu tanto quanto o de Griz. Eu havia suspeitado de que muitas pessoas fossem algo que não aparentavam ser, mas nunca suspeitara de que Griz não fosse algo além de um *Rahtan* ferozmente leal. Jamais passara pela minha cabeça que ele era alguém que vendia informações entre reinos, embora Griz clamasse com veemência que nenhuma dessas informações havia traído Venda. No entanto, trabalhar com o inimigo já era traição o bastante.

Eu me curvei para baixo e olhei com mais atenção para a confusão de pegadas e trilhas de cavalos. Alguns eram cavalos dalbretchianos, mas outros eram inconfundivelmente vendanos.

"Eles pegaram alguns dos nossos cavalos, só isso", disse Griz.

Ou outra pessoa havia alcançado os passos deles.

Levantei-me, seguindo com o olhar as trilhas que desapareciam em meio aos pinheiros à frente. Eles tinham ido para o leste, o que queria dizer que não estavam sendo levados de volta para Venda. Como foi que conseguiram se apossar de cavalos vendanos?

Balancei a cabeça.

Jangadas. Cavalos e suprimentos escondidos.

Esse era um plano que havia sido traçado fazia tempos. Talvez desde o instante em que Lia pôs os pés em Venda. A única conclusão que eu podia extrair disso era a de que ela havia me usado desde o início. Todas as palavras ternas que saíram dos lábios dela haviam servido a um propósito. Repassei cada uma delas. Na nossa última noite, quando ela me falou que a visão dela era de nós dois juntos... quando ela me perguntou sobre a minha mãe...

Isso virava o meu estômago do avesso. Lia era a única pessoa para quem eu já havia sussurrado o nome da minha mãe. *Eu a vejo, Kaden. Eu a vejo em você todos os dias.* Agora, entretanto, eu sabia que tudo que ela via quando olhava para mim era um deles. Mais um bárbaro, e alguém em quem ela não podia confiar. Mesmo que ela tivesse me enganado, eu não conseguia acreditar que as afeições dela pelas pessoas não fossem reais. Aquilo não era fingimento. Todas essas coisas se reviravam em mim, a lembrança de Lia parada, em pé junto a um muro, sacrificando segundos preciosos da sua fuga para que ela pudesse falar com as pessoas uma última vez.

Nós demos uma olhada dentro da caverna e nos deparamos com manchas escuras no solo arenoso, possivelmente sangue de um animal morto... ou talvez das próprias feridas de um deles. E, então, vi uma faixa de tecido rasgado que não era maior do que o meu polegar e a peguei. Brocado vermelho. Era um pedaço do vestido dela: confirmação de que ela havia chegado até ali. Se Lia conseguia cavalgar, isso queria dizer que ainda estava viva. Essa era uma possibilidade que nem eu e nem Griz havíamos discutido. Ninguém havia encontrado um corpo rio abaixo, mas isso não queria dizer que um penhasco rochoso não o tivesse escondido.

"Eles não estão muito à frente", falei.

"Então pelo que você está esperando?"

Encontrem-na.

Não havia tempo a perder.

Olhei para Griz. Que bem real ele faria por mim? Ele mal conseguia levantar uma espada, nem mesmo com o braço bom, e eu conseguiria me mover mais rápido sem ele.

"Você não vai conseguir detê-los sozinho", disse ele, como se estivesse lendo a minha mente.

Parecia que seria exatamente isso o que eu teria que fazer, mas Griz ainda era, pelo menos, uma figura intimidante. Ele podia fazer uma demonstração de força. Poderia ser toda a margem de que eu precisava.

CAPÍTULO 10
CRÔNICAS DE AMOR E ÓDIO

aí da gruta e olhei para a paisagem. A beleza das árvores revestidas de mantos brancos brilhantes e de um mundo tão silencioso e sagrado quanto uma Sacrista veio até mim... exceto por um gentil sussurrar sem palavras que ondulava por entre os topos das árvores. *Shhhhh.*

Os últimos dias haviam finalmente me propiciado um tempo para passar com Rafe, pelo qual eu tinha rezado quando estávamos presos no outro lado do rio. É claro que, com uma escolta de quatro homens, nós nunca estávamos realmente sozinhos, então nossas afeições foram restringidas, mas pelo menos tínhamos tempo para cavalgar ao lado um do outro.

Nós conversamos sobre as nossas infâncias e sobre os nossos papéis na corte. O papel dele era bem mais cheio de propósito do que o meu. Contei a ele sobre como eu frustrava minha tia Cloris além da conta, nunca atendendo os padrões dela nas artes femininas. "E quanto à sua mãe?", ele me perguntou.

Minha mãe. Nem eu mesma estava muito certa de como responder à pergunta dele. Ela sempre tinha sido um enigma para mim. "Ela dava de ombros para as expressões de desaprovação da minha tia Cloris", falei para ele. "Ela dizia que era saudável que eu corresse e brincasse com os meus irmãos. Ela encorajava isso."

No entanto, de repente, alguma coisa havia mudado. Antes ela ficava do meu lado contra o Erudito Real, mas depois começou a aceitar os conselhos dele; antes ela nunca fora grosseira comigo, mas então começou a perder o controle. *Apenas faça como estou falando, Arabella!* E então, quase como que pedindo desculpas, ela me puxava para os seus braços e sussurrava, com lágrimas nos olhos: *Por favor. Faça como estou falando.* Depois do meu primeiro ciclo menstrual, eu tinha ido correndo até a câmara dela para perguntar a ela sobre o dom, que não tinha aparecido ainda. Ela estava sentada perto da lareira com suas coisas de costura. Um lampejo de raiva havia passado pelos olhos da minha mãe, então ela errou um ponto, e sua agulha arrancou uma gota de sangue do seu polegar, maculando a peça em que ela vinha trabalhando havia semanas. Ela se levantou e jogou a coisa toda no fogo. *O dom virá quando tiver que vir, Arabella. Não tenha tanta pressa assim.* Depois disso, eu trouxe à tona o assunto do dom apenas com cautela. Eu me sentia envergonhada, pensando que ela tivera uma visão das minhas deficiências. Não havia passado pela minha cabeça que ela fosse a causa delas. "Eu acho que, de alguma forma, minha mãe faz parte de tudo isso, mas não sei ao certo como."

"Parte do quê?"

Além do *kavah* no meu ombro, eu não sabia o que dizer. "Ela queria me mandar para Dalbreck."

"Somente depois que o meu pai fez a proposta. Lembre-se de que foi ideia dele."

"Ela concordou com isso com muita facilidade", falei. "Minha assinatura nos contratos nem estava seca e ela já tinha começado a chamar as costureiras."

Um lampejo de surpresa de repente iluminou o rosto dele, e ele até deu risada. "Esqueci de contar a você. Eu achei o seu vestido de casamento."

Parei o cavalo. "Você o quê?"

"Eu o peguei dos arbustos quando estava rastreando você. O vestido estava rasgado e sujo, mas não ocupava muito espaço, então eu o enfiei na minha bolsa."

"*Meu vestido?*", falei, desacreditando. "Você ainda está com ele?"

"Não, aqui não. Era arriscado demais carregá-lo por Terravin. Eu tive medo de que alguém fosse vê-lo, então, quando surgiu a oportunidade, eu o enfiei atrás de uma manjedoura que estava guardada no celeiro. Provavelmente Enzo já o encontrou a essa altura e o jogou fora."

Berdi talvez, mas não Enzo. Ele nunca arrumava as coisas mais do que o mínimo que tinha que fazer.

"Por quê, em nome dos deuses, você manteria o vestido com você?", perguntei a Rafe.

Um sorriso brincou atrás dos olhos dele. "Eu não sei realmente ao certo. Talvez quisesse ter alguma coisa para queimar, para o caso de eu nunca conseguir chegar até você." Uma sobrancelha foi erguida em desaprovação. "Ou talvez eu quisesse ter algo com que estrangular você, se eu a encontrasse."

Suprimi um largo sorriso.

"Ou talvez o vestido me levasse a imaginar como seria a moça que o havia trajado", disse ele. "Aquela que fora valente o bastante para enfiar o nariz entre dois reinos."

Ri. "Valente? Receio que ninguém no meu reino fosse ver as coisas dessa maneira; aliás, nem no seu, provavelmente."

"Então todos estão errados. Você foi valente, Lia. Acredite em mim." Ele começou a se inclinar para me beijar, mas foi interrompido pelo relinchado do cavalo de Jeb não muito atrás de nós.

"Receio que estejamos atrasando todo mundo", falei.

Ele fechou a cara, mexendo nas suas rédeas, desajeitado, e seguimos em frente.

Valente o bastante para enfiar o nariz entre dois reinos. Acho que essa era a forma como os meus irmãos viam isso também, mas com certeza não os meus pais... nem o gabinete.

"Rafe, você já se perguntou por que tinha que ser eu a ir para Dalbreck para garantir a aliança? Isso não poderia ter sido obtido também com sua ida a Morrighan? Por que sempre é a moça que precisa desistir de tudo? Minha mãe teve que deixar sua terra natal. Greta teve que deixar a dela. A princesa Hazelle da Eilândia foi enviada a Candora de forma a criar uma aliança. Por que um homem não pode adotar a terra natal da esposa?"

"Eu não poderia porque serei o regente de Dalbreck um dia. Não posso fazer isso estando no seu reino."

"Você não é rei ainda. Seus deveres como príncipe eram mais importantes do que os meus como princesa?"

"Também sou um soldado no exército de Dalbreck."

Eu me lembrei da minha mãe clamando que eu era um soldado no exército do meu pai, um ângulo do dever que ela nunca havia usado antes. "Assim como eu sou um soldado no exército de Morrighan", falei.

"É mesmo?", disse ele, com um tom duvidoso. "Você pode ter tido que deixar a sua terra natal, mas já considerou tudo que teria ganhado como minha rainha?"

"Você considerou tudo que poderia ter ganhado como meu rei?"

"Você estava planejando depor os seus irmãos?"

Soltei um suspiro. "Não. Walther teria sido um belo rei." Ele me perguntou sobre meu irmão e eu consegui falar dele sem lágrimas nos olhos pela primeira vez, lembrando-me de sua bondade, de sua paciência e de todas as formas como ele me encorajava. "Foi Walther quem me ensinou a lançar uma faca. Um dos últimos pedidos que ele fez a mim foi para que eu continuasse praticando."

"Foi com a mesma faca que você usou para matar o Komizar?"

"Sim. Adequado, não acha? E, depois que o esfaqueei, eu a usei para matar Jorik. Foi onde a deixei, presa no meio do pescoço dele. Provavelmente ela está à venda na *jehendra* a essa altura. Ou Malich a está usando na lateral do corpo como uma lembrança da sua afeição eterna por mim."

"Você tem tanta certeza assim de que Malich é o próximo Komizar?"

Dei de ombros. Não, eu não tinha certeza disso, mas, dos *Rahtans*, ele parecia o mais cruel e sedento por poder... pelo menos daqueles que ainda estavam vivos. A preocupação cavava um túnel pela minha pessoa. Como será que haviam se saído as pessoas que estavam na praça e o que elas pensaram quando desapareci? Uma parte de mim ainda estava lá.

"Fale-me mais sobre o seu reino", pedi, tentando banir os piores pensamentos da minha cabeça. "Não vamos desperdiçar mais nenhuma palavra falando de vermes como Malich."

Rafe parou o cavalo mais uma vez, e então desferiu um olhar feio e carregado de aviso, mesmo que de relance e por cima do ombro, para que os outros mantivessem distância de nós. O peito dele se ergueu enquanto dava uma respirada profunda, e sua pausa fez com que eu me sentasse mais alta na sela. "O que foi?", perguntei.

"Quando vocês estavam viajando, cruzando o Cam Lanteux... algum deles... *machucou* você?"

Ali estava a pergunta. Finalmente.

Eu ficara pensando em quando essa pergunta seria feita. Rafe nunca tinha me questionado, uma única vez que fosse, sobre aqueles meses em que fiquei sozinha em terras inóspitas com meus captores... O que acontecera, como eu conseguira sobreviver, o que eles tinham feito... e ele evitava toda e qualquer menção a Kaden. Era como se um fogo ardesse tão brilhante dentro de Rafe que ele não poderia se permitir chegar perto demais.

"A que *ele* você está se referindo?"

A compenetração no olhar dele não estava lá por um instante. "Malich", foi a resposta. "É dele que estamos falando."

Não, não apenas Malich. Kaden sempre estava a ponto de ferver por baixo da superfície. Isso tinha mais a ver com Kaden do que com qualquer outra pessoa que fosse.

"O tempo em que cruzei o Cam Lanteux foi difícil, Rafe. Na maior parte do tempo eu estava com fome. Eu sentia medo o tempo todo. Mas ninguém pôs a mão em mim. Não do jeito que está pensando. Você poderia ter me feito essa pergunta há muito tempo."

O maxilar dele estremeceu. "Eu estava esperando que você trouxesse o assunto à tona. Eu não tinha certeza se seria doloroso demais para você falar disso. Tudo que eu queria era que você sobrevivesse para que pudéssemos ficar juntos de novo."

Abri um largo sorriso e chutei a bota dele com a minha. "E nós estamos juntos."

À noite, quando conseguíamos encontrar um abrigo que provesse um pouco que fosse de conforto, eu lia em voz alta o texto dos Últimos Testemunhos de Gaudrel. Todos eles me ouviam, fascinados.

"Parece que Gaudrel era nômade", disse Rafe.

"Mas sem nenhuma carroça colorida", acrescentou Jeb.

"E sem nenhum daqueles saborosos bolos de sálvia", ponderou Orrin.

"Isso foi logo depois da devastação", falei a eles. "Ela e os outros eram sobreviventes, simplesmente tentando encontrar caminhos. Eu acho que Gaudrel pode ter sido tanto uma testemunha deles quanto um dos Antigos originais."

"Isso não é muito parecido com a história de Dalbreck", respondeu Sven.

Percebi o quão grandemente ignorante eu era acerca da história de Dalbreck. Por ser um reino que havia nascido de Morrighan muitos séculos depois que nosso reino estava estabelecido, eu havia presumido que a visão de história deles era a mesma que a nossa. Não era. Embora eles reconhecessem que Breck fora um príncipe exilado de Morrighan, os relatos deles da devastação e do que viera em seguida eram diferentes, e, ao que parecia, mesclavam-se com as histórias das tribos nômades que deram ao príncipe fugitivo passagem segura para as plataformas acima das terras montanhosas do sul.

Parecia que eu havia tropeçado em mais uma história que entrava em conflito com os Textos Sagrados de Morrighan. O relato de Dalbreck, pelo menos conforme Sven o contava, tinha um número preciso para os Remanescentes: exatamente mil sobreviventes escolhidos. Eles se espalharam pelos quatro cantos da terra, porém os mais fortes e os corajosos dirigiram-se para o sul, para o lugar que um dia se tornaria Dalbreck. Breck uniu-se a eles e firmou a primeira pedra de um reino que haveria de se tornar maior do que todos os outros. Desse ponto em diante, a história toda era sobre heróis, batalhas e do poder crescente de um novo reino favorecido pelos deuses.

As únicas coisas que todas as histórias tinham realmente em comum eram um Remanescente como sobrevivente e uma tempestade. Uma tempestade de proporções épicas que avassalara completamente o mundo.

"Eu havia avisado Venda para não sair vagando para muito longe da tribo", li no testemunho de Gaudrel. "Centenas de vezes, eu a avisara disso. Ela viera anos depois da tempestade. Ela nunca sentira o chão tremer. Nunca vira o sol ficar vermelho. Nunca vira o céu ficar preto. Nunca vira o fogo irromper no horizonte e queimar o ar."

Eu li mais umas poucas passagens, e então parei com a leitura por aquela noite, mas as descrições da tempestade permaneciam na minha mente, e eu repassava o relato de Gaudrel em silêncio na cabeça. Onde estava a verdade? *O chão tremia, e o fogo irrompia no horizonte.* Essa era uma verdade que Gaudrel de fato havia testemunhado.

E foi o que eu tinha visto também.

Quando o Komizar me mostrou a sua cidade-exército, o fogo irrompia à frente quando os Brezalots explodiam, o chão tremia, e os campos de testes maculavam o céu com uma fumaça de cobre, sufocando o horizonte.

Sete estrelas. Talvez toda a destruição não tivesse vindo dos céus.

Talvez, até mesmo naquela época, houvesse um Dragão de muitas faces.

11

CRÔNICAS DE AMOR E ÓDIO

RAFE

pergunta de Lia permanecia comigo. *Por quê, em nome dos deuses, você manteria o vestido com você?*

Eu havia me atrapalhado nas respostas porque nem mesmo eu sabia o motivo por trás disso. Quando achei o vestido, eu a havia xingado repetidas vezes enquanto o desemaranhava dos galhos espinhosos. *Eu sou o príncipe de Dalbreck, pelo amor dos deuses. Por que estou limpando as coisas de uma fugitiva mimada?* Quando consegui soltar o vestido e o ergui, fiquei com ainda mais raiva. Eu não era dado a admirar tecidos nem moda, não era como Jeb, mas até mesmo eu era capaz de ver a beleza inigualável do vestido. O completo desrespeito dela pelo trabalho cuidadoso que tinha sido desprendido para fazer aquele vestido apenas jogava lenha na fogueira da minha fúria. No entanto, aquilo ainda não explicava por que eu me dei ao trabalho de guardar o vestido na bolsa.

Agora eu sabia. Não era para queimá-lo nem esfregá-lo na cara dela. Era uma coisa que eu não admitiria nem para mim mesmo naquele momento. Tratava-se da ordem de prisão dada a ela de que eu tinha ouvido falar. Seu próprio pai a estava caçando como se a princesa fosse um animal. Eu havia guardado o vestido na minha bolsa porque eu sabia que, em algum momento, outro alguém viria. Eu não queria que encontrassem o vestido... ou ela.

Por fim cheguei a uma crista montanhosa onde conseguia ter uma visão aberta da trilha atrás de nós. Fiquei esperando, analisando a paisagem. Quantas desculpas mais eu poderia dar por Lia? Dessa vez, falei que estava fazendo o reconhecimento em busca da cadeia montanhosa que dava para o vale ao qual chegaríamos hoje. Eu não queria que ela se preocupasse desnecessariamente, mas agora havia motivo para preocupação. Avistei aquilo de que suspeitava o tempo todo e segui cavalgando de volta para contar aos outros.

"Vá", sussurrei para Tavish. "A menos de um quilômetro para trás. Faça um círculo em volta, em direção ao sul. Há boa cobertura por lá e você estará a favor do vento caso os cavalos façam barulho. Não consegui ver quantos eram em meio às árvores. Ficarei aqui com ela."

Tavish assentiu, e eles se afastaram cavalgando.

Afrouxei a tira na minha bainha e segurei com força na empunhadura no exato momento em que Lia voltava mancando de uma rápida ida até atrás de alguns arbustos. Ela os viu se afastando, cavalgando, e uma irritação franzia o seu rosto. "Ora, onde é que *eles* estão indo?"

Dei de ombros. "Avistei um bando de gansos, e todos estão ansiosos por um ganso suculento para o jantar de hoje."

"Não estou entendendo. Achei que estivéssemos com pressa para chegarmos ao pé do vale."

"Nós estamos viajando rápido e realmente precisamos comer nesta noite."

Ela estreitou os olhos. "*Todos* eles precisavam ir?"

Eu me virei, usando a desculpa de procurar por alguma coisa no meu alforje. "Por que não?", falei. "Orrin não é o único que gosta de caçar."

Senti o silêncio às minhas costas e a visualizei com as mãos nos quadris. Eu não achava que ela cairia nessa mais uma vez.

Quando eu me virei, a cabeça dela estava inclinada em um ângulo acusador.

"Avistei alguma coisa em meio às árvores quando saí", expliquei. "Estava bem longe. Estou certo de que se tratava somente de um rebanho de cervos, mas eles vão verificar isso só para termos certeza."

CAPÍTULO 12
CRÔNICAS DE AMOR E ÓDIO

u sabia que não eram cervos.
Quinze minutos se passaram.
Depois, uma hora.
"Deveríamos ir atrás deles?", perguntei.
"Não", insistiu Rafe, mas eu o vi fazendo círculos. Posicionando os cavalos. Colocando a mão na empunhadura da espada repetidas vezes.

Por fim, ouvimos o relinchado confuso de um cavalo em meio às árvores e giramos na direção do som. Tavish surgiu da floresta, trazendo atrás de si dois cavalos. "Bem, bem, bem", vociferou ele. "Você estava certo. Veja o que encontramos."

Os outros vinham atrás dele, e quando Sven e seu cavalo foram para o lado, perdi o ar.

Pelos deuses! Não podia ser.

Fui mancando para a frente, mas Rafe estirou a mão para me impedir.

Orrin e Jeb estavam com os arcos sacados, as flechas miradas nos corações de Kaden e de Griz com uma enorme concentração enquanto eles os traziam até o nosso acampamento. Era como se eles não confiassem que uma espada traria Griz abaixo e uma distância segura era a melhor estratégia. Sven já havia tirado as armas dos dois homens.

Rafe aproximou-se deles, olhando para Kaden, que lhe devolveu o frio olhar fixo. Minha respiração ficou congelada no peito. Nada havia mudado entre eles. Seus olhares contemplativos estavam pesados com ameaça, embora Kaden não estivesse em posição para ameaçar alguém.

"Então nos encontramos mais uma vez, príncipe Jaxon."

"Então nos encontramos mais uma vez", foi a réplica de Rafe, com a voz tão quebradiça quanto o ar. "Mas me parece que vocês viajaram por um longo caminho para nada. *Tolos imbecis.*"

As narinas de Kaden ficaram dilatadas. Ele não tinha deixado de notar a ironia das próprias palavras ditas havia muito tempo sendo jogadas de volta na sua cara.

"O que deveríamos fazer com eles?", perguntou-lhe Tavish.

Rafe fitou Kaden pelo que pareceu uma eternidade, e então deu de ombros, como se essa fosse uma questão pequena. "Mate-os", disse.

Dei um pulo para a frente, agarrando-o pelo braço. "Rafe! Você não pode fazer isso!"

"O que deveria fazer, Lia? Torná-los nossos prisioneiros? Olha para o tamanho daquele ali!", disse ele, apontando para Griz. "Eu nem mesmo tenho corda o suficiente para colocar em volta dele."

"Há corda nos equipamentos deles", respondi, acenando com a mão para um rolo de corda que estava pendurado nas costas do cavalo de Griz.

"E então faremos o quê? Vamos amarrá-los para que eles possam esperar pela oportunidade de cortar as gargantas de todos e levar você de volta para Venda? Por que acha que eles estão aqui? Só para dizer 'Olá'?"

Kaden deu um passo à frente, e tanto Orrin quanto Jeb gritaram com ele para que ficasse onde estava, puxando a corda dos arcos, deixando-os tensos com a ameaça. Kaden parou. "Nós não queremos levá-la de volta", disse ele. "Nós só estamos aqui para escoltá-la e protegê-la. Um esquadrão de *Rahtans* e da Primeira Guarda está encarregado de caçá-la. Eles podem estar aqui a qualquer momento."

Rafe deu risada. "Vocês? Escoltá-la e protegê-la? Vocês me tomam por um tolo?"

Um sorriso iluminou os olhos de Kaden. "Isso vai além da discussão que estamos tendo aqui, não vai? O que é mais importante, seu orgulho ou a vida de Lia?"

"E era por isso que estavam atrás de nós? Para protegê-la?"

"Nós estávamos procurando por cavaleiros vendanos, na esperança de interceptá-los antes que chegassem até ela."

"E, ainda assim, os únicos cavaleiros vendanos que vejo são *vocês.*"

Eu não culpava Rafe por hesitar em face ao que Kaden dizia. Eu também questionava as motivações dele. Me escoltar? Quando ele clamara que o meu lugar era em Venda com ele? Quando me garantira, a cada virada, que não havia como fugir? Com certeza havia. Ele tinha encontrado outro jeito de cruzar o rio. A desconfiança ardia lentamente em mim.

Fui mancando para a frente, ignorando os esforços de Rafe para me impedir. Mantive uma distância segura, mas olhei com austeridade para Griz. "Coloque as mãos atrás das costas. Agora."

Ele olhou para mim com incerteza, mas então, devagar, fez o que mandei. "Muito bem", falei. "Agora, depois que eles os amarrarem, você vai me dar a sua palavra de que não tentará fugir, e se Kaden tentar fazer isso, você me prometerá que o atacará e o derrubará."

"Como eu faria isso com as mãos atadas?", ele me perguntou.

"Não me interessa como fará isso. Caia em cima dele. Isso deverá impedi-lo. Tenho a sua palavra?"

Ele assentiu.

Rafe agarrou o meu braço e começou a me arrastar para longe. "Lia, nós não vamos..."

Torci o braço e me soltei. "Rafe! Nós não vamos matá-los!" Voltei a olhar, com ares de acusação, para Kaden. "Ainda", acrescentei. Ordenei que ele também colocasse as mãos atrás das costas. Ele não se mexeu, ficou apenas me encarando, me perfurando com os olhos, tentando lançar a culpa de volta para cima de mim, a culpa por enganá-lo. "Não vou pedir uma segunda vez, Kaden. Faça o que mandei."

Devagar, ele colocou as mãos atrás das costas também. "Você está cometendo um erro", disse ele. "Vai precisar de mim."

"Amarrem os dois", falei para Tavish e Sven. Nenhum dos homens se mexeu, deferindo a Rafe para obterem uma resposta.

O maxilar do príncipe estava rígido com a raiva.

"Rafe", sussurrei entredentes.

Ele mostrou misericórdia e fez um sinal para Sven e Tavish, e então me puxou para trás dos cavalos, com a sua fúria aumentando. "Qual é o problema com você? A palavra de Griz não vale nada, e a de Kaden, menos ainda. Como vamos viajar com eles? Griz vai quebrar a promessa na primeira vez em que nós..."

"Ele não vai quebrar a promessa."

A exasperação passou em um lampejo pela face de Rafe. "E como você sabe disso?"

"Porque ordenei que fizesse isso, e ele acredita que sou a sua rainha."

CAPÍTULO 13
CRÔNICAS DE AMOR E ÓDIO

 Vale dos Gigantes não era o que eu esperava que fosse. Na exuberante bacia abaixo de nós, imensos templos em forma de caixas cobertos de verde e dourado serpeavam por quilômetros em fileiras bem dispostas, como se fossem o estoque de baús de um gigante, cobertos de musgo. Sven disse que as lendas clamavam que esse lugar costumava ser um mercado para os Antigos. Que tesouros tinham sido tão grandes e imensos a ponto de que estruturas de igual estatura se fizessem necessárias? Eles ladeavam uma trilha que serpenteava pelo vale e, por fim, desapareciam atrás de baixas colinas. Árvores com folhas douradas brotavam entre eles, e musgo e vinhas da cor de esmeraldas cobriam suas paredes. Ainda que alguns deles tivessem caído e virado escombros, muitos estavam estranhamente intactos, tal como na Cidade da Magia Negra, quase como se os Antigos ainda vagassem por lá. Até mesmo de longe eu podia ver o que restava de placas de sinalização que costumavam marcar o caminho. Por que essa cidade havia sido poupada da devastação e do tempo?

Isso me levava a questionar se este seria um outro lugar que Griz e seus coortes tinham evitado, temendo que os espíritos sombrios dos Antigos segurassem as paredes. Ele e Kaden caminhavam à nossa frente, percorrendo a trilha que serpeava em uma descida pela encosta da montanha. Rafe não permitira que eles cavalgassem. Ele disse que era mais seguro fazer com que eles simplesmente andassem à frente de

Jeb e Orrin, que ainda estavam com os arcos em prontidão, mesmo embora as mãos de Kaden e de Griz estivessem firmemente atadas.

"Você realmente os teria matado a sangue-frio?", perguntei.

"Não é menos do que ele teria ordenado para mim."

"Olho por olho? É assim que funciona essa coisa de soldados?"

Um sibilar de irritação escapou pelos dentes de Rafe. "Não, eu não os teria matado de imediato. Eu provavelmente teria esperado que Kaden fizesse alguma coisa idiota no calor do momento, o que ele com certeza fará, e então eu o teria matado. Ah, espera, desculpe! Esqueci. Todos nós estamos em boas mãos. Griz prometeu *cair* em cima dele, caso Kaden saia da linha. Eu entendi isso direito?"

Respondi ao sarcasmo dele com um olhar de aço cheio de raiva. "Da próxima vez, vou ordenar que ele caia em cima de *você*. Guarde o seu cinismo para si. Tudo que eu precisava saber era se você os mataria a sangue-frio."

Rafe soltou um suspiro. "Não machuca deixar que eles pensem que eu faria isso. Não confio em nenhum dos dois, e nós ainda temos um longo caminho até chegarmos à segurança do posto avançado."

"Há quanto tempo você sabe que eles estavam nos seguindo?"

"Eu vinha suspeitando disso há alguns dias. Vi uma fumaça branca cedo certa manhã. Uma fogueira de acampamento sendo apagada com água. O que eu não consigo entender é como eles nos alcançaram tão rápido."

"Eu sei." Assim que o último nó havia sido atado nas suas mãos, a explicação que Kaden havia me dado tempos atrás, *não existe qualquer outra maneira,* me incomodava. Essa era outra das suas mentiras. No mínimo, ele havia deliberadamente pintado uma imagem que me fazia presumir coisas.

"Kaden me levou a acreditar que a ponte que dava para Venda havia substituído o antigo pontilhão que costumava se estender sobre o rio. Estou achando que, perigoso ou não, em algum lugar não muito longe do Sanctum, esse pontilhão ainda existe, o que quer dizer que, se Griz e Kaden conseguiram cruzar o rio, outros provavelmente também o fizeram. Ele pode não ter mentido em relação ao esquadrão."

Rafe levou a mão para cima e passou os dedos pelos cabelos. Essa era uma notícia que ele não queria ouvir. Se tivéssemos qualquer vantagem que fosse, isso era devido apenas ao fato de que a neve havia coberto os nossos rastros.

Uma comoção irrompeu à nossa frente. O ranger de cascalhos, o relinchar de cavalos, assim como gritos alarmados que explodiam pelo ar.

Parem!

Recuem!

Cuidado!

De repente, a trilha estava uma confusão, enquanto os cavalos tropeçavam uns nos outros. A espada de Rafe saiu da bainha em um lampejo. Instintivamente, puxei a minha também, embora não soubesse do que eu estava me defendendo.

O cavalo de Orrin estava indo para trás, e os outros estavam tentando controlar os seus cavalos agitados na estreita trilha. Por uns poucos segundos, a confusão imperou, e então nós vimos o que havia acontecido. Griz tinha caído, bloqueando o caminho. Kaden estava ajoelhado ao lado dele, gritando para que alguém o desamarrasse de modo que ele pudesse ajudar o homem.

Rafe ordenou que todo mundo mantivesse as posições, como se suspeitasse de algum truque. Ele desceu da sua montaria para investigar o que havia acontecido, mas nós rapidamente olhamos para onde o manto de Griz caíra, revelando um tecido molhado e ensanguentado na lateral do corpo dele. Sua face estava branca e molhada de suor, e eu sabia que não se tratava de um truque. A ferida que Jorik infligira nele havia dias ainda sangrava.

"O que aconteceu?", perguntou Rafe.

"Não é nada", grunhiu Griz. "É só me dar a mão aqui..."

"Cala a boca", disse Kaden a ele. Kaden ergueu o olhar para Rafe. "É da batalha no terraço. Ele levou um golpe de espada na lateral do corpo. Tentei colocar uma bandagem no ferimento, mas ele continua se abrindo."

Griz rangeu os dentes para Kaden e tentou se levantar sozinho, mas Rafe o manteve no chão com a bota. "Não se mexa", ele ordenou a Griz, e então gritou por cima do ombro, chamando Tavish. "Venha dar uma olhada nisso."

Orrin escoltou Kaden para vários metros longe dali e fizeram com que ele se sentasse enquanto Tavish examinava Griz. O restante de nós pairava por ali, observando enquanto Tavish puxava para cima o colete e a camisa imundos de Griz, para depois cortar e remover as bandagens ensopadas.

Sven soltou um gemido quando viu a ferida, e eu contive um estremecer. O talho de uns vinte centímetros estava com uma crosta de sangue preto, e a pele em volta dele estava vermelha e inflamada. Além disso, pus amarelo vazava da ferida.

Tavish balançou a cabeça, dizendo que nada podia fazer em relação àquilo ali na trilha. Ele precisava de água quente e tinha que limpar o ferimento antes que pudesse costurar alguma coisa que fosse. "Isso vai dar um trabalhinho."

Pela forma como ele disse *trabalhinho*, eu sabia que até mesmo ele estava com dúvidas sobre o quanto seria capaz de fazer. Ajoelhei-me no chão ao lado de Griz. "Você tem um pouco de *thannis* aí com você?", perguntei.

Ele balançou a cabeça.

"Eu tenho um pouco", disse Kaden, da sua posição guardada a vários metros dali.

"Não vou beber *thannis* nenhuma", gemeu Griz.

"Cale a boca!", falei. "Se eu mandar que você beba *thannis,* você *vai* beber *thannis.*" No entanto, o que eu tinha em mente era um cataplasma, assim que tivéssemos descido até o vale, para extrair um pouco do veneno.

Eles desamarraram as mãos de Griz, e foi preciso que Rafe, Jeb e Sven agissem juntos para que conseguissem deixá-lo de pé. Vários xingamentos depois, eles finalmente conseguiram colocá-lo em cima do cavalo. Eles não estavam mais preocupados que ele fosse fazer algum movimento repentino. Kaden ainda foi forçado a caminhar à nossa frente. Seu status não havia mudado.

Sven cavalgava perto de Griz, e quando este cambaleou em cima da sua sela, Sven esticou a mão e segurou no braço dele para mantê-lo no lugar.

Por causa dos atrasos com essa coisa de Griz e Kaden se juntarem à nossa caravana, nós não chegamos ao pé do vale até o crepúsculo. Agora, Kaden estivera caminhando por cinco horas com as mãos atadas atrás das suas costas. Eu vi a fadiga nos seus passos, mas, estranhamente, em vez de empatia, minha própria raiva e meus próprios temores haviam voltado à tona. Por quantos meses eu havia ficado naquela mesma posição, uma prisioneira quase morrendo de fome, humilhada e com medo, sem saber ao certo se viveria mais um dia? Ele não tinha sofrido nem metade do que eu sofri. Ainda. A perturbadora diferença era que ele viera em busca disso. Por que realmente estava aqui?

Nós descemos cavalgando pela estrada principal, cercados pelos estranhos gigantes em forma de caixas. Muitas das antigas muralhas e dos antigos telhados ainda estavam intactos. Houve uma rápida discussão para a escolha de um abrigo adequado, o que queria dizer um abrigo que pudesse ser defendido... caso isso se fizesse necessário.

Rafe e Tavish conversaram e se decidiram por uma ruína. Todos nós coletamos várias braçadas de galhos soltos e secos que conseguimos encontrar e os colocamos dentro da morada cavernosa, levando os cavalos conosco. O abrigo poderia ter contido um regimento inteiro.

Tão logo uma fogueira estava brilhando, eu preparei o cataplasma, servindo-me do que quer que estivesse no alforje de Kaden. Tavish afiou sua faca e começou a trabalhar em Griz. Nosso abrigo erguia-se por vários andares, e espessas placas de pedra que haviam caído de lugares mais altos enchiam o chão ao nosso redor. Griz foi deitado em cima de uma delas. Por mais fraco que ele estivesse, e agora, ao que parecia, levemente delirante, foi preciso que todos os quatro o segurassem enquanto a ferida estava sendo limpa.

Foi ordenado que Kaden se sentasse em uma área aberta não muito longe dos equipamentos e da fogueira. Fiquei sentada ali perto, em um grande bloco de pedra, de guarda, com uma espada cruzando o meu colo. Uma sensação estranha formava um nó dentro de mim, como se fosse uma refeição que não tivesse sido digerida, apressada e desconfortável. Notei os braços dele, ainda atados atrás das costas. Um gosto amargo ergueu-se na minha garganta.

Ele era o prisioneiro agora, como havia feito de mim sua prisioneira. Todas as ações dele que eu havia deixado de lado e esquecido, porque sabia que, de alguma forma distorcida, ele também tinha salvado a minha vida, estavam, de repente, tão frescas e doloridas como se tivessem acontecido ontem. Senti a corda ferindo os meus pulsos e o terror sufocante de tentar respirar debaixo de um capuz preto que ele havia colocado sobre a minha cabeça. Senti a vergonha de chorar enquanto a minha face era esfregada no chão. Minhas emoções não eram cegantes e explosivas, como tinham sido no momento em que aquilo acontecia; agora estavam tensas e contidas, como um animal andando de um lado para o outro atrás da jaula formada pelas minhas costelas.

Kaden me fitou, e seus olhos nada revelavam: frios, calmos, mortos. Eu queria ver o terror neles. Medo. Assim como ele com certeza vira nos meus quando descobri que ele não era o mercador de peles que ele dissera ser, mas, sim, um assassino enviado para me matar.

"Como é a sensação?", perguntei a ele.

Ele agiu como se não soubesse do que eu estava falando. Tentei provocá-lo para que o medo dele viesse à tona. "Como é a sensação de ter as mãos atadas atrás das costas? Ser arrastado por lugares inóspitos, sem saber o que vai acontecer com você?" Forcei um longo e esplêndido sorriso a assomar aos meus lábios, como se eu estivesse desfrutando a mudança das nossas sortes. "Como é a sensação de ser um prisioneiro, Kaden?"

"Eu não gosto, se é isso que quer ouvir."

Meus olhos ardiam. Eu queria mais do que isso. "O que eu quero é ver você implorar para ser solto. Barganhar desesperadamente pela sua vida como eu tive que fazer."

Ele soltou um suspiro.

"Isso é tudo que eu ganho? Um suspiro?"

"Sei que você sofreu, Lia, mas fiz o que achava que era certo no momento. Não posso desfazer o que já está feito. Posso apenas compensar os meus erros."

Engasguei com a palavra. Eu sabia amargamente o custo de consertar erros, e o quão pateticamente se poderia ficar aquém das expectativas. Quando Greta morreu, eu achava que era tudo culpa minha enquanto tentava *consertar e compensar os meus erros*, mas agora eu percebia que nem mesmo conhecia as regras do jogo para o qual fora atraída, nem todos os jogadores... como os traidores lá em Civica. Meus consertos nada teriam mudado. As mentiras seguiam em frente. Exatamente como acontecia com as mentiras de Kaden.

"Você mentiu para mim em relação ao pontilhão", falei. "Ele estava lá o tempo todo."

"Sim. A seis quilômetros ao norte do portão de Brightmist. Mas agora o pontilhão não está mais lá. Nós o cortamos."

Seis quilômetros? Nós poderíamos ter saído de lá andando!

Reclinei-me na rocha. "Então que história sagaz você teceu para fazer com que eles poupassem as suas vidas? Estou certa de que foi uma excelente história. Você é um mestre do engodo, afinal."

Ele me analisou, com os olhos castanhos tão escuros e profundos quanto a noite. "Não", disse ele. "Não mais. Acho que esse título agora é seu."

Desviei o olhar. Esse era um título que eu ficaria feliz em abraçar se ele pudesse me levar a ter aquilo de que eu precisava. Fitei a luz do fogo que dançava pelo aço da espada, com ambos os gumes igualmente afiados e reluzentes. "Eu fiz o que tinha que fazer."

"Todas aquelas coisas que você me falou? Fez apenas o que tinha que fazer?"

Levantei-me, com a espada ainda na mão. Eu não estava disposta a entrar em uma discussão e ser arrastada pelo caminho da culpa. "Quem foi que mandou você atrás de nós, Kaden?", exigi saber. "Por que está aqui? Foi Malich?"

Um sorriso afetado e cheio de repulsa torceu o lábio dele.

"Diga", falei.

"Caso você não tenha notado, Lia, nós estávamos em número menor naquele dia no terraço. Mal escapamos com vida. Faiwel morreu. O mesmo aconteceu com os outros guardas que lutaram ao nosso lado. Eu e Griz conseguimos descer, lutando, até um portal no nível mais inferior, e selamos a porta atrás de nós. Dali nos escondemos em várias passagens abandonadas por três dias. Quando não conseguiram nos encontrar, presumiram que havíamos escapado em outra jangada."

"E exatamente como você saberia o que eles presumiram? Ou que havia um esquadrão atrás de nós?"

"Uma das passagens em que nos escondemos ficava ao lado do Saguão do Sanctum. Nós ouvimos o Komizar gritando ordens, uma das quais era para que encontrassem você."

Meus joelhos ficaram moles como água. Fiquei com o olhar fixo em Kaden. A caverna, de repente, girou com as sombras. "Mas ele está morto."

"Pode ser que esteja a essa altura. Ele estava fraco, mas Ulrix mandou chamar curandeiros. Estavam cuidando dele."

Minhas pernas cederam, e caí no chão. Eu vi os olhos do Komizar me perfurando, o dragão que se recusava a morrer.

"Lia", sussurrou Kaden, "me desamarre. Por favor. É a única maneira com que posso ajudar você." Ele se aproximou até que os nossos joelhos quase encostassem um no outro.

Tentei me focar, mas, em vez disso, eu estava sentindo o cheiro do sangue salgado que havia escorrido no terraço, vendo o brilho nos olhos de Aster, ouvindo os cânticos da multidão, sentindo a pegada gélida da faca enquanto eu a puxava da bainha, o dia ganhando vida de novo, a descrença que havia me varrido, os segundos que mudaram tudo, o Komizar desabando no chão, e minha esperança ingênua aumentando, minha esperança de que aquilo tudo pudesse realmente ter acabado.

Havia palavras, secas como giz na minha língua. Engoli em seco, buscando saliva, e por fim consegui soltar um sussurro rouco: "O que foi que aconteceu com os outros, Kaden? Calantha, Effiera, os criados?". Deixei de mencionar mais uma meia dúzia de nomes daqueles que tinham simpatizado comigo, aqueles que haviam olhado para mim com olhos cheios de esperança. Eles haviam esperado algo de mim que não dei a eles. Uma promessa pela qual ainda estavam esperando.

Ele franziu o rosto. "A maioria provavelmente está morta. Clãs que celebraram a sua sucessão na praça sofreram perdas. Foi uma mensagem. Não sei os números, mas pelo menos uns cem foram assassinados. Todos do clã de Aster, inclusive Effiera."

Meus pensamentos giravam. "Yvet e Zekiah?", perguntei, não sabendo ao certo se eu realmente queria saber a resposta. "E Eben?"

"Não sei." No entanto, o tom da voz dele continha pouca esperança. Ele olhou de relance para o meu colo. A espada ainda estava ali.

Uma parte minha queria soltá-lo, queria acreditar em todas as palavras que ele dissera, acreditar que ele só estava aqui para nos ajudar a fugir, mas a história de Rafe não batia com a de Kaden. Rafe tinha visto o Komizar morto. Ele dissera a Sven que vira o cadáver ser arrastado para longe.

A caverna estremeceu com um repentino berro ensurdecedor. Ouvi Sven soltar xingamentos e os gritos dos outros tentando segurar Griz. Os pássaros que dormiam empoleirados acima de nós, saíram voando, preocupados, fazendo cair uma chuva de destroços arenosos.

Kaden ergueu o olhar como se alguma outra coisa pudesse estar à espreita nos pisos escuros acima de nós. "Solte-me, Lia. Juro que não estou mentindo."

Eu me levantei, tirando a poeira da minha calça, com uma dor familiar surgindo no peito. *Venda sempre vem em primeiro lugar.* As palavras dele de muito tempo atrás ainda ardiam. Se havia alguma palavra verdadeira no coração de Kaden, eu sabia que eram estas.

Ergui a espada e pressionei a sua ponta afiada no pescoço dele. "Você pode ter salvado a minha vida, Kaden, mas ainda não fez por merecer a minha confiança. Eu me importo com todos esses homens com quem estou viajando. Não permitirei que os machuque."

Nos olhos dele, o fogo ardia lentamente, com frustração. As coisas eram diferentes agora. Havia muito mais em jogo do que apenas salvar a minha vida. Havia todo mundo que eu amava em Morrighan, todo mundo com quem eu me importava em Venda, todos os homens nesta companhia com quem eu cavalgava... eles estavam entremeados em todos os pensamentos que eu tinha e em todos os movimentos que eu fazia. Eles tinham que se tornar parte dos pensamentos de Kaden também. Ele precisava se importar, como eu me importava. Venda não poderia mais vir em primeiro lugar para ele. Nem mesmo eu poderia vir em primeiro lugar.

Eu estava deitada, aninhada nos braços de Rafe, com a exaustão nos sobrepujando. Eu perguntei a ele sobre o Komizar, contando-lhe o que Kaden havia me dito. Ele falou para eu não me preocupar, que o Komizar estava morto, mas vi a hesitação dessa vez, antes que ele me respondesse, a oscilação no maxilar, o mais leve momento em que ele demorou para me dizer o que eu precisava saber. Rafe estava mentindo. Ele não vira o corpo ser arrastado. Eu não sabia ao certo se deveria ficar com raiva ou me sentir grata a ele. Eu sabia que ele só estava tentando acalmar os meus medos, mas não queria ser acalmada. Eu queria estar preparada. Não forcei a situação. O descanso era mais importante para a nossa sobrevivência. Seus olhos estavam com olheiras.

Nós estávamos aninhados em um recanto escuro das ruínas que nos provia apenas uma pontinha de privacidade. Umas poucas placas caídas separavam-nos dos outros e do brilho da fogueira. Orrin estava encarregado do primeiro turno da vigília. Eu podia ouvi-lo andando de um lado para o outro no chão de cascalhos apenas a uns poucos metros de distância. Talvez fosse o farfalhar de pássaros em algum lugar acima de nós ou o distante uivo de lobos que o mantinha tenso. Ou talvez fosse o fato de que o Assassino agora dormia entre nós. Talvez esse fosse o motivo pelo qual nenhum de nós conseguia adormecer.

Apenas Griz parecia encontrar um profundo torpor, varrido para o interior de algum mundo cheio de sonhos sombrios. Tavish disse que, se ele sobrevivesse à noite, poderia ter uma chance. Não havia nada mais que pudéssemos fazer.

CAPÍTULO 14
CRÔNICAS DE AMOR E ÓDIO

KADEN

s passos de Orrin para um lado e para o outro estava me levando à loucura. Isso tornava difícil ouvir outros ruídos. Coisas que eu deveria buscar ouvir. Rolei para ficar de lado, tentando alcançar a corda em volta dos meus pés, mas os nós estavam fora do meu alcance. Meu ombro doía de ficar horas deitado na mesma posição.

Por um instante, quando contei a ela sobre o Komizar, achei que Lia fosse me desamarrar. Eu vi a luta por trás dos seus olhos. Vi a nossa conexão se reacender. Mas então uma muralha surgiu. Essa era uma Lia mais dura do que a que eu conhecera, feroz e inflexível, mas eu sabia o que havia sido feito a ela e os horrores que ela testemunhara.

Como é a sensação?

A corda entrava nos meus pulsos. Entorpecia os meus tornozelos.

Familiar, eu quis responder. *Ser prisioneiro... a sensação é familiar.*

Isso sempre fora o que eu tinha sido. Meu passado se prendia a mim hoje tão fortemente quanto havia me prendido quando eu era criança, com minhas escolhas ainda limitadas, meus passos ainda acorrentados. Minha vida tinha sido remendada com mentiras desde o dia em que nasci.

Como é a sensação?

Eu me sentia velho. Estava cansado das mentiras.

15
CAPÍTULO
CRÔNICAS DE AMOR E ÓDIO

O fim estava à vista. Bem logo à frente, os contrafortes estavam recuando, e as últimas ruínas mesclavam-se com a terra. A majestade dos Antigos curvava-se mais uma vez em reverência ao tempo, que se provava ser o supremo vencedor. Eu estava aliviada por avistar os primeiros vislumbres de campos gramados à frente, amarelados devido ao inverno. O vale se estendia bem mais ao longe do que eu esperava, embora um pouco da sua extensão pudesse ter a ver com a companhia em meio à qual eu cavalgava. Até mesmo quando palavras pungentes não eram trocadas entre Rafe e Kaden, eu sentia os golpes dos seus sombrios olhares de relance.

Se em algum momento houve três cavaleiros ímpares, éramos nós: o príncipe da coroa de Dalbreck, o Assassino de Venda e a princesa fugitiva de Morrighan. Filhos e filha de três reinos, cada qual determinado a dominar os outros dois. Se a nossa situação não fosse tão desesperadora, eu teria jogado a cabeça para trás e dado risada da ironia. Parecia que, estivesse eu na cidadela ou em terras inóspitas afastadas, meu destino era sempre ficar presa no meio de forças opostas.

Griz não só havia sobrevivido à primeira noite como acordara faminto. Tavish nada disse, mas vi o seu alívio e talvez um pouco do orgulho perdido restaurado. A cada dia, Griz ficava mais forte e, agora, depois de três dias, sua face não estava mais pálida e ele não tinha mais febre. Tavish me perguntou sobre o cataplasma de *thannis* que eu aplicava nele diariamente. Partilhei o que sabia sobre a erva púrpura, inclusive sobre a sua breve, porém mortal, fase dourada, quando da semeadura. Ele pegou a bolsinha que ofereci a ele, fazendo uma nota mental de que evitaria as flores douradas se encontrasse alguma. Griz falou para ele não se preocupar, que ele não encontraria *thannis* nenhuma ali. Que *thannis* só crescia em Venda. Eu gostaria de ter agora um pouco daquelas sementes douradas, nem que fosse para plantar um pouco no jardim de Berdi.

Finalmente permitiram que Kaden cavalgasse. As mãos dele ainda estavam atadas, mas pelo menos na frente do corpo agora. O esquadrão que, segundo ele, estava nos caçando não tinha se materializado, mas a possibilidade ainda nos mantinha tensos. Eu acreditava na história de Kaden e estava certa de que os outros também, embora Rafe nada fosse admitir. O fato de que ele permitira que Kaden cavalgasse era admissão suficiente. Ele queria chegar até a segurança do posto avançado o mais rápido possível. *Apenas meio dia de viagem a seguir,* ele havia estimado quando arrumamos as nossas coisas para partirmos nesta manhã, com o que Sven concordou.

O posto avançado de Marabella era o mais próximo ponto de segurança. Esse posto avançado recebera esse nome em homenagem a uma de suas rainhas de tempos atrás. Rafe disse que havia mais de quatrocentos soldados estacionados lá e que o posto era facilmente defensável. Uma vez que estivéssemos no local, poderíamos descansar, nos abastecer, trocar de cavalos e seguir nossa jornada com mais soldados. Com o Komizar morto, eu não havia sentido necessidade de voltar a Civica de imediato, mas agora, até mesmo com a mais leve possibilidade de que ele estivesse vivo e de que fosse capaz de executar os seus planos de aniquilar Morrighan, a urgência estava de volta. Por mais que eu sentisse deleite só de pensar na ideia de ter vários dias de descanso com Rafe, nós não poderíamos permanecer por muito tempo no posto. O reino de Morrighan precisava ser avisado não apenas em relação ao Komizar, mas também aos traidores que o ajudavam.

Rafe tomou um longo gole de água do seu cantil. "Certifique-se de beber água também, Lia", disse ele, distraído, enquanto seus olhos faziam uma varredura na paisagem à nossa frente. Ele nunca descansava. Eu sequer estava certa de que ele dormia na maioria das noites. O mais leve ruído o acordava. Ao trazer Kaden e Griz para a nossa companhia, ele somente tinha mais coisas para equilibrar, e a exaustão transparecia na sua face. Ele precisava de uma boa noite de sono, uma boa noite de sono em que não tivesse que carregar o peso da segurança de todos nas costas. Ele se virou para mim e abriu um sorriso inesperado, como se soubesse que eu o estava observando. "Estamos quase lá." O gélido azul do seu olhar permanecia em mim, atiçando um fogo nas minhas entranhas que parecia espalhar-se até os dedos dos meus pés. Ele voltou, relutante, os olhos para a trilha à nossa frente, com sua guarda de volta. Nós não estávamos lá ainda. Ele continuou a falar enquanto observava o nosso caminho. "A primeira coisa que vou fazer é tomar um banho quente... e depois vou queimar essas imundas roupas bárbaras."

Ouvi quando Kaden inspirou, fervendo de raiva.

Atrás de nós seguiram-se piadas sobre os confortos do posto avançado. "A primeira coisa que vou fazer é atacar a bebida do coronel Bodeen", disse Sven em um tom alegre, como se já estivesse saboreando a bebida ardente na sua garganta.

"E eu vou erguer uma caneca com você", acrescentou Griz.

"Bodeen também mantém uma despensa atraente", completou Orrin, em um tom de admiração.

"*Bárbaras* ou não, as roupas serviram-lhe bem o bastante", disse Kaden para Rafe. "Você teve sorte de ter recebido esses trajes."

Rafe desferiu um olhar fixo e frio por cima do ombro para Kaden. "Tive sorte", foi a resposta dele. "Assim como você teve sorte por eu não ter cortado a sua cabeça quando lutamos no Saguão do Sanctum."

Um silêncio fervilhante foi a resposta de Kaden.

No entanto, naquele momento, notei que havia um estranho silêncio *por toda parte.* As pontas dos meus dedos formigavam. Um cansaço repentino caíra sobre mim, como se alguém tivesse esmurrado os meus ouvidos. O sangue foi com tudo às minhas têmporas. Virei a cabeça e ouvi com atenção. E então, de algum lugar bem ao longe, escutei o satisfeito ronronar de um animal. *Você é nossa.* Olhei para Rafe. Os movimentos ao meu redor eram arrastados e lentos, e a penugem do meu pescoço ficou eriçada.

"Parem", falei baixinho.

Rafe puxou e parou o seu cavalo, com os olhos já aguçados e alertas. "Contenham-se", ele disse aos outros.

Nosso grupo de oito pessoas ficou reunido, próximos uns aos outros, com incerteza, um nó apertado no silêncio. Oito pares de olhos procuravam por alguma coisa nas ruínas ali perto e nos estreitos espaços entre elas. Nada se mexia.

Balancei a cabeça, pensando que havia alertado todo mundo sem necessidade. Todos nós estávamos tensos... e cansados.

E, então, um uivo estridente cortou o ar.

Giramos para olhar atrás de nós, com nossos cavalos aos solavancos e se empinando para posicionarem-se no nosso círculo constrito. No fim da longa estrada que tínhamos acabado de descer, quatro homens montados nos seus cavalos estavam parados, todos igualmente espaçados, como se estivessem prontos para um desfile... ou uma investida.

"*Rahtans*", disse Kaden. "Eles estão aqui."

Eles estavam longe demais para que os identificássemos, mas estava claro que queriam que nós os víssemos.

"Só quatro?", disse Rafe.

"Há mais. Em algum lugar."

Orrin e Jeb desengancharam os arcos de suas bolsas. Lentamente, Rafe e Sven sacaram as espadas.

Coloquei meu manto para o lado e puxei dali tanto a minha faca quanto a espada. "Por que eles estão ali, simplesmente sentados e parados?"

Outro grito estridente ressoou, ricocheteando nas ruínas e deixando os pelos dos meus braços arrepiados. Nós nos viramos na outra direção e nos deparamos com o que era quase uma imagem espelhada do que estava atrás de nós. Seis homens montados nos seus cavalos, mas esses estavam muito mais próximos. Eles estavam lá, sentados nas suas montarias como se fossem estátuas uniformemente espaçadas umas das outras, frios e firmes, como se nada pudesse passar por eles.

"Que inferno! Maldição!", disse Sven baixinho.

"Soltem-me", sussurrou Kaden. "Agora."

"Pelo que eles estão esperando?", foi a pergunta de Rafe.

"Por ela", respondeu Griz.

"Eles preferem levá-la viva do que arrastá-la morta de volta para lá", Kaden nos explicou. "Eles estão dando a vocês uma chance de abrir mão dela antes que nos matem."

Orrin soltou uma bufada. "Eles estão presumindo que seremos nós que morreremos."

Era uma suposição razoável. Eu reconhecia dois deles pelos seus longos cabelos brancos. Trahern e Iver, os mais vis dos *Rahtans*. Nós estávamos em um número menor. Dez homens saudáveis e bem armados deles contra nossos oito, três dos quais estavam feridos, incluindo eu mesma.

Rafe olhou de relance para cada um dos lados, olhando para as ruínas caídas, mas estava aparente que nenhuma delas proveria rapidamente posições defensáveis.

"Se vocês fizerem o menor movimento, eles vão atacar", disse Kaden em tom de aviso.

"Mais alguma coisa que deveríamos saber?", perguntou Rafe.

"Vocês não têm muito tempo. Eles sabem que estamos conversando."

"Formação angular", ordenou Rafe, mantendo o tom de voz baixo e calmo. "Nós derrubaremos os seis primeiro, depois Jeb e Tavish retraçam os meus passos e se juntam a mim. Apenas quando eu falar. Griz, ao meu sinal, solte Kaden."

"Orrin, direita", disse Tavish. "Jeb... esquerda."

Os cavalos sapateavam no chão, sentindo o perigo.

"Mantenham-se firmes", sussurrou Sven.

Eles trabalhavam juntos, como se fossem uma máquina em operação fluida, trocando mais umas poucas palavras, com o foco cinzelado permanecendo nos *Rahtans* enquanto eles falavam.

Por fim, Rafe virou-se para mim, e todo o cansaço dele desaparecera, os olhos estavam ferozes com a batalha. "Lia, mostre que você está colocando a sua espada de lado. Você vai se mover para a frente como se estivesse cedendo." Ele se virou para olhar para os cavaleiros atrás de nós, e depois se virou de novo para mim. "Devagar. Cinco passadas à frente. Não mais do que isso. Depois, pare. Preparados?" Os olhos de Rafe se voltaram para mim, por uma batida de coração mais longa do que o tempo que tínhamos. *Confie em mim. Vai ficar tudo bem. Eu amo você.* Mil coisas reluzindo no seu olhar, coisas que ele não teve tempo de dizer.

Assenti e fui para a frente. O tempo ficou fluido, cada bater de casco no chão sendo amplificado, uma passada parecendo um quilômetro. Fixei os meus olhos como aço nos *Rahtans* à nossa frente, como se isso fosse mantê-los no lugar. Eles não se mexeram, esperando que eu seguisse por todo o caminho até eles. Sim, Trahern e Iver, mas agora eu também reconhecia Baruch, Ferris e Ghier, apenas guardas cruéis antes, agora elevados a cavalgarem com os *Rahtans*. Não conhecia o sexto. Malich, porém, não estava entre eles. Se não estava aqui, talvez fosse ele que estivesse na regência de Venda agora. Eu havia embainhado a minha espada como Rafe ordenara que eu fizesse, mas a faca ainda estava na minha mão, escondida atrás do cabeçote da sela. Duas passadas. Os cavalos deles se empinavam, impacientes. Três passadas. Eles trocaram olhares, vitoriosos. Quatro passadas. Eu estava perto o suficiente para ver os rostos deles. O rosto de cada um deles reluzia com satisfação. Trahern veio para a frente de modo a encontrar-se comigo. Mais uma. Cinco passadas. Parei o meu cavalo.

"Pode continuar vindo, moça", disse ele.

Não me mexi.

Uma expressão de dúvida cruzou a face dele por apenas um breve instante antes que o grito de batalha de um príncipe guerreiro cortasse o ar. O chão tremeu com o retumbar dos cascos dos cavalos. Carne e sombras passaram voando por mim.

Os *Rahtans* foram correndo de encontro a eles, com Trahern liderando o bando. Rafe fez uma manobra na minha frente para bloqueá-lo. Seguiu-se o lampejar de espadas e o girar de machados. Meu cavalo deu meia-volta na confusão, recuando. Esforcei-me para recuperar o controle dele. Flechas voaram, e o suave sibilar delas passou pelos meus ouvidos. Os *Rahtans* que antes estavam atrás de nós agora também vinham correndo na nossa direção, mas então Rafe e Tavish retraçaram os seus passos, com flechas voando na outra direção, um círculo de batalha comigo no centro. A poeira erguia-se em nuvens, e o mortal ressoar de espadas retinia no ar. Griz girou com força, até mesmo com a lateral do seu corpo fraca, trazendo Iver abaixo. Kaden lutou ao lado dele, com as mãos livres pela primeira vez em dias. O sangue foi borrifado em ambos, mas eu não sabia ao certo a quem pertencia.

Kaden girou no seu cavalo, matando Baruch com um golpe cruel na garganta, puxando e soltando a espada e, no mesmo movimento, bloqueando um ataque de Ferris. Ghier avançou para cima de Sven vindo de trás, e eu joguei a minha faca, atingindo-o bem no meio da nuca. Rodopiei, a briga vindo de todos os lados, e girei a minha espada para cima de mais um *Rahtan* quando ele atacava Orrin. A lâmina passou de raspão pela armadura de couro dele, mas foi distração suficiente para que Orrin conseguisse derrubá-lo do seu cavalo. Tirei uma segunda faca do cinto, mas então, escondido nas ruínas, um lampejo. Cor. Alguma outra coisa fazendo o meu olho virar. Movimento. Ataque.

Um cavalo veio correndo, com Ulrix guiando-o na minha direção.

Ergui a minha espada, mas ele já estava em cima de mim, com a lateral do corpo do seu cavalo agindo como um aríete para cima da minha montaria, o impacto fazendo com que o meu animal tropeçasse e a espada saísse voando. O cavalo dele ainda estava vindo de encontro ao meu, não me dando tempo para me reposicionar ou conseguir controle, com todas as nossas partes, sela e estribos, parecendo emaranhadas. Eu ainda estava com a faca na mão, e a usei para cortar o braço dele, mas me deparei apenas com um punho de couro. Ataquei novamente, tentando atingir algo mais vital; no entanto, ele me bloqueou com a espada e me puxou para cima do seu cavalo com a outra mão em um único e violento puxão. O cabeçote da sua sela bateu na minha barriga como se fosse um punho cerrado, o soco tirando o meu fôlego, socando-me repetidas vezes enquanto eu montava no cavalo com a barriga para baixo. Eu não conseguia respirar, mas sabia *que ele estava indo embora em cavalgada. Estávamos desaparecendo nas ruínas.* Tentei forçar o ar de volta aos pulmões, para sair rolando, soltar o braço preso embaixo de mim, e estiquei a mão, desesperada em busca de alguma coisa com que pudesse atingi-lo. Onde estava a minha faca? Ar. Eu precisava de ar. Ele enfiava os dedos pelos meus cabelos, puxando a minha cabeça para trás. "Tudo de que preciso é sua cabeça, princesa. A escolha é sua. Submeta-se a mim ou perca a cabeça."

Fiquei ofegante, com os meus pulmões finalmente se enchendo de ar, e puxei e soltei o meu braço, com alguma coisa dura ainda nos meus dedos. Dei um golpe com a faca para cima. Ele acertou a minha mão, fazendo com que a faca saísse voando, mas era tarde demais. A lâmina havia deixado uma linha esguichada de sangue da clavícula até a orelha de Ulrix. Ele rugia com a dor, agarrando o meu braço com uma das mãos e erguendo a espada com a outra. Eu não tinha como me mexer, nenhum jeito de empurrá-lo para longe de mim, nenhuma forma de proteger o meu pescoço da lâmina dele, e então ele se foi.

Ele se foi.

O corpo caído de Ulrix jazia no chão. A cabeça dele foi tombando pela inclinação até uma rocha. Rafe deu uma volta em círculo, embainhando a espada ensanguentada. Ele veio cavalgando, pegando-me pela cintura e me puxando de lado para cima da sua sela. Seu coração socava o peito dele junto ao meu ombro. Suas respirações estavam rascadas por causa do esforço da batalha. Eu me virei para olhar para ele. Sangue borrado e suor caíam da sua face. Ele me puxou para si, segurando-me com tanta força que eu não tinha como me soltar dele.

"Você está bem?", disse ele, junto aos meus cabelos.

Minhas palavras ficaram engasgadas na garganta. "Rafe", foi tudo que consegui dizer.

Ele fez carinho com a mão na minha cabeça, segurou os meus cabelos, sua respiração se acalmando enquanto ele me abraçava.

"Está tudo bem com você", disse ele, e dessa vez parecia que ele dizia isso mais para si mesmo do que para mim.

Os *Rahtans* estavam mortos, mas nosso grupo havia sofrido bastante.

Quando retornamos para junto dos outros, Tavish estava com um talho na testa, que ele dispensava com um aceno de mão como se não fosse algo importante, envolvendo a cabeça com uma faixa de tecido para impedir que o sangue caísse nos olhos. Jeb estava deitado no chão, com o rosto molhado e branco. Meu coração ficou apertado, mas Kaden me garantiu que não era algo fatal. Quando o cavalo de Jeb fora atingido pelo golpe de uma espada, ele tinha sido jogado para fora do animal, e o ombro estava deslocado. Ele estremecia enquanto cortavam a sua camisa para que pudessem analisar o ferimento.

"Essa era a minha camisa predileta, seus selvagens", disse ele, tentando sorrir, mas a sua respiração estava tensa e sua face mostrava apenas agonia.

Eu me prostrei ao lado dele, colocando os seus cabelos para trás. "Vou comprar mais uma dúzia dessas para você", falei.

"Linho de Cruvas", especificou ele. "É o melhor que existe."

"Linho de Cruvas será."

Ele fez uma careta e olhou para Rafe. "Acabe logo com isso."

Todos nós ficamos com os olhares fixos no ombro dele. Era mais do que apenas um ombro deslocado. Alguma coisa se rasgara por dentro. A pele estava inchada, roxa e azul, e o ferimento anterior que Tavish havia costurado estava sangrando de novo.

Tavish assentiu para Orrin e Kaden. Eles o seguraram enquanto Rafe girava o braço de Jeb para o lado, levemente para cima, para depois puxá-lo. O grito de Jeb foi pleno e gutural, ecoando pelo vale. Meu estômago se revirou. Depois disso, os olhos dele permaneceram fechados, e achei que ele tivesse desmaiado, mas, quando a sua respiração retornou, ele ergueu o olhar para mim, e disse: "Você não ouviu isso".

Limpei a testa dele. "Não ouvi nada além de selvagens rasgando uma camisa perfeitamente boa."

Nós fizemos uma tipoia para o ombro dele com um saco de dormir de um *Rahtan* morto, e Jeb recebeu ajuda para subir em um dos cavalos vendanos, com o dele agora morto na estrada e sem os seus pertences. Estávamos seguindo caminho novamente, todos nós sujos de sangue, com Griz pendendo para o lado machucado de novo, fazendo-me temer que os seus pontos tivessem soltado. Os *Rahtans* mortos estavam espalhados pelo chão, em uma cena horrível de homens assassinados, alguns deles despidos das necessárias roupas de baixo. Enquanto nós pegávamos os suprimentos de que precisávamos dos corpos mortos, eu me sentia como um abutre, do tipo que Gaudrel e Morrighan haviam temido. Rezei para que não tivesse mais qualquer *Rahtan* à nossa espera em outra ruína. Parecia que nunca sairíamos desse inferno.

olto um grito e me prostro de joelhos,
incapaz de seguir em frente,
chorando pelos mortos,
chorando pelas crueldades,
e um sussurro me chama de muito longe:
Você é forte,
Mais forte do que sua dor,
Mais forte do que seu pesar,
Mais forte do que eles.
E eu me forço a ficar em pé de novo.

— *As palavras perdidas de Morrighan* —

CAPÍTULO 16
CRÔNICAS DE AMOR E ÓDIO

RAFE

u não conseguia banir a visão do bárbaro puxando a cabeça de Lia para trás pelos cabelos, erguendo a espada, e no lampejo do momento, vi o caçador de recompensas em Terravin mais uma vez, com a faca junto ao pescoço dela, mas dessa vez eu sabia que ela morreria. Eu estava longe demais. O terror havia tomado conta de mim. Nunca chegaria até ela a tempo.

No entanto, de alguma forma, consegui. De alguma maneira, eu estava lá. Meu alcance, mais longo; meu avanço, mais rápido do que jamais fora antes. Ela cavalgava comigo agora, assentada na minha sela, junto a mim. Quando eu disse aos outros que ela deveria cavalgar comigo, não expliquei o motivo. Ninguém perguntou. Os cavalos extras estavam amarrados atrás do nosso grupo.

Nós só estávamos de volta à trilha por uma hora quando vimos o crepúsculo ao longe, e então, um esquadrão. Eles se espalharam. Eles tinham nos avistado também. *Que inferno!* Quanto mais conseguiríamos aguentar? Havia pelo menos trinta deles, e nós estávamos presos em uma planície extremamente aberta, com as ruínas bem ao longe atrás de nós.

Ergui a mão, e nossa escolta parou. Ouvi o rumor dos murmúrios atrás de mim.

Benditos sejam os deuses!

Jabavé.

Mãe dos demônios!

O que fazemos agora?

A ordem para dar a volta e tentar chegar de novo nas ruínas estava nos meus lábios quando avistei alguma coisa na nuvem cheia de poeira.

"*Vossa Alteza*", disse Sven, impaciente, esperando uma ordem.

Alguma coisa azul. E preta.

"Um estandarte", falei. "São nossos!"

Gritos de alívio irromperam, mas então todos nós vimos a mesma coisa enquanto galopávamos para mais perto deles. Com as lanças apontadas, as armas sacadas. Não havia como se enganar em relação à intenção deles enquanto vinham na nossa direção, prontos para o ataque: eles não sabiam quem éramos. Acenamos com os braços, mas eles não diminuíram a marcha.

"Alguma coisa branca!", gritei. Na hora em que eles se dessem conta de quem éramos, pelo menos um de nós teria sido empalado. Mas não havia um trapo que fosse de tecido branco entre nós para acenarmos.

"Nossos mantos", disse Lia, e então mais alto: "Nossos mantos são vendanos!".

As cobertas de selas que estávamos usando eram tecidas em cores e padrões vendanos. Até onde eles sabiam, nós éramos um esquadrão de bárbaros. Quem mais estaria por ali?

"Soltem as cobertas!", gritei.

A patrulha diminuiu a marcha, como se estivessem conversando, mas suas armas ainda estavam apontadas para nós. Quando eles estavam dentro de um alcance em que poderiam ouvir nossos gritos, nós nos identificamos, com as mãos no ar, como soldados de Dalbreck. Eles se aproximaram de nós com cautela, e depois pararam a uns seis metros de distância de onde estávamos, ainda prontos para passarem correndo por nós. Ordenei que todos descessem das montarias e que mantivessem as mãos à vista e longe das suas armas. Ajudei Lia a descer, e então eu e Sven demos um passo à frente.

"Seus malditos tolos!", berrou Sven. "Não reconhecem seu príncipe quando o veem?"

Entre a nossa camada de terra e o sangue que manchava as nossas roupas, eu não teria esperado que alguém nos reconhecesse.

O capitão apertou os olhos para nos ver melhor. "Coronel Haverstrom? *Sven?*"

Ouvi um suspiro coletivo vindo dos outros. Meus músculos relaxaram pela primeira vez em semanas. Nós estávamos quase em casa.

"Isso mesmo, seu cabeça-oca", disse Sven, em um tom cheio de alívio.

"E, por mais que eu pareça um cachorro vira-lata, sou o príncipe Jaxon", acrescentei.

O capitão olhou com estranheza para mim, depois olhou de relance para os soldados que estavam um a cada lado dele. Ele desceu da montaria e deu um passo à frente para se encontrar comigo. Sua expressão estava sinistra.

"Capitão Azia", disse ele, apresentando-se. "O exército inteiro de Dalbreck esteve procurando por você..."

Alguma coisa na expressão dele estava errada.

E então, prostrando-se no chão com um joelho só. "Majestade."

CAPÍTULO 17
CRÔNICAS DE AMOR E ÓDIO

O momento se prolongou, tão longo e frágil quanto uma teia sedosa de aranha soprada e esticada no vento. Mais longo, impossível. Os olhos de Sven se encheram de água. Tavish olhou para baixo. Orrin e Jeb trocaram um olhar de relance, sabendo o que tinha acontecido. Até mesmo Kaden e Griz ficaram paralisados no lugar, como se não estivessem certos de que haviam entendido o que as palavras do capitão queriam dizer. Os jovens soldados, um de cada lado do capitão, pareciam confusos. Nem mesmo eles sabiam daquilo. Uma dor feroz se apossou do meu coração enquanto todo mundo esperava para ver o que Rafe faria. Um momento cruel — mas que era dele e somente dele para nele pôr um fim.

Majestade.

Eu só conseguia ver um quarto do rosto Rafe, mas era o bastante. Ele estava com o olhar fixo voltado para o capitão, como se não o estivesse vendo de fato. Apenas o cerrar do seu maxilar, ainda marcado com faixas de terra e sangue, revelava alguma coisa. E o lento curvar da sua mão em punho. Todos os gestos pequenos e controlados me diziam que a notícia o atingira em cheio, mas ele fora bem-treinado. Preparado. Sven provavelmente o vinha preparando para este momento desde que era criança. Rafe faria o que fosse exigido dele, exatamente como fizera quando viera a Morrighan para se casar comigo. Depois de duas respirações calculadas, ele assentiu para o capitão. "Então você cumpriu com o seu dever."

Um príncipe, na virada de um momento e com umas poucas palavras, agora era um rei.

Rafe fez um movimento para que o capitão se erguesse e perguntou, baixinho: "Quando?".

Foi nesse instante que Sven colocou uma das mãos no ombro de Rafe.

O capitão ficou hesitante, olhando para o restante de nós, não sabendo ao certo se poderia falar livremente.

Rafe olhou para Kaden e Griz e depois pediu que Tavish e Orrin os levassem para dar uma volta. Eles podiam ter confiado uma espada a eles, mas não confiariam os segredos do seu reino.

A morte do rei ocorrera havia semanas, explicou o capitão, apenas uns poucos dias depois que a rainha falecera. A corte interna estava em polvorosa, e fora decidido que o passamento do rei seria mantido em segredo. Sem uma pessoa no trono e com o príncipe da coroa desaparecido, o gabinete queria segurar a notícia, não deixando que os reinos vizinhos soubessem que Dalbreck estava sem um monarca. Eles explicavam a falta de aparecimento em público do rei como luto pela rainha. Os ministros do gabinete governavam com discrição enquanto uma busca desesperada pelo príncipe tinha sido empreendida. Com seus altos oficiais também desaparecidos, eles presumiam que ele estivesse vivo, mas preso em uma retaliação não autorizada, ainda que merecida, contra Morrighan. O reino inteiro estava enfurecido com a quebra do contrato, e eles queriam vingança. Quando fizeram uma busca no escritório de Sven, encontraram mensagens enviadas do príncipe para Sven sobre uma reunião em Luiseveque, mas não conseguiram achar algo além de ordens de Sven para que Tavish, Orrin e Jeb também se encontrassem com eles lá. Temiam que todos tivessem sido encontrados e jogados em uma das prisões de Morrighan. No entanto, investigações cuidadosas não tiveram resultados. Era como se todos eles tivessem desaparecido em pleno ar, mas a esperança nunca foi perdida. Suas habilidades eram conhecidas.

Quando o capitão terminou de falar, foi a vez de Rafe se explicar. "Vou atualizá-lo quanto ao que aconteceu enquanto cavalgamos", Rafe disse a ele, informando que estávamos cansados, com fome e que alguns de nós precisavam de cuidados médicos.

"E aqueles dois?", perguntou-lhe o capitão, assentindo em direção a Griz e Kaden ao longe.

O canto da boca de Rafe se repuxou. Fiquei tensa, esperando para ver como ele iria se referir a eles. Bárbaros? Prisioneiros? Ele mesmo parecia incerto quanto a isso. Rezei para que não dissesse nem *Rahtan*, nem Assassino.

"Vendanos", foi a resposta dele. "Em quem podemos confiar com moderação, por ora. Manteremos uma guarda atenta neles."

Confiar com moderação? Eles tinham acabado de salvar as nossas vidas! Pela segunda vez. Mas eu sabia que os dois não tinham feito isso por causa de Rafe nem de Dalbreck. Fizeram apenas por mim. Então, relutante, eu compreendi a cautela.

A expressão do capitão ficou endurecida, e uma linha profunda se assomou entre as suas sobrancelhas. "Um pelotão seu está desaparecido há semanas. Nós estivemos caçando os homens como..."

"Esse pelotão está morto", disse Rafe, sem rodeios. "Todos eles. Vi as suas armas e os seus objetos de valor cheios de sangue serem levados para o Komizar. Aqueles dois não estiveram envolvidos nisso. Como falei, explicarei enquanto cavalgamos."

O capitão ficou pálido. Um pelotão inteiro, morto? Mas ele não fez outro comentário, aquiescendo ao desejo de Rafe de explicar tudo conforme cavalgassem. Ele desferiu um olhar de esguelha para mim, mas foi educado demais e não perguntou quem eu era. Certamente ele havia me visto cavalgando na frente de Rafe no seu cavalo e provavelmente presumia alguma coisa desagradável. Eu não queria envergonhar Rafe ou o capitão com a verdade a essa altura dos acontecimentos. Todos nós tínhamos ouvido o que ele dissera sobre a raiva que ainda nutriam em relação a Morrighan, mas, quando o capitão voltou para o seu cavalo, os soldados dele também me olharam com curiosidade. Com o que restava do meu vestido de clã, e com a pele ainda manchada de sangue, certamente eu parecia uma bárbara selvagem aos olhos deles. Que diabos estaria seu rei fazendo ao cavalgar comigo?

Os olhares trocados de relance não escaparam a Rafe, que baixou os olhos e balançou a cabeça.

Sim, ele tinha muito a explicar.

Não consegui sequer um momento que fosse para abraçar Rafe. Para dizer a ele o quanto eu sentia. Para expressar qualquer forma de tristeza. A escolta foi retomada de imediato. Talvez fosse bom para Rafe ter uma oportunidade de absorver essa notícia sem que palavras minhas agitassem ainda mais as emoções dele.

Eu encontrara o pai dele certa vez. Por um breve momento. Ele era um velho que subia pelos degraus da cidadela, mancando enquanto andava, precisando de ajuda. Aquela visão havia feito com que o terror pulsasse por mim. Ele era velho o bastante para ser pai do meu pai. Eu presumira o pior em relação à idade do príncipe, embora soubesse agora que não teria importado o quão velho ou jovem fosse o rei de Dalbreck.

Meu terror estava enraizado na realidade desse homem chegando em Civica para assinar os contratos de casamento. Ao vê-lo, vi minhas escolhas esmagadas, minha voz sendo silenciada para sempre em um reino estranho do qual eu pouco sabia. Eu era uma propriedade a ser escambada como uma carroça cheia de vinho, embora talvez fosse menos preciosa e certamente bem menos apreciada. *Cale-se, Arabella, o que você tem a dizer não importa.*

Eu sabia que esse rei precisava ter alguma qualidade que o redimisse para que Rafe o amasse e para que Sven ficasse arrasado com a notícia, mas eu não conseguia esquecer que esse rei também tinha dito a seu filho: *Arrume uma amante depois do casamento se ela não for adequada para você.* Somente em nome de Rafe eu podia vivenciar o luto pela morte dele.

Com trinta soldados nos escoltando agora, eu havia sugerido que cavalgasse sozinha no meu próprio cavalo bem atrás da nossa caravana. Sei que a cavalgada seria mais confortável para todos os envolvidos se eu não estivesse lá enquanto Rafe e Sven tentavam explicar onde estiveram pelos últimos meses. Qual seria o tamanho da raiva de Dalbreck sendo eu a causa do desaparecimento do seu príncipe? Eu já tinha ouvido o tom com que o capitão dissera *Morrighan*, como se fosse um veneno a ser cuspido.

O vento ficou mais forte, fresco e revigorante. Eu sentia falta da calidez de Rafe nas minhas costas, o conforto dos seus braços em mim, o cutucão de seu queixo na lateral da minha cabeça. Meus cabelos fediam a óleo, fumaça e terra, e até mesmo ao rio que quase havia matado a nós dois, e ainda assim Rafe havia colocado o nariz neles, como se cheirassem a flores, como se ele não se importasse se eu fosse ou tivesse sido uma princesa adequada.

"Rafe parecia chocado. Presumo que a saúde ruim do rei fosse uma das mentiras dele também, não?"

Eu não havia notado que Kaden se aproximara até ficar ao meu lado. Provavelmente ele vinha mantendo um registro das mentiras desde que eu o deixara lá no terraço.

Olhei para ele, cujos ombros estavam caídos. Kaden estava exausto. No entanto, o cansaço que vi nos seus olhos tinha origem em algum outro lugar, de palavras que haviam arrancado pedaços da carne dele, um dia calculado atrás do outro. Palavras minhas. Lutei para pensar em uma defesa, mas não havia mais raiva na expressão dele, e isso me deixou um vazio. Não me dava algo contra o que me opor. Eu não tinha mais peças daquele jogo para jogar.

"Sinto muito, Kaden."

Ele ergueu o lábio em uma expressão dolorida, e balançou a cabeça, como se para dispensar mais pedidos de desculpas vindos de mim. "Eu tive tempo para pensar a respeito", disse ele. "Não existe nenhum motivo pelo qual eu deveria ter esperado a verdade de você. Não quando fui eu que menti e a traí primeiro, lá em Terravin."

Isso era verdade. Ele havia mentido e me traído. No entanto, de alguma forma, minha mentira parecia ser um crime maior. Eu havia brincado com a necessidade que Kaden tinha de ser amado. Eu o havia escutado, empática, enquanto ele me contava os seus segredos mais profundos e dolorosos, os quais ele nunca partilhara com ninguém. Ele permitiu que eu entrasse em uma parte profunda da sua alma, e usei isso para ganhar a confiança dele.

Soltei um suspiro, fraca demais para separar as culpas como se fossem fichas em um jogo de cartas. Importava se a minha pilha fosse maior que a dele? "Isso foi uma vida atrás, Kaden. Nós dois éramos pessoas diferentes na época. Nós dois usávamos mentiras e a verdade para os nossos próprios propósitos."

"E agora?"

Eu o vi estirando isso para mim, hesitante, *a verdade*, um tratado escrito no ar entre nós. Seria a verdade até mesmo possível? Eu não sabia mais ao certo o que era a verdade, nem se agora seria hora para ela.

"O que você quer, Kaden? Nem mesmo sei ao certo por que você está aqui."

Seus cabelos loiros eram chicoteados ao vento. Ele apertou os olhos para olhar para o longe, mas nenhuma palavra vinha. Eu vi a luta, sua busca pela falsa calma que ele sempre estampava no rosto. Calma esta que estava fora do seu alcance agora.

"Foi você quem propôs a verdade", falei a Kaden, lembrando-o.

Um sorriso cheio de angústia repuxou a boca dele. "Durante todos aqueles anos... Eu não queria ver o Komizar como ele realmente era. O Komizar me salvou de um monstro, e eu me tornei tão compulsivo quanto ele. Eu estava pronto para fazer com que um reino inteiro pagasse pelos pecados do meu pai... um homem que eu não via há mais de uma década. Passei metade da minha vida esperando pelo dia em que ele iria morrer. Bloqueei a bondade de todas as pessoas de Morrighan que eu já conheci, dizendo que não importava. Que era o custo da guerra. Minha guerra. Nada mais importava."

"Se você o odiava tanto assim, por que simplesmente não matou o seu pai há muito tempo? Você é um assassino. Para você, essa teria sido uma tarefa fácil."

Ele pigarreou e apertou a mão nas rédeas. "Porque não era o bastante. Toda vez que eu imaginava minha faca cortando a garganta dele, isso não me dava aquilo de que eu precisava. A morte era uma coisa rápida demais. Quanto mais tempo eu planejava o grande dia, mais eu queria. Eu queria que ele sofresse. Que soubesse. Eu queria que ele visse tudo que havia me negado morrer de mil maneiras diferentes, devagar, agonizando, dia após dia, da forma como havia acontecido comigo quando eu pedia esmola nas esquinas das ruas, aterrorizado com a possibilidade de que eu não fosse trazer o suficiente para satisfazer os animais a quem ele havia me vendido. Eu queria que ele sentisse isso de forma tão pungente quanto senti quando ele me chicoteou."

"Você disse que tinham sido os mendigos."

"Sim, foram eles, mas apenas depois que ele deixara as primeiras marcas, e aquelas foram as mais profundas."

Eu me encolhi ao ouvir as crueldades que ele havia sofrido, mas o horror pelo quão longamente ele planejara e ansiara por vingança deixava um nó enjoativo na minha garganta. Engoli em seco. "Você ainda deseja isso?"

Ele assentiu sem hesitar. "Sim, eu ainda quero que ele morra, mas agora existe outra coisa que quero até mesmo mais do que isso." Ele se virou para ficar cara a cara comigo, com linhas de preocupação formando-se em leque em torno dos seus olhos. "Eu não quero que mais gente inocente morra. O Komizar não vai poupar ninguém, nem Pauline, nem Berdi, nem Gwyneth... ninguém. Eu não quero que elas morram, Lia... e eu não quero que você morra." Ele olhou para mim como se já pudesse ver a palidez da morte no meu rosto.

Meu estômago se revirou. Pensei nas últimas palavras que Venda havia falado para mim, nos versos que faltavam e que alguém havia arrancado do livro: *Jezelia, cuja vida será sacrificada.* Eu não havia partilhado aquele verso com nenhuma pessoa. Algumas coisas precisavam ser mantidas guardadas e em segredo por ora. A verdade ainda estava bem longe para mim.

"É todo um reino que está em perigo, Kaden. Não apenas essas poucas pessoas que você conhece."

"Dois reinos. Existem inocentes em Venda também."

Meus olhos ardiam, pensando em Aster e naqueles que haviam sido assassinados na praça. *Sim, dois reinos em perigo.* A raiva borbulhava dentro de mim com os esquemas do Komizar e do Conselho.

"Os clãs merecem mais do que o que lhes foi dado", falei, "mas uma terrível ameaça cresce em Venda, ameaça esta que tem que ser impedida. Não sei como fazer com que tudo isso dê certo, mas vou tentar."

"Então você vai precisar de ajuda. Eu não tenho nada para que voltar, Lia, não enquanto o conselho estiver no poder. E sou tão odiado quanto na minha terra natal, em Morrighan. Não posso sequer voltar para os acampamentos nômades. Se eu estiver com você..."

"Kaden..."

"Não faça disso mais do que é, Lia. Nós queremos a mesma coisa. Estou lhe oferecendo ajuda. Nada mais."

E havia a verdade em que Kaden estava tentando acreditar. *Nada mais.* Porém, eu via nos olhos dele que *havia* mais. Ainda havia tanta necessidade nele... Seria difícil navegar nesse caminho. Eu não queria iludi-lo nem o magoar de novo. Ainda assim, Kaden estava me oferecendo uma coisa que eu não podia recusar. Ajuda. E um Assassino vendano agindo em meu nome seria algo de inquestionável valor. Como eu amaria ver a reação do gabinete com isso... especialmente as reações do Chanceler e do Erudito. *Nós queremos a mesma coisa.*

"Então me conte o que você sabe dos planos do Komizar. Com quem mais no gabinete morriguês ele estava conspirando além do Chanceler e do Erudito Real?"

Ele balançou a cabeça. "O único de que tenho conhecimento é o Chanceler. O Komizar guardava esses detalhes para si... partilhar seus contatos essenciais cederia poder demais. Ele só me contou sobre o Chanceler porque eu tive que entregar uma carta à mansão dele uma vez. Eu tinha treze anos e era o único vendano que sabia falar morriguês sem sotaque. Eu me parecia com qualquer outro menino mensageiro para a empregada que atendeu à porta."

"O que dizia essa carta?"

"A carta estava selada. Eu não a li, mas acho que era uma solicitação por mais eruditos. Poucos meses depois, vários deles chegaram no Sanctum."

Cada vez mais eu vinha ponderando sobre quantos exatamente haviam conspirado com o Komizar além do Chanceler e do Erudito. Eu vinha pensando na morte do meu irmão e tinha certeza de que aquele não era um encontro fortuito. Para começo de conversa, o que um batalhão inteiro de vendanos estava fazendo tão longe da fronteira deles? Eles não estavam marchando para um posto avançado ou reino, e tão logo a companhia do meu irmão estava morta eles deram a volta e retornaram para casa. Eles estavam esperando, talvez sem saberem ao certo quando o encontro ocorreria; de alguma forma, porém, eles sabiam que o pelotão do meu irmão estava a caminho. Será que alguém em Morrighan os tinha entregado? O assassinato foi planejado. Até mesmo quando me deparei com o *chievdar* no vale, ele, em momento algum, expressou surpresa ao se deparar com um pelotão de homens. Poderia a traição em Morrighan ter chegado até mesmo aos militares?

Um repentino e duro galopar cortou o ar subitamente. Um soldado andou em círculo com o seu cavalo e parou ao meu lado. "Madame?" A palavra estava dura na língua dele como se o homem não estivesse muito certo de como me chamar. Ele esforçou-se para manter o tom livre de insinuações. Estava óbvio que Rafe ainda não havia contado tudo ao capitão.

"Sim?"

"O rei deseja que você vá cavalgar ao lado dele. Nós já estamos quase chegando."

O rei. Essa nova realidade espancava minhas costelas. Os dias vindouros seriam difíceis para Rafe. Além de lidar com o seu pesar pelo luto, ele estaria sob tanto escrutínio quanto eu. Isso poderia mudar tudo. Nossos planos. *Meus* planos. Não havia como nos esquivarmos disso.

Olhei de relance de volta para Kaden. "Conversamos mais depois." Ele assentiu, e acompanhei o soldado até a frente da caravana.

Olhei para Rafe, mas não conseguia imaginá-lo sentado em um trono. Eu podia apenas vê-lo nas costas de um cavalo, um soldado, com os cabelos beijados pelo sol e soprados pelo vento, com fogo nos olhos, intimidação no olhar e uma espada na mão. Esse era o Rafe que eu conhecia. No entanto, ele era mais do que isso agora. Era o regente de um reino poderoso, e não mais o herdeiro aparente do trono. Suas pálpebras estavam pesadas, como se todos os seus dias de sono perdido estivessem por fim tomando conta dele. Nenhum homem, nem mesmo um tão forte quanto Rafe, conseguiria ficar eternamente vivendo à base de uns punhadinhos de descanso.

O capitão cavalgava do outro lado dele, conversando com um soldado. Eu não sabia como Rafe havia explicado a longa ausência. Eu estava certa de que a maioria dos detalhes de Terravin havia sido deixada de fora. Que importância teria para um capitão uma criada de taverna servindo a um fazendeiro?

Rafe virou-se, sabendo que eu estava olhando para ele, e sorriu. "A primeira coisa será banhos quentes para todo mundo."

Seria errado que eu desejasse um banho quente único para nós dois? Umas poucas e abençoadas horas em que pudéssemos esquecer que o restante do mundo existia? Depois de tudo pelo que passamos, será que nós não tínhamos o direito nem desse tantinho? Eu estava cansada de esperar por amanhãs, por esperanças e dúvidas.

"Lá está!", ouvi Orrin dizer de algum lugar à nossa frente.

Olhei e vi a estrutura que se erguia em uma suave colina arredondada ao longe. Dois soldados galopavam à frente do nosso grupo para anunciar nossa chegada. Esse seria um posto avançado?

"Ali é Marabella?", perguntei a Rafe.

"Não era o que você estava esperando?"

Nem um pouco. Talvez algumas barricadas de madeira. Talvez uma fortificação de terra coberta com grama. Afinal de contas, esse era o Cam Lanteux, e nenhuma estrutura permanente era permitida aqui. Não se tratava apenas de um entendimento... isso fazia parte de um tratado muito antigo.

Em vez disso, o que eu vi foi uma estrutura de pedra com paredes brancas reluzentes, ágeis e graciosas, espalhando-se como belas asas de um cisne de uma alta torre de um portão. Conforme nos aproximávamos da estrutura, eu via vagões e tendas juntos uns dos outros em grupos do lado de fora daquelas paredes. Uma cidade em si.

"O que é tudo aquilo?", perguntei.

Rafe me explicou que o perímetro externo do posto avançado servia como um porto seguro e como um ponto de parada para mercadores a caminho de outros reinos. Nômades também buscavam refúgio perto das suas paredes, especialmente no inverno, quando os climas do norte eram duros demais. Aqui eles podiam se estabelecer nos terrenos e plantar vegetais invernais. E havia aqueles que vinham para vender mercadorias para os soldados também, oferecendo comida, bugigangas e diversões de diferentes tipos. Essa era uma cidade que estava sempre mudando, conforme os mercadores iam e vinham.

O sol estava ainda alto no céu, e a crescente extensão da parede de pedra brilhava em contraste com a terra escura, fazendo com que eu me lembrasse de alguma coisa mágica de uma história infantil. O portão se abriu, e as pessoas passavam em grandes números por ele. Nem todos eram soldados. Mais pessoas se reuniam nas paredes da torre acima, ansiosas para conseguir ver alguma coisa. As novidades haviam chegado, e provavelmente nenhum deles podia acreditar naquilo. O príncipe perdido fora encontrado. Mercadores curiosos dos vagões que estavam por perto vieram andando, mais próximos do portão, para ver do que se tratava toda aquela comoção. Uma fileira de soldados manteve as pessoas para trás, de modo que a estrada estivesse livre para que entrássemos.

Parecia que, se havia alguma coisa para a qual eu estava destinada, era causar primeiras impressões pouco impressionantes e imundas. Tal coisa aconteceu na primeira vez em que pus os pés na taverna de Berdi, na minha entrada no Saguão do Sanctum e hoje, encontrando os compatriotas de Rafe.

Senti meu pescoço pegajoso mais uma vez, com sujeira atrás dos lóbulos das orelhas, e desejei que pelo menos tivesse uma bacia na qual pudesse me lavar. Tentei alisar os cabelos para trás, mas meus dedos ficaram emaranhados em nós.

"Lia", disse Rafe, esticando a mão e voltando para o meu lado, "estamos em casa. Estamos em segurança. Isso é tudo que importa."

Ele lambeu o polegar e o esfregou no meu queixo, como se isso fizesse alguma diferença, e então sorriu. "Pronto. Perfeito. Exatamente como você."

"Você borrou a minha sujeira", falei, fingindo que estava irritada.

Os olhos dele brilhavam com uma tentativa de me tranquilizar. Assenti. Sim. Estávamos em segurança... e juntos. Isso era tudo que importava.

Exceto pelos ribombos dos cascos dos cavalos, o silêncio reinava quando nos aproximamos. Era como se as respirações estivessem presas, todos incrédulos com o que viam, certos de que o soldado havia cometido um erro na mensagem, mas então murmúrios de reconhecimento ergueram-se, e alguém no alto da parede da torre berrou: "Bastardos! *Realmente* são vocês!".

Rafe sorriu, e Sven acenou. Fiquei alarmada a princípio, e depois me dei conta de que aquilo era um cumprimento, e não uma zombaria, de soldado para soldado, e não de soldado para rei. Jeb, Orrin e Tavish responderam a chamados de outros camaradas. Fiquei surpresa ao ver que havia mulheres em meio à multidão. Mulheres belamente vestidas. Mulheres que estavam um tanto boquiabertas e cujos olhares contemplativos pousavam em mim, e não no seu novo rei. Uma vez que havíamos passado pelos portões, soldados que estavam esperando para conduzir os nossos cavalos tomaram nossas rédeas, e Rafe me ajudou a descer. Minha perna machucada ainda estava rígida com o primeiro passo, e cambaleei. Rafe me segurou, mantendo o braço em volta da minha cintura. As atenções dele para mim não passaram despercebidas, e seguiu-se um temporário silêncio em meio aos cumprimentos. Com certeza os soldados que seguiram cavalgando na frente com a mensagem apressada do retorno do príncipe não haviam incluído detalhes da presença de uma moça na escolta.

Um homem alto e arrumado seguia caminho em meio à multidão e todo mundo rapidamente se moveu para o lado para que ele passasse. Seu passo era deliberado, e seu couro cabeludo descoberto reluzia ao sol. Um dos seus ombros tinha uma distinta e larga trança dourada. Ele parou na frente de Rafe e balançou a cabeça, com o queixo marcado por covinhas como uma laranja, e então, exatamente como o capitão havia feito quando estávamos na planície, o homem se prostrou com um joelho só no chão e disse, alto, para que todo mundo pudesse ouvir: "Sua Majestade, o rei Jaxon Tyrus Rafferty de Dalbreck. Saúdem o seu soberano".

Seguiu-se um silêncio coletivo. Uns poucos prostraram-se com um joelho no chão de imediato também, com mais oficiais ecoando *rei Jaxon*, mas a maioria dos soldados ficou hesitante, chocada com a notícia. Isso havia sido um segredo: o velho rei deles estava morto. Lentamente, a percepção disso se enraizou, e a multidão, em ondas, prostrou-se de joelhos.

Rafe reconheceu-os com um simples assentir de cabeça, mas estava óbvio para mim que, além de qualquer coisa, ele desejava poder se abster dessas formalidades. Embora honrasse as tradições e o protocolo mais do que eu, naquele momento ele era apenas um jovem cansado que precisava de descanso, sabão e uma refeição decente.

O oficial se pôs em pé e ficou analisando Rafe por um instante, depois esticou a mão e deu um abraço vigoroso nele, não se importando com o fato de que as roupas imundas de Rafe estavam sujando sua túnica impecável e sua camisa engomada.

"Sinto muito, rapaz", disse baixinho. "Eu amava os seus pais." Ele o soltou e o manteve à distância de um braço. "Mas, que diabos, soldado. Sua noção de tempo é um terror. Onde diabos você esteve?"

Rafe cerrou os olhos por um breve momento, pois seu cansaço havia retornado. Ele era rei e não tinha que explicar coisa alguma, mas era um soldado em primeiro lugar, leal aos seus camaradas do exército. "O capitão pode responder a algumas das suas perguntas. Primeiramente nós precisamos..."

"É claro", disse o homem, percebendo o erro que tinha cometido, e virou-se para um soldado que estava ao seu lado. "Nosso rei e seus oficiais precisam de banhos e roupas limpas. E aposentos preparados! E..." Os olhos dele caíram em mim, talvez notando pela primeira vez que eu era uma mulher. "E..." Ele ficou sem saber ao certo o que dizer.

"Coronel Bodeen", disse Rafe, "esta foi a causa da minha ausência." Ele olhou para a multidão, dirigindo-se não somente ao coronel, mas a eles também. "Uma ausência digna", acrescentou com uma ponta de austeridade. Ele ergueu a mão na minha direção. "Permitam-me lhes apresentar a princesa Arabella, a Primeira Filha da Casa de Morrighan."

Todos os olhos voltaram-se para mim. Eu me sentia nua como uma uva descascada. Seguiu-se uma risada abafada vinda de alguns dos soldados, mas então eles perceberam que Rafe estava falando sério. Seus sorrisos desapareceram. O capitão Azia ficou me olhando, boquiaberto, o rosto ruborizando, talvez se lembrando de todas as palavras vulgares que havia dito sobre Morrighan.

O coronel Bodeen curvou repentinamente a boca para o lado, desajeitado. "E ela é... sua prisioneira?"

Considerando as circunstâncias, a atual animosidade entre os nossos reinos e a minha aparência miserável, essa não era uma conclusão improvável.

Orrin soltou uma bufada.

Sven tossiu.

"Não, coronel", respondeu Rafe. "A princesa Arabella é a sua futura rainha."

CAPÍTULO 18
CRÔNICAS DE AMOR E ÓDIO

m rosnado lento veio de Griz. Rafe havia usurpado a reivindicação dele. Eu sabia que, para Griz, uma vez que ele ergueu a minha mão para os clãs lá no Sanctum, eu era a rainha de um reino — apenas de *um* reino. Desferi a ele um olhar pungente de relance, e ele agarrou a lateral do seu corpo, encolhendo-se como se aquela fosse a fonte do seu barulho fora de hora. Porém, aquele rosnado foi pouco em comparação à mortalha de silêncio que se seguiu. O escrutínio era sufocante.

Parecia que ser vendano dentro das muralhas deste posto avançado era preferível a ser a insolente realeza que havia abandonado o seu precioso príncipe no altar.

Alinhei os ombros e ergui o queixo, embora, com certeza, isso apenas expusesse mais anéis de terra em volta do meu pescoço. De repente, senti a dor de tentar, senti a vontade dolorida de pertencer a algum lugar, a qual sempre estivera fora do meu alcance, senti a dor da saudade de Pauline, de Berdi e de Gwyneth, querendo que elas estivessem do meu lado, para me abraçarem, em um círculo apertado de braços que eram invencíveis. Ansiava por mil coisas perdidas, coisas que nunca poderia conseguir de volta, inclusive Aster, que havia acreditado incondicionalmente em mim. Era uma dor tão profunda que eu queria me desfazer em sangue no chão e desaparecer.

No entanto, as provações nunca tinham fim. Enrijeci a coluna e ajustei o maxilar em uma boa forma real. Fiz minha voz ficar firme e uniforme, e ouvi minha mãe falando, embora fossem os meus lábios que estivessem se mexendo. "Eu tenho certeza de que os senhores têm muitas perguntas, as quais eu espero poder responder depois, assim que tivermos nos limpado um pouco."

Uma mulher magra e talhada, com severas maçãs do rosto, deu um passo à frente, cutucando o coronel com o cotovelo e fazendo com que ele fosse para o lado. Seus cabelos negros e lustrosos tinham faixas prateadas e estavam puxados para trás em um coque implacável. Ela foi até Rafe. "Serão preparados aposentos para Sua Alteza também. Nesse ínterim, ela pode ir para a minha câmara, e eu e as outras damas vamos cuidar das necessidades dela."

Ela me olhou de esguelha, com os lábios finos puxados em uma linha rígida e fulva.

Eu não queria ir. Preferia ter me limpado nos chuveiros dos soldados e pegado emprestada outra calça, mas Rafe agradeceu a ela e fui escoltada para longe dali com um aceno de mão.

Enquanto eu ia embora, ouvi Rafe ordenar que fosse duplicado o número de guardas no portão e que fossem mais curtos os revezamentos dos guardiões da torre, de modo que sempre houvesse soldados novos ali. Ele não disse o motivo para isso, mas eu sabia que era porque ele temia que outros *Rahtans* pudessem ainda estar por aí. Depois de tantas semanas olhando por cima dos nossos ombros, eu me perguntava se algum dia seríamos capazes de não ficar alertas. Será que a paz voltaria a nós de novo?

Esforços delirados foram feitos para que as pessoas recuassem e evitassem encostar em mim. Seria por causa da minha imundície ou da minha posição? Eu não sabia ao certo, mas enquanto seguia essa mulher magra e angulosa, a multidão se separou, deixando uma ampla passagem para mim. Ela se identificou como sendo madame Rathbone. Olhei para trás por cima do meu ombro, mas a multidão já havia se reunido novamente, e Rafe não estava mais no meu campo de visão.

Foi-me oferecida uma estola na sala de estar de madame Rathbone enquanto esperávamos um banho ser preparado. Duas outras damas que haviam se apresentado como Vilah e Adeline haviam desaparecido para dentro dos seus próprios aposentos e começaram a voltar com roupas diversas, tentando encontrar alguma coisa adequada para eu vestir. Estava silencioso e desajeitado enquanto elas arrastavam os pés ao meu redor, colocando vestimentas em cima de mesas e cadeiras, olhando para elas para medir o tamanho em vez e erguê-las para mim, o que haveria de requerer mais intimidade, e eu estava imunda. Seus olhares eram cautelosos demais, e eu estava cansada de tentar ficar de conversa fiada.

Madame Rathbone sentou-se à minha frente em um amplo canapé tufado. Ela não tirou os olhos de mim nem por um instante. "Tem sangue em você", disse por fim.

"Pelos deuses, o corpo *todo* dela está cheio de sangue!", disse Adeline, irritada.

Vilah, que provavelmente era apenas uns poucos anos mais velha do que eu, disse: "Que diabos foi que fizeram com ela?".

Observei os meus braços e o meu peito ensanguentados, e então ergui a mão e senti a aspereza e o estalo de sangue seco no meu rosto. Muito sangue vendano. Fechei os olhos. Tudo em que eu conseguia pensar era em Aster. Todo aquele sangue parecia ser dela.

"Você está machucada, criança?"

Ergui o olhar para madame Rathbone. Havia uma ternura na sua voz que me pegou desprevenida, e um nó doloroso se alojou na minha garganta.

"Sim, mas os machucados não são recentes. Isso é sangue de outra pessoa."

As três mulheres trocaram olhares de relance, e madame Rathbone murmurou uma longa sequência de xingamentos ardentes. Ela notou que fiquei levemente de queixo caído, e ergueu as sobrancelhas. "Com certeza ao viajar com soldados, você já ouviu coisas bem piores do que isso."

Não. Na verdade, não. Eu não tinha ouvido tantas daquelas palavras desde os dias em que eu jogava cartas em salas obscuras com os meus irmãos.

Ela torceu o nariz. "Vamos tirar tudo *isso* de você", disse ela. "O banho já deve estar pronto agora." Ela me conduziu para dentro de uma sala contígua. Aparentemente este era o bangalô de um oficial, pequeno e com aposentos quadrados, uma sala de estar, uma câmara de dormir e um vestíbulo. As paredes eram lisas, com uma cobertura de estuque, adornadas de forma elegante com tapeçarias. Um soldado colocou um último balde de água fumegante para me enxaguar, ao lado da banheira de cobre, e saiu rapidamente por outra porta. Madame Rathbone colocou uma barra cruzada por cima dessa porta.

"Nós podemos ajudá-la a se banhar ou deixá-la com sua privacidade. O que você prefere?"

Fitei-a, sem que eu mesma soubesse ao certo o que queria.

"Nós vamos ficar", disse ela.

Chorei. Eu não conseguia explicar por quê. Não era eu. Mas agora eu era muitas coisas que nunca fora antes. Lágrimas lentas rolaram pela minha face enquanto elas tiravam as minhas roupas, enquanto desamarravam os cadarços das minhas botas e as puxavam para fora dos meus pés, enquanto passavam a esponja no meu pescoço e ensaboavam os meus cabelos, enquanto todo o sangue na minha pele era lavado com a água.

Você está exausta. Só isso, disse a mim mesma. Mas era como se uma veia tivesse sido aberta e se recusasse a ter o sangue coagulado. Até mesmo quando eu fechava os olhos, tentando fazer com que o fluxo de lágrimas parasse, a sensação salgada delas passava em um filete pelas minhas pálpebras em uma linha lânguida, encontrando-se com o canto da boca, e depois se espalhava pelos meus lábios.

"Beba isso", disse-me madame Rathbone, e colocou um grande cálice de vinho em uma mesa ao lado do meu banho. Sorvi o líquido como ela mandou, e coloquei a cabeça para trás na beirada alongada de cobre da banheira, fitando o teto de madeira acima. As mulheres pegaram punhados de cristais cítricos e esfregaram-nos na minha pele, deixando-a limpa, polindo e retirando a sujeira, o cheiro e a miséria de onde eu estivera.

Elas se demoraram mais nas minhas mãos e nos meus pés, e foram mais gentis em volta das feridas costuradas. Outro gole e círculos de uma quentura entorpecente espiralaram-se até as pontas dos meus dedos, enfraquecendo os meus músculos, deixando o meu pescoço solto, puxando para baixo as minhas pálpebras, até elas se fecharem.

Vilah ergueu o cálice junto aos meus lábios de novo. "Tome mais um gole", disse ela baixinho. Familiaridade, um campo de vinhas, um céu sedoso, as peles das uvas manchando os meus dedos, veludo... lar.

"Morrighan", sussurrei.

Sim.

As caravanas o trazem.

O melhor.

O coronel Bodeen não perde uma garrafa.

Muito.

Eu não me lembrava de ter caído no sono, e apenas vagamente me lembrava de me levantar com a ajuda delas para que as mulheres enxaguassem o meu corpo. Deitei nas espessas e macias cobertas, onde elas lidaram ainda mais comigo, massageando óleos na minha pele. Madame Rathbone examinou as cicatrizes costuradas na minha coxa e nas minhas costas.

"Flechas", expliquei. "Tavish tirou-as daí."

Adeline sugou o ar entre os dentes.

Ouvi o baixo cacarejo das vozes delas.

Madame Rathbone esfregou um bálsamo amanteigado nas cicatrizes, dizendo que ajudaria na cura. O cheiro de baunilha flutuava no ar.

Um hematoma púrpura havia aparecido no meu quadril onde Ulrix batera em mim no cabeçote da sela do seu cavalo. Os dedos delas eram gentis ao redor do machucado. Senti que eu estava apagando de novo, as vozes ao meu redor ficando distantes.

"E isso?", perguntou-me Vilah, passando as pontas dos dedos pela tatuagem no meu ombro.

Aquilo não era mais o meu *kavah* de casamento. Talvez nunca tivesse sido. Ouvi Effiera descrevendo a promessa de Venda... *a garra, rápida e feroz; a vinha, lenta e firme; ambas igualmente fortes.*

"Isso é..."

A exigência de uma rainha louca.

⋟ III ⋞

Aquela que era fraca,
Aquela que era caçada...
Aquela nomeada em segredo.

"A esperança deles." As palavras estavam tão finas e suaves nos meus lábios que eu nem mesmo tinha certeza de que eu as havia proferido em voz alta.

Acordei com sussurros vindos da sala de estar.
Talvez este e este juntos?
Não, algo menos detalhado, acho.
Você acha que ela sabe?
Provavelmente não.
Eu nunca achei isso certo.
Você acha que o príncipe sabia?
Ele sabia.
Os tolos.
Isso faz pouca diferença agora. Você viu o jeito como ele olhava para ela?
E o tom dele. Ninguém vai querer ficar contra ele.
Especialmente agora que é rei.
E os olhos dele. Eles podem cortar e derrubar um homem.
Exatamente como os do pai.
Isso não quer dizer que eles ainda não poderiam usá-la como uma forma de manobra.
Não, eu diria que não. Não mais, não depois de tudo que aconteceu.
Que tal este?
Acho esse tecido melhor.
E com este cinturão.

Eu me sentei ereta, puxando as cobertas ao meu redor. Por quanto tempo estivera dormindo? Olhei para o cálice vazio ao lado da mesa e depois para as minhas mãos. Macias. Havia um brilho nelas que não estava lá desde que eu deixara Civica meses atrás. Minhas unhas estavam cortadas e polidas, com um brilho natural. Por que elas fizeram isso por mim? Ou talvez fosse apenas para o rei delas... aquele cujos... o que foi que elas disseram mesmo? Cujos olhos eram cortantes?

Bocejei, tentando dissipar a nebulosidade do sono, e fui andando até a janela. O sol estava sumindo. Eu dormira por algumas horas pelo menos. Havia uma bruma cor-de-rosa sobre a parede branca que se erguia ao alto do posto avançado. Conseguia ver apenas uma pequena faixa dessa cidade de soldados, mas a calma do crepúsculo lhe concedia um brilho sereno. Acima da parede, vi um soldado caminhando pela extensão, mas até mesmo isso tinha uma estranha elegância que parecia deslocada. A luz dourada captava o brilho dos botões da sua roupa e reluzia no seu cinto e na sua bainha de ombro ornamentados. Tudo aqui parecia fresco e disposto com limpeza, até mesmo o bangalô branco. Embora estivesse longe da fronteira, este era o mundo de Dalbreck, e não se parecia nem um pouco com Morrighan. A *sensação* era de que era diferente de Morrighan. Ordem permeava o ar, e tudo que eu e Rafe tínhamos feito fora contra aquela ordem.

Eu me perguntava onde ele estaria. Será que finalmente tinha conseguido descansar um pouco também? Ou será que estava reunido com o coronel Bodeen e ouvindo sobre as circunstâncias das mortes dos pais dele? Será que os seus camaradas o perdoariam pela sua ausência? Será que me perdoariam?

"Você está acordada."

Eu me virei, segurando a coberta apertada junto ao peito. Madame Rathbone estava parada na entrada.

"O príncipe... quero dizer, o *rei*... passou por aqui mais cedo para ver como você estava."

Meu coração deu um pulo. "Ele precisa...?"

As mulheres entraram uma atrás da outra no aposento, garantindo-me que ele não tinha qualquer necessidade imediata, e elas foram em frente e me ajudaram com as roupas. Madame Rathbone sentou-me à penteadeira, e Adeline escovou e soltou os meus cabelos emaranhados, seus dedos movendo-se com uma tranquilidade rápida, dedilhando cautelosamente os meus cabelos tão sem esforço quanto uma talentosa harpista, pegando várias mechas de cabelos de uma vez, trançando-os em um ritmo tão tranquilo quanto uma melodia assoviada, enquanto, ao mesmo tempo, os entrelaçava com um fio dourado e brilhante.

Quando ela terminou, Vilah ergueu um vestido soltinho por cima da minha cabeça, um vestido fino, fluido e cremoso como o cálido vento de verão. Agora eu sabia que o que eu ouvira sobre Dalbreck e seu caso de amor com tecidos e roupas finas era verdade. Em seguida veio um colete de couro que era fechado com cordões amarrados atrás, gofrado com um desenho de filigrana de ouro. Era mais um gesto simbólico do que um peitoral, pois cobria pouco dos meus seios. Em seguida, madame Rathbone atou um simples cinturão de cetim preto nos meus quadris, de forma que ele quase chegava até o chão. Tudo aquilo parecia elegante demais para um posto avançado, e eu imaginava que, se os deuses usavam roupas, deviam ser como aquelas.

Achei que elas tivessem acabado e estava prestes a agradecer e pedir licença para que fosse me encontrar com Rafe, mas elas não estavam prontas para me deixar sair. Elas passaram para as joias. Adeline colocou um intricado anel enlaçado no meu dedo, que tinha pequeninas correntes em uma das extremidades e que se conectavam a um bracelete que ela prendeu em volta do meu pulso. Vilah aplicou perfume com batidinhas nos meus pulsos, e então madame Rathbone prendeu um reluzente cinto de cota de malha dourada por cima do cinturão preto e, talvez o mais surpreendente de tudo, deslizou uma adaga afiada para dentro da sua bainha. Por fim, vinha uma ombreira que se estendia pelo meu ombro como se fosse uma asa. Todos os toques eram belos, mas claramente a armadura era mais decorativa do que útil. Isso tudo anunciava um reino cuja história era construída com base na força e na batalha. Talvez fosse um reino que nunca tivesse se esquecido de como começara, quando um príncipe fora jogado para fora da sua terra natal. Eles tinham a determinação de que ninguém questionaria a sua força novamente.

No entanto, tudo isso para um jantar em um posto avançado? Não mencionei a extravagância, temendo que fosse soar ingrata, mas madame Rathbone era perceptiva e disse: "O coronel Bodeen prepara uma mesa muito boa. Você vai ver".

Olhei para o resultado dos esforços delas no espelho. Eu mal me reconhecia. Isso ainda parecia estar bem longe de apenas fazer com que eu ficasse apresentável para um jantar... não importando o quão bom fosse esse jantar.

"Eu não entendo", falei. "Entrei aqui cavalgando e preparada para me deparar com animosidade, e, em vez disso, vocês me mostram compaixão. Eu sou a princesa que deixou o príncipe de vocês no altar. Nenhuma de vocês guarda nenhum ressentimento em relação à minha pessoa?"

Vilah e Adeline desviaram os olhares como se estivessem se sentindo desconfortáveis com a minha pergunta. Madame Rathbone franziu o rosto.

"Nós estávamos ressentidas com você, sim. E certamente uns poucos dos outros ainda se sentem assim, mas..." Ela voltou-se para Vilah e Adeline. "Moças, por que não vão se vestir para o jantar também? Eu e Vossa Alteza iremos depois."

Quando Adeline fechou a porta, madame Rathbone olhou para mim e soltou um suspiro. "Para mim, tratou-se de uma pequena omissão de bondade que acumulou juros, imagino."

Olhei para ela, confusa.

"Eu conheci a sua mãe há muitos anos. Você se parece tanto com ela."

"Você esteve em Morrighan?"

Ela balançou a cabeça em negativa. "Não, isso foi antes de ela sequer chegar lá. Eu era uma empregada que trabalhava em uma estalagem em Cortenai, e ela era da nobreza de Gastineux, indo casar-se com o rei de Morrighan."

Eu me sentei na beirada da cama. Sabia tão pouco sobre a jornada da minha mãe, que nunca falava sobre isso.

Madame Rathbone cruzou o aposento, recolocando a tampa no perfume. Ela continuou a dar os últimos retoques nas suas vestimentas enquanto falava. "Eu tinha 21 anos na época, e a estalagem estava quase caótica com a chegada de Lady Regheena. Ela ficou lá apenas por uma noite, mas o dono da taverna me mandou ir até o quarto dela com um jarro de leite morno para ajudá-la a dormir."

Ela se olhou no espelho, soltando o coque e escovando os longos cabelos. Suas feições severas ficaram abrandadas, e ela estreitou os olhos, como se estivesse vendo a minha mãe novamente. "Eu fiquei nervosa ao entrar na câmara dela, mas também estava ansiosa para vê-la. Eu nunca tinha visto ninguém da nobreza antes, muito menos a futura rainha do reino mais poderoso da região. No entanto, em vez de me deparar com uma mulher da realeza cheia de joias e coroada, vi apenas uma menina, mais jovem do que eu na época, cansada da estrada e aterrorizada. É claro que ela não disse que estava com medo e forçou-se a sorrir, mas vi o terror nos olhos dela e na forma como os seus dedos estavam entrelaçados no colo. Ela me agradeceu pelo leite, e eu pensei em dizer alguma coisa tranquilizadora ou animadora, ou até mesmo em esticar a mão e dar um apertãozinho na dela. Fiquei lá, parada em pé por um tempão, e ela esperava, ansiosa, com os olhos fixos em mim como se desejasse desesperadamente que eu ficasse ali, mas eu não queria passar dos meus limites e, no fim das contas, apenas fiz uma cortesia e saí do quarto."

Madame Rathbone franziu os lábios, pensativa, retirando um pequeno manto de peles do seu guarda-roupa. Ela envolveu os meus ombros com ele. "Tentei não pensar nisso, mas aquela curta troca me assombrou por muito tempo depois que ela se fora. Pensei em uma dezena de coisas que poderia ter dito, mas que não disse. Coisas simples que poderiam ter tranquilizado a jornada dela. Coisas que eu gostaria que alguém tivesse me dito. Mas aquele dia e minha oportunidade se foram e eu não podia consegui-los de volta. Jurei que nunca mais me preocuparia novamente com esse negócio de passar dos limites e que nunca permitiria que palavras que não foram ditas me atormentassem de novo."

Por ironia, isso era exatamente o que me corroía: todas as palavras que minha mãe nunca dissera. Todas as coisas que ela não confiara a mim. Coisas que poderiam ter facilitado a minha jornada. Quando eu voltasse a Morrighan, de uma forma ou de outra, não haveria mais nenhuma palavra escondida entre nós.

CAPÍTULO 19
CRÔNICAS DE AMOR E ÓDIO

PAULINE

ra a primeira vez em que eu quebrava os sacramentos. Rezei para que os deuses fossem entender enquanto todas as Primeiras Filhas eram chamadas para virem à frente e iluminarem uma lanterna de vidro vermelho e colocá-la na base da pedra memorial. Então, elas entoaram as Memórias Sagradas dos Mortos pelo príncipe e pelos seus camaradas falecidos, a mesma prece que eu tinha entoado para Mikael, dia após dia, lá em Terravin. Será que todas essas preces haviam sido desperdiçadas, já que Mikael estava vivo?

Afundei as unhas na carne da palma da minha mão. Eu não sabia ao certo nem mesmo de quem deveria sentir raiva. Dos deuses? De Lia? De Mikael? Ou do fato de que certa vez eu tive uma posição de honra na corte da rainha e agora era pouco mais do que uma fugitiva que se esgueirava nas sombras de uma faia, incapaz de mostrar o rosto para alguém, nem mesmo capaz de dar um passo à frente e erguer minha voz aos deuses? Eu havia caído mais do que jamais julgara ser possível.

Quando a última prece foi entoada e os sacerdotes dispensaram as Primeiras Filhas para que elas voltassem para as suas famílias, as multidões começaram a ficar menores. Eu não esperava ver minha tia ali, ela permaneceria ao lado da rainha, mas procurei-a mesmo assim. Eu tinha ficado com medo de perguntar a Bryn ou Regan sobre ela, que era apegadíssima às regras e tentava instigá-las em mim de tempos em tempos desde quando vim morar na cidadela. Eu nem mesmo queria ponderar como a minha tia havia reagido à minha completa violação de protocolo ou ao meu novo status como cúmplice em uma traição ao reino. Vi Bryn e Regan falando com uma viúva com um véu, e depois, com mais uma, até que por fim eles haviam trilhado o caminho até nós, com cautela, de modo que ninguém fosse suspeitar de que não passávamos de pessoas em luto.

A princípio, eles ficaram em silêncio, desferindo olhares de relance e questionadores para Berdi.

"Vocês podem falar livremente", disse a eles. "Berdi é de confiança. Ela ama Lia tanto quanto nós e está aqui para ajudar."

Regan continuou a olhar para ela com ares de suspeita. "E ela é boa em guardar segredos?"

"Sem sombra de dúvida", disse Gwyneth.

Berdi apertou os olhos para olhar para Regan, inclinando a cabeça para o lado enquanto o escrutinava. "A pergunta é... podemos confiar em *você?*"

Regan ofereceu a ela um sorriso marcado pelo cansaço e um rosto levemente franzido. "Perdoe-me. Esses últimos dias foram difíceis."

Berdi assentiu para ele, tranquilizando-o. "Entendo. Minhas condolências pela perda do seu irmão. Lia falava muitíssimo bem dele."

Bryn engoliu em seco, e Regan assentiu. Ambos pareciam perdidos sem seu irmão e sua irmã.

"Vocês conseguiram falar com seus pais a respeito de Lia?", perguntei.

"Não antes da chegada da notícia sobre a morte de Walther", respondeu Bryn. "E então nosso pai ficou doente. Entre Walther e nosso pai, nossa mãe está devastada. Ela não sai do quarto para nada além de cuidar do pai, mas o médico disse que não há o que a rainha possa fazer, e pediu que ela se afastasse. Ele disse que as visitas dela só deixavam o pai mais agitado."

Berdi perguntou sobre a saúde do rei, e Bryn disse que ele estava meio que na mesma, fraco, ainda que estável. O médico disse que era o coração dele, e que com descanso ele acabaria se recuperando.

"Você disse que tinha novidades?", quis saber Gwyneth.

Bryn soltou um suspiro e tirou seus cachos de cabelos escuros da sua testa. "O soldado que trouxe a notícia da traição de Lia está morto."

Fiquei ofegante. "Ouvi dizer que ele não estava ferido. Apenas exausto. Como isso pôde acontecer?"

"Nós não sabemos ao certo. Fizemos mil perguntas. Tudo que o médico disse foi que a morte provavelmente se deve à desidratação", respondeu Regan.

"Desidratação?", ponderou Gwyneth. "Ele deve ter cruzado vários riachos e rios até chegar aqui."

"Sei disso", disse Regan. "Mas ele morreu antes que qualquer um além do Chanceler pudesse questioná-lo."

Berdi estreitou os olhos. "Você acha que eles mentiram em relação ao que o soldado disse?"

"O mais importante", acrescentou Gwyneth, "é você achar que eles tiveram algo a ver com a morte dele."

Regan esfregou a lateral do seu rosto, com a frustração evidente nos olhos. "Nós não estamos afirmando isso. Só estamos dizendo que tem muita coisa acontecendo, e rápido demais, e não parece haver respostas para as nossas perguntas. Vocês precisam agir com cautela até voltarmos."

"Voltarem?"

"Essa era outra coisa que precisávamos dizer a vocês. Estamos sendo despachados para a Cidade dos Sacramentos na semana que vem, e depois que terminarmos as coisas por lá, meu esquadrão seguirá até Gitos, enquanto o de Bryn vai para Cortenai. Faremos paradas em cidades ao longo do caminho."

"Vocês *dois* estão de partida?", falei, um pouco alto demais, e Gwyneth pigarreou, como um lembrete. Baixei o tom de voz. "Como isso é possível com Walther morto e o seu pai doente? Você é o príncipe da coroa agora, e Bryn é o próximo. Vocês não podem sair de Civica. Pelo protocolo, pelo menos um de vocês deve..."

Bryn esticou a mão e deu um apertãozinho nas minhas. "Esses são tempos difíceis, Pauline. As fundações de Morrighan estão abaladas. Os Reinos Menores viram as querelas entre nós e Dalbreck; o príncipe da coroa foi assassinado junto com os filhos de grandes nobres e lordes; meu pai está doente e se presume que a minha irmã tenha unido forças aos inimigos. O Capitão da Vigília disse que agora não é hora de se entrincheirar e se acovardar, mas sim de mostrarmos a nossa força e a nossa confiança. Isso foi decidido pelo gabinete. Eu e Regan também questionamos a ordem, mas meu pai confirmou que era isso que ele queria."

"Foi você mesmo que falou com ele?", questionou Berdi.

Regan e Bryn olharam um para o outro por um breve instante, e alguma coisa não dita se passou entre eles. "Sim", foi a resposta de Regan. "Ele assentiu afirmativamente quando o questionamos sobre essa ordem."

"Ele não está bem!", disse Gwyneth, com descrença. "Ele não estava pensando com clareza. Isso deixará o trono em risco caso ele piore."

"O médico nos garantiu que é seguro partirmos, e, como disse o Capitão da Vigília, nada pode fortificar mais a confiança das tropas e dos reinos vizinhos do que a presença dos filhos do rei."

Olhei para Bryn e Regan, cujas expressões transmitiam mensagens confusas. Eles estavam dilacerados. Isso não tinha a ver somente com restauração de confiança. "Isso é para provar que vocês ainda são leais à coroa, mesmo que a sua irmã não o seja."

Regan assentiu. "Uma família dividida instila medo e anarquia. Essa é a última coisa de que precisamos agora."

E havia medo. Em alguns aspectos, a missão deles fazia sentido, mas eu sentia que ainda era errada. Vi a preocupação nos olhos dele.

"Vocês dois ainda acreditam em Lia, não é?"

A expressão nos olhos de Bryn se suavizou. "Você nem precisa perguntar, Pauline. Nós amamos nossa irmã e a conhecemos. Por favor, não se preocupe. Confie em nós quanto a isso."

Havia alguma coisa na forma como ele disse aquilo, também notada por Gwyneth, que olhou para eles com ares de suspeita. "Vocês não estão nos contando tudo."

"Não estamos deixando de lhes contar nada", disse Regan em um tom firme. Ele olhou para a minha barriga, que mal ficava disfarçada mesmo com um manto folgado. "Prometam a nós que vocês vão se esconder. Fiquem longe da cidadela. Voltaremos assim que possível."

Eu, Berdi e Gwyneth trocamos olhares de relance, e depois assentimos.

"Que bom", disse Bryn. "Nós vamos até o portão com vocês."

O cemitério estava quase vazio. Apenas algumas pessoas de luto ainda permaneciam por ali. O restante havia voltado para as suas casas a fim de se preparar para as memórias sagradas da noite. Um homem jovem, trajando uma armadura completa e com as armas nas laterais do corpo, permanecia de joelhos diante da pedra memorial, com a cabeça curvada, todos os ângulos de seu corpo suportando uma profunda agonia.

"Quem é aquele?", perguntei.

"Andrés, o filho do Vice-Regente", disse Regan. "Ele é o único do pelotão de Walther que ainda está vivo. Ele estava doente, com febre, quando os soldados saíram em cavalgada, e não pôde seguir com eles. Ele vem todos os dias aqui, desde que a pedra foi colocada, para acender uma vela. O Vice-Regente disse que Andrés está atormentado pela culpa por não ter estado lá com seus camaradas soldados."

"Para que pudesse morrer também?"

Bryn balançou a cabeça. "Para que talvez todos eles pudessem ter vivido."

Todas ficamos com nossos olhares fixos nele, provavelmente cada uma se perguntando a mesma coisa: um soldado a mais poderia ter feito a diferença? Quando os irmãos foram embora, falei para Gwyneth e Berdi esperarem por mim, que logo eu estaria de volta. Eu entendia a culpa de Andrés, a angústia de reviver momentos que poderiam ter corrido de forma diferente. Naquelas semanas depois que Lia desaparecera, revivi milhares de vezes aquela manhã em que Kaden me arrastou para um arbusto, pensando que eu deveria ter pego a faca dele, que deveria tê-lo chutado, feito alguma coisa que pudesse ter mudado tudo, mas, em vez disso, havia somente tremido, paralisada com o terror, enquanto ele pressionava o rosto junto ao meu e ameaçava nos matar. Se eu tivesse uma segunda chance, teria feito tudo bem diferente...

Quando voltei, Andrés ainda estava ajoelhado na pedra do memorial. Talvez eu pudesse extrair desse momento dois propósitos que ajudariam a nós dois. Se ele amava o pelotão e Walther tão profundamente, também sabia o quão chegados eram Walther e Lia. Ele podia ser um daqueles que ajudaram Walther a plantar falsas pistas quando eu e Lia fugimos. Quando me aproximei dele, o soldado ergueu o olhar, procurando nas sombras do meu capuz.

"Eles eram bons homens", falei.

Ele engoliu em seco e assentiu, concordando.

"Ninguém pensava isso mais do que Lia. Tenho certeza de que ela nunca os teria traído."

Observei-o com atenção para ver se ele recuava ao ouvir o nome dela. Ele não o fez.

"Lia", disse ele, pensativo, como se estivesse se lembrando de alguma coisa. "Só os irmãos dela a chamavam assim. Você a conhecia bem?"

"Não", falei, percebendo o meu erro. "Mas encontrei o príncipe Walther certa vez, e ele falou com carinho dela. Ele me informou sobre a devoção que eles tinham uns pelos outros."

O soldado assentiu. "Sim, todos os irmãos reais eram próximos. Sempre invejei isso neles. Meu único irmão morreu quando eu era pequeno, e meu meio-irmão..." Ele balançou a cabeça. "Bem, isso não vem ao caso."

O rapaz ergueu o olhar para mim, olhando-me com mais atenção, como se estivesse tentando me ver melhor. "Não acho que tenha escutado o seu nome. Como você se chama?"

Busquei rapidamente por um nome, e o da minha mãe me veio à cabeça. "Marisol", respondi. "Meu pai tem uma mercearia no próximo vilarejo. Vim prestar os meus respeitos e ouvi algumas das outras pessoas que estavam aqui de luto mencionarem que você era o único sobrevivente. Espero que não tenha invadido a sua privacidade. Apenas desejava oferecer-lhe um pouco de conforto. Isso foi obra de bárbaros impiedosos e de ninguém mais. Não havia nada que você pudesse ter feito."

Ele esticou a mão e, com audácia, apertou a minha. "Assim me disseram outros também, inclusive o meu pai. Estou tentando acreditar." Senti-me recompensada quando um pouco da agonia que estava na expressão dele se foi.

"Manterei-os nas minhas memórias sagradas. E você também", prometi. Deslizei e soltei a minha mão da dele e beijei dois dedos, erguendo-os aos céus antes de me virar e ir embora.

"Obrigado, Marisol", ele me respondeu. "Espero que nos vejamos de novo."

Muito definitivamente você me verá, Andrés.

Os olhos de Gwyneth lampejavam com raiva quando me juntei a ela de novo. "Falando com o filho do Vice-Regente? Como isso é ficar *escondida*?"

Respondi a ela com um sorriso presunçoso. "Tenha um pouco de fé em mim, Gwyneth. Não foi você que disse que eu tinha que parar de bancar a boa menina? Ele pode saber de alguma coisa que acharemos útil. Talvez agora eu tenha me tornado uma espiã."

CRÔNICAS DE AMOR E ÓDIO

RAFE

Entrei no bangalô do cirurgião.

Tavish, Jeb, Griz e Kaden estavam todos deitados em macas, recebendo tratamento. Kaden havia ocultado o fato de que ele também tinha sido ferido: um talho embaixo das suas costas. Uma ferida pequena, mas que ainda precisava de pontos. Orrin e Sven estavam sentados em cadeiras do outro lado deles, com os pés apoiados nas macas dos pacientes.

Assim que me avistaram, Tavish e Orrin soltaram assovios insultantes, como se eu fosse um dândi fanfarronando. Jeb aprovou a minha transformação.

"Já estávamos todos nós nos acostumando com a sua cara feia", disse Sven.

"Isso se chama tomar banho e fazer a barba. Vocês deveriam experimentar de vez em quando."

Havia uma boa quantidade de unguento e compressas no ombro de Jeb. O cirurgião me disse que alguns músculos dele foram dilacerados e que teria que ficar com o ombro imobilizado durante várias semanas. Nada de cavalgar, nada de fazer qualquer tarefa que fosse. Jeb fez caretas por trás das costas do cirurgião, falando que *não* sem emitir som.

Dei de ombros, como se não pudesse passar por cima das ordens do médico, e Jeb fechou a cara.

Uns poucos dias de descanso foram prescritos para Griz também, mas Tavish e Kaden tinham feridas menores que só lhes trariam desconforto por um dia, não precisavam de qualquer restrição nos seus deveres. O cirurgião, de alguma forma, não sabia que Kaden não era um dos nossos e presumia que ele era apenas outro soldado.

"Aqueles dois podem ir tomar banho", falou o cirurgião. "Vou fazer uma bandagem neles depois que tiverem se limpado." Ele voltou a cuidar de Griz.

Kaden estava na parte de trás do bangalô mal iluminado, mas quando esticou a mão para pegar a camisa, ele entrou na luz da janela e eu vi as costas dele e a curta linha preta onde o cirurgião o havia costurado. E então, vi as cicatrizes. Profundas. Ele fora chicoteado.

Ele se virou e me viu encarando-o.

O peito também estava marcado por cicatrizes.

Ele parou, e então vestiu a camisa, como se aquilo não importasse.

"Machucados antigos?", perguntei a ele.

"Sim. Antigos."

O quão antigos seriam?, eu me perguntei, mas a resposta brusca deixou claro que ele não queria entrar em detalhes. Kaden tinha mais ou menos a mesma idade que eu, então machucados antigos queriam dizer que ele não passava de uma criança quando os adquiriu. Eu me lembrava de Lia resmungando que ele era morriguês, mas ela estava febril e quase adormecendo quando dissera isso, e eu achava que era algo improvável. Ainda assim, se ele havia apanhado tão severamente daquele jeito de vendanos, eu não podia entender como havia permanecido tão leal a eles. Ele terminou de abotoar a camisa.

"Tenho alguns soldados lá fora que vão mostrar a você onde ficam os locais de banho. Eles vão lhe dar umas roupas limpas também."

"Guardas, você quer dizer?"

Eu não podia permitir que ele andasse pelos arredores livremente, não apenas porque não confiava completamente nele, como também para a sua própria proteção. As notícias do massacre do pelotão haviam se espalhado pelo acampamento. Qualquer tipo de vendano, mesmo que o rei tivesse dito que era de confiança moderada, não era bem-vindo ali.

"Vamos chamá-los de escolta", respondi. "Você se lembra dessa palavra, não? Juro a você que as suas escolhas serão bem mais agradáveis do que Ulrix e seu bando de brutos foram comigo."

Ele olhou para o cinto e para a espada que ainda estavam em cima de uma mesa.

"Você terá que deixar essas coisas para trás."
"Eu salvei o seu rabo real hoje."
"E eu estou salvando o seu rabo vendano agora."

Normalmente, quando me era designado ficar em Marabella, eu dormia nos alojamentos com o restante dos soldados, mas o coronel disse que isso não era adequado agora que eu era rei. *Você tem que começar a agir como tal*, insistiu, e Sven concordou. Eles ordenaram que uma tenda fosse arrumada para mim. Tendas eram reservadas para embaixadores e visitantes dignitários, os quais usavam o posto avançado como um posto de parada. As tendas eram maiores, mais extravagantes e certamente proporcionavam mais privacidade do que os lotados alojamentos que abrigavam os soldados.

Eu havia ordenado que uma tenda fosse montada para Lia também, e entrei na tenda dela para me certificar de que tudo estava em ordem. Um grosso tapete floral fora desenrolado no chão, e a cama dela estava cheia de cobertores, peles e diversos travesseiros. Um fogão a lenha redondo estava cheio de combustível e pronto para entrar em ação, e um candelabro a óleo havia sido pendurado para proporcionar alguma iluminação.

E flores. Um pequeno vaso estava cheio de umas flores meio que púrpuras. O coronel deve ter mandado um esquadrão inteiro ir atrás de vagões de mercadores que as vendiam. Havia um jarro colorido de água em cima de uma mesa coberta de renda, junto com uma provisão de bolinhos amanteigados ao lado. Coloquei um deles na boca e recoloquei a tampa no lugar. Nenhum detalhe fora esquecido. A tenda dela estava bem mais equipada do que a minha. É claro que o coronel sabia que eu verificaria tudo para me certificar de que ela estivesse confortável.

Avistei o alforje dela no chão ao lado da cama. Eu havia dito ao camareiro que o trouxesse tão logo a tenda estivesse pronta. O alforje também estava manchado de sangue. Talvez fosse por esse motivo que o criado o tivesse deixado no chão. Esvaziei o seu conteúdo na mesinha de cabeceira para que pudesse levá-lo comigo e ordenar a limpeza dele. Eu queria apagar todas as lembranças dos dias passados.

Eu me sentei na cama dela e folheei um dos livros da bolsa de Lia. Era aquele do qual ela havia me falado, a Canção de Venda. Aquele que mencionava o nome Jezelia. Deitei-me e afundei no colchão macio, olhando para palavras que não faziam qualquer sentido para mim. Como ela poderia ter certeza do que aquelas palavras diziam? Ela não era uma erudita.

Eu me lembrei da expressão de Lia lá no Sanctum quando tentou explicar a importância disso para mim.

Talvez não seja por acaso que eu esteja aqui.

Um calafrio havia subido aos poucos pelo meu pescoço quando ela falou aquelas palavras. Eu odiava a forma como Venda, fosse a mulher ou o reino, estava brincando com os medos dela, mas também me lembrava das multidões e da forma como elas cresciam a cada dia que se passava. Havia algo que não era natural em relação a isso, algo que não parecia certo para mim, algo que nem mesmo o Komizar conseguia controlar.

Coloquei o livro de lado. Isso ficara para trás agora. O Sanctum, Venda, tudo. Inclusive a noção ridícula de Griz de que ela fosse a rainha deles. Nós estaríamos a caminho de Dalbreck em breve. Eu amaldiçoava o fato de não ter como ir embora naquele instante. O coronel não podia se dar ao luxo de nos prover uma escolta grande o bastante a ponto de agradar Sven, mas ele disse que estava esperando que uma rotação de tropas chegasse em poucos dias e que nós poderíamos ir em segurança junto com as tropas que estariam de partida. Nesse ínterim, ele havia ordenado que o falcoeiro enviasse um trio rápido de Valsprey a Falworth com a notícia da minha segurança e do meu iminente retorno.

Ele falou que isso também lhe daria tempo para me atualizar quanto às questões da corte. *Preparar-me*, foram essas as palavras de aviso que vi nos olhos dele, mesmo que o homem não as tivesse dito. Eu sabia que o meu retorno à corte não seria fácil. Eu ainda estava tentando absorver o conhecimento de que os meus piores medos haviam se realizado. Tanto a minha mãe quanto o meu pai estavam mortos e eles tinham morrido sem saber do destino do único filho que tinham. Ondas de culpa passavam por mim. *Mas eles sabiam que eu os amava. Disso, eles sabiam.*

Concordamos em esperar até amanhã, depois que eu estivesse descansado, para discutir os detalhes das mortes dos meus pais e de tudo que havia acontecido desde então. O gabinete ficaria furioso quando soubesse onde eu estivera e os riscos que correra. Eu teria que me esforçar um pouco para recuperar a confiança deles.

No entanto, Lia estava viva, e eu faria tudo aquilo de novo se necessário fosse. Uma vez que meu gabinete a conhecesse, eles também entenderiam isso.

CRÔNICAS DE AMOR E ÓDIO

KADEN

companhei os guardas como se eu não soubesse onde estava indo, mas me lembrava de cada centímetro do posto avançado de Marabella, especialmente de onde ficavam os banheiros e os locais de banho. Enquanto passávamos pelo portão que dava para os cercados dos cavalos, vi que eles haviam adicionado uma outra torre de guarda à parede dos fundos do cercado. Aquele tinha sido o único ponto cego. Ponto cego este muito improvável de ser alcançado, por causa do acesso íngreme e rochoso e do rio lá embaixo, mas era um ponto cego mesmo assim, e ele havia me permitido entrar ali.

Lia havia me perguntado quantas pessoas eu já tinha matado. Eram pessoas demais para que eu conseguisse me lembrar de todas, mas dessa eu me lembrava.

Ali.

Olhei para o toalete na ponta. Um local adequado para ele morrer.

"Parem um pouco", disse Tavish.

Parei enquanto os guardas entravam em uma cabana de suprimentos.

Eu tinha certeza de que eles não estariam me oferecendo um banho e roupas limpas se soubessem que eu havia cortado a garganta de um dos seus comandantes. Isso tinha acontecido fazia dois anos. Eu não conseguia me lembrar exatamente de quais tinham sido os pecados dele, só que muitos vendanos haviam morrido sob o seu comando e isso era motivo suficiente para que o Komizar me mandasse assassiná-lo.

Isso é por Eben, eu dissera a ele antes de fazer um talho com a minha lâmina, embora eu não soubesse se ele tivera alguma coisa a ver com o assassinato dos pais de Eben. Agora eu gostaria de saber. Gostaria de poder me lembrar de todos os motivos.

Isso foi há uma vida, Kaden. Nós dois éramos pessoas diferentes então.

"Algum problema?", perguntou-me Tavish.

Os soldados haviam retornado com suprimentos e estavam esperando que eu os acompanhasse.

"Não", respondi. "Problema nenhum."

Continuamos andando até os locais de banho, e me senti grato porque a água estava morna. Não era como as águas termais dos nômades, que praticamente haviam fervido e eliminado a camada de terra, mas era mais suave nos músculos doloridos do que a água gelada do Sanctum. Parecia bom lavar o sangue de homens que foram meus camaradas, aqueles com quem eu cavalgara apenas poucos meses atrás e que ainda assim havia ajudado a matar.

"Parece que Griz vai ficar bem."

Continuei com a cabeça debaixo da água, fingindo não ter ouvido Tavish. Será que ele estava buscando elogios? Só porque havia feito uns pontos em Griz no descampado?

Quando eu me virei para dar uma resposta fria a ele, Tavish estava esfregando debaixo dos seus braços e me analisando. Eu não gostava de Rafe nem dos seus amigos enganadores, mas a verdade era que Tavish havia salvado a vida de Griz e eu lhe devia agradecimentos. Griz ainda era um amigo... talvez o único.

"Você é habilidoso com uma agulha", falei.

"Só por necessidade", respondeu dele, fechando a água. "Ninguém mais quer esse trabalho." Ele se enxugou e começou a se vestir. "É engraçado que Rafe não enfie um minúsculo pedaço de aço na bochecha de alguém, mas ele pode trazer abaixo três homens com um único golpe da espada sem pestanejar. Mas você já sabia disso, não?"

Um aviso nada sutil. Eu me lembrava dele observando a minha interação com Rafe lá nos alojamentos do cirurgião. Obviamente, ele não apreciava a minha falta de respeito para com a realeza.

"Ele não é o meu rei. Não vou ficar de joelhos para ele como o restante de vocês."

"Ele não é uma pessoa ruim se você lhe der uma chance."

"Era de se esperar que você fosse dizer uma coisa dessas, mas não estou aqui para dar chances a ninguém e nem para fazer novos amigos. Estou aqui por Lia."

"Então você está aqui pelo motivo errado, Assassino." Ele apertou o cinto e ajustou a bainha. "Outro aviso: seja cauteloso quando for usar o banheiro. Especialmente tarde da noite. Ouvi dizer que pode ser perigoso. Surpreendente, não?" Ele se virou e foi embora, ordenando que os guardas lá fora esperassem até que eu tivesse terminado.

Ele estivera me analisando com mais atenção do que eu pensara. Foi apenas um simples olhar de relance para o toalete, mas ele tinha somado dois mais dois. Sem dúvida estava diligentemente de olho em mim, ou certificando-se de que outra pessoa fizesse isso. Provavelmente ele já estava contando a Rafe sobre as suas suspeitas.

Será que algum daqueles homens notara que eu lutara ao lado *deles* hoje?

Eu continuava a me lavar, sem pressa de voltar aos guardas que por mim esperavam. Eu me perguntava quando e se veria Lia novamente. Rafe não facilitaria isso, em especial agora que estava...

Enfiei a cabeça de volta debaixo da água. Eu nem mesmo havia me acostumado à ideia de que ele fosse um príncipe, e agora ele era um rei resplandecente. Cuspi a água que tinha na boca e esfreguei o peito. Será que Lia realmente achava que ele perambularia atrás dela em todo o caminho até...

Fechei a água.

Ele não vai até Morrighan.

Mas isso não vai impedi-la.

Alguma coisa quente me dividia violentamente.

Senti esperança de novo.

Ele não a conhecia como eu.

Havia muitas coisas que ele não sabia.

Havia até mesmo a possibilidade de que Lia o estivesse usando da mesma forma que havia me usado.

O mesmo pensamento tropeçou em outro.

Também havia coisas que ela não sabia em relação a ele, e talvez fosse hora de descobrir.

22
CAPÍTULO
CRÔNICAS DE AMOR E ÓDIO

A noite caiu cedo, e ouvi um som murmurado ao longe. Uma canção? Seria possível que a noite se passasse aqui com as memórias sagradas da menina Morrighan também? Isso me parecia improvável, e, ainda assim, todos nós havíamos surgido dos mesmos inícios. Até que ponto tais começos divergiam? A noite me puxava, um puxão silencioso ao qual eu queria ceder, e ainda assim havia as janelas com a luz dourada da sala de estar do oficial à frente.

Subi, seguindo madame Rathbone pelos degraus de uma grande estrutura de madeira com uma ampla varanda que a cercava por completo.

"Espere", falei, segurando no braço dela. "Preciso de um segundo."

Uma linha marcou seu rosto. "Não há nada a se temer."

"Eu sei", falei, levemente sem fôlego. "Já vou entrar. Por favor."

Ela saiu e eu me virei, apoiando-me no corrimão. Eu sempre encarei as expectativas das outras pessoas geralmente com pouca paciência, ficando irritada com o gabinete, que me pressionava de uma forma ou de outra. Agora, no entanto, eu precisava lidar com um outro tipo de expectativa, que não conseguia entender plenamente, a qual estava envolta em complicações, e eu não sabia ao certo como navegar nelas. *Sua futura rainha.* Quando eu cruzasse a porta da sala de jantar, era isso que eles veriam. Eu disse a Kaden que, de alguma forma, faria com que tudo isso saísse certo, mas tinha certeza de que não conseguiria. Alguém sempre ficava do lado da perda. Eu não queria que fôssemos Rafe e eu.

Olhei para o céu a oeste e para as suas constelações: os Diamantes de Aster, o Cálice de Deus e a Cauda do Dragão. As estrelas que pairavam acima de Morrighan. Beijei os dedos e os ergui para os céus, para o lar, para aqueles que eu havia deixado para trás, para todos que eu amava, inclusive os mortos. *"Enade meunter ijotande"*, sussurrei, e então me virei e abri a porta da sala de jantar.

A primeira pessoa que vi foi Rafe, e secretamente agradeci aos deuses, porque isso deixava o meu coração leve, levantando voo, bem alto e livre. Ele parou quando me viu, e a expressão nos seus olhos fez com que eu me sentisse grata pelos esforços de madame Rathbone, Adeline e Vilah. Elas haviam feito boas escolhas. O olhar contemplativo dele fez com que o meu coração se assentasse de novo, agora cálido e pleno em meu peito.

Olhei para além dos oficiais, das viúvas e de quem mais estivesse ali, até o lugar onde ele estava, em pé, na ponta da longa mesa da sala de jantar, pasmado. Era a primeira vez que eu via Rafe usando as roupas do seu próprio reino. Isso era estranhamente enervante, uma confirmação de quem ele era de verdade. Ele vestia uma túnica azul bem escura por cima de uma camisa preta soltinha e uma bainha de ombro de couro escuro ornamentada em alto-relevo com o brasão de armas de Dalbreck cruzando o peito. Seus cabelos haviam sido cortados, e seu rosto brilhava, com a barba bem-feita.

Senti cabeças virando-se, mas mantive os olhos fixos em Rafe, e senti os pés deslizando pelo chão até o lado dele. Era isso. Eu não tinha qualquer entendimento dos costumes formais de Dalbreck. O Erudito Real havia tentado me educar nas mais básicas das saudações, mas eu havia faltado às aulas dele. Rafe estirou as mãos para mim e, quando segurei nas mãos dele, fiquei chocada, porque ele me puxou para perto e me beijou na frente de todo mundo. Um beijo longo e escandaloso. Senti a cor subir às minhas bochechas. Se isso era um costume, eu gostava desse costume.

Quando me virei para ficar de frente para o restante dos convidados, ficou bem aparente que esse tipo de cumprimento não fazia parte do protocolo. Algumas das damas estavam ruborizadas, e Sven levara a mão à boca, sem esconder o rosto franzido.

"A senhora tem os meus parabéns e a minha gratidão, madame Rathbone", disse Rafe, "por cuidar tão bem da princesa." Ele soltou a capa que estava em volta dos meus ombros e a entregou a um criado. Sentei-me em uma cadeira ao lado dele, e foi então que realmente me dei conta de quem estava ali. Sven, Tavish e Orrin trajavam os azuis-escuros de Dalbretch, e suas aparências estavam transformadas pelo uso de uma navalha, sabão e roupas engomadas, oficiais do poderoso exército cuja história Sven me contara com tanto orgulho. Sven, como o coronel Bodeen, que estava sentado na extremidade oposta, também usava uma trança dourada no ombro. Nada havia que distinguisse Rafe e a sua posição, mas eles certamente não mantinham os ornamentos que distinguiam um rei em um posto avançado.

O coronel Bodeen entrou em cena para fazer as apresentações. Os cumprimentos eram cordiais, porém reservados, e os criados trouxeram depois os primeiros dos muitos pratos de comida em pequenas travessas de porcelana branca: bolinhas de queijo quente de cabra enroladas em ervas, rolos do tamanho de um dedo de carne picada e envolta em finas fatias de porco defumado, pedaços de pão ázimo frito moldados em tigelinhas do tamanho de uma bocada e cheios de favas temperadas e quentinhas. Cada prato novo era servido em uma nova louça, e nós não tínhamos ainda sequer chegado à refeição principal. *Você vai ver!*

Sim, eu vi, embora estivesse certa de que o coronel Bodeen estivesse usando o máximo de extravagância na mesa de hoje, para honrar não apenas o retorno dos seus camaradas como o do rei que eles achavam que haviam perdido. A ausência de Jeb se devia às ordens do médico para que ele repousasse. Ninguém mais parecia notar que Griz e Kaden não estavam ali, embora eu tivesse certeza de que ambos ficariam se sentindo bem desconfortáveis à mesa. Às vezes, eu sentia como se estivesse em uma neblina onírica. Fora apenas naquela mesma manhã que estávamos em cima de nossos cavalos, lutando pelas nossas vidas, e agora eu navegava em um mar de porcelana, prata, candelabros reluzentes e milhares de copos que retiniam. Tudo parecia mais brilhante e alto do que era. Tratava-se de uma noite de celebrações, e notei o esforço para manter a leveza nas conversas. O coronel Bodeen trouxe a sua reverenciada bebida e serviu um copo dela a Sven. Ele anunciou que outra celebração estava sendo preparada, a qual incluiria todo o posto avançado. Essa nova celebração daria aos soldados uma oportunidade de fazerem um brinde ao seu novo rei e, acrescentou o coronel Bodeen, hesitante, à sua futura rainha.

"As festas de Marabella são inigualáveis", disse Vilah, animada.

"Festas levantam os ânimos", acrescentou Bodeen.

"E tem as danças", disse madame Rathbone.

Garanti a todos que eu estava ansiosa por participar de tudo aquilo. Entre os pratos de comida, fizeram-se brindes, e vinhos e outras bebidas alcoólicas fluíam, a cautela foi esquecida e mais conversas foram direcionadas a mim.

"Madame Rathbone me disse que você preparava uma boa mesa", falei para o coronel Bodeen, "e eu devo admitir que estou um tanto quanto impressionada."

"O posto avançado de Marabella é conhecido pela comida excepcional", respondeu Fiona, a esposa do tenente Belmonte, com a voz cheia de orgulho.

"Quanto mais bem alimentado estiver um soldado, melhor ele pode servir", explicou o coronel Bodeen, como se a comida não fosse uma extravagância, mas sim uma estratégia de batalha.

A lembrança do sorriso largo e seguro do Komizar, assim como dos seus altos silos, reluzia atrás dos meus olhos. *Grandes exércitos marcham com as barrigas cheias.*

Fitei o prato que estava diante de mim, contendo um pouco de molho de laranja e uma perna de faisão. Não havia qualquer prato de ossos a ser passado antes da refeição, nenhum reconhecimento de sacrifício. Essa ausência deixou um estranho buraco em mim que implorava para ser preenchido. Eu não sabia ao certo o que havia acontecido com o meu cordão de ossos. Provavelmente havia sido jogado fora junto com as minhas roupas ensanguentadas e rasgadas como se fosse algo sujo e selvagem. Discretamente tirei um osso do prato e o escondi no guardanapo antes que o criado pudesse levá-lo embora.

"Não posso imaginar o quanto sofreu nas mãos daqueles selvagens", disse madame Hague.

"Se a senhora está se referindo aos vendanos, alguns eram selvagens, sim, mas muitos outros eram extremamente bondosos."

Ela ergueu as sobrancelhas, como se estivesse em dúvida.

O capitão Hague virou mais uma taça de vinho. "Mas você deve ter se arrependido da sua decisão de fugir do casamento. Tudo isso..."

"Não, capitão. Eu não me arrependo da minha decisão." A mesa ficou em silêncio. "Se eu tivesse embarcado para Dalbreck, haveria coisas valiosas que eu nunca teria descoberto."

O tenente Dupre se inclinou para a frente. "Com certeza há maneiras mais fáceis de se aprender as lições da juventude..."

"Não estou falando de lições, tenente. Fatos frios e duros. Os vendanos reuniram um exército e criaram armas que poderiam avassalar e tirar do mapa tanto Dalbreck quanto Morrighan."

Olhares de relance cheios de dúvida foram trocados. Uns poucos chegaram até mesmo a revirar os olhos. Pobre menina delirante.

Rafe colocou a mão dele na minha. "Lia, nós podemos falar sobre isso depois. Amanhã, com o coronel e outros oficiais." Rapidamente, ele sugeriu que nos retirássemos e pediu licença para sairmos. Enquanto passávamos por Sven e Bodeen, olhei para a garrafa quase vazia de bebida. Apanhei-a da mesa e a cheirei.

"Coronel Bodeen, o senhor se importa se eu levar o restante disso comigo?"

Ele arregalou os olhos. "Receio que seja uma bebida muito forte, Vossa Alteza."

"Sim, eu sei."

Ele olhou para Rafe, buscando aprovação, e Rafe assentiu. Eu estava ficando um tanto quanto cansada de todo mundo se voltando para Rafe antes de me responder.

"Não é para mim", expliquei, e depois desferi um olhar fixo e acusador para Sven. "Nós prometemos a Griz uma caneca disso, não foi?" Bodeen permaneceu gracioso; no entanto, vários dos convidados do jantar pigarrearam e ficaram com os olhos grudados em Bodeen, esperando que ele se recusasse a dividir a bebida. Eu entendia a desaprovação deles. Eles tinham acabado de ficar sabendo da morte de um pelotão inteiro nas mãos dos vendanos. Ainda assim, não podiam continuar ignorando o fato de que Kaden e Griz tinham sofrido ferimentos graves para ajudar a salvar as nossas vidas.

Rafe pegou a garrafa de mim e a entregou a um sentinela que estava parado à porta. "Cuide para que isso chegue até o camarada grande que está nos alojamentos do cirurgião." Rafe voltou a olhar para mim e ergueu as sobrancelhas como se para me perguntar se o problema estava resolvido, e assenti, satisfeita.

"Estes são os seus aposentos", disse-me Rafe, puxando para o lado a entrada acortinada da minha tenda. Até mesmo sob a fraca luz brilhante de um candelabro de teto eu me deparei com um choque de cores. O chão era totalmente coberto por um exuberante tapete índigo com espirais de flores. Uma colcha de veludo azul, travesseiros de cetim branco e cobertores de pele estavam em uma pilha alta em cima de uma cama de dossel com remates entalhados nas formas de cabeças de leões. Elegantes cortinas azuis estavam puxadas para trás com um cordão dourado, esperando para ser aberto, e havia um fogão a lenha com uma intricada grelha ali perto. Flores frescas de espinheiro azul davam graça ao local, dispostas em uma mesinha, e havia em um canto uma pequena mesa de jantar com duas cadeiras. Aquilo era mais luxuoso do que a minha própria câmara em minha casa.

"E os seus aposentos?", perguntei a ele.

"Ali."

A uma dezena de metros de distância, uma tenda similar havia sido erguida. Uma pequena distância que parecia tão longe. Nós não tínhamos dormido separados desde que deixamos o Sanctum. Eu havia me acostumado a sentir o braço dele em volta da minha cintura, a calidez da sua respiração no meu pescoço, e não conseguia imaginar que ele não estaria comigo esta noite, especialmente agora que finalmente tínhamos o que poderia ser chamado de privacidade.

Coloquei para trás um cacho dos cabelos dele que estava em sua face. As pálpebras de Rafe estavam pesadas. "Você não descansou nem um pouco ainda, não foi?"

"Ainda não. Haverá tempo para isso depois..."

"Rafe", falei, interrompendo-o. "Algumas coisas não podem ser deixadas para depois. Nós ainda não falamos sobre os seus pais. Você está bem?"

Ele deixou a cortina da tenda cair, bloqueando a luz da lanterna, e ficamos no escuro novamente. "Estou bem", disse ele.

Aninhei as mãos no rosto dele e o puxei para mais perto de mim, com nossas testas se tocando, nossas respirações se mesclando, e parecia que lágrimas brotavam nas nossas gargantas. "Eu sinto muito, Rafe", sussurrei.

O maxilar dele ficou tenso sob o meu toque. "Eu estava onde precisava estar. Com você. Meus pais entenderiam." Cada palavra que ele dizia latejava no espaço entre nós dois. "Se eu estivesse do lado deles, não teria feito nenhuma diferença ."

"Mas você poderia ter se despedido deles."

Ele me envolveu com os braços, abraçando-me com força, e parecia que todo o pesar que algum dia lhe seria permitido sentir estava contido naquele abraço. Eu só conseguia pensar na crueldade da sua nova posição e no que era imediatamente esperado dele.

Por fim, ele me soltou e olhou para mim, com marcas de cansaço nos cantos dos olhos e um sorriso em meio à sua exaustão.

"Fica comigo?", pedi.

Seus lábios encontraram os meus, e ele sussurrou junto a eles entre beijos. "Está tentando me seduzir, Vossa Alteza?"

"Com certeza", falei, e percorri com a língua, sem pressa, o lábio inferior de Rafe, como se fosse a minha última refeição da noite.

Ele recuou de leve e soltou um suspiro. "Nós estamos no meio de um posto avançado com uma centena de olhos nos observando, provavelmente agora mesmo das janelas da sala de jantar."

"Você não parecia preocupado com o que os outros iam pensar quando me beijou lá dentro."

"Fui sobrepujado pelo momento. Além do mais, beijar você e passar a noite na sua tenda são duas coisas diferentes."

"Você está com medo de macular a minha reputação?"

Um largo sorriso sarcástico repuxou o canto da boca dele. "Receio que você vá macular a minha."

Dei um soquinho de brincadeira nas costelas dele, mas então senti o sorriso sumir do meu rosto. Eu entendia o protocolo, especialmente com membros da realeza. Pelos deuses, eu tinha vivido com protocolos durante toda a vida. Eu também sabia que Rafe se encontrava em uma posição especialmente delicada agora, com todos os olhos recentemente voltados para ele. Porém, nós dois quase morremos. Eu estava cansada de esperar. "Eu quero ficar com você, Rafe. Agora. Parece-me que esperar é tudo que eu sempre fiz. Eu não me importo com o que ninguém vai pensar. E se não houver um amanhã? E se agora for tudo que sempre vamos ter?"

Ele levou a mão para cima e pressionou com gentileza um dedo nos meus lábios. "Shhhhh. Nunca diga uma coisa dessas. Nós temos uma vida inteira à frente, centenas de amanhãs e mais. Eu juro. Sempre se tratou disso. Cada respiração, todos os passos que dei foram para o nosso futuro juntos. Não há nada que eu deseje mais do que desaparecer por essa tenda com você, mas realmente me importo com o que vão pensar. Eles acabaram de conhecer você, e eu já desrespeitei todos os protocolos esperados de um príncipe."

Soltei um suspiro. "E agora você é o rei."

"Mas eu posso ao menos entrar e acender esse fogão para você. Isso não vai me tomar muito tempo."

Eu disse a ele que eu mesma poderia acendê-lo, mas ele puxou a cortina para o lado e me conduziu para dentro da tenda, e não protestei mais. Ele verificou a saída do gás na alta e redonda chaminé que saía pelo topo da tenda e, então, acendeu a lenha. Ele se sentou na lateral da cama, observando para certificar-se de que a lenha havia pegado fogo. Dei a volta na tenda, roçando os meus dedos ao longo das cobertas da cama, absorvendo a extravagância.

"Isso tudo realmente não era necessário, Rafe", falei por cima do ombro.

Ouvi-o cutucando a lenha. "Onde mais você ficaria? Nos alojamentos dos soldados?"

"Qualquer coisa seria um luxo em comparação com onde eu vinha dormindo." Avistei os meus pertences em cima da mesa. Eles estavam cuidadosamente colocados em uma pilha arrumadinha, mas o alforje se fora. Peguei a minha escova de cabelos da pilha e comecei a puxar prendedores dos meus cabelos, desfazendo todo o belo trabalho de Adeline. "Ou eu poderia ter dormido na sala de estar da madame Rathbone. Embora o marido dela pudesse não..."

Ouvi um estranho som oco e me virei. O atiçador de lenha da lareira havia escorregado da mão de Rafe e agora estava no chão.

Parecia que eu ia conseguir o que queria afinal de contas.

"Rafe?"

Ele estava frio. Então deitou-se na minha cama, com os pés ainda no chão e as mãos frouxas nas laterais do seu corpo. Fui andando até ele e sussurrei o nome dele de novo, mas Rafe não respondeu. Até mesmo um rei teimoso não aguentaria muito tempo acordado. Puxei e tirei as botas dele, e ele mal se mexeu. Em seguida, vieram os cintos. Eu não conseguia lutar com o peso morto dele, então as roupas teriam que ficar. Ergui as suas pernas e virei-as de modo que ele ficasse completamente em cima da cama. Ele murmurou umas poucas e incoerentes palavras sobre sair e, em seguida, não emitiu mais som algum. Removi minha ombreira e as joias e fiz um grande esforço para soltar o cadarço do espartilho de couro sozinha. Assim que apaguei as luzes do candelabro de teto, me enrolei na cama ao lado dele e puxei as peles para cima de nós dois. O rosto dele estava sereno, reluzindo sob a luz do fogo. "Descanse, doce fazendeiro", sussurrei. Dei um beijo na bochecha dele, no seu queixo, nos seus lábios, memorizando todos os centímetros da sua pele sob o meu toque. *Uma centena de amanhãs.* Deitei minha cabeça no travesseiro ao lado do dele e deslizei a minha mão pela sua cintura, com medo de que ele pudesse fugir do meu alcance e de que nosso amanhã nunca fosse chegar.

CAPÍTULO 23
CRÔNICAS DE AMOR E ÓDIO

enti-o escorregando sob o meu braço no meio da noite, mas achei que ele tivesse apenas rolado para o lado. Quando acordei cedo na manhã seguinte, ele não estava mais lá. Tudo com que me deparei foi com uma criada com olhos cansados e uma bandeja de tortas de frutas, frutas secas e creme. Ela colocou a bandeja em cima da mesa e fez uma cortesia.

"Meu nome é Tilde. Sua Majestade me falou para lhe dizer que ele tinha reuniões e que viria ver como você estava mais tarde. Nesse meio-tempo, estou aqui para ajudá-la com qualquer coisa de que precisar."

Olhei para baixo, para o vestido amarrotado com o qual eu havia dormido. "Madame Rathbone mandará mais roupas para cá em breve", disse Tilde. "Ela também queria saber se você quer que seus outros pertences sejam limpos ou... queimados."

Eu sabia que eles presumiam que tudo deveria ser queimado. As roupas estavam estragadas além de qualquer reparação possível, mas minhas botas, e especialmente a bainha de ombro de Walther, não eram coisas de que eu queria me desfazer, e então, quando pensei no assunto, os restos do vestido feito por muitas mãos também não eram algo de que eu queria me desfazer. Falei para Tilde que eu mesma limparia os itens se ela os trouxesse para mim.

"Cuidarei disso imediatamente, madame." Ela fez uma cortesia e apressou-se para sair da tenda.

Escovei os meus cabelos, calcei os delicados chinelos que Vilah havia me emprestado e saí para encontrar o escritório do coronel Bodeen.

As espessas muralhas do posto avançado estavam brilhantes ao sol da manhã. Tudo em relação à guarnição militar era imaculado e intimidante em sua ordem, exalando a confiança de um reino que era forte desde a base. Até mesmo o chão entre as edificações era coberto por cascalhos bem varridos da cor da marmelada. Cascalhos estes que eram levemente esmagados sob os meus pés enquanto eu me aproximava de um edifício longo que parecia similar ao saguão de jantar, só que esse tinha apenas altas janelas. Talvez eles não quisessem que vissem o que acontecia lá dentro. Os oficiais olharam para mim, surpresos, quando abri a porta, mas nem Rafe, nem Sven, nem o coronel Bodeen estavam lá.

"Vossa Alteza", disse o tenente Belmonte, enquanto se colocava de pé. "Há alguma coisa que podemos fazer por você?"

"Disseram-me que nos reuniríamos hoje. Eu vim dar continuidade à nossa discussão da noite passada. Sobre o exército vendano. Vocês precisam estar cientes de que..."

O capitão Hague deixou cair uma grossa pilha de papéis em cima da mesa, com um alto baque. "O rei já nos informou dos desdobramentos em Venda", disse ele, e falou ainda em um tom agudo enquanto analisava o meu vestido amarrotado, "enquanto você ainda dormia."

Alisei meu vestido. "Eu respeito o que o rei já disse a vocês, mas ele não viu o que eu vi quando..."

"Você é um soldado treinado, Vossa Alteza?"

Ele me cortou de uma forma tão pungente que poderia muito bem ter me estapeado. A ferroada ainda sibilava pelo ar. Então seria assim? Inclinei-me para a frente, com as palmas das mãos estiradas na mesa, e olhei nos olhos dele. "Sim, eu *sou,* capitão, embora talvez eu seja treinada de uma forma um pouco diferente da sua."

"Ah, é claro", disse ele, voltando a sentar-se na sua cadeira, o tom de voz cheio de desdém. "Certo. O exército morriguês realmente faz as coisas de forma um pouco diferente. Deve ter algo a ver com aquele *dom* de vocês." Ele desferiu um largo sorriso para o oficial que estava ao lado dele. "Vá em frente, então. Por que simplesmente não nos conta o que acha que viu?"

Bastardo. Aparentemente o fato de que Rafe dissera que eu era sua futura rainha não tinha muito peso junto ao capitão, contanto que o rei não estivesse presente, mas eu não podia deixar que o meu orgulho e o meu desprezo me impedissem de contar aquilo que eu precisava que eles soubessem. Então eu lhes disse tudo que eu sabia sobre a cidade-exército.

"Cem mil soldados armados é um número incrível", disse ele, quando terminei. "Especialmente para um povo tão atrasado quanto os bárbaros."

"Eles não são tão atrasados assim", retorqui. "E os homens com quem eu cavalgava, Kaden e Griz, podem confirmar o que acabei de lhes revelar."

O capitão Hague levantou-se da sua cadeira, com a face marcada por um vermelho repentino. "Devo lembrá-la, Alteza, que acabamos de perder 28 homens para os bárbaros. A única maneira de coletarmos informações dos selvagens será na ponta de um chicote."

Inclinei-me para a frente. "E está claro para mim que você preferiria obter essas informações de mim da mesma forma."

O capitão Azia colocou uma das mãos no braço de Hague e sussurrou algo para ele. O homem se sentou.

"Por favor, entenda, Vossa Alteza", disse Azia, "a perda do pelotão foi um golpe amargo para todos nós, especialmente para o capitão Hague. Um dos primos dele era soldado naquela unidade."

Minhas mãos deslizaram da mesa, e eu me levantei e fiquei ereta, inspirando para me acalmar. Eu entendia a dor do pesar e do luto. "Minhas condolências, capitão. Sinto muito pela sua perda. Mas, por favor, não se engane. Eu tenho uma dívida para com os homens que você está ultrajando, e se eles não forem convidados a ficarem à nossa mesa, não espere me ver nela também."

Suas rijas sobrancelhas caíram sobre os seus olhos. "Expressarei esses desejos ao coronel Bodeen."

Eu estava me virando para sair dali quando uma porta nos fundos da sala abriu-se, e o coronel Bodeen, junto com Sven, Rafe e Tavish apareceram. Eles ficaram alarmados quando me viram, e os olhos de Rafe ficaram aguçados por um breve instante, como se eu tivesse minado a sua liderança.

"Eu já estava de saída", falei. "Parece que você já cuidou das coisas por aqui."

Eu já estava do lado de fora da porta e, no meio do caminho das escadas, Rafe apareceu no pórtico e me parou. "Lia, qual é o problema?"

"Eu achei que fôssemos nos reunir com os oficiais juntos."

Ele balançou a cabeça, e sua expressão era apologética. "Você estava dormindo. Eu não queria acordar você. Mas contei a eles tudo que me disse."

"Sobre os silos?"

"Sim."

"Os Brezalots?"

"Sim."

"O tamanho do exército?"

"Sim, contei *tudo* a eles."

Tudo. Havia algumas coisas que eu não revelara a Rafe. "Sobre os traidores na corte morriguesa?"

Ele assentiu. "Eu precisei contar, Lia."

Claro que ele precisava ter feito isso, mas eu podia apenas imaginar o quanto isso havia abaixado ainda mais a consideração deles por Morrighan e por mim. Eu vinha de uma corte que era um ninho de cobras.

Soltei um suspiro. "Eles não pareceram acreditar em nada do que falei sobre o exército vendano."

Ele esticou a mão e pegou na minha. "Se eles parecem céticos, é porque nunca se depararam com patrulhas bárbaras que tivessem mais de uma dúzia de homens antes, mas eu falei a eles sobre o que eu vi também, o exército e a brigada organizada de pelo menos quinhentos homens que a conduziram até Venda. Acredite em mim, nós estamos avaliando as medidas que precisam ser tomadas, especialmente agora com as mortes de todo um..."

Soltei um suave gemido. "Receio que eu tenha tido um começo ruim com os seus oficiais, e o capitão Hague definitivamente já não gosta de mim. Eu não tinha me dado conta de que um dos mortos era primo dele. Eu e ele tivemos uma pequena confusão."

"Notícias ruins ou não, o capitão Hague é como um remédio que desce melhor com cerveja das fortes. Pelos menos foi isso que Sven me disse. Conheço o homem apenas de passagem."

"Sven está certo. Ele deixou claro que não tinha nenhum respeito pelo exército morriguês e zombou do dom também. Eu fui tão bem-vinda aqui quanto um joelho ralado. Em nome dos deuses, por que Dalbreck me quereria se eles não tinham nenhuma consideração pelas Primeiras Filhas e pelo dom?"

Rafe pareceu pasmo por um instante, empurrando os ombros para trás como se a minha pergunta o tivesse desestruturado. Rapidamente, ele se recuperou. "O capitão insultou você. Vou falar com ele."

"Não", falei, balançando a cabeça. "Por favor, não faça isso. A última coisa que quero é parecer uma criança machucada que foi correndo falar com o rei. Vamos lidar com a situação."

Ele assentiu e levou a minha mão aos lábios dele e a beijou. "Vou tentar encerrar essas reuniões o mais cedo possível."

"Posso ajudá-lo com alguma coisa?"

Uma careta de cansaço formava linhas em volta dos seus olhos, e ele me disse que muito mais coisas haviam ocorrido na sua ausência além das mortes dos seus pais. Sem qualquer liderança forte, a assembleia e o gabinete andavam em guerra. Certos egos ficaram inflados demais, generais estavam questionando a cadeia de comando, e o medo da praga que havia matado a rainha tinha afetado o comércio. Tudo isso enquanto a morte do rei havia sido mantida em segredo para o restante do mundo. Havia batalhas esperando por Rafe em todas as frentes assim que ele estivesse de volta ao palácio.

"Quando isso vai acontecer, Rafe?" Eu odiava forçar esse ponto, especialmente agora, mas não tinha escolha. "Você sabe que o reino de Morrighan ainda precisa ser avisado. Você sabe que eu preciso..."

"Eu sei, Lia. Por favor, dê-me apenas alguns dias para lidar com isso tudo primeiro. Depois nós podemos falar sobre..."

Sven enfiou a cabeça para fora da porta. "Vossa Majestade", disse ele, revirando os olhos em direção à sala atrás de si, "eles estão ficando inquietos."

Rafe olhou de relance para trás, na minha direção, demorando-se como se em momento algum quisesse ir embora. Eu vi as sombras que ainda espreitavam sob os olhos dele. Ele só tinha dormido umas poucas horas, quando precisava de uma semana de sono, e havia tido apenas um momento passageiro para vivenciar o luto, quando precisava de muito mais do que isso. Tudo que ele pedia de mim eram uns poucos dias para lidar com o seu novo papel como rei, mas uns poucos dias pareciam um luxo do qual Morrighan não podia dispor.

Assenti, e ele se virou e desapareceu atrás da porta com Sven antes até mesmo que eu pudesse dizer adeus.

Enganchei a última fivela do corpete e ajustei o cinto. Eu estava grata porque Vilah e Adeline haviam me trazido roupas mais práticas: uma saia de couro com uma fenda, um colete e uma camisa. Essas roupas, no entanto, não eram menos luxuosas do que o vestido que eu trajara na noite passada. O couro com ornamentos em alto-relevo era tão suave que parecia que ia derreter entre os meus dedos.

Os cadarços velhos e partidos nas minhas botas recém-limpas haviam sido trocados, e a bainha de ombro de Walther estava aninhada junto ao meu peito, reluzindo como no dia em que Greta a havia dado a ele.

"Relíquia de família?", perguntou-me Vilah.

Elas duas olhavam para mim com hesitação, como se tivessem visto alguma coisa dolorida na minha expressão quando coloquei a bainha no ombro. As mulheres eram tão bondosas quanto o capitão Hague era detestável. Sorri e assenti, tentando apagar qualquer tristeza que tivessem visto. "Estou pronta."

Elas se ofereceram para me levar para um passeio e conhecer melhor o posto avançado, que ficava contido dentro de uma grande muralha oval. A minha e a tenda de Rafe ficavam bem do lado de fora dos alojamentos dos oficiais e da sala de jantar. Elas apontaram para as fileiras dos alojamentos dos soldados, enquanto andávamos, para o saguão de jantar dos soldados, para o bangalô do cirurgião e, ali entre todos eles, a cozinha. Fomos até um amplo portão que dava para o nível inferior do posto avançado. Depois de apontar para os celeiros, os cercados e o jardim do cozinheiro, elas me mostraram as gaiolas onde os Valsprey ficavam. Eram pássaros impressionantes com uma plumagem branca, garras afiadas e um olhar fixo e intimidante. Eles tinham uma faixa preta de penas acima dos reluzentes olhos vermelhos. Vilah me disse que eles eram rápidos no voo com envergaduras de um metro e meio. "Essas aves conseguem voar milhares de quilômetros sem parar. É com elas que enviamos mensagens entre o posto avançado e a capital." Quando perguntei se os pássaros podiam ser enviados a qualquer lugar, ela me disse que eram treinados apenas para voarem até determinados destinos. Eles viraram suas cabeças de um jeito estranho, observando-nos enquanto passávamos por eles.

Abaixo da muralha dos fundos ficava o rio que se estendia atrás do posto avançado. Demos a volta para o nível superior, e elas me mostraram a lavanderia, que era imensa, o que não me deixou surpresa, dado o caso de amor que eles tinham com as roupas. Por fim nós chegamos à frente do posto avançado mais uma vez, perto do escritório do coronel Bodeen. Olhei para as pequenas e altas janelas e me perguntei que "medidas" eles teriam discutido.

"Podemos ir até lá fora?", perguntei, apontando para o portão da torre de vigia. Rafe havia me dito que nômades acampavam com frequência perto das muralhas do posto avançado. Eu não havia visto os vagões de Dihara quando nos aproximamos do posto ontem, mas, na verdade, tinha visto pouca coisa além do fluxo de pessoas saindo para se encontrarem conosco. Agora eu me perguntava se ela e o restante do seu bando poderiam estar ali fora em algum lugar naquela cidade improvisada.

"É claro", disse Adeline, animada. Havia uma pequena porta aberta no imenso portão da torre de vigia e, conforme as ordens de Rafe, quatro soldados guardavam-no. Cada um deles segurava uma bem polida alabarda. Eles deixavam outros soldados passarem por ali livremente, mas os mercadores podiam apenas deixar mensagens e depois eram mandados de volta.

Conforme nos aproximávamos, eles cruzaram as alabardas, que emitiram cliques, como uma máquina bem sincronizada para bloquear a nossa passagem.

"James!", disse Adeline em um tom de reprovação. "O que estão fazendo? Afastem-se. Nós vamos..."

"Você e Vi podem passar", foi a resposta dele, "mas Sua Alteza somente com uma escolta. Ordens do rei."

Franzi o rosto. Rafe temia que houvesse mais *Rahtans* lá fora. "Essas damas não contam como minhas escoltas?", perguntei.

"Escoltas armadas", esclareceu ele.

Olhei de um jeito exagerado para as adagas que estavam nas laterais dos corpos de cada uma de nós. Nós estávamos armadas.

James balançou a cabeça em negativa. Aparentemente, nossas armas não eram o bastante.

Era estranho caminhar em meio a vagões de mercadores com seis guardas com rostos sérios portando alabardas afiadas e pontiagudas, mas tivemos sorte por James ter reunido esses guardas, porque nenhum dos quatro que estavam no portão deixaria o seu posto.

A pequena cidade de vagões me fazia lembrar de algumas formas da *jehendra.* Um pouco de cada coisa para todo mundo e para todos os gostos: comidas grelhadas, tecidos, mercadorias de couro, tendas de jogos de azar, bebidas exóticas, até mesmo um serviço de escrita de cartas para soldados que quisessem enviar para seus lares missivas escritas com um toque de elegância. Outros mercadores estavam ali apenas para vender mercadorias para o posto avançado em si e depois seguirem seus caminhos.

Eu ainda estava ponderando se esse posto avançado parecia quebrar o tratado que exigia que não houvesse habitações permanentes no Cam Lanteux. Por que a família de Eben havia sido incendiada quando aqui mesmo, nessa imensidão inóspita, havia uma estrutura que abrigava centenas de pessoas?

Quando questionei Adeline em relação a isso, um dos guardas ouviu a minha pergunta e me respondeu no lugar dela. "Não há nenhum residente permanente aqui. Nós nos revezamos com regularidade para dentro e para fora daqui." A explicação dele soava como uma brecha explorada pelos bem armados e poderosos. Eu me lembrava de Regan falando sobre os acampamentos onde as patrulhas descansavam, mas eu sempre os havia visualizado como sendo lugares de habitação temporária, compostos de cabanas de lama, tendas trêmulas e soldados atingidos pelo sopro dos ventos que se aninhavam ali para se protegerem das intempéries. Agora eu me perguntava se Morrighan também tinha brechas assim e se os seus acampamentos eram mais permanentes do que eu acreditava que fossem.

Perguntei sobre o paradeiro dos acampamentos de nômades em meio aos mercadores enquanto caminhávamos, e sempre era dirigida para uma curta caminhada de distância, mas nenhum deles eram os nômades pelos quais eu procurava. "O acampamento de nômades do qual Dihara é a líder", falei por fim a um velho homem que estava socando padrões em uma rédea de couro.

Ele parou um pouco de fazer seu trabalho e usou o cinzel para apontar ainda mais adiante pela muralha abaixo. "Ela está ali. Naquela ponta." Meu coração deu um pulo no peito, mas apenas por um instante. As rugas dele acentuaram-se com um inconfundível ar sombrio. Corri na direção que ele me indicara, com Vilah, Adeline e os soldados esforçando-se para me acompanhar.

Quando encontramos o acampamento, entendi a expressão sombria do velho. O acampamento estava enfiado debaixo de extensos pinheiros, mas não havia qualquer sino pendurado neles. Nenhuma fita pintada nem cobre socado e retorcido dos galhos. Não havia nem mesmo um bule fumegante no meio de tudo aquilo. Apenas três *carvachis* tostadas.

A *carvachi* de Reena agora estava mais preta do que púrpura. Ela estava sentada em cima de uma tora perto do anel de fogo, junto com uma das jovens mães. Ali perto, Tevio raspava a terra com um graveto afiado. Atrás das *carvachis*, avistei um dos homens cuidando dos cavalos com uma criança nos quadris. Não havia qualquer alegria.

Virei-me para os guardas e implorei que eles ficassem para trás. "Por favor", falei. "Alguma coisa está errada." Eles analisaram os arredores e, relutantes, concordaram em manter certa distância. Adeline e Vilah plantaram-se na frente deles como se fossem uma própria forma de salvaguarda, uma linha que não deveria ser cruzada.

Aproximei-me de Reena, com o coração martelando o peito. "Reena?"

O rosto dela ficou radiante, e ela deu um pulo para me abraçar, apertando-me plenamente junto ao seu peito como se nunca fosse me soltar. Quando ela me soltou e olhou para mim outra vez, seus olhos brilhavam. *"Chemi monsé Lia! Oue vifar!"*

"Sim, estou viva, mas o que foi que aconteceu aqui?" Fitei o vagão tostado dela.

A essa altura, vários outros haviam se juntado a nós, inclusive Tevio, que estava puxando a minha saia. Reena puxou-me para perto do fogo para que eu me sentasse na tora e me contou o que havia acontecido.

Cavaleiros vieram. Vendanos. Homens que ela nunca tinha visto antes. Dihara saiu para se encontrar com eles, mas eles não queriam saber de conversa. Os homens ergueram uma faca pequena. Disseram que a ajuda aos inimigos de Venda não podia ficar sem vingança. Eles mataram metade dos cavalos, atearam fogo nas tendas e nos vagões e foram embora. Ela e os outros apanharam cobertas e o que quer que fosse para bater nas chamas e apagá-las, mas as tendas se foram quase que instantaneamente. Eles conseguiram salvar três das *carvachis*.

Desde o instante em que ele mencionara a pequena faca, um gosto enjoativo e salgado formou-se na minha língua. *A faca de Natiya.* Quando Reena terminou de falar, eu me levantei, incapaz de conter a minha raiva. *Uma morte não era boa o bastante para o Komizar! Eu queria matá-lo de novo!* Soquei com o punho cerrado na lateral de madeira da *carvachi*, com a fúria passando por mim como uma garra.

"*Aida monsé, neu, neu, neu.* Você não deve ficar se doendo por causa disso", disse Reena, me puxando para longe da *carvachi*. Ela olhou para as lascas que eu tinha nas minhas mãos e envolveu-as no seu cachecol. "Nós vamos nos recuperar disso. Dihara disse que isso foi uma situação que nenhum de nós podia prever."

"Dihara? Onde está ela? Ela está bem?"

As mesmas linhas sombrias que eu vira no velho homem espalharam-se pelos olhos de Reena.

Meus joelhos ficaram fracos. *"Não",* falei, balançando a cabeça.

"Ela está viva", apressou-se a dizer Reena, para corrigir o que eu havia presumido. E então acrescentou: "Mas talvez não por muito tempo. Ela está muito velha, e ao sair apagando as chamas, seu coração falhou. Até mesmo agora, as batidas estão fracas. O curandeiro do posto avançado veio vê-la, que os deuses o abençoem, mas não havia nada que ele pudesse fazer".

"Onde ela está?"

O interior da *carvachi* estava pouco iluminado, exceto por uma chama azul que tremeluzia em uma tigela de gordura de velas docemente perfumadas, para afastar o cheiro da morte. Carreguei para dentro comigo um balde de água quente no qual flutuavam folhas pungentes.

Dihara estava apoiada em travesseiros na cama nos fundos da carroça, leve como uma pluma, como se fossem cinzas a serem sopradas para longe. Senti a morte pairando nos cantos, espreitando. Esperando. Sua longa trança prateada era a única força que eu via, uma corda que a mantinha ancorada junto aos vivos. Puxei uma banqueta para perto e assentei o balde no chão. Ela abriu os olhos.

Você ouviram a menina. Alguém arrume um pouco de queijo de cabra para ela.

As primeiras palavras que eu a ouvira dizer inchavam-se no meu peito. *Você ouviram a menina.*

Ela foi uma das poucas que algum dia me deu ouvidos.

Mergulhei um trapo dentro do balde e o espremi.

Limpei a testa dela com ele. "Você não está bem."

Os olhos pálidos dela buscaram a minha face.

"Você viajou por um grande caminho e ainda tem mais um longo trajeto a seguir." A respiração dela ficou fraca, e ela piscou devagar. "Muito longo."

"Eu só viajei até aqui por causa da força que você me deu."

"Não", disse ela em um sussurro. "A força sempre esteve em você, enterrada lá no fundo."

As pálpebras dela se fecharam, como se o seu peso fosse demais para ela.

Enxaguei o trapo e limpei o pescoço dela, onde as dobras elegantes marcavam os dias que ela havia passado nesta terra, as belas linhas povoando o seu rosto como um mapa belamente desenhado, mas agora, neste momento, ela não era velha o bastante. Nem um pouco. Este mundo ainda precisava demais dela. Dihara não podia partir. Então ela trouxe devagar a sua mão para cima da minha, fria e leve como papel.

"A criança, Natiya. Fale com ela", disse Dihara. "Não permita que ela carregue a culpa por minha causa. O que ela fez foi certo. A verdade veio em círculos e reuniu-se nos braços dela."

Ergui a mão fina e fantasmagórica dela junto aos meus lábios, apertando os olhos bem fechados. Assenti, engolindo a dor que estava na minha garganta.

"Já chega", disse ela, puxando a mão para longe. "Eu quase fui comida por lobos. Contei isso a você? Eristle me ouviu gritando no bosque. Quando os céus tremeram com o trovão, ela me ensinou a calar..." Os olhos dela se abriram, suas pupilas eram como luas negras flutuando em um círculo de cinza, e ela balançou a cabeça com fraqueza. "Não, essa é a minha história, não a sua. A sua história está chamando por você. Siga seu caminho."

"Por que eu, Dihara?"

"Você já tem a resposta a essa pergunta. Tinha de ser alguém. Por que não você?"

Essas eram as mesmas palavras que Venda havia falado para mim. Dedos frios dançavam pela minha coluna. *Esse mundo, ele nos inspira... nos conhece e depois nos exala de novo... nos partilha.*

Os olhos dela se fecharam, e sua língua voltou a falar no idioma nativo, com a voz tão fraca quanto o tremeluzir da vela. *"Jei zinterr... jei trévitoria."*

Seja valente. Seja vitoriosa.

Levantei-me para ir embora. Eu sentia que era impossível ser qualquer uma das duas coisas.

CAPÍTULO 24
CRÔNICAS DE AMOR E ÓDIO

RAFE

ven deu uns tapinhas na mesa perto do meu prato.
"O coronel Bodeen ficará ofendido. Você não está comendo."
"E este é o melhor bisão que eu já comi na vida", acrescentou Orrin, enquanto chupava os últimos resquícios de molho de um osso. "Não diga a ele que falei isso. Eu tinha dito que o meu era melhor."

Tavish reclinou-se, com as botas apoiadas na mesa, friccionando a madeira polida. Ele ficou me encarando, sem falar. Nós havíamos feito uma pausa nas nossas discussões e ficamos enfurnados no escritório de Bodeen enquanto os outros oficiais comiam suas refeições do meio do dia na câmara de reuniões.

Sven levantou-se e olhou para fora da janela. "Não se preocupe, rapaz. Tudo isso vai entrar nos eixos. É muita coisa para se absorver de uma vez só."

"Rapaz?", disse Tavish. "Agora ele é o rei, homem!"

"Ele pode arrancar o meu couro por isso."

Empurrei meu prato para longe de mim. "Não são apenas as questões da corte que estão ocupando a minha mente. É Lia. Ela teve uma discussão feroz com Hague."

Sven soltou uma bufada. "E daí? Todo mundo tem discussões com Hague. Não há nada com o que se preocupar."

"E quanto aos outros oficiais?", perguntei. "Algum de vocês faz alguma ideia de como eles se sentem em relação a ela?"

"Eles não usam Morrighan contra ela", disse Tavish, sem emoção na voz. "Belmonte, Armistead e Azia ficaram como cãezinhos cativados quando a conheceram."

Sven apertou os olhos, continuando a olhar para alguma coisa janela afora. "Isso é tudo com que você está preocupado? Se eles *gostam* dela?"

Não. Essa não era nem metade da questão. Lá no pórtico, eu tinha visto os olhos dela... os olhos dela falavam tanto quanto as suas palavras antes de eu a interromper. Eu havia evitado o assunto na nossa viagem até aqui, enfatizando que o único objetivo era chegar à segurança do posto avançado. Mas agora aqui estávamos nós. Ficava mais difícil evitar as perguntas dela. Inclinei-me para a frente, esfregando as minhas têmporas. "Não, isso não é tudo com que estou preocupado. Ela quer ir para casa."

Sven girou e olhou para mim. "Para Morrighan? Por que ela ia querer fazer uma coisa tola dessas?"

"Ela acha que precisa avisá-los sobre o exército vendano."

"O Komizar pode ter revelado o grande dele plano a ela, mas isso não quer dizer que ele era uma realidade", disse Sven. "Quando foi que alguma coisa que o Komizar disse não foi maculada pelas suas próprias ambições?" Sven me lembrou de que até mesmo alguns dos governadores achavam que ele havia inflado os números.

Orrin lambeu os dedos. "E uns poucos mil soldados podem parecer muito mais, diabos, quando se está com medo."

"Mas já faz um tempo que nós sabemos que os números deles estavam crescendo", respondi. "Foi o que nos empurrou em direção a uma aliança com Morrighan por meio de casamento."

Sven revirou os olhos. "As motivações para isso foram muitas."

"E números não são a mesma coisa que um exército com séculos de treinamento e experiência como o que nós temos", retorquiu Tavish. "Isso sem falar que eles não têm mais um líder viável."

Jeb franziu o rosto. "Mas havia aquele pequeno frasco de líquido que Lia deu a Rafe para explodir a ponte. Aquela é uma arma que nenhum dos reinos tem."

"E acabou com as engrenagens principais da ponte, que deviam ter quase uns três metros de ferro sólido", falei. "Isso é preocupante."

Sven voltou a se sentar. "Não existem pontes em um campo de batalha, e Brezalots podem ser derrubados, presumindo que eles possam mesmo marchar. Os membros do conselho vão comer uns aos outros vivos antes mesmo de consertarem aquela ponte."

Orrin esticou a mão para pegar outro pedaço de carne. "Você é o rei. Pode simplesmente dizer a Lia que ela não pode ir."

Tavish soltou uma bufada. "*Dizer a Lia?* Você simplesmente não diz a uma mulher que ela não pode fazer alguma coisa", ele falou, e então voltou um longo, fixo e dissecante olhar para mim. Ele balançou a cabeça. "Ah, que inferno! Você já disse que a levaria até lá, não foi?"

Soltei uma baforada de ar e ergui o olhar para o teto. "Pode ser que eu tenha feito isso..." Empurrei a minha cadeira para trás e levantei-me, andando de um lado para o outro na sala. "Sim! Eu fiz! Mas isso foi há muito tempo, quando ainda estávamos lá no Sanctum. Eu disse a Lia o que ela precisava ouvir naquele momento, que voltaríamos para Terravin. Um dia. Só não disse quando. Estava apenas tentando dar esperanças a ela."

Sven deu de ombros. "Então você disse a ela o que era conveniente na época."

Tavish sugou o ar, inspirando devagar. "Uma mentira. É assim que ela vai ver isso."

"Não foi uma mentira. Eu achei que talvez algum dia eu fosse poder levá-la de volta até lá, um bom tempo à frente, se as coisas mudassem, mas, pelo amor dos deuses, há um uma recompensa pela cabeça dela agora, e o gabinete morriguês está cheio de traidores. Seria insanidade permitir que ela voltasse."

"Provavelmente ela estaria na forca agora", concordou Orrin. "Não é assim que eles executam os criminosos?"

Tavish desferiu um olhar cheio de ódio para ele. "Você não está ajudando."

"A menina ama você, rapaz", disse Sven. "Qualquer tolo é capaz de ver que ela quer ficar com você. Simplesmente diga a ela o que disse a nós. Ela é uma moça razoável."

As palavras de Sven cortaram mais a fundo. Eu me virei, fingindo que estava olhando para uma relíquia pendurada na parede. Eu via a luta dela todos os dias. Alguma parte de Venda ainda tinha as garras nela, e alguma parte de Morrighan também. *Usar a razão com Lia?* Fica difícil encontrar a razão quando se está sendo dividido ao meio. Parte do coração dela estava em ambos os reinos e nenhuma em Dalbreck.

"Ouvi Lia conversando com os clãs no nosso último dia lá", disse Tavish. "Isso é parte do problema, não é?"

Assenti.

"Aquela que era caçada...", ponderou Orrin.

Os ânimos deles ficaram sombrios. Eu me dei conta de que todos eles haviam ouvido isso, e me dei conta de que isso os perturbava tanto quanto a mim.

Sven balançou a cabeça. "Aquela garra e aquela vinha no ombro dela são a coisa mais maldita. Os clãs vendanos pareciam ter muita consideração por aquela coisa."

"Aquilo foi tudo que restou de nosso *kavah* de casamento. Logo que nos encontramos, ela me disse que o *kavah* fora um erro terrível."

De alguma forma, eu tinha que fazer com que ela acreditasse naquilo de novo.

ejam fiéis, minhas irmãs e meus irmãos,

Não como a Chimentra,

A criatura aliciante,

Com duas bocas sedutoras,

Cujas palavras fluem, luxuriantes, como uma fita de cetim,

Atando os incautos nas suas tranças sedosas.

No entanto, sem ouvidos para ouvir as próprias palavras,

A Chimentra logo é estrangulada,

Presa na trilha das suas belas mentiras.

— **Canção de Venda** —

Capítulo 25
CRÔNICAS DE AMOR E ÓDIO

KADEN

ia discutia com os guardas postados à porta e, por fim, conseguiu passar por eles. Ela foi andando até os fundos dos alojamentos onde eu estava sentado, descansando os pés na ponta da maca de Griz. A primeira coisa que fez foi olhar para a garrafa vazia no chão ao meu lado, e a segunda coisa que fez foi pairar perto de mim e me cheirar.

Ela curvou o lábio superior. "Você está bêbado."

Dei de ombros. "Levemente embriagado. Não havia muita coisa na garrafa."

"Aquela garrafa era para Griz. Não para você."

"Olhe para ele. Parece que ele precisa dela? O cirurgião está se ocupando de dar a ele a sua própria bebida especial para mantê-lo assim, deitado. Para ele também", falei ainda, assentindo em direção a Jeb. "A única companhia que eu tenho aqui são os peidos e os roncos dos dois."

Ela revirou os olhos. "Você não tem nada melhor a fazer além de beber?"

"Como o quê?"

"Qualquer coisa! Vá lá fora e tome um pouco de sol! Explore o posto!"

"Caso não tenha notado, há guardas postados lá fora, isso sem falar que eu tive mais do que uma boa parcela de ficar ao relento nas últimas semanas." Ergui a garrafa e deixei que umas poucas e últimas gotas caíssem na minha língua, e então chutei o pé de Jeb para me certificar de que ele estivesse completamente apagado antes de falar mais alguma coisa. "Quanto ao posto avançado, eu já sei como ele é. Já estive aqui antes."

Ela olhou para mim, confusa. "Você já esteve..."

Ela empalideceu, com a compreensão do que isso significava se assentando. Ela empurrou os pés de Jeb para o lado e sentou-se na ponta da maca dele, descansando o rosto nas mãos, tentando absorver essa notícia.

"Você tem que saber que nem sempre estive à caça de princesas", falei. "Eu tinha deveres, um dos quais me trouxe até aqui." Contei a ela os mais básicos detalhes sobre a minha visita ao posto dois anos trás, tendo apenas um homem como alvo, mas um homem importante. "Se serve de algum consolo, ele mereceu. Pelo menos foi o que o Komizar me disse."

Mereceu. A palavra havia me avassalado como um verme cavando caminho a manhã toda. Da forma como Aster havia feito por merecer uma faca no coração? Talvez fosse por isso que eu havia pegado a garrafa de Griz. Sem dúvida alguma havia inúmeros vendanos que tinham morrido de forma brutal nas mãos de outros reinos, e provavelmente pela mão do homem que eu matei também, exatamente como o Komizar dissera. Eu mesmo era testemunha das brutalidades, mas devia haver outros, como Aster, que foram mortos simplesmente para passar uma mensagem. Quantos deles teriam morrido pelas minhas mãos?

O peso do olhar fixo e constante de Lia me dilacerava. Desviei o rosto, desejando que a garrafa de bebida não estivesse vazia. Ela ficou sentada, em silêncio, por um bom tempo. Será que ainda acreditava que eu era uma pessoa diferente?

Um sibilar por fim escapou por entre os dentes dela. Ela se levantou e começou a remexer os suprimentos no armário do cirurgião. Pela primeira vez, notei que o cachecol que ela estava carregando estava enrolado na mão dela.

"O que foi que aconteceu?"

"Idiotice, e algo que nunca mais vai acontecer de novo."

Ela desenrolou o tecido da mão e enxaguou-o em uma bacia, e então começou a puxar as lascas com um alicate.

"Aqui, deixe que eu faço", falei.

"Você?", disse ela, em um tom de zombaria.

"Não é nenhuma cirurgia. Estou sóbrio o suficiente para tirar uma farpa da sua mão."

Ela se sentou em frente a mim e, enquanto eu segurava na mão dela e lidava com a extração de uma lasca, me contou sobre o que acontecera com Dihara e com os outros nômades que foram queimados.

"Natiya", falei, balançando a cabeça. "Eu sabia que ela queria que seu cavalo chutasse os meus dentes, mas nunca achei que ela fosse sorrateiramente dar uma faca para você. A maioria dos nômades sabe que é melhor não fazer uma coisa dessas."

"Até mesmo nômades têm limites quanto ao que conseguem aguentar. Especialmente os jovens. Ela está sofrendo agora. Acha que é tudo culpa dela."

"O Komizar deve ter acreditado em você quando disse que havia roubado a faca; caso contrário, todos eles estariam mortos."

"Bem, isso não é um consolo? O grande e piedoso Komizar!"

O sarcasmo dela foi como um ferrão para mim. Esfreguei com o polegar em cima da mão dela. "Eu sinto muito."

A expressão dela ficou séria. "Ele está morto, Kaden? Você deve ter noção de alguma coisa."

Eu sabia que ela estava desesperada para que eu dissesse que sim, mas repeti o que contara a ela antes. Eu não sabia. Ele estava bastante ferido. Estava fraco. Eu tinha ouvido alguns murmúrios que não soavam esperançosos para a recuperação dele, e depois daquele primeiro dia até o momento em que fomos embora, eu não tinha ouvido a voz dele de novo.

Ela relaxou a mão na minha. Estava claro que Lia não pensava que qualquer um daqueles que haviam permanecido no Sanctum seria capaz de lidar com a tarefa monumental de liderar tal exército. Provavelmente ela estava certa.

Uma sombra cruzou a porta dos alojamentos, ergui o olhar e me deparei com Tavish, que nos observava, mais particularmente focado na mão de Lia que estava pousada na minha. Deixei que ele ficasse olhando por um bom tempo e com o ar endurecido antes de alertá-la sobre a presença dele: "Temos companhia".

CAPÍTULO 26
CRÔNICAS DE AMOR E ÓDIO

RAFE

ncontrei Lia enfiada no canto do refeitório dos soldados, de costas para mim. Desenrolei os dedos, forçando-os a relaxar. Prometi a mim mesmo que não entraria ali com acusações. Eu iria esquecer aquilo.

No entanto, não importava o quanto eu tentasse bloquear isso, meu encontro com Kaden no bangalô do cirurgião debatia-se dentro da minha cabeça. *Foi em mim que ela se agarrou quando precisava de conforto. Foi no meu ombro que chorou. Não esteja tão certo da posição que você ocupa agora. Foi ao meu lado que ela dormiu todas as noites e, acredite em mim, Lia gostou de cada segundo do beijo que me deu. Você não passa de um meio para os fins dela.* Eu disse a mim mesmo que isso não passava de uma provocação, e não deixei que notassem que eu dava algum mérito àquelas palavras. Elas não mereciam.

O salão de jantar ficava em grande parte vazio entre as refeições, exceto pelos cinco soldados que estavam sentados a uma mesa com ela. Cruzei o salão devagar, com o chão rangendo sob as minhas botas, o que, de imediato, chamou a atenção de todos. Exceto de Lia. Cada um dos soldados olhou para mim e colocaram suas cartas na mesa.

Ela não se virou, nem mesmo quando parei atrás da sua banqueta e seus cabelos roçaram o meu cinto. Os soldados fizeram que iam se levantar, mas acenei para que voltassem a se sentar.

"Então, qual é a sua aposta dessa vez?", perguntei a ela. "Alguma coisa com que eu deveria me preocupar?"

Ela ergueu uma garrafa de bebida, ainda não se virando para olhar para mim. "Toda vez que perco uma rodada, a garrafa é passada adiante. Só tive que passá-la duas vezes." Ela soltou um suspiro de um jeito dramático. "O coronel Bodeen realmente deveria tomar mais cuidado em relação a trancar o armário de bebidas." Ela inclinou a cabeça, como se estivesse pesando um pensamento. "Talvez o armário dele estivesse trancado..."

Peguei a garrafa e a coloquei no meio da mesa, depois empurrei a pilha que ela havia acumulado para o meio da mesa também.

"Cavalheiros, aproveitem o seu jogo."

"Foi um prazer", disse ela aos seus novos camaradas, e esticou a mão para que eu a escoltasse.

Nenhum de nós disse o que quer que fosse até estarmos do lado de fora.

Virei-me para ficar cara a cara com ela, coloquei as minhas mãos na sua cintura e então a beijei gentilmente. "Não é típico de você ceder com tanta facilidade."

"Eles eram bons jovens, mas péssimos jogadores. Aquilo foi só para passar tempo."

"E pegar a bebida do coronel Bodeen foi um desafio?"

"Foi uma aposta mais elegante do que a que ofereci da última vez. Eu só estava pensando em você."

"Bem, obrigado. Eu acho. O que foi que causou essa diversão?"

Ela olhou para mim com frustração. "Parecia que, em toda parte onde eu ia hoje, precisava da permissão do rei Jaxon para passar. Primeiro pelos vagões dos mercadores lá fora, depois a tentativa de acessar a muralha do posto e, por fim, Tavish quase me jogou para fora do bangalô do cirurgião..."

"O que você estava fazendo lá?"

Meu tom saiu mais fino do que eu pretendia, e ela se soltou do círculo formado pelas minhas mãos. "Que diferença isso faz?"

"Precisamos conversar."

A expressão dela ficou séria. "Sobre o quê?"

"Na minha tenda."

꠶ 161 ꠶

CRÔNICAS DE AMOR E ÓDIO

le quase me arrastou pelo pátio, e os meus pensamentos tombavam uns nos outros, tentando entender o que o havia perturbado tanto. A bebida do coronel Bodeen? Um inocente jogo de cartas? Ou será que havia acontecido alguma coisa nas reuniões dele?

Assim que estávamos na tenda, Rafe girou. Todos os músculos na sua face estavam rígidos com a contenção. Uma veia se movia espasmodicamente na têmpora dele.

"O que foi, Rafe? Está tudo bem?"

Ele foi andando até uma mesinha de cabeceira e serviu-se de um cálice de água, virando-o em uma golada. Não me ofereceu uma gota sequer. Ele olhava para o cálice que tinha em mãos, e eu temia que fosse ser estilhaçado pelos seus dedos. Colocou, então, o objeto na mesinha com cuidado, como se contivesse veneno.

"Provavelmente não é nada importante", disse ele.

Soltei o ar, não acreditando nisso. "Com certeza é. Fale de uma vez."

Ele se virou para ficar cara a cara comigo. Havia uma montanha de desafio na postura dele, e senti os meus ombros ficando tensos.

"Você o beijou?", ele me perguntou.

Eu sabia que Rafe só podia estar falando de Kaden. "Você viu quando eu o beijei..."

"Quando estavam sozinhos no Cam Lanteux."

"Uma vez."

"Você me disse que nada tinha acontecido."

"E nada aconteceu", respondi, devagar, perguntando-me o que teria trazido tudo isso à tona. "Foi um beijo, Rafe. Só isso."

"Ele se forçou para cima de você?"

"Não, ele não se forçou para cima de mim."

"Isso foi parte da sua estratégia de fuga?"

"Não."

O maxilar dele estava altamente tenso. "Você... gostou do beijo?"

Senti-me cutucada com o tom insinuador dele. Ele não tinha qualquer direito de me interrogar como se eu tivesse cometido um crime. "Sim! Gostei do beijo! Você quer ouvir todos os detalhes? Eu estava com medo, Rafe. Estava sozinha. Cansada. E achava que você era um fazendeiro que eu nunca mais veria de novo. Que você havia seguido em frente sem mim. Eu estava desesperada por alguma coisa em que me agarrar, mas fiquei sabendo que Kaden não era isso. Foi apenas um beijo em um momento de solidão, e você pode transformar essa coisa em qualquer fábula sórdida que quiser, mas não vou me desculpar por isso!"

"Kaden disse que dormia ao seu lado todas as noites."

"*Em sacos de dormir!* Eu também dormi ao lado de Griz, Eben e do bando fétido todo! E não vamos nos esquecer das cobras e dos vermes! Infelizmente não havia nenhum quarto privado disponível nas adoráveis estalagens em nossa rota de férias!"

Ele andava de um lado para o outro, balançando a cabeça, as mãos ainda cerradas em punhos. "Eu sabia, quando ele me disse isso tudo, que estava me provocando, mas então, quando Tavish me disse que viu Kaden segurando a sua mão..."

"Eu machuquei a mão, Rafe. Kaden estava tirando as farpas. Só isso." Fiz todos os esforços do mundo para acalmar a minha fúria crescente. Eu sabia que Rafe estava sob uma pressão tremenda, e parecia que Kaden havia tirado proveito disso. Puxei o braço dele para que ele ficasse cara a cara comigo. "Você tem que fazer as pazes com Kaden, e ele com você. Vocês não estão mais em lados opostos, está me entendendo?"

Rafe olhou para mim, a linha do seu maxilar ainda rígida com a raiva, mas ele esticou a mão e ergueu as minhas. Ele examinou aquela que estava raspada e vermelha. "Eu sinto muito", sussurrou e puxou a minha mão para junto dos seus lábios, beijando os nós dos meus dedos e se demorando ali, com a respiração aquecendo a minha pele. "Por favor, me perdoe."

Tirei a minha mão da dele. "Espere aqui", falei, e me dirigi até a porta da tenda, antes que ele pudesse discutir. "Eu já volto."

"Onde você está indo?"

"Ao toalete."

Controlei a minha fúria até eu estar do lado de fora da tenda. Havia muito mais que ainda precisava ser assentado.

Não houve muita discussão dessa vez quando falei para os guardas irem para o lado. Eles devem ter visto alguma coisa na minha expressão. Talvez todo mundo tivesse visto. Griz e Jeb ergueram as cabeças dos travesseiros, mas Kaden, Orrin e Tavish se levantaram quando eu entrei. Parei na frente de Kaden, as mãos tremendo com a fúria.

Ele estreitou os olhos. Sabia exatamente por que eu estava ali. "*Nunca* me mine novamente, *jamais,* nem se atreva a insinuar coisas que não são verdadeiras!"

"Ele perguntou. Só disse a verdade. Não sou culpado pela forma como ele distorceu as coisas na própria cabeça."

"Você quer dizer... como você colocou as coisas para que ele as distorcesse!"

"Achei que havíamos concordados em ser honestos. Você me beijou. Ou talvez também esteja atuando com ele?"

Estirei a mão, estapeando o rosto dele.

Ele agarrou o meu braço e me puxou para perto. "Acorde, Lia! Você não consegue ver o que está acontecendo aqui?" Quase no mesmo movimento, o quente fatiar do metal encheu o ar, e as espadas de Tavish e Orrin estavam no coração de Kaden.

"Solte a princesa", grunhiu Tavish. *"Agora."*

Kaden lentamente me soltou, e Orrin empurrou-o vários passos para trás com a ponta da espada, mas, em nenhum momento, os olhos de Kaden deixaram os meus.

Ouvi mais passadas. Rafe estava andando na nossa direção.

"Existe uma outra pessoa que precisa ser honesta além de mim e de você", disse Kaden. "Eu achei que soubesse da história desde o começo, mas então me dei conta de que não sabia."

"Sabia do quê?"

"A desculpa que ele invocou tão rapidamente... o porto e as poucas colinas? Por que você acha que o Komizar caiu nessa? Você realmente acha que o casamento estava relacionado apenas a uma aliança? Dalbreck não está nem aí para o exército morriguês. Eles zombam de vocês. O porto era tudo que eles queriam, e a estimada Primeira Filha da Casa de Morrighan seria a margem de manobra para que eles conseguissem isso."

Eu estava sem ar. Não conseguia forçar palavras a virem à minha língua. Em vez disso, um borrão girava na minha cabeça.

Há um porto que queremos em Morrighan e alguns quilômetros de colinas. O resto é seu.

O príncipe tem sonhos grandiosos.

Vale a pena ter sonhos que não sejam grandiosos?

... Eu nunca achei isso certo.

Você acha que o príncipe sabia?

Ele sabia.

Virei-me e olhei para Rafe. *Outro segredo?* Os lábios dele estavam semiabertos, e parecia que ele tinha levado um soco no estômago... ou que havia sido pego em flagrante.

A raiva que ardia nas minhas têmporas foi drenada. Era como se o meu estômago flutuasse no peito.

Rafe esticou a mão para mim. "Lia, deixe-me explicar. Não é como..."

Recuei, evitando que ele encostasse em mim, e me virei a fim de olhar para o restante das pessoas. Tavish e Orrin mexiam-se, desconfortáveis, mas seus olhares se encontraram com o meu olhar compenetrado; Jeb desviou. As expressões nos rostos deles confirmavam que eu era um peão em um jogo tão velho que era praticamente uma piada.

O chão parecia ir para cima e para baixo. Tentei encontrar um lugar para me firmar nessa verdade que rolava pelo aposento como uma onda que não era bem-vinda. Abracei a minha cintura, sentindo, de repente, como se os meus braços e as minhas pernas fossem estranhos e estivessem deslocados. Fiz uma varredura nos olhares compenetrados deles e senti minha cabeça balançar de um jeito distante e alheio. "O quão desapontador deve ter sido para Dalbreck ficar sabendo que eu era tida como criminosa em Morrighan. Sendo inútil para o meu próprio reino, eu me tornei uma peça de jogo também inútil para o de vocês. Peço desculpas." O tremor na minha voz só aumentava a minha humilhação. Parecia que eu era um sério desapontamento para todos os reinos no continente.

Kaden olhou para mim, com a expressão morosa, como se ele soubesse que tinha ido longe demais. Quando me virei para sair dali, Rafe tentou me impedir, mas eu me soltei bruscamente dele, balançando a cabeça, incapaz de falar, com a garganta cheia de vergonha enquanto eu corria porta afora.

Cruzei o pátio, com o chão parecendo um borrão nauseante sob os meus pés. *Ele sabia.*

Eu tinha ficado tão preocupada com a impostura que os meus pais estavam perpetrando, quando na verdade, durante aquele tempo todo, não importava para Dalbreck, nem um pouco sequer, se eu tivesse o dom ou não. Meu valor para eles era outro. *Margem de manobra.* As palavras cortaram fundo. Eu tinha ouvido isso tantas vezes, o gabinete proferindo esses termos com um sorriso presunçoso em relação a um reino menor ou outro, um lorde de condado ou outro, todas as formas como eles faziam uso de pressão tática para conseguirem alguma coisa, expressando isso com palavras que pareciam tão diplomáticas e práticas, mas que estavam repletas de força e ameaça. É assim que as coisas são feitas, dissera o meu pai, tentando explicar. *Um pouco de pressão e eles ficam atentos.*

"Lia..."

Senti um puxão no meu cotovelo e me voltei em um giro, puxando e me soltando dele. Não dei a Rafe qualquer chance de dizer mais uma palavra sequer. *"Como você se atreve?!",* gritei, a raiva voltando com plena força.

Ele ajustou os ombros. "Se você me deixar..."

"Como você se atreve a me culpar por um beijo idiota, quando o tempo todo tinha essa impostura de proporções épicas na sua consciência?"

"Não foi..."

"Você e o seu reino, em conluio, viraram a minha vida inteira de cabeça para baixo por causa de um porto! *De um porto!"*

"Você não está entendendo o..."

"Ah, acredite em mim, estou entendendo muito bem! Estou entendendo tudo agora! Eu..."

"Pare de me interromper", berrou ele. O aço de seus olhos brilhava em aviso. "O mínimo que você pode fazer é me dar uma oportunidade para explicar! Vamos conversar!"

Nós nos sentamos na muralha do posto. Ele me levou até ali, talvez desejando estar em um lugar onde ninguém nos ouviria tentando consertar as coisas, sabendo que eu fora afastada daquele local mais cedo. Rafe dispensara os guardas na parte da muralha onde estávamos, dizendo que manteria a vigília. Ambos ergueram as sobrancelhas. O rei mantendo a vigília? Mas isso era uma coisa tão natural para Rafe quanto o seu braço que estava no meu ombro agora. Nossas pernas penduradas sobre a beirada da muralha. O quão longe tínhamos vindo. Naquele momento, ele se juntava a mim em peitoris precários.

Rafe não negou nem testou justificar, mas me jurou que a aliança não era apenas por causa do porto, e, quando terminou de falar, eu acreditava nele. A aliança tinha a ver com muitas coisas, e uma das mais importantes era o orgulho tolo e a necessidade de clamar de volta uma parte da história deles e o que certa vez pertencera ao príncipe exilado. No entanto, também havia um lado prático nas motivações deles. Dalbreck também ouvira relatos sobre a crescente população vendana, e eles haviam tido mais incidentes com patrulhas bárbaras. A manutenção do exército de Dalbreck era a maior das despesas do tesouro do reino. De todos os reinos, Morrighan era o que tinha o segundo maior exército. Era verdade que Dalbreck via as suas forças como sendo superiores às de Morrighan, mas também sabiam que poderiam usar recursos em outro lugar se não tivessem de manter uma unidade militar tão grande. Uma aliança podia significar o corte nos postos avançados deles a oeste, e os lucros de um porto em alto-mar na costa oeste ajudariam a financiar o restante. Depois que eu estivesse dentro das fronteiras de Dalbreck, eles pressionariam Morrighan para que lhe devolvessem o porto, clamando-o como se fosse um dote.

Pressão. Outra palavra inócua, assim como *margem de manobra.* Eu não queria sequer desdobrar todas as suas nuances.

"Então, depois que tivessem garantido uma aliança política, eles colocariam os olhos em mais coisas, e eu seria a peça de jogo vitoriosa que estaria bem presa nas palmas das mãos deles."

Rafe fitou o horizonte, que escurecia. "Eu não teria deixado isso acontecer, Lia."

"Você é rei agora, Rafe", falei, e desci em um pulo para o passadiço do lugar onde estávamos empoleirados. "Vai planejar novas maneiras de conseguir isso?"

Ele desceu depois de mim e fez pressão com as palmas das mãos na parede da torre de vigia, prendendo-me entre os seus braços. Uma contração de desprazer na sua testa escurecia os seus olhos. "Não importa quem eu seja ou o que eu seja e nem o que o gabinete deseja. Você é o que importa para mim, Lia. Se já não sabe disso, encontrarei mais centenas de maneiras de mostrar os meus sentimentos a você. Eu a amo mais do que a um porto, mais do que a uma aliança, mais do que à minha própria vida. Seus interesses são os meus interesses. Vamos deixar que conspirações de reinos fiquem entre nós?"

Os escuros cílios dele faziam uma sombra sob os seus olhos. O olhar contemplativo de Rafe buscava o meu, e então o turbilhão foi contido e substituído por outra coisa: uma necessidade que nunca fora saciada. Necessidade esta que se equiparava à minha, e eu sentia o calor dele espalhando-se baixo no meu ventre. Éramos apenas Rafe e eu. Reinos desapareciam. Deveres desapareciam. Apenas nós dois e tudo que já tínhamos sido um para o outro... e tudo que eu ainda queria que fôssemos.

"Nenhum reino ficará entre nós", sussurrei. "Jamais." Nossos lábios foram se aproximando, e eu me inclinei para junto dele, desejando que todas as partes dele fizessem parte de mim também, com as nossas bocas se encontrando, o abraço dele gentil e depois apaixonado, querendo mais. Os lábios dele traçaram uma linha pelo meu pescoço, e depois empurraram levemente o meu vestido do meu ombro. Minhas respirações ficaram trêmulas e deslizei as mãos por sob o colete dele, com as pontas dos dedos ardentes enquanto deslizavam pelos músculos da sua barriga. "Nós deveríamos estar fazendo a vigília", falei, sem fôlego.

Rapidamente ele fez um sinal para que um sentinela lá embaixo retomasse a sua patrulha da muralha e voltou a atenção para mim. "Vamos para a minha tenda", sussurrou ele, entre beijos.

Engoli em seco, tentando formar uma resposta coerente. "Você não está preocupado com a sua reputação?"

"Estou mais preocupado com a minha sanidade. Ninguém vai nos ver."

"Você tem *alguma coisa* com você aqui?" Eu não queria terminar na mesma situação de Pauline.

"Sim."

A tenda dele ficava apenas a poucos passos, mas era quase tão longe quanto uma vida inteira quando eu sabia o quão rapidamente os destinos poderiam se virar em um instante e acabar com tudo.

"Nós estamos aqui agora, Rafe, e a torre de vigia é quente. Quem precisa de uma tenda?"

O mundo desapareceu. Fechamos a porta. Fechamos bem a persiana. Acendemos uma vela. Jogamos um cobertor de lã no chão.

Meus dedos tremiam, e ele os beijou, cheio de preocupação nos olhos. "Nós não temos que..."

"Eu só estou com medo de que isso não seja real. Medo de que seja apenas mais um dos meus sonhos, do qual vou acordar."

"Este é nosso sonho, Lia. Juntos. Ninguém pode nos acordar."

Nós nos deitamos no cobertor, e o rosto dele estava acima do meu, meu príncipe, meu fazendeiro, com o azul dos seus olhos tão profundo quanto o oceano à meia-noite, e eu estava perdida neles, flutuando, sem peso. Lentamente, ele passou os lábios pela minha pele, exploradores, tenros, ateando fogo em todos os centímetros do meu ser, com o aposento e o tempo desaparecendo, e então os olhos dele olhavam dentro dos meus outra vez, e a mão deslizava para trás de mim, erguendo-me mais para perto, com o desejo ardente de semanas e meses em chamas, e os temores de que nunca ficaríamos juntos se dissolvendo.

Os votos que fizemos um para o outro, a confiança escrita nas nossas almas, tudo isso foi varrido para trás quando ele trouxe a boca para junto da minha. Nossas mãos estavam entrelaçadas, e eu estava cercada pelo ritmo das respirações dele. Todos os beijos, todos os toques, tudo isso eram promessas que nós dois conhecíamos, eu era dele e ele era meu, e nenhuma conspiração ou esquema de reinos tinha uma fração que fosse desse poder que se erguia em ondas entre nós.

CAPÍTULO 28
CRÔNICAS DE AMOR E ÓDIO

ubimos apressados os degraus do pórtico, sem que nenhum de nós se sentisse culpado por estar atrasado para o jantar, mas ambos fomos pegos de surpresa quando vimos Kaden e Griz entre os convidados. O capitão Hague sentiu um deleite particular em sussurrar, quando passei por ele. "Conforme as suas ordens."

O momento em que ele resolveu me dar ouvidos não poderia ter sido pior, e ele sabia disso. A mão de Rafe ficou tensa na minha quando ele os viu. Fazer as pazes e ficar em paz com Kaden era algo que ainda estava distante para Rafe, bem distante. Por mais inquietos que todos à mesa estivessem com a presença dos dois homens, eu sabia que ninguém estava se sentindo tão desconfortável quanto os próprios Kaden e Griz. A favor de Kaden, ele evitou dizer qualquer coisa que pudesse ser interpretada como hostil. Ele parecia até mesmo contrito, o que eu esperava que fosse um sinal de que se arrependia do seu método de lidar com a "honestidade". O não dito e as insinuações indiretas dele haviam maculado a sua verdade. Eu supunha que todos nós precisávamos de prática com isso. A verdade era uma habilidade mais difícil de se dominar do que o gingar de uma espada.

Até mesmo Jeb tinha vindo jantar, recusando-se a ficar mais uma noite confinado na cama. Eu podia apenas imaginar a dor que ele tivera que aguentar para colocar o braço e o ombro na camisa passada recentemente, mas ele a vestia com estilo e orgulho. Linho de Cruvas, sem sombra de dúvida.

As conversas foram voltadas para os planos vindouros do grupo e os ânimos ficaram mais leves. Nossos colegas de jantar pareciam ficar cada vez mais à vontade com as presenças de Griz e de Kaden, embora até mesmo os menores dos gestos deles ainda fossem monitorados.

Rafe sobreviveu à noite com uma contenção considerável, embora, diversas vezes durante o jantar, a mão dele viesse parar na minha coxa embaixo da mesa. Eu acho que ele gostava de me ver tropeçando nas palavras. Retribuí a distração quando ele estava profundamente envolvido em uma conversa com o capitão Azia. Depois de ter que começar a mesma frase três vezes, ele levou a mão sob a mesa e apertou a minha coxa, para me fazer parar de desenhar círculos ociosos na coxa dele. O capitão Azia ficou ruborizado, como se soubesse qual era o jogo em que estávamos entretidos.

O dia seguinte estava cheio de mais e mais deveres para Rafe. Eu vi o peso desses deveres nos seus olhos. Ele precisou reunir um incrível autocontrole lá no Sanctum, mantendo uma farsa dia após dia ao assumir o personagem de um emissário em conluio, e agora havia sido jogado em um novo papel, papel este que vinha com uma imensa carga de expectativa.

Eu estava passando pela tenda dele quando ouvi vozes tensas lá dentro. Rafe e Sven estavam discutindo. Eu me curvei para perto da porta acortinada para refazer os laços nos cadarços da minha bota e ouvir o que eles diziam. Uma mensagem havia chegado, dizendo que o turno de tropas seria retardado em alguns poucos dias, mas também havia trazido a notícia de uma divisão crescente entre a assembleia e o gabinete.

"É isso", Rafe havia gritado. "Vamos voltar agora, com ou sem escolta."

Sven manteve e defendeu a sua posição. "Não seja tolo! A mensagem enviada por Bodeen já deve ter chegado no palácio. Ela vai anunciar que você está vivo e bem e que está a caminho mas não pode descontar o fato de que os inimigos também saberão para onde está indo. O risco é grande demais. Uma grande escolta é algo prudente. Saber que você está vivo é o suficiente para acalmar a assembleia até chegarmos lá." A reação de Rafe em relação às querelas do gabinete pareciam excessivas, e eu me perguntava se eu teria perdido alguma coisa ou se talvez as notícias apenas tivessem sido somadas à impaciência dele.

Rafe não era o único que estava ficando impaciente. A cada dia que se passava, eu tinha mais certeza de que precisava partir. O impulso ficava cada vez mais forte, e meus sonhos estavam se tornando agitados. Neles eu ouvia partes da Canção de Venda, uma melodia confusa pontuada pela minha própria corrida sem fôlego, embora, nos sonhos, os meus pés se recusassem a se mover, como se tivessem se enraizado no chão debaixo de mim, e então vinha o baixo ribombo de alguma coisa que se aproximava. Eu sentia a sua respiração quente nas minhas costas, alguma coisa faminta e determinada, e o refrão ressoando repetidas vezes: *Pois quando o Dragão atacar, será sem misericórdia.* Eu acordava, alarmada, tentando respirar, com as costas ardendo com a memória de garras afiadas me fatiando, e então ouvia as palavras do Komizar com tanta clareza quanto se ele estivesse ao meu lado: *Se quaisquer membros da realeza sobreviverem à nossa conquista, me dará um grande prazer trancafiá-los neste lado do inferno.*

Depois de uma noite particularmente inquieta, entrei na tenda de Rafe na manhã seguinte, enquanto ele ainda estava se vestindo. Ele estava se barbeando, na metade ainda. Eu não me dei ao trabalho de fazer saudação alguma.

"Rafe, temos que conversar sobre a minha ida a Morrighan para avisá-los."

Ele me analisou no reflexo do seu espelho e mergulhou a navalha encourada na bacia para enxaguá-la. "Lia, já conversamos sobre isso. O Komizar está gravemente ferido, ou morto, e o Sanctum está um caos, com mais mortos. Você viu como estava o conselho, como se fossem um bando de cães famintos. A essa altura, eles estão dilacerando uns aos outros." Ele passou mais uma vez a navalha no pescoço. "E, de qualquer forma, nenhum daqueles que restaram tem a capacidade de liderar um exército."

"Por ora. Nós esperamos isso. Mas eu não posso me arriscar com base em pressuposições. Preciso voltar e..."

"Lia, a ponte está destruída. Eles não têm nem mesmo como cruzar o rio."

"Pontes podem ser consertadas."

Ele deixou a navalha cair na bacia e virou-se para olhar para mim.

"E quanto à recompensa pela sua cabeça? Você não pode simplesmente votar para Morrighan. Vamos mandar uma mensagem, prometo."

"Mensagem? Para quem, Rafe? Há traidores no gabinete, conspirando com o Komizar, e não sei quantos são. Eu não saberia em quem confiar, e o Chanceler intercepta..."

Ele limpou o rosto com uma toalha. "Lia, não posso voltar para Morrighan nesse exato momento. Você sabe disso. Você viu a bagunça em que meu próprio reino se encontra. Eu tenho que acertar as coisas por lá primeiro. Temos tempo para pensar em como fazer isso."

Ele não entendia o que eu estava tentando dizer. Eu sabia que ele não poderia ir para Morrighan comigo, mas vi a expressão nos olhos dele. Ele queria que eu confiasse nele. O tempo parecia preciosos goles de água deslizando pelos meus dedos. O olhar contemplativo dele era inabalável, reluzente e seguro. Assenti. Eu daria mais uns poucos dias, por necessidade, se não fosse por qualquer outro motivo. O médico havia dito que Griz não poderia cavalgar ou manejar qualquer arma ainda. A longa negligência da ferida dele fez com que ela se curasse devagar, mas a carne saudável estava começando a se unir, se ele tomasse cuidado e não a dilacerasse novamente.

Rafe afivelou a bainha e me deu um rápido beijo antes de partir. Os oficiais estavam saindo em cavalgada para observarem exercícios em treinamento. Ele parecia aliviado por estar fazendo alguma coisa dentro do seu ramo de especialidade, sendo um soldado, em vez de ficar discutindo sobre questões da corte com Sven ou Bodeen.

Fiquei parada na entrada da tenda dele, observando-o se afastar, desejando que tudo fosse simplesmente uma questão de enviar uma mensagem a Morrighan, mas eu sabia que um mensageiro de Dalbreck provavelmente nem conseguiria passar pela fronteira com vida.

Na manhã seguinte, Vilah, Adeline e madame Rathbone trouxeram mais vestidos para a minha tenda, tentando encontrar algo para eu vestir para a festa na noite vindoura. Depois de muito alarde, elas se decidiram por um vestido de veludo azul-escuro, o azul dalbretchiano, com um cinturão prateado. "Vamos reunir os outros acessórios", disse Vilah. "A menos que você prefira fazer isso."

Deixei que elas decidissem, como sugerido por Vilah. Eu gostava de um bonito vestido tanto quanto todo mundo, mas provavelmente já estava óbvio para todas elas que eu não me preocupava com as particularidades da moda.

"Você se importa se eu perguntar...?", disse Adeline, ruborizando-se. "Deixa para lá", completou ela, dispensando sua pergunta.

"Por favor. Fale livremente."

"Parece que você e o rei Jaxon têm sentimentos genuínos um pelo outro, e isso só me levou a me pensar..."

"Por que você fugiu do casamento?", Vilah terminou a pergunta por ela.

"Dizem que isso foi uma afronta deliberada planejada por Morrighan o tempo todo", Adeline completou.

Eu me contive para não revirar os olhos. "Isso é só conversa de egos feridos", respondi, "e de uma corte cheia de homens que não conseguiam acreditar que uma moça pudesse acabar com os planos deles. O gabinete morriguês ficou com tanta raiva disso quanto o de Dalbreck. Minha partida não foi tão dramática quanto uma conspiração. Eu simplesmente parti de livre e espontânea vontade, porque estava com medo."

Adeline torcia o cinturão prateado na mão. "Com medo do príncipe?"

"Não", suspirei. "O príncipe provavelmente era o menor dos meus medos. Era o medo do desconhecido. Eu estava com medo da impostura e do dom que pensava não ter. Estava com medo de todas as escolhas perdidas que eu nunca seria capaz de fazer e com medo de que, pelo resto da vida, alguém sempre estaria me dizendo o que fazer, ou dizer, ou pensar, até mesmo quando eu tivesse melhores ideias próprias. Estava com medo de nunca ser algo além do que era adequado para os outros e de ser empurrada e cutucada até que me adequasse ao modelo para o qual eles me empurravam e de que eu me esquecesse de quem era e do que queria. E talvez, acima de tudo, tinha medo de que nunca fosse ser amada além do que um pedaço de papel havia ordenado que eu fosse. Isso é medo suficiente para fazer com que qualquer moça pule em um cavalo e saia em fuga, sendo princesa ou não, não acham?"

Elas me fitaram, e eu vi o entendimento nos olhos delas. Madame Rathbone assentiu.

"Medo o bastante e além da conta também."

Segui caminhando, tentando ignorar o clangor dos cintos e das armas da escolta de guardas trilhando atrás de mim. Eles reverberavam como se fossem um exército inteiro marchando no meio de um mercado pacífico de vagões, mas as ordens do rei tinham que ser seguidas ao pé da letra: seis guardas, e não menos do que isso. Primeiramente, parei para ver como Dihara estava, e depois segui em busca de Natiya.

Como Dihara, Natiya havia ficado órfã quando era bebê. O vagão dos seus pais havia perdido uma roda e tombado pela encosta de uma montanha. Por meio de algum milagre, Natiya fora poupada, e a tribo toda a criou. Dihara, Reena, todas elas haviam sido suas mães.

Encontrei-a lá embaixo, na margem do rio, com o olhar fixo nas calmas águas ondulantes, supervisionando um agrupamento de varas de pescar jogado na água. Os guardas ficaram para trás, e eu me sentei ao lado dela, mas o foco dela no rio permaneceu constante, como se ele fluísse com sonhos e memórias.

"Eles me disseram que você estava aqui", ela falou, ainda com o olhar à frente.

"Graças a você", respondi. Com um único dedo, virei o queixo dela, de modo que ela tivesse que olhar para mim. Seus grandes olhos castanhos brilhavam.

"Assustei um homem que tinha o dobro do meu tamanho com aquela faca. Ele havia machucado uma criancinha, e ameacei cortar o nariz dele fora. Você fez aquilo em que acreditava, Natiya. E isso me ajudou a fazer o mesmo."

Ela voltou a olhar para o rio. "Mas eu não me saí bem nisso."

"Nem eu. Isso nunca vai me impedir de fazer novamente o que eu acredito. Uma vez que ficamos com medo de fazê-lo, a tirania vence."

"Então por que sinto que perdi tudo?"

Inspirei devagar, uma respiração trêmula, sentindo o preço que ela havia pago. "Há mais batalhas a serem lutadas, Natiya. Este não é o fim."

Lágrimas escorriam pelas bochechas dela. "Para Dihara é."

Uma nauseante pontada de dor machucou o meu peito como se o estivesse torcendo. Essa era a realidade de Natiya... e a minha. Será que as perdas valeriam os ganhos? Eu lutava com as mesma dúvidas que via nos olhos dela. Dihara havia me mandado vir aqui para falar com ela, mas, na verdade, o que eu tinha a oferecer? Eu ainda estava tentando encontrar o meu próprio caminho.

"Uma vez, quando eu estava desesperada por causa de eventos ruins, Dihara me disse que todos nós fazemos parte de uma história maior, uma história que transcende até mesmo as nossas próprias lágrimas. Você agora também faz parte dessa história maior, Natiya. Você deu ouvidos à verdade que estava falando dentro de você. Pode não parecer que é assim agora, mas você é mais forte hoje do que era ontem. Amanhã, será mais forte ainda."

Ela se virou para olhar para mim, com o mesmo ar de desafio no rosto como no dia em que a deixei no acampamento dos nômades. "Quero ir com você", disse ela.

Senti um nó na barriga. Eu não estava preparada para aquilo. Eu vi a fome nos olhos dela, mas também vi Aster. Isso me enchia de medo e de um pesar renovado. Eu não permitiria que essa parte da história fosse dela.

"Ainda não, Natiya. Você é muito jovem..."

"Eu tenho treze anos! E sou uma mulher... como você!"

Meu sangue ficou agitado, e os meus pensamentos tropeçavam uns nos outros como milhares de pedrinhas minúsculas em um rio caudaloso. "*Cha liev oan barrie*", falei. "Seu tempo virá. Juro. Por ora, sua família ainda precisa de você. Seja forte por eles."

Ela ficou me fitando e, por fim, assentiu, mas eu sabia que ela continuaria não convencida, e minhas próprias inadequações pareciam evidentes de novo.

O fio de uma vara de pescar foi puxado, e ela deu um pulo para cima, puxando a vara com pungência, de modo a prender o gancho bem profundamente na boca do peixe.

Eu me sentei na parede da torre de vigia, olhando para a planície que se desdobrava adiante. Uma bola de fogo cor de laranja aninhara-se na terra, e a linha ondulante do horizonte lentamente a engolia como se o sol não fosse nada, como se o poder atemporal do astro fosse meramente um confeito de doce que desaparece em uma única mordida.

Tudo que restara no seu rastro era um brilho alaranjado que iluminava as beiradas de ruínas pontiagudas ao longe. Rafe disse que a lenda clamava que as ruínas eram o que havia restado de uma grande fortaleza que certa vez contivera toda a riqueza dos Antigos. Agora, as obras dos semideuses eram pouco mais do que cicatrizes em uma paisagem, lembretes de que até mesmo os grandes, com toda a sua riqueza e com todo o seu conhecimento, podem cair.

Em algum lugar além disso, em um horizonte invisível, estava Morrighan e todas as pessoas que lá viviam, seguindo as suas vidas, sem saber das coisas. Meus irmãos. Pauline. Berdi. Gwyneth. E outras patrulhas como a de Walther que se depararIam com as suas mortes, tão alheios às coisas quanto eu tinha sido uma vez.

Quero ir com você.

Onde eu estava indo não era lugar para Natiya. Dificilmente era um lugar para mim mesma.

CAPÍTULO 29
CRÔNICAS DE AMOR E ÓDIO

RAFE

"Pode ser a minha vez agora?"

Limpei o suor que escorria da minha face com a manga da camisa. Eu sabia que uma multidão estava observando os meus exercícios de luta com outros soldados, mas não sabia que Lia estava entre eles. Eu me virei, seguindo o som da voz dela. Ela desceu em um pulo do corrimão do cercado e veio andando até mim. Dispensei o soldado que estava em posição para lutar comigo em seguida.

Eu tinha visto Lia usar uma espada na nossa fuga do Sanctum, mas aquilo foi um ataque-surpresa, e eu não sabia o quão bem ela realmente sabia lutar. Não doeria para ela expandir as habilidades.

"Tudo bem", respondi.

"Praticar seria uma boa ideia para mim", disse Lia enquanto se aproximava. "Eu treinei com os meus irmãos, mas eles enfatizavam a luta suja."

"Não existe nenhum outro tipo quando se está lutando pela vida. Em primeiro lugar, vamos procurar uma espada que seja adequada para você."

Fui andando até a prateleira de espadas de treino, testando os pesos. "Experimente esta daqui." Era uma espada mais leve, que não causaria fadiga no braço dela tão rapidamente, mas que ainda tinha um alcance decente. Selecionei um escudo para ela também.

Sven deu um passo à frente. "Vossa Majestade, isso é mesmo sábio?"

Lia lançou a ele um olhar fixo e mortal. Eu sabia que ela já estava cansada de que todas as decisões fossem legadas a mim. "Ficaremos bem, coronel."

"Movimento astuto, Vossa Majestade", disse Lia bem baixinho. "Ou eu poderia ter sido capaz de derrubar o seu supervisor."

Nós passamos por umas poucas e lentas investidas e defesas de modo que ela pudesse sentir a arma, e depois apliquei mais pressão.

"Não use a espada para bloquear ou defender, a menos que você tenha que fazer isso", falei, enquanto nossos golpes reverberaram pelo pátio. "Avance! A espada é uma arma mortal, e não de defesa. Se você estiver usando-a para se defender, está perdendo uma chance de matar." Mostrei a ela como usar o escudo para evitar os golpes e desequilibrar o oponente para ter uma vantagem melhor, enquanto, ao mesmo tempo, usava a espada em investidas e cortes.

"Ataque!", berrei, provocando-a da mesma forma que eu fazia com os outros soldados. "Ataque! Não espere que eu deixe você cansada! Me mantenha em movimento! Deixe que a surpresa seja a sua aliada!"

Ela, levou a sério os meus conselhos. A poeira foi chutada para cima ao nosso redor.

Os soldados assoviaram. Eu não tinha qualquer dúvida de que era a primeira vez que eles viam uma mulher lutando no pátio de treino, ainda por cima com o rei deles.

Os reflexos dela eram rápidos, e a concentração era tenaz, excelentes qualidades para um espadachim, mas eu tinha a vantagem da altura, do peso e da força, como a maioria dos oponentes que ela provavelmente enfrentaria teria.

A vantagem de Lia era que ela parecia entender o conceito de movimento e sincronia. Alguns soldados ficavam com os pés plantados no chão como se fossem árvores, como se tamanhos deles fossem mantê-los em pé. Vi muitos deles derrubados por guerreiros não muito maiores que Lia. O rosto dela brilhava com o suor, e fui tomado por uma onda de orgulho.

"Cuidado com as canelas", alguém gritou. Olhei de relance para a multidão. Kaden. Nosso público havia aumentado.

A espada dela ralou pelas minhas costelas, e assovios irromperam. Como um lobo sentindo o gosto de sangue, as investidas dela tornaram-se vorazes, os movimentos tornando-se um caos gracioso que me mantinham cada vez mais alerta. Avancei, fazendo mais pressão, e os golpes dela ficaram mais lentos, reagindo a isso. Eu sabia que todos os tendões do ombro dela estavam ardendo.

"Ataque para matar", berrei, "antes que a escolha seja tomada de você."

Ela aprendia rápido, usando bem o escudo, desviando com habilidade dos meus golpes, mas então um som penetrante de uma trombeta ressoou, dividindo a sua atenção. Recuei no meu gingar, mas não antes que a parte plana da espada pegasse no maxilar dela e ela fosse voando de volta para o chão. O gemido de choque da multidão ricocheteou pelo pátio, e eu fui correndo até o lado dela, caindo no chão.

Peguei-a nos braços. "Lia! Meus deuses! Você está bem?" Os soldados se aproximaram ao nosso redor e gritei para que alguém fosse chamar o médico.

Ela fez uma careta, esticando a mão para segurar o maxilar onde a vermelhidão já estava ficando azul. "Idiota", sibilou ela.

"Sinto muito. Eu não..."

"Não você. Eu. Walther me disse uma centena de vezes que eu não podia me deixar tomar por distrações." Ela empurrou a minha mão para longe e abriu a boca, testando para ver se o maxilar estava bem. "Eu ainda tenho todos os meus dentes. Pare de fazer tempestade em copo d'água."

A trombeta ressoou novamente. "O que é isso?", ela perguntou.

Eu não sabia ao certo. "Um aviso ou boas-vindas. "Ergui o olhar para a torre de vigia, e um soldado acenava com o estandarte de Dalbreck.

"Nossos soldados!", ele berrou.

A rotação de tropas havia chegado.

Enfim, eu poderia partir em direção a Dalbreck com Lia.

CAPÍTULO 30
CRÔNICAS DE AMOR E ÓDIO

Naquela noite, ninguém mencionara a minha queda, e eu não sabia ao certo se era para me poupar ou para poupar o rei deles. Porém, se Sven falasse alguma coisa, eu estava preparada para apontar o fato de que dois dos parceiros de luta de Rafe tinham se saído pior do que eu: um deles com um galo na cabeça e o outro com os nós de alguns dedos feridos. Eu não lutara com Rafe para provar algo, como havia feito com Kaden. Eu sabia que poderia chegar um momento em que eu precisaria de mais habilidades com a espada, e queria aprender com o melhor.

Com a chegada das tropas, todo mundo permaneceu mais tempo do que de costume no jantar e para a sobremesa, avidamente ingerindo as notícias de casa dos recém-chegados oficiais Taggart e Durante.

Embora ambos os oficiais estivessem aliviados ao ver que o príncipe Jaxon fora encontrado vivo, notei que Rafe foi ficando mais calado enquanto a noite ia passando e as notícias eram partilhadas. Alguns dos relatos eram medíocres: noivados, colheitas, promoções nos escalões, mas, quando elas se voltaram para as querelas entre a assembleia e o gabinete e os murmúrios de insatisfação dos generais, Rafe estreitou os olhos e curvou os dedos em volta do braço da sua cadeira.

"Partiremos dentro de dois dias. Isso tudo será abordado em breve", disse ele. Sua compostura tensa não deixou de ser notada pelos oficiais, e outras notícias dos murmúrios de insatisfação dos generais foram contidas.

O coronel Bodeen voltou o rumo da conversa para um assunto mais leve, a festa que estava planejada para a noite seguinte, e ele notou a chegada em boa hora das tropas. Aparentemente, os oficiais Taggart e Durante eram bem versados nas celebrações de Bodeen.

"Estejam preparadas, damas", disse Taggart. "Não há muitas de vocês por aqui. Vão dançar a noite toda."

"Por mim, tudo bem", disse Vilah.

As outras mulheres entraram na conversa, concordando.

"Você também, Vossa Alteza", disse o capitão Hague, erguendo o copo para mim.

Isso chamou por mais uma rodada de brindes, dessa vez à dança. Logo a conversa mudou de rumo, e fiquei perdida nos meus próprios pensamentos, tão alheia aos planos da festa quanto Rafe parecia estar. Passei o dedo no osso que estava no meu bolso, sentindo um estranho vazio que uma festa não seria capaz de preencher. Eu havia acumulado uma pequena pilha de ossos na minha tenda. Esse era um hábito de que eu não conseguia me livrar: os símbolos tinidores de lembrança e preocupação por aqueles que eu deixara para trás. Eu temia pelas crueldades que eles poderiam sofrer nas mãos do Komizar e estava preocupada com as maiores necessidades que ainda havia pela frente. Morrighan poderia ser um reino extinto... apagado da memória com apenas uns poucos memoriais quebrados para provar que algum dia existimos.

Gritos me arrancaram dos meus pensamentos. Todo mundo ficou alarmado, olhando em direção à porta. Uma rixa raivosa estava sendo travada do lado de fora, no pórtico. Uma fresta da porta foi aberta, e um soldado entrou, pedindo profusas desculpas pela interrupção. "Nós encontramos um deles, Vossa Majestade, exatamente como o senhor falou. Pegamos este espreitando em torno da muralha dos fundos. É um camarada pequeno, mas selvagem. Ele abriu um talho no braço de um dos nossos guardas antes que pudéssemos segurá-lo. Ele está exigindo ver, hum..." Ele olhou para baixo por um breve instante, como se envergonhado. "Ele quer ver a princesa. Ele disse que a conhece..."

Tanto eu quanto Rafe, Kaden e Griz ficamos de pé.

"Traga-o para dentro", disse Rafe.

Ouvimos mais gritos, e então dois guardas entraram aos tropeços, tentando controlar o prisioneiro.

"Fique no lugar antes que eu bata na sua cabeça e faça com que você vá para o outro mundo!", grunhiu um deles.

O prisioneiro travou o olhar comigo, e o meu coração parou.

Era Eben.

Embora eu soubesse que era melhor não o adular, não consegui me conter e saí correndo, puxando-o das mãos do guarda. Kaden e Griz estavam bem atrás de mim.

"Eben!" Puxei-o para os meus braços. "Graças aos deuses você está vivo!"

Ele me abraçou, nada envergonhado, e senti todas as costelas e os ângulos de seu corpo magro. Recuei a distância de um braço e olhei para ele. As maçãs do seu rosto estavam aguçadas, e os olhos, ocos e com círculos de olheiras. Ele decerto estava morrendo de fome e mais parecia um animal selvagem do que um menino. Sangue seco espalhado cobria a sua roupa.

Vi emoção estampada nas faces de Griz e de Kaden, que deu um passo à frente, agarrou punhados da camisa de Eben e puxou-o bruscamente para os seus braços. *"Drazhone."*

Irmão.

Eben era camarada deles. Um *Rahtan* em treinamento.

Griz fez o mesmo e então deu uma olhada em um arranhão na bochecha de Eben. Quando eu me virei do nosso círculo bem fechado, vi que Rafe nos observava, não com curiosidade, como todo o resto, mas com um escrutínio sombrio. O ombro de Kaden roçou no meu e eu me afastei dele, estabelecendo um pouco de distância entre nós.

A atenção de Eben voltou-se para Rafe, e ele olhou para ele com ares de suspeita. O menino havia conhecido Rafe apenas como sendo o emissário de Dalbreck, e me dei conta de que ele provavelmente ainda não sabia qual era a verdadeira posição de Rafe aqui. O olhar contemplativo de Eben se voltou para Jeb, que certa vez fora um imundo coletor de fezes vendano, quase irreconhecível agora com os cabelos penteados e as roupas imaculadas. Em seguida, ele olhou para Sven, outrora governador de Arleston, e que agora trajava um uniforme de oficial de alto escalão, e, em seguida, para Orrin, o guarda mudo do governador, que também trajava um uniforme dalbretchiano e que bebia de um cálice de cristal.

Orrin abriu um largo sorriso. "Surpresa", disse ele, erguendo o copo em direção a Eben.

Fiz apresentações.

"*Fikatande chimentras*", disse Eben baixinho.

Olhei para Rafe, perguntando-me exatamente quantas palavras básicas em vendano ele sabia.

"Sim, somos mentirosos", disse Rafe, respondendo à minha pergunta. Ele se inclinou para a frente, mirando um olhar fixo e frígido em Eben. "Nós mentimos para salvar a vida da princesa. Você tem alguma objeção quanto a isso?"

Eben ergueu o queixo, desafiador, mas então balançou a cabeça em negativa.

Rafe voltou a sentar-se na sua cadeira. "Que bom. Agora, alguém traga um pouco de comida para o menino. Temos que conversar."

O coronel Bodeen sugeriu que era um bom momento para que os seus oficiais e as suas esposas se retirassem pela noite. Todos foram embora, exceto pelo capitão Hague.

Aquilo era mais um interrogatório do que uma conversa. Eu, Rafe, Kaden, Griz, Tavish e Sven nos alternamos, fazendo perguntas enquanto devorávamos a comida.

Eben mal conseguira com vida. Ele estava no cercado mais afastado ao leste com Spirit quando foram atrás dele. Sua voz ficou trêmula quando ele mencionou o nome do jovem cavalo que teve que deixar para trás. Ele não sabia o que tinha ocorrido lá no terraço do Sanctum, mas viu Trahern, Iver e Syrus, um dos guardas da torre, matarem um coletor de fezes sem dizer uma palavra sequer. Ele sabia que havia algo errado, e, quando o avistaram, Eben sabia que seria o próximo. Ele saiu correndo, escondendo-se em cabines, celeiros, entre pilhas de feno, onde quer que pudesse enquanto os homens o perseguiam. Por fim, Syrus encurralou-o em um palheiro. Eben matou-o com um forcado no peito. Ele passou o restante do dia movendo-se de um esconderijo para o próximo, indo finalmente parar em uma sala abandonada na torre ao sul, onde ficou preso por dois dias. Foi lá que ele juntou as peças do que havia acontecido. Por causa da sua proximidade com Griz, ele acabara virando um alvo. Qualquer um que tivera conversas íntimas com a princesa, Griz,

Kaden ou Faiwel era suspeito de ser traidor e seria sistematicamente caçado. Ele ouviu os gritos dos assassinados. Eben fechou os olhos e achou que talvez pudesse não os abrir de novo. Quando os abriu, as pálpebras estavam pesadas e a visão estava turva. Não era o terror, mas sim a exaustão que o estava arruinando. Sua cabeça pendeu por um breve momento para o lado. Com o estômago cheio, ele mal conseguia ficar consciente.

"Onde foi que você ficou na torre ao sul?", perguntou Kaden.

"Logo abaixo do quarto do Komizar. Eu conseguia ouvir quase tudo através do cano da chaminé."

"Você sabe quem ele mandou para nos caçar?", questionei.

Eben soltou os nomes de todo mundo que tinha sido enviado atrás de nós. Ele os viu partirem de onde estava escondido. Nós havíamos matado no Vale dos Gigantes quase todos os homens que ele mencionara, exceto por aquele que não estava entre os nossos atacantes: Malich. O que queria dizer que ele ainda estava por aí em algum lugar.

"Eben", perguntei, antes que o perdesse completamente, "o Komizar está no comando agora?"

Eben olhou para mim, e o medo por um breve instante empurrara para o lado o estupor nos seus olhos. Ele assentiu como se estivesse com muito medo para falar o nome do Komizar. "Os ghouls lá nas cavernas cuidaram dele com as próprias poções. O Komizar está diferente agora. Ele quer que todos nós sejamos mortos, e eu sou o único que não fez nada."

"Exceto ferir um dos meus homens", disse Rafe. "O que vou fazer em relação a isso?"

"Foi só um arranhão no braço", disse Eben. "Provavelmente não vai nem mesmo precisar de pontos. Ele não deveria ter se metido no meu caminho."

Rafe olhou para o outro lado da sala, para o guarda que havia trazido Eben. O guarda assentiu, confirmando, e Rafe voltou-se de novo para o menino, dessa vez com um olhar mais austero. "E a quem você é fiel, Eben?", ele perguntou.

"Não ao *seu* tipo", respondeu, com uma rangida de dentes erguendo o lábio, mas então ele abaixou a cabeça e sussurrou, com toda a miséria e confusão que o mundo podia conter, "mas também não ao Komizar." Ele havia sido expulso da única vida que conhecia... pela segunda vez. Seu foco voltou-se para a parede mais afastada e então a cabeça

185

caiu junto da cadeira, os olhos se fecharam e a boca se abriu; ele, por fim, estava sucumbindo à exaustão. O garoto começou a cair para o lado, mas Rafe o segurou, pegando o seu corpo mole nos braços.

"Eu já volto", ele falou, querendo dizer que ia levar Eben até os alojamentos do médico para dormir e dar uma olhada para ver como estava o soldado que ele havia cortado.

"Certifique-se de colocar um guarda de olho no moleque", disse Sven, em forma de lembrete, enquanto ele saía dali.

As passadas de Rafe foram sumindo, e o aposento estava pesado com o silêncio. Então umas poucas palavras murmuradas irromperam em meio aos oficiais. Palavras sem importância. Não eram como as palavras que estavam gritando dentro da minha cabeça.

O Komizar está no comando de Venda.

Essa era a verdade de que eu sabia o tempo todo. A verdade que Rafe havia tentado negar. A verdade que até mesmo o Komizar conhecia enquanto jazia lá, sangrando: *Não acabou.* Até mesmo Dihara sussurrara para mim: *Jei zinterr.* Seja valente. Ela sabia que aquilo era apenas o começo. *Ele quer que todos nós sejamos mortos.* A visão que eu tivera de Civica quando estava lá no Sanctum permeava o ar diante de mim, como dedos de fumaça espiralada que ficaram esperando logo ali fora do meu campo de visão. A cidadela estava destruída, as ruínas eram apenas presas quebradas no horizonte, e montes em cima de montes de corpos ladeavam as estradas, como se fossem pedras empilhadas sobre uma muralha. Os gritos de uns poucos agrilhoados, para serem levados de volta a Venda como prisioneiros, pairavam no ar fumacento.

Seus gemidos eram tecidos em meio a outras vozes, as vozes de Rafe, do Komizar, do sacerdote e de Dihara também.

Vamos mandar uma mensagem, prometo.
   É minha vez agora de me sentar em um trono dourado em Morrighan.
   A ponte está destruída. Eles não têm nem mesmo como cruzar o rio.
   O Dragão conhece apenas a fome.
   Confie em seus dons, Arabella, quaisquer que sejam eles.
   Nós os chamamos de nossos Garanhões da Morte.
   Às vezes um dom requer um sacrifício imenso.
   Você saberá o que precisa fazer.
   Ande logo, senhorita.

Ou todos eles vão morrer. Esse último era um saber dentro de mim, tão certo quanto o nascer do sol. *Eles vão morrer.*

As brumas fumacentas diante dos meus olhos desapareceram, e eu me deparei com os olhares fixos de todos que estava sentado em volta da mesa.

"Vossa Alteza?", disse Jeb, em um tom de cautela, as pupilas minúsculos pontinhos nos seus olhos. Os olhares contemplativos de todo o restante das pessoas se pareciam muito com o dele. O que será que eles haviam visto no meu rosto?

Eu me levantei. "Coronel Bodeen, vou partir logo cedo pela manhã, junto com Kaden." Eu me virei para Griz e disse: "Uma vez que esteja completamente curado, você e Eben poderão nos alcançar e se juntar a nós em algum lugar em Morrighan, mas não pode cavalgar ainda. Eu preciso de você em boas condições físicas e de saúde, e não como uma preocupação extra". Falei com rapidez e firmeza, não dando a Griz ou a quem quer que fosse uma oportunidade para protestar. "Coronel, nós precisaremos dos nossos cavalos prontos, além de suprimentos extras, incluindo armas, se puderem nos ceder. Prometo que vou pagar..."

"Do que você está falando?"

A atenção de todo mundo voltou-se na direção da entrada da sala de jantar. Rafe estava lá parado, alto e formidável, com os olhos ardendo em chamas. Pelo seu tom de voz tenso, estava óbvio que ele havia me ouvido, mas repeti o que disse, de qualquer forma.

"Eu estava acabando de dizer ao coronel Bodeen que estou voltando a Morrighan pela manhã. Quaisquer dúvidas sobre o Komizar e suas intenções se foram agora, e eu..."

"Lia, você e eu discutiremos isso depois. Por ora..."

"Não", falei. "Nós já conversamos, Rafe, e não posso mais adiar. Estou de partida."

Ele cruzou a sala e segurou no meu cotovelo. "Posso falar com você em particular, por favor?"

"Uma conversa não vai mudar..."

"Com licença", disse ele a todos enquanto me conduzia para fora da sala de jantar, com a mão apertada no meu braço. Ele fechou as portas atrás de nós e virou-se no pórtico para ficar cara a cara comigo. "O que *exatamente* acha que estava fazendo lá dentro? Você não pode sair por aí dando ordens para os meus oficiais pelas minhas costas!"

187

Pisquei, surpresa com a raiva imediata dele. "Isso não foi feito pelas suas costas. Só faziam alguns minutos que você tinha saído."

"Não importa há quanto tempo eu tinha saído! Eu volto e você está dando ordens, pedindo por cavalos?"

Eu me esforcei para manter a voz uniforme. "Eu não estava gritando... como você está gritando agora."

"Se estou gritando, é porque nós já repassamos esse assunto, e não parece que você está me dando ouvidos! Eu disse a você que preciso de tempo."

"E tempo é um luxo que eu não tenho. Devo lembrá-lo de que é para cima do meu reino que eles estão indo, e não do seu? Eu tenho um dever para..."

"Agora?", disse ele, jogando as mãos no ar. "Agora, de repente, você decide que o dever importa? Você não parecia ligar nem um pouco para isso quando me deixou no altar!"

Fiquei com o olhar fixo nele, como se eu tivesse um enxame de abelhas dentro do meu peito, e desesperadamente tentava engolir a minha própria e crescente irritação. "Estou me reagrupando e seguindo em frente com novas informações... exatamente como um tolo disse que era para eu fazer."

Ele cruzou o pórtico de madeira e depois voltou, as botas pontuando sua fúria crescente. Então, parou na minha frente.

"Eu não percorri e cruzei um continente inteiro e arrisquei as vidas de bons oficiais simplesmente para permitir que você volte para um reino onde será morta."

"Você está presumindo o pior", falei, entredentes.

"Maldição, Lia, pode ter certeza de que estou! Você acha que brincar com a espada uma vez é o suficiente para que esteja pronta para tomar um reino de assassinos traidores?"

Brincar com a espada? Tremi com fúria com essa dispensa das minhas habilidades. "Preciso lembrá-lo, rei Jaxon, de que todos os seus dedos estão intactos agora graças a mim? Você acha que estaria dando aulas de como manejar a espada sem eles? Aguentei semanas do Komizar colocando as patas em mim, me batendo e enfiando a língua na minha garganta para salvar a sua vida miserável! E também devo lembrá-lo de que derrubei quatro homens em nossa fuga? Você não está me *deixando* ir a lugar nenhum. Ainda cabe a mim a decisão de onde ir e o que fazer!"

Ele não recuou, e seus olhos ficaram como aço derretido queimando-me com o seu calor. "Não."

Olhei para ele, com ares de incerteza. "O que quer dizer com *não?*"

"Você não pode ir."

Uma bufada incrédula de ar escapou dos meus lábios. "Você não pode me impedir."

"Acha mesmo que não?" Ele deu um passo mais para perto de mim, com o peito tão imponente quanto uma muralha. Os olhos dele reluziam como os de uma fera. "Esqueceu que sou o *rei* de Dalbreck?", grunhiu ele. "E que eu decido quem vem e quem vai?"

"Você é um maldito de um tolo, isso sim, e estou de partida!"

Ele virou-se em direção à extremidade do pórtico. "Guardas!"

Os sentinelas que estavam parados ao corrimão imediatamente deram um passo à frente. "Escoltem a princesa de volta aos seus aposentos", ele ordenou. "E postem quatro guardas para que garantam que ela não saia de lá!"

Fiquei parada, pasma, sem acreditar no que estava acontecendo, tentando encontrar a minha voz. "Você está me dizendo que deixei de ser prisioneira de um reino para me tornar prisioneira de outro?"

"Você pode distorcer isso da maneira que quiser, e tenho certeza de que fará isso, mas irá até a sua tenda e vai ficar lá até recobrar o bom senso!"

Voltei a olhar para os guardas, que me fitavam, com ansiedade, incertos quanto a como proceder, até que Rafe se manifestou. "Se ela não seguir de livre e espontânea vontade, têm a minha permissão para arrastá-la até lá."

Olhei com ódio para ele e dei meia-volta, descendo os degraus batendo os pés, com os guardas seguindo-me bem nos meus calcanhares.

KADEN

Nós ouvimos cada palavra.

Quando a gritaria começou, Sven meio que se levantou, como se fosse sair dali. "Talvez devêssemos dar a eles um pouco de privacidade..." Então o homem percebeu que a única saída dava direto para a discussão dos dois. Ele voltou a se sentar. A única outra opção teria sido sairmos de fininho em uma fila única pela entrada do cozinheiro, o que teria sido até mais estranho, pois era uma admissão de que estávamos ouvindo a feia discussão.

Então ficamos ali sentados, ouvindo, nos perguntando como aquilo poderia ficar pior.

Palavras como *maldição*, *maldito de um tolo maldito* e *eu decido* fizeram sobrancelhas serem erguidas; no entanto, *prisioneira* foi a palavra que fez com que fôlegos fossem tomados. Tavish soltou um gemido, e Jeb murmurou um xingamento. Sven se inclinou para a frente, com as mãos no rosto, como se desejasse aconselhar o seu pupilo quanto às regras de uma discussão decente. Eu ouvi quando ele murmurou "Arrastá-la?" bem baixinho.

Griz estava surpreendentemente calado, e me dei conta de que tinha gostado de ouvir o rei cavando o próprio túmulo. Griz acreditava em Lia de um jeito estranho e feroz que eu estava apenas captando de vislumbre. Não importava que ela planejasse deixá-lo para trás. O rei estava mostrando a verdadeira face da realeza, e Griz saboreava cada palavra.

Tentei aproveitar a cálida semente da satisfação que crescia no meu âmago também, mas eu tampouco sabia que a fúria que ouvi na voz de Lia vinha de um lugar de mágoa profunda. Minha satisfação virou algo frio. Depois da minha promessa de honestidade, eu havia dispensado apenas porções da verdade para Rafe sobre o meu beijo com ela, sabendo que isso iria enfurecê-lo, mas fora ela quem havia carregado nas costas o fardo da dor que isso causara. Não queria mais magoá-la.

Estava silencioso lá no pórtico, e Sven quebrou o silêncio enfim. "O que mais ele poderia fazer? Não é seguro para ela voltar para Morrighan."

"Ela me perguntou certa vez sobre ir para casa", disse Jeb. "Eu sempre presumi que estivesse se referindo a Dalbreck."

"Dalbreck não é o lar dela", falei a ele.

"Vai ser", disse Tavish, desferindo-me um olhar cheio de ódio e sombrio.

"Não há nada com o que se preocupar." Orrin serviu-se de mais cerveja. "Ela vai recobrar o bom senso."

Tavish soltou uma bufada. "Com certeza que vai."

"A preocupação de Lia é válida", falei. "O Komizar vai seguir em marcha contra Morrighan e os outros reinos."

"Qual reino primeiro?", perguntou Sven.

"Morrighan."

"E você sabe disso porque provavelmente ele *falou* a você."

O ponto de Sven era claro. O Komizar não era a melhor fonte para qualquer verdade, e eu sabia como ele era capaz de segurar informações, colocando um governador contra o outro para os próprios propósitos. O Komizar queria Morrighan, mas ele também queria Dalbreck. Ele queria todos os reinos.

"Sim", respondi. "Certamente."

Mas agora eu não tinha certeza disso.

Bodeen abriu um largo sorriso. "Marchar com o suposto exército de cem mil homens?"

Griz pigarreou. "Não exatamente", disse ele, enfim se pronunciando. "Receio que a princesa não tenha entendido os números direito."

Não, ela não havia mesmo entendido. Eu me lembro de quando retornei ao Sanctum e perguntei ao Komizar como estavam os planos dele. *Melhor do que eu esperava.* O exército dele havia crescido significativamente nos últimos meses. Os olhos de Sven estavam voltados para Griz, como contas aguçadas, como se ele soubesse que havia mais a caminho.

"Lá vem!", disse Hague, fazendo um aceno no ar com a mão. "A confirmação vinda diretamente da boca do grande bárbaro. Talvez seja ele quem deva falar com a princesa."

Griz virou uma dose de bebida e colocou o copo abaixo com um alto som oco. "Na verdade, os números estão mais próximos de 120 mil homens. Todos bem armados." Ele fez um movimento para que Sven passasse a garrafa para que ele enchesse a caneca vazia. "Isso é cerca do dobro das suas forças, não é, capitão?"

Jeb soltou um suspiro. "O triplo."

Hague nada disse. Ele estava boquiaberto como um peixe pendurado em um anzol. Griz tentou conter um sorriso.

Orrin e Tavish balançaram as cabeças, e Sven passou a garrafa para Griz, escrutinizando-o em busca de sinais de uma mentira.

Era verdade. Era por isso que o Komizar estava pressionando tanto os governadores: para ter mais suprimentos a fim de sustentar o seu exército em expansão.

"Eles são apenas bárbaros selvagens! Não são um exército treinando em marcha. Os números não querem dizer nada!", disse Hague, nervoso, dispensando a questão.

Bodeen sentou-se confortavelmente na cadeira. "Embora o tamanho e as habilidades de um exército vendano continuem sendo questionáveis", interpolou ele, "as preocupações do rei não o são. A preocupação dele também é válida. Eu entendo que há uma recompensa pela captura da princesa, e graças ao Komizar e aos seus rumores, provavelmente alguma coisa muito pior espera por ela agora. Acho que ouvi o rei Jaxon descrevendo-a como 'a criminosa mais procurada em Morrighan', não? Essa é uma posição perigosa para qualquer pessoa."

Um beco sem saída. Isso também era verdade, e eu sabia que, do ponto de vista deles, fazia de mim e de Griz insensíveis ao bem-estar de Lia.

Bodeen inclinou a cabeça para o lado, ouvindo, e então se levantou, por fim julgando que era seguro sair dali. "O que foi aquela última coisa que ela grunhiu enquanto descia as escadas? *Jabavé?*"

"É uma palavra vendana para..."

Sven tossiu, cortando-me. "Não é um termo afetuoso", ele se propôs a dizer. "O rei sabe o que significa. Isso é tudo que importa."

Minha semente de satisfação ficou cálida novamente, mesmo sem querer.

nas tristezas.
No medo.
Na necessidade.
É aí que o conhecimento ganha asas.
As asas negras do saber agitavam-se dentro do meu peito.
Ele se fora, e não haveria de voltar.

— *As palavras perdidas de Morrighan* —

CAPÍTULO 32
CRÔNICAS DE AMOR E ÓDIO

Fiquei andando de um lado para o outro na minha tenda, tentando controlar a minha fúria. Meu sangue corria mais rápido do que um cavalo sendo chicoteado. Eu estava certa de que, a qualquer momento, ele viria, com a cabeça baixa, envergonhado, implorando perdão pelo seu comportamento.

Minha cabeça latejava, e esfreguei as têmporas enquanto cavava um caminho no tapete. Recobrar o bom senso? *Eu?* Será que ele tinha mesmo ouvido o que dissera? *Pelo amor dos deuses, será que o acampamento inteiro nos ouviu?* O pórtico da sala de jantar ficava longe dos alojamentos dos soldados, mas os aposentos dos oficiais ficavam próximos o suficiente para escutar o que discutíamos. Apertei os olhos, bem fechados, imaginando todos os ouvidos pressionados nas janelas. Eu sabia que Rafe estava sob pressão, e as notícias adicionais de hoje sobre a divergência no reino apenas haviam aumentado a tensão, mas eu também estava sob pressão. Soltei o ar sibilando e frustrada, entredentes. Talvez, de alguma forma, eu tivesse agido pelas costas dele, mas isso era somente devido ao fato de que eu queria expressar as minhas intenções antes que ele retornasse, tornando-as claras, públicas e certeiras, de modo que ele não poderia ignorá-las da forma que havia feito antes. Talvez ele pudesse interpretar isso como usurpação da sua autoridade, especialmente em um momento em que estava tentando ganhar a confiança daqueles ao seu redor, mas agir como um idiota não era uma forma de ganhar respeito.

Eu decido. Eu não era súdita de Dalbreck. Ele não decidiria o que quer que fosse em relação a mim.

Minutos se passaram, e então uma hora se passou, e ainda não havia qualquer sinal dele. Será que estaria aborrecido? Envergonhado demais para vir me pedir desculpas? Será que estava condoendo-se com os seus homens pelas palavras infelizes que falou? Ou será que estaria contemplando o que Eben nos informara? Rafe não era idiota. Com o Komizar vivo e seguindo em frente com os seus planos, ele precisava saber que todos nós estávamos correndo risco. Manter-me viva por ora nada significava se no fim todos nós estivéssemos mortos ou aprisionados. Só porque Morrighan era o primeiro alvo do Komizar, isso não queria dizer que Dalbreck não seria o próximo.

Apanhei um travesseiro da minha cama e o soquei, e depois o joguei contra a cabeceira.

Brincar com a espada! Eu ainda podia ouvir a ênfase sarcástica dele na palavra *brincar*. Talvez isso fosse o que tinha doído mais. O fato de que ele não acreditava em mim, valorizando apenas o seu tipo de força e não o tipo de força que eu tinha. O tipo de força que havia salvado os pescoços de nós dois. Kaden fizera por merecer um bom calombo na canela quando tentar fazer o mesmo comigo. Não era tarde demais para que eu fizesse com que Rafe ficasse com um calombo na canela por isso também. Talvez ele precisasse mesmo era de um galo na cabeça!

As laterais da tenda estremeciam com o vento, e um lento e distante ribombo soava como se os céus tivessem sido atraídos para a nossa tempestade. Adicionei lascas de madeira ao fogão. *Onde será que ele estava?*

Joguei para o lado a cortina da entrada da tenda. Dois guardas deram passos à frente para bloquear o meu caminho, cruzando as alabardas na minha frente.

"Por favor, Vossa Alteza, volte para dentro", pediu um deles. Uma ruga franzia o rosto dele, que parecia genuinamente assustado. "Eu realmente não quero..." Ele não estava disposto a terminar o pensamento.

"Arrastar-me de volta para os meus aposentos como o rei ordenou?"

Ele assentiu. O outro guarda afligia-se com o eixo da sua alabarda, recusando-se a olhar nos meus olhos. Com certeza ele nunca teve que ficar de guarda para uma prisioneira como eu antes, prisioneira esta que era uma convidada do rei meras horas atrás. Somente por eles, recuei e apanhei a cortina para fechá-la, rosnando enquanto fazia isso.

Apaguei as luzes do candelabro, e o aposento reluzia com a parca iluminação das brasas do fogão. Eu estava fervendo de raiva porque Rafe não havia vindo até aqui ainda, implorando de joelhos pelo meu perdão. Caí na cama, tirando uma das botas, depois a outra, e então joguei-as para o outro lado do quarto. As duas foram parar na parede da tenda, e cada som oco das suas batidas era pateticamente insatisfatório.

A fúria apunhalava a minha garganta como se fosse um osso doloroso que eu não conseguia engolir. Eu não queria dormir assim. Rocei meus cílios molhados, piscando para limpar as lágrimas. Talvez eu devesse ter explicado para ele em particular. Será que eu conseguiria tê-lo feito entender? Mas eu pensei nos nossos muitos quilômetros viajando do Sanctum até aqui, em todas as vezes em que ele, de uma forma bem habilidosa, havia desviado a conversa do assunto de Morrighan. *Nós só temos que chegar no posto avançado por ora.* Ele tinha feito isso repetidas vezes, de forma tão sutil que eu nem mesmo consegui notar.

Nessa noite, ele não tinha se dado ao trabalho de ser sutil. Tudo que consegui dele foi uma dispensa curta, grossa e arrogante. *Não.* Sem qualquer chance para discussão...

"Lia?"

Dei um pulo da cama, inspirando o ar, alarmada. Era a voz dele. Logo do outro lado da cortina. Lenta e baixa. Reservada. Eu sabia que ele viria resolver isso. Fui andando até a ponta da cama, limpando rapidamente o meu rosto com as palmas das mãos. Pressionei as costas junto à larga coluna da perna da cama e inspirei fundo, um ar renovador. "Entre", falei baixinho.

A cortina foi aberta, e ele entrou na tenda. Meu estômago se revirou. Apenas duas horas haviam nos separado, mas a sensação dessas duas horas era tão longa quanto minha jornada por todo o Cam Lanteux. As piscinas de cristal escuro dos olhos dele aqueciam o meu sangue de uma forma que fazia com que eu me sentisse perdida para tudo mais no mundo que não fosse ele. Seus cabelos estavam desgrenhados, como se ele tivesse saído em uma cavalgada rápida para se livrar das suas frustrações acumuladas. Sua face estava calma agora, os olhos, suaves, e eu estava certa de que um bem ensaiado pedido de desculpas esperava nos seus lábios.

Ele buscou a minha face, com ternura no olhar contemplativo. "Eu só queria ver como você está", disse ele baixinho. "Queria me certificar de que tivesse tudo de que precisa."

"Agora que sou prisioneira."

A mágoa apareceu em um lampejo na sua expressão. "Você não é prisioneira. É livre para se mover pelo acampamento."

"Contanto que eu não vá embora."

Ele deu um passo mais para perto, parando apenas a uns poucos centímetros de distância, enchendo a tenda, enchendo a minha cabeça.

"Eu não quero que isso fique assim entre nós", disse ele em um sussurro. Rafe esticou a mão e tocou na minha. Seus dedos lentamente deslizaram pelo meu braço até o ombro, e seu polegar traçou um lento e preguiçoso círculo sobre a minha clavícula. Brasas quentes ardiam no meu peito. Ele sabia que eu o queria, que eu queria nada mais do que esticar a mão para ele e fechar o espaço doloroso entre nós.

Quase nada mais do que isso. "Você está aqui para pedir desculpas?", perguntei.

Ele deslizou a mão atrás das minhas costas, puxando-me para mais perto dele, com os quadris vindo de encontro aos meus, e os lábios roçando o lóbulo da minha orelha. "Eu tenho de fazer o que eu acho melhor. Não posso deixar que você vá, Lia, não em sã consciência. Não quando conheço o perigo em que você estaria entrando." Ele soltou os laços do meu vestido. Minhas respirações roçavam o peito dele, desiguais, queimando de leve os meus pensamentos.

Seus lábios roçaram em uma linha ardente da minha têmpora até a minha boca, e então ele me beijou, intensa e profundamente, e eu queria me derreter na sensação dele, e no seu gosto e, no seu cheiro, no vento nos seus cabelos, o sal no seu rosto, mas uma outra necessidade, uma necessidade maior, flamejava com mais brilho, ardente e persistente.

Coloquei as mãos entre nós, cutucando-o com gentileza para longe de mim.

"Rafe, você nunca sentiu nada a fundo no seu âmago? Nem ouviu um sussurro a que tinha que dar ouvidos acima de toda a razão?"

A ternura deixou os olhos dele. "Não vou mudar a minha decisão, Lia", disse ele. "Preciso que confie em mim. Você não vai voltar por ora. Talvez depois, quando for mais seguro."

Fitei os olhos dele, rezando para que ele visse a urgência nos meus. "Nunca será mais seguro, Rafe. As coisas só vão piorar."

Ele deu um passo para trás, soltando um suspiro, tudo na sua postura revelando impaciência. "E você acha que sabe disso por causa de um texto antigo?"

"É verdade, Rafe. Todas as palavras do texto são verdadeiras."

"Como você sabe? Você não é uma erudita. Pode não ter traduzido o texto apropriadamente." O grosseiro ceticismo dele foi a gota d'água para os últimos resquícios da minha paciência. Não haveria mais qualquer explicação ou humilhação.

"Acabamos aqui, Rafe."

"Lia..."

"Saia!", gritei, empurrando-o para longe.

Ele foi tropeçando para trás e ficou me olhando, pasmado. "Você está me expulsando?"

"Não, eu não acho que seja possível botar *você* para fora. Afinal de contas, você é o *rei* Jaxon, e decide quem vem e quem vai... ou pelo menos foi isso que me disseram. Mas eu sugiro que você saia antes que eu encontre uma outra maneira de despachar você." Coloquei a mão na lateral do meu corpo, em cima da adaga embainhada.

Um rubor de pura fúria assomou-se à face dele.

Ele se virou e saiu tempestivamente, quase arrancando a cortina da porta. Nós veríamos quem ia recobrar o bom senso primeiro.

Madame Rathbone apareceu na minha tenda cedo na manhã seguinte, junto com Vilah e Adeline. Curiosamente, madame Hague as acompanhava, embora ela nunca tivesse feito isso antes. Soltei um suspiro por dentro. Sim, os oficiais e todas as suas esposas haviam ouvido nossa feia discussão, e certamente madame Hague estava com a esperança de conseguir suculentos detalhes adicionais, mesmo que o propósito oficial da sua visita fosse o de entregar os acessórios para combinarem com o meu vestido para a festa daquela noite. Adeline ergueu um cinto de cota de malha incrustado com safiras. Mais uma vez, fiquei maravilhada com a extravagância, especialmente aqui, neste remoto posto avançado. Em seguida, Vilah expôs uma ombreira prateada com joias que tinha um intrincado padrão em alto-relevo.

"Diga-me, as mulheres dalbretchianas algum dia usaram essa ombreira em batalha?"

"Ah, sim!", respondeu-me Vilah. "É por isso que elas fazem parte de nosso vestido tradicional. Marabella foi uma grande guerreira antes de ser rainha."

"Mas isso foi há centenas de anos", acrescentou madame Hague, erguendo as sobrancelhas em repulsa. "Nossas damas e rainhas não vão mais para as batalhas. Hoje em dia, é desnecessário."

Não tenha tanta certeza disso, fiquei tentada a dizer.

Madame Rathbone deu uma última olhada em tudo que estava exposto em cima da mesa e disse: "Passaremos aqui depois para ajudar você a se vestir".

"E faremos o seu cabelo."

"Com um cordão de prata", acrescentou Vilah, entrelaçando as mãos com a expectativa.

Ouvi um zelo tenso nas vozes delas, como se estivessem tentando apagar a mortalha sombria da discussão da noite passada. "Vocês vão estar todas ocupadas arrumando a si mesmas", respondi. "Posso me virar sozinha."

"É mesmo?", perguntou-me madame Hague em tom de dúvida. "É assim que as coisas são feitas lá em Morrighan? Ninguém cuidava de você?" Ela ergueu o lábio com uma piedade condescendente.

"Sim", soltei um suspiro. "Nós não passamos de selvagens em Morrighan. É de se admirar que o seu rei fosse arranjar um casamento com uma da nossa espécie."

Seus cílios foram baixados, tremeluzindo, e ela saiu dizendo que tinha muito a fazer naquele dia, mas sem qualquer pedido de desculpas pelo insulto. Talvez, agora que o rei dela havia me atacado verbalmente, ela se sentisse livre para fazer o mesmo.

Seis guardas chegaram à minha tenda pouco tempo depois. Percy, o líder deles, informou-me que eles seriam minhas escoltas do dia. Então essa era a versão de Rafe de ser livre para ir onde eu desejasse? Seis guardas, até mesmo dentro das muralhas de Marabella. Eu imaginava que eu deveria encarar como elogio o fato de que ele levava mais em consideração as minhas habilidades do que admitiria. Na mesma hora, decidi que tinha muitos lugares onde teria que ir hoje, não apenas para que todo o posto avançado pudesse partilhar da diversão dos seis guardas trotando atrás de mim, como também porque, de uma forma ou de outra, eu iria embora sim, e precisava cuidar dos detalhes.

Primeiramente, fui até o cercado inferior, dando uma olhada para ver os nossos cavalos vendanos, que agora também estavam sob a custódia do rei. Olhei para o portão inferior, onde os cavalos iam e vinham, que estava fechado. Nós nunca conseguiríamos passar por aquilo, mas pelo menos eu sabia onde os cavalos e os equipamentos de cavalgada estavam. Eu pensaria no restante depois. Em seguida, fui até a copa, e o cozinheiro não ficou feliz com a minha intrusão, dizendo que poderia levar alguma coisa à minha tenda. Fingi que não sabia ao certo o que eu queria, e então analisei em detalhes as prateleiras e a despensa. Infelizmente, quase tudo estava armazenado em grandes sacos ou contêineres a granel. Peguei uma das tigelas dele e enchi-a com punhados de pinhões, pão ázimo e um pouco de figos doces. Ele observou a minha estranha escolha de alimentos e olhou de relance para a minha barriga. Abri um sorriso tímido, deixando que ele tirasse as próprias conclusões.

Em seguida, andei com dificuldade até os alojamentos do médico para falar com o cirurgião. Kaden e Eben tinham ido tomar banho, mas o cirurgião estava examinando a ferida de Griz. Ele me mostrou que ela estava se curando bem na maioria dos lugares, mas uma parte da carne estava se juntando mais devagar. Ele disse que se sentia confiante de que a ferida se curaria, e então desferiu um austero olhar de relance para Griz. "Com um pouco mais de *repouso*."

O grandalhão ficou hesitante, dizendo que estava bem agora.

"Mas não vai ficar bem se estiver levantando selas pesadas para colocar e tirar dos cavalos duas vezes por dia", falei. "Ou, que os deuses nos livrem, se você tivesse que usar sua espada."

Griz sorriu, seus olhos cintilando com pensamentos de lesão corporal. "Você gostaria que eu usasse a minha espada para alguma coisa específica?"

Senti um ardor na barriga. Ele tinha ouvido a discussão, o que queria dizer que todo mundo que estava na sala de jantar ouvira também. Com certeza Kaden estava exultante com esse desdobramento das coisas, mas quando o vi no pátio de trabalho mais tarde, havia somente preocupação nos olhos dele.

Ele falou em vendano de modo que os guardas não fossem nos entender. "Você está bem?", ele me perguntou.

Assenti, tentando ignorar o nó que estava se formando na minha garganta de novo. Kaden abriu um largo sorriso.

"E as canelas de Rafe?"

Eu sabia que ele estava tentando tornar o meu humor mais leve, e por isso fiquei grata. "Por ora, bem, mas isso não acabou ainda."

"Em momento algum achei que tivesse acabado."

O voto de confiança dele em mim era como água fresca em uma garganta sedenta. Eu queria abraçá-lo, mas isso apenas teria trazido um escrutínio extra para cima dele.

Os guardas ficaram nervosos com essa conversa que não conseguiam entender, como se suspeitassem de que estávamos conspirando — o que estávamos mesmo fazendo, no fim das contas. Dei um passo mais para perto de Kaden e sussurrei, para dar a eles algo com que se preocupar.

"Quando partirmos, Eben terá que ficar para trás com Griz. Seremos apenas nós dois, com Malich por aí, em algum lugar. As chances estão contra nós?"

"Ele precisava estar com os outros no Vale dos Gigantes se foi enviado para matar você. Acho que ele está a caminho de Civica com uma mensagem."

"De que estou morta?"

"De que você escapou. Eles não vão contar você como morta a menos que tenham um corpo... e saberão exatamente para onde você estará se dirigindo."

O que queria dizer que o Chanceler e aqueles que com ele conspiravam estariam esperando por mim, provavelmente observando todas as estradas que davam para a cidade. O elemento-surpresa não era mais meu. Eu não precisava que isso fosse mais difícil do que já era.

Com o canto do olho, vi Tavish e Orrin andando na nossa direção. Eles deram uma volta, cada um deles parando a um lado meu. "Nós estamos aqui para liberar os guardas, Vossa Alteza", disse Tavish, lançando um fixo e secante olhar para Kaden.

"Pode ir, Percy", disse Orrin, com um movimento como se o estivesse enxotando. "O coronel quer você de volta ao escritório dele. Vá."

Tavish voltou um respeitoso assentir na minha direção. "Seremos as suas escoltas pelo restante do dia."

"Pelas ordens de quem?", perguntei.

Tavish sorriu. "Nossas."

Tavish e Orrin não sabiam vendano, então eu falei, rapidamente, umas poucas e últimas palavras nesse idioma a Kaden. "Nós conversaremos mais depois. Precisamos reunir suprimentos."

Tavish pigarreou. "E Jeb se juntará a nós em breve."

A mensagem dele era clara: Jeb falava vendano. Soltei um suspiro. Isso era mais do que lealdade a um rei: era lealdade ao amigo deles.

CAPÍTULO 33
CRÔNICAS DE AMOR E ÓDIO

 exército morriguês surgiu séculos antes que qualquer um dos outros tivesse estabelecido uma pedra angular que fosse na fundação do seu reino. Isso era mais uma coisa que os Textos Sagrados enfatizavam: que os Guardiões Sagrados, os ferozes guerreiros que acompanharam Morrighan na sua jornada pelas terras inóspitas, tinham forças inigualáveis e vontades de aço legadas pelos próprios céus, de modo a garantir a sobrevivência dos Remanescentes.

Aldrid, que havia se tornado marido dela e o reverenciado pai do reino, era um daqueles guardiões. Seu sangue de guerreiro corria nas veias de todos nós. A cidadela tinha até mesmo algumas das espadas dos Sagrados Guardiões exibidas na sala do trono, lembretes da nossa grandeza e da unção dos deuses.

Por toda a sua história, o exército morriguês havia permanecido grande, e os soldados eram corajosos e honráveis. No entanto, enquanto eu observava as tropas dalbretchianas repassando os seus exercícios e treinando, do meu ângulo privilegiado na muralha do posto avançado, fiquei impressionada com a sua precisão intimidante. Suas alabardas eram empunhadas com uma sincronia formidável, e seus escudos entrelaçavam-se com a facilidade de uma dança aperfeiçoada. A confiança emanava de todos os movimentos meticulosamente orquestrados. Eles praticamente reluziam com intimidação.

Nunca tinha visto nada como a sua força e a sua disciplina. Entendi por que eles acreditavam no seu poder. Mas eles não eram capazes de ver o que eu via: os números.

Até mesmo com um exército forte de 40 mil homens, eles não eram páreo para a terrível grandeza de Venda. Depois que Morrighan caísse, Dalbreck cairia em seguida.

Ergui o olhar para a grande extensão acima das tropas, onde uma lua crescente dividia o céu com o sol que partia. Mais um dia se fora, e poucos ainda restavam. O tempo se movia em frente, circundando, repetindo-se, mais uma devastação enrolando-se como uma serpente venenosa que despertava, pronta para dar o bote. Ela estava chegando, e forças ocultas em Morrighan a estavam ajudando da forma mais insidiosa possível, de dentro, alimentando-a com um poder que acabaria por destruir todos nós.

Precisava ter um jeito.

Jezelia, cuja vida será sacrificada pela esperança de salvar a sua.

Um jeito diferente.

Eu lutava com as palavras de Venda. Sacrificar a minha vida pela mera esperança? Eu teria preferido mais do que isso... preferia algo como a certeza. Mas a esperança era pelo menos alguma coisa e, por mais incerta que fosse, era tudo que eu tinha a oferecer a Natiya e a tantos mais. Nem mesmo Rafe poderia tirar isso de mim. Como as histórias com que Gaudrel havia alimentado Morrighan, a esperança era alimento para uma barriga vazia.

Jeb interrompeu os meus pensamentos, dizendo que estava na hora de nos prepararmos para a festa. Tavish e Orrin estavam parados a vários passos atrás deles, fitando-me com curiosidade. Olhei para os campos de treinamento, e todos os soldados tinham saído de lá. Um punhado de estrelas já estava iluminando o céu. Orrin se mexeu, cheirando o ar, mas todos eles esperavam que eu fizesse o primeiro movimento para sair. Eles três haviam mantido uma distância respeitosa de mim o dia todo, desaparecendo com habilidade, tal como faziam no Sanctum, mas ainda sempre lá, sempre observando.

Não foi por livre e espontânea vontade deles que haviam assumido a tarefa de escoltas, como haviam dito. Eu tinha certeza de que era por ordens de Rafe. Ele estava tentando se livrar do próprio embaraço de ter um desfile de guardas anônimos me acompanhando. Ele sabia que eu me importava com esses três, que tínhamos uma história juntos, mesmo que ela fosse curta.

Quase perder nossas vidas juntos era algo capaz de estreitar laços e alongar o tempo. Analisei as faces deles. Não, não eram rostos de guardas. Seus olhos estavam cheios da preocupação de amigos, mas, sem sombra de dúvida, se eu colocasse uma sela em um cavalo para partir, eles se tornariam outra coisa. Eles me impediriam. Até mesmo sob o disfarce da amizade, eu ainda era uma prisioneira.

Segurei a saia e desci da muralha. Pela primeira vez, senti o cheiro de carne assada no ar, e então me lembrei das lanternas sendo penduradas em fios no campo inferior mais cedo, a liteira disposta para a mesa principal, fitas prateadas jogadas entre postes na expectativa de uma festa avidamente esperada por quase todo mundo. Jeb alinhou-se ao meu lado, e Tavish e Orrin caminhavam logo atrás da gente.

Jeb ajeitou a camisa, alisou a manga. Puxou o colarinho.

"Fale logo, Jeb", disse a ele. "Antes que a sua preocupação abra buracos na sua roupa."

"O trono de Rafe está sendo desafiado", disse ele, sem pensar, traduzindo em palavras seu pensamento como uma súplica para o seu amigo.

Ouvi Tavish e Orrin gemerem atrás de nós, obviamente não satisfeitos com a língua solta de Jeb.

Revirei os olhos, impassível. "Por causa de querelas do gabinete? Quais são as outras novidades?"

"Não é o gabinete. Um dos generais dele deu início aos procedimentos para tomar o trono."

Um golpe de estado? Diminuí a velocidade dos meus passos. "Então a corte de Dalbreck tem traidores também?"

"O general não é um traidor. Ele está dentro dos seus direitos. Está acusando o príncipe Jaxon de abdicar, o que todo mundo sabe que é uma reivindicação falsa."

Parei e encarei Jeb. "A mera ausência dele é interpretada como sendo uma abdicação?"

"Não pela maioria, mas poderia ser interpretada dessa forma, especialmente com o general espalhando boatos e usando termos ainda mais fortes, como deserção. O príncipe ficou ausente durante meses."

Meus pelos se arrepiaram. "Por que Rafe não me contou nada disso?"

"Ambos os coronéis aconselharam-no a não revelar esse fato a ninguém. Divergências dão origem à dúvida."

Eu não era simplesmente qualquer pessoa, mas talvez Rafe não quisesse que eu duvidasse dele acima de todo mundo.

"Agora que o general sabe que Rafe está vivo, certamente ele vai interromper tais procedimentos."

Jeb balançou a cabeça em negativa. "Um general sentindo o gosto do poder? Provavelmente neste momento ele está com o apetite atiçado para a refeição completa. No entanto, Rafe tem o apoio esmagador das tropas, cujo respeito por ele apenas aumentou. Não deve demorar muito para subjugar o desafio assim que ele chegar de volta ao palácio, mas essa é mais uma preocupação nos seus ombros."

"E isso supostamente deve servir como desculpa para o comportamento dele na noite passada?"

"Não como desculpa", disse Tavish, de trás de mim. "Apenas para explicar esse comportamento e lhe prover um quadro mais completo da situação."

Virei-me para encará-lo. "Como o quadro completo que você passou para Rafe quando pegou Kaden segurando a minha mão? Talvez *todo mundo* em Dalbreck precise se certificar das suas informações antes de sair correndo e passa-las para os outros."

Tavish assentiu, aceitando sua culpabilidade. "Cometi um erro e peço desculpas. Apenas reportei o que achei que tivesse visto, mas a notícia do desafio vem diretamente do gabinete. Neste, caso, não se trata de nenhum erro."

"Então Dalbreck tem um usurpador. Isso deveria afetar a minha opinião? Por que as preocupações de Dalbreck são muito mais importantes do que as de Morrighan? O Komizar luta com tanto veneno a ponto de fazer com que o general de vocês pareça um gatinho se lamuriando."

Minha paciência se desfez completamente. A urgência, os longos quilômetros até Morrighan, a tentação de dizer que sim quando o não ainda retumbava na minha cabeça, as necessidades de tantos em comparação com a imensa falta dentro de mim, tudo isso puxara todos os últimos fios da confiança que eu ainda tinha, até que senti como se uma corda frágil estivesse prestes a arrebentar, com o último peso de um puxão vindo do próprio Rafe. Se a pessoa que eu mais amava no mundo não acreditava em mim, como outro indivíduo acreditaria? Meus olhos ardiam, e pisquei para refrear qualquer demonstração de fraqueza.

"No mínimo, seria de se pensar que a situação de Rafe daria a ele empatia e o ajudaria a entender por que tenho que voltar para Morrighan, mas parece que isso nem passou pela cabeça dele."

"Não é com a cabeça que ele está pensando", disse Tavish. "É com o coração. Ele teme pela sua segurança."

As palavras dele foram um cutucão no meu tenro traseiro. "Não sou uma coisa a ser protegida, Tavish, não mais do que ele. Minhas escolhas, assim como os riscos, são meus."

Nada havia que ele pudesse dizer. Eu estava certa.

Eles me deixaram na tenda. Percy e os outros soldados já estavam estacionados para assumirem os turnos.

"Vejo você em breve", disse Jeb, oferecendo-me um sorriso hesitante. "A primeira dança."

"Essa será reservada para o rei", Tavish fez questão de lembrá-lo disso.

Talvez não. Talvez não houvesse dança alguma. Pelo menos entre Rafe e eu. Reis e prisioneiros não dividiam danças, pelo menos não em qualquer mundo de que eu quisesse fazer parte.

Eu me deitei cruzada na cama, sem a maioria das roupas, com apenas o suave conforto da minha camisola, anotando os versos da Canção de Venda que haviam sido arrancados do livro. Depois de tantos anos, eu finalmente estava devolvendo as palavras originais dela ao lugar onde elas deveriam estar. Elas ficaram apertadas na parte de trás da página arrancada.

Traída pelos seus,
Espancada e desprezada,
Ela haverá de expor os perversos,
Pois o Dragão de muitas faces
Não conhece limite algum.
E, embora a espera possa ser longa,
A promessa é grande
Para aquela chamada Jezelia,

Cuja vida será sacrificada
Pela esperança de salvar a sua.

Eu me lembrava de todas as palavras que ela havia falado naquele dia no terraço, embora a princípio só tivesse ficado preocupada com a frase *Cuja vida será sacrificada*. Agora, uma outra frase chamava a minha atenção: *Ela haverá de expor os perversos.*

Passei os dedos pelas beiradas queimadas do livro, e então, no rasgo furioso da última página que tentara arrancar, as palavras da existência.

Sorri.

Alguém me odiava muito ou, talvez, melhor ainda, me temia, acreditando que eu iria expô-lo... ou expô-la.

Medo. Fúria. Desespero. Isso era tudo que eu via nessas beiradas queimadas e nessa página rasgada. Eu encontraria uma maneira de colocar lenha na fogueira daquele medo, porque, mesmo embora eu soubesse que o desespero poderia tornar as pessoas perigosas, ele também as deixava idiotas. Expor os mais altos jogadores nessa conspiração era essencial. Se eu soprasse o fogo dos medos deles, talvez eles fossem se engasgar e mostrar as cartas que tinham nas mangas.

Com Malich a caminho para contar a eles sobre mim, eu já tinha perdido a vantagem do elemento-surpresa. Eles estariam fortalecidos e esperando. Assim, eu teria que voltar aquela informação, pelo menos de alguma pequena forma, a meu favor.

Coloquei o livro de lado e espalhei alguns dos travesseiros pela cama, reclinando-me junto a eles, contemplando a forma como eu lidaria com aquilo sem me expor. Eu precisava permanecer viva pelo menos por tempo suficiente para descobrir quem poderia estar conspirando com o Chanceler e o Erudito Real. Talvez um dos lordes dos condados? A influência deles era limitada, mas, se eu tivesse sorte, poderia estar lá a tempo do momento em que o conclave invernal estará reunido. Ou talvez tivesse outros no gabinete? O Capitão da Vigília? O Mestre Mercante? O Marechal de Campo? O Guardião do Tempo sempre olhara para mim com ares de suspeita, e ele, de forma zelosa, guardava o cronograma do meu pai. Seria isso para mantê-lo afastado do caminho deles? Eu evitava o óbvio, meu pai, que havia postado a recompensa a ser paga pela minha prisão. Ele era muitas coisas, mas não era um traidor do próprio povo. Ele não teria algo a ganhar conspirando com o Komizar, mas será que era uma marionete involuntária? A solução parecia se passar pelos lacaios que cercavam seus movimentos para falar de forma direta com ele, mas esse também seria um problema espinhento. Será que seria seguro?

Enterrei os dedos no cobertor de pele de zibelina que estava ao meu lado, envolvendo a maciez dele no punho cerrado. Havia essa questão da fúria dele, com a qual eu precisaria lidar. Eu me lembrava das palavras de Walther. *Já faz quase um mês e ele ainda está fazendo ameaças.* Até mesmo o adorado príncipe Walther tivera que ir sorrateiramente pelas costas do meu pai para me ajudar quando plantou a falsa trilha para os rastreadores. Os vários meses que se passaram não teriam diminuído a fúria dele. Eu havia minado a sua autoridade e o humilhara. Será que ele daria ouvidos a alguma coisa que eu tivesse a dizer sem qualquer pingo de provas me apoiando? Eu estava rotulada como inimiga de Morrighan, exatamente como havia acõntecido com o sobrinho dele, a quem meu pai havia enforcado. Com apenas a minha palavra contra um Chanceler que havia trabalhado com devoção ao lado dele durante anos, por que ele acreditaria em mim? Sem provas, o Chanceler e o Erudito Real virariam aquilo que eu clamasse contra mim de modo a fazer com que eu parecesse uma covarde que estava tentando me livrar da própria culpa. Da última vez em que soltara até mesmo um leve insulto para cima do Chanceler, meu pai ficara enfurecido e ordenara que eu fosse para a minha câmara. Será que eles usariam outros modos mais permanentes para me silenciar dessa vez? Meu peito ficava apertado com as possibilidades que eu não conseguia desenredar. Será que eu poderia estar errada em relação a tudo? Rafe achava que eu estava errada.

Meus irmãos eram a minha única esperança em relação ao trespasse, mas eles eram jovens como eu, tinham apenas dezenove e 21 anos, e ainda eram soldados em baixos escalões no exército. No entanto, se ambos pressionassem o meu pai, talvez eles pudessem conseguir influenciá-lo para que ele me desse ouvidos. E, se não para me ouvir de livre e espontânea vontade, talvez pudessem me ajudar a fazer uso de modos mais vigorosos para persuadi-lo. Nada parecia estar longe demais de mim nesse instante, com tanta coisa em jogo.

Uma segunda rodada de música subia do pasto inferior... a festa estava em andamento. Era uma música bela, urgente, a conversa ressonante de mil cordas, um coro de refutações, manoplas de cetim sendo levadas abaixo repetidas vezes, o tom similar ao dos nossos bandolins, mas com uma reverberação mais profunda, mais vigorosa. O *farache*, era como Jeb havia chamado isso quando ele veio me pegar, a dança da batalha. Eu havia mandado que Jeb fosse na frente sem mim, dizendo que não estava pronta ainda. Assim que ele tinha ido, falei para os meus guardas que eu não desceria de jeito nenhum para a festa, e os encorajei a irem eles mesmos se divertir, jurando solenemente que não deixaria a minha tenda. Beijei dois dedos e ergui-os aos céus como prova sincera da minha promessa, e então, em silêncio, pedi aos deuses que perdoassem a minha pequena mentira. Os imbecis hereges não cederam, nem mesmo quando eu comentei sobre o quão deliciosas cheiravam as carnes assadas, e seus olhos dançavam com visões de leitões.

Eu estava mastigando delicadamente os pinhões que havia pegado mais cedo quando ouvi o clamor de alabardas do lado de fora da minha tenda, e a cortina foi puxada para o lado. Era Rafe, trajando elegantes roupas reais de gala, com seu casaco preto coberto com as tranças douradas do seu posto, seus cabelos puxados para trás, e as altas maças do seu rosto brilhantes como um dia ensolarado. Seus olhos cor de cobalto lampejavam, reluzentes sob as sobrancelhas escuras, e ondas de raiva rolavam dele, que tinha o olhar fixo em mim, como se eu tivesse duas cabeças.

"O que você acha que está fazendo?", disse ele, entredentes.

A calidez que havia surgido sob o meu esterno quando ele ali entrou rapidamente murchou e encolheu-se, formando uma rocha fria na minha barriga. Olhei de relance para a tigela que estava ao meu lado e dei de ombros. "Comendo pinhões. Isso é contra as regras para prisioneiros?"

A atenção dele voltou-se para as vestimentas que eu trajava, e o maxilar ficou inacreditavelmente mais rígido. Ele se virou, procurando alguma coisa no meu quarto, até que seus olhos pousaram no vestido azul meia-noite que Vilah havia pendurado no biombo. Rafe cruzou a tenda em três grandes passos, apanhou o vestido e jogou-o para cima de mim, o qual caiu no meu colo, em um montinho.

Ele apontou com o dedo para a porta da tenda. "Lá embaixo há quatrocentos soldados, todos eles esperando para conhecerem você! Você é a convidada de honra. A menos que você queira que as opiniões de todos eles a seu respeito se igualem à do capitão Hague, sugiro que se vista e faça o pequeno esforço de aparecer na festa!" Ele foi pisando duro até a porta, e então girou e deu uma última ordem. "E você não vai falar mais nem uma vez que seja a palavra *prisioneira* se optar por estar presente na festa!"

E então ele se foi.

Fiquei lá sentada, pasma. Meu primeiro pensamento quando ele havia entrado por aquela porta fora a de que ele parecia um deus. Eu já não pensava assim.

Se eu optasse por estar presente na festa?

Apanhei a minha adaga e rezei para que Adeline me perdoasse enquanto eu alterava o vestido que ela havia me entregado, e pelo perdão de Vilah também enquanto eu puxava e soltava um longo pedaço da corrente do seu cinto de cota de malha. Eu estaria presente na festa, como ele me pedira, mas faria isso como a pessoa que eu era, e não aquela que ele queria que eu fosse.

CAPÍTULO 34
CRÔNICAS DE AMOR E ÓDIO

RAFE

Tombei junto ao corrimão do cercado, onde as luzes de tochas da festa não chegavam, e fiquei com o olhar fixo no chão. Passadas quietas pararam perto de mim. Não ergui o olhar e nada falei. Toda vez que eu abria a boca, falava coisas idiotas. Como é que eu ia liderar um reino inteiro se não conseguia sequer influenciar Lia sem perder o controle?

"Ela está vindo?"

Balancei a cabeça, fechando os olhos. "Não sei. Provavelmente não, depois de…"

Não terminei. Sven seria capaz de juntar os fatos sem que eu tivesse que repassar todos os detalhes. Eu não queria me lembrar de tudo que havia dito. Isso não me levaria a lugar algum. Eu não sabia o que fazer.

"Ela ainda está determinada a voltar?"

Assenti. Toda vez em que pensava nisso, eu era tomado pelo medo.

Mais passadas. Tavish e Jeb deram a volta e apoiaram-se no corrimão ao meu lado. Jeb me ofereceu uma caneca de cerveja. Peguei-a e a coloquei de lado. Não estava com sede.

"Eu também não deixaria que ela voltasse", disse Tavish, por fim. "Se isso serve de consolo, entendemos sua posição."

Jeb murmurou, concordando.

Isso de nada servia. Não importava quantos concordassem comigo se Lia discordava de mim. Por mais certo que eu estivesse de que não poderia deixar que ela fosse, Lia estava certa de que tinha que partir. Pensei em quando eu a encontrei na margem do rio, semimorta, e em todas as horas em que a carreguei pela neve, em todas as vezes em que pressionei os meus lábios junto aos dela para me certificar de que ela ainda estava respirando, em todos os passos e em todos os quilômetros em que eu pensava: *Se ao menos eu tivesse respondido ao bilhete dela. Se ao menos tivesse honrado aquele simples pedido.* No entanto, dessa vez não se tratava de um simples pedido. Dessa vez, era diferente.

Ela queria seguir em direção ao perigo, e esperava fazer isso com Kaden. Agarrei a caneca de cerveja e a virei de uma vez, secando-a, batendo-a de volta no lugar.

"Vocês dois estão com propósitos cruzados", disse Sven, que se reclinou junto ao corrimão do cercado, me analisando. "O que foi que chamou a sua atenção nela em primeiro lugar?"

Balancei a cabeça. Que diferença isso fazia? "Não sei." Limpei a boca com a manga da camisa.

"Deve ter havido alguma coisa."

Alguma coisa. Pensei em quando eu tinha entrado na taverna. "Talvez fosse a primeira vez em que a vi, e eu..."

Uma lembrança veio à tona. Não. Fora muito tempo antes disso. Antes até mesmo de colocar os olhos nela. O bilhete. A ousadia. Uma voz exigindo ser ouvida. As mesmas coisas que me deixavam com raiva agora me deixavam intrigado. Mas nem mesmo isso tinha sido o que capturara a minha imaginação. Foi no dia em que ela me deixou no altar. O dia em que uma menina de dezessete anos de idade fora valente o bastante para enfiar o nariz tanto no meu reino quanto no dela. Uma recusa de proporções épicas porque ela acreditava em outra coisa e desejava outra coisa. Aquilo havia me cativado.

A valentia dela.

Ergui o olhar para Sven, que me fitou como se pudesse ver as palavras não ditas atrás dos meus olhos, como se eu fosse um cavalo que ele tivesse acabado de forçar a beber de uma suja gamela que eu mesmo tinha feito.

"Isso não vem ao caso." Apanhei a caneca vazia e voltei para a festa, sentindo o escrutínio de Sven por trás das minhas costas.

Ela estava dançando com o capitão Azia quando voltei à mesa principal, sorrindo e desfrutando da companhia dele, que claramente também gostava da dela. Em seguida, ela dançou com um rapaz que não tinha mais de quinze anos de idade. Ele não conseguia esconder a paixão por ela e tinha um sorriso ridículo colado no rosto. E então veio outro soldado, e mais outro. Vi uns poucos no perímetro da área de dança, fitando o ombro desnudo dela, cujo *kavah* estava totalmente exposto. Ela havia cortado uma das mangas e parte de um dos ombros do vestido de modo a expor o *kavah,* sem sombra de dúvida uma mensagem para mim. A vinha morriguesa enrolada em volta da garra dalbretchiana, refreando-a. Como eu via o *kavah* de um jeito diferente agora...

E então avistei os ossos.

Meus dedos se curvaram nas palmas de minhas mãos. Eu achava que ela havia deixado essa prática miserável para trás, em Venda.

Eu não sabia onde ela havia conseguido tantos ossos, mas uma longa cadeia deles pendia junto ao seu fino vestido azul de veludo, ondulando no ar enquanto ela dançava, como se fosse um esqueleto desarticulado. Ela evitou o meu olhar, mas eu sabia que estava ciente de minha presença. Sempre que ela fazia uma pausa entre as danças, passava os dedos na monstruosidade que pendia na lateral do seu corpo, e sorria como se aquilo fosse tão precioso quanto um cinto incrustado com joias, feito de cota de malha dourada.

Outra rodada da *farache* teve início, e fiquei observando enquanto ela dançava com Orrin, batendo os pés no chão em direção a ele e recuando. Eles rodavam em círculos e batiam as mãos no alto acima das cabeças, com o som ressoando pelo campo, ecoando pelas altas paredes. Orrin ria, ignorando o meu olhar fixo neles ou as manobras dela, e fiquei maravilhado com a forma como ele vivia tão plenamente no momento. Fosse dançando, cozinhando ou puxando uma flecha para trás para matar, apenas aquele momento importava. Talvez fosse por esse motivo que ele era um arqueiro tão habilidoso e destemido. Eu não tinha o luxo de viver apenas em um único momento. Precisava viver em milhares de momentos fraturados que continham nossos futuros na balança. Eu tinha um novo entendimento em relação ao meu pai, à minha mãe e às decisões que eles tiveram que tomar, às vezes comprometendo alguma coisa que eles queriam pelo bem maior de outra coisa.

Os dançarinos esquivaram-se para a direita, e um novo parceiro vinha da extremidade oposta. Então, vi Lia fazendo par com Kaden. Eu ficara tão focado nela que nem mesmo havia notado Kaden mais ao longe na fila de dançarinos. Eles batiam palmas com as mãos acima das cabeças e, quando se moviam em círculos, eu via palavras serem trocadas entre eles. Apenas palavras. Ela havia falado com Orrin também, mas, dessa vez, as palavras que eu não ouvia ardiam em mim.

"Vossa Majestade?"

Vilah me pegou de surpresa. Sentei-me direito, estava desengonçado. Ela fez uma cortesia, com as bochechas morenas ruborizando-se, e então estirou a mão para mim. "O senhor não dançou a noite toda... me daria essa honra?"

Peguei na mão dela, tentando dispensar o meu estado de agitação e me levantei. "Sinto muito. Eu estava..."

"Ocupado. Eu sei."

Em vez de eu escoltá-la para a pista de dança, ela foi na frente e, em vez de ir até o fim da fila, ela se apertou e entrou à direita de Lia. Relutante, assumi meu lugar na frente dela, percebendo com que facilidade ela havia me ludibriado. Ergui a sobrancelha, com ares questionadores, e ela abriu um sorriso, batendo os pés no chão para dar início à nossa dança. Fiz o mesmo.

Dançamos em círculos, batemos palmas, e parecia que haviam se passado apenas alguns segundos antes que fosse hora de se mover para a direita, para um novo parceiro. Lia e eu estávamos em frente um ao outro. Ela abaixou o queixo, em um breve reconhecimento. Fiz o mesmo. O restante dos dançarinos já estava se movendo na direção uns dos outros. Nós nos esforçamos para alcançá-los. Ela foi para a frente batendo os pés, e eu recuei. Quando foi a minha vez de me mover na direção dela, ela não recuou.

"Cansada?", perguntei.

"Nunca. Eu simplesmente não gosto deste passo."

Nós fizemos um círculo, e minhas costas roçaram nas dela.

"Obrigado por vir", falei, por cima do ombro.

Ela soltou uma bufada.

Lembrei-me de ficar calado.

Na nossa última batida de mãos acima das cabeças, logo quando nossas mãos se encostaram uma na outra, a música imediatamente mudou para a *ammarra*, a dança da meia-noite dos amantes. Alguém estava conspirando com Vilah. Apertei a mão em volta da mão de Lia, lentamente abaixando-a, levando-a para a lateral do meu corpo. Minha outra mão circundou a cintura dela e a puxei para perto de mim, conforme ditava a dança. Senti a rigidez das costas dela, mas mantive a pegada firme. Inspirei o cheiro dos seus cabelos e senti a maciez dos dedos dela entre os meus.

"Não conheço esta dança", sussurrou Lia.

"Deixe-me mostrá-la a você." Enfiei o meu queixo perto da têmpora dela e puxei os seus quadris para perto dos meus enquanto eu a inclinava, e depois a arrastei para o lado, fazendo com que ela ficasse ereta enquanto fechávamos o círculo.

Os músculos nas costas dela se soltaram, e ela relaxou nos meus braços. A noite de repente parecia mais escura, a música, mais distante, e, embora o ar estivesse fresco, a pele dela estava quente junto à minha. Procurei por algo a ser dito, alguma coisa que não fosse levar a nossa conversa a lugares onde eu não queria ir.

"Lia", sussurrei junto à bochecha dela. Isso era tudo que eu conseguia falar, mesmo que outras palavras povoassem a minha mente. Eu queria falar a ela sobre Dalbreck, sobre a beleza e as maravilhas do reino, sobre as pessoas que a amariam e dariam as boas-vindas a ela, sobre todas as coisas com que Lia ficaria impressionada, mas eu sabia que não importaria o que eu fosse dizer; ela voltaria a Morrighan, e, para mim, isso significava voltar para os traidores e a forca que encontraria lá.

A música ficou mais lenta, e Lia levantou a cabeça, tirando-a do meu ombro. Apenas respirações rasas separavam os lábios durante um momento que se prolongou, mas então ela enrijeceu as costas novamente, e eu soube que era mais do que uma respiração que estava entre nós. Nós nos afastamos um do outro, e os olhos dela buscaram os meus.

"Você nunca pretendia me levar de volta a Morrighan, não é?", ela me perguntou.

Não havia mais qualquer desculpa criativa em mim. "Não."

"Mesmo antes de saber que seus pais estavam mortos. Antes de saber sobre qualquer problema no seu reino."

"Eu estava tentando mantê-la viva, Lia. Disse o que achava que você precisava ouvir na época. Estava tentando lhe dar esperança."

"Eu tenho esperança, Rafe. Eu tinha esperança o tempo todo, nunca precisei de falsas esperanças de você."

A expressão dela não traía qualquer emoção, exceto pelo brilho nos seus olhos, mas isso era o bastante para me deixar oco. Ela se virou e saiu andando, com os ossos tinindo no quadril, a garra e a vinha no ombro como que olhando com ódio para mim.

CAPÍTULO 35
CRÔNICAS DE AMOR E ÓDIO

KADEN

u estava no meio de ruínas.
Virando a cabeça. *Ouvindo.*
Havia alguma coisa ali.
Eles estavam a caminho.
Um uivo estridente dividia o ar, mas eu não conseguia me mover.

E então o mundo girava, e eu estava voando pelo ar, tropeçando, cambaleando. O tecido da minha camisa cortou o meu pescoço enquanto alguém tomava um punhado dele nos seus punhos cerrados. Essa parte era real, não era um sonho. Instintivamente, tentei pegar a minha faca, mas é claro que ela não estava lá. Meus olhos se ajustavam à escuridão. Era Rafe. Ele estava me arrastando da minha cama na direção da porta.

Ele me jogou para fora dos alojamentos, e então me jogou com tudo contra uma parede, com o vigia noturno dando um passo para o lado, pronto para deixar com que ele fizesse picadinho de mim.

Até mesmo na escuridão, o rosto dele reluzia com a fúria. "Eu juro que se você encostar um dedo que seja nela, se a arrastar de volta para aquele reino abandonado pelos deuses, se fizer alguma coisa..."

"Você perdeu a cabeça?", perguntei a ele. "Estamos no meio da noite!" A fúria nos olhos dele não fazia qualquer sentido. Eu não havia feito nada. "Nunca a machuquei. Eu nunca teria..."

"Nós vamos partir uma hora depois da alvorada. Esteja pronto", disse ele entredentes. O hálito dele cheirava a cerveja, mas Rafe não estava bêbado. Havia selvageria no seu olhar, que brilhava como o olhar de um animal ferido.

"Você me acordou para me dizer isso? Eu já sabia quando estaríamos de partida."

Ele olhou com ódio para mim, soltando a minha camisa, dando-me um último empurrão contra a parede. "Bem, agora sabe disso de novo."

Ele saiu andando. Eu me recompus. O restante do acampamento estava em silêncio, dormindo nos seus aposentos, e, por um breve momento, me perguntei se ele tinha tido um pesadelo enquanto estava sonâmbulo. Não era apenas raiva que vi na expressão dele. Havia medo também. Griz e Eben colocaram as cabeças para fora da porta, com os olhos ainda cheios de sono, e o vigia noturno deu um passo à frente. Eben ainda estava sob uma vigília atenta.

"De que se tratou tudo aquilo?", grunhiu Griz.

"Volte para cama", falei. Empurrei o ombro de Eben, e ele entrou. Eu e Griz fomos atrás dele, mas eu não conseguia dormir, tentando solucionar o quebra-cabeças que havia ativado o ataque de Rafe. *Se fizer alguma coisa.* O que ele achava que eu ia fazer com duzentos soldados nos cercando no nosso caminho de volta a Dalbreck? Eu era habilidoso, talvez até mesmo impulsivo, mas não era um idiota, sabendo também e especialmente que eles mantinham uma vigília cheia de suspeitas para cima de mim. Esfreguei o meu maxilar. Em algum lugar ao longo do caminho, quando ele me arrastou da minha cama, ele devia ter plantado o punho cerrado na minha cara.

A alvorada estava apenas começando a iluminar o horizonte ao leste. As brumas ao longe pairavam perto do chão em suaves camadas como se fossem um cobertor felpudo, o que tornava a manhã até mesmo mais silenciosa. O único som era o das minhas botas junto à grama coberta pelo orvalho. Eu havia conseguido fugir das minhas escolhas, ao menos temporariamente. Essa não era uma jornada para a qual eu desejava companhia. Cheguei ao fim dos vagões dos mercadores perto da muralha dos fundos do posto avançado e avistei as *carvachis* tostadas... e Natiya.

Os olhos dela encontraram os meus, e ela sacou uma faca, e eu sabia que pretendia usá-la. Encarei-a sem saber ao certo se ela era a mesma pessoa. Ela passara de uma menina de fala mansa com um sorriso sôfrego que costumava tecer presentes para mim a uma jovem feroz que eu não mais conhecia.

"Vou ver Dihara. Vá para o lado", falei a ela.

"Ela não quer ver você. Ninguém quer ver você." Natiya se lançou para cima de mim, cortando o ar às cegas com a faca, e dei um pulo para trás. Ela veio para cima de mim novamente.

"Sua pequena..."

No seu próximo avanço, segurei no pulso dela, girando-a de modo que a faca estivesse na garganta dela. Com o meu outro braço, mantive-a com firmeza junto ao peito, de modo que ela não conseguisse se mexer.

"Isso é o que você quer?", sibilei junto ao ouvido dela.

"Eu odeio você", disse ela, com uma fúria extrema. "Odeio todos vocês."

A infinita profundidade do ódio dela extinguia alguma coisa dentro de mim, algo que eu havia mantido como se fosse uma brasa fraca, na crença de que poderia voltar, que eu poderia, de alguma forma, desfazer esses últimos meses. No entanto, para ela, eu era um deles, e isso era tudo que eu sempre seria. Um daqueles que havia amarrado Lia e que a forçara a deixar o acampamento dos nômades; um daqueles que havia incendiado a sua *carvachi* e extinguido com o fogo o seu modo de vida tranquilo.

"Solte-a", ordenou Reena. Ela havia retornado com dois baldes de água nas mãos, os quais colocou no chão devagar e olhou para mim com grandes olhos cheios de preocupação como se eu realmente fosse cortar a garganta de Natiya. A mulher olhou de relance para um atiçador de lareira que estava perto do poço do fogo.

Balancei a cabeça em negativa. "Reena, eu nunca faria..."

"O que você quer?", ela me perguntou.

"Estou de partida junto com as tropas do posto avançado. Gostaria de ver Dihara uma última vez."

"Antes que ela *morra*", disse Natiya, cujo tom estava pungente, carregado de acusação.

Tirei a faca da mão dela e empurrei a menina para longe de mim. Olhei para Reena, tentando encontrar palavras para convencê-la de que eu não havia feito parte do que acontecera com eles, mas o fato era que eu fora parte daquilo, sim. Eu havia vivido de acordo com as regras do Komizar, mesmo que agora não mais fizesse isso. Eu não tinha palavras para apagar a minha culpa.

"Por favor", sussurrei.

Ela franziu os lábios em concentração, pesando a sua decisão, ainda temerosa. "Ela tem dias bons e dias ruins", disse, por fim, assentindo em direção à *carvachi*. "Pode ser que não reconheça você."

Natiya cuspiu no chão. "Se os deuses forem misericordiosos, ela não vai reconhecê-lo."

Quando fechei a porta da *carvachi* dela, a princípio não conseguia vê-la. Dihara estava em meio às roupas de cama amarrotadas, como se fosse um cobertor surrado, que mal estava ali. Em todos os anos em que eu a conhecia, ou ela estava erguendo uma roca nas costas ou estava matando um cervo, ou ainda, se fosse lá pelo fim da estação, removendo as colunas das tendas e enrolando os tapetes para a viagem ao sul. Eu nunca a tinha visto daquela forma e nem esperava vê-la. Parecia que Dihara viveria mais do que todos nós. Agora ela parecia tão frágil quanto as penas que certa vez ela tecera nos seus ornamentos.

Eu sinto muito, Dihara.

Ela era o membro mais velho da sua tribo e havia alimentado gerações de *Rahtans* como eu no seu acampamento. Eu entendia a fúria de Natiya. Dihara poderia ter vivido para sempre se não fosse pelo ataque.

Os olhos dela tremeluziram e se abriram, como se ela tivesse sentido a minha presença. Seus olhos cinzentos fitavam o pequeno montinho que seus pés haviam criado debaixo das roupas de cama, e então a cabeça se virou, e ela olhou para mim com uma clareza surpreendente.

"Você", disse ela simplesmente. Sua voz estava fraca, mas ela conseguiu franzir o rosto. "Eu estava me perguntando quando você viria. E o grandão?"

"Griz está ferido. Caso contrário, ele também viria." Puxei a banqueta para perto da cama e sentei-me ao lado dela. "Natiya e Reena não ficaram felizes em me ver. Elas quase não me deixaram entrar."

O peito dela se levantou em uma respiração ruidosa e dificultada. "Elas estão com medo. Achavam que não tínhamos inimigo algum. Mas, em algum momento, todos nós temos." Ela apertou os olhos para olhar para mim. "Você ainda tem todos os dentes?"

Encarei-a, pensando se ela ainda estaria lúcida, mas então me lembrei da maldição de Natiya... sua despedida enviada a Lia enquanto deixávamos o acampamento dos nômades. *Que seu cavalo chute pedras nos dentes do seu inimigo.* O corpo de Dihara pode ter cedido, mas a mente ainda continha uma história do mundo nela.

"Até agora, sim", respondi.

"Então você não é inimigo da princesa. Nem nosso." Os olhos dela se fecharam, e as palavras tornaram-se ainda mais fracas. "Mas agora deve decidir o que é."

Dihara tinha voltado a dormir, e eu achava que ela estava com um pé em cada um de dois mundos diferentes, talvez viajando entre ambos, como eu fazia às vezes.

"Estou tentando", sussurrei, e beijei a mão dela e disse adeus.

Se eu a visse de novo, sabia que não seria neste mundo.

Capítulo 36
CRÔNICAS DE AMOR E ÓDIO

andaram-me esperar.

O próprio rei me escoltaria até a caravana. Os guardas que estavam do lado de fora da minha tenda foram dispensados, o que me deixou com suspeitas. Será que estavam me pregando alguma peça? Tinha algo errado.

Rafe estava atrasado, e os minutos em atraso pareciam horas. O que me dava muito tempo para pensar. Depois da nossa dança na festa, ele desaparecera. Eu vi as sombras o engolirem enquanto os longos passos catapultavam-no pelo portão arqueado do cercado até o pátio de trabalho superior. Ele não voltou mais, e, estranhamente, eu estava preocupada com ele. Onde Rafe tinha ido parar quando aquela festa era tão ridiculamente importante para ele? E então fiquei com raiva de mim mesma por me preocupar, e com mais raiva ainda depois quando eu estava deitada na cama e os meus pensamentos vagavam para o toque suave dos lábios dele na minha bochecha. Isso era loucura.

Eu precisava desesperadamente de alguma coisa de Rafe que ele não poderia me dar. Confiança. Sua falta de fé me machucava profundamente. Sua falta de consideração pelo futuro de Morrighan me machucava ainda mais a fundo. Apesar do que ele clamava, Dalbreck e os seus interesses eram tudo que importava para ele. Como ele não conseguia ver que a sobrevivência dos dois reinos estava em jogo?

Quando a festa acabou, Sven me levou de volta até os meus aposentos. Ele estava mais reservado do que de costume, oferecendo-me uma reverência enrijecida quando chegamos à porta da minha tenda.

"Você sabe que ele tem que voltar. O reino dele precisa dele."

"Boa noite, Sven", foi a minha resposta curta e grossa. Eu não queria ouvir qualquer outra súplica por Rafe. Uma vez que fosse, eu desejava ouvir alguém suplicando por mim e por Morrighan.

"Tem mais uma coisa que você deveria saber", ele disse rapidamente, antes que eu desaparecesse tenda adentro. Parei e franzi o rosto, esperando por mais uma petição. "Fui eu quem sugeri o casamento para o rei. E também semeei a tentação em relação ao porto."

"*Você?*"

"Junto com alguém do seu reino", ele se apressou a dizer. Sven cuspia as palavras de uma vez só, como se fosse uma respiração que ele estivesse mantendo presa por muito tempo. "Anos atrás, quando o príncipe tinha catorze anos, recebi uma carta. Nem mesmo Rafe tem conhecimento disso. A carta chegou enquanto eu estava em campo treinando cadetes, e tinha o selo do reino de Morrighan. Desnecessário dizer que aquilo chamou a minha atenção." Ele ergueu as sobrancelhas como se tivesse sido pego de surpresa de novo. "Eu nunca havia recebido nenhuma missiva diretamente de outro reino, mas estava claro que, de alguma forma, alguém lá tinha conhecimento da minha relação com o príncipe. A carta vinha do ministro de arquivos."

"Do Erudito Real?"

"Presumivelmente. Do escritório dele, pelo menos. A carta propunha um noivado entre o jovem príncipe e a princesa Arabella. Imediatamente após a nossa aquiescência, ela seria enviada a Dalbreck para que fosse criada no palácio e preparada para assumir sua posição lá. A única estipulação era que a proposta oficial tinha que vir de Dalbreck. Eles pediram que eu destruísse a carta. Uma grande quantia em dinheiro fora oferecida a mim caso eu honrasse esses pedidos. A coisa inteira era ridícula, e joguei a carta no fogo. Achei que se tratasse de uma peça a princípio, pregada pelas minhas próprias tropas, mas o selo parecia genuíno, e eu não conseguia deixar de notar a urgência na carta. Havia alguma coisa de preocupante naquelas palavras que eu não conseguia captar muito bem. Ainda assim, ignorei o pedido durante várias semanas, mas então, quando estava de volta no palácio e sozinho com o rei, lancei a ideia de uma aliança com Morrighan por meio de um noivado entre o jovem príncipe e a princesa. Quando ele se recusou a fazer isso e dispensou a ideia, eu acrescentei o incentivo do porto, que sabia que ele queria aquilo. Nunca achei que algo sairia de tudo isso, e o rei continuava a rejeitar a ideia... até anos depois."

Minha mente já estava saltando do conteúdo da carta para quem a havia escrito. "Diga-me, Sven, você se lembra de alguma coisa sobre a caligrafia da carta?"

"Estranhamente, sim. A caligrafia era bela e clara, como eu esperaria de um ministro, mas era excessiva também."

"Os ornamentos nos arabescos? Eram elaborados?"

"Sim. Bastante", respondeu ele, apertando os olhos como se ainda pudesse vê-los. "Eu me lembro de ter ficado um tanto quanto impressionado com o *c* em *coronel*, escrito como se tivesse a intenção de me impressionar, o que conseguiu. Talvez fosse isso. Havia um certo desespero para me manter lendo a carta, para usar todas as fichas que eles tinham, até mesmo jogar com a minha vaidade."

Pode ser que o Erudito Real tivesse enviado a carta, mas não havia sido ele quem a escrevera. A caligrafia da minha mãe era distinta e impressionante. Em especial quando ela estava tentando defender um ponto específico.

Por quanto tempo a conspiração para se livrarem de mim havia ficado cozinhando? Se Rafe tinha catorze anos, eu tinha apenas doze, no ano em que a Canção de Venda havia caído na posse do Erudito Real. *Ela haverá de expor os perversos.* Meu estômago se revirou e, para me equilibrar, eu me segurei em uma das colunas da tenda. *Não.* Eu me recusava a acreditar que a minha mãe estivesse conspirando com ele o tempo todo. Era impossível.

"Eu sinto muito, Vossa Alteza. Sei que está determinada a voltar, mas queria que soubesse que há pessoas no seu próprio reino que desejavam que você saísse de lá por um bom tempo. Achei que talvez, ao saber disso, seu descontentamento em relação a ir para Dalbreck fosse ser aliviado. Você será bem-vinda lá."

Baixei o olhar, ainda pensando naquela carta de muito tempo atrás, e senti uma vergonha inesperada com o fato de que Sven tivesse que contar isso a mim. Descontentamento não começava nem a descrever a gama de emoções que me percorriam.

"Partiremos logo depois da alvorada", disse ele ainda. "Alguém passará por aqui para ajudá-la a reunir as suas coisas."

"Eu não tenho coisas, Sven. Até mesmo as roupas que estou vestindo são emprestadas. Tudo que tenho é um alforje, o qual, por mais miserável que eu esteja, ainda sou capaz de carregar."

"Sem dúvida, Vossa Alteza", respondeu ele, cujo tom de voz estava repleto de compaixão. "Não obstante, alguém vai passar por aqui."

Fitei o alforje que estava em cima da minha cama agora, pronto e esperando. Era de se admirar que ele tivessem sobrevivido afinal... que eu tivesse sobrevivido. *Que os deuses concedam-lhe força, protejam-na com coragem e que a verdade seja sua coroa.* A prece que a minha mãe havia proferido apertava minha garganta. Será que a prece me ajudara a sobreviver? Será que havia algum coração por trás dela para que os deuses lhe dessem ouvidos? Ou seria esse um verso automático dito por uma rainha só por causa daqueles que a estavam observando? Ela estivera tão distante naquelas últimas semanas antes do casamento, como se fosse alguém que eu nem mesmo conhecia. Aparentemente, minha mãe estava desempenhando um papel enganoso na minha vida há anos.

Ela pode ter conspirado e me enganado, mas também era a mãe que havia colocado a sua saia na campina para que eu e Bryn nela nos sentássemos enquanto ela interpretava a canção do pássaro para nós, fazendo com que ríssemos da sua garrulice tola; a mãe que deu de ombros e ignorou o meu olho roxo quando entrei em uma briga com o menino da padaria e depois fez diminuir a cara feia do meu pai; a mãe que me disse logo antes de uma execução que eu poderia me virar, que eu não tinha que ficar olhando. Eu queria entender quem ela realmente era ou o que ela havia se tornado.

Meus olhos ficaram anuviados, e eu ansiava por aquela campina distante e pelo toque cálido da minha mãe novamente. Esse era um pensamento perigoso, porque ele tropeçava em mais anseios, pela risada de Bryn e de Regan, pelo som do cantarolar da minha tia Bernette, pelos sinos da abadia ecoando, pelo aroma dos pãezinhos de terça-feira enchendo os corredores.

"Você está pronta."

Eu me virei em um giro. Rafe estava esperando perto da porta. Ele estava vestido, não como um oficial nem como um rei, mas como um guerreiro. Ombreiras pretas de couro com metal nas pontas alargavam seus já largos ombros, e duas espadas pendiam das laterais do corpo. A expressão dele estava dura e escrutinadora, como estava também naquele dia, já há um bom tempo, quando ele entrou pela primeira vez na taverna de Berdi. E, da mesma forma como acontecera então, seu olhar contemplativo me tirou o fôlego.

"Esperando problemas?", perguntei a ele.

"Um soldado está sempre esperando problemas."

A voz de Rafe estava tão controlada e distante que me obrigou a fazer uma pausa para olhar para ele uma segunda vez. A expressão sombria não se desmoronou. Apanhei o meu alforje de cima da cama, mas ele o tomou de mim. "Eu carrego isso."

Não discuti. Aquilo soava como a teimosa declaração de um rei em vez de uma bondade proferida. Nós caminhamos pelo acampamento em silêncio, exceto pelo retinir dos cintos e das espadas dele, que fazia com que as suas pegadas parecessem mais ominosas. A cada passada, ele parecia maior e mais impenetrável. O acampamento estava zunindo com atividades, com vagões de suprimentos rolando em direção aos portões, soldados ainda carregando equipamentos até os cavalos, oficiais direcionando tropas às suas posições em seus esquadrões na caravana. Avistei Kaden, Tavish, Orrin, Jeb e Sven reunidos e apinhados nos seus próprios cavalos do lado de dentro dos portões do posto avançado. Mais dois cavalos esperavam com eles, que eu presumia que fossem para mim e Rafe.

"Assumam os seus lugares no meio da caravana", disse Rafe a eles. "Eu vou ajudar a princesa. Nós os alcançaremos." *A princesa.* Rafe nem mesmo se referiu a mim pelo meu nome. Kaden olhou para mim de um jeito estranho, com um raro lampejo de preocupação, e depois ele virou o cavalo, saindo com os outros, conforme lhe fora ordenado. O temor passava serpeando por mim.

"Qual é o problema?", perguntei.

"Tudo." O tom de Rafe permanecia desprovido de emoção, assustadoramente ausente do vívido sarcasmo que ele havia usado muito recentemente. Ele permaneceu se ocupando, de costas para mim, demorando um tempo excessivo para prender o meu alforje.

Notei que o meu cavalo estava pesadamente carregado de provisões e equipamentos.

"Meu cavalo é um animal de carga?", perguntei.

227

"Você vai precisar de suprimentos." Mais uma dose da distante frieza dele cutucou a minha ira.

"E você?", perguntei, olhando para o cavalo dele, que não tinha suprimento algum.

"A maior parte dos meus equipamentos e da minha comida estarão nos vagões que vão vir em seguida."

Ele terminou de lidar com o meu cavalo e passou a cuidar da própria montaria. Uma espada dentro de uma bainha simples pendia do cabeçote da minha sela, e havia um escudo preso ao pacote que estava atrás dela.

Passei a mão ao longo da macia focinheira do cavalo. Rafe me viu examinando a parte do focinho da rédea. "Nenhum dos seus equipamentos indica um reino. Você poderá se tornar quem quiser quando surgir a necessidade."

Eu me virei, não sabendo ao certo o que ele estava dizendo.

Rafe se recusou a olhar para mim, verificando a própria bolsa e o próprio cinto de sela novamente. "Você é livre para ir onde desejar, Lia. Eu não vou forçá-la a ficar comigo. Embora eu fosse sugerir que você viajasse com a caravana pelos primeiros vinte quilômetros mais ou menos. Naquele ponto, há uma pequena trilha que muda de direção para o oeste. Você poderá tomá-la, se quiser."

Ele estava me deixando ir? Haveria algum porém quanto a isso? Eu não podia ir a lugar algum sem Kaden. Eu não conhecia o caminho. "E Kaden está livre para ir comigo também?"

Rafe parou, imóvel como uma pedra, encarando a sela dele, com o maxilar cerrado. Ele engoliu em seco, mas não se virou para olhar para mim. "Sim, está livre para ir com você", respondeu.

"Obrigada", sussurrei, embora essa não parecesse sequer um pouco a resposta certa. Eu não sabia o que dizer. Tudo em relação a isso me deixou desconcertada.

"Não me agradeça", disse ele. "Essa pode ser a pior decisão que já tomei na minha vida. Levante-se." Ele enfim se virou para mim, com a voz ainda fria. "E você também é livre para mudar de ideia a qualquer momento durante os próximos vinte quilômetros."

Assenti, sentindo-me desorientada. O dia que eu tinha planejado na minha cabeça de repente desaparecera e fora substituído por um novo cenário. Eu não mudaria de ideia, mas me perguntava por que isso tinha acontecido com ele. Rafe subiu no seu cavalo e ficou esperando que eu fizesse o mesmo. Olhei para o meu cavalo, um corredor com bons ossos, robusto, mas rápido como um raviano morriguês. Desembainhei a espada, testando a sua sensação nas minhas mãos, com o tom cínico de Rafe dizendo *brincar de espada* ainda ressoando nos meus ouvidos. A espada tinha um peso médio, era bem balanceada para o meu braço e para a minha pegada. Não havia qualquer dúvida de que ele havia escolhido cada detalhe dos meus equipamentos e das minhas armas, desde o cavalo até o escudo. Afivelei a espada embainhada na bainha de ombro de Walther e girei-a no meu cavalo.

"Há uma condição que eu gostaria de adicionar", disse Rafe.

Eu sabia.

"Eu pediria que você cavalgasse ao meu lado... sozinha... por esses vinte quilômetros mais ou menos."

Olhei de relance com ares de suspeita para ele. "Para que você possa me convencer a mudar de ideia?"

Ele não me respondeu.

A caravana se preparou para partir. Eu e Rafe cavalgávamos no meio, com uns vinte metros de distância entre nós e os cavaleiros à nossa frente e atrás de nós, claramente uma margem calculada que todos tinham sido avisados com antecedência para não ser violada. Seria isso para impedir que os outros ouvissem o que estávamos dizendo caso erguêssemos nossas vozes?

Surpreendentemente, ele nada disse, e o silêncio pesava em cima de mim como cobertores usados para fazer suar e aplacar uma febre. Ele manteve o olhar à frente, mas até mesmo de lado eu podia ver a tempestade nos seus olhos.

Esses seriam os vinte quilômetros mais longos da minha vida.

Será que ele não achava que eu mesma tinhas dúvidas e medos em relação a ir? *Maldita seja a teimosia dele!* Por que Rafe estava tentando tornar isso ainda mais difícil para mim? Eu não queria morrer. Mas também não queria que outros morressem. Ele não conhecia o Komizar do mesmo jeito que eu. Talvez ninguém o conhecesse como eu. Não era apenas o fato de que ele havia clamado pela minha voz ou porque os nós dos seus dedos haviam batido no meu rosto. O cheiro do desejo do Komizar ainda estava grudado na minha pele. A ânsia dele por poder não seria parado por uma ponte danificada ou por uma faca nas entranhas. Exatamente como ele me avisara, ainda não tinha acabado.

Depois de pouco mais de um quilômetro e meio, o silêncio me esmagou e falei, sem pensar: "Vou mandar um bilhete assim que chegar lá".

Rafe permaneceu com os olhos à frente. "Eu não quero mais nenhum bilhete vindo de você."

"Por favor, Rafe, não quero me separar de você desse jeito. Tente entender. Vidas estão em jogo."

"Vidas sempre estão em jogo, *Vossa Alteza*", respondeu ele, cujo tom estava repleto de sarcasmo novamente. "Durante centenas de anos, reinos batalharam. Por mais centenas de anos, batalhas serão travadas. Sua volta a Morrighan não mudará isso."

"E, de forma semelhante, Vossa Majestade", retorqui, irritada, "gabinetes sempre vão entrar em conflito, generais sempre vão ameaçar fazer rebeliões e reis, sempre arrogantes, vão voltar para casa, todos cobertos de suor e constritos para apaziguá-los."

As narinas dele ficaram dilatadas. Eu quase podia ver as palavras ardendo em chamas nos olhos dele, mas ele as conteve.

Depois de um longo silêncio, agitei a conversa de novo. Eu precisava de uma resolução antes que eu me fosse, e tinha ouvido a forma como ele usara as palavras *Vossa Alteza* como arma, jogando-as para cima de mim como se quisesse dizer exatamente o oposto delas. "Eu também tenho um dever, Rafe. Por que o seu dever é mais importante do que o meu? Só porque você é *rei?*"

Uma respiração frustrada passou sibilando por entre os dentes dele. "Este é um bom motivo tanto quanto qualquer um dos que você me ofereceu, princesa."

"Está zombando de mim?" Olhei para o meu cantil, lembrando-me de que ele poderia ser útil para mais coisas além de beber água.

Rafe não respondeu.

"Uma tempestade está sendo preparada, Rafe. Não se trata de uma querela e nem de uma batalha. Há uma guerra a caminho. Uma guerra como os reinos não veem desde a devastação."

A raiva erguia-se e emanava dele como o calor em uma frigideira. "Agora o Komizar é capaz até mesmo de pegar estrelas dos céus? Que feitiço foi que Venda lançou em cima de você, Lia?"

Naquele momento, foi a minha vez de não dar nenhuma resposta. Desviei o olhar do cantil, com uma coceira nos dedos para golpeá-lo com ele. Nós continuamos cavalgando, mas ele só conseguiu ficar calado por um curto tempo. Quando ele soltou verbalmente os cachorros para cima de mim, eu entendi o motivo pelo qual havia uma distância assim tão grande entre nós e os outros cavaleiros. Abruptamente, ele parou o cavalo, e eu ouvi uma sucessão de *parem* atrás de nós, com a caravana como um todo parando de repente lá atrás.

Ele cortou o ar com a mão. "Você acha que não estou preocupado com o exército vendano? Eu não sou cego, Lia! Vi o que aquele pequeno frasco de líquido fez com a ponte. No entanto, meu dever principal é para com Dalbreck. Tenho que me certificar de que as nossas fronteiras estejam em segurança. Consertar as bagunças da minha capital e ter certeza de que eu até mesmo tenha um reino a que voltar. Eu devo esse tanto a todos os cidadãos de lá. Devo isso a todos e a cada um dos soldados que estão cavalgando conosco aqui hoje, inclusive àqueles que ajudaram a salvar a *sua* cabeça." Ele parou por um instante, seus olhos travados com ferocidade em mim. "Como você não consegue entender isso?"

O escrutínio dele era desesperado e exigente. "Eu realmente entendo, Rafe", respondi. "É por esse motivo que nunca tentei impedir *você* de ir."

Uma réplica ficou pairando nos lábios dele, como se eu tivesse socado e arrancado o ar dos argumentos dele, e então Rafe, com raiva, estalou as suas rédeas para seguir em frente novamente. Ele não conseguia aceitar que o que era certo também vinha com um preço para nós dois. Ouvi os rangidos e os gemidos de vagões começando a rolar novamente, ouvi as batidas do meu próprio coração socando os meus ouvidos. Minutos passaram-se, e eu me perguntava se ele estava reconhecendo a concessão que eu havia permitido que ele tivesse, e que ele não conseguia dar a mim.

Em vez disso, ele soltou mais uma reclamação. "Você está permitindo que um velho livro empoeirado controle o seu destino!"

Sendo controlada por um livro? O calor veio com tudo até as minhas têmporas. Eu me mexi na minha sela para ficar cara a cara com ele.

"Entenda isso, *Vossa Majestade*: há muito esforço para controlarem a minha vida, mas isso não vem dos livros! Olhe um pouquinho mais para trás! Um reino que me fez ficar noiva de um príncipe desconhecido controlou o meu destino. Um Komizar que assumiu o controle

≈ 231 ≈

da minha voz controlava o meu destino. E um jovem rei, que queria me forçar a ser protegida, achava que controlaria o meu destino. Não se engane em relação a isso, Rafe. *Eu* estou escolhendo o meu destino agora, não um livro, ou um homem, ou um reino. Se os meus objetivos e o meu coração concordam com alguma coisa em um velho livro empoeirado, que seja. Escolho servir a esse objetivo, assim como você é livre para escolher o seu!" Abaixei o meu tom de voz, e acrescentei, com uma fria certeza: "Eu juro a você, rei Jaxon, que se Morrighan cair, Dalbreck será o próximo, e depois o serão todos os outros reinos no continente, até que o Komizar tenha consumido a todos".

"Isso são apenas histórias, Lia! Mitos! Não tem que ser você a fazer isso!"

"Tem que ser alguém, Rafe! Por que não eu? Sim, eu poderia desviar o olhar e ignorar tudo no meu coração. Deixar isso para outra pessoa. Talvez centenas de indivíduos tenham feito isso! Mas talvez eu escolha dar um passo em frente, em vez de dar um passo para trás. E como você explica isso?", perguntei, com raiva, apontando para o meu ombro, onde o *kavah* permanecia, debaixo da minha camisa.

Ele olhou para mim, e a expressão não havia mudado. "Do mesmo jeito que você explicou para mim da primeira vez em que nos vimos. Um erro. Um pouco mais do que as marcas de bárbaros."

Meu peito se ergueu em um deliberado e descontente suspiro. Ele era impossível. "Você não está nem mesmo tentando entender."

"Eu não quero entender, Lia! E eu não quero que você acredite em nada disso. Eu quero que venha comigo."

"Você está me pedindo para ignorar o que aconteceu? Aster se arriscou porque ela queria uma oportunidade de ter um futuro para ela mesma e para a sua família. Você está me pedindo para fazer menos do que uma criancinha? Não farei isso."

"Eu preciso lembrá-la de que Aster está *morta*?"

Ele poderia muito bem ter acrescentado *por sua causa.* Aquele foi o golpe mais cruel que Rafe poderia ter usado contra mim. Fiquei sem conseguir falar.

Ele baixou o olhar, com a boca repuxada em uma careta. "Vamos apenas cavalgar e não falar mais, antes que nós dois digamos alguma coisa da qual vamos nos arrepender depois."

Meus olhos ardiam em tristeza. Tarde demais para isso.

O sol do meio-dia estava alto no céu, e eu sabia que tínhamos que estar chegando perto do ponto em que eu e Kaden deixaríamos a caravana. Por quaisquer paisagens pela qual passávamos, eu nada via delas. Minhas entranhas estavam cruas, estilhaçadas de uma extremidade à outra por alguém que eu achava que me amava. Sim, aqueles seriam os mais longos vinte quilômetros da minha vida.

Orrin, Jeb e Tavish cavalgavam à frente e, quando eles deixaram a caravana, notei pela primeira vez que os cavalos deles estavam tão pesadamente carregados de suprimentos quanto o meu. Eles pararam a cerca de uns trinta metros entre duas baixas colinas. Kaden se juntou a eles. Esperando. E foi então que entendi: eles viriam conosco.

Eu não consegui agradecer Rafe. Eu não estava sequer certa de que a presença adicional deles era uma proteção ou um truque.

Ele fez um movimento para que eu saísse da trilha e nós paramos no meio do caminho entre Kaden e a caravana. Ficamos lá esperando que o outro falasse algo, com os segundos estirando-se tão longos quanto o horizonte.

"É isso", disse Rafe por fim. Seu tom estava desanimado, fatigado, como se ele tivesse perdido toda a capacidade de lutar. "Depois de tudo pelo que passamos, eis onde nos separamos, não?"

Assenti, deparando-me com o fixo olhar dele com silêncio.

"Em vez de mim, você escolhe um dever do qual uma vez zombou?"

"Eu poderia falar o mesmo de você", respondi baixinho.

O azul dos olhos dele ficou mais escuro, como um oceano sem fundo, e eles ameaçavam me engolir inteira. "Eu nunca zombei do meu dever, Lia. Eu vim até Morrighan para me casar com você. Sacrifiquei tudo por você. Coloquei meu próprio reino em risco... por você."

A maldita fenda dentro de mim ficou mais aberta ainda. O que ele disse era verdade. Ele arriscara tudo. "Essa é minha dívida para com você, Rafe? Eu tenho que desistir de tudo que sou e de tudo em que acredito para lhe pagar? Essa é realmente a pessoa que você quer que eu seja?"

Os olhos dele se fixaram nos meus e parecia que não havia mais ar no universo. O tempo se estirava de um jeito impossível e, por fim, ele desviou o olhar. Observou a minha bolsa e as minhas armas: a espada, a faca na lateral do meu corpo, o escudo, todos os suprimentos que ele mesmo havia selecionado com cuidado. Ele balançou a cabeça como se aquilo não fosse o bastante.

A atenção dele se voltou para o trio que estava à espera. "Eu não vou arriscar as vidas deles enviando-os a um reino hostil. O único dever deles é o de escoltá-la com segurança de volta à sua fronteira. Depois disso, acabaram as coisas entre Dalbreck e Morrighan. Seu destino estará nas mãos do seu reino, e não do meu."

O cavalo dele foi batendo as patas para a frente, como se estivesse sentindo a frustração do cavalheiro, e Rafe lançou um último olhar para Kaden. Ele se voltou para mim novamente, com a raiva drenada da face. "Você fez a sua escolha. É melhor assim. Cada um de nós é necessário em outro lugar."

Meu estômago se revirou, e um enjoativo gosto salgado enchia a minha boca. Eu sentia Rafe se soltando. Era isso. Eu me forcei a assentir. "É melhor assim."

"Adeus, Lia. Desejo-lhe tudo de bom."

Ele virou o cavalo antes que eu até mesmo pudesse oferecer a minha última despedida, saiu cavalgando sem sequer olhar para trás, nem de relance que fosse. Fiquei olhando enquanto ele ia embora, com os cabelos soprando aos ventos, o brilho das suas espadas reluzindo ao sol e uma recordação lampejou na minha mente.

Meus sonhos voltaram com tudo, grandes e esmagadores como uma onda, o sonho que eu tinha tido tantas vezes lá no Sanctum: uma confirmação do saber que eu não tinha visto como sendo uma coisa bem-vinda, de que Rafe estava me deixando. Todos os detalhes com que eu havia sonhado estavam agora dispostos diante dos meus olhos, rígidos e claros: o amplo e frio céu, Rafe sentado e alto no seu cavalo, um guerreiro feroz com trajes que eu nunca tinha visto antes, as vestimentas de guerreiro de um soldado de Dalbreck, com uma espada em cada lado do corpo.

Mas isso não era um sonho.

Desejo-lhe tudo de bom.

As palavras distantes de um conhecido, de um diplomata, de um rei.

E então eu o perdi de vista em algum lugar à frente da caravana, o lugar em que um rei deveria cavalgar.

Capítulo 37
CRÔNICAS DE AMOR E ÓDIO

avalgamos com dificuldade. Eu olhava para o céu, as colinas, as rochas, as árvores. Fiz uma varredura visual no horizonte, nas sombras, sempre observando. Planejei. Desenvolvi planos. Nenhum momento ficou sem propósito. Nenhum momento restou para que a minha mente imergisse em pensamentos perigosos que acabariam me consumindo. *E se...*

A dúvida era um veneno que eu não podia me dar ao luxo de tomar.

Eu cavalgava mais rápido, e os outros se esforçavam para me acompanhar. No dia seguinte, fiz o mesmo. Proferi as minhas memórias sagradas pela manhã e à noite, sempre de forma precisa, lembrando-me da jornada de Morrighan, lembrando-me de Gaudrel e de Venda, lembrando-me das vozes no vale onde eu havia enterrado o meu irmão. Todas as memórias eram mais uma conta em um colar que se formava em algum lugar dentro de mim. Eu passava os dedos nessas contas, apertava-as, segurava-as, polia-as até que ficassem brilhantes e cálidas. Elas eram a realidade e a verdade. Tinham que ser.

E, quando eu era lavada pela fadiga, eu me lembrava de mais. Das coisas fáceis. Das coisas que poderiam me empurrar por mais um quilometro ou dois, por mais dez ou vinte, tanto a mim quanto ao meu cavalo.

O rosto do meu irmão, desolado e chorando enquanto ele me contava o que havia acontecido com Greta.

O brilho dos olhos sem vida de Aster.

Os largos sorrisos traidores dos eruditos nas cavernas.

A promessa do Komizar de que isso não tinha acabado.

Os infinitos jogos de cortes e de reinos que comercializavam vidas em troca de poder.

Cada conta de memória que eu acrescentava me ajudava a seguir em frente.

Na primeira noite, quando eu tinha tirado a bolsa e a carga de cima do meu cavalo, o colar de contas cuidadosamente polidas partiu-se e esparramou-se no chão. Fora a mais simples das coisas que o fizera se soltar. Um cobertor extra enfiado dentro do saco de dormir. Uma troca de roupas de cavalgada. Um cinto e uma faca adicionais. Havia apenas as coisas básicas para uma longa jornada, mas eu via a mão de Rafe por trás daquilo tudo, da forma como ele dobrou o cobertor, dos nós que fez para prendê-lo. O próprio Rafe havia escolhido e empacotado cada peça.

E então as palavras proferidas por ele me atingiram.

Palavras cruéis. *Aster está morta.*

Palavras que estavam carregadas de culpa. *Sacrifiquei tudo por você.*

Palavras de despedida. *É melhor assim.*

Segurei com força a minha barriga, e Kaden imediatamente se posicionou ao meu lado. Jeb, Orrin e Tavish pararam o que estavam fazendo e me encararam. Eu disse que era apenas uma cãibra, desejando que a dor que me contorcia virasse uma conta dura e pequena, e dei um nó nela com a minha determinação. Ela não me arrasaria de novo.

Kaden esticou a mão na minha direção. "Lia..."

Chacoalhei-o para que se soltasse de mim. "Não é nada!" Desci correndo até o riacho e lavei o rosto. Os braços. O pescoço. Eu me lavei até que a minha pele tremesse de frio. O que deixei para trás não colocaria em risco o que havia pela frente.

No decorrer dos próximos dias, Jeb, Orrin e Tavish observaram-me com cuidado. Eu achava que eles não estavam confortáveis com aquela jornada. Antes eles estavam me levando para longe do perigo, e agora estavam me guiando *para* o perigo.

No início da noite, quando ainda havia luz, treinei com a faca e com a espada, com o machado e com a flecha, sem saber quando ou como eu poderia precisar de algum deles. Visto que era a especialidade dele, encarreguei Jeb de me ensinar a silenciosa arte de quebrar um pescoço; ele concordou com relutância, e então me mostrou mais métodos para despachar um inimigo sem uma arma, embora muitos desses métodos não fossem exatamente silenciosos.

Depois, quando estava escuro e não havia mais o que fazer senão dormir, fiquei tentando escutar os sons dos *Rahtans*: uivos, passadas, o deslizar de uma faca de uma bainha. Dormia com a adaga em um dos lados do meu saco de dormir e com a espada no outro, em prontidão. Embora sempre existisse um pensamento, uma tarefa, outra conta a ser polida e adicionada ao meu cordão, quando enfim apenas o silêncio reinava, eu esperava que o véu da escuridão tomasse conta de mim.

A única coisa que eu não conseguia controlar eram os momentos em que eu estava quase dormindo, inquieta, rolando na cama e buscando com o braço pela calidez de um peito que não estava mais lá, ou quando minha cabeça tentava se aninhar na curva de um ombro que também não estava mais lá. Naquele submundo, eu ouvia palavras trilhando atrás de mim, como lobos perseguindo a presa, esperando que ela ficasse fraca e caísse, cadeias de palavras de ataque. *Como pode não entender?* E, talvez o pior de tudo, a dor das palavras nunca ditas.

CRÔNICAS DE AMOR E ÓDIO

KADEN

u sabia que ela estava sofrendo. Três dias haviam se passado. Eu queria abraçá-la. Fazer com que ela parasse. Fazer com que diminuísse o ritmo. Queria que ela olhasse nos meus olhos e respondesse a uma coisa que eu tinha muito medo de perguntar. No entanto, seria errado tentar obrigar Lia a fazer qualquer coisa naquele momento.

No primeiro dia, quando ela se juntara a nós na trilha e Tavish perguntou se estava tudo bem com ela, eu observei quando Lia ficara congelada. Ela sabia o que estava implícito na pergunta de Tavish, que ela era fraca ou que estava sofrendo com a partida de Rafe.

"Seu rei está onde deveria estar, cuidando das necessidades do reino dele. E eu estou fazendo o que preciso fazer. Simples assim."

"Eu sei que ele fez promessas a você em relação a Terravin."

Ela não respondeu. Lia apenas olhou para trás, para a caravana que desaparecia, e puxou suas luvas, flexionando os dedos e empurrando-os mais a fundo dentro delas e disse: "Vamos embora".

A expressão de Rafe naquela última noite, quando ele me jogou junto à parede dos alojamentos, permanecera comigo. Ele estava selvagem com o medo, com o medo de deixar que ela partisse, mas ele o fez. Uma coisa que eu não tinha feito, não importando quantas vezes ela tivesse me pedido para libertá-la enquanto cruzávamos o Cam Lanteux. Esses pensamentos se reviraram na minha cabeça repetidas vezes.

Estávamos acampados em um fino agrupamento de faias, enfiados próximos a um afloramento de penedos. Um riacho raso corria ali perto.

Lia estava sentada, afastada, sozinha, mas não muito longe do acampamento. Todos nós ainda olhávamos por cima dos nossos ombros e dormíamos com as armas em prontidão. Sabíamos que poderia haver mais deles por ali. O relato de Eben sobre quem ele havia visto deixando o Sanctum, embora fosse útil, poderia não incluir aqueles que ele talvez não tivesse visto saindo de lá.

Eu sabia o que viria em seguida. Assim que ela terminasse de fazer as memórias sagradas, Lia afiaria as facas, verificaria os cascos dos seus cavalos para ver se havia pedras nele, faria uma varredura na trilha atrás de nós, ou rasparia o solo com um graveto, e depois apagaria as marcas com a bota. Eu me perguntava o que ela desenhava. Palavras? Mapas? Contudo, quando perguntei a ela, a resposta foi um curto e seco *Nada*.

Eu pensava que isso era tudo que eu queria. Estar com ela. Do mesmo lado que ela. *Ela está com você, Kaden, é isso que importa.*

"Vou começar a preparar o jantar", disse Orrin, lançando um olhar de relance na direção de Lia. Ele foi andando até onde estava a lenha que eu coletara e preparou o espeto onde assaria a carne, espetando nele o faisão que já havia estripado e limpado.

Tavish voltou do seu banho no riacho. As espessas mechas negras dele gotejavam água. Ele seguiu o meu olhar contemplativo, olhando para Lia, e falou, grunhindo, baixinho: "Estou aqui me perguntando em que tarefa ela vai colocar um de nós esta noite".

"Ela quer estar preparada."

"Uma pessoa sozinha não tem como lidar com um reino inteiro."

"Ela tem a nós. Não está sozinha."

"Ela tem a você... e isso não é lá muita coisa. O restante de nós dará a volta assim que chegarmos à fronteira morriguesa." Ele balançou os cabelos e puxou a camisa pela cabeça.

Os primeiros poucos dias cavalgando com o trio leal de Rafe foram tensos, mas, por causa de Lia, contive a língua e, umas poucas vezes, os punhos também. Agora eles pareciam aceitar que eu não estava seguindo junto para conduzir Lia de volta a Venda e que eu aposentara o antigo título de Assassino, pelo menos até que Lia estivesse de volta a Morrighan. Quer eu admitisse isso ou não, eles também eram úteis. Eu conhecia centenas de trilhas ao longo desta rota ao sul, mas todos os *Rahtans* também a conheciam. Esses três haviam me surpreendido com umas poucas trilhas que serpeavam por cânions ocultos, lugares por onde eu nunca havia viajado antes. E, com Orrin conosco, nós nunca tínhamos que comer cobra. Ele tinha habilidades com o arco; da sela, ele derrubava a caça enquanto mal diminuía o ritmo da cavalgada. Suas habilidades e sua paixão igualavam-se com perfeição.

"Você notou", perguntou-me Tavish enquanto chacoalhava o cobertor da sela dele e o pendurava sobre um galho baixo, "que o vento fica agitado toda noite quando ela diz suas memórias sagradas?"

Eu notara. E fazia perguntas em relação a isso. O ar parecia ficar mais denso e ganhar vida, como se ela estivesse convocando espíritos. "Pode ser apenas a movimentação natural do ar enquanto o sol se põe."

Tavish estreitou os olhos. "Pode ser."

"Eu não achei que vocês, dalbretchianos, fossem do tipo supersticiosos."

"Eu vi isso lá no Sanctum também. Eu estava lá, observando das sombras, e ouvia tudo que ela dizia. Às vezes, parecia que as palavras dela estavam tocando a minha pele, como se uma brisa estivesse carregando cada uma delas e passando por mim. Era uma coisa estranha." Eu nunca tinha ouvido Tavish falar sobre algo além de trilhas e suspeitas das minhas verdadeiras motivações, o que quase nos havia levado a trocar alguns sopapos. Ele piscava, como se estivesse se segurando. "Minha vez de fazer a vigília", disse ele, afastando-se para liberar Jeb. Ele parou depois de apenas uns passos e se virou. "Apenas curiosidade. É verdade que você era morriguês?"

Assenti.

"Foi lá que ficou com todas essas cicatrizes? Não em Venda?"

"Há muito tempo."

Ele olhou para mim, como se estivesse tentando imaginar quantos anos eu deveria ter quando isso aconteceu.

"Eu tinha oito anos na primeira vez que fui chicoteado", falei. "As surras duraram alguns anos até que fui levado para Venda. Foi o Komizar que me salvou."

"Sendo o bom camarada que ele é." Ele me analisou, mascando o canto do lábio. Essa revelação provavelmente não melhorava a consideração dele por mim. "Essas são cicatrizes profundas. Com certeza você se lembra de todas as chicotadas. E agora, de repente, quer ajudar Morrighan?"

Reclinei-me nos meus cotovelos e sorri. "Sempre suspeitando das coisas, não?"

Ele deu de ombros. "Sou um estrategista. É o meu trabalho."

"Vou lhe dizer uma coisa: eu responderei a uma pergunta sua, se você responder a uma minha."

Ele baixou o queixo, aquiescendo, esperando pela pergunta.

"Por que estão aqui? De verdade. Seu rei poderia ter enviado qualquer esquadrão para escoltar a princesa até a fronteira do reino dela. Por que ele mandou os seus oficiais principais? Isso foi apenas para que pudessem escoltá-la de volta a Dalbreck assim que ela recuperasse o bom senso? E, caso isso não acontecesse, para forçá-la a voltar?"

Tavish sorriu. "Sua resposta não é tão importante para mim, afinal de contas", disse ele, e saiu de perto.

Enquanto Tavish andava, eu observei enquanto Lia caminhava a passos largos na minha direção, com a calça de couro de cavalgada cheia de poeira e o rosto manchado de terra. Três armas pendiam das laterais do seu corpo, e ela parecia mais um soldado do que uma princesa, embora, na verdade, eu sequer soubesse ao certo como uma princesa deveria parecer. Ela nunca havia se encaixado em qualquer imagem de realeza que eu havia conjurado à mente.

Realeza. Com que facilidade eu havia depreciado o título quando a única nobreza que já havia conhecido na vida era o meu pai, o estimado lorde Roché, do condado de Düerr. A linhagem dele remontava até Piers, um dos primeiros Santos Guardiães, o que lhe conferia um status elevado e favores especiais em meio à nobreza, quem sabe junto aos próprios deuses. Minha mãe havia me contado sobre os meus ancestrais uma vez. Eu havia me esforçado muito para me esquecer disso e rezava para que eu tivesse puxado tudo do sangue dela e nada do dele.

Lia parou por um instante, erguendo a bainha de ombro de Walther acima da sua cabeça e a colocando abaixo, em cima do saco de dormir. Então desafivelou o outro cinto, que continha duas facas, deixando-o cair com o restante dos equipamentos. Ela estirou os braços acima da cabeça, como se estivesse lidando com um nó solto nas costas, e depois me surpreendeu ao jogar-se no chão ao meu lado. Ela estava com o olhar contemplativo cruzando as colinas, o bosque que obscurecia o horizonte e o sol que se punha, como se pudesse ver todos os quilômetros que ainda estavam à nossa frente.

"Nenhuma faca a afiar?", perguntei.

A bochecha de Lia formou covinhas. "Não esta noite", disse ela, ainda com o olhar contemplativo voltado para as colinas. "Preciso descansar. Nós não podemos continuar nesse ritmo, ou os cavalos vão ceder antes de nós."

Olhei com ceticismo para ela. Eu e Jeb havíamos usado quase aquelas mesmas e exatas palavras com ela hoje de manhã, e a única resposta dela a nós dois tinha sido um pungente olhar de desprezo.

"O que foi que mudou desde hoje de manhã?"

Ela deu de ombros. "Eu e Pauline estávamos aterrorizadas quando saímos em cavalgada de Civica, porém, em determinado momento, nós paramos de olhar para trás por cima dos ombros e começamos a procurar pela baía azul de Terravin. É isso que preciso fazer agora. Olhar para a frente."

"Simples assim?"

Ela observou as árvores, com os olhos anuviados, pensando. "Nunca é simples", disse por fim. "Mas não tenho outra escolha. Vidas dependem disso." Ela se mexeu no cobertor e ficou com a face voltada para a minha. "É por isso que precisamos conversar."

Lia desferiu perguntas a mim, uma atrás da outra, perguntas que continham uma urgência metódica. Agora eu sabia pelo menos um pouco quais eram os pensamentos dela enquanto cavalgava. Confirmei as suspeitas dela de que o Komizar começaria a marcha logo após o degelo. Enquanto eu distribuía respostas, aos poucos me dava conta do quão pouco, na verdade, eu tinha dado a ela. Isso me fez ver que, apesar de toda a minha conspiração com o Komizar, ele havia me mantido mais às escuras do que confiara em mim. Eu nunca fui um parceiro de verdade no plano dele, apenas um de muitos para ajudá-lo a realizar esse plano.

"Deve ter outros traidores além do Chanceler e do Erudito Real. Você não entregou nenhuma outra mensagem?"

"Apenas entreguei aquela única mensagem quando eu tinha treze anos. Na maior parte do tempo, ele me mantinha fora de Civica.

Eu rastreava desertores ou ele me enviava para promover retaliação a guarnições militares remotas."

Lia mascou o lábio por um instante, e depois me perguntou uma coisa estranha. Ela queria saber se nós passaríamos por algum lugar onde se pudesse enviar mensagens.

"Turquoi Tra. Há um posto de transmissão de mensagens lá. Elas são rápidas, mas custam caro. Por quê?", perguntei.

"Pode ser que eu queira escrever uma mensagem para casa."

"Achei que você tivesse dito que o Chanceler interceptaria todas as mensagens..."

Um brilho feroz se instalou nos olhos dela. "Sim, ele fará isso."

CAPÍTULO 39
CRÔNICAS DE AMOR E ÓDIO

o quarto dia, nós não tínhamos chegado muito longe quando Kaden disse: "Temos companhia".

"Eu vi", foi minha resposta pungente.

"O que quer fazer?", perguntou Tavish.

Mantive os olhos direto à frente. "Nada. Apenas continuar seguindo adiante."

"Ela está esperando por um convite", disse Jeb.

"Pois não farei convite algum!", falei, irritada. "Eu disse que ela não poderia vir. Ela deverá dar meia-volta."

Orrin estalou os lábios. "Se ela conseguiu passar três noites sozinha, eu duvido que desistirá tão facilmente."

Grunhi com toda a fúria de Griz, e estalei as rédeas, virando o meu cavalo para ir galopando para trás em direção a Natiya, que parou o cavalo quando viu que eu me aproximava.

Fui ficar ao lado dela. "O que acha que está fazendo?"

"Cavalgando", disse ela, em um tom desafiador.

"Isso não é um passeio, Natiya! Dê meia-volta! Você não pode vir comigo!"

"Eu posso ir onde eu quiser."

"E simplesmente aconteceu de ser na mesma direção em que eu estou indo?"

Ela deu de ombros. A audácia dela me deixava horrorizada. "Você roubou esse cavalo?", perguntei a Natiya, tentando envergonhá-la.

"O animal é meu."

"E Reena disse que você poderia vir?"

"Ela sabia que não teria como me impedir."

Ela não era a mesma menina que eu conhecera no acampamento dos nômades. Odiava o que via na expressão dela. Sua animada inocência se fora e havia sido substituída por uma fome alarmante. Ela queria mais do que eu poderia lhe dar. Tinha que fazer com que ela voltasse.

"Se vier comigo, provavelmente vai morrer", falei a ela.

"Ouvi dizer que o mesmo acontecerá com você. Por que isso não a impediu?"

Os olhos dela eram espertos e pungentes, como os de Aster, e desviei o olhar. Eu não conseguiria fazer isso. Eu queria bater nela, chacoalhá-la e fazer com que ela visse o quanto não era bem-vinda.

Kaden veio cavalgando até nós. "Olá, Natiya", disse ele, e assentiu como se todos nós estivéssemos dando um passeio primaveril.

"Ah, pelo amor dos deuses! Diga a ela que ela precisa voltar! Faça com que ela lhe dê ouvidos!"

Ele sorriu. "Da mesma forma que você me dá ouvidos, Lia?"

Voltei a olhar para Natiya, com uma dor amarga subindo pela garganta. Ela fitou o meu olhar fixo, sem pestanejar, com a decisão reluzindo nos seus olhos. O suor veio à minha face e fiquei com medo de que pudesse vomitar o que havia comido na minha refeição matinal. Ela era tão jovem. Quase tão jovem quanto Aster e bem mais ingênua. E se...

Limpei o suor do lábio superior.

"Venha conosco!", falei, irritada. "E acompanhe nossos passos! Não vamos mimar você!"

Fim da jornada. A promessa. A esperança.
Este é o lugar onde ficaremos, Ama?
Um vale. Uma campina. Um lar.
Um apanhado de ruínas que podemos
juntar, pedacinho por pedacinho.
Um lugar longe dos abutres.
A criança olha para mim, com os olhos
cheios de esperança. Esperando.
Por ora, digo a ela.
As crianças se espalham. Há risadas. Conversas.
Há esperança.
Mas ainda não existe qualquer promessa.
Algumas coisas nunca serão como Antes.
Algumas coisas não podem ser trazidas de volta.
Algumas coisas se vão para sempre.
E outras duram tanto quanto.
Como os abutres.
Um dia, eles virão atrás de nós mais uma vez.

— *Os Últimos Testemunhos de Gaudrel*

CAPÍTULO 40
CRÔNICAS DE AMOR E ÓDIO

RAFE

sol.

Eu havia mencionado o sol?

Faça com que o sol esteja nos olhos do seu oponente, e não nos seus.

Esquive-se e corte por baixo. Eu não tinha passado por isso. Mas não era como se ela não tivesse boas habilidades de luta com a espada. *Talvez eu devesse ter dado a ela uma espada mais leve.*

Havia tantas coisas que eu poderia ter dito, e não apenas em relação a espadas.

Eu sabia que estava repensando tudo que fiz e disse. Fiz isso pela maior parte da jornada.

"Vossa Majestade, estamos quase lá. Venho falando há vinte minutos e você não ouviu nenhuma palavra do que disse."

"Eu ouvi o que você falou ontem, Sven. E anteontem. Reis fazem isso, eles não dizem, mas fazem. Eles escutam, consideram o que foi dito, agem. Eles tomam, eles dão. Eles empurram, mas não são empurrados. Isso resume tudo? Você está agindo como se eu não tivesse crescido na corte."

"Você não cresceu na corte", Sven fez questão de me lembrar.

Franzi o rosto. Na maior parte, ele estava certo. Sim, eu fazia refeições semanais com os meus pais, e estava incluído como uma questão de protocolo na maioria das funções oficiais, mas, durante os muitos anos em que estive sob a tutela de Sven, eu passara os meus dias com cadetes, recrutas e, mais recentemente, outros soldados. Os reis de Dalbreck eram sobretudo soldados, e eu não tinha sido criado de forma diferente do meu próprio pai, porém, no último ano, ele vinha me puxando mais para junto do seu convívio. Ele havia me feito estar presente em reuniões de alto nível e me aconselhava em relação a elas depois. Eu me perguntava se ele percebera que seu reinado estava chegando ao fim.

"Nós ainda temos uns bons quinze quilômetros pela frente", falei. "Estou preparado, juro."

"Talvez", disse ele, ressentido. "Mas a sua cabeça está em outro lugar."

Apertei as mãos nas minhas rédeas. Eu sabia que ele não deixaria isso de lado.

"Você fez o que tinha que fazer", ele continuou. "Deixar que ela se fosse foi um ato de coragem."

Ou idiotice.

"Ela está seguindo em direção a um reino repleto de traidores que a querem morta", finalmente respondi, sem pensar.

"Então por que deixou que ela fosse?"

Não respondi. Ele sabia qual era a resposta. Ele já a revelara. Porque eu não tinha qualquer escolha. E essa era a ironia. Se eu a tivesse forçado a voltar comigo para Dalbreck, acabaria perdendo Lia do mesmo jeito. No entanto, visto que Sven havia aberto a porta para o que ocupava a minha mente, eu me aventurei a ir além, fazendo uma pergunta que circulava a minha cabeça como se fosse um corvo ensandecido arrancando pedaços da minha carne.

"Ei sei que o Assassino a ama." Engoli em seco, e depois disse, ainda, mais baixinho: "Você acha que ela o ama?".

Sven tossiu e se mexeu na sua sela. "Essa não é minha área de especialidade. Eu não posso lhe dar conselhos em relação a..."

"Não estou pedindo conselhos, Sven! Apenas sua opinião! Você parece ter uma opinião sobre tudo, de qualquer forma!"

Se tivesse me nocauteado para fora da sela, ele teria estado em pleno direito de fazê-lo. E não teria sido a primeira vez. Em vez disso, Sven pigarreou. "Muito bem. Pelo que observei no Sanctum, e pela forma como ela intercedeu em nome dele quando o capturamos, eu diria que... sim, ela realmente gosta dele. Mas amor? Disso não estou tão certo. O jeito como ela olhava para você era..."

Uma trombeta soou. "Tropas!", gritou o porta-estandarte.

Nós estávamos longe demais para já sermos saudados por um esquadrão, mas, quando eu e Sven forçamos os nossos cavalos a irem mais para a frente para podermos enxergar melhor, lá estava ele. Não apenas um esquadrão, mas o que parecia ser um regimento inteiro dalbretchiano dirigindo-se a nós. O dobro do número que tínhamos na nossa caravana. Para nos fazer parar ou para nos escoltarem até Dalbreck? Não era costumeiro que caravanas de postos avançados fossem recebidas dessa forma, mas, por outro lado, reis desafiados não costumavam fazer parte de uma caravana em retorno.

"Armas em prontidão", gritei. A ordem rolou-se para trás junto com a caravana como se fosse um cântico de guerra. "Sigam em frente."

Conforme nos aproximávamos, o capitão Azia gritou mais ordens, e a caravana se espalhou, criando uma ampla e formidável fila. Escudos foram erguidos. Nós estávamos enfrentando os nossos próprios homens — não era exatamente como eu havia visualizado o início do meu reinado. O reino estava mais dividido do que eu pensara. Sven cavalgava em um dos meus lados, e Azia, no outro. Os rostos entraram no meu campo de visão, e do general Draeger, primeiramente, entre eles."

"Não estou gostando disso", grunhiu Sven.

"Vamos dar a ele uma oportunidade de fazer o que é certo", falei. Eu me virei. "Fiquem onde estão!", gritei para aqueles que estavam atrás de mim, e então segui em frente com os meus oficiais para encontrar o general.

Todos nós paramos a alguns metros uns dos outros.

"General Draeger", falei, em uma voz firme, e baixei a cabeça em reconhecimento a ele, tentando evitar uma conclusão sangrenta.

"Príncipe Jaxon", disse ele.

Príncipe. O calor se ergueu no meu pescoço. Meus olhos travaram-se nos dele.

"Você esteve por muito tempo no campo, general", falei. "Não deve estar ciente disso, mas o meu título mudou... já o seu, não."

Ele sorriu. "Acho que foi você quem ficou fora por tempo demais."

"Concordo. Mas agora estou aqui para assumir o meu lugar de direito no trono."

Ele respondeu ao meu olhar fixo com um olhar fixo também, nem se corrigindo, nem recuando. Ele era jovem para um general, não passando dos quarenta anos, e estava no mais alto escalão militar por três anos, mas talvez ele sentisse que já havia crescido mais do que o cargo. Olhou de relance para Sven e Azia, e depois, por um breve instante observou a longa fila de soldados atrás de nós, avaliando os seus números e, possivelmente, a sua determinação.

"E agora acha que está aqui para ocupar o seu lugar e governar?", ele me perguntou.

Respondi com um olhar gélido fixo. Ele estava forçando tanto os seus próprios limites quanto os meus. "Estou."

Ele fez um movimento, levando a mão na direção do cabeçote da sua sela, e Azia levou a mão até a espada.

"Calma", falei.

O general desceu do seu cavalo, e as tropas que estavam atrás dele fizeram o mesmo. Ele olhou dentro dos meus olhos, seguro e sem medo, e assentiu. "Seja bem-vindo ao lar, então, rei Jaxon." Ele se prostrou em um só joelho. "Vida longa ao rei!", disse ele. Tanto os soldados que estavam na minha frente quanto os que estavam atrás de mim ecoaram o grito.

Olhei para ele e me perguntei se ele seria um súdito mais fiel a Dalbreck do que qualquer um de nós, disposto a me desafiar e a arriscar a vida para garantir a estabilidade do seu reino, ou se havia julgado a lealdade daqueles que atrás de mim estavam em comparação com a daqueles que estavam atrás dele e decidiria tomar a ação mais prudente. Por ora, eu teria que acreditar na primeira hipótese.

O general se levantou, me deu um abraço e, depois de me oferecer algumas rápidas condolências, a caravana prosseguiu cavalgando, com o Draeger entre mim e o capitão. A tensão ainda estava altíssima. Eu vi que Sven observava o general e trocava olhares de relance com o oficial à sua direita. *Fique de olho nele. Permaneça por perto. Tome cuidado.* Todas as mensagens que eu havia aprendido a ler nos olhos de Sven, devido aos anos passados sob a sua tutela.

Conforme nos aproximávamos dos portões, o general seguiu cavalgando em frente para direcionar as suas tropas, e eu me virei para Sven.

"Aqui", falei, esticando a mão atrás de mim para colocá-la na minha bolsa, remexendo às cegas no seu conteúdo, até que encontrei aquilo de que precisava. "Leve isso a Merrick. Essa é a primeira coisa a fazer. A julgar pela saudação de Draeger, não terei uma oportunidade de sair de fininho que seja por vários dias. É uma coisinha que peguei. Não mostre a ninguém, e não conte isso a ninguém. Merrick vai saber o que fazer."

Sven olhou para mim com incredulidade. "Você roubou isto?"

"Acima de todo mundo, Sven, você deveria saber que reis não roubam coisas. Nós simplesmente fazemos aquisições. Esta não consta entre as suas máximas reais?"

Sven soltou um suspiro e murmurou, quase para si mesmo. "Por que sinto que esta aquisição só vai trazer problemas?"

Ela já trouxe, pensei, e agora estava com esperanças de que pudesse trazer o oposto, alguma espécie de paz. Eu me perguntava se, na lista de máximas reais, era permitido que um rei nutrisse esperança.

Capítulo 41
CRÔNICAS DE AMOR E ÓDIO

ições foram aprendidas; quilômetros, cobertos; mensagens, enviadas; dias de chuva, suportados; discussões, resolvidas; armas, dominadas. Natiya estava exausta, como deveria mesmo ter ficado. Eu tinha prometido a ela que isso não seria um passeio, e eu me certifiquei de que não fosse. Às vezes, ela olhava para mim com ódio, e em outros momentos eu a abraçava enquanto ela segurava, engasgando-se, soluços e choros. Ensinei a ela tudo que eu sabia e me certifiquei de que o restante do pessoal fizesse o mesmo. Natiya tinha tantos ferimentos, tantos nós e tantas bolhas quanto eu. Os braços dela doíam por lançar uma faca. Fiz com que a menina usasse os dois braços até que a mira de um deles estivesse tão boa quanto a do outro: e então rezei para que ela não tivesse que usar nenhuma das suas recém-adquiridas habilidades.

Natiya fez as pazes de um jeito inquieto com Kaden, porque falei que ela deveria fazer isso se fosse cavalgar conosco. Eu via como isso o alfinetava. Para ele, a pequena parcela de tranquilidade e aceitação que ele encontrava no mundo dos nômades estava eternamente perdida. De vez em quando, ele parecia perdido para tudo, fechando os olhos, bem apertados, quando achava que ninguém estava vendo, como se estivesse tentando ver onde ele se encaixava com um tipo diferente de olhar, mas então falava sobre alguma parte de Venda, uma parte que não pertencia ao conselho nem ao Komizar, e eu via a força no seu olhar contemplativo novamente.

A morte de Dihara se deu quando estávamos fora havia duas semanas. Eu tinha acabado de falar as memórias sagradas quando a vi no topo de uma colina soprada pelo inverno. Ela estava sentada junto à sua roca de fiar, com seu pedal clicando o ar, ramalhetes de pele e lã e linheiros girando, longos rebentos espiralando-se, erguendo-se com a brisa. Eles se tornavam as cores crepusculares do pôr do sol — cor-de-rosa, ametista e cor de laranja —, estirando-se em leque acima de mim, um rubor cálido colorindo o céu, roçando a minha bochecha, sussurrando: *Histórias mais grandiosas terão sua vez.*

Então, outros se reuniram na colina, observando-a. Aqueles que eu tinha visto antes, e o número crescia a cada momento em que vinham. Começou com meu irmão e Greta. Depois, uma dezena de pessoas dos clãs de cada lado. Effiera e as outras costureiras. Um pelotão de soldados. Então, Venda e Aster... *Não demore, senhorita...* as faces que eu tinha visto e as vozes que eu tinha ouvido muitas vezes nas últimas semanas. Todos eles pouco mais do que um fio de ar, um lampejo de luz do sol perdida e um silêncio batendo e correndo pelas minhas veias. Uma loucura, um saber, circulando, repetindo-se, um feixe de espinhas cortando a fundo o meu coração.

Tinha que ser alguém. Por que não você?

Vozes que não me deixariam esquecer.

Eles estão esperando.

Uma promessa, um juramento saído dos meus lábios em resposta.

Ninguém mais os via. Eu não precisava perguntar para saber. Os sons rotineiros do acampamento sendo montado não perdiam qualquer batida. Ninguém virava a cabeça. Nenhum passo ficava hesitante.

Ah, você de novo, disse Dihara, virando-se para ficar cara a cara comigo. A roca de fiar ainda girava, os presentes espiralavam-se, os tendões esticavam-se. *Confie na força que existe dentro de você e ensine-a a fazer o mesmo.*

Olhei por cima do meu ombro, para Natiya, que estava acabando de tirar as botas, preparada para cair no saco de dormir. Fui andando até ela e peguei-a pela mão. "Nós não acabamos ainda."

"Estou cansada", disse ela.

"Então vá montar acampamento em algum outro lugar. Deixe que os pachegos comam você agorinha mesmo."

"Não existe essa coisa de pachego."

"Quando eles estiverem mastigando e comendo os seus pés porque você não se preparou, pode ser que pense diferente."

Fiquei surpresa com o quão pouco Natiya entendia do dom. Como era possível isso quando ela havia vivido com Dihara? No entanto, eu me lembrei do que a velha dissera. *Há aqueles que são mais abertos a compartilharem as coisas do que outros.*

"O saber é uma verdade que você sente aqui e aqui", falei para Natiya. "É conexão. É o mundo se estendendo até nós. Ele passa como um lampejo por trás dos nossos olhos, curva-se nas nossas barrigas e, às vezes, dança pelas nossas colunas. As verdades do mundo desejam ser conhecidas, mas elas não vão se forçar para cima de nós da forma que as mentiras o farão. As verdades do mundo vão nos cortejar, falar em sussurros conosco, entrar em nós de fininho, esquentar o nosso sangue e acariciar o nosso pescoço até nos dar calafrios. Essa é a verdade sussurrando para você. Mas você precisa aquietar seu coração, Natiya. Dar ouvidos. Confiar na força que reside dentro de você."

Depois de uns poucos momentos em silêncio, ela gritou, frustrada: "Eu não entendo!".

Segurei-a pelo pulso enquanto ela se virava para sair, furiosa. "Isso é sobrevivência, Natiya! Um sussurro que pode salvar você! Um outro tipo de força com que os deuses nos abençoaram. A verdade não precisa sempre vir na ponta de uma espada!"

Ela me olhou com ódio. Eu podia ver nos olhos dela que, por ora, o aço com o gume afiado era o único tipo de poder que ela buscava. Senti algo ceder dentro de mim. Eu também podia entender aquele tipo de verdade.

"É bom ter muitas forças, Natiya", falei, em um tom mais gentil, lembrando-me da plenitude fria da faca na minha mão enquanto eu a enfiava nas entranhas do Komizar. "Não sacrifique um tipo de força em prol de outro."

Certa noite, quando tanto eu quanto Natiya estávamos cansadas demais para praticar qualquer coisa que fosse, e depois de eu sentir que poderia ser o nosso último acampamento juntas antes de chegarmos às fronteiras de Morrighan, esvaziei o meu alforje para pegar os antigos textos que tinha empacotado. Estava na hora de ensinar a ela a respeito do que viera antes, não apenas sobre ao que estávamos nos dirigindo. Tudo que encontrei fora *Os Últimos Testemunhos de Gaudrel*. Remexi o conteúdo do alforje novamente, chacoalhando minha camisa e minha camisola dobradas. A *Canção de Venda* se fora. Entrei em frenesi, perguntando-me quem teria remexido a minha bolsa. Eu sabia que tinha colocado com cuidado ambos os finos livros no fundo dela.

"Você tem certeza de que os empacotou?", perguntou-me Tavish.

Olhei com ódio para ele. "Sim! Eu me lembro de quando..." Prendi a respiração. A bolsa ficara em minha posse pela jornada inteira... exceto no início, quando eu a havia entregado a Rafe. Ele insistira em carregá-la. Haviam se passado menos do que uns poucos minutos enquanto caminhávamos, mas em algum momento eu desviara o olhar enquanto verificava o meu cavalo e os meus suprimentos. Ele tinha *roubado* aquilo? Por quê? Rafe achava que roubando a Canção de Venda faria com que as verdades desaparecessem também? Ou que isso fosse abalar a minha determinação?

"Lia?" Natiya olhou para mim com preocupação nos olhos. "Está tudo bem?"

Roubar o livro não mudaria nada. "Estou bem, Natiya. Venha me ajudar a fazer uma fogueira. Tenho várias histórias para contar a você, e espero que se lembre delas, palavra por palavra, caso alguma coisa venha a acontecer comigo."

Jeb parou o que estava fazendo e ergueu o olhar, com a mesma expressão cheia de preocupação de Natiya no rosto. "Mas não vai acontecer nada", disse ele, com os olhos travados nos meus.

"Não vai mesmo", respondi para tranquilizá-lo. "Nada." Mas nós dois sabíamos que essa era uma promessa que não poderia ser feita.

Chegamos à fronteira ao sul de Morrighan, pelo menos de acordo com Kaden. Não havia qualquer símbolo ou sinal que indicasse isso. Ainda estávamos em um descampado.

Tavish olhou para baixo, para o chão. "Não estou vendo uma linha. Você vê uma linha aqui, Orrin?"

"Eu não."

"Acho que a fronteira fica mais um pouquinho à frente", disse Jeb.

Eu e Kaden trocamos um olhar de relance, mas viajamos com eles por mais vários quilômetros antes que eu decidisse expor as nossas dúvidas. Todos os três haviam feito súplicas nada sutis para que eu retornasse a Dalbreck quando estávamos a uma distância de Kaden em que ele não podia nos ouvir. Eles fizeram as mesmas sugestões austeras em particular para ele, no que parecia ser um esforço para dividir e conquistar. Parei o meu cavalo e olhei bem nos olhos de todos eles.

"Havia um outro propósito para a escolta de vocês além de proteção no Cam Lanteux", falei, e inclinei a cabeça em reconhecimento em direção a Orrin, "e nos manter bem alimentados? Seu rei os encarregou de me forçarem a voltar se a longa jornada não me fizesse mudar de ideia?"

"Nunca", respondeu Jeb. "Ele é fiel à sua palavra."

Não totalmente, pensei.

Jeb se sentou relaxado na sela e examinou as colinas inférteis à nossa frente, como se elas estivessem repletas de víboras. "O que você planeja fazer quando chegar lá?", ele me perguntou.

Exatamente o que os traidores sempre temeram que eu fizesse. Eu tinha prática nisso, só que faria melhor dessa vez. No entanto, eu sabia que os meus planos não aliviariam as apreensões de Jeb. "Planejo permanecer viva."

Ele sorriu.

"Está na hora de voltarem para casa. Posso lhe garantir que aqui é Morrighan", falei. "Estou vendo o limite, mesmo que vocês não consigam vê-lo, e não quero que seja um limite que cruzem e que possam se arrepender disso. Os senhores têm as ordens do seu rei."

Jeb parecia aflito, e eu estava com medo de que ele não fosse voltar.

Tavish olhou de relance para Kaden, e então me fitou com solenidade. "Você tem certeza?"

Assenti.

"Alguma mensagem que gostaria que levássemos ao rei?"

Uma oportunidade para últimas palavras. Provavelmente as últimas que ele ouviria de mim. "Não", sussurrei. Como o rei já havia dito, era melhor assim.

"Maldição, vamos levá-la para Dalbreck, de qualquer forma."

"Cale a boca, Orrin", ordenou Jeb.

Orrin desceu da sela e prendeu na bolsa de Natiya uma lebre que ele havia pego em uma armadilha. Ele soltou xingamentos baixinho e voltou para o seu cavalo.

E era isso. Nós nos despedimos uns dos outros e eles partiram. Agora, como Rafe havia apontado de forma tão ardente antes de partirmos, minha morte pesaria apenas sobre o meu próprio reino, não sobre o dele.

Certas últimas palavras nunca deveriam ser ditas.

aden parou o cavalo. "Talvez eu devesse retroceder?"

Olhei para ele, confusa. Tínhamos entrado em Terravin por uma trilha posterior e estávamos na estrada superior que dava para a taverna de Berdi. Visto que Terravin ficava a caminho de Civica, havíamos decidido que ali seria a nossa primeira parada. Isso nos daria um lugar para nos limparmos e lavarmos apropriadamente as nossas roupas, que fediam a fumaça, suor e semanas de trilha. Um cheiro que fosse, vindo de nós, poderia chamar a atenção, e isso era algo de que não precisávamos. O mais importante de tudo era que eu devia a Pauline e às outras uma visita, para que elas pudessem ter alguma garantia, depois de todos esses meses, de que estava tudo bem comigo. Elas também poderiam ter notícias que poderiam ser úteis, especialmente Gwyneth, com o seu questionável núcleo de contatos.

"Por que recuar agora?", perguntei. "Estamos quase lá."

Kaden se mexeu desconfortável na sua sela. "Para que você possa contar a Pauline que estou com você. Você sabe, prepará-la."

Pela primeira vez, achei que tinha vislumbrado o medo na face de Kaden. Puxei o meu cavalo mais para perto dele. "Você está *com medo* de Pauline?"

Ele franziu o rosto. "Sim."

Fiquei lá sentada, sem acreditar. Eu não sabia ao certo o que dizer diante dessa confissão.

"Lia, Pauline sabe que eu sou vendano agora, e as últimas palavras que lhe dirigi eram de ameaças à vida dela... e à sua. Ela não vai se esquecer disso."

"Kaden, você ameaçou a vida de Rafe também. Isso não fez com que ficasse com medo dele."

Ele desviou o olhar. "Foi diferente. Eu nunca gostei de Rafe, e ele nunca gostou de mim. Pauline é uma inocente que..." ele parou de falar de repente, balançando a cabeça em negativa.

Uma inocente que o havia tido em alta conta. Eu tinha visto as bondades trocadas entre os dois, assim como a conversa fácil entre eles. Talvez ver a consideração que ela outrora teve por ele despencar e transformar-se em ódio fosse a gota d'água que Kaden não seria capaz de suportar. Ele já havia vivenciado isso com Natiya, que, embora estivesse civilizada agora, ainda era fria com ele. A menina nunca perdoaria o ataque vendano no seu acampamento, nem o fato de que Kaden era um *deles.* Parecia que ele estava realmente na mesma posição que eu: havia apenas um punhado de pessoas no continente inteiro que não queria vê-lo morto. Eu me lembrava do terror nos olhos de Pauline quando Kaden nos arrastou para o meio dos arbustos, e me lembrava das súplicas dela para que nos deixasse ir embora. Não, ela não esqueceria aquilo, mas eu rezava para que não tivesse alimentado o terror daquele dia e o transformado em ódio durante todos esses longos meses.

Kaden tomou um gole do cantil, drenando a última gota que havia ali. "Eu só não quero me arriscar a criar uma confusão dentro da taverna quando ela me vir", ele disse ainda.

Era mais do que preocupação sobre alguma perturbação, e nós dois sabíamos disso. Era estranho vê-lo assim tão abalado por um simples encontro com uma pessoa tão inofensiva quanto Pauline.

"Entraremos pela porta da cozinha", falei, para acalmá-lo. "Pauline é uma pessoa razoável. Ela vai ficar bem assim que eu explicar as coisas. Nesse meio-tempo, vou ficar entre vocês dois... e as facas." Acrescentei a parte das facas como brincadeira, para aliviar o humor dele, mas Kaden não sorriu.

Natiya esporeou o seu cavalo para que ele avançasse ao lado do meu. "E quanto a mim?", perguntou-me. "Vou ajudar você a proteger o Assassino trêmulo de medo?", disse ela, alto o suficiente para que Kaden ouvisse, os olhos cintilando com a travessura. Kaden desferiu a ela

259

um olhar de aviso para que a menina tomasse cuidado com o quanto ela o estava forçando.

Meu coração vibrava com a expectativa enquanto nos aproximávamos, mas, tão logo pude avistar a taverna, eu soube que havia alguma coisa errada. O medo pulou entre nós três como se fosse fogo. Até mesmo Natiya sentia que alguma coisa não estava certa, embora nunca tivesse estado aqui antes.

"O que é isso?", ela perguntou.

A taverna estava vazia. Em silêncio.

Não havia qualquer cavalo amarrado nas colunas. Nenhuma conversa nem risada vinha da sala de jantar. Não havia nenhum hóspede, e estava na hora do jantar. A estalagem estava coberta pela nauseante mortalha do silêncio.

Pulei do meu cavalo e subi correndo os degraus da frente. Kaden foi atrás de mim, dizendo-me para parar, gritando alguma coisa sobre cautela. Escancarei a porta com tudo, apenas para me deparar com cadeiras empilhadas em cima das mesas.

"Pauline!", gritei. "Berdi! Gwyneth!" Atravessei a sala de jantar aos pulos e abri a porta da cozinha, fazendo com que batesse contra a parede.

Fiquei paralisada. Enzo estava parado atrás do bloco de cortar carne, com um cutelo de açougueiro na mão, mais boquiaberto do que o peixe que estava prestes a decapitar.

"O que está acontecendo?", perguntei. "Onde está todo mundo?"

Enzo piscou e depois olhou de um jeito mais duro para mim. "O que você está fazendo aqui?"

Kaden sacou uma faca. "Coloque esse cutelo para baixo, Enzo."

Enzo olhou para o chão e depois para o cutelo que ainda segurava, primeiramente surpreso, depois horrorizado ao vê-lo ali. Ele deixou o cutelo cair ruidosamente sobre o bloco do açougueiro.

"Onde está todo mundo?", perguntei, dessa vez com um tom de ameaça.

"Foram embora", respondeu ele. Com as mãos tremendo, ele acenou para que eu e Kaden fôssemos até a mesa da cozinha para explicar o que houve. "Por favor", acrescentou, quando não nos mexemos. Nós puxamos cadeiras e nos sentamos. Kaden continuou com a faca sacada, mas, na hora em que Enzo tinha terminado de se explicar, eu estava com as mãos na cabeça, e só podia ficar com o olhar fixo na mesa de madeira marcada como que com cicatrizes, onde eu havia comido tantas refeições junto com Pauline. Ela havia partido há semanas para me ajudar. Todas haviam feito isso. Eu não conseguia conter o gemido que se acumulava na minha garganta. Elas estavam no centro de Civica. Fui tomada pelo temor.

Kaden colocou a mão nas minhas costas. "Ela está com Gwyneth. Isso é alguma coisa."

"E com Berdi", disse Enzo ainda, mas tanto o lembrete de Kaden quanto o dele pareciam somente confirmar os nossos medos. Pauline era confiante, mas era também uma criminosa procurada, exatamente como eu. Ela podia já estar em custódia. Ou até pior.

"Nós temos que ir até elas", falei. "Amanhã." Não haveria descanso.

"Elas vão bem", disse Enzo. "Berdi me prometeu."

Ergui o olhar para Enzo, mal o reconhecendo como o menino preguiçoso em que não se podia confiar sequer para aparecer para trabalhar. Suas expressão era séria, fervente, como eu nunca vira nele antes.

"E Berdi deixou *você* no comando da estalagem?"

Ele baixou o olhar, tirando uma ensebada mecha de cabelos da face. Eu não havia tentado disfarçar as minhas suspeitas. As têmporas dele ficaram rosadas. "Eu sei o que você está pensando, e não a culpo por isso. Mas foi o que Berdi fez, ela me deixou no comando, com as chaves e tudo." Ele agitou o molho de chaves que pendia do cinto, e eu vi algo que parecia orgulho nos olhos dele. "É verdade. Ela disse que já havia passado da hora de eu entrar em ação." De repente, Enzo ficou alarmado, torcendo o seu avental nas mãos. "Aquele outro camarada poderia ter me matado. Ele me ouviu e..."

Ele engoliu em seco, e seu grande pomo de adão no seu magro pescoço vacilou. Ele encarou o meu pescoço. "Eu sinto muito. Fui eu que disse ao caçador de recompensas que você estava andando na estrada superior. Eu sabia que ele não tinha boas intenções, mas tudo que eu conseguia ver era o punhado de moedas na palma da mão dele."

Kaden sentou-se à frente na sua cadeira. "Você?"

Cutuquei Kaden para que voltasse a sentar-se para trás no seu assento. "O outro camarada?", perguntei.

"Aquele fazendeiro que estava hospedado aqui. Ele me encurralou e ameaçou cortar a minha língua se eu algum dia dissesse o seu nome a quem quer que fosse de novo. Ele falou que enfiaria a minha língua goela abaixo, junto com as moedas. Eu pensei que ele ia fazer aquilo mesmo. Pensei no quão próximo eu havia chegado de..." Enzo engoliu em seco novamente. "Eu sabia que já não tinha muitas outras chances. A última coisa que Berdi me disse antes de partir foi que ela vira algo de bom em mim, e que estava na hora de eu também encontrar isso. Estou tentando fazer melhor do que antes." Ele esfregou a lateral do rosto, a mão ainda tremendo. "É claro que eu não estou me saindo nem metade tão bem quanto Berdi. Tudo que consigo fazer é manter os quartos limpos para os hóspedes e preparar uma panelada de mingau pela manhã e outra de cozido à noite." Ele apontou para a parede na extremidade mais afastada da cozinha. "Ela me deixou ordens anotadas. Para tudo." Havia pelo menos uma dúzia de pedaços de papel presos à parede, garatujados com a escrita de Berdi. "Não consigo servir o jantar para um restaurante cheio ainda, mas talvez eu contrate alguém para me ajudar."

Natiya entrou na cozinha, com a espada amarrada à lateral do corpo, uma adaga na mão e um novo andar emprumado. Ela se apoiou na parede. Enzo olhou de relance para ela, mas nada disse. Nós havíamos voltado ao ponto de partida, e eu via a preocupação nos olhos dele. O rapaz sabia que nós o encarávamos como uma possível ameaça.

"Então você sabe quem eu sou de verdade?", perguntei a ele.

Pelo mais breve instante, vi a negação passar apressada pelos seus olhos, mas ele dispensou essa negação dando de ombros e assentiu. "Berdi não me contou, mas ouvi falar sobre a princesa que estava sendo procurada."

"E o que foi exatamente que ouviu?", perguntou Kaden.

"Que qualquer cidadão pode matá-la assim que a vir e recolher uma recompensa. Sem perguntas."

Kaden sibilou e empurrou a mesa, afastando-se dela.

"Mas eu não vou contar a ninguém!", Enzo apressou-se a acrescentar. "Juro. Sei disso faz um bom tempo e tive muitas oportunidades de contar essa informação ao magistrado. Ele veio até aqui duas vezes, perguntando o que acontecera com Gwyneth, mas, em nenhum momento, soltei um pio que fosse."

Kaden se levantou e passou o dedo ao longo da parte sem corte da lâmina da faca, virando-a para que captasse a luz da lanterna, e depois apertou os olhos para Enzo. "Até mesmo se o magistrado lhe oferecer um bom punhado de moedas?"

O rapaz ficou com o olhar fixo na lâmina. Seu lábio superior estava coberto de gotas de suor, e as mãos ainda tremiam, mas ele estava com o queixo erguido, com uma coragem que não lhe era característica. "Ele já fez isso. Não mudou a minha resposta. Falei a ele que não sabia onde Gwyneth tinha ido."

"Lia? Um instante?" Kaden indicou a sala de jantar com a cabeça. Nós deixamos Natiya guardando Enzo. "Não confio nele", sussurrou Kaden. "Ele é um dedo-duro nojento que uma vez já trocou informações sobre você por moedas. E vai fazer a mesma coisa de novo no minuto em que sairmos daqui se não o silenciarmos."

"Você quer dizer... matá-lo?"

Ele me respondeu com um firme olhar fixo.

Balancei a cabeça. "Ele não tinha que nos contar que foi ele quem deu as informações sobre mim ao caçador de recompensas. As pessoas podem mudar."

"Ninguém muda tão rápido assim, e ele é o único em Morrighan que sabe que estamos aqui. E queremos fazer com que isso permaneça assim."

Andei em círculos, tentando pensar no assunto e chegar a uma decisão. Sem sombra de dúvida, Enzo era um risco, com um registro comprovado de falta de confiabilidade, se não ganância. No entanto, Berdi havia confiado nele com o trabalho da sua vida inteira. E as pessoas podem mudar. Eu havia mudado. Kaden também.

E, pelo amor dos deuses, Enzo estava fazendo cozido. *Cozido!* E não havia um único prato sujo dentro da pia esperando para ser lavado. Eu me virei para ficar cara a cara com Kaden. "Berdi confia em Enzo. Acho que deveríamos confiar nele também. E ele ainda parece abalado pelas ameaças do fazendeiro. Se você tiver que brandir a sua faca algumas vezes como um lembrete, que seja."

Ele me encarou, ainda não convencido, e por fim soltou um longo suspiro. "Vou fazer mais do que brandir a minha faca se ele sequer olhar para algum de nós de esguelha."

Nós voltamos para a cozinha, e fizemos arranjos para dormirmos. Eu e Natiya lavamos roupas e as penduramos para secarem na cozinha, perto da lareira, visto que o tempo era curto. Fizemos uma varredura na cabana que eu havia dividido com Pauline, em busca de outras roupas escondidas, e acabamos encontrando duas largas mudas de roupas de trabalho e alguns xales. Também avistei o lenço de pescoço de luto de Pauline. Natiya não teria que esconder seu rosto enquanto estivesse em Morrighan, mas eu precisaria fazer isso, e nada pode dispensar qualquer suspeita mais

263

rapidamente do que o respeito por uma viúva. Kaden cuidou dos cavalos, e então todos nós fizemos uma incursão à copa de Berdi, encontrando comida para empacotarmos. Daqui em diante, não haveria mais fogueiras de acampamentos para cozinhar. Enquanto Enzo nos ajudava a encher as bolsas com comida, fiquei surpresa ao ouvir zurros de burro.

"É o Otto", disse ele, balançando a cabeça. "Ele sente falta dos outros dois."

"Otto ainda está aqui?" Apanhei o lenço de pescoço de viúva e joguei-o sobre a minha cabeça para o caso de algum dos hóspedes estar ali por perto e saí correndo pela porta até o cercado.

Fiz carinho em Otto, cocei as suas orelhas e fiquei ouvindo as suas reclamações, cada som de hesitação e lamúria soando como se fosse uma nota musical. Isso me levava de volta ao dia em que eu e Pauline havíamos chegado em Terravin, montadas nos nossos burros e descendo com eles a rua principal, achando que as nossas novas vidas aqui durariam para sempre. Otto me cutucou com o focinho macio e pensei no quão solitário ele deveria estar sem os seus companheiros.

"Eu sei", falei, baixinho. "Nove e Dieci vão voltar logo. Prometo." Mas eu sabia que minha promessa era vazia, nascida apenas da conveniência e...

As palavras de Rafe arrastaram-se por mim mais uma vez, com uma linha emaranhada me puxando até debaixo de um lugar onde eu não conseguia respirar. *Disse o que achava que você precisava ouvir na época. Estava tentando lhe dar esperança.*

Desviei de Otto, com a minha amargura vindo em uma grande onda. Rafe me dera falsas esperanças e me fizera perder tempo. Entrei no celeiro e fiquei com o olhar fixo na escada que dava para o palheiro acima e, por fim, subi a escada até lá.

O palheiro estava parcamente iluminado, com uns poucos feixes perdidos de luz passando pelas vigas. Havia dois colchões no chão, que em momento algum chegaram a ser guardados depois da nossa partida apressada. Havia uma camisa esquecida pendurada no espaldar de uma cadeira. Uma garrafa de vidro coberta de poeira estava em cima de uma mesa no canto. Na extremidade mais afastada, havia pilhas de engradados e uma manjedoura vazia. Meu coração martelou no meu peito enquanto eu caminhava em direção a ela. *Não olhe, Lia. Deixe isso para lá. Você não se importa com isso.* Mas não consegui me impedir de fazê-lo.

264

Levei a manjedoura à frente alguns centímetros de modo que pudesse ver atrás dela. Lá estava, exatamente como ele havia me dito, uma pilha de tecido branco sujo. Senti a língua inchar e ficar salgada, e o ambiente, de súbito, parecia não ter mais ar, tornando difícil a respiração. Estiquei a mão para baixo e ergui o vestido do lugar onde ele estava escondido. Uma chuva de pedacinhos de palha caiu no chão. Ele estava rasgado em vários lugares, e a bainha, manchada de lama. Sangue vermelho como um tijolo manchava o tecido. O sangue dele. Foi assim que ele adquiriu os cortes nas mãos, ao arrancar e soltar o vestido dos arbustos espinhentos em que eu o havia jogado. *O vestido me fazia pensar sobre a moça que o usara.* O mesmo vestido que eu tinha rasgado com tanto ódio e que havia jogado fora. Meus joelhos cederam, e caí no chão. Segurei a roupa junto ao rosto, tentando bloquear a imagem de Rafe da minha mente, mas tudo que eu conseguia ver era ele tirando o vestido dos arbustos espinhentos, enfiando-o na bolsa, se perguntando como eu seria, da mesma forma que eu tinha pensado nele. Mas eu havia pensando em todas as coisas erradas.

Eu imaginara que ele fosse apenas um filhinho do papai e um covarde. Não um...

"Lia? Está tudo bem?"

Ergui o olhar. Kaden estava parado no topo da escada. Eu me pus de pé e joguei o vestido para trás da manjedoura de novo. "Sim, estou bem", respondi, continuando de costas para ele.

"Eu ouvi alguma coisa. Você estava..."

Limpei as bochechas e depois passei as mãos pela frente da minha camisa abaixo antes de me virar para ficar cara a cara com ele. "Tossindo. A poeira está intensa aqui em cima."

Ele veio andando até mim, com o chão rangendo sob as suas passadas, e baixou o olhar para me encarar. Kaden passou o polegar ao longo dos meus cílios molhados.

"É só a poeira", falei.

Ele assentiu e deslizou os braços ao meu redor, levando-me junto a si. "Claro. Poeira." Eu me deixei reclinar junto a ele, que fez carinho nos meus cabelos, e senti a dor no peito dele tão fortemente como eu a sentia no meu próprio peito.

Estava tarde. Natiya já estava enfiada na cama na cabana, e Enzo dormia no quarto de Berdi. Eu e Kaden estávamos sentados na cozinha enquanto eu o interrogava em relação a quaisquer outros detalhes que ele pudesse saber dos planos do Komizar, mas sentia que ele estava ocupado com outros pensamentos. Fiquei grata por ele não ter trazido o assunto à tona de novo, mas sabia que o momento que passamos juntos no celeiro pesara sobre ele. Fora apenas um minuto passageiro e de cansaço em que ele me encontrara com a guarda baixa. Só isso. Depois de uma tigela de pescado, que surpreendentemente estava quase tão bom quanto o de Berdi, eu me sentia fortificada, pronta para seguir em frente.

Agora Kaden aguentava com paciência perguntas que eu já tinha feito. As respostas eram as mesmas. Ele só sabia do Chanceler. Talvez ele e o Erudito Real fossem os únicos traidores no gabinete. Será possível?

Meus relacionamentos com todos os membros do gabinete eram, na melhor das hipóteses, instáveis, exceto talvez pelo Vice-Regente e pelo Mestre da Caça. Aqueles dois geralmente me ofereciam um sorriso e uma palavra bondosa quando eu entrava em um aposento, em vez de uma cara feia me dispensando. Contudo, o posto do Mestre da Caça no gabinete era na maior parte cerimonial, um vestígio de outrora, quando encher a despensa estava entre os deveres primordiais do gabinete.

Na maior parte do tempo, ele nem mesmo ocupava um lugar nas reuniões do gabinete. A Primeira Filha Real também tinha um lugar cerimonial nessas reuniões, mas minha mãe raramente era convidada à mesa deles.

Meus pensamentos voltaram para o Vice-Regente. "Pauline vai falar com ele em primeiro lugar", falei a Kaden. "De todo o gabinete, ele sempre foi o que ouvia com mais empatia." Mordi os nós dos dedos. Viagens frequentes, visitas a outros reinos, essas eram coisas que faziam parte do trabalho do Vice-Regente, e fiquei preocupada que ele pudesse muito bem ter saído de Morrighan. Se assim o fosse, Pauline iria falar diretamente com o meu pai, sem compreender de forma completa o temperamento dele.

Kaden não estava respondendo ao que eu dizia; em vez disso, estava fitando de forma inexpressiva o outro lado do aposento. De repente, ele se levantou e foi até a despensa, remexendo em meio aos suprimentos. "Eu tenho que ir. Não fica longe daqui. Uma hora a oeste de

Luiseveque, no condado de Düerr. Não vamos perder tempo." Ele indicou um ponto de encontro onde se encontraria comigo e com Natiya a norte no dia seguinte e me disse para pegar uma trilha em meio à floresta. "Ninguém vai ver você. Você estará a salvo."

"Está de partida agora?" Eu me levantei e puxei um saco de carne salgada das mãos dele. "Você não pode cavalgar à noite."

"Enzo está dormindo. Esta é a melhor hora para confiar nele."

"Você também precisa descansar, Kaden. O que..."

"Vou descansar quando chegar lá." Ele pegou a carne de volta e começou a arrumar a sua bolsa. Meu coração ficou acelerado. Isso não era algo típico dele.

"O que há de tão urgente no condado de Düerr?"

"Preciso cuidar de uma coisa, de uma vez por todas."

Os músculos no pescoço dele estavam como que cordões estirados, e ele continuava com o seu olhar contemplativo desviado do meu. E, então, eu soube.

"Seu pai", falei. "Ele é o lorde desse condado, não é?"

Kaden assentiu.

Fui para o lado, tentando me lembrar dos lordes dos condados. Havia 24 deles em Morrighan, e eu não sabia os nomes da maior parte deles, especialmente não daqueles lá nos distantes condados ao sul, mas eu sabia que esse lorde poderia não ficar vivo por muito mais tempo.

Eu me sentei em uma banqueta no canto, na mesma em que Berdi havia uma vez cuidado do meu pescoço. "Você vai matá-lo?", perguntei a Kaden.

Ele fez uma pausa, e então, por fim, puxou uma cadeira e sentou-se nela com as pernas abertas junto ao seu espaldar, entornado. "Eu não sei. Achei que só quisesse ver o túmulo da minha mãe. Ver onde eu vivi uma vez, o último lugar onde eu estava..." Ele balançou a cabeça. "Não posso simplesmente deixar isso de lado, Lia. Eu tenho que vê-lo pelo menos uma última vez. Isso é uma coisa inacabada dentro de mim, e essa poderia ser a minha última oportunidade de entender alguma coisa disso tudo. Eu não sei o que vou fazer até que o veja."

Não tentei dissuadi-lo da ideia com conversas. Eu não sentia qualquer empatia para com aquele lorde que havia chicoteado o seu jovem filho e que depois o vendera a estranhos como se fosse lixo. Algumas traições são muito profundas para serem perdoadas um dia.

267

"Tome cuidado", falei.

Ele esticou a mão, apertando a minha, e a tormenta nos olhos foi duplicada. "Amanhã", disse ele. "Vou estar lá. Prometo."

Ele se levantou para ir embora, mas então parou à porta da cozinha. "O que foi?", perguntei.

Ele virou para ficar cara a cara comigo. "Há outra coisa que está inacabada. Preciso saber. Você ainda o ama?"

A pergunta dele me cortou como uma faca. Eu não havia esperado por ela, embora devesse. Eu via a dúvida nos olhos de Kaden todas as vezes em que olhava para mim. Ele sabia, quando me abraçara no palheiro, que não era com poeira que eu tinha me engasgado. Eu me levantei e fui andando até a mesa de cortar carne, incapaz de olhar nos olhos dele, e me desfiz de migalhas imaginárias.

Eu não havia permitido sequer a mim mesma ficar muito tempo pensando nisso. Amor. Parecia tolo e indulgente à luz de todo o resto. Será que isso realmente importava? Eu me lembrava da risada cínica de Gwyneth quando disse a ela que queria me casar por amor. Ela já sabia do que eu ainda nem havia captado nem um pouco que fosse. Isso nunca terminava bem, para quem quer que fosse. Não para Pauline e Mikael. Não para os meus pais. Walther e Greta. Até mesmo Venda era prova disso, saindo em cavalgada com um homem que, no fim das contas, a destruiria. Pensei na menina Morrighan, roubada da sua tribo e vendida como noiva a Aldrid, o abutre, por um saco de grãos. De alguma forma, eles haviam construído um reino juntos, mas que não fora erguido com base no amor.

Balancei a cabeça. "Nem mesmo sei mais ao certo o que é o amor."

"Mas as coisas entre nós são diferentes de como eram com..." Ele deixou a pergunta pairando no ar, como se fosse doloroso demais falar o nome de Rafe.

"Sim, as coisas são diferentes entre nós", falei, baixinho. Ergui o meu olhar de encontro ao dele. "Sempre foram, Kaden, e se você for honesto consigo mesmo, verá que também sempre soube disso. Desde o começo, você disse que Venda vinha em primeiro lugar. Não sei explicar exatamente como os nossos destinos vieram a ficar entrelaçados, mas isso aconteceu... e agora nós dois nos importamos tanto com Venda quanto com Morrighan, e desejamos um final melhor para ambos os reinos do que o planejado pelo Komizar. Talvez tenha sido isso o que nos levou a nos unirmos. Não subestime o elo que partilhamos. Grandes reinos foram construídos com base em muito menos do que isso."

Ele me fitou, com inquietude nos olhos. "Em nosso caminho até aqui, as coisas que você raspou na terra, o que eram?"

"Palavras, Kaden. Apenas palavras perdidas e não ditas que resultaram em um adeus."

Ele puxou o ar, respirando lenta e profundamente. "Eu estou tentando encontrar o meu caminho em meio a isso tudo, Lia."

"Eu sei disso, Kaden. Também estou tentando encontrar o meu."

Ele permaneceu com o olhar contemplativo fixo em mim. Por fim, Kaden assentiu e saiu. Fui andando até a porta, observei-o enquanto ele saía cavalgando, com a noite sem luar engolindo-o em segundos. Eu sentia a dor do desejo dele, a dor pelo que eu não poderia dar a ele, cuja necessidade era mais profunda e ia mais longe do que a minha.

Voltei à cozinha e assoprei a lanterna para apagá-la, mas não consegui deixar que a noite se fosse. Eu me reclinei junto à parede onde havia papéis presos, listas que tentavam se prender à vida que Berdi havia trocado por outra havia décadas. Sob a luz fraca, as bordas indistintas da cozinha dela tornavam-se um mundo distante de voltas, viradas e escolhas não mapeadas, escolhas estas que haviam tecido e definido a vida de Berdi.

Você se arrepende de não ter ido?

Eu não posso pensar em coisas assim agora. O que está feito, está feito. Fiz o que tinha que fazer na época.

Pressionei as mãos na fria parede atrás de mim.

O que estava feito, estava feito. Eu não podia mais pensar naquilo.

Cedo, na manhã seguinte, ataquei o guarda-roupa de Berdi e encontrei apenas uma parte daquilo de que eu precisava.

"Natiya, você é boa com uma agulha?"

"Muito boa", ela respondeu. Eu havia suspeitado disso. Para arrancar uma bainha, esconder uma faca em um manto e depois costurá-lo de novo em uns poucos e preciosos minutos? Isso era algo que requeria uma habilidade que eu com certeza não tinha, para o grande desgosto de minha tia Cloris.

Pedi moedas a Enzo. Eu havia usado todo o dinheiro que Rafe colocara na minha bolsa para os mensageiros em Turquoi Tra. Enzo não hesitou e puxou um saco do barril de batatas na despensa. Ele jogou para mim a coisa toda. Não era muito, mas aceitei as moedas com alegria e enfiei-as na bolsa, assentindo em agradecimento. "Direi a Berdi que você está fazendo um bom trabalho aqui. Ela vai ficar satisfeita."

"Você quer dizer que ela vai ficar pasma", disse ele timidamente.

Dei de ombros, incapaz de negar isso.

"Pasma também. Mas lembre-se, Enzo, de que você nunca pôs os olhos em mim."

Ele assentiu, um entendimento passou pelos olhos dele, e fiquei me perguntando sobre a sua transformação. As ameaças de Rafe sem sombra de dúvida haviam captado a atenção dele, mas eu sabia que era a magia da confiança de Berdi que o havia transformado. Eu só precisava rezar para que a mudança fosse duradoura.

Nós saímos de fininho, silenciosos como a noite, tomando cuidado para não acordarmos os hóspedes.

A funcionária na loja mercantil ficou feliz em nos ver. Nós éramos seus primeiros clientes do dia, e os únicos. Eu vi quando ela apertou os olhos, tentando espiar pela cobertura do lenço de pescoço branco a fim de olhar para o meu rosto. Perguntei se ela teria cetim vermelho, e ela não tentou esconder a surpresa. A maioria das viúvas estaria pedindo por tecidos mais sóbrios e respeitosos.

Natiya surpreendeu-me com a sua explicação rápida. "Minha tia deseja fazer uma tapeçaria em honra ao seu falecido marido, cuja cor predileta era o vermelho."

Acrescentei um rápido soluço mesclado com choro e assenti para causar um efeito.

Em poucos minutos, estávamos seguindo o nosso caminho, com um metro extra de tecido, colocado a mais pela solidária funcionária.

Nós tínhamos que fazer mais uma parada. Aquilo de que eu precisava lá não poderia ser comprado com moeda corrente. Eu só tinha esperanças de que tivesse o tipo de moeda que se fazia necessário.

CAPÍTULO 43
CRÔNICAS DE AMOR E ÓDIO

RAFE

inha transição de soldado a rei fora abrupta, e parecia que todos os barões na assembleia queriam um pedaço da minha pele. Eu sabia que a bravata deles era uma dissimulação para garantir que eu lhes desse ouvidos e atenção, o que assegurei que faria. Os oito oficiais do gabinete eram os mais exigentes, mas, por outro lado, eram também aqueles que haviam trabalhado mais próximos ao meu pai.

É claro que fui recebido com as boas-vindas; no entanto, por trás de todas as boas-vindas vinha uma reprovação — *Onde você estava?* — e um aviso: *O motim está bem espalhado. Vai demorar para ser remediado.*

O Médico da Corte foi quem me apresentou o mais doloroso lembrete. *Tanto o seu pai quanto a sua mãe perguntaram por você nos seus leitos de morte. Prometi a eles que você estava a caminho.* Eu não fui o único que ofereceu falsas esperanças e mentiras benéficas, mas tinha pouco tempo a perder pensando na minha culpa.

Se eu não estivesse em sessões separadamente com a assembleia, o gabinete ou a corte de generais, eu estava com todos ao mesmo tempo. O general Draeger com frequência se pronunciava, e, sendo ele o general que governava a capital, a voz dele tinha força. O homem fazia com que as suas opiniões fossem conhecidas, uma mensagem tanto para mim quanto para o restante das pessoas sob as quais mantinha uma atenta vigília. Ele ainda estava com a mão preparada. O general ia fazer com que eu pagasse pela minha ausência.

Todos eles sentiam a necessidade de testar esse rei que não vivenciara experiências como tal, mas, conforme Sven havia me aconselhado, eu ouvia, pesava e agia. No entanto, não seria forçado. Essa era uma dança de dar e de tomar, e, quando eles me forçavam a ir longe demais, eu os interrompia. Eu era lembrado de minha dança com Lia, de quando ela não recuou, batendo com o pé no chão e ficando onde estava.

Foi durante aquela dança que eu soube que ela não seria mais forçada. Eu a estava perdendo. *Não, Rafe, não perdendo. Você a perdeu. Ela se foi para sempre. É melhor assim,* lembrei a mim mesmo. Eu tinha um reino em frangalhos que precisava da minha atenção completa.

Quando a corte de generais ficou hesitante com a minha primeira ordem como rei, mantive minha posição e fiz com que eles soubessem que essa decisão não era desprovida de aconselhamentos. Reforços deveriam ser enviados a todos os postos avançados da fronteira ao norte e às cidades vulneráveis no meio, e tropas deveriam ser enviadas a postos avançados ao sul, onde deveriam ser divididas entre as fronteiras a leste e a oeste. As turbulências estavam fermentando, e, até que soubéssemos a exata extensão delas, essa era uma precaução necessária. Os barões protestaram, dizendo que a capital ficaria praticamente desprotegida.

"Mas antes eles têm que passar pelas fronteiras", falei.

"Nossas fronteiras já estão bem fortificadas com base nas avaliações do seu pai e dos conselheiros dele", disse o general Draeger, me interrompendo. "Você causaria ainda mais perturbações no reino por causa do que uma moça *nem um pouco confiável* disse?"

A câmara ficou em silêncio na mesma hora. As palavras *nem um pouco confiável* saíram da língua do general com uma centena de nuances insinuadoras. Rumores e perguntas sobre a princesa e o meu relacionamento com ela com certeza já haviam corrido pela assembleia como se fossem fogo selvagem. Sem sombra de dúvida, eles sabiam da nossa amarga separação também. Essa era a primeira vez em que alguém havia se atrevido a trazer o assunto à tona. *Uma moça?* Como se Lia fosse motivo de chacota. Imponderável e dispensável. Essa era outra manopla jogada no chão. Um teste da minha lealdade. Talvez eles fossem até mesmo rir em segredo se soubessem que eu havia clamado que Lia seria a futura rainha diante das minhas próprias tropas. Ao olhar para as faces deles encarando a minha, de repente vi a mim mesmo pelos olhos de Lia, a forma como eu havia questionado alguma coisa em que ela acreditava tão desesperadamente. Eu me via como um deles. *Rafe, você nunca sentiu nada a fundo no seu âmago?*

Eu não morderia a isca do general de trazer Lia para o meio da discussão. "Minha decisão tem como base o que observei, general Draeger, e nada mais. Meu dever é manter os cidadãos de Dalbreck a salvo e o reino em segurança. Até que tenhamos mais informações, espero que as minhas ordens sejam levadas a cabo imediatamente."

O general deu de ombros, e a assembleia assentiu, relutante. Eu sentia que eles queriam mais de mim, que eu denunciasse Lia perante todos como mais uma maquinadora morriguesa em quem não se podia confiar. Eles queriam que eu fosse total e completamente um deles outra vez.

Seguiu-se uma coroação apressada, e a pira do meu pai foi feita por fim. Ele estivera morto havia semanas, o corpo estava preservado e enrolado, mas até que eu fosse encontrado, sua morte tinha que permanecer em segredo, e ele não podia ser liberado para os deuses de forma apropriada.

Quando ergui a tocha para acender a pira, senti-me estranhamente inadequado, como se eu devesse ter entendido melhor os deuses. Eu deveria ter escutado mais. O forte de Sven como meu tutor não tinha sido os reinos celestiais. A maior parte desses ensinamentos fora deixada a cargo de Merrick durante as minhas raras visitas à capela. Eu me lembrava de Lia me perguntando para que deus eu rezava. Eu ficava perdido em relação a qual resposta dar a ela.

Eles tinham nomes? Segundo a tradição morriguesa, havia quatro deles. Merrick havia me ensinado que havia três deuses que regiam de um único trono celestial e que cavalgavam nas costas de feras enquanto guardavam os portões do céu, quer dizer, quando não estavam jogando estrelas na terra. *É pelos deuses que Dalbreck é um reino supremo. Nós somos os Remanescentes favoritos.*

Fiquei observando as chamas engolfarem a mortalha do meu pai, o tecido se dissolvendo, o estopim empilhado caindo em volta dele para disfarçar as realidades da morte, as chamas irrompendo mais altas enquanto um reverenciado soldado e rei saía de um reino e adentrava outro, com toda uma corte observando, tanto a mim quanto à pira. O peso de todos os olhares, contemplativos e urgentes com a expectativa. Até mesmo agora eu teria de ser um exemplo de força para eles, a garantia de que a vida seguiria em frente como antes. Eu estava parado entre as pilastras elevadas de Minnaub, um antigo guerreiro entalhado em pedra a um dos meus lados, e seu cavalo de guerra erguido entalhado do outro, dois de uma dúzia de memoriais esculpidos que guardavam a praça, sentinelas de uma história gloriosa, e uma das muitas maravilhas de Dalbreck que eu queria mostrar a Lia.

Se ela tivesse vindo.

Meu rosto ficou quente com a labareda, mas eu não recuei um passo sequer. Lembrei-me de Lia me dizendo que Capseius era o deus dos agravos, aquele a quem eu havia insolentemente balançado o punho cerrado quanto eu estava lá em Terravin, e eu achava que ele estava provavelmente olhando para mim agora, rindo. As chamas crepitavam e estalavam, sibilando suas mensagens secretas aos céus. Uma fumaça preta erguia-se e pairava acima da praça, e, em vez de oferecer preces aos mortos, eu me pus de joelhos e ofereci as preces aos vivos, ouvindo os ofegos e sussurros daqueles que estavam ao meu redor, perguntando-se por que um rei de Dalbreck estaria se prostrando de joelhos.

Não havia nem se passado três dias após o funeral quando oficiais do gabinete, barões ou outros nobres começaram as suas investidas, com as filhas casadoiras convenientemente junto a eles enquanto deixavam mensagens insípidas que poderiam ter esperado até as reuniões de assembleia. "Você se lembra da minha filha, não?", diziam eles, e então apresentavam-nas junto com um não tão sutil currículo resumindo as suas virtudes. Gandry, o ministro-chefe e conselheiro mais próximo do meu pai, me viu revirar os olhos depois que um barão partiu com a filha e me disse que eu precisava considerar a sério o casamento, e rápido. "Isso ajudaria a suprimir dúvidas e adicionar estabilidade ao reino."

"Ainda restam dúvidas?"

"Você ficou fora por meses sem dizer nenhuma palavra."

Estranhamente, a culpa que eu sentia pela minha ausência se fora. Tinha ainda arrependimentos, em especial por não ter estado lá quando os meus pais morreram e pela preocupação extra que isso deve ter levado a eles. No entanto, eu havia feito o que nenhum rei ou general de Dalbreck fizera: pus os pés no solo vendano e vivi com povo de lá durante várias semanas, o que me provia um entendimento único das mentes, das necessidades e das maquinações vendanas. Talvez fosse por isso que eu sentia o suporte das tropas, se não dos escalões superiores da corte. Eu havia conduzido uma missão de cinco soldados que conseguiram superar estrategicamente milhares. De alguma forma, isso parecia necessário em vez de impulsivo, mas traduzir o sentimento em algo mensurável para o gabinete e para a assembleia apreciarem era outra questão.

Fechei o livro de registros na minha mesa e esfreguei os olhos. Os números nos fundos no tesouro eram os menores de todos os tempos. Eu deveria sair com o secretário do comércio amanhã e me encontrar com mercadores e fazendeiros fundamentais em um esforço para aumentar o comércio, assim como o conteúdo dos cofres. Fitei a desgastada capa de couro do livro de registros. Alguma outra coisa ainda se revirava dentro de mim. Ou talvez fossem muitas coisas, cada uma tão fraca que eu não conseguia articular qualquer uma delas, que seguiam direções diferentes.

O escritório se fechou sobre mim, e empurrei a cadeira para trás e saí para o pórtico. Eu ainda pensava naquele lugar como sendo o escritório do meu pai, e a presença dele estava evidente em todos os cantos, lembranças de uma longa vida e de um longo reinado. Estas haviam sido as suas câmaras de reuniões desde que eu era criança. Eu me lembrei de quando ele me chamou para entrar ali e me dizer que eu moraria com Sven dentro de umas poucas semanas. Eu só tinha sete anos de idade e mal entendia o que ele estava dizendo... sabia apenas que não queria ir. Eu estava com medo. Sven foi convidado a entrar para se encontrar comigo, austero, imponente e nada parecido com o meu pai. Encontrar-me com ele não havia ajudado a acalmar os meus medos, e eu me esforcei para conter as lágrimas. Agora, depois de todos esses anos, eu me perguntava se o meu pai havia feito o mesmo, com cada um de nós tentando ser mais forte para o outro. Quantas decisões difíceis ele tivera que tomar, das quais nunca tomei conhecimento?

Estar sozinho era um momento raro para mim. Todas as noites, as reuniões avançavam para além da hora do jantar. Eu me sentia menos como um rei e mais como um fazendeiro estressado tentando conduzir um campo de porcos ensebados e soltos para que eles entrassem em um cercado. Eu me reclinei junto ao corrimão espesso de pedra, sentindo a fria brisa despenteando os meus cabelos. A noite estava fria, com as pilastras iluminadas de Minnaub reluzindo ao longe, a capital adormecida, as mil estrelas do céu piscando acima da silhueta escura da cidade. A mesma vista em que o meu pai pusera os olhos incontáveis vezes quando lutava com as demandas da sua corte, mas suas preocupações haviam sido diferentes das minhas.

Será que ela já chegou lá?

Será que está a salvo?

E então, inesperadamente: *Será que estava certa?*

Seria isso o que continuava a me incomodar? Até mesmo lá no posto avançado de Marabella, o coronel Bodeen e os capitães haviam duvidado do que ela dizia. Na verdade, eu não tinha visto qualquer evidência de um exército colossal, não nas minhas andanças pela cidade com Calantha e Ulrix, nem ouvira falar disso nas conversas soltas no Saguão do Sanctum.

Porém, tinha *sim* visto a brigada de quinhentos homens que escoltaram Lia cidade adentro. Apenas aquilo já fora alarmante e inesperado, mas poderia ter sido o tal exército deles inteiro.

No entanto, havia os dízimos. Ouvi os murmúrios descontentes dos governadores, e mesmo assim eles ainda os proviam. Seria devido ao medo... ou a uma expectativa de recompensa? Não havia qualquer dúvida de que, como o Komizar, eles queriam mais. Eu tinha visto isso nos olhos deles, quando eles observaram o espólio dos soldados dalbretchianos assassinados.

E então havia o frasco, um estranho e poderoso líquido que tinha sido capaz de danificar uma imensa ponte de ferro com uma única rajada. Aquilo não se encaixava na imagem de uma cidade rudimentar e empobrecida. Hague havia se referido a isso como uma ocorrência de sorte, o resultado da terrível mão de obra vendana. Talvez. Havia uma dezena de dúvidas, e nem mesmo uma delas era tão convincente que apontava para o impossível, o fato de que um pobre reino bárbaro houvesse erguido um exército poderoso o bastante a ponto de esmagar todos os outros reinos combinados. Eu já havia forçado os limites da lógica junto à assembleia quando despachei tropas para os postos avançados nas fronteiras.

Ouvi a porta que dava para a minha câmara de reuniões abrir-se e fechar-se, e então o trepidar ruidoso de uma bandeja sendo colocada em cima da minha mesa. Sven sempre previa aquilo de que eu precisava. Pensei em todo o pesar que causara a ele nos nossos primeiros anos juntos. Em todas as vezes em que eu chutei as canelas dele e saí correndo, e ele teve que me pegar no colo e me colocar em cima do seu ombro, jogando-me em uma pipa de água. *Eu estou criando você para ser um rei, e não um tolo, e chutar alguém que pode esmagar você em um único piscar de olhos é o suprassumo da loucura.* Fui afundado na água mais de uma vez. A paciência dele era maior do que a minha. Mantive os olhos fixos na cidade, com os sete domos azuis da capela mal estando visíveis. Mais um som oco. Uma pilha de papéis. Sven me trazia um itinerário a cada noite para o dia seguinte.

"Dia cheio amanhã", disse ele.

Todos os dias eram cheios. Isso não era novidade. Estava mais para o bater de um martelo proclamando outro dia marcado em pedra.

Ele se juntou a mim no corrimão, olhando para fora, para a cidade. "Bonita, não?"

"Sim. Bonita", respondi.

"Mas...?"

"Sem 'mas', Sven."

Eu não queria entrar nesse assunto, na preocupação da qual eu não conseguia me desvencilhar, naquela alguma coisa vaga que não parecia certa em mim.

"Receio que você vai precisar encaixar mais uma reunião esta noite, que não está no cronograma."

"Passe-a para amanhã. Está tarde..."

"Merrick tem as informações que você queria. Ele vai estar aqui dentro de uma hora."

Antes que Merrick se sentasse, antes até mesmo que ele entrasse nos meus aposentos, eu sabia o que ele diria, mas deixei que as coisas se desenrolassem. É verdade, *Rafe. Todas as palavras são verdadeiras.* No entanto, eu ainda guardava a esperança de que se tratasse de uma fraude, de um embuste épico escrito por alguma mente doentia em Morrighan. Depois de brincadeiras e algumas explicações sobre a surpresa dele com a idade do documento, o homem puxou a capa de couro desgastado da bolsa e devolveu o livro para mim, e depois me entregou outro papel coberto com sua perfeita caligrafia em pergaminho. Uma tradução de um erudito experiente.

Merrick aceitou um pequeno copo da bebida que Sven ofereceu a ele e sentou-se relaxado. "Posso lhe perguntar onde foi que adquiriu isso?"

"Foi roubado de uma biblioteca em Morrighan. É genuíno?"

Ele assentiu. "Este é o documento mais velho que já traduzi na minha vida. Ele tem pelo menos alguns mil anos, ou mais. O uso das palavras é similar ao de dois documentos datados nos nossos arquivos, e o papel e a tinta são inquestionavelmente de outra era. Ele está notavelmente em boa forma para a idade."

Contudo, o documento dizia o que Lia clamava que ele dizia?

Eu li a tradução em voz alta. A cada palavra e a cada passagem, ouvia a voz de Lia em vez da minha. Eu via os olhos cheios de preocupação dela. Sentia a mão dela apertando a minha, esperançosa. Ouvia os murmúrios dos clãs na praça, ouvindo-a. Palavra por palavra, era a mesma tradução que ela fizera. Minha boca ficou seca de repente, quando cheguei aos últimos versos, e fiz uma pausa para beber um pouco do vinho que Sven havia servido.

O Dragão conspirará,
Usando muitas faces,
Enganando os oprimidos, coletando os perversos,
Exercendo o poder como se fosse um deus,
impossível de ser parado,
Não perdoando em seu julgamento,
Implacável em sua regência,
Um ladrão de sonhos,
Um assassino de esperanças.

Até que apareça aquela que é mais poderosa,
Aquela nascida do infortúnio,
Aquela que era fraca,
Aquela que era caçada,
Aquela marcada com a garra e a vinha,
Aquela nomeada em segredo,
Aquela chamada Jezelia.

"Um nome incomum", disse Merrick. "E, se me lembro corretamente, também o nome da princesa."

Ergui o olhar da página, perguntando-me como ele podia saber disso.

"Os documentos do casamento", ele me explicou. "Eu os vi. Você provavelmente nunca nem mesmo passou os olhos por eles, não é?"

"Não", falei baixinho. Eu os havia assinado e ignorado, assim como ignorara o bilhete dela para mim. "Mas me disseram que isso são apenas balbucios de uma mulher louca..."

Ele franziu os lábios, como se estivesse pensando no assunto.

"Poderia ser. O texto é certamente crítico e estranho. Não há como saber com certeza. Porém, é curioso que uma mulher louca tenha conseguido descrever com precisão tais coisas específicas há milhares de anos. E as breves notas morriguesas que estão junto com o texto confirmam que o livro foi descoberto mais de uma década depois do nascimento da princesa Arabella. Textos nômades bem no início do registro histórico de Dalbreck sugeriram algo similar, em um fraseado quase idêntico: dos esquemas dos regentes, a esperança seria nascida. Eu sempre presumi que se tratasse de Breck, mas talvez não o seja."

A firmeza do olhar dele me dizia mais do que o comentário. Ele acreditava em cada palavra.

Senti uma batida de coração como se fosse um aviso, a vibração que passa pelos nossos ossos quando um cavalo está galopando na nossa direção.

"Tem um pouco mais de texto na página seguinte."

Baixei o olhar para os papéis e coloquei o que estava em cima de lado. Havia mais dois blocos de versos.

Traída pelos seus,
Espancada e desprezada,
Ela haverá de expor os perversos,
Pois o Dragão de muitas faces
Não conhece limite algum.

E, embora a espera possa ser longa,
A promessa é grande,
Para aquela chamada Jezelia,
Cuja vida será sacrificada
Pela esperança de salvar a sua.

Sacrificada? *Isso* era uma coisa que Lia nunca tinha partilhado comigo. Será que ela sabia daquilo o tempo todo? A fúria disparou por mim e, logo na sequência, o medo paralisador. É verdade, *Rafe. Todas as palavras são verdadeiras.* Eu me levantei e andei até uma extremidade da minha câmara e voltei, circundando a mesa, tentando entender o significado daquilo tudo. *Traída pelos seus? Espancada e desprezada? Sacrificada?*

Maldição, Lia! Maldição!

Apanhei o cronograma do dia seguinte e o joguei contra a parede, com os papéis voando até o chão. Merrick levantou-se. "Vossa Majestade, eu..."

Passei roçando por ele. "Sven! Eu quero o general Draeger na minha câmara na primeira hora amanhã!"

"Eu acredito que ele já tenha..."

"Aqui! Na alvorada!", gritei.

Sven sorriu. "Cuidarei para que isso aconteça."

CRÔNICAS DE AMOR E ÓDIO

KADEN

u costumava ir ao mercado com a minha mãe. Isolado na propriedade, não via muito do mundo, então o mercado era um lugar repleto de maravilhas para mim. Nós viajávamos nesta mesma estrada, no vagão, com a cozinheira. Minha mãe havia comprado suprimentos para as minhas lições com os meus meios-irmãos: papel, livros, tintas e pequenas bolsinhas de doces de cascas de frutas como recompensas por uma semana de estudos diligentes.

Ela sempre comprava alguma coisa só para mim também. Estranhos presentinhos que me fascinavam: bijuterias dos Antigos que não tinham mais propósito ou significado, finos discos brilhantes que captavam o sol, moedas castanhas de metais sem valor, ornamentos surrados das suas carruagens. Ela dizia que era para eu imaginar o propósito maior daqueles objetos. Eu os mantinha em uma prateleira na cabana, tesouros cuidadosamente arranjados que prendiam a minha imaginação e que me levavam a lugares além dos solos da propriedade, objetos que ficavam cada vez mais maravilhosos e que me ajudavam a imaginar um propósito maior até para mim mesmo... até que um dia, meu irmão mais velho entrou de fininho na cabana e os roubou. Eu o apanhei exatamente quando ele estava jogando os meus objetos pelo poço abaixo. Ele queria que eu não tivesse nada. Menos ainda do que eu já tinha.

Não foi a última vez que chorei. Um ano depois, minha mãe morreu. Menos ainda do que eu já tinha tido na vida, ou sido. Até mesmo agora. Eu nada era. Um soldado sem reino, um filho sem família. Um homem sem...

O dia em que Lia e Rafe se separaram revirava-se nos meus pensamentos novamente, como havia acontecido tantas vezes antes, como se uma peça estivesse faltando, algo que eu não entendia. Quando ela deixara Rafe para se juntar a nós na trilha, sua face parecia a de uma escultura de pedra com milhares de rachaduras minúsculas, um olhar fixo que nada via, os lábios separados, paralisada da mesma maneira como poderia estar uma estátua. Nos últimos meses, eu achava que Lia havia olhado para mim com tudo que os olhos dela podiam conter: ódio, ternura, vergonha, tristeza, vingança... e com o que eu havia achado que poderia ser amor. Pensei que conhecia a linguagem dela, mas nunca vira a expressão que Lia tinha nos olhos no dia em que deixara Rafe para trás.

Sim, as coisas são diferentes entre nós. Sempre foram, Kaden, e se você for honesto consigo mesmo, verá que também sempre soube disso...

Nós dois nos importamos tanto com Venda quanto com Morrighan... Não subestime o elo que partilhamos. Grandes reinos foram construídos com base em muito menos do que isso.

Talvez, com Lia, menos pudesse ser mais, o propósito maior pelo qual minha mãe sempre tinha esperado.

Talvez menos pudesse ser o bastante.

A estrada para a casa grande era mais densa do que eu me lembrava. Galhos pendiam acima como se fossem uma abóboda com dedos contorcidos. Pela primeira vez, eu me perguntava se não me lembrava direito do caminho. Eu não conseguia imaginar o grande e poderoso lorde Roché vivendo nesta quelha remota e despretensiosa. Eu nunca tinha voltado. As ameaças que os mendigos fizeram a uma criança se alojaram em algum lugar no meu crânio: *ele vai afogar você em um balde.* Até mesmo quando me tornei o Assassino de Venda, aquele que era temido pelo restante dos *Rahtans*, a lembrança da ameaça ainda podia fazer com que o meu coração batesse mais rápido. Isso ainda acontecia, com todas as cicatrizes ressurgindo, vindo à tona de novo, como se eu tivesse oito anos outra vez. Será que se eu o matasse isso mudaria? Eu sempre achei que seria o que aconteceria. Talvez hoje eu fosse descobrir.

E então vi a casa, o vislumbre de uma pedra branca em meio às árvores. Eu não tinha me esquecido do caminho. Conforme me aproximava, vi que a propriedade havia caído em desordem. Os gramados, que eram verdes e bem aparados, agora não passavam de restolhos e de terra, e os arbustos, que uma vez foram esculpidos, haviam crescido demais e estavam estrangulados pelas vinhas. A mansão irregular, afastada da estrada, parecia sem cuidados e abandonada, mas avistei uma fina trilha de fumaça erguendo-se de uma das suas cinco chaminés. Havia alguém lá.

Dei a volta em círculo de modo que ninguém me visse, e primeiramente fui até a cabana em que morei junto com a minha mãe, que uma vez também fora branca, mas a maior parte da tinta havia descascado há muito tempo. Sem sombra de dúvida ela estava inabitada. As mesmas vinhas que estrangulavam os arbustos insinuavam-se por cima da varanda e da janela da frente. Amarrei o meu cavalo, e a porta torta cedeu sob o meu ombro. Quando entrei ali, o lugar parecia menor do que eu me lembrava. Nenhum dos móveis estava mais lá. Eles provavelmente também tinham sido vendidos a mendigos, coisas descartáveis, assim como eu. A cabana era tão somente uma casca empoeirada agora, que não continha qualquer traço da minha mãe nem da vida que eu tivera quando era amado. Olhei para a lareira vazia, para o consolo da lareira logo acima, o quarto em que costumava ficar a minha cama completamente sem mobília, o vazio que impregnava aquilo tudo. Girei e saí dali. Eu precisava de ar fresco.

Eu me apoiei no corrimão da varanda, fitando a mansão silenciosa, com o cheiro de jasmim forte na memória. Eu o visualizei sentado ali dentro, com as costas rígidas em uma cadeira, a calça bem passada, um balde de água ao seu lado. Esperando. Eu não podia mais ser afogado. Saí da varanda e fui andando até a parte leste da propriedade, permanecendo fora do campo de visão. Havia um lugar onde eu sabia que encontraria a minha mãe. Apenas o coveiro e o meu pai estavam presentes quando a enterramos. Nem mesmo meus meios-irmãos, de quem ela havia sido tutora e a quem tratava com bondade, se deram ao trabalho de lhe dizer algumas últimas palavras. Nada havia sido feito para marcar o túmulo dela, então eu tinha encontrado as pedras mais pesadas que consegui carregar e coloquei-as como se fossem uma coberta em cima do montinho de terra, ajustando-as até que o meu pai me mandou parar de fazer aquilo.

Eu procurava pelo monte de pedras agora, mas ele também se fora. Nada havia para marcar onde ela jazia na terra, mas havia outros túmulos não muito longe, dois dos quais tinham grandes lápides. Puxei e empurrei as vinhas do caminho, na esperança de que eu tivesse me esquecido de onde ela jazia e que uma daquelas lápides fosse para ela. Nenhuma das duas era. Uma era para o meu irmão mais velho. Ele morrera apenas umas poucas semanas depois que eu partira. Minha madrasta, se é que até mesmo eu poderia chamá-la assim, morreu um mês depois. Um acidente? Uma febre?

Voltei a olhar para a casa e para a fumaça que saía em curvas da chaminé. Seria possível que o meu pai fosse um homem fraco e falido agora? Isso explicaria o estado da propriedade de que ele uma vez tanto se orgulhara. Meu outro meio-irmão teria vinte anos agora, seria forte e capaz de se defender, mas ele provavelmente não me reconheceria depois de todos esses anos. Soltei a tira na minha bainha, sentindo a posição da faca na lateral do corpo. Era o que o Komizar sempre havia pendurado diante de mim, a justiça, e um dia seria eu que a serviria. Caminhei em direção à casa e bati à porta.

Ouvi o arrastar de pés lá dentro, alguma coisa sendo batida, um chamado a alguém e um xingamento, e então, por fim, a porta foi aberta. Eu a reconheci, até mesmo com seus cabelos agora totalmente brancos e com duas vezes o tamanho que tivera antes. Era a governanta da mansão. Eu me lembrava dela como sendo emaciada e angulosa e com nós dos dedos afiados, com os quais frequentemente batia na minha cabeça. Agora ela era redonda e ampla. Um grande bule de ferro pendia da sua mão.

Ela apertou os olhos para olhar para mim. "Siiiiiim?"

O som da sua voz fazia minha pele ficar arrepiada. Isso não havia mudado. "Estou aqui para ver o lorde Roché."

Ela riu. "Aqui? Atrás de que pedra você andou se escondendo? Ele não está nesta casa há anos. Ele não vem aqui mais do que de passagem agora que tem o trabalho grande e importante dele."

Ele se fora? Havia anos? Isso não parecia possível. Minhas memórias dele regendo a propriedade e o condado estavam congeladas aqui e em todas as coisas que eu imaginava desde então.

"Que trabalho seria esse?", perguntei.

Ela sibilou entredentes, como se eu fosse um asno ignorante.

"Ele está na cidadela trabalhando para o rei. Um daqueles trabalhos chiques de gabinete. Não precisa mais desse lugar. Mal me dá uma moeda para manter isso daqui. Uma vergonha o estado em que está a propriedade agora."

Ele está em Civica? Faz parte do gabinete real?

"Espere um minuto", disse a governanta, inclinando-se mais para perto de mim e balançando o dedo para mim. A descrença brilhava nos seus olhos. "Eu sei quem você é. Você é aquele bastardo!" Em um instante, o desinteresse dela inflamou-se e virou ódio. Ela cutucou o meu peito com o dedo, mas minha cabeça ainda estava a mil com essa nova informação. *Meu pai estava em Civica?* Um pensamento bem mais letal tomou conta de mim. Será que o Komizar sabia disso? Será que ele havia descoberto quem era o meu pai... e seria por esse motivo que ele mantinha as fontes tão cerradas? Será que ele vinha trabalhando com o homem que eu buscava destruir o tempo todo?

Eu me virei para ir embora, mas a governanta me agarrou pelo braço. "Você e o seu dom!", rosnou ela. "Você disse que a madame teria uma morte horrível, e isso aconteceu. Sua bestinha miserável..."

Eu ouvi um barulho atrás de mim e girei em direção a ele, sacando a minha faca ao mesmo tempo, mas então senti uma explosão na nuca e o mundo tombou enquanto eu caía para a frente.

Quando acordei, tinha sido colocado acima do poço. Dois homens me seguravam. Uma corda prendia as minhas mãos, que tinham sido atadas atrás das costas. A governanta estava com um largo sorriso no rosto.

"Foi aqui que o menino morreu", disse ela, "mas você sabe disso, não sabe? Afogado. Alguém o empurrou para dentro do poço. Nós sabemos que foi você. Você sempre o odiou. Ciumento, você era. A madame ficou louca, foi morrendo aos poucos, dia após dia, e, por fim, cortou os pulsos um mês depois da morte dele. Uma morte lenta e horrível, exatamente como você previu. A pior coisa que poderia ter acontecido com ela foi ver o seu primogênito sendo puxado de um poço, todo pegajoso e inchado. Nada foi como antes por aqui depois disso. Para nenhum de nós. Agora é sua vez, rapaz."

O mundo flutuava à minha frente. Eu imaginava que, em vez dos nós dos dedos dela, dessa vez fora seu bule que havia ido de encontro ao meu crânio. Ela assentiu para os homens que estavam me segurando. Aquele era um poço profundo. Uma vez que eu fosse jogado lá embaixo, não haveria como subir e sair dele. Os homens me ergueram por debaixo dos meus braços, mas minhas pernas ainda estavam livres. Eu me livrei da tontura e acertei um golpe em ambos quase ao mesmo tempo.

Uma das minhas botas esmigalhou uma rótula, e acertei a virilha do outro homem. Quando ele se dobrou ao meio, quebrei o pescoço dele com o joelho. Rolei para longe, apanhando a minha faca do lado do homem morto, e cortei a corda que estava atrás das minhas costas. O homem cujo joelho estava esmagado gritava de dor, mas seguia em frente mancando, tentando me golpear com uma machadinha. Com um ataque da minha lâmina, a garganta dele estava aberta, e ele caiu morto ao lado do outro homem. A governanta ficou com o olhar fixo em mim, horrorizada, e corri em direção à casa.

Minha cabeça latejava, e me curvei para a frente, tentando me orientar, com o mundo ainda girando, e então saí correndo também. Eu não sabia quanto tempo havia ficado apagado. Fui cambaleando até o meu cavalo, que ainda estava preso atrás da casinha, com a dor partindo a minha cabeça ao meio, o sangue escorrendo pelo meu pescoço, minhas costas molhadas e pegajosas, e saí em cavalgada, na esperança de que Lia não tivesse partido sem mim, esperando que eu não fosse desmaiar antes de chegar até ela. Eu sabia de pelo menos mais um traidor no gabinete morriguês, porque, se alguém não tinha qualquer conceito de lealdade, esse alguém era o meu pai.

Capítulo 45
CRÔNICAS DE AMOR E ÓDIO

ma chuva caía levemente. Puxei o meu manto mais para junto de mim. O vento rodopiava, vinha em rajadas, com um sibilar na voz. As brumas faziam arder as minhas bochechas com mil sussurros de aviso. Este era o começo ou o fim.

O universo cantou seu nome para mim. Eu apenas o cantei em resposta.

Durante quantos séculos esse nome havia ficado em circulação? Quantos o ouviram e virado as costas? Até mesmo agora, a escolha ainda era minha. Eu podia virar as costas. Esperar que outra pessoa ouvisse o chamado. De repente, fui atingida pela imensidão da tarefa que estava diante de mim. Eu era apenas a princesa Arabella de novo, inadequada, desprovida de voz e, talvez, acima de tudo, não bem-vinda.

Mas o tempo estava se esgotando.

Tinha que ser alguém.

Pressionei dois dedos junto aos meus lábios. Por Pauline. Berdi, Gwyneth, meus irmãos. Por Walther, Greta, Aster. Ergui a mão, dando voo às preces. *E Kaden. Que ele esteja vivo. E Rafe. Que ele...* Mas não havia pelo que pedir. Ele estava onde precisava estar.

Cavalos batiam as patas no chão atrás de mim, e suas bufadas ficavam abafadas no ar pesado. Olhei para trás, para o padre Maguire, que estava esperando pelo meu sinal ao lado de Natiya. Ele assentiu, com o suor escorrendo dos cabelos, os olhos fixos nos meus, como se ele sempre tivesse sabido que este momento chegaria. *Há dezessete anos, segurei uma garotinha que gritava em minhas mãos. Ergui-a aos deuses, rezando pela proteção dela e prometendo-lhe a minha. Não sou um tolo. Faço promessas aos deuses, e não aos homens.* A promessa dele aos deuses era uma moeda que tinha mais valor do que ouro para mim agora.

Fitei minha antiga vida que se espalhava pelas colinas e pelos vales em uma colcha de retalhos de memórias: as ruínas disformes, a baía coberta de branco, o pináculo inclinado de Golgata, os pequenos vilarejos aninhados do lado de fora das muralhas da cidade, as ruas do vilarejo, as torres da cidadela, a abadia onde eu deveria me casar, o mesmo lugar em que um jovem sacerdote havia erguido uma bebezinha e prometido-lhe a sua proteção, enquanto outros haviam conspirado contra ela desde o início.

Esta era Civica.

O coração de Morrighan.

Eu estava entrando em uma cidade que me desprezara.

Guardas postados ao longo das estradas estariam procurando pela princesa Arabella. No entanto, uma viúva velada viajando com a jovem filha e acompanhada de um sacerdote? Nós não sofreríamos muito escrutínio.

"Você acha que Kaden está morto?", perguntou Natiya.

"*Não*", respondi pela terceira vez. Natiya estava traindo o que ela havia se esforçado tanto para negar, até para si mesma. Eu entendia a negação de sentimentos. Às vezes, isso se fazia necessário. "Ele vai estar lá", garanti.

Mas eu também me perguntava: onde ele estava?

Uma semana atrás, quando ele não aparecera no nosso ponto de encontro ao meio-dia, eu riscara as palavras *reservatório do moinho* na terra e partira. Eu não tinha outra escolha. Agora que eu sabia que Pauline estava em Civica, estava preocupada com o perigo que ela corria e com atrás de quem ela poderia ir em busca de ajuda, e que poderia subestimar a fúria do meu pai.

Eu também estava preocupada em relação às mensagens que eu havia enviado antes de saber que ela e as outras estariam aqui. Eu sabia que as mensagens acrescentariam um perigo incauto à cidade, ambas entregues por mensageiros de fora de Morrighan, o que as tornava não rastreáveis. A primeira mensagem provavelmente havia chegado alguns dias atrás.

Eu estou aqui.
Observando vocês.
Sei o que vocês fizeram.
Tenham medo.
— Jezelia

É claro que a mensagem seria lida pelo Chanceler primeiro, mas a notícia sobre eu enviar uma missiva seria espalhada como se fosse uma peste entre aqueles que com ele conspiravam. Minha primeira tarefa era simplesmente entrar ali. Se eles achassem que eu já estava na cidade, não estariam observando tão atentamente as estradas que davam para ela. Uma vez que eu estivesse dentro de Civica, haveria muitos lugares onde eu poderia me esconder. Eu conhecia todas as ruelas e alcovas escuras. O benefício adicional pelo qual eu esperava era que os bilhetes fossem aumentar a ansiedade dos traidores. Agora eu não seria a única que estaria olhando para ver se estava sendo seguida: eles também olhariam para trás. E, no fim das contas, mensagens eram minha marca registrada. Eu queria que eles pensassem que eu estava tão confiante e destemida quanto eu estivera na ocasião em que deixei o bilhete meses atrás na gaveta oculta do Erudito Real. Walther tinha me contado como isso os havia levado a uma busca ensandecida na cidadela pelos livros que haviam sumido. Uma busca impulsiva. Até mesmo os criados chegaram a notar. Eu esperava que esses bilhetes fossem ajudar com o fato de que eles cometeriam erros idiotas outra vez. Assim como Walther notara, Bryn e Regan também poderiam perceber. Eu precisava que os mais altos conspiradores fossem expostos, ou que ao menos ficassem mais visíveis.

A segunda mensagem provavelmente chegaria a qualquer dia, aquela que dirigi ao Erudito Real.

Devolvi os seus livros.
Espero que você os encontre antes que outra pessoa o faça.
Tenha medo.
— Jezelia

Puxei o lenço de luto e o ajustei por cima da minha cabeça e da minha face. Eu já estava com enchimentos o bastante para inflar o manto de Berdi e disfarçar a minha forma.

"Está preparada?", perguntou-me Natiya.

Eu não tinha escolha senão estar preparada. "Sim", respondi.

Nós atravessamos e descemos pela íngreme encosta da colina e estávamos prestes a sair de um bosque e entrar na estrada quando fui abalada pelo óbvio. Parei o meu cavalo, com a cabeça latejando, as sombras das árvores girando ao meu redor. *Como foi que eu não tinha considerado isso antes?* "Ah, meus deuses! Pauline está em Civica."

Natiya parou perto de mim, alarmada. "Não estou entendendo. Você já sabia disso."

No entanto, eu estava tão preocupada com a segurança dela que não havia juntado os pensamentos e os fatos. *Mikael.* Será que ele também estaria em Civica? E se ela o visse? O que ele faria com ela?

"Arabella?", falou o padre Maguire de trás de mim.

Tentei afastar a preocupação da minha mente. Talvez, se eu tivesse sorte, Mikael estaria mesmo morto. "Não é nada", falei, e estalei as rédeas, saindo aos trotes na estrada que dava para Civica.

Logo antes do primeiro pequeno vilarejo solitário, havia uma barricada e um ponto de inspeção. Dois soldados estavam parando vagões e viajantes.

"Seu motivo para vir à cidade?", perguntou um soldado quando foi nossa vez de passarmos.

"Negócios na abadia", respondeu o padre Maguire.

Um soldado deu uma olhada superficial nas nossas bolsas, e um outro fez um movimento na direção da minha face.

"Seu véu, madame?"

Na mesma hora, o sacerdote entrou em um rompante de fúria. "As coisas chegaram a este ponto?", ele berrou, revirando os olhos em direção aos céus. "Eu posso responder por esta viúva e por sua filha, assim como os deuses! Vocês não têm nenhum respeito pelo luto?"

O jovem soldado ficou suficientemente envergonhado a ponto de apenas acenar para que passássemos. Além daquele, não havia mais outro ponto de inspeção. Exatamente como eu havia pensado, eles suspeitavam de que eu já estivesse dentro dos portões da cidade. Meu primeiro bilhete havia cumprido o seu papel no engodo. Quando passamos pelo último dos vilarejos isolados e entramos em cavalgada em Civica, respirei aliviada. Eu estava dentro da cidade. A primeira tarefa fora concretizada. Nós descemos das nossas montarias, e usei uma bengala como um disfarce adicional enquanto caminhava pela rua apinhada de gente. Meu alívio foi momentâneo.

Poucos minutos depois, conversas revelaram que o rei estava gravemente doente. Meus passos ficaram hesitantes com essa revelação. Interrompi as duas mulheres que ouvi falando isso enquanto elas analisavam uma rechonchuda abóbora na cesta de um mercado e tentei obter mais informações. "Mas ouvi dizer que o rei só tinha uma doença pequena e passageira..."

Uma das mulheres grunhiu e revirou os olhos para a amiga, notando com desaprovação que eu estava escutando a conversa delas. "Então ouviu errado. Minha prima Sophie trabalha na cidadela e ela me disse que estão mantendo uma vigília."

A outra mulher balançou a cabeça. "E eles não mantêm vigílias para tosses passageiras."

Assenti e segui em frente. Natiya e o padre Maguire me encararam com olhos questionadores, mas eu mantive o foco. O plano não havia mudado. Não muito, ao menos. Dei o meu cavalo a Natiya para que ela o colocasse em um estábulo e falei para a menina seguir em frente e ir até a abadia junto com o sacerdote, para completar a tarefa que eu pedira: encontrar Pauline. Ela deveria ir a todas as estalagens e dizer que tinha informações para a moça que perguntara sobre uma parteira. Eles ou a mandariam seguir o seu caminho, caso não tivessem qualquer hóspede com tais necessidades, ou a levariam até Pauline. Uma vez que Natiya a tivesse encontrado, ela deveria mandar que Pauline e as outras fossem até o reservatório do moinho. Pauline saberia a que lugar eu estava me referindo. Havia somente um que estava abandonado. O padre Maguire assentiu sobre a cabeça de Natiya. Ele havia feito mais uma promessa para mim: a promessa de protegê-la caso os eventos saíssem absurdamente do meu controle.

Parti em direção à cidadela, com a face coberta e as passadas tão rápidas quanto eu me atrevia a dá-las. Eu tinha duas adagas escondidas debaixo do meu manto. Eu tentei esconder uma espada ali, mas ela era volumosa demais, e eu não poderia me arriscar ao azar de ser detectada.

Meu pai estava saudável quando parti. Sim, ele tinha uns quilos a mais, mas estava robusto. Eu não deixei de pensar na possibilidade de que isso fosse uma armadilha. Provavelmente era. Para fazer com que a princesa se revelasse. Apelando para o seu lado sentimental. Se fosse este o caso, eles haviam dado uma cartada errada. Eu não podia mais me dar ao luxo de ter um lado sentimental.

Quando virei a esquina e vi a cidadela, senti um aperto na garganta. Fitei os degraus, onde eu ficara inúmeras vezes com a minha família, esperando com impaciência por uma procissão, por uma cerimônia ou por algum anúncio importante, sempre enfiada em meio à segurança dos meus irmãos. Meu pai repousava a mão no meu ombro, e a mão da minha mãe no ombro de Bryn, geralmente para nos manter parados. Eu lutava contra a premência de subir correndo os degraus, de chamar por Bryn e Regan, de sair correndo pelo corredor e cumprimentar as minhas tias, encontrar a minha mãe e entrar correndo na cozinha em busca de alguma coisa recém-preparada no forno.

Agora, guardas da cidadela estavam postados no perímetro. Embora eles fossem treinados no acampamento dos soldados, o uniforme deles fazia um contraste gritante em comparação com o dos soldados. Guardas usavam botas longas, pretas e altamente polidas, além de capacetes de metal socado. Mais deles estavam na parte de trás, nas sombras do pórtico, com as alabardas cruzadas na entrada da frente, que eu fora instruída a usar no dia do meu casamento. Meu estômago se revirava enquanto eu me lembrava dos meus frenéticos últimos minutos saindo pela porta dos criados em vez de sair pela frente, do momento em que o sol lampejou nos meus olhos e o dia se dividiu em dois, criando o antes e o depois da minha vida.

Fiquei cautelosa na minha aproximação, diminuindo as passadas e encurvando os ombros, como uma viúva de luto. Eu tinha comprado um ramalhete de flores no caminho.

Fui andando e subi no centro dos degraus, e um guarda veio na minha direção. Abaixei a minha voz, acrescentando um sotaque nortista a ela. "Para o rei", falei, estirando o ramalhete de flores a ele, "junto com as minhas preces para a sua recuperação."

Ele pegou de mim o pequeno buquê de prímulas. "Cuidarei para que ele as receba."

"E o príncipe Regan?", falei ainda. "Minhas preces para o príncipe também. Ele está se preparando para assumir o trono?"

O guarda lançou um olhar com o rosto franzido, irritado, para mim, mas rapidamente se corrigiu. Eu era uma viúva, afinal de contas, e talvez a viúva de um soldado. "O príncipe Regan está fora, cuidando dos seus deveres, assim como o príncipe Bryn. O rei não está tão doente assim que alguém tenha que se preocupar com sucessão agora."

Um estratagema, exatamente como eu tinha pensado que fosse. Não havia qualquer vigília. Mas os meus irmãos não estavam em Civica?

"Os dois príncipes estão viajando?", perguntei.

"Cuidando de negócios do reino, como falei." A paciência dele estava esgotada. "Senhora, eu preciso retornar ao meu posto."

Assenti. "Abençoado seja, filho."

No meu caminho de volta à abadia, usei um pouco mais do método de escavar informações para descobrir onde tinham ido Bryn e Regan. Mais guardas da cidadela, facilmente avistáveis por suas longas capas vermelhas, estavam posicionados nos cantos das ruas e ficaram felizes em aceitar presentes de pães doces confeitados de uma viúva corcunda. Ambos os príncipes, junto com os seus esquadrões, haviam ido até a Cidade dos Sacramentos. Essa cidade não ficava longe, eram apenas uns poucos dias de cavalgada, mas o meu ânimo desabou. Eu precisava deles, não apenas como os meus irmãos que me apoiariam, mas como soldados em quem eu poderia confiar. Enquanto me afastava dali, pensei em como isso era estranho. Membros do gabinete, e não soldados, geralmente eram enviados em negócios do reino.

Quando me aproximei de um grupo de soldados, reconheci um deles. Eu havia jogado cartas com ele em uma das minhas escapadas tarde da noite, nós havíamos feito piadas e demos risada juntos. Minha confiança aumentou, e, audaz, eu o provoquei para saber mais detalhes do propósito da ida de Bryn e Regan até a Cidade dos Sacramentos. Fiquei sabendo que eles iriam dedicar uma pedra memorial para o príncipe coroado e os seus camaradas mortos. O soldado disse que a presença deles era necessária para amenizar dúvidas sobre a lealdade da família, semeada pela traição da princesa Arabella.

Um dos outros soldados disse: "Ela matou o próprio irmão, sabia? Ela mesma enfiou a espada no peito do príncipe Walther".

Fiquei com o olhar fixo nele, incapaz de permanecer curvada em cima da minha bengala. "Não, eu não sabia disso."

O supremo desprezo dele reverberava nos meus ouvidos. *O próprio irmão.* Os camaradas dele ecoaram aquele ódio. A princesa Arabella era uma traidora da pior espécie. Saí andando, estupefata, tentando entender como a terrível mentira do Komizar sobre a minha decisão de me casar com ele poderia se transformar em algo ainda pior. Como é que alguém poderia acreditar que eu mataria Walther? No entanto, eles acreditavam nisso, e nutriam uma repulsa fervente pela minha pessoa.

Senti as mãos do Komizar descendo pelos meus braços, tomando posse de mim, conhecendo-me, ainda jogando esse jogo de longe... *sempre há mais a se tirar...* conhecendo a melhor forma de me arruinar.

O conteúdo do meu estômago subiu até a garganta, e eu me abaixei atrás de uma cabine. Arranquei o meu lenço de pescoço e me dobrei, vomitando, sentindo o gosto do veneno do Komizar. Cuspi e limpei a boca. E se não fossem apenas esses soldados que acreditavam na mentira?

E se todo mundo acreditasse naquilo?

E se até mesmo os meus irmãos acreditassem nisso?

Eu nunca conseguiria convencer quem quer que fosse de algo.

CAPÍTULO 46
CRÔNICAS DE AMOR E ÓDIO

PAULINE

u havia dito a Berdi e a Gwyneth que ia ao cemitério para ver se Andrés estava por lá. Embora não tivesse tido acesso a muitas informações, também não havia mal nenhum fazer visitas a ele. Tudo que eu ficara sabendo era que ele estava tão surpreso com a morte do soldado que trouxera a notícia da traição de Lia quanto Bryn e Regan ficaram. O soldado era um camarada próximo, e Andrés também estava em luto pela morte dele. Quando perguntei se os comentários apressados do soldado sobre Lia antes da morte dele poderiam ter sido mal interpretados, ele disse que não sabia, mas que o seu pai, o Vice-Regente, estava aflito com a notícia e achava difícil acreditar nisso. Eu mesma queria ir falar com o Vice-Regente, mas me lembrei das palavras de Bryn. *Fiquem longe da cidadela.*

Eu faria isso por mais um tempinho, mas tinha algumas coisas que eu não poderia adiar. Não vinha ao caso se isso era ou não prudente.

A cada dia que passava, aquilo me queimava por dentro. De uma forma ou de outra, eu precisava saber.

"Olá, Mikael."

Ele parou em meio às suas passadas na estreita viela atrás do bar, com uma moça com belos cachos ruivos ainda pendurada no seu braço. Ele a soltou e disse para a mulher seguir andando, que ele se encontraria com ela depois.

Ele me encarou, e o meu rosto ainda estava escondido nas sombras do meu capuz, mas ele conhecia a minha voz.

"Pauline."

Ouvir o meu nome nos lábios dele fez com que espirais de arrepios descessem pela minha coluna, e todos os timbres da voz dele eram tão doces, macios e amanteigados quanto eu me lembrava.

"Você não veio", falei, mal conseguindo formar as palavras.

Ele deu um passo na minha direção, e segurei com mais força a cesta que tinha na frente da barriga. Havia remorso e preocupação na expressão dele. "Eu tive que me alistar de novo, Pauline. Eu precisava de dinheiro. Minha família..."

"Você me falou que não tinha família."

Ele fez uma pausa, olhando para baixo, mas apenas por um breve instante, como se estivesse envergonhado. "Eu não gosto de falar sobre eles."

Senti um puxão no meu coração. "Você poderia ter me contado."

Ele mudou o assunto da família dele para nós. "Senti terrivelmente a sua falta", disse ele, e deu mais um passo na minha direção, esticando a mão, como se já tivesse se esquecido da moça ruiva. Coloquei a cesta no chão e empurrei para trás o manto dos meus ombros.

"Também senti a sua falta."

Ele parou e ficou com o olhar fixo na minha barriga redonda, com o choque sendo registrado na expressão dele, o momento estirando-se tão longo quanto um último suspiro, e então uma curta e desajeitada bufada de ar escapou da sua boca. Ele cruzou impecavelmente sobre o seu peito os braços que havia acabado de esticar para mim. "Parabéns", disse ele. E então falou, com um tom mais cauteloso: "Quem é o pai?".

Naquelas poucas palavras, por um breve instante, eu não estava vendo Mikael, mas, sim, Lia, com os longos cabelos desgrenhados em volta dos seus ombros, com os olhos brilhantes, a respiração vindo em ofegos assustados, a voz tão frágil quanto gelo de primavera. *Ele está morto, Pauline. Eu sinto muito, ele está morto.*

Mikael ficou me observando, esperando por uma resposta. Quando ele me conheceu, eu era virgem. Ele sabia muito bem que fora o único. Mikael pressionou bem os lábios, e as suas pupilas se encolheram, parecendo continhas pungentes. Eu podia ver os pensamentos dele girando, aveludados, sedosos, já renegociando o que quer que fosse que eu diria.

"Ninguém que você conheça", respondi.

Ele ergueu o peito, respirando aliviado.

E eu me virei e saí andando.

CAPÍTULO 47
CRÔNICAS DE AMOR E ÓDIO

No fim do dia, Natiya ainda não tinha encontrado Pauline. Não havia mais do que uma dúzia de estalagens em Civica, e Natiya me falou que fora a todas. Tudo que ela conseguiu em resposta às suas perguntas foram pessoas dando de ombros. Pelos meus cálculos, a barriga de Pauline agora deveria estar redonda com oito meses carregando o bebê, e o dono de uma estalagem notaria isso.

Minha mente ficou a mil com uma coisa que eu não havia considerado. E se ela tivesse perdido o bebê? Enzo não havia mencionado a gravidez dela lá em Terravin. E se...?

E então outra possibilidade.

E se ela não podia ser encontrada porque já estava na prisão?

"Você parece cansada", disse o padre Maguire enquanto eu absorvia as notícias de Natiya. "Comeu alguma coisa?"

Balancei a cabeça. O pouco que eu tinha mordiscado estava agora em uma rua de Civica. Ele me fez sentar a uma mesa em um aposento que não era muito maior do que um armário. No aposento havia uma mesa, uma cadeira, uma cama estreita e um único gancho na parede. Ele ficava na propriedade da abadia e era para ser usado por sacerdotes solteiros em viagem quando estavam visitando os arquivos e para nada além disso. Eu e Natiya não poderíamos ficar aqui por muito tempo. Isso chamaria a atenção das pessoas. Eu fora até a cabana do reservatório do moinho hoje para ver se Kaden tinha aparecido, mas ainda não havia qualquer sinal dele. Senti o toque de dedos frios na minha coluna. *Por favor, que ele esteja bem.*

Descansei a cabeça nas minhas mãos. Com a falta de sucesso de Natiya já tendo sido discutida, o sacerdote me perguntou como o meu dia se passara. Respondi com silêncio e revi as notícias na minha cabeça.

Meu pai estava doente, com uma enfermidade desconhecida acarretada pela perversidade da traição da princesa Arabella. Ninguém havia visto a rainha desde que o meu pai ficara doente, e, na verdade, toda a corte dela entrara em reclusão, em luto pela companhia perdida de soldados. Eu nem mesmo consegui chegar até a minha tia Bernette. A cidadela estava cheia de guardas, como se contivesse todos os tesouros do continente. Meus irmãos, que eu precisava desesperadamente ver, estavam longe, junto com os esquadrões com que eu havia contado para me apoiar. Pauline não podia ser encontrada. E acreditava-se que o príncipe Walther tinha sido assassinado pelas mãos traiçoeiras da sua irmã.

Fechei os olhos.

E era só o meu primeiro dia aqui.

Eu tinha sido determinada, ignorando obstáculos, até mesmo essas coisas que de repente me enfraqueciam. Eu estava atada a Civica de maneiras que eu dispensara. Sim, eu sentia fúria em relação aos traidores no gabinete, mas ainda havia pessoas aqui com quem eu me importava, e aquilo em que eles acreditavam no que dizia respeito a mim fazia diferença: o padeiro do vilarejo, que sempre tinha um pãozinho quente para eu experimentar; o mestre do estábulo, que me ensinou a cuidar de um cavalo; os soldados, que abriam largos sorrisos quando eu ganhava deles nas cartas. Eu me importava com aquilo em que eles acreditavam sobre mim. Eu me lembrava do meu primeiro dia no Saguão do Sanctum e do Komizar me estudando de longe. Calculando. Ninguém no gabinete morriguês me conhecera tão bem quanto ele. Eu via a mão do Komizar orquestrando tudo isso.

Pressionei as almofadas das minhas mãos nos meus olhos, recusando-me a ceder à desolação que aumentava dentro de mim.

Isso não acabou ainda.

O padre Maguire colocou uma tigela de caldo quente na minha frente, e forcei um pedaço de pão a descer junto com o caldo. Walther estava morto. Eu não podia mudar isso, nem aquilo em que as pessoas pensavam sobre mim.

"Você cuidou das notificações?", perguntei.

Ele assentiu. "Todas redigidas e preparadas, mas um selo oficial ajudaria na credibilidade."

"Verei o que posso fazer."

"Porém, tenho algumas reservas em relação à mensagem. É arriscado. Talvez nós..."

"Isso é garantia. Só para o caso de se fazer necessário. Vai me comprar tempo."

"Mas..."

"Esse é o único anúncio que será bebido mais avidamente e mais rápido do que um jarro gratuito de cerveja."

Ele soltou um suspiro, mas assentiu, e então dei a ele outra tarefa. Pedi que ele fosse fazer questionamentos de forma discreta para ver se mais algum erudito havia sumido.

Apanhei o meu manto do gancho, examinando o trabalho de Natiya com a agulha escondido no forro interno. Sob a luz fraca do crepúsculo, aquilo funcionaria. Poderia levar alguns dias antes do retorno dos meus irmãos da Cidade dos Sacramentos e até que eles pudessem me ajudar, mas ainda havia trabalho a ser feito.

A cidadela era uma estrutura grande e que se espalhava. Se a arquitetura de Venda era como um vestido composto por trapos, então a de Morrighan era um vestido de trabalho prático e sólido, feito de pontos contados e uma costura ampla para expansão.

A cidadela havia crescido com o passar dos séculos, como acontecia com qualquer reino, mas, ao contrário do Sanctum, ela havia crescido de modo ordenado. Quatro alas principais irradiavam-se do grande saguão original no centro, e múltiplas torres e anexos haviam se espalhado por cima dos terrenos em volta delas. Passagens que conectavam alas e outras estruturas davam margem a uma multiplicidade de esquinas convenientes para que uma jovem princesa escapasse das garras dos seus tutores. Eu estava intimamente familiarizada com todas as cortinas, com todos os armários, recessos e peitoris na cidadela de uma forma que somente uma criança desesperada por liberdade poderia ser. E também havia as passagens secretas de que ninguém supostamente deveria ter conhecimento, vias de escape empoeiradas e esquecidas, construídas em tempos mais sombrios, mas minhas andanças me levaram a descobrir essas passagens também.

O Erudito Real estava bastante ciente das minhas habilidades; no entanto, suas armadilhas para me pegar tinham sido, na maior parte, pateticamente fracas. Eu os via vindo antes que um tutor que estava à minha espera pudesse segurar no meu ombro, antes que eu tropeçasse em um fio de seda preso com um sino de aviso, antes que qualquer obstáculo colocado cruzando o meu caminho pudesse diminuir a minha marcha. No mínimo, a persistência dele se provara um desafio para mim e contribuíra para a minha furtividade. Ele se tornou um tutor involuntário, de outro tipo.

Os jardins atrás da cidadela proviam a sua própria e única forma de subterfúgio. Eu e os meus irmãos havíamos escavado túneis em meio a passagens nas cercas vivas levemente aparadas, sendo que alguns dos túneis eram tão grandes que todos nós podíamos nos aninhar em uma toca terrena e comer os doces e bolos quentinhos que um de nós tivesse furtado dos fornos da cozinha.

Estava usando uma dessas tocas agora, esperando pelo momento certo, e então fiz com que a oportunidade surgisse ao jogar uma pedra mirada com muito cuidado. Um ruído nas folhagens ao longe. Quando os guardas se viraram na direção do barulho, fui correndo até as sombras de um passadiço coberto.

Eu estava lá dentro. Daqui eles não poderiam me parar.

Havia alguma coisa perigosamente revigorante em passar de modo furtivo pelos corredores. Até mesmo com o coração socando os meus ouvidos, todos os sentidos dentro de mim irrompiam, ganhando vida, alertas e brilhantes. Tudo era familiar — os sons, os aromas —, mas então minha ciência das coisas foi de súbito cutucada por outra coisa, coisa esta que tinha um nome agora. Que passava resvalando por mim, uma fera carregando o cheiro da traição. Eu sentia a sua barriga ondulando por cima da minha pele. Ouvia as batidas do seu coração nas paredes.

Captava o seu gosto, doce e sagaz, espiralando-se no ar. Estava acomodado, confortável... estivera lá por um bom tempo. E estava faminto.

Talvez fosse por esse motivo que eu sempre preferia correr livremente com os meus irmãos nos espaços abertos das campinas e das florestas. Eu sentira isso, até mesmo quando era criança, mas não tinha um nome para esse sentimento na época. Agora, as verdades sussurravam para mim, traindo os segredos e as conspirações dos culpados: eles estavam aqui. Eram os donos da cidadela. De alguma forma, eu precisava reavê-la.

Desci furtivamente o corredor, com os pés descalços, abraçando as sombras, escondendo-me atrás de armários e em recantos sempre que ouvia passadas. Havia apenas quatro celas de prisão, salas cheias de umidade e seguras no nível mais inferior da cidadela para aqueles que estavam prestes a sofrer o julgamento da mais alta corte. Tão logo vi que não havia nenhum guarda na passagem que dava para essas salas, soube que Pauline não estava lá, mas verifiquei mesmo assim, sussurrando o nome dela na escuridão, e não tive resposta. Aquilo me trouxe apenas um leve alívio. Isso não queria dizer que ela não estava sendo mantida presa em outro lugar. Retornei ao nível superior, movendo-me furtivamente e subindo até o terceiro andar.

Olhei para baixo do corredor escuro ao leste, que continha as suítes da família real. A massiva entrada em arco, para a qual eu nunca havia voltado um segundo pensamento antes, parecia uma boca escancarada, esperando por mim, e a imensa pedra angular branca no seu pico parecia uma lâmina prestes a cair.

Dois homens guardavam essa entrada. Não havia pessoas indo ou vindo. A ala ficara misteriosamente silenciosa. Era estranho que eu não tivesse visto sequer a minha tia Cloris se movendo ali nos arredores. Ela sempre estava indo com pressa para algum lugar, geralmente com uma reclamação sobre alguma tarefa ou outra que não estava sendo levada a cabo do modo devido. Para ela, até mesmo o protocolo do luto teria as suas falhas. Ela era uma mulher de tarefas diárias, mas não de se demorar, nem de rir, nem de sonhar. Infelizmente, eu a entendia melhor agora. Talvez o protocolo não importasse mais tanto para ela, pois o pesar era o seu próprio chefe.

Segui em frente e estava me dirigindo até o posto de observação no pórtico quando ouvi alguma coisa mais alto do que as batidas da traição.

Ele está morrendo.
Parei.
Eles o estão matando.
Meu coração ficou imóvel. *Matando-o?* Imediatamente, meus pensamentos foram para Rafe. Ele estava enfrentando um golpe de estado no seu lar. Ou seria Kaden? Ele ainda estava desaparecido. Ou seria somente o fato de que os corredores em que eu costumava andar com Walther haviam desengatilhado a lembrança de vê-lo morrer? Forcei o ar a entrar com constância. *Walther.* Eu não era a única que sentia a dor da perda dele. Sentia os muitos corações que sangravam. Embora eu soubesse que tinha que seguir em frente, meus pés se moviam para outro lugar contra a minha vontade.

Fiquei em pé, para trás, parada nas sombras. Alguma coisa escura, provida de garras e cheia de necessidade, como um animal ferido, curvava-se nas minhas entranhas. Fiquei observando enquanto a minha mãe puxava prendedores dos seus cabelos, e notei uma irritação nos seus movimentos. Com o último prendedor removido, seus sedosos cabelos negros caíram nos ombros.

"Ele morreu em batalha", falei. "Achei que devesse saber. Eu vi tudo quando aconteceu."

Ela enrijeceu as costas.

"A espada dele estava erguida por Greta quando ele foi morto. Eu cavei o túmulo dele e entoei as bênçãos necessárias sobre seu corpo e dos seus camaradas soldados. Queria que soubesse disso. Ele teve um enterro digno. Eu me certifiquei de que todos eles tivessem enterros dignos."

Ela se virou lentamente para ficar cara a cara comigo, e que os deuses me ajudem. Naquele momento, tudo que eu queria era correr para os braços dela e enterrar o meu rosto no ombro dela. No entanto, alguma coisa fez com que eu me contivesse. Minha mãe mentira para mim.

"Eu tenho o dom", falei, "e sei o que você fez para mim."

Ela me encarou, com os olhos brilhando, mas sem qualquer surpresa neles. Engoliu em seco.

"Você não parece chocada em me ver, mãe", falei. "Quase como se alguém tivesse lhe contado que eu estava aqui."

Ela começou a vir na minha direção.

"Arabella..."

"Lia!", falei, irritada, e coloquei minha mão à frente para fazer com que ela parasse. "Uma vez na sua vida, me chame pelo nome com o qual me marcou! O nome que você sabia..."

E, então, uma silhueta mais alta e sombria saiu de dentro do vestiário dela.

"Fui eu quem disse a ela que você estava aqui. Recebi a sua mensagem."

Era o Erudito Real.

Fui aos tropeços para trás, pasma.

"Nós precisamos conversar, Arabella. Você não pode...", disse ele.

Saquei minha adaga e encarei a minha mãe, sem acreditar naquilo. Minha garganta era apunhalada pela dor.

"Por favor, não me diga que enquanto eu estava enterrando o meu irmão assassinado e os seus camaradas caídos, você estava aqui conspirando com o Erudito Real!"

Ela balançou a cabeça, retraindo e juntando as sobrancelhas.

"Eu estava, Arabella. Eu venho conspirando com ele há anos. Eu..."

A porta da câmara dela foi aberta e um guarda entrou. Alternei o olhar entre o Erudito Real e a minha mãe. *Uma armadilha?* O guarda olhou para mim e para a minha adaga de imediato e sacou a sua espada, avançando na minha direção. Saí voando pela janela por onde eu entrara, tropeçando no peitoril, e quase caindo no chão lá embaixo, aos tropeços. Minha visão estava borrada com lágrimas, e minha trilha dançava na minha frente como se fosse uma ponte de corda solta. Corri ao longo do peitoril, confiando que os meus passos encontrariam pedras sólidas, sentindo-as mais do que as vendo. Ouvi gritos vindos da janela atrás de mim, ordens sendo gritadas — *Parem-na!* — e os ruídos das suas passadas, mas eu tinha escolhido a janela e o caminho com cuidado. Em segundos, eu estava longe da vista deles e seguia em direção ao lado oposto da cidadela. Eu não teria muito tempo, mas a noite não havia acabado. Não agora.

Especialmente, não com a sensação miserável que passava furiosa por mim.

As verdades desejavam ser conhecidas, e estava na hora de a minha mãe começar a transmiti-las... umas poucas palavras de cada vez. Quem melhor para manejar as pessoas do que Regheena, a Primeira Filha da Casa de Morrighan?

desespero criava dentes.
Garras.
Transformava-se em um animal dentro de mim
Que não conhecia limites.
Dilacerava e abria os meus pensamentos mais sombrios,
Deixando que se estendessem como se fossem asas negras.

— *As palavras perdidas de Morrighan* —

CAPÍTULO 48
CRÔNICAS DE AMOR E ÓDIO

RAFE

  general estava uma hora atrasado. Eu fervilhava de raiva quando ele finalmente chegou, acompanhado de sua jovem filha a tiracolo. Contive os meus xingamentos, mas não a minha fúria. "Precisamos conversar em particular."
"Ela é de confiança."
"Não é uma questão de..."
Ele passou roçando por mim, caminhando em direção à minha mesa.
"O coronel Haverstrom me explicou as suas solicitações." Ele virou para ficar cara a cara comigo. "Partindo tão cedo? Mas você acabou de chegar. Eu achava que já tivéssemos tido essa conversa. Parece que me lembro de você clamando que ia ficar aqui, e agora mudou de ideia?"
Empurrei-o para uma cadeira, quase derrubando-o no chão. A filha dele sugou o ar assustada e recuou para junto da parede. "Eu não lhe pedi por um relato do que eu disse ou deixei de dizer, e estas não são solicitações, general Draeger. São ordens."
Ele se ajeitou no assento. "E são ordens que eu receio que não serão facilmente cumpridas. Talvez você se lembre de que foi por *sua* insistência que as companhias em Falworth foram enviadas aos postos remotos. Nossos recursos aqui na capital estão bem dispersos. Além disso, o que cem homens podem fazer?"
"Para os meus propósitos, bem mais do que uma brigada inteira que seria vista e parada nas fronteiras."

"Tudo por essa *princesa*?"

Mantive o punho cerrado na lateral do corpo, jurando para mim mesmo que eu não quebraria o maxilar dele na frente da filha. "Não", falei com firmeza. "Por Dalbreck. O que serve a Morrighan vai nos servir dez vezes."

"Nós não temos aliança alguma com eles. Isso não vai passar de uma loucura impetuosa."

"A corte deles está correndo riscos. Se o reino de Morrighan cair, o mesmo acontecerá conosco."

Ele deu de ombros, fazendo uma exibição flamejante da sua dúvida. "Assim você diz, e realmente respeito a sua posição como rei. No entanto, cem homens equipados segundo as suas especificações... isso pode levar algum tempo para ser feito. Seria um esforço muito grande da minha parte."

"Você tem até amanhã de manhã."

"Imagino que isso poderia ser possível com a motivação *certa*." Ele puxou alguns papéis do casaco e jogou-os em cima da minha mesa.

Só tive que olhar para eles de relance por um breve instante. Encarei-o, desacreditando aquilo. "Eu poderia pedir a sua cabeça por isso." Não se tratava de uma ameaça vazia.

"Sim, você poderia", concordou ele. "Mas não vai. Porque eu sou o único que pode conseguir aquilo de que necessita tão rapidamente quanto deseja. Mande cortar a minha cabeça, e você terá que se dirigir a outras guarnições militares bem mais afastadas. Pense nisso. Por toda a urgência que clama, você realmente tem tanto tempo assim a perder, Vossa Majestade? E, ainda por cima, está pisando em solo muito instável. Isso acrescentaria estabilidade ao seu reinado. Estou pensando no reino."

"No inferno que você está pensando no reino! Você é um oportunista ambicioso tentando, por meio de coação, alcançar uma posição de poder de uma forma ou de outra."

Olhei para a menina, cujos olhos estavam arregalados com o terror. "Pelos deuses, general! Ela é só uma criança!"

"Ela tem catorze anos. Com certeza você pode esperar até que ela atinja a maioridade, não? E deve admitir que ela é uma beldade."

Olhei para a menina que estava se encolhendo junto à parede. "Você concordou com isso?", rugi.

Ela assentiu.

Eu me virei, balançando a cabeça. "Isso é extorsão."

"É negociação, Vossa Majestade, uma prática tão antiga quanto o reino, prática esta em que o seu pai era bem versado. Agora, quanto mais cedo você assinar os documentos, mais cedo o noivado pode ser anunciado e posso colocar as suas ordens em execução."

Olhei com ódio para ele. *Execução* era uma escolha de palavras apropriada. Eu me virei e saí do aposento, porque tudo que conseguia ver era o pescoço dele apertado entre as minhas mãos. Eu nunca sentira que precisava do conselho moderado de Sven tanto quanto agora.

CAPÍTULO 49
CRÔNICAS DE AMOR E ÓDIO

PAULINE

u estava voltando para a estalagem, com a noite se fechando em cima de mim e cega para o meu caminho, porque o sorriso aliviado de Mikael continuava a se agigantar na minha memória. A pergunta dele — *Quem é o pai?* — ressoava clangorosa na minha cabeça, como se fosse o sino de uma vaca, subjugando os meus pensamentos.

Porém, senti alguma coisa. Senti uma presença tão forte quanto a mão de alguém no meu braço, e ergui o olhar. Era uma pequena figura empoleirada alto na varanda do pórtico que dava para a praça. Os ornamentos de cetim vermelho real do seu manto reluziam à luz que se esvanecia. *A rainha.*

Parei, como uns poucos outros haviam feito, a maioria indo apressada para casa, para as próprias memórias sagradas da noite, parados pelo choque de avistarem a rainha sentada na parede de uma varanda. Fora de cerimônias oficiais, eu não conseguia me lembrar de ter visto a rainha dizendo as suas memórias sagradas, especialmente empoleirada de forma tão precária em uma balaustrada, mas agora a voz dela era estranhamente carregada acima das nossas cabeças, espiralando-se como o próprio ar e deslizando para dentro de nós com a mesma facilidade.

Rapidamente ela atraiu mais espectadores, e uma imobilidade recaiu sobre a praça.

Às vezes, parecia que as palavras dela eram mais soluçadas e chora-das do que cantadas, mais sentidas do que ditas, e elas passavam cor-rendo por mim, com a sua forma irregular, com algumas frases sendo puladas e outras, repetidas. Talvez a angústia apressada fosse o que nos mantivesse a todos em um interesse desprovido de fôlego. Nada era automático, tudo era ditado apenas pela necessidade dela. Todas as palavras eram cruas e verdadeiras, e eu ouvia aquilo de um jeito novo. Sua face estava escondida nas sombras de seu capuz, mas eu vi quando ela ergueu a mão, limpando o que eu tinha certeza de que eram lágrimas. E então ela proferiu memórias sagradas que eu nunca havia ouvido antes.

"Reúnam-se e aproximem-se, meus irmãos e minhas irmãs. Ou-çam as palavras da mãe da sua terra. Ouçam as palavras de Morrighan e dos seus.

> Era uma vez,
> Há muito, muito tempo,
> Sete estrelas que pendiam do céu.
> Uma para chacoalhar as montanhas,
> Uma para revirar os oceanos,
> Uma para afogar o ar,
> E quatro para testar os corações dos homens.
> Seus corações serão testados agora.
> Abram-nos para as verdades,
> Pois devemos estar não só preparados
> para o inimigo do lado de fora,
> mas também para o inimigo de dentro."

Ela fez uma pausa, engasgando-se nas palavras. A praça foi tomada pelo silêncio, com todo mundo esperando, hipnotizado, e então a rai-nha prosseguiu.

> "Pois o Dragão de muitas faces,
> Não vive apenas além da grande fronteira,
> Mas também entre vocês.
> Protejam os seus corações contra a astúcia dele
> E seus filhos contra a sede dele,

Pois a ganância dele não conhece limites,
E assim será,
Irmãs do meu coração,
Irmãos da minha alma,
Para todo o sempre."

Ela beijou dois dedos e ergueu-os até os céus, com uma tristeza pesada no movimento.

"Para todo o sempre", ecoou a multidão em resposta, mas eu ainda estava tentando compreender aquilo tudo.

As palavras de Morrighan e dos seus? Sete estrelas? Um dragão?

A rainha se levantou e olhou atrás de si como se tivesse ouvido alguma coisa. Ela desceu em um pulo da parede e afastou-se apressada, desaparecendo na escuridão tão facilmente quanto a noite. Segundos depois, as portas da varanda abriram-se com tudo e o Capitão da Vigília saiu na varanda vazia com vários guardas. Foi então que vi o Chanceler parado a apenas uns poucos metros à minha direita. Ele ainda estava com o olhar fixo lá em cima na varanda, talvez tentando entender a aparição inesperada da rainha. Eu me virei, puxando o capuz, e saí dali às pressas. No entanto, apesar do perigo, alguma coisa me compelia a voltar na noite seguinte. A prece urgente da rainha ainda se agitava dentro de mim. Novamente, ela se pronunciou assim que o véu da escuridão caiu e, dessa vez, da torre ao leste.

Na noite seguinte, Berdi e Gwyneth vieram comigo. A rainha estava em uma parede abaixo da torre a oeste. Fiquei preocupada com ela, empoleirada de forma tão incerta em peitoris e telhados, e eu me perguntava se o seu pesar a havia deixado incauta. Ou louca. Ela dizia coisas que eu nunca ouvira antes. As multidões aumentavam, mas eram as suas palavras marcantes que nos urgiam a voltar. Na quarta noite, a rainha apareceu na torre do sino da abadia. *Abram os seus corações para a verdade.*

"Você tem certeza de que é a rainha?", perguntou-me Gwyneth.

Uma dúvida incômoda que havia vagado no meu peito foi solta com a pergunta dela.

"É impossível vê-la daqui", respondi, ainda tentando entender aquilo tudo, "mas ela realmente está usando o manto real."

"E quanto à voz?"

Essa era a parte mais estranha. Sim, a voz dela parecia a da rainha, mas também parecia uma voz como outras centenas de vozes que eu conhecia, como o vento nas árvores. Voz esta que passava por mim como se tivesse uma verdade própria.

Gwyneth balançou a cabeça em negativa. "Aquela lá em cima não é a rainha."

Então Berdi disse o impossível, o que todas nós estávamos pensando. "É Lia."

Eu sabia que era verdade.

"Graças aos deuses ela está viva, mas por que está posando como se fosse a rainha?", perguntou-se Gwyneth em voz alta.

"Porque a rainha é reverenciada", respondeu Berdi. "Quem daria ouvidos à criminosa mais procurada de Morrighan?"

"E ela está nos preparando", falei. Mas nos preparando para o quê... isso era algo que eu não sabia.

Capítulo 50
CRÔNICAS DE AMOR E ÓDIO

Apenas uma lua da meia-noite dava contorno à sala. Um cinza fraco definia as linhas do cálice ornamentado de peltre que repousava na minha mão. Coloquei-o de volta no armário antigo, junto com outros mementos de anos de serviço. Um medalhão da Eislândia, uma concha dourada do mar de Gitos, um urso esculpido de jade de Gastineux. Símbolos únicos de todos os reinos do continente, exceto, é claro, de Venda, com o qual não havia qualquer relação diplomática. Os deveres do Vice-Regente como cônsul levavam-no a muitas e longas viagens. Eu não havia visto o homem reclamar disso, mas o prazer que ele expressava ao voltar para casa dizia muito sobre os infortúnios das suas viagem.

Fechei a porta do armário e sentei-me em uma cadeira no canto. Esperando. A escuridão oferecia um conforto quieto. Eu quase conseguia me esquecer de onde estava, exceto pela espada que jazia no meu colo.

Eu estava ficando sem opções. Era cada vez mais difícil sair sorrateiramente pela cidadela e, lá pela quarta noite, tive que mudar e ir para a abadia. Os cidadãos me encontraram lá. Sem dúvida o gabinete teria guardas estacionados na abadia nesta noite também.

Na primeira noite em que eu recitei as memórias sagradas sobre o pórtico, foi um milagre que eu tenha conseguido fugir. Eu estava mais cuidadosa agora, porém, naquela noite, fui impulsiva e desvanecida. Eu havia ficado com vários nós no estômago. Todas as minhas palavras cuidadosamente planejadas tinham desaparecido. Depois de ver a minha mãe com o Erudito Real, o pesar me cortara como se fosse uma faca afiada, retalhando tudo pelo que eu havia esperado: uma reunião cheia de lágrimas. Uma explicação há muito merecida. Um mal-entendido. *Alguma coisa.*

Em vez disso, eu me deparei com o Erudito Real parado, em pé ao lado da minha mãe, e obtive uma confissão de conspiração e um guarda sacando a espada. Trinta loucos segundos com ela se tornaram uma traição da pior espécie, e a coisa mais dolorosa e que me deixava mais perplexa era que *eu ainda sofria por ela.*

Ouvi passadas na câmara externa. Ajustei a minha mão na espada. Eu nada tinha a perder com esse encontro e talvez tivesse algo a ganhar, mesmo que fosse pouco. Eu já tinha feito buscas nos escritórios do Chanceler e do Erudito Real, na esperança de encontrar algum tipo de evidência. Uma carta. Qualquer coisa. Estes aposentos estavam limpos e ordenados de forma suspeita, como se buscas já tivessem sido realizadas neles e como se tivessem sido esvaziados de qualquer objeto incriminador. Procurei até mesmo nas cinzas das lareiras, sabendo que essa era a forma como eles tentaram fazer com que as coisas desaparecessem no passado, e encontrei pequenos pedaços de papéis tostados, mas nada além disso.

O escritório do Vice-Regente estava entulhado, e sua escrivaninha era um oceano de papéis que clamavam pela sua atenção, além de uma carta quase terminada para o ministro do comércio e algumas recomendações para serem assinadas e seladas por ele. Nada havia sido buscado ali.

As passadas foram se aproximando, e a porta do escritório se abriu, com um triângulo amarelo iluminando brevemente o chão à frente, até que foi fechada novamente. Ele cruzou a sala com passadas leves, e um aroma suave entrou com ele. Seria colônia? Eu havia me esquecido dos cheiros perfumados e mimados da corte. Em Venda, o conselho, na maior parte do tempo, cheirava a suor e cerveja. Ouvi o baixo mover ruidoso da cadeira altamente estofada enquanto ele se sentava, e então o homem acendeu uma vela.

Ele ainda não tinha me visto.

"Olá, lorde Vice-Regente."

Ele ficou alarmado e começou a se levantar.

"Não", falei, baixinho, mas com firmeza. "Não faça isso." Avancei na luz para que ele pudesse ver a espada casualmente repousada no meu ombro.

Ele olhou para a arma e voltou ao seu lugar, dizendo, simplesmente: "Arabella".

A expressão dele era solene, mas a voz estava baixa e uniforme, desprovida de pânico, exatamente como pensei que seria. O guardião do tempo estaria rodando em círculos e gritando a essa altura, mas o Vice-Regente não era propenso à histeria como outros membros do gabinete. Ele nunca estava com pressa. Eu me sentei na cadeira em frente à dele.

"Você vai apontar essa coisa para mim o tempo todo?", ele me perguntou.

"Ela não está apontada. Acredite em mim, se estivesse, você saberia... e sentiria. Na verdade, estou lhe proporcionando um pouco de dignidade. Sempre gostei mais de você do que dos outros membros do gabinete, mas isso não quer dizer que você não seja um deles."

"Um deles, Arabella?"

Tentei medir a inocência da resposta dele. Neste momento, não importava se ele alguma vez tivesse sido bondoso comigo. Eu odiava o fato de que não poderia me arriscar nem mesmo uma vez que fosse em ser bondosa. Eu não poderia confiar em ninguém.

"Você é um traidor, Vice-Regente?", perguntei a ele. "Como o Chanceler e o Erudito Real?"

"Não sei ao certo do que você está falando."

"De traição, lorde Vice-Regente. Traição nos mais altos níveis. Acho que o Chanceler ficou cansado das bugigangas nos seus dedos. E vai saber o que o Erudito Real ganhava com isso. Uma coisa que aprendi com nosso querido Komizar é que tudo se resume a poder e a uma fome insaciável por ele." Contei ao Vice-Regente sobre os eruditos morrigueses em Venda, ajudando o Komizar a armar e a formar um exército colossal. Enquanto eu explicava essas coisas a ele, eu observava com cuidado os seus olhos, a sua face, as suas mãos. Tudo que eu via ali era surpresa, descrença e possivelmente um certo nível de medo, como se eu fosse insana.

Quando terminei, ele se sentou relaxado na cadeira, balançando a cabeça levemente, ainda absorvendo tudo que eu havia dito. "Um exército bárbaro? Eruditos em Venda? Isso são alegações um tanto quanto... fantásticas, Arabella. Não sei o que fazer com elas. Não posso ir até o gabinete armado apenas com acusações contra membros honrados dele, especialmente com essas acusações vindas, lamento dizer, *de você*. Eu seria colocado para fora do saguão às gargalhadas. Você tem alguma evidência de tudo isso?"

Não queria admitir que não tinha evidências. Pensei em Kaden, que na verdade havia visto o exército, nos eruditos nas cavernas, e intimamente eu sabia dos planos do Komizar, mas a palavra de um Assassino vendano seria tão risível quanto a minha.

"Pode ser que eu tenha", respondi. "E então vou expor o Dragão de muitas faces."

Ele olhou para mim, com a confusão enrugando seu rosto. "Um dragão? Do que é que você está falando?"

Ele não estava familiarizado com a frase. Ou pelo menos fingiu não estar. Balancei a cabeça para dispensar a pergunta dele e me levantei. "Não se levante... este não é um pedido educado."

"O que quer de mim, Arabella?"

Olhei para ele, analisando todos os ângulos da sua face, todas as tremulações dos seus cílios. "Quero que você saiba que há traidores aqui, e se você for um deles, vai pagar por isso. Pagará um preço tão alto quanto o meu irmão pagou. Não fui eu quem o matou. Foram aqueles tolos que conspiram com o Komizar."

Ele franziu o rosto. "Os tolos conspiradores de novo. Se eles existem, como está dizendo, eles conseguiram esconder isso de mim, então talvez não sejam tão tolos quanto você pensa."

"Acredite em mim", falei, "eles não são nem metade tão sagazes quanto o Komizar, nem metade tão inteligentes. Eles são tolos de acreditarem que o Komizar manteria qualquer acordo que tivessem feito com ele. O Komizar não partilha nada, menos ainda o poder. Eles nunca verão o que quer que ele tenha prometido, e acho que pode ser o trono de Morrighan. Uma vez que o Komizar os tiver usado para os propósitos dele, eles estarão acabados. E o mesmo acontecerá conosco."

Eu me virei para ir embora, mas ele rapidamente se inclinou para a frente, com a luz da vela iluminando uma mecha loira solta dos seus cabelos que caíam sobre a testa. Seus olhos estavam sinceros. "Espere! Por favor, Arabella, fique. Deixe-me ajuda-la. Eu sinto muito por não ter defendido você mais vigorosamente. Também cometi erros no passado... erros de que me arrependo." Ele se levantou. "Eu tenho certeza de que podemos resolver isso se..."

"Não", falei, erguendo a espada. O cheiro pairava no ar de novo, uma onda de um aroma tão fraco que mal estava lá, mas aquilo me inquietava de um jeito profundo e distante. Era jasmim. O pensamento foi se escavando mais a fundo. *Jasmim.* Na mesma respiração, vi um garotinho agarrando-se às calças do pai, implorando para ficar.

Sabão de jasmim.

Senti um solavanco com o choque do impossível. Olhei boquiaberta para o Vice-Regente, encarando-o como se o estivesse encontrando pela primeira vez. Seus cabelos de um loiro-branco. Seus calmos olhos castanhos. O suave tremor da sua voz flutuando pela minha cabeça. E então outra voz de timbre similar. *Eu era um filho bastardo de um lorde de nascimento nobre.*

Minha respiração ficou congelada nos pulmões. Como eu nunca tinha percebido aquilo antes?

Nunca tinha ouvido aquilo antes?

O Vice-Regente era o pai de Kaden, um homem tão cruel quanto o Komizar, que batia no filho e que o vendera por um cobre.

Ele me fitou, esperando, esperançoso.

Mas será que era um traidor?

Também cometi erros no passado... erros de que me arrependo.

A preocupação passou em um lampejo pelos olhos dele.

Seria preocupação comigo?

Ou preocupação porque eu descobrira o seu segredo?

"Por que eu algum dia haveria de confiar em um homem que jogou o próprio filho de oito anos de idade fora como se fosse lixo?"

Ele arregalou os olhos. "Kaden? Kaden está vivo?"

"Sim, vivo e ainda marcado por cicatrizes. Ele nunca se curou da sua traição."

"Eu..." A face dele ficou enrugada, como se ele estivesse chocado, e o homem se inclinou para a frente, com a cabeça apoiada nas mãos. Ele murmurou alguma coisa baixinho para si mesmo e então disse: "Eu procurei por ele durante anos. Sabia que havia cometido um erro no minuto em que aquilo foi feito, mas não consegui encontrá-lo. Presumi que estivesse morto".

"Procurou por ele depois de tê-lo vendido por um cobre a estranhos?"

Ele ergueu os olhos, que estavam marejados. "Eu não fiz uma coisa dessas! Foi isso que ele disse que eu fiz?" Ele voltou a se reclinar na cadeira, parecendo fraco e exausto. "Eu não ficaria surpreso com isso. Ele era uma criança que estava sofrendo com o luto, que acabara de perder a mãe. Eu quis voltar atrás naquela decisão uma centena de vezes, mas também estava sofrendo com o luto."

"E que decisão foi essa?"

Ele apertou os olhos e os fechou, como se uma dolorosa lembrança o atormentasse. "Eu estava preso em um casamento sem amor. Eu não pretendia que o meu caso com Cataryn acontecesse, mas acabou acontecendo. Minha esposa tolerava o arranjo porque ela não tinha nenhum uso para mim e porque Cataryn era boa para os nossos filhos, porém, depois que ela morreu, minha esposa não queria ver Kaden. Quando tentei mudá-lo para dentro da nossa casa, ela deu uma surra nele, em um rompante de fúria. Eu não sabia mais o que fazer. Para o próprio bem dele, entrei em contato com o único parente de Cataryn, um tio distante que concordou em recebê-lo e ficar com ele. Fui eu que dei dinheiro para ele cuidar de Kaden. Quando fui visitar o meu filho, o tio e sua família não estavam mais lá."

"Essa é uma história bem diferente da contada por Kaden."

"O que mais você esperaria, Arabella? Ele tinha apenas oito anos de idade. Em poucos dias, o mundo dele virara de cabeça para baixo: sua mãe morrera e seu pai o enviara para morar com estranhos. Onde ele está? Aqui?"

Mesmo se eu soubesse onde Kaden estava, não revelaria isso ao Vice-Regente... não ainda. "Da última vez em que o vi, ele estava em Venda: ele era um cúmplice do Komizar."

A descrença reluzia nos olhos dele, e saí dali antes que o homem pudesse me fazer mais uma pergunta.

Capítulo 51
CRÔNICAS DE AMOR E ÓDIO

ndei de um lado para o outro na cabana do caseiro na margem do reservatório do moinho, ouvindo a chuva. Eu já tinha colocado lenha na fogueira e limpado os esparsos móveis que enchiam o lugar: uma mesa meio destruída, três cadeiras bambas, uma banqueta, uma cadeira de balanço sem um dos braços e uma cama de madeira, ainda robusta, mas cujo colchão havia sido comido pelos ratos havia muito tempo.

A cabana e o moinho que ficava na frente ela, do outro lado da lagoa, foram abandonados décadas atrás em prol de uma lagoa mais profunda e maior a leste de Civica. Apenas sapos-bois, libélulas e guaxinins faziam visitas a este local agora, e, ocasionalmente, jovens príncipes e princesas fugindo do escrutínio da corte. Nossos nomes estavam entalhados no largo batente da porta, junto com os nomes de dezenas de outras crianças do vilarejo, pelo menos aquelas que eram valentes o bastante para se aventurarem até aqui. Dizia-se que o lugar era assombrado pelos Antigos. Eu e Bryn podíamos ter tido alguma coisa a ver com esse rumor. Acho que queríamos o lugar todo só para nós. Até mesmo o nome do meu pai estava entalhado ali. Branson. Passei os dedos sobre as letras rudimentares. Era difícil imaginar que ele algum dia fora uma criança despreocupada correndo pelos bosques, e eu me peguei pensando na forma como nós mudamos, em todas as forças externas que nos pressionam, moldam e nos empurram para que sejamos pessoas e coisas que não planejáramos ser. Talvez isso acontecesse de forma tão gradual que, na hora em que notássemos que isso tinha ocorrido, seria tarde demais para que fôssemos outra coisa.

Como o Komizar. Reginaus. Um menino e um nome que foram apagados da existência.

Passei o dedo pelo meu nome na madeira, as linhas tortas, mas profundas. *LIA*. Saquei minha faca e espremi mais quatro letras na frente desse nome: *JEZE*. Eu pensava em quem havia me tornado, alguém que eu nunca planejara ser.

O nome de Pauline não estava entalhado na madeira. Até onde eu soubesse, ela nunca esteve aqui. Na época em que chegou em Civica, a cabana havia perdido um pouco da sua magia para mim e para os meus irmãos, e nós raramente vínhamos até aqui. Além disso, tais andanças eram proibidas, e Pauline seguia o protocolo da corte ao pé da letra. Bem, quase ao pé da letra, até ela conhecer Mikael.

Onde será que ela estaria? Será que Natiya havia entendido errado ou falado com a pessoa errada? Será que a chuva fizera com que ela se atrasasse? Contudo, era apenas uma chuva leve, e nós estávamos acostumadas com isso em Civica.

Hoje, quando voltei ao meu quarto, minha mente ainda estava a mil com a revelação que me ocorrera tarde da noite. O Vice-Regente parecia a nossa melhor possibilidade de alguém em quem confiar no gabinete. Eu tentara testá-lo em relação à sua sinceridade, e tudo que ele dissera parecera genuíno, até mesmo a sua declaração sobre os seus profundos arrependimentos. Seria possível que ele tivesse mudado nos onze anos desde que jogara Kaden fora? Onze anos era um bom tempo. Eu havia mudado em bem menos do que isso. Kaden também. O Vice-Regente já se encontrava em uma alta posição de poder, o segundo em comando depois do meu pai. O que mais ele teria a ganhar?

Eu estava tão ocupada com esses pensamentos que Natiya precisou segurar nos meus braços e balançá-los, para depois repetir as suas notícias. Ela dissera que havia encontrado Pauline. Falou também que a cabeça de Pauline estava curvada e coberta, de modo que ela não conseguiu ver os seus cabelos, mas que conhecia uma barriga de grávida quando via uma, e a menina havia seguido Pauline até o lado de fora do portão do cemitério. Quando estava perto o bastante, Natiya chamou-a pelo nome. Pauline parecia temerosa, mas concordou em vir.

Rezei para que ela não estivesse com medo de *mim*. Com certeza ela não seria capaz de acreditar naquelas mentiras. Ou talvez estivesse apenas sendo cautelosa. Ela não conhecia Natiya, e poderia suspeitar de uma armadilha. No entanto, ela sabia que o reservatório do moinho fora um dos meus lugares prediletos de frequentar. Uma estranha não teria sugerido isso. Talvez Berdi e Gwyneth a tivessem atrasado. Gwyneth suspeitava de tudo, e, aqui em Civica, ela estava certa em relação a isso. Eu deveria tomar isso como um bom sinal.

No entanto, minha ansiedade ainda aumentava.

Fiquei andando de um lado para o outro da cabana e, por fim, puxei uma cadeira e fiquei ali sentada, com o olhar fixo na porta, com as mãos entrelaçadas nas coxas. Pouco a pouco, eu estava perdendo tudo. Se eu perdesse Pauline também, não sabia ao certo o que faria. E se ela...

A maçaneta se mexeu ruidosamente, e a porta foi aberta com cautela, sendo o seu ranger o único som. Tão rapidamente quanto uma reflexão tardia, coloquei a mão na minha adaga, mas então Pauline entrou, com os cabelos escorrendo com mechas molhadas, as bochechas ruborizadas brilhando com a chuva. Nossos olhares se encontraram, e os olhos dela me disseram o que eu temia. Ela sabia. Havia uma pungência condenadora naquele olhar, algo que eu nunca vira antes. Meu estômago flutuava mesmo enquanto o meu coração afundava no peito.

"Você deveria ter me contado, Lia", disse ela. "Deveria ter me contado! Eu teria sido capaz de lidar com aquilo. Você nem mesmo me deu uma chance para tal."

Assenti, com as palavras presas na garganta. "Fiquei com medo, Pauline. Achei que pudesse enterrar a verdade e fazer com que ela desaparecesse. Eu estava errada."

Ela deu uns passos na minha direção, a princípio hesitante, e então ávida, jogando os braços em volta de mim, com uma ferocidade na sua pegada. Raiva. Seus punhos cerrados curvaram-se nas minhas roupas, exigentes, tremendo, e então ela se apoiou em mim, chorando e soluçando. "Você está viva", disse, chorando no meu ombro. "Está viva." Meu peito tremia e eu chorava junto com ela, com os meses e as mentiras entre nós desaparecendo. Ela me contou o quanto ficara assustada, a agonia de esperar sem uma palavra sequer e o alívio que ela sentiu quando me viu fingindo ser a rainha. Ela, Berdi e Gwyneth estavam procurando discretamente por mim desde então. "Eu amo você,

Lia. Você é minha irmã, pelos deuses, uma irmã tão verdadeira quanto uma irmã de sangue. Eu sabia que o que eles tinham dito sobre você era mentira."

Eu não sabia ao certo quem estava erguendo quem, cada uma de nós duas pesada nos braços uma da outra, nossas bochechas molhadas junto à bochecha da outra. "Meus irmãos?"

"Bryn e Regan estão bem, mas estão preocupados com você."

Agora eram os meus punhos fechados que se enrolavam nas roupas dela. Eu me engasgava com as lágrimas enquanto ela me contava que eles também não deixaram de acreditar em mim. Eles tinham feito muitas perguntas tentando chegar até a verdade e prometeram que, tão logo retornassem, iriam descobri-la. Ela falou que Berdi e Gwyneth estavam aqui com ela e me contou onde todas estavam ficando. Eu entendia agora por que Natiya não havia conseguido encontrá-las. Elas estavam em uma pequena taverna descendo por uma viela que alugava quartos em cima da loja. Eu me lembrava daquela taverna agora. Não havia qualquer placa lá. A pessoa tinha que saber que era uma estalagem. Sem dúvida, fora Gwyneth quem descobrira aquele lugar.

Por fim, recuei um passo e limpei minhas bochechas, analisando a circunferência da barriga dela. "Está tudo bem com você?"

Ela assentiu, esfregando a barriga com a mão. "Avistei Mikael semanas atrás, mas só tive coragem de confrontá-lo recentemente." Um sorriso agridoce criou linhas em volta dos olhos dela, e nós duas nos sentamos à mesa. Ela falou sobre Mikael, relembrando os seus sonhos para o futuro, os quais Pauline pensara serem os sonhos dele também, em todas as vezes em que eles haviam ficado de mãos dadas, em que tinham conversado, planejado e se beijado. Ela repassou as lembranças e os detalhes como se fossem pétalas de flores que estivesse colhendo, uma de cada vez, e soltando-as ao vento. Fiquei ouvindo enquanto ela falava, sentindo-me parte da ruptura.

"Ele nunca vai ser o pai da criança", disse por fim. Pauline me contou com uma resignação calma sobre as moças que ele tinha nos seus braços, sobre a negação dele e sobre todas as dúvidas que ela cuidadosamente colocara de lado e que vieram à tona diante dos seus olhos quando eles se falaram. "Eu sabia como ele era quando o conheci. Achava que seria aquela moça especial o bastante para mudá-lo. Fui uma tola feliz vivendo uma fantasia. Não sou mais aquela menina."

Eu vi a mudança em Pauline. Ela estava diferente. Lúcida. Os sonhos que ela tivera foram varridos da frente dos seus olhos. Eu via todos os motivos pelos quais havia mentido para ela, pensando que, se a fantasia dela permanecesse viva, talvez o mesmo pudesse acontecer com a minha.

"Você nunca foi uma tola, Pauline. Seus sonhos deram asas aos meus sonhos."

Ela pressionou a mão nas costas, como se estivesse tentando conter o peso do bebê que empurrava a sua coluna. "Eu tenho objetivos diferentes agora."

"Todos nós temos objetivos diferentes agora", respondi, sentindo o puxão de sonhos perdidos.

Ela franziu o rosto. "Você está falando de Rafe."

Assenti. "Ele apareceu lá na estalagem de Berdi procurando por você. Quando falei sobre Kaden, ele começou a dar ordens, dizendo que mais homens viriam ajudar, e eles vieram mesmo, mas nenhum deles voltou. A princípio, eu temia que alguma coisa tivesse acontecido com eles, mas então eu me perguntava se nos enganara exatamente como Kaden fizera. Berdi achava que Rafe não era um fazendeiro, o que só alimentava minhas preocupações de que não poderíamos confiar nele..."

"Berdi estava certa. Rafe não era um fazendeiro", falei. "Ele era um soldado, e também o príncipe Jaxon, de Dalbreck, o noivo que eu deixei no altar."

Ela olhou para mim como se eu tivesse perdido a cabeça lá em Venda.

"Mas ele não é mais um príncipe", completei. "Agora ele é o rei de Dalbreck."

"Príncipe? Rei? Nada disso faz sentido."

"Eu sei", falei. "Não faz sentido. Deixe-me começar do começo."

Tentei contar a ela tudo na ordem em que as coisas aconteceram, mas muito rapidamente ela me interrompeu. "Kaden colocou um capuz sobre a sua cabeça? E então a arrastou por todo o Cam Lanteux?" Eu vi o ódio nos olhos dela, o que Kaden havia temido que ela guardasse no coração.

"Sim, ele fez isso, mas..."

"Eu não entendo como ele pôde partilhar conosco de um festim sagrado à mesa de Berdi em um momento e ameaçar matar a nós duas no instante seguinte... Como foi que ele pôde...?"

Nós duas ficamos paralisadas. Nós ouvimos o relinchar de um cavalo. Levei o dedo aos lábios. "Você veio cavalgando até aqui?", sussurrei.

Pauline balançou a cabeça. Eu também não tinha ido até ali de cavalo. Era uma caminhada curta, e era mais fácil passar furtivamente pelo bosque à pé, sem ser vista.

"Será que alguém seguiu você?"

Ela arregalou os olhos, e fiquei chocada ao ver que ela havia sacado uma faca. Pauline nunca havia carregado uma arma antes na vida. Saquei a minha também.

Passadas pesadas raspavam nos degraus de pedra do lado de fora da porta. Tanto eu quanto Pauline nos levantamos, e então a porta se abriu.

KADEN

u vi a lâmina antes de ver a mulher. A faca passou por mim em um lampejo, fatiando o meu ombro no exato momento em que eu a jogava contra a parede.

E, então, vi que se tratava de Pauline.

Lia estava gritando conosco. "Largue a faca, Pauline! Largue-a! Kaden! Solte Pauline!"

A faca ainda estava firme na pegada dela, cuja mão estava tensa lutando com a minha. "Pare!", berrei.

Ela estava fervendo. "Não desta vez, bárbaro!"

Eu senti a picada onde a lâmina havia me ferido e a quentura do sangue espalhando-se pelo meu ombro. "Qual é o seu problema? Você poderia ter me matado!"

Não havia qualquer pedido de desculpas nos olhos dela, apenas um ódio que eu não tinha pensado que fosse possível para Pauline sentir.

"Pare!", disse Lia com firmeza, e puxou a faca da mão da amiga.

Ela assentiu para que eu soltasse Pauline. Arrisquei-me e a soltei, saindo do alcance dela, esperando que viesse para cima de mim de novo. Lia interpôs-se entre nós.

"Eu falei para ele vir, Pauline", disse ela. "Ele está aqui para ajudar. Podemos confiar nele."

No entanto, Pauline estava muito enfurecida e ainda não dava ouvidos a Lia. "Você mentiu para nós! Nós o tratamos com bondade, e então..."

Lia continuou a tentar explicar as coisas e acalmar Pauline.

Eu fiquei lá, parado, sem saber o que dizer, porque todas as palavras que ela lançava para cima de mim eram verdadeiras, tão verdadeiras quanto Pauline sempre fora. Eu tirara vantagem da sua bondade e da sua confiança.

"Ele mudou, Pauline! Você precisa parar e me ouvir!"

Pauline me encarou, com os olhos vítreos, o peito subindo e descendo, e, de repente, ela se curvou, agarrando a barriga. Lia segurou no braço da amiga para estabilizá-la. Água vazou no chão em volta dos pés dela. Pauline soltou um gemido e depois foi tomada por um espasmo ainda mais forte. Fui correndo até o outro lado dela, e tanto eu quanto Lia impedimos Pauline de cair. Até mesmo na sua dor, ela tentava se livrar de mim.

"A cama!", gritou Lia.

Peguei Pauline nos braços e carreguei-a até o estrado da cama sem colchão que estava no canto. "Pegue o saco de dormir do meu cavalo!"

Lia saiu correndo porta afora, e Pauline me ordenou para que a colocasse no chão.

"Farei isso", falei. "Acredite em mim, nada me dará mais prazer, tão logo Lia esteja de volta."

Lia estava de volta em segundos, sacudindo e abrindo o saco de dormir, e deitei Pauline em cima dele.

"Não pode estar na hora", disse Lia a Pauline. "Você ainda tem um mês pela frente."

Pauline balançou a cabeça em negativa. "Está na hora."

Lia encarou a barriga de Pauline, sem nem mesmo tentar esconder o seu alarme. "Eu não sei nada quanto a isso. Eu nunca..." Ela voltou o olhar contemplativo para mim. "Você...?"

"Não!", falei, balançando a cabeça. "Eu não. Também nunca fiz isso. Já vi éguas..."

"Eu não sou uma égua!", gritou Pauline, que se inclinou para a frente em um outro espasmo. "Berdi", disse ela, gemendo. "Chamem Berdi."

Comecei a seguir em direção à porta. "Diga-me onde ela..."

"Não", disse Lia, cortando-me. "Berdi nunca viria com você, e eu consigo encontrá-la mais rapidamente. Fique aqui."

Tanto eu quanto Pauline protestamos em relação a isso.

"Não há outra opção!", disse Lia, irritada. "Fique! Mantenha Pauline confortável! Logo estarei de volta!"

Ela partiu, batendo a porta atrás de si.

Fiquei com o olhar fixo na porta, não querendo me virar e ficar cara a cara com Pauline. Partos de bebês levavam horas, eu disse a mim mesmo. Às vezes, dias. Não levaria mais do que vinte minutos de caminhada para que Lia chegasse à cidade. Dentro de uma hora, ela estaria de volta. Ouvi a chuva, que caía cada vez mais alta e intensa.

Pauline gemeu novamente, e eu, relutante, me virei. "Você precisa de alguma coisa?"

"Não de você!"

Uma hora se passou e eu me alternava entre xingar Lia em silêncio e ficar preocupado com o que havia acontecido com ela. *Onde será que ela está?* As dores de Pauline estavam se tornando mais fortes e frequentes. Ela deu um tapa na minha mão para que eu me afastasse quando tentei limpar a testa dela com um pano fresco.

Entre as dores, ela me encarava com um olhar fixo e cheio de escrutínio. "Da última vez que vi você, Lia estava mandando que fosse direto para o inferno. Que magia negra usou para fazer com que ela confie em você agora?"

Olhei para o rosto dela, que brilhava, com faixas molhadas dos seus cabelos loiros prendendo-se às suas bochechas, uma perda nos olhos que eu nunca tinha visto antes. "As pessoas mudam, Pauline."

Ela puxou o lábio em repulsa para cima, e desviou o olhar. "Não, não mudam." A voz dela estava trêmula, cheia de uma tristeza inesperada em vez de raiva.

"Você mudou", falei.

Ela olhou com ódio para mim, passando as mãos por cima da sua barriga. "Isso deveria ser uma piada?"

"Eu estava falando isso em outros sentidos... sendo o mais notável deles a faca que você brandia na minha cara."

Ela estreitou os olhos. "A traição tende a fazer com que as pessoas fiquem familiarizadas com armas."

Assenti. *Sim,* pensei. *Infelizmente, isso acontece.*

"Parece que alguém levou uma arma à sua cabeça também", disse ela.

Estiquei a mão para trás, sentindo o talho incrustado no meu couro cabeludo. "Parece que sim", respondi. Eu havia desmaiado e dormido durante dois dias seguidos na trilha antes de vomitar metade das minhas entranhas. O latejar dera uma aliviada, mas provavelmente foi o responsável por eu ter esmaecido o meu julgamento o suficiente para entrar em uma cabana desconhecida sem a minha própria arma sacada. Talvez isso fosse uma coisa boa, ou Pauline poderia estar morta no chão agora.

Fui andando até a janela e abri a persiana, na esperança de ter um vislumbre de Lia e de Berdi. O dilúvio obscurecera a floresta além de nós, e os trovões retumbavam acima. Fiz pressão com gentileza na minha nuca, perguntando-me o quão ruim estaria o talho. Embaixo da faixa de sangue incrustado, havia ainda um galo de um tamanho razoável. Era irônico que uma governanta armada apenas com um bule de ferro quase tivesse acabado com o Assassino de Venda.

Como os *Rahtans* ririam disso.

O nome se afundou em mim com uma pontada surpreendente... e com saudade. *Rahtan.* Isso trazia de volta o que era familiar, a sensação de orgulho, o único lugar na minha vida inteira ao qual eu sentia que pertencera. Agora eu estava em um reino que não me queria e em uma cabana onde não era bem-vindo. Eu também não queria estar aqui, mas não podia ir embora. Eu me perguntava como estariam Griz e Eben. Com certeza, Griz estava curado e eles estavam a caminho de Morrighan a essa altura. Eles eram o mais próximo que eu tinha de uma família — família esta de víboras venenosas. O pensamento fez com que eu abrisse um largo sorriso.

"O que está achando tão divertido?", perguntou-me Pauline.

Olhei para a severidade no olhar dela. Será que eu havia feito isso com Pauline? Eu me lembrei de toda a sua bondade lá em Terravin... da sua gentileza. Eu havia pensado que o jovem homem pelo qual ela tão avidamente esperava não podia merecê-la, e então, quando fiquei sabendo que ele havia morrido, tinha esperado que não fosse por mãos vendanas. Talvez fosse isso que ela visse, quando olhava para mim, um vendano muito como aquele que matara o pai do seu bebê. Embora o meu sorriso tivesse esvanecido havia muito tempo, o olhar contemplativo dela permaneceu fixo em mim, esperando.

"Nada é divertido", respondi, e desviei o olhar.

Outra hora se passou, e parecia que uma dor não tinha cessado antes da outra começar. Mergulhei o pano dentro do balde de água fria e limpei a testa dela, que não ofereceu resistência dessa vez, mas fechou os olhos como se estivesse tentando fingir que não era eu quem estava fazendo isso. Eu estava tendo uma sensação ruim em relação àquilo. Ela foi assolada por um outro espasmo.

Quando a dor finalmente passou e ela relaxou de novo no travesseiro improvisado que fiz para ela, falei: "Talvez tenhamos que fazer isso sozinhos, Pauline".

Ela abriu os olhos com tudo. "Você... fazer o parto do meu bebê?" Um sorriso irrompeu na face dela pela primeira vez, e Pauline deu risada. "Eu juro que as primeiras mãos que vão tocar na minha menininha não serão as mãos de um bárbaro."

Ignorei as farpas dela, que não continham o mesmo veneno de uma hora atrás. Ela estava ficando cansada de lutar contra mim. "Você tem tanta certeza assim de que é uma menina?"

Ela não teve chance de responder. Pauline foi tomada por uma dor tão forte que fiquei com medo de que ela não fosse voltar a respirar, e então logo depois veio um grito mesclado com choro e soluços. "Não", disse ela, balançando a cabeça. "Não. Acho que ela está vindo. Benditos deuses. Agora não." Os momentos seguintes foram quentes e confusos, e as lamúrias cheias de angústia dela me dilaceravam. Ela chorava. Ela implorava. Segurei os ombros dela, que se curvaram para a frente, com dor. Ela afundava as unhas no meu braço.

Meu coração socava furiosamente o meu peito a cada grito. A criança estava vindo. Não havia mais como esperar. *Maldição, Lia!* Coloquei Pauline junto ao travesseiro, ergui o vestido e então puxei as roupas de baixo dela e tirei-as antes que eu pudesse pensar demais naquilo que eu estava fazendo. Uma cabeça apareceu no meio das pernas dela. Pauline disse uma centena de coisas para mim entre cada onda de dor, uma conversa unilateral de súplicas aos deuses e xingamentos. Ela caiu para trás, chorando, cansada demais para empurrar a criança.

"Não consigo", disse ela, soluçando e chorando.

"Estamos quase lá, Pauline. Empurre. Estou vendo a cabeça do bebê. Está vindo. Só um pouco mais."

Ela chorou, e uma felicidade fraca iluminou sua face por um breve momento, para depois desaparecer e a mulher gritar novamente. Segurei a cabeça do bebê com as mãos em concha, enquanto mais de sua cabecinha vinha para fora.

"Mais um empurrão!", berrei. "De novo."

E então vieram os ombros, e com um último e rápido movimento ruidoso, o bebê estava nas minhas mãos, úmido e quente, arqueando o seu minúsculo corpo, com uma pequena mão acenando além da sua face. Eu tinha um bebê inteiro nas mãos, cujas fendas de olhos já estavam espiando o mundo. Olhando para mim. Um olhar contemplativo tão profundo que entalhava um buraco no meu peito.

"Está tudo bem?", perguntou-me Pauline com fraqueza.

O bebê chorou, respondendo à pergunta dela.

"Ele é perfeito", falei. "Você tem um belo filho, Pauline." E eu o coloquei nos braços dela.

CAPÍTULO 53
CRÔNICAS DE AMOR E ÓDIO

ra quase como se fosse uma taverna cheia, com tanta gente apinhada em um único lugar.
Tentei imaginar que ali fosse Terravin.
Só que não tinha cerveja. Nem cozido. Nem risadas. Mas tinha um bebê.

Um bebê bonito e perfeito. Berdi estava sentada em uma ponta da cama, cantando para ele enquanto Pauline dormia. Eu, Gwyneth e Natiya estávamos sentadas à mesa, e Kaden estava adormecido no chão, na frente da lareira. Ele estava sem camisa, com uma bandagem recém-feita no ombro, e repousando a cabeça em um cobertor dobrado que Natiya havia trazido.

A chuva caía implacavelmente. Tivemos sorte de o telhado aguentar a chuva. Um balde recebia a água de um único vazamento no canto.

Quando tentei rastrear e descobrir onde ficava o quarto ao qual Pauline havia me instruído a ir no vilarejo, eu o encontrei vazio e saqueado, com as janelas escancaradas apesar da chuva. *Elas fugiram*, pensei, *por uma janela*. Isso era um sinal muito ruim. O dono da estalagem clamava que não vira nada e que não sabia onde elas teriam ido, mas ouvi o terror na voz dele, e então vi a temerosa curiosidade enquanto ele espiava nas sombras do meu capuz. Na minha pressa, eu havia deixado o lenço de luto para trás.

Puxei o capuz mais para baixo por cima da face e fui correndo até a propriedade da abadia. Instruí Natiya a ir até a cabana com os nossos cavalos e suprimentos enquanto eu procurava Berdi e Gwyneth. Fiz uma busca nas ruas e espiei em janelas de tavernas, na esperança de avistar um vislumbre delas em algum lugar, mas então o terror do dono da estalagem passou pela minha cabeça de novo. Ele estava com tanto medo de mim quanto de quem quer que fosse que tinha saqueado o quarto, e estava ansioso para que eu fosse embora. Voltei correndo para a estalagem. Berdi e Gwyneth nunca teriam ido embora sem Pauline. Encontrei-as escondidas na cozinha.

Foi uma reunião lacrimosa, mas apressada. Gwyneth disse que ela havia visto o Chanceler e soldados do lado de fora da sua janela e que ouvira as demandas enérgicas deles ao dono da estalagem para que fossem conduzidos até o quarto de Pauline. Elas ficaram pasmas com a forma como o Chanceler ficara sabendo que Pauline estava lá, e confirmaram que o dono da estalagem era digno de confiança. Ele havia enrolado enquanto pôde, dando a ela e a Berdi uma oportunidade de fugirem. Quando contei a elas sobre o estado de Pauline, o dono da estalagem nos mandou voltar com comida e suprimentos, que foram empacotados e colocados em Nove e Dieci.

Natiya havia conseguido encontrar a cabana, mas disse que Kaden já havia feito o parto do bebê na hora em que ela lá chegou e que o tinha envolvido na sua camisa. Ela havia feito uma bandagem no corte que ele tinha no ombro, que eu sabia que fora infligido por Pauline, mas ela também resolveu cuidar de um talho que ele tinha na nuca. Ele dissera a Natiya que tinha recebido um golpe pesado de um bule de ferro. Eu me perguntava de quem. Era por isso que ele não havia aparecido no nosso ponto de encontro, e talvez também explicasse o sono pesado dele agora. Kaden não se mexeu em momento algum quando entramos na cabana.

Fiquei observando as respirações regulares dele. Era estranho, mas eu não sabia ao certo se já tinha visto Kaden dormir antes. Sempre que eu estava acordada, ele estava acordado. Até mesmo naquela única noite chuvosa meses atrás, quando nós dormimos em uma ruína e os olhos dele estavam fechados, eu sabia que uma parte dele ainda me observava. Mas não nesta noite. Esse era um sono profundo que me preocupava. Que o fazia parecer mais vulnerável. Eu nem mesmo tinha tido um instante para expressar o meu alívio quando ele entrara na cabana pela manhã, mas agora eu o fitava, com a emoção me enchendo. Beijei dois dedos e ergui-os aos deuses. *Obrigada*. Ele estava machucado, mas estava vivo.

"Eu acho que eu ainda tenho umas poucas folhas de *thannis* na minha bolsa, Natiya. Você pode colocá-las em infusão e preparar um cataplasma para a cabeça dele?"

"*Thannis*?", disse Berdi.

"É uma erva com um gosto horrendo que tem alguns usos úteis além de ser bebida. Só cresce em Venda. É boa para o coração, para a alma e para estômagos ruidosos quando a comida está escassa... exceto quando produz sementes, quando ela passa de púrpura a dourada. Então, ela se transforma em veneno. É a única coisa que eles têm em abundância em Venda."

A mera menção da erva fez com que um anseio inesperado crescesse em mim. Memórias que eu enterrara soltavam-se aos tropeços. Pensei em todas as xícaras de *thannis* que me foram oferecidas: presentes humildes de um povo humilde.

Gwyneth inclinou a cabeça para Kaden, que estava dormindo perto da fogueira, e franziu o rosto. "Então... como foi que...", ela fez um floreio com a mão no ar, "*isso* tudo aconteceu? Como é que alguém passa de Assassino a seu cúmplice?"

"Não sei bem se *cúmplice* é a palavra certa", falei, partindo vagens e colocando-as em uma panela. "É uma longa história. Depois de comermos." Olhei para Berdi por cima do ombro. "O que me faz lembrar que prometi a Enzo que eu diria a você que ele ainda não queimou cozidos nem colocou a estalagem abaixo. Os hóspedes estão alimentados e a louça, limpa."

Berdi ergueu as duas sobrancelhas. "Cozido?"

Assenti. "Sim, até mesmo cozido. E não estava tão ruim assim."

Gwyneth revirou os olhos com uma surpresa genuína. "Os deuses ainda fazem milagres."

"Ninguém ficou mais surpresa do que eu quando o vi na cozinha usando um avental e limpando um peixe", falei.

Berdi soltou uma bufada, e seu rosto reluzia com orgulho. "Estou impressionada. Eu disse a ele que ele precisava progredir. Ele poderia ter seguido um rumo ou outro, mas eu não tinha escolha. Precisei me arriscar e confiar nele."

"E quanto àquele fazendeiro?", Gwyneth perguntou. "O que foi que aconteceu com ele? Ele nunca mais voltou à estalagem conforme prometeu. Ele está morto?"

Aquele fazendeiro. Eu ouvia a suspeita na forma como ela o descrevera. Tanto Berdi quanto Natiya olharam para mim, esperando por uma resposta. Endureci a minha expressão, acrescentando uma posta de porco salgado à panela antes de tampá-la e colocá-la no fogo. Sentei-me à mesa de novo.

"Ele voltou ao reino dele. Presumo que esteja bem." Eu esperava que sim. Pensei no general que o desafiara em Dalbreck. Eu não conseguia imaginar Rafe não sendo bem-sucedido, mas me lembrava da gravidade da expressão dele, das linhas que ficavam entalhadas perto dos seus olhos todas as vezes em que um dos oficiais trazia esse assunto à tona. Não havia garantias em tais coisas.

"Dalbreck. É de lá que ele é", interpôs-se Natiya. "E ele não é nenhum fazendeiro. Ele é o rei. Ele ordenou que Lia..."

"Natiya", falei, e suspirei. "*Por favor*, eu explico."

E expliquei, da melhor forma que achei possível. Passei por cima dos detalhes, enfatizando os eventos principais em Venda e o que eu ficara sabendo lá. Havia algumas coisas que eu não queria reviver, mas era difícil não falar sobre Aster. Ela ainda era um machucado profundo dentro de mim, púrpura, inchado e doloroso ao toque. Eu tive que parar e recompor os pensamentos quando cheguei ao papel dela nisso.

"Muitas pessoas morreram naquele último dia", falei, simplesmente. "Exceto a única pessoa que merecia morrer."

Quando terminei, Gwyneth reclinou-se na sua cadeira e balançou a cabeça. "*Jezelia*", disse ela, ponderando sobre a Canção de Venda. "Eu sabia que aquela garra e aquela vinha estavam lá para ficar. Nenhuma escova de cozinha seria capaz de tirá-las das suas costas."

Berdi pigarreou. "Escova de cozinha?"

Gwyneth levantou-se, como se finalmente entendesse as ramificações. "Doce misericórdia, estamos totalmente envolvidos nisso agora!", falou ela, andando em círculos pelo aposento. "Da primeira vez em que pus os olhos em você, princesa, eu sabia que traria problemas."

Balancei a cabeça, como que pedindo desculpas. "Eu sinto muito..."

Ela se aproximou de mim e deu um apertãozinho no meu ombro. "Eu não disse que era do tipo de encrenca que eu não gosto."

Fiquei com a garganta inchada.

Berdi levantou-se, com o bebê ainda aninhado em um dos braços, veio andando até mim e beijou o topo da minha cabeça. "Ai, meus deuses! Vamos resolver isso. De alguma forma."

Eu me reclinei na lateral do corpo de Berdi e fechei os olhos. Tudo dentro de mim parecia um rompante de lágrimas, enjoativo e febril, mas, por fora, eu estava seca e entorpecida.

"Tudo bem, chega disso", disse Gwyneth, e sentou-se em frente a mim. Berdi sentou-se na cadeira que sobrou. "Este é um jogo totalmente diferente agora. Os Olhos do Reino parecem estar voltados para mais do que a ordem. Qual é o seu plano?"

"Você está presumindo que eu tenha um."

Ela franziu o rosto. "Você tem um plano."

Eu nunca o havia falado em voz alta. Era perigoso, mas era a única maneira como eu poderia garantir que a minha voz seria ouvida por toda a corte e por aqueles que ainda eram leais a Morrighan... mesmo que fosse por apenas uns poucos minutos.

"Uma coisa que já fiz antes, mas que não foi bem-sucedida. Um golpe de estado", falei. Expliquei que havia conduzido uma rebelião junto com os meus irmãos dentro do Saguão de Aldrid quanto eu tinha catorze anos de idade. Aquilo não tinha acabado bem. "Mas eu estava armada somente com a minha indignação moral e com reclamações. Dessa vez, pretendo ir com dois pelotões de soldados e evidências."

Berdi engasgou-se com o chá. "Soldados armados?"

"Meus irmãos", respondi. "Eu sei que, quando eles voltarem, eles e seus pelotões vão me apoiar."

"Dois pelotões contra todo o exército morriguês?", questionou-me Berdi. "A cidadela seria cercada em poucos minutos."

"Motivo pelo qual preciso de evidências. O saguão é defensável por um curto período de tempo com o gabinete mantido como refém. Tudo de que preciso são uns poucos minutos, se eu conseguir expor ao menos um dos traidores com evidências. Então o conclave poderia dar ouvidos a tudo que eu tenho a dizer."

Gwyneth deu uma bufada. "Ou você receberia uma flechada no peito antes de ter uma chance de dizer qualquer coisa."

Era bem sabido que, durante as sessões do conclave, guardas totalmente vestidos com trajes de gala, armados com arcos e flechas, ficavam postados em duas torres da galeria que davam para o Saguão de Aldrid. Eles nunca haviam disparado uma flecha que fosse. Aquele era o protocolo, uma outra tradição mantida desde tempos primevos, quando lordes do outro lado de Morrighan se reuniam, mas as flechas dos guardas eram de verdade, e eu presumia que eles sabiam como atirá-las. Da última vez em que eu havia entrado tempestivamente, eu sabia que eles não atirariam na filha do rei. Dessa vez, eu não tinha essa garantia.

"Sim, é possível que eu receba uma flechada", concordei. "Não consigo pensar em tudo de uma vez. Nesse momento, preciso encontrar evidências. Eu sei que o Chanceler e o Erudito Real estão envolvidos, mas quando fiz uma busca nos escritórios deles, não encontrei nada. Os lugares estão tão limpos que nem mesmo uma partícula de poeira se atrevia a pairar no ar. Também há..."

Parei de falar. *Minha mãe.* Essas duas pequenas palavras que eu não conseguia forçar a saírem. *Não. Não ela.* Havia uma muralha dentro de mim, impossível de ser escalada até mesmo depois do que eu testemunhara. Eu não conseguia dizer o nome dela junto com os nomes dos outros traidores de uma só vez. Ela nunca teria colocado Walther em risco. Ela o amava demais para fazer uma coisa dessas. Algumas coisas eram verdadeiras e reais. Tinham que ser. Cerrei os olhos, procurando o céu cheio de estrelas e o telhado para longe do qual ela havia me levado. *Não há nada a saber, doce criança. É só o frio da noite.*

Eu mesma a tinha visto com o Erudito Real, e sabia que ele estava atolado nisso tudo. Seus eruditos prediletos trabalhavam nas cavernas no Sanctum. Berdi e Gwyneth esticaram as mãos na mesa e apertaram as minhas, e abri os olhos.

"Posso ficar um pouco com ele?"

Ergui o olhar. Pauline estava acordada. Fui até o lado da cama dela e sentei-me na beirada, e todas nós nos alternamos, beijando-a e dando-lhe os parabéns antes que Berdi aninhasse o bebê nos braços dela.

Gwyneth ajudou Pauline a segurar o bebê e alimentá-lo no seu seio, e depois recuou e ficou ali, parada, em pé, com as mãos nos quadris. "Olhem para isso. Ele toma o leite como um campeão."

"Já tem um nome para ele?", perguntou-lhe Berdi.

Uma breve nuvem passou pelos olhos de Pauline. "Não."

"Você tem muito tempo para pensar nisso", disse Berdi. "Verei se temos alguma coisa melhor do que essa velha camisa rasgada para envolvê-lo."

"Talvez um daqueles suéteres de duas cabeças que você tricotou?", disse Gwyneth, piscando, e ela e Berdi foram até o canto oposto do quarto e começaram a desempacotar a bolsa que haviam trazido.

Estiquei a mão e toquei em um minúsculo dedo do pé cor-de-rosa do menino, que estava aparecendo, saindo da camisa de Kaden, o que lhe servia como cueiro. "Ele é bonito", falei. "Como está se sentindo?"

"Bem o bastante", ela respondeu, revirando os olhos, "considerando que acabei de exibir as minhas partes íntimas para um bárbaro assassino." Ela soltou um suspiro. "Mas imagino que, em comparação com aquilo pelo que você passou, essa seja uma indignidade pequena a suportar."

Sorri para o bebê. "E olhe para o prêmio. Valeu a pena, não foi?"

Ela olhou radiante para o filho, passando com gentileza o dedo pela bochecha dele. "Sim", disse ela. "Eu ainda não consigo acreditar muito bem nisso." Ela olhou para Kaden, e o sorriso desapareceu. "O que foi que aconteceu com ele?", disse ela em um sussurro. "As cicatrizes?"

Kaden estava deitado de lado, curvado, com as costas voltadas para nós. Eu havia me acostumado com as cicatrizes dele, mas tinha certeza de que elas deveriam ser chocantes para as outras pessoas.

"Traição", respondi.

E contei a ela sobre quem ele fora e o que havia suportado.

Quando Kaden acordou, ele se levantou, desajeitado, roçando a mão pelo peito desnudo, e disse olá para Berdi e Gwyneth.

Berdi franziu o rosto, com as mãos nos quadris. "Bem, você é cheio de surpresas, não é, *mercador de peles*?"

"Imagino que sim", ele respondeu, com um leve rubor tingindo as têmporas.

Gwyneth soltou uma bufada. "Uma das quais é fazer partos."

Kaden se virou, olhando para Pauline. "Como ele está?"

"Bem", Pauline respondeu, baixinho.

Ele foi andando até ela, com um sorriso puxando o canto da sua boca, e gentilmente cutucou o cobertor para o lado, de modo que pudesse ver a face do bebê. Pauline reclinou-se, erguendo o bebê de forma protetora junto ao seu peito. Kaden notou que ela havia recuado, e o seu sorriso desapareceu. Ele se afastou dela, em um pequeno movimento que ardia com desapontamento, e meu coração doía por ele. Mas eu também entendia Pauline. Depois de tudo pelo que ela passara, a confiança era algo tão escorregadio quanto a esperança.

"Alguma outra coisa com que você planeja nos surpreender?", perguntou-lhe Berdi.

Kaden olhou para mim. "Lia, preciso falar com você em particular."

"Espere um pouco, soldado", interpôs-se Gwyneth. "Qualquer coisa que você tiver a dizer a ela, pode dizer a todas nós."

Assenti. Em algum momento, nós tínhamos que começar a confiar uns nos outros.

Ele deu de ombros. "Como quiserem. Eu tenho o nome de um outro dos seus traidores. Meu pai não é mais lorde do condado de Düerr. Ele assume uma posição no gabinete do rei."

Pauline inspirou a fundo e com pungência. Kaden não tinha que dizer um nome. Ficou imediatamente aparente para ela, muito como o havia sido para mim. Não havia outra pessoa no gabinete cujos cabelos eram de um loiro-branco como os de Kaden, nem com seus cálidos olhos castanhos. Até mesmo o som da sua voz, firme e calmo, era o mesmo. Tudo que deveria ter sido óbvio escapara a nós, e eu me dei conta de que havia suposições que fazíamos sobre as pessoas e, uma vez que fazíamos isso, o que supúnhamos era tudo que conseguíamos ver: Kaden era um bárbaro assassino, o Vice-Regente era um respeitado lorde que descendia dos Guardiões Sagrados e com certeza um não poderia ter nada em comum com o outro.

Berdi e Gwyneth não conheciam o Vice-Regente e permaneceram em silêncio, mas Kaden olhou de relance de mim para Pauline, perguntando-se qual seria a reação dela. "Lorde Roché", disse ele ainda, para confirmar a afirmação.

Por um instante, planejei mentir para ele, dizer que não havia qualquer lorde Roché no gabinete, temendo que ele fosse sair em um rompante tempestuoso e ser atingido na cabeça de novo, mas ele já estava lendo os meus olhos.

"Não minta para mim, Lia."

Eu me preparei, sabendo que ele não receberia bem aquilo.

"Eu sei quem é ele. Encontrei-me com ele há dois dias. Ele é um membro do gabinete, como você disse. Ele pode ter sido um pai terrível, Kaden, mas não há provas de que seja um traidor."

CAPÍTULO 54
CRÔNICAS DE AMOR E ÓDIO

Eu observei Kaden sair batendo os pés em direção ao moinho para ver como estavam os animais. Eu quase podia ver o vapor erguendo-se dos ombros dele.

É mentira! Eu não tinha parentes. Minha mãe era filha única. As pessoas que me receberam eram mendigos.

Eu vi a fúria estampada no rosto dele, mas também me lembrei do pesar genuíno nos olhos do Vice-Regente. *Ele tinha apenas oito anos de idade, uma criança que estava sofrendo com o luto, que havia acabado de perder a mãe.*

Se havia uma coisa que eu tinha aprendido era que o tempo era capaz de distorcer e retalhar a verdade como se fosse uma folha de papel esquecida e acabada ao vento. Agora eu tinha que juntar os pedaços rasgados novamente.

Eu disse a Natiya que tinha um outro trabalho para o sacerdote, e na primeira aliviada no tempo, ela precisaria ir até ele. Um registro de governantas treinadas era mantido nos arquivos. Em algum lugar lá, tinha que haver alguma informação a respeito de uma governanta chamada Cataryn.

Dieci mexia as orelhas com satisfação enquanto eu fazia cócegas entre elas. Dei igual afeto a Nove e me perguntava se eles também sentiam falta de Otto. O moinho estava seco, mas uma parede fora derrubada fazia um bom tempo, deixando o antigo prédio frio e com ventos muito fortes. Corujas dormiam empoleiradas nas vigas altas. Natiya sentou-se em um canto afastado, passando uma pedra de amolar por sua espada. Nós havíamos lutado para treinar essa manhã. Foi ela que me lembrou da necessidade de mantermos as habilidades aguçadas. Os hábitos que eu havia ensinado a ela ao cruzar o Cam Lanteux permaneciam profundamente arraigados.

Pauline ficara nos observando com o que eu achava que era um olhar duvidoso, e depois ela me questionou sobre o exército do Komizar.

"Eles vão destruir Morrighan", falei, "e os traidores aqui vão ajudá-los com isso. Nós temos que estar preparados."

"Mas, Lia..." Ela deu de ombros, a expressão cheia de ceticismo. "Isso é impossível. Nós somos os Remanescentes favorecidos. Os deuses ordenaram isso. Morrighan é grande demais para cair."

Olhei para ela, não sabendo ao certo o que dizer, não querendo abalar ainda mais o mundo dela, mas não tinha escolha.

"Não", falei. "Nós não somos grandes demais. Nenhum reino é grande demais para cair."

"Mas os Textos Sagrados dizem..."

"Existem outras verdades, Pauline. Verdades que você precisa saber." E contei a ela sobre Gaudrel, Venda e a menina Morrighan, que foi roubada de sua família e vendida a Aldrid, o abutre, por um saco de grãos. Contei a ela sobre as histórias das quais nunca antes tivemos conhecimento e sobre os ladrões e os abutres que eram os fundamentos do nosso reino, e não um Remanescente escolhido. Os Guardiões Sagrados não eram nem um pouco sagrados. Dizer isso em voz alta a ela parecia cruel, como se eu tivesse roubado um querido pedaço de cristal da mão dela e o tivesse esmagado sob os meus pés, mas isso precisava ser dito.

Pauline levantou-se, pasma, dando a volta na cabana, tentando absorver essas novidades. Eu via que ela estava verificando mentalmente os textos sagrados.

ও 341 ও

Ela se virou em um giro. "E como você sabe que as histórias que descobriu são verdadeiras?"

"Eu não sei. E essa é a parte mais difícil. Mas eu sei que existem verdades que foram escondidas de nós, Pauline. Verdades que cada pessoa tem que encontrar nos nossos corações. A verdade é tão livre quanto o ar, e todos nós temos o direito de respirar tão a fundo quanto desejarmos. A verdade não pode ser contida na palma da mão de um único homem."

Ela desviou o olhar e fitou o palheiro onde as corujas dormiam empoleiradas. Com cada balançar da cabeça dela, eu sabia que ela estava tentando dispensar essas novas informações, pesando as minhas verdades em comparação com a única outra verdade que ela sempre conhecera: os Textos Sagrados Morrigueses.

Abutres.

Se isso fosse verdade, essa história nos privava da nossa posição privilegiada entre os reinos. Enquanto eu a observava, eu entendia com clareza por que o Erudito Real havia escondido a história de Gaudrel. Essa história minava quem éramos. O que eu não entendia era por que ele simplesmente não destruíra o livro. Alguém tinha tentado fazer isso uma vez.

Pauline inspirou fundo e limpou as mãos na saia, alisando-a. "Eu tenho que voltar para a cabana", disse ela. "Está na hora de dar de mamar ao bebê."

PAULINE

Durante a noite, depois de alimentar o bebê, eu ficara deitada de lado por um bom tempo, observando enquanto Kaden dormia, ainda pensando nas cicatrizes dele. Agora, quando ele olhasse no espelho, veria outra marca, aquela que eu havia deixado, junto com as infligidas pelo pai. Lá em Terravin, uma simples camisa e umas poucas palavras bondosas encobriram tudo sobre quem eu acreditara que ele fosse. Mikael havia feito o mesmo, mas ele cobria a sua verdadeira natureza com algumas poucas palavras floreadas. Eu deixei que essas palavras me seduzissem e entrassem em mim até que elas eram tudo que eu enxergava.

Seria possível algum dia conhecer de fato alguém, ou será que eu era a pior julgadora de caráter de toda a história? Rolei na cama, olhando para as sombras que tremeluziam no teto. O fato de que ele vira as minhas partes íntimas era a menor das minhas aflições. Eu ainda estava assombrada pela expressão dele logo que ergueu o bebê nas mãos. Aquilo parecia real. Os olhos dele estavam cheios de deslumbramento, mas então, quando esticou a mão e colocou o bebê no meu peito, Kaden ficou hesitante, como se já soubesse que eu nunca permitiria que ele tomasse a criança nos braços outra vez. Uma parte de mim sabia que eu precisava agradecer a ele por me ajudar, mas outra parte ainda estava com raiva e uma parte maior ainda estava com medo. Como eu poderia ter certeza de que qualquer bondade vinda dele fosse real dessa vez? E se ele ainda estivesse nos usando para outro propósito, da forma que fizera antes? Eu sabia que Lia confiava nele. Isso deveria ter sido o bastante para mim, mas a confiança estava fora do meu alcance.

Ajoelhei-me no pórtico, limpando o engradado que ele encontrara no moinho. *Isso pode servir como um berço passável por enquanto*, ele havia dito quando o ofereceu a mim nessa manhã. O olhar dele não se encontrou com o meu. Ele só o colocou no pórtico e saiu andando. Estava quase longe o suficiente para não me ouvir quando o chamei. Quando ele se virou, eu disse: "Obrigada". Kaden ficou lá, parado, me estudando, e então, por fim, assentiu e partiu.

Havia chovido durante quatro dias seguidos, e rios de água desciam pelas encostas das colinas, com mais vazamentos surgindo no telhado da cabana. Eu não sabia ao certo se o dilúvio fora uma bênção ou uma maldição, deixando-nos presos em aposentos tão pequenos, mas isso também forçara Lia e Kaden a resolverem a discussão que rolava entre eles: Kaden queria ele mesmo ir ter com o Vice-Regente. Confrontá-lo. Lia disse que não. Não até que fosse o momento certo. Eu fiquei surpresa com o fato de que ele dera ouvidos a ela. Havia um estranho elo entre os dois que eu ainda não entendia. No entanto, quando ela disse que existia a possibilidade de que o Vice-Regente houvesse mudado, que onze anos poderiam fazer com que um homem mudasse, e ela indicara Enzo como prova disso, Kaden ficou enfurecido. Tive um vislumbre do assassino que ele fora. Talvez o assassino que ele ainda fosse, e eu entendi que, quando ele falou "confrontar", ele não estava querendo dizer "conversar". "As pessoas não mudam tanto assim!", berrou Kaden, e saiu tempestivamente na chuva. Voltou uma hora depois, ensopado, e os dois não falaram disso de novo.

Eu havia dito a mim mesma que as pessoas não mudavam, mas ponderei a possibilidade. Lia mudara. Ela sempre fora destemida, ignorando as ameaças quando alguma coisa a irritava muito, impulsiva, às vezes com um elevado custo para si mesma, mas eu via um aço calculista e mais frio nela agora que não estava lá antes. Ela tinha sofrido. Todos os meses que passei me preocupando com ela não foram infundados. Ela tentou passar de leve pelos detalhes, mas vi as cicatrizes onde flechas haviam perfurado as suas costas e a sua coxa. Ela quase morreu. Eu vi a fina linha na sua têmpora onde o Komizar havia batido nela. Mas havia outras cicatrizes que não podiam ser encontradas na pele. Era com essas cicatrizes que eu me preocupava: um olhar fixo e vazio, um punho cerrado e enrolado, um lábio torcido em desafio com alguma recordação, cicatrizes mais profundas por ver as pessoas que ela amava assassinadas e por saber que mais pessoas haviam morrido depois que Lia fugira. Eu via que ela se importava com o povo vendano. Com frequência, ela falava no idioma deles com Kaden, e as memórias sagradas dela incluíam as tradições deles também.

"Você é um deles agora, Lia?", perguntei a ela.

Lia olhara para mim, surpresa a princípio, mas depois alguma memória tremulou nos seus olhos, e ela não me respondeu. Talvez nem ela mesma estivesse certa disso.

Eram as memórias sagradas o que mais havia mudado. Ela não as dizia por uma obrigação cheia de ressentimentos, não mais, e sim com um poder apaixonado que tornava o ar imóvel, chamando não apenas os deuses — parecia que chamava as estrelas e as gerações também. Uma plenitude crescia no ar como se as respirações do mundo estivessem sincronizadas com as nossas, e eu via Lia fitar a escuridão, com os olhos focados em alguma coisa que o restante de nós não conseguia ver.

Lia não mais temia o dom; agora, abraçava-o. Ela persuadia com paciência, exigia, confiava. Falava do dom de formas que eu nunca havia ouvido antes, das suas formas de ver e de saber, e de confiar, formas estas que faziam com que eu tentasse alcançar mais a fundo dentro de mim mesma.

Eu tivera um vislumbre da devastação dela também. Lia escondia bem o sentimento, mas, quando Natiya começou a descrever para Berdi e Gwyneth como eram o exército de Dalbreck e o posto avançado e fez uma mera menção ao nome de Rafe, ela saíra andando até o pórtico como se não conseguisse aguentar ouvir aquilo. Eu fui atrás e a encontrei reclinada em uma coluna observando a chuva torrencial.

"A menina parece fascinada com o exército dalbretchiano", falei. "Ela é muito nova para estar carregando todas aquelas armas. Eu não achei que nômades..."

"Eles não portam armas", disse Lia. "Natiya tentou me ajudar, costurando uma faca na bainha do meu manto. O acampamento dela pagou um alto preço por isso."

"E agora ela quer justiça."

"As mesmas pessoas a quem ela dera as boas-vindas no seu acampamento a traíram. Seu modo de vida... e sua inocência... foram roubados. Uma dessas coisas ela pode conseguir de volta; a outra, nunca."

Tentei gentilmente forçar a conversa para outro caminho. "Ela tem uma alta consideração pelo rei de Dalbreck."

Lia não respondeu.

"O que foi que aconteceu entre vocês dois?", perguntei.

As têmporas dela reluziam com a luz da janela da cabana, e ela balançou de leve a cabeça. "O que quer que tenha acontecido, foi melhor assim."

Toquei no ombro dela, e o olhar de Lia se encontrou com o meu. O que eu via nos olhos dela não era o melhor.

"Lia, sou eu. Pauline. Pode me contar", falei, baixinho.

"Deixe isso para lá. Por favor."

Ela tentou desviar o olhar e segurei nos braços dela. "Não vou fazer isso. Fingir que você não está sentindo dor não vai fazer com que ela desapareça."

"Não posso", disse ela. A voz soava rouca. Seus olhos ficaram marejados, e ela, com raiva, bateu nos seus cílios. "Não posso pensar nele", disse ela com mais firmeza. "Há coisas demais em jogo, incluindo a vida dele. Não posso me dar ao luxo de ter distrações."

"E isso é tudo que ele era? Uma distração?"

"Você, acima de todas as pessoas no mundo, sabe que essas coisas nem sempre dão certo."

"Lia", falei, com firmeza na voz, e fiquei esperando.

Ela cerrou os olhos. "Eu precisava dele. Mas o reino dele também precisava. Essa é uma realidade que nenhum de nós pode mudar."

"Mas..."

"Achei que ele fosse vir", sussurrou ela. "Contra toda a razão. Eu sabia que ele não podia fazer isso. Ele nem mesmo deveria fazer uma coisa dessas, mas eu ainda me encontrava olhando por cima do ombro, pensando que ele mudaria de ideia. Nós nos amávamos. Trocamos votos. Juramos que reinos e conspirações não ficariam entre nós... mas ficaram."

"Conte-me tudo desde o início. Conte-me da forma como eu lhe contei sobre Mikael."

Conversamos durante horas. Ela me contou coisas que não me contara antes, sobre o momento em que se deu conta pela primeira vez de quem ele de fato era, os tensos minutos antes que eles cruzassem a fronteira e entrassem em Venda, o bilhete que ele tinha carregado no colete todos aqueles meses, a forma como ela precisou fingir que o odiava quando tudo que ela queria era abraçá-lo, a promessa dele de um novo começo, a forma como a voz dele a mantinha presa a este mundo quando Lia se sentia escorregando para dentro de outro mundo, e então a discussão amarga dos dois ao se separarem.

"Quando eu o deixei para trás, marcava todos os dias que estavam entre nós escrevendo as últimas palavras dele no solo: é melhor assim... até que eu finalmente acreditei que elas eram verdadeiras. Então, encontrei meu vestido de casamento no lugar onde ele o havia escondido no palheiro na estalagem e isso fez com que todas as emoções aflorassem em mim de novo. Quantas vezes tenho que deixar isso para lá, Pauline?"

Olhei para ela, sem saber como responder. Até mesmo depois de tudo que Mikael tinha feito, todos os dias eu precisava deixar isso para lá mais uma vez. Ele era um hábito nos meus pensamentos, não mais bem-vindo do que brotoeja, mas constantemente me encontrava pensando nele antes de até mesmo me dar conta do que estava fazendo. Bani-lo dos meus pensamentos era como aprender a respirar de um jeito novo. Era um esforço consciente.

"Eu não sei, Lia", foi o que eu respondi. "Porém, por mais tempo que isso leve, você sempre vai poder contar comigo."

Eu me sentei relaxada e olhei para o engradado. A madeira era macia e robusta. Eu me levantei e pendurei-a na viga do pórtico para secar. *Sim, Kaden está certo. É só colocar um cobertor macio aqui que esse será um berço bem passável.*

m grito parte o ar.
Os pachegos capturaram alguma coisa.
As crianças choram,
A escuridão, profunda demais,
As barrigas delas, vazias,
Os uivos do pachego, perto demais.
Shhhhh, sussurro.
Conte a elas uma história, suplica Jafir.
Conte a elas uma história de Antes.
Mas Antes nunca foi o meu tempo para que eu o conhecesse.
Busco na memória pelas palavras da Ama.
A esperança. O fim da jornada.
E, desesperadamente, acrescento minhas próprias palavras a elas.
Reúnam-se aqui perto, crianças,
E contarei a vocês uma história de Antes.
Antes que o mundo fosse marrom e infértil,
Quando ainda era uma joia azul rodopiante,
E torres cintilantes tocavam as estrelas.
Os abutres ao meu redor fazem troça.
Mas não Jafir.
Ele sente tanta fome por uma história quanto as crianças.

— *As palavras perdidas de Morrighan* —

56

CRÔNICAS DE AMOR E ÓDIO

RAFE

la está enfurnada em uma pequena cabana não longe da cidadela, com três mulheres e Kaden. Uma menina nômade também", disse Tavish.

"Você desobedeceu às ordens."

Jeb abriu um largo sorriso. "Você sabia que faríamos isso."

"E está feliz por termos feito", acrescentou Orrin.

"Para que é aquilo?", perguntou-me Jeb, assentindo em direção ao controlador e a três Valsprey engaiolados.

"Para o caso de as coisas não irem bem para nós. Um presente de despedida do general Draeger. O homem insistiu nisso. Não quer que a gente suma na borda do continente de novo sem nenhuma palavra."

Tavish analisou os detalhes da nossa companhia com um olho cheio de suspeitas e virou-se para o capitão Azia, talvez imaginando que conseguiria obter mais informações dele. "Como foi que você conseguiu tantos cavalos com equipamentos morrigueses?"

Sven pigarreou, antecipando-se em responder no lugar de Azia. Eu sabia que a pergunta criara um gosto amargo na língua dele tanto quanto na minha. "É uma longa história", foi a resposta dele.

"Explico mais tarde", respondi a Tavish. "Volte cavalgando e diga ao restante do pessoal que está na hora de se dividirem, seguindo para as estradas a leste e ao norte que dão para a cidade. E diga para que fiquem em grupos de não mais do que três ou quatro. Não podemos descer na cidade todos de uma vez."

Nós éramos fazendeiros, mercadores, comerciantes, e não um batalhão de uma centena de soldados armados. Pelo menos era isso que queríamos que eles pensassem.

Capítulo 57
CRÔNICAS DE AMOR E ÓDIO

Sobe e desce.
Sobe e desce.
Joguei de lado o meu cobertor e me sentei ereta, com a pele quente e fria ao mesmo tempo. Os cânticos sincronizados, os guinchos de engrenagens, o nauseante clangor metálico ainda soava nos meus ouvidos. Olhei ao redor, tranquilizando-me de que ainda estava na cabana. Estava escuro e silencioso, exceto pelos leves roncos de Berdi. *Apenas um sonho,* disse a mim mesma, e me deitei, lutando para voltar a dormir. Finalmente cochilei nas horas logo antes da alvorada e dormi até tarde, mas, quando finalmente acordei, eu soube: os sons e os cânticos eram reais. A ponte estava consertada. Eles estavam vindo.

Olhei ao meu redor. A cabana estava vazia, exceto por Gwyneth, que cochilava na cadeira de balanço com o bebê nos braços. Notei que a melodia das gotas caindo em baldes e tigelas havia finalmente parado. Eu finalmente podia voltar a entrar de forma sorrateira na cidade. As ruas estariam cheias de novo, e eu poderia passar despercebida, além de que Bryn e Regan poderiam estar de volta. Eu me vesti em silêncio, colocando os meus couros protetores de cavalgada e prendendo em mim todas as armas que tinha. Se tudo saísse bem, eu poderia estar conduzindo os meus irmãos e os seus camaradas para dentro do Saguão de Aldrid nesta tarde. Primeiramente, faria uma busca completa na cidadela uma última vez atrás de evidências, mas, com a ponte consertada, eu não podia mais esperar para confrontar o gabinete. Joguei o meu manto em cima de mim e fui na ponta dos pés ver os outros. Encontrei Pauline na extremidade do pórtico, erguendo um engradado e pendurando-o em um prego em uma madeira do pórtico.

"Você tem certeza de que deveria estar fazendo isso?"

"Eu tive um bebê, Lia, não sofri um acidente. Para falar a verdade, estou me sentindo muito bem. Pela primeira vez em semanas eu não tenho um pé pressionando a minha bexiga. Além disso, limpar um engradado é um trabalho bem fácil. Kaden conseguiu isso para mim no moinho. Ele acabou de voltar lá para soltar os animais. A aveia acabou. Eles precisam pastar."

Eu esperava que isso fosse tudo que ele estivesse fazendo. Eu sabia que Kaden ainda queria confrontar o pai.

Olhei ao meu redor, andando até a outra ponta do pórtico. "E quanto a Berdi e Natiya? Onde estão elas?"

"Elas foram até a cidade enquanto temos tempo bom para buscar mais suprimentos." Pauline passou a mão ao longo de um dos lados do engradado. "Isso dará um berço decente por ora... pelo menos para quando não houver braços para segurar o bebê."

"Parece que sempre teremos braços disponíveis. Gwyneth mal soltou o seu filho."

Pauline soltou um suspiro. "Eu notei. Espero que isso não seja doloroso para ela. Tenho certeza de que aviva suas memórias sobre todas as vezes em que ela não pôde segurar o próprio bebê."

"Ela contou a você?", perguntei, surpresa que Gwyneth tivesse dividido o que eu achava que fosse um segredo muito bem guardado. Eu só adivinhara porque tinha visto a maneira como ela olhava para Simone lá em Terravin. Uma ternura se assomava à sua face, a qual ela não tinha por qualquer outra pessoa.

"Em relação a Simone?" Pauline balançou a cabeça. "Não, ela se recusa a falar sobre isso. Ela ama aquela menininha mais do que o próprio ar que respira, mas, ao mesmo tempo, aquele amor é o que a deixa com medo. Creio que seja por isso que ela mantenha distância da garota."

"Medo de quê?"

"Ela não quer que nem mesmo o pai descubra que Simone existe. Ele não é um bom homem."

"Ela contou a você quem é o pai?"

"Não exatamente, mas eu e Gwyneth encontramos esse estranho lugar da verdade. Há muita coisa que partilhamos sem nunca dizermos nenhuma palavra que seja." Ela desatou o avental molhado que usava e o pendurou para secar ao lado do engradado. "O Chanceler é o pai de Simone."

Fiquei de queixo caído. Eu sabia que Gwyneth tinha algumas conexões repugnantes, mas nunca suspeitei que uma delas estivesse tão alta na cadeia de poder. Gwyneth tinha bons motivos para sentir medo. Eu me virei, xingando em vendano para poupar os ouvidos de Pauline e uma penitência.

"Você pode xingar em morriguês", disse ela. "Sem necessidade de penitência. Eu mesma disse a mesma coisa provavelmente. Ou até pior."

"Você, Pauline?" Abri um largo sorriso. "Brandindo facas *e* xingando? Meus deuses, como você mudou!"

Ela riu. "Engraçado, eu estava pensando o mesmo em relação a você."

"Para melhor ou para pior?"

"Você é aquilo que precisa ser, Lia. Nós duas mudamos por necessidade." Uma ruga se formou no rosto dela. Pauline notou os meus couros de cavalgada debaixo do meu manto pela primeira vez. "Está indo a algum lugar?"

"Agora que a chuva diminuiu, as pessoas vão estar nas ruas novamente. Eu posso passar despercebida e certamente Bryn e Regan já devem ter voltado a essa altura. Eu quero..."

"Eles não voltaram ainda."

"A Cidade dos Sacramentos fica apenas a uns poucos dias de caminhada, e dedicar uma pedra memorial não leva mais do que um dia. Bryn e Regan não vão..."

"Lia, eu acho que você entendeu errado. Eles estão indo a mais cidades depois de lá, e depois seguirão para os Reinos Menores. Regan vai para Gitos, e Bryn, para Cortenai. Eles estão em uma missão diplomática ordenada pelo Marechal de Campo."

"Do que está falando? Príncipes não saem em missões diplomáticas. Eles são soldados."

"Eu também questionei isso, especialmente com o seu pai doente. Isso não segue o protocolo. No entanto, Bryn achou que fosse importante, e seu pai aprovou."

Todo aquele caminho até os Reinos Menores? Meu coração afundou no peito. Isso poderia significar semanas de espera que nós poderíamos nos dar ao luxo de ter. Além disso, eu não podia marchar conclave adentro sem eles.

Balancei a cabeça em negativa. *Uma missão diplomática.* Eu sabia como Bryn e Regan odiavam essas coisas. Eu podia visualizar Regan revirando os olhos. A única parte de que ele gostava era cavalgar a céu aberto...

Senti a garganta apertar.

Eles estavam fazendo muitas perguntas, tentando chegar à verdade. Exatamente como Walther fizera. *Vou tentar descobrir as coisas discretamente.*

O que os tornava uma desvantagem.

"Qual é o problema?", perguntou-me Pauline.

Eu me segurei na coluna do pórtico para me equilibrar. Uma visita a um Reino Menor significaria dias viajando pelo Cam Lanteux. Eles seriam alvos fáceis e pegos de surpresa. Meu coração ficou frio. Eles não estavam em uma missão. Estavam se dirigindo a mais uma emboscada. Os príncipes estavam sendo eliminados... juntamente com as suas perguntas.

Meu pai nunca teria aprovado isso. Não se ele soubesse.

"É uma emboscada, Pauline. Bryn e Regan estão indo para uma emboscada, a mesma coisa que aconteceu com Walther. Eles têm que ser impedidos antes que seja tarde demais. Eu preciso contar isso ao meu pai. Agora."

E saí correndo em direção à cidadela, rezando para que já não fosse tarde demais.

58
CAPÍTULO
CRÔNICAS DE AMOR E ÓDIO

KADEN

"lá, Andrés."

Eu havia prometido a Lia que não confrontaria o meu pai. Mas nada tinha dito em relação ao meu irmão. Eu ouvira Pauline se perguntar em voz alta para Gwyneth se poderia ter sido Andrés quem a havia seguido até a estalagem e alertado o Chanceler sobre onde elas estavam ficando. Pauline não revelara sua identidade a Andrés, mas ela se lembrava de que ele lhe havia feito muitas perguntas. Uma vez que ela ficara sabendo do que o Vice-Regente fizera a mim, isso a levou a imaginar se as perguntas dele não eram assim tão inocentes. Afinal de contas, ele era filho do Chanceler.

Surpreendi Andrés no portão do cemitério logo depois que ele entrou ali, rapidamente enganchando um braço por cima do ombro dele, como se fôssemos velhos amigos, com a outra mão segurando discretamente uma adaga pressionada na lateral do corpo dele. "Vamos dar uma volta, certo?" Ele captou a mensagem de imediato e andava no mesmo ritmo que eu.

Eu o conduzi até a cripta de Morrighan no centro do cemitério, um lugar cheio de teias de aranha, espíritos, luz fraca e paredes espessas. Uma vez que havíamos descido as escadas, eu o empurrei para longe. Ele tropeçou para a frente e se virou.

Ele colocou a cabeça em ângulo para o lado enquanto finalmente dava uma boa olhada em mim. O entendimento veio rápido. Acho que sou parecido demais com o nosso pai. Andrés puxara à mãe dele, sua coloração cinzenta, um rosto redondo de querubim, mais adequado para pedir esmolas nas esquinas das ruas... mas não era um filho bastardo.

"Kaden?" Vi os dedos dele contorcendo-se, como se fosse pegar sua arma. "Eu achei que você estivesse morto."

"Esse era o objetivo. Mas não aconteceu assim."

"Sei que você tem motivos para sentir raiva pelo que ele fez a você, Kaden, mas já se passaram anos. Nosso pai mudou."

"Com certeza."

Ele olhou de relance para a minha adaga, ainda segura com firmeza na lateral do meu corpo. "O que você quer?", ele me perguntou.

"Respostas. E talvez um pouco de sangue para pagar por tudo que eu perdi."

"Como foi que soube onde me encontrar?"

"Marisol me contou", foi a minha resposta.

Ele franziu o rosto. "Pauline, você quer dizer."

"Imaginei que já soubesse."

"A barriga me confundiu, mas a voz dela... eu tinha encontrado Pauline uma vez. Ela não se lembrava de mim. Acho que não causei uma grande impressão, mas ela me impressionou. Ela está..."

"Ela não vai voltar", falei com firmeza, de modo que ele soubesse que quaisquer olhos que ele tivesse colocado em Pauline seriam uma coisa do passado. "Diga-me, Andrés, como foi que você foi o único a não cavalgar com o pelotão do príncipe Walther da única vez em que eles encontraram uma brigada vendana?"

Ele estreitou os olhos. "Não cavalguei com eles porque estava doente."

"Eu não me lembro de você sendo do tipo que vivia doente. Isso acontece com frequência ou foi só uma coincidência o fato de que, ficando em casa, seu pescoço foi salvo?"

"O que você está querendo dizer com isso, meu irmão?", disse ele com desprezo.

"Eu realmente preciso deixar claro?"

"Fiquei doente por uma semana, quase delirando. O Médico da Corte pode confirmar isso. Quando voltei a mim, o pai disse que eu tinha ficado doente com uma febre."

"Você estava com ele quando ficou doente?"

"Sim. Eu tinha jantado com ele e com uns poucos membros do gabinete nos apartamentos dele na noite anterior ao dia em que eu deveria sair em cavalgada, mas, quando estava de saída, fiquei zonzo e caí. Os criados do nosso pai me ajudaram a ir para a cama. Eu não me lembro de muita coisa depois disso. Que diferença faz? Ninguém sabia com o que Walther e os outros iriam se deparar!"

"É claro que alguém sabia. E esse alguém não queria que o seu único filho fosse a um massacre que ele havia planejado. Estou achando que o filho ficou feliz em desempenhar o seu papel."

Ele sacou a espada. "Você está falando em traição."

Os olhos dele estavam arregalados e ensandecidos, a voz, desesperada, e passou pela minha cabeça que ele poderia, de fato, estar falando a verdade. Pauline me dissera que ele sentia o pesar pela morte do pelotão. Se o pesar dele não fosse real, por que outro motivo ele viria aqui para sofrer com o luto todos os dias? Eu o analisei, pensando na possibilidade de algum outro tipo de motivação, mas eu só via aflição nos olhos dele, e não engodo.

"Coloque isso de lado, Andrés. Eu preferiria não matar você."

Ele abaixou a espada. "Quem é você?", ele me perguntou, como se sentisse que eu não era mais apenas o seu irmãozinho descartado.

"Ninguém que você queira conhecer", falei. "Quem mais estava lá na noite em que você ficou doente?"

Ele pensou por um instante e depois me disse que, além do seu pai, ele também havia jantado com o Chanceler, o Capitão da Vigília e o Médico da Corte.

CAPÍTULO 59
CRÔNICAS DE AMOR E ÓDIO

Meus pais dividiam uma câmara de casamento, mas havia uma suíte particular ao lado do consultório do médico para os membros da família da realeza quando eles ficavam doentes ou precisavam de cuidados. Era a câmara em que minha mãe dera à luz todos nós. Se meu pai estava realmente doente, e se talvez isso fosse até mesmo um embuste, seria lá onde ele estaria.

Entrei na câmara externa, com os cabelos escondidos em um gorro, e minha face curvada para baixo, olhando para uma pilha alta de toalhas que carregava. Eu tinha um frasco pendurado na mão. Arrastava os pés em frente, com indiferença, enquanto eles ardiam para sair correndo. Até mesmo o meu pai, não importando com quanta raiva tivesse de mim, ainda estaria muito machucado com a perda de Walther. Uma centelha de dúvida era tudo de que eu precisava para que ele rescindisse sua ordem. Eu faria com que ele me desse ouvidos, mesmo que tivesse que segurar uma lâmina junto à garganta dele e fazê-lo meu refém.

"Estou aqui para passar no rei uma tintura ordenada pelo médico", falei, em um denso sotaque de Gastineux, soando como a minha tia Bernette quando ela estava com raiva.

A enfermeira sonolenta que estava sentada em uma cadeira perto da porta ficou alerta.

"Mas ninguém..."

"Eu sei, eu sei", resmunguei. Engoli em seco e forcei minhas palavras a saírem com uma fala arrastada e irritada. "Ninguém nunca diz nada para a gente até o último minuto. Cá estava eu pronta para ir para casa. Talvez eu possa convencer você a fazer isso? Se eu tivesse que..."

"Não", disse ela, pensando melhor no assunto. "Estou presa neste lugar faz horas. Um intervalo seria bom." Ela olhou de relance para o guarda que estava parado perto da porta que dava para o banheiro. "Precisa da ajuda dele?"

"Pff. Não vou fazer muita coisa além de passar isso na testa dele. Não preciso de ajuda para isso."

Ela se levantou aliviada e estava do lado de fora da porta antes que eu pudesse dizer qualquer outra coisa.

O aposento estava parcamente iluminado. Quando passei pelo guarda, pedi que ele fechasse a porta depois que eu entrasse, visto que os meus braços estavam cheios. "Protocolo", falei em tom severo quando ele ficou hesitante.

A porta fechou-se com gentileza atrás de mim, e eu me deparei com a grande cama que estava na parede oposta. Quase não vi meu pai nela. Ele estava pequeno e submerso ali, como se estivesse sendo totalmente engolido pelos travesseiros e pelos cobertores. Havia olheiras em volta dos seus olhos, e a pele sobre as maçãs do rosto estava fina. Ele era alguém que eu não conhecia. Coloquei as toalhas e o frasco em cima de uma mesa e me aproximei dele, que não se mexeu.

Ele está morrendo.

Eles o estão matando.

Minha pulsação ficou aceleradíssima. A cidadela já tinha sussurrado essa verdade a mim. Eu havia pensado que isso significava que todo mundo estivesse morrendo, menos ele, não o homem que sempre tivera arrogância e poder, tudo que sempre conheci.

"Pai?"

Nada. Eu me prostrei ao lado dele e tomei sua mão na minha. A mão dele estava mole e quente. O que havia de errado com o meu pai? Eu queria desesperadamente vê-lo falando alto e com raiva de todas as formas que Walther o descrevera, da maneira como ele sempre fora, mas não assim.

"Regheena?"

Fiquei alarmada com o som fraco da voz dele. Seus olhos permaneciam fechados.

"Não, pai. A mãe está ocupada em um outro lugar. Sou eu, Arabella. Você deve tentar me ouvir. É importante que ordene que Bryn e Regan voltem para casa agora mesmo. Está entendendo o que estou dizendo?"

Ele franziu o rosto. Seus olhos se abriram um pouquinho. "Arabella? Você está atrasada. E logo no dia do seu casamento. Como vou explicar isso?"

Senti uma pontada na garganta. Uma névoa brumosa enchia o olhar dele. "Estou aqui agora, pai." Ergui a mão dele junto à minha bochecha. "Tudo vai ficar bem. Eu juro."

"Regheena. Onde está a minha Regheena?"

Os olhos dele fecharam-se novamente. *Minha Regheena.* O nome da minha mãe soava terno nos lábios dele. Até mesmo o meu nome fora falado com ternura, com uma reprimenda gentil, e não cheia de raiva.

"Pai..." Mas eu sabia que era inútil. Ele não seria capaz de emitir uma ordem para pedir por um copo de água que fosse, menos ainda fazer uma demanda exigindo a volta em segurança de Bryn e Regan para casa. Ele já tinha voltado para o seu mundo inconsciente. Coloquei a mão no peito dele e fiz pressão no pescoço com os dedos. A pulsação do meu pai estava firme e estável. Se não era um coração fraco que o tinha prostrado de cama, o que seria?

Eu me levantei e fui até a cômoda, percorrendo negligentemente com os dedos a montanha de tinturas, xaropes e bálsamos, todos os remédios que eu reconhecia. Minha mãe dera esses remédios para mim e para os meus irmãos muitas vezes. Abri as garrafas e as cheirei. Os cheiros me traziam lembranças de cabeças pesadas e testas febris. Remexi em uma caixa de ervas e remédios e então passei para as gavetas da cômoda. Eu nem mesmo sabia pelo que estava procurando... seria um unguento? Líquido? Alguma coisa que apontasse para a verdadeira doença dele? *Eles o estão matando.* Ou talvez não estivessem tratando de uma enfermidade simples do jeito devido. Olhei em todos os outros lugares no quarto, procurando atrás de um espelho, de um pedestal em cima do qual repousava um alto vaso de flores, na mesinha de cabeceira. Passei minha mão até mesmo debaixo do colchão, mas não deu em nada.

Fui até a porta do consultório adjunto do médico, pressionando o ouvido junto a ela. Quando julguei que o aposento estava vazio, abri com gentileza a porta e realizei uma busca ali também; no entanto, além de experimentar todos os elixires e esperar para ver o efeito de cada um, era impossível saber o que poderia ter causado a fraqueza do meu pai e seu estado de confusão mental. Talvez fosse o coração. Talvez eu tivesse partido o coração dele, como os rumores diziam. Voltei ao aposento dele, e meus olhos recaíram na caixa de ervas e unguentos novamente. O médico sempre havia desdenhado os remédios da cozinheira. Quando minha tia Bernette fazia chá de flores de *rapsi* para as dores de cabeça da minha tia Cloris, ele balançava a cabeça e abria um sorriso afetado. Procurei em meio a eles novamente, dessa vez com mais cuidado.

Debaixo das outras garrafas, encontrei um pequeno frasco que não era maior do que o meu dedo mindinho. Ele estava cheio de um pó dourado que eu nunca vira antes. Seria uma erva para o coração que a enfermeira estava deixando de dar a ele? Puxei a rolha do frasco, mas não consegui detectar qualquer cheiro de erva, e comecei a erguê-lo junto ao meu nariz. *Não, não faça isso!* Ergui-o à distância de um braço, examinando o dourado brilhante, e então coloquei a rolha de volta e pus o frasco de novo junto com os outros, fechando a tampa.

"Vossa Alteza."

Eu me virei em um giro. O Chanceler estava ali parado, em toda a sua glória, com um robe carmesim fluindo, os nós dos dedos cintilando, e um sorriso arrogante de lábios apertados brilhando com triunfo. Havia dois guardas com espadas sacadas atrás dele. "O quão divertido foi seu bilhete dizendo que eu deveria ficar com medo", disse ele, em um tom alegre. "Acho, minha cara, que é você quem deve temer."

Olhei com ódio para ele. "Não tenha tanta certeza disso." Mexi os ombros para me livrar de meu manto, de modo que ficasse mais fácil pegar minhas armas, e olhei para os soldados. Eu não os reconhecia. Será que ele havia mudado os homens que mantinham a cidadela segura? Ainda assim, eles usavam as insígnias da Guarda Real. "Soltem as armas", falei a eles. "Por tudo que é sagrado, não defendam este homem. Ele é um traidor que está enviando meus irmãos em uma emboscada. Por favor..."

"De fato, princesa", disse o Chanceler, balançando a cabeça, "pensei que você estivesse acima da humilhação. Todos nós sabemos quem é a verdadeira traidora. Você é uma inimiga declarada do reino. Seu sangue é tão frio que matou seu próprio irmão..."

"Eu não matei o meu irmão! Eu..."

"Peguem-na!", disse o Chanceler, indo para o lado.

Os guardas vieram para cima de mim, mas, em vez de fugir, eu me lancei para a frente e, em um borrão de segundo, um dos meus braços havia se enganchado no pescoço do Chanceler, enquanto o outro segurava uma faca junto à garganta dele.

"Para trás!", ordenei.

Os guardas pararam um instante, com as espadas em prontidão para o ataque, mas não recuaram.

"Para trás, seus tolos!", gritou o Chanceler, sentindo a picada da minha faca fazendo pressão na sua carne.

Eles recuaram com cautela, parando junto à parede oposta.

"Assim está melhor", falei, e depois sussurrei ao ouvido do Chanceler: "Agora, o que você estava dizendo sobre sentir medo?" Embora eu estivesse adorando a sensação do coração acelerado dele debaixo do meu braço, ouvi passadas no corredor, vindo em direção a nós. Mais guardas já haviam sido alertados, e eu provavelmente tinha apenas uns poucos segundos antes que todas as minhas saídas ficassem bloqueadas. Puxei-o para trás, junto comigo, em direção à porta do médico e, quando eu estava a apenas um passo deles, eu o empurrei para que ele fosse cambaleando para a frente. Entrei no aposento, barrando a porta atrás de mim. Dentro de segundos, os guardas estavam golpeando-a e eu ouvi o Chanceler gritando do outro lado para que quebrassem a porta.

Fui até a janela e abri com tudo a persiana, mas não havia ali qualquer peitoril para que eu fugisse. Olhei para baixo, para uma varanda que ficava diretamente debaixo da janela, que seria uma queda de mais de cinco metros na pedra dura, mas não conseguia ver outra opção. Saí dali, pendurando-me na janela pelas pontas dos dedos, e depois soltei. Fui rolando com a queda, mas o impacto ainda fez com que uma dor lancinante subisse pela minha perna. Fugi, mancando enquanto corria, seguindo uma rota selvagem e aleatória, entrando rapidamente em salas, corredores, mudando a direção dos meus passos quando ouvia os sons fortes de passadas que me perseguiam. Desci correndo uma escura escadaria de criados e, então, entrei em um

362

corredor vazio. Os gritos foram ficando mais fracos, a busca deles ainda confinada aos andares superiores. Eu estava de volta à cidadela, dirigindo-me por uma longa passagem que dava para a raramente utilizada entrada de criados pela qual eu e Pauline escapáramos. Eu tinha acabado de abrir a tranca quando ouvi um *chinc* metálico e me virei na direção do som. Um estranho zumbido de um lamento fúnebre encheu o ar, e então um alto som de *tunc, tunc, tunc.*

Um choque quente explodiu no meu braço. Minha visão lampejou com a dor tão intensamente que eu não conseguia focar. Quando tentei me afastar, minhas respirações tremiam no peito. Não conseguia me mexer. Olhei para a esquerda. Duas longas flechas de ferro estavam encaixadas no alto da porta, mas uma terceira havia prendido a minha mão à madeira, perfurando o centro da palma. O sangue escorria, gotejando no chão. Ouvi passadas e tentei, freneticamente, empurrar a tranca e soltá-la, mas o menor dos movimentos fazia com que uma dor nauseante passasse de uma forma convulsiva por mim. As passadas foram ficando mais altas e chegando mais perto. Ergui o olhar e vi a silhueta de uma figura que caminhava sem pressa na minha direção. Reconheci o modo de andar. Minha faca estava no chão, aos meus pés. Saquei a espada, em um gesto patético, porque eu sabia que não conseguiria lutar com uma das mãos presa à porta. Eu podia ver o rosto dele agora.

Malich.

Uma balestra diferente de todas que eu já tinha visto pendia de uma de suas mãos. Eu tremia com a dor enquanto ele se aproximava mais. Todos os sons estavam ampliados: as passadas dele, a ponta da espada raspando o chão, minha própria respiração pesada e dificultada na garganta.

"Que bom me deparar com você, princesa", disse ele. "Entendo que Kaden está aqui também. Eu nunca deveria ter deixado que ele escapasse de mim naquele dia em que lutamos no terraço."

O sorriso presunçoso. Aquele pelo qual eu tinha jurado que ele ia pagar.

"Eu gostaria de poder dizer que é bom ver você também, Malich."

Ergui minha espada como uma forma de ameaça, mas até mesmo esse pequeno movimento ampliou a sensação de dor na mão. Tentei mascarar a minha agonia.

Ele derrubou com facilidade a espada para longe com a balestra, fazendo com que ela fosse ruidosamente para o outro lado da sala. A torção súbita do meu corpo fez com que ondas de dor cegantes subissem pelo braço, e não consegui conter um grito. Malich agarrou a minha mão livre e pressionou seu corpo junto ao meu.

"Por favor", falei. "Meus irmãos..."

"Exatamente do jeito como prefiro você, princesa, implorando e com as duas mãos contidas." Seu rosto ainda trazia as marcas do meu ataque, e seus olhos cintilavam a vingança. Ele se aproximou, e sua mão livre circundou meu pescoço. "As flechas são uma cortesia do Komizar. Ele lamenta não poder entregá-las em pessoa. Infelizmente, você vai ter que se contentar comigo." Ele deslizou a mão da minha garganta para o meu seio. "E depois que eu tiver terminado, vou entalhar marcas no seu rosto como aquelas que você fez em mim. Ele não se importará com sua aparência quando eu devolver você a ele."

O sorriso dele ficou ainda mais largo e era tudo que eu podia ver, tudo que eu podia sentir, a expressão autoconfiante que dizia que ele era dono do mundo. Era um sorriso largo que revolvia as memórias que voltavam à tona. Vi meu irmão chorando. Vi a flecha na garganta de Greta. Vi um gorro de renda de bebê queimando e se curvando, virando cinzas. *Aquilo foi fácil,* ele tinha se gabado. Matá-la fora fácil.

As respirações dele estavam pesadas no meu ouvido enquanto ele deslizava a mão mais para baixo, tateando o meu cinto, mexendo, desajeitado, nos botões da minha calça. *Fácil.* Senti o triturar de ossos enquanto eu forçava a minha mão a girar, virar e segurar a flecha. O sangue escorria dos meus braços. Gemidos saíam tremendo pela minha garganta como sons de animais, densos e selvagens. Usei a dor da forma como uma fogueira consome combustível, queimando cada vez mais quente, e, com a mão segura em volta da flecha, forcei o braço para empurrá-la, soltando-a da porta. Meus dedos ardiam como se tivessem ateado fogo neles, com a flecha de ferro tornando-se fúria na minha mão, e eu a puxei, soltando-a ainda mais, com meus gemidos apenas aumentando a satisfação de Malich, cujos olhos reluziam, encarando os meus como se ele já soubesse onde entalharia as linhas. *Fácil.*

"Nada de desmaiar agora, princesa", disse ele, enquanto puxava e soltava o último botão da minha calça. Ele deslizou a mão sob o couro, descendo pelos meus quadris, alargando ainda mais o sorriso. "Eu cumpro com o que prometo, e disse ao Komizar que você iria sofrer."

Puxei a flecha, torcendo-a enquanto ela se soltava. Com a repentina liberação adicionando velocidade ao movimento do meu braço, a flecha mergulhou no pescoço de Malich. Sua extremidade pontuda saiu do outro lado do pescoço dele, deixando-o com os olhos arregalados.

"E eu também cumpro com as minhas promessas", falei.

Ele abriu os lábios como se fosse dizer alguma coisa. Ele nada pôde falar, mas vi aquilo nos olhos dele. Por uns poucos e gloriosos segundos, Malich soube: ele era um homem morto, e sua morte fora causada pela minha mão. Enquanto ele ainda podia me ouvir, sussurrei: "Eu odeio o fato de que a sensação seja tão boa e que seja tão fácil matar você, Malich. Tenha certeza de que nunca mais vou implorar para você de novo". Puxei a flecha do pescoço dele e o soltei, e um esguicho de sangue jorrou do seu pescoço antes que ele caísse com um som oco no chão. Morto.

Fiquei com o olhar fixo no corpo caído, o sangue escorrendo devagar do pescoço, escorrendo em filetes de rios preguiçosos e vermelhos pelo chão calçado com pedras. Seus olhos fitavam o teto, sem expressão.

O largo sorriso se fora.

Foi então que uma trovoada de passadas se aproximou por todos os lados. Seis guardas me cercaram, e mais uma vez eram guardas que eu não reconhecia. O Capitão da Vigília estava entre eles. Ele era o membro do gabinete que supervisionava os guardas da cidadela.

Ele baixou o olhar para o corpo de Malich com reconhecimento e balançou a cabeça.

Uma onda de náusea passou por mim. "Você também?", falei.

"Receio que sim."

"Capitão, não faça isso", supliquei.

"Acredite em mim, princesa, se pudesse voltar no tempo, eu o faria, mas estou muito envolvido nisso tudo para voltar atrás agora."

"Não é tarde demais! Você ainda poderia salvar os meus irmãos! Você poderia..."

"Peguem-na!"

Dei um passo para a frente e desferi um golpe, com a flecha ainda na mão, mas meus joelhos cederam, e caí.

Dois guardas me ergueram nos braços, e outro deles puxou e soltou a flecha da minha mão. O sangue jorrou em um esguicho, e minha cabeça girava enquanto eles me arrastavam. Tentei manter um registro mental de onde estavam me levando, mas tudo que vi foram formas borradas espiralando na minha frente. *Estanque o sangramento, Lia.* Porém, com as mãos deles segurando firmemente meus braços, não havia qualquer chance disso. Em vez disso, implorei pelas lealdades deles, tentando convencê-los de que o Capitão da Vigília era o mais vil dos traidores. Até mesmo minhas palavras pareciam arrastadas, distantes, e um dos guardas me mandou calar a boca repetidas vezes, mas não parei de falar. Por fim, ele acertou o meu maxilar. Meus dentes cortaram a carne macia da parte interna da minha bochecha, e o gosto pungente e salgado do sangue encheu a minha boca. O passadiço entrava e saía do meu campo de visão, e o chão e o teto giravam e pareciam um só, mas foi uma palavra que um dos guardas murmurou logo antes de me lançar para dentro de uma sala escura que me atingiu com mais força do que seu punho cerrado.

Jabavé.

Havia um motivo pelo qual eu não conseguira reconhecer os guardas da cidadela.

Eles eram vendanos.

Capítulo 60
CRÔNICAS DE AMOR E ÓDIO

Só um pouco mais adiante, Lia.
Aguente.
Aguente por mim.
Senti o cheiro de um rio, tive o vislumbre dos pinheiros curvados de uma floresta, vi respirações congeladas espiralando-se no ar acima de mim e ouvi a constante e determinada batida de botas esmagando a neve.

Senti lábios cálidos roçando nos meus.
Só um pouco mais adiante.
Por mim.

Meus olhos se abriram, eu não estava morta ainda. O mundo coberto pela neve, a brancura cegante e o cheiro de pinheiro desapareceram. Em vez disso, eu estava em uma sala preta e sem janelas, mas ainda sentia os braços que me seguravam, os dedos que haviam colocado para trás mechas dos meus cabelos, o peito que fora como uma parede quente contra o frio, e eu ouvia a voz que não me deixaria desistir.

Mantenha os olhos em mim. O fogoso azul que exigira que eu ficasse.

Tentei focar, procurar no negrume. A cela estava asfixiante, o ar era tão velho quanto as próprias paredes. Eu sentia o cheiro de terra e coisas podres. Puxei a mão para junto da minha barriga, fazendo pressão bem forte nela para estancar o sangramento, mas a força enviou uma onda pungente de dor pelo meu corpo.

Suguei o ar, forçando os meus pulmões a respirarem.

Eu não conseguia aceitar que isso estivesse acabado.

Que não haveria qualquer mensagem enviada para salvar os meus irmãos.

Que os traidores não seriam expostos.

Que o Komizar vencera.

Ver Malich morto de repente pareceu uma vitória pequena. A satisfação foi escorrendo para longe de mim, como o sangue dele no chão. Sua morte apenas me proveu uma conclusão: ela não trazia de volta o que me fora tomado.

O caminho até aqui tinha sido um borrão, e eu não sabia ao certo onde estava, mas não era na cidadela. Talvez fosse um dos anexos? Por que eles haveriam de se arriscar a me arrastar aqui para fora, a céu aberto, quando a prisão da cidadela estava apenas a uns poucos passos de distância? Eu não achava que eles haviam me levado até tão longe quanto o Acampamento Piers, mas não poderia afirmar isso com certeza.

Tentei me levantar e fazer uma busca na sala por alguma coisa para ser usada como arma, mas minha perna machucada cedeu sob o meu corpo e o meu rosto bateu com tudo no chão de terra. Fiquei ali deitada, com um animal ferido. *Nós ao menos nos entendemos?* Contive lágrimas cheias de raiva. *Não!* Empurrei o chão com a mão boa, tentando me levantar. Eu tinha pensado que a situação não poderia piorar, mas estava errada. Ouvi passadas, gritos abafados e apertei os olhos contra a repentina luz brilhante quando a porta se abriu. Mais prisioneiros foram jogados ali dentro, a porta foi fechada com tudo e a sala foi mergulhada mais uma vez na escuridão.

Ele está perto das minhas crianças,

Seus lábios roçam o meu pescoço,

Sua saliva molha a minha bochecha,

Sua carícia esmaga as minhas respirações,

Mais do que espadas,

Mais do que punhos cerrados,

Minhas palavras o amedrontam.

Vejo o meu fim,

Mas as palavras que dei a você,

Rezo para que ele não as possa tirar.

— Canção de Venda —

CAPÍTULO 61
CRÔNICAS DE AMOR E ÓDIO

RAFE

penas uns poucos de nós cavalgavam pelo bosque. O restante permanecera na cidade, dispersos de modo a não atraírem atenção... mas em prontidão. Conforme nos aproximávamos da cabana, ergui minha mão, em uma ordem sem palavras para que todos parassem. Eles também ouviram aquilo. Um gato, talvez, ou...

Irrompemos em um galope. Conforme nos aproximávamos, avistei Kaden correndo do bosque em direção à cabana. Ele nos viu, mas continuou correndo. "Pauline! Lia!", gritou enquanto corria. Nós nos apinhamos e passamos pela porta da cabana apenas para encontrá-la vazia, exceto pelo gemido de um bebê. Todos nós olhamos para a cama ao mesmo tempo, e Kaden se curvou para baixo, puxando um pacotinho de debaixo do móvel.

"É de Pauline", disse ele, enquanto aninhava o bebê nos braços. Ele puxou o cobertor para o lado de modo a se certificar de que o bebê não estivesse ferido. "Ela nunca teria deixado o bebê assim." E então, como se Kaden tivesse se dado conta da nossa presença, perguntou: "O que diabo vocês estão fazendo aqui?".

Antes que eu pudesse responder, Berdi e uma jovem menina irromperam porta adentro. Berdi berrou avisos e ameaças antes de finalmente exigir que o bebê fosse entregue a ela. Foi um pandemônio e uma confusão enquanto perguntas eram lançadas até que Orrin entrou apressado e disse que havia trilhas frescas de cavalo do lado de fora que não eram nossas.

"Alguém as pegou", disse Kaden. "Ela escondeu o bebê debaixo da cama, para que não fosse levado também."

A menina que estava com Berdi foi correndo em direção à porta. "Eu preciso ir à abadia!"

Tanto Kaden quanto Berdi gritaram para que ela parasse, mas a garota já tinha saído em disparada. Subi no cavalo e corri atrás dela, não sabendo ao certo quais eram seus motivos. Ela sacou uma faca para me afastar. Foi então que ela me falou dos bilhetes.

CAPÍTULO 62
CRÔNICAS DE AMOR E ÓDIO

Nós três nos sentamos lado a lado, encostadas na parede de pedra. Imaginei que elas fitavam o vácuo negro, exatamente como eu. Fiquei grata por não poder ver o rosto de Pauline enquanto ela contava sobre a traição. Sua voz ainda estava cheia de descrença e tremia de um jeito baixo e perigoso entre a miséria e a fúria fria. Logo quando achei que a Pauline fosse quebrar, uma terrível quietude rugia nela, quietude esta que era selvagem e pungente e que estava sedenta por vingança.

Gwyneth me disse que, antes de as duas serem pegas, ela ouvira Pauline chamando-a do pórtico da cabana. Ela tinha olhado para fora da janela e, quando vira os soldados chegando, envolvera o bebê em um cobertor e o deitara debaixo da cama, onde não seria visto.

A voz de Pauline ficara fina e temerosa de novo. "Kaden vai encontrá-lo, com certeza. Você acha que ele vai encontrar o meu bebê, Lia?"

Gwyneth já tinha garantido a ela que Kaden ouviria o bebê chorando quando voltasse. Comecei a acrescentar a minha própria afirmação quando Pauline esticou a mão para pegar na minha e sentiu como ela estava cheia de sangue. Gemi com o toque dela.

"Meus deuses, o que foi que aconteceu?"

Nós nos abraçáramos quando elas foram jogadas na sala; porém, na escuridão, Gwyneth não tinha visto a minha mão.

Eu já havia explicado o encontro que tive com o meu pai e, depois, com o Chanceler e os guardas que me arrastaram até aqui, mas agora contei a elas sobre o meu desafortunado encontro com Malich e a flecha.

Pauline ficou horrorizada e na mesma hora começou a rasgar uma faixa da parte de baixo da saia para fazer uma bandagem. Gwyneth se levantou e foi tateando o caminho pelos cantos da sala e, quando encontrou um punhado de teias de aranha, cambaleou até mim e envolveu minha mão com as teias. Embora o Médico da Corte desaprovasse altamente tais remédios caseiros, isso ajudava a diminuir o fluxo de sangue constante.

"Foi difícil?", perguntou-me Pauline. "Matá-lo?"

"Não", respondi.

Foi fácil. Será que isso me tornava um pouco mais do que um animal? Era assim que eu me sentia agora, como se fosse um nó de dentes e de garras pronto para matar qualquer coisa que cruzasse a porta.

"Como eu gostaria de ter uma flecha na mão quando Mikael entrou e apontou para nós." Pauline imitou a voz dele enquanto repetia as palavras do soldado. "'Era meu *dever* entregar você', disse ele. 'Eu sou um soldado, e você é uma criminosa procurada pelo reino. Eu não tive outra escolha.'" Ela prendeu a bandagem. "Dever! Quando eu vi o magistrado jogar a ele um saco de moedas, Mikael deu de ombros, como se não soubesse da recompensa."

"Como ele sabia que você estava na cabana do caseiro?", perguntei.

"Receio que ele me conheça bem melhor do que eu o conheço. Acho que ele me seguiu até a estalagem e alertou o Chanceler. Quando Mikael não me encontrou lá, pensou em outro lugar onde eu poderia ir. A cabana era o lugar que nós usávamos para..." Ela soltou um suspiro e não terminou o pensamento. E não precisava fazer isso.

"E eu fui simplesmente o bônus extra na barganha toda", disse Gwyneth, em um tom alegre. "Esperem até o Chanceler descobrir que estou envolvida nisso. Aí as coisas vão ficar feias. Aprendi faz um bom tempo o quão deleitosamente cruel ele é capaz de ser." E então, pela primeira vez, ela se abriu em relação a Simone. Talvez, quando se está prestes a morrer, os segredos não pareçam mais tão importantes.

Ela soltou um suspiro com um ar de desgosto que eu achava que era dirigido a si mesma. "Eu tinha dezenove anos quando o conheci.

373

Ele era mais velho, poderoso, e me banhava com afeto. Eu o achava charmoso, mesmo que soubesse que ele era perigoso em algum nível. Eu achava isso excitante em comparação com a minha vida tediosa como arrumadeira em Graceport. Ele usava roupas caras e falava da forma correta, e isso fazia com que eu sentisse como se, de alguma forma, eu fosse tão importante quanto ele. Passei informações a ele por quase um ano. Por causa do porto, muitos lordes e mercadores ricos frequentavam a estalagem. Foi só quando dois clientes regulares da estalagem, sobre os quais eu tinha dado informações a ele, apareceram mortos nas suas camas que entendi o quão perigoso ele era. O Chanceler me disse que eles tinham se tornado *um peso morto.* Tudo que eu pensava ser excitante em relação a ele de repente se tornou aterrorizante."

Ela falou que, àquela altura, já estava grávida. Inventou uma história para ele de que encontrara um emprego em outro lugar e teria dito ou feito qualquer coisa para fazer com que o bebê ficasse longe dele. Ele não tentou impedi-la de ir embora. O Chanceler não estava feliz em relação à criança, e ela ainda estava com medo de que ele pudesse fazer alguma coisa a ela ou ao bebê. Gwyneth permaneceu com Simone por apenas uns poucos meses. Ficara sem fundos, não tinha ninguém a quem se voltar e estava preocupada com a possibilidade de que o Chanceler pudesse rastreá-la. Passando por Terravin, ela avistou um casal mais velho que estava louco por algumas crianças na praça. Ficou sabendo que eles não tiveram filhos e acompanhou-os até um lar, que era arrumadinho e limpo. "Eles tinham até mesmo gerânios vermelhos nos peitoris das suas janelas. Segurei Simone nos meus braços por duas horas, com o olhar fixo naquelas flores. Eu sabia que eles dariam bons pais." Ela fez uma pausa, e ouvi um som como se Gwyneth estivesse limpando as lágrimas das bochechas. "Depois que a deixei lá, não voltei a Terravin durante mais de dois anos. Eu ainda tinha medo de que alguém fosse fazer a conexão entre nós, mas não se passava um dia sem que eu pensasse nela. Eles são boas pessoas. Nós nunca falamos sobre isso, acho que eles não querem fazer isso, mas os dois sabem quem eu sou e abrem um espaço para mim nas vidas deles. Ela está feliz e é uma menininha tão doce. Bem diferente de mim, graças aos deuses. E bem diferente dele." A voz dela se partiu como se Gwyneth soubesse que nunca veria a filha de novo.

Ouvir aquela mulher, que parecia ser feita de aço, se desfazer era uma coisa que espremia o ar no meu peito.

"Pare com isso!", falei. "Nós vamos sair daqui."

"Diabos, pode ter certeza que sim!", grunhiu Pauline.

Eu e Gwyneth sugamos o ar, alarmadas, e depois demos risada. Visualizei Pauline segurando uma flecha no punho fechado com o nome de Mikael entalhado nela. Gwyneth esticou a mão e segurou a minha mão boa. Pendurei a outra mão sobre o ombro de Pauline e puxei-a para perto de mim. Nós nos apoiamos uma na outra, com os braços enrolados um no outro, testa com bochecha, queixo com ombro, lágrimas e força nos unindo.

"Nós vamos sair daqui", sussurrei mais uma vez. E então partilhamos do silêncio, sabendo o que estava por vir.

Gwyneth recuou primeiro, voltando para a parede. "O que não consigo entender é por que não estamos mortas ainda. O que eles estão esperando?"

"Confirmação", falei. "O conclave está reunido em sessão, e alguém que é um fator decisivo nesta pequena conspiração está ocupado com outra coisa. Talvez seja o Erudito Real."

"O conclave faz uma pausa para a refeição ao meio-dia", disse Pauline.

"Então nós temos até o meio-dia", respondi.

Ou talvez mais tempo se meu plano reserva funcionasse. Porém, conforme todos os minutos se passavam e eu ouvia o som dos sinos da abadia tocando, ficava cada vez mais certa de que o plano tinha sido frustrado também.

Minha raiva foi às alturas. Eu deveria ter esfaqueado o Komizar de novo. Entalhado o Komizar como se ele fosse um porco em um feriado, e então trazido a sua cabeça de volta, espetada em uma espada, e mostrado isso às multidões como prova de que eu não sentia qualquer amor pelo tirano.

"Por que eles acreditaram nas mentiras?", perguntei. "Como um reino inteiro pôde acreditar que eu me casaria com o Komizar e trairia uma companhia de soldados, incluindo o meu próprio irmão?"

Gwyneth soltou um suspiro. "Eles foram feridos até a alma", disse ela, "estavam em luto, sofrendo e desesperados. Trinta e três dos seus melhores homens estavam mortos, e o Chanceler veio à frente e deu a eles uma saída fácil para a fúria: um rosto e um nome de quem eles já sabiam que tinha virado as costas para Morrighan uma vez. Foi fácil para eles acreditarem nisso."

No entanto, se eu não tivesse fugido, nunca teria descoberto os planos do Komizar... nem teria ficado sabendo sobre os traidores. Eu estaria vivendo abençoadamente em outro reino com Rafe, pelo menos até o Komizar voltar a sua atenção para Dalbreck. E os jovens vendanos que mal eram grandes o bastante para erguer uma espada obteriam o pior disso tudo, servindo de cordeiros de sacrifício que o Komizar colocaria nas linhas de frente, provavelmente para irromperem tempestivamente pelos portões da cidade. Ele usaria as crianças para cutucar as consciências dos soldados morrigueses. Nem meus irmãos, nem os camaradas deles atacariam e derrubariam uma criança. Eles segurariam suas armas, hesitariam, e então o Komizar entraria com o seu arsenal de destruição.

Pauline colocou gentilmente a mão na minha coxa. "Mas não foi todo mundo que acreditou nas mentiras. Bryn e Regan não acreditaram em uma palavra que fosse disso tudo."

Talvez fosse por esse motivo que eles estavam a caminho da morte agora. Eles tinham feito perguntas demais.

Nós ficamos sentadas no escuro, cada uma de nós perdida nos seus próprios pensamentos, minha cabeça latejando em sincronia com o coração, o estranho formigamento das teias de aranha na minha pele subindo pelo meu braço como se fossem mil aranhas minúsculas. *Um remédio caseiro.* Alguma coisa que o *Médico* da Corte nunca usaria. *Não por si só.* A negritude espiralava-se na minha frente, e as mil aranhas minúsculas tornaram-se um campo de flores douradas. Uma face se erguia em meio às flores, calma e segura. *Ele nunca me perguntou sobre o dom porque ele sabia que eu o tinha.* Era isso o que fizera com que ele sentisse medo de mim o tempo todo. *Ela haverá de expor os perversos.* E vi um amplo continente de reinos, cada um deles com os próprios dons únicos, a face recuando, e os campos de flores ondulando à brisa até que se tornaram aranhas de novo, repousando na palma da minha mão.

A porta se abriu e ficamos cegas com a luz repentina. Ouvi o arrogante suspiro do Chanceler antes de vê-lo.

"Gwyneth", disse ele, pronunciando o nome dela com a fala arrastada, com um desapontamento exagerado, "achei que você fosse mais esperta do que isso." Ele deu um estalo com a língua. "Conspirando com inimigos."

Gwyneth desferiu a ele um olhar secante e fixo, ao qual o homem respondeu com um sorriso. Então os olhos dele encontraram os meus. Eu me pus em pé e fui mancando até ele, que resistiu e não recuou, sem querer mostrar qualquer medo. Afinal de contas, eu estava machucada, desarmada e, além de tudo, era uma prisioneira. No entanto, vi um breve tremeluzir nos olhos dele, uma batida de dúvida no seu coração, e isso confirmava que ele tinha lido a Canção de Venda. *Ela haverá de expor os perversos.* E se eu fizesse isso?

Ele olhou para a minha mão ensanguentada com a bandagem. Eu não parecia tão poderosa agora. Era apenas o incômodo que sempre o atormentara, alguém com um nome que ele não conseguia explicar, mas não era uma ameaça. A pequena dúvida que o corroía desapareceu.

"Não faça isso, lorde Chanceler", falei. "Não mate os meus irmãos."

Uma bufada de ar cheia de satisfação escapou dos lábios dele.

"Então foi isso o que finalmente fez você ir correndo até o seu pai."

"Se o meu pai morrer..."

"Você quer dizer *quando* o seu pai morrer. Mas eu não me preocuparia com isso, pois não acontecerá tão cedo quanto a sua morte. Nós precisamos dele um pouco mais..."

"Se você se render agora, pouparei sua vida..."

O dorso da mão dele desferiu um golpe, seus dedos cheios de joias encontraram o meu maxilar, e fui tropeçando para junto da parede. Gwyneth e Pauline pularam para a frente.

"Fiquem onde estão!", ordenei a elas.

"Você vai poupar a minha vida?", falou ele em tom de desdém. "Você é insana."

Eu me virei para ficar cara a cara com o homem novamente e sorri. "Não, Chanceler, eu só queria lhe dar uma chance. Agora a minha obrigação para com os deuses está cumprida." Por um breve instante, tremeluzi os cílios, como se os próprios deuses estivessem falando comigo.

A dúvida passou pelos olhos dele de novo, como se fosse um animal do qual ele não conseguisse se desvencilhar por completo.

"Tire o seu casaco", ele me ordenou.

Fiquei com o olhar fixo no Chanceler, perguntando-me qual seria o seu motivo para isso.

"Faça isso agora", ele grunhiu, "ou farei com que eles o tirem para você."

Puxei e tirei o casaco, deixando que caísse no chão.

Ele assentiu para os guardas, e eles me agarraram pelos braços e me viraram de costas para ele. Um dos guardas puxou a minha camisa, rasgando o tecido do meu ombro. O silêncio estirava-se, marcado apenas pelas lentas e contidas respirações dele. Eu podia sentir o ódio dele ardendo em mim.

Os guardas me soltaram, empurrando-me para a frente, e o Chanceler disse: "Matem-nas. Assim que anoitecer, levem os corpos para bem longe, fora da cidade, e os queimem. Certifiquem-se de que nenhum traço daquela coisa no ombro dela seja deixado para trás".

Enquanto ele se virava para ir embora, os guardas foram na nossa direção, com finas cordas de seda estiradas entre as mãos, uma forma silenciosa e não sanguinária de se livrar de nós. Mas então se seguiu um som, o ressoar distante de sinos.

"Ouça, Chanceler!", falei rápido, antes que ele pudesse ir embora. "Está ouvindo?"

"Os sinos da abadia", disse ele, com raiva e irritação. "E daí?"

Sorri. "É um anúncio. Um anúncio importante do seu escritório, ainda por cima. Não notou que seu selo tinha sumido? As últimas notificações estão sendo postadas. Cidadãos de toda a cidade estão lendo enquanto conversamos aqui. A princesa Arabella foi capturada. Todos os cidadãos estão convidados para o julgamento e o enforcamento dela amanhã de manhã na praça do vilarejo. Seria realmente uma vergonha se você não a apresentasse. Embaraçoso, até. Como você explicaria sua incompetência?"

Observei que uma faixa de manchinhas vermelhas se espalhava do pescoço dele para suas bochechas e suas têmporas, como se fossem chamas em um fogo selvagem, fora de controle e consumindo-o. "Esperem!", disse ele aos guardas, e ordenou que saíssem. A porta foi batida e fechada atrás de todos eles, e ouvi o Chanceler gritando para que os anúncios fossem rasgados, mas era tarde demais. Ele sabia que era tarde demais.

"Muito bem, irmã", disse Gwyneth. "Mas amanhã de manhã? Você não poderia ter adiado o julgamento em uma semana?"

"E dar a eles mais tempo para que descobrissem uma maneira de se livrar de nós de uma forma silenciosa? Não. Teremos sorte se durarmos até amanhã de manhã. Eles nunca me dariam uma chance de falar em um julgamento. Tudo que isso nos compra são umas poucas horas a mais, porém eles vão ficar, no mínimo, frenéticos, e talvez cometam erros idiotas."

Tateei meu caminho ao longo da parede até que meu pé cutucou a perna de Gwyneth. "Levantem-se", falei. "As duas. Nesse ínterim, preciso mostrar a vocês alguns movimentos que aprendi com um soldado de Dalbreck: formas de matar um homem sem usar uma arma, para quando os guardas voltarem."

CAPÍTULO 63
CRÔNICAS DE AMOR E ÓDIO

és pisoteavam a passagem de pedra apenas uma hora depois disso. Pensei que teríamos mais tempo. As passadas soavam altas e apressadas. Raivosas. Nós nos levantamos, apoiadas na parede oposta, esperando que a porta se abrisse, com terra nas mãos, preparadas para lançá-la nos olhos dos guardas.

"Quando a porta abrir, deem aos olhos deles uma oportunidade de se ajustarem à luz", falei. "Nós só temos uma chance com isso. Mirem visando o máximo de efeito possível."

Pauline sussurrou preces enquanto Gwyneth soltava xingamentos baixinhos. Elas haviam rasgado várias faixas de tecido do vestido de Gwyneth e fizeram com elas uma corda forte e fina, dando nós nas extremidades para que cada uma delas tivesse uma boa pegada. Os guardas não seriam os únicos com garrotes. Não havia muita coisa que a minha mão esquerda pudesse fazer, mas eu ainda podia causar bastante dano a uma traqueia com os nós dos dedos da mão direita. Eu havia dito a Gwyneth e Pauline quais eram os pontos fracos que tinha notado nos guardas. Além dos olhos deles, suas virilhas, seus narizes e seus joelhos eram todos pontos vulneráveis... assim como suas gargantas. Eles portavam apenas armas, não usavam qualquer armadura. Em algum ponto em nossa briga planejada, eu esperava conseguir a arma de pelo menos um dos guardas incapacitados.

As passadas pararam do lado de fora da porta. Chaves foram agitadas ruidosamente. A tranca emitia ruídos. Xingamentos abafados. Mais ruídos. *Andem logo.* Minha pegada ficou mais apertada na terra que eu tinha na mão. *Andem logo!* Alguma coisa não parecia certa.

Um raivoso clangor metálico de chaves.

Droga! Fiquem para trás!

Um estrondo chacoalhou a porta. E mais um. O som da madeira se rachando fazia as paredes tremerem.

Um buraco foi aberto na porta, e então surgiu um raio de luz, e a ponta prateada de um machado. A ponta do machado desapareceu por um momento, e se seguiu mais um alto som de rachadura quando a lâmina quebrou mais uma parte da porta, que foi aberta, e eu estava preparada para me lançar para cima deles, mas então...

Olhos brilhantes e um largo sorriso.

Mechas de cabelos pretos.

Uma visão pela qual eu não esperava.

"Esperem!", gritei, colocando a mão para fora a fim de fazer com que as outras parassem.

Kaden estava do outro lado da porta partida, agarrando o machado. O suor brilhava no seu rosto, e o peito dele subia e descia com a exaustão. Jeb e Tavish deram passos atrás dele, e eu disse a Gwyneth e Pauline que elas podiam confiar naqueles homens. Jeb estendeu a mão. "Graças aos deuses encontramos vocês. Por aqui", disse ele. "Não temos muito tempo."

Deixei cair a terra que estava na minha mão, pensando no quão perto eu chegara de esmagar a traqueia dele. Jeb sorriu. "Você lembrou."

"Duvidava de mim?"

"Nunca duvidei."

Pauline foi correndo em direção a Kaden, batendo com força com as mãos nos ombros dele. "O bebê!"

"Ele está bem", respondeu-lhe Kaden. "Berdi está com o menino e mandou chamar uma ama de leite. Eu disse para ela ir até a abadia se esconder."

"Andem logo. Por aqui", ordenou-nos Tavish, que se virou e nos conduziu por um passadiço abaixo. Eu reconhecia onde estávamos agora: no depósito de armas da cidadela, um dos seus anexos. O arsenal era pequeno em comparação com o do Acampamento de Piers, que tinha o propósito somente de armar os guardas da cidadela. Eles deviam estar nos mantendo em uma de suas salas de armazenamento, mas isso só confirmava as minhas suspeitas. Embora os guardas da cidadela pudessem ser cúmplices nos esquemas dos traidores, isso não queria dizer que os soldados nos escalões o fossem. Ouvi uma bateria de gritos à frente. Jeb, que vinha atrás de nós, na retaguarda, notou os meus passos, cujo ritmo diminuía. "Não se preocupe, eles são dos nossos."

Nossos? Tentei entender o que isso queria dizer enquanto eu corria.

Passamos por uma porta que dava para dentro da sala de provisões principal, e no centro dela havia cinco homens, parcialmente vestidos, em diversas etapas de trocar seus uniformes. Mais uma meia dúzia deles estava no chão, com as faces voltadas para baixo e mãos presas atrás deles, além de pontas de espadas junto aos seus pescoços apontadas por vários homens vestindo mantos simples. Sven rasgou faixas de camisas e chamou Jeb e Tavish para ajudá-lo a fazer mordaças para os homens que estavam algemados.

"Está tudo bem com você?", perguntou-me Kaden, dando outra olhada em mim e esticando a mão para pegar na minha.

"Estou bem", falei, recuando. "O Capitão da Vigília está dentro do esquema, e pelo menos alguns dos guardas da cidadela são vendanos. Eles falam um morriguês impecável. Parece que os eruditos estavam ocupados ensinando idiomas para eles."

A fúria lampejou nos olhos de Kaden. Havia tanto que o Komizar nunca lhe dissera, mas esse era o jeito do Komizar, tratando pessoas como se fossem marionetes e nunca partilhando informações demais com um único indivíduo que fosse. O poder tinha que permanecer sendo todo dele. Kaden apanhou uma faixa de tecido. "Vamos melhorar isso aqui", disse ele, erguendo a minha mão com a bandagem ensanguentada.

Ele me viu ficar pálida de dor. "Quão ruim a sua mão está?"

"Eu vou sobreviver", falei, "mas não Malich. Ele está morto. O Komizar e seu ninho serpentiforme de vermes de caverna desenvolveram outra arma interessante: um arco e flecha que dispara múltiplas flechas de ferro de uma só vez. Por sorte apenas uma delas me atingiu."

Ele enrolou com gentileza a faixa de tecido em volta da minha mão. "Prenda a respiração", disse ele, antes de puxar o tecido para que ficasse bem apertado. "Um pouco de pressão vai ajudar a estancar o sangramento."

A dor passava por mim aos solavancos e depois subia pulsando pelo meu braço.

"Vou pegar um manto para você", disse ele. "Não pode sair daqui assim, ou vai chamar atenção. E então tem mais coisas que preciso lhe dizer." Ele foi até uma pilha confusa em cima de uma mesa, as roupas descartadas de homens quase vestidos, presumi, e procurou alguma coisa entre elas.

O padre Maguire surgiu atrás de mim, alarmando-me com suas vestimentas. Havia uma espada embainhada na lateral do seu corpo, quase escondida pelas suas vestes.

"Você sabe usar uma dessas?", perguntei.

"Estou prestes a aprender", ele me respondeu, e então me falou que finalmente encontrara nos arquivos as informações que eu pedira. "Não havia nenhum parente."

Assenti. Isso era apenas mais confirmação, mais um pedaço do quadro borrado que tinha ganhado foco na escuridão da cela.

Gwyneth e Pauline já haviam entrado no meio da sala, absorvendo a comoção de atividades e tornando-se parte delas, um plano sendo desenvolvido e que eu estava começando a entender. No canto mais afastado, avistei Orrin puxando alabardas de uma prateleira, e depois Natiya carregando um punhado de bainhas de ombros nos braços, todas elas talhadas com a insígnia morriguesa. Ela as entregou aos soldados parcialmente vestidos e cruzou a sala, indo até Gwyneth e Pauline, em meio a conversas ruidosas e explicações que apenas ouvi em parte, pois, no canto oposto, outra coisa chamou a minha atenção.

Um guerreiro. Alguém girando no ar uma maça para quebrar a tranca em mais um armário de armas. A tranca foi voando para cima de uma parede, e o armário se abriu com um estrondo, mas, então, ele parou, parecendo sentir a minha presença. Ele se virou, com os olhos encontrando os meus, e então a sua atenção se voltou para a minha mão coberta por bandagens. Olhando para baixo, vi que minha calça e minha camisa estavam cobertas de sangue. Ele cruzou a sala, com passos medidos. *Calculados.* Apesar de todo o fervor dele ao quebrar a tranca, havia restrição nos seus movimentos enquanto ele se aproximava de mim.

A rigidez dos seus passos largos.

O puxar dos seus ombros.

Contendo-se.

Era isso que eu via nos seus movimentos, mas não foi isso o que vi no seu olhar contemplativo quando parou na minha frente. Nos olhos dele, eu o vi puxando-me para os seus braços, seus lábios baixando-se de encontro aos meus, um beijo que nunca teria fim, abraçando-me até que os reinos desaparecessem e até que o mundo permanecesse parado, sendo tudo que nós sempre fomos um para o outro. *Antes.*

Esperei. Na expectativa. No desejo.

Algumas coisas duram. As coisas que importam.

E, ainda assim, ele se continha. Distante. Um rei. Um soldado calculando o próximo movimento.

"Não há tempo para explicações", disse ele.

"Eu não preciso de uma explicação. Você está aqui. Isso é tudo que importa."

Ele olhou de relance para a minha mão. "Nós podemos esperar e nos reagrupar ou seguir em frente agora. A decisão é sua."

Analisei os soldados dele na sala. "Quantos soldados você tem?"

"Uma centena, mas eles são..."

"Eu sei. São os melhores."

Havia apenas umas poucas horas antes de que a sessão do conclave terminasse e os lordes se dispersassem de volta para os seus lares. Agora seria minha última chance de falar com todos eles. Minutos contavam.

"Meus irmãos estão seguindo em direção a uma emboscada. Meu pai está morrendo. E o Komizar está a caminho. Não há mais tempo a esperar."

"O Komizar? A ponte está consertada?"

Assenti.

Ele ergueu o meu queixo, virando o meu rosto em direção à janela. "Você está pálida. Quanto desse sangue é seu?"

A maior parte, mas ouvi uma pungência perigosa na voz dele e decidi não falar a verdade. "A maior parte é de Malich. Ele se saiu pior nessa. Morreu."

"Então você consegue carregar uma arma?"

"Sim", falei, embainhando uma espada que Kaden tinha entregado a mim, sentindo como se os meus movimentos já tivessem se tornado os movimentos deles.

Os outros terminaram suas preparações e estavam reunidos atrás de Rafe, também esperando pela minha resposta. Seis dos homens de Rafe, incluindo Jeb, agora estavam vestidos e equipados como guardas da cidadela. O restante deles trajava os robes simples de tecido áspero, favorecidos pelos fazendeiros e mercadores locais, todos de tons e estilos diferentes, de modo a não chamar atenção. Tavish e Orrin vestiam roupas parecidas, assim como Sven. Pauline e Gwyneth usavam cinturões com armas e haviam colocado mantos também.

Era isso, pensei, e o terror subiu pela minha garganta.

"Ela fica", falei, apontando para Natiya, que foi voando para a frente, enfurecida.

Kaden agarrou-a por trás, prendendo-a ao seu peito. "Dê ouvidos a ela, Natiya", disse ele. "*Escute.* Não faça com que Lia fique olhando para trás, preocupada com você. Ela vai fazer isso. Todos nós temos nossas fraquezas, e você será a dela. Por favor. Seu dia ainda vai chegar."

Os olhos dela ficaram cheios de lágrimas, e ela travou o olhar contemplativo no meu. "Meu dia é hoje." A voz dela tremia de raiva. Ela pouco entendia como funcionava a corte e não sabia quem havia traído quem. A menina sabia apenas que queria justiça, mas hoje eu não poderia devolver o que ela perdera.

"Não", falei, "não hoje. Vejo muitos amanhãs para você, Natiya, dias em que precisarei de você ao meu lado, mas hoje não é um desses dias. Por favor, volte para a abadia e espere lá com Berdi."

O lábio dela tremia. Natiya tinha treze anos e estava pronta para lutar contra o mundo, mas viu que eu não mudaria de ideia e, com raiva, virou-se e se afastou de mim, saindo em direção à abadia.

Voltei a olhar para Rafe, que assentiu.

"Vamos pegar alguns traidores."

Demos a volta atrás do anexo, caminhando em direção ao vilarejo, com Rafe e Kaden ao meu lado. Um vagão seguia, pesado, junto conosco, e um carrinho de mão era empurrado um pouco mais à frente, e ainda mais deles seguiam atrás, com sacos de lona jogados sobre os ombros, com suas supostas mercadorias vazando pelo topo. Nossas botas faziam uma batida irregular nas pedras de cantaria do chão; as rodas do vagão rangiam e sofriam solavancos; nossos mantos ondulavam ao vento, e todos os ruídos soavam como um arauto anunciando a nossa aproximação. Ainda assim, de alguma forma, nós nos mesclávamos com os cidadãos que estavam nos arredores cuidando dos seus afazeres.

Enquanto caminhávamos, mais homens se juntavam a nós, esperando e em prontidão, parecendo comerciantes que se dirigiam para o mercado, e eu me perguntava como Rafe conseguira reunir tamanho esquadrão, não apenas de soldados, mas de soldados que eram bons atores, percebendo as menores pistas. Rafe dissera que eles chegavam a um número de cem homens. Pensei no que nós seis tínhamos sido capazes de fazer em Venda. Lá, no entanto, nós estávamos tentando fugir do inimigo, e não tentando entrar no covil sombrio deles. Por quanto tempo poderia uma centena de soldados conter o exército morriguês? Havia pelo menos 2 mil soldados estacionados no Acampamento de Piers, apenas a uma curta distância dali.

Meu coração socava o peito. Isso não era qualquer rebelião da infância. Tratava-se de um golpe — o que, aos olhos da lei morriguesa, é o mais imperdoável dos crimes. Eu havia recebido um extenso sermão quanto a isso quando tinha catorze anos. Naquela época, minha punição fora o banimento para a minha câmara por um mês. Hoje, se falhássemos, a rebelião seria motivo para um enforcamento em massa de proporções épicas. Eu tentava não pensar nas falhas do nosso pequeno exército, apenas no que estava em jogo. Tudo.

A parte frontal da cidadela estava à vista e, pela primeira vez, os passos de Rafe ficaram hesitantes. "Eu não tenho como prometer que soldados morrigueses não vão morrer."

Assenti. Eu dissera a Rafe e aos homens dele que eu queria que o mínimo de sangue possível fosse derramado. Embora tivesse vendanos entre os guardas da cidadela, alguns deles ainda eram morrigueses e decerto acreditavam que estavam apenas seguindo ordens.

Ele ainda não tinha se movido para a frente, com uma careta repuxada entre as sobrancelhas. "Você não precisa entrar, Lia. Nós podemos ir primeiro, e, assim que o corredor estiver seguro, mandamos chamar você." Ele e Kaden trocaram um olhar de relance. Um olhar de relance de quem sabia das coisas.

"Se algum de vocês tentar me impedir, vão morrer. Estão entendendo?"

"Você está machucada, Lia", falou Kaden.

"Uma das minhas mãos está machucada", respondi. "Minhas forças não são as mesmas que as suas."

Nós chegamos à praça, e então os homens que estavam disfarçados de guardas da cidadela subiram os degraus que davam para a cadeia de guardas estacionados na entrada. Jeb, com seu morriguês perfeitíssimo, disse a eles que seu esquadrão estava ali para liberá-los. O guarda do centro parecia confuso, não reconhecendo Jeb nem os outros, e negou-se a se mover, mas era tarde demais para eles agirem. Os homens de Rafe foram rápidos e seguros de si, e suas espadas curtas cortaram o ar com um único e uníssono *xing,* espadas estas que foram com a mesma rapidez pressionadas nos peitos dos guardas. Eles nos empurraram para trás, para o escuro recesso do portal, tomando as armas deles enquanto o restante de nós subia os degraus, deixando cair mantos e desenrolando mais armas dos carrinhos e dos sacos.

Derrubar a próxima fileira de guardas não foi algo tão sangrento. Eles nos avistaram da ponta do passadiço. Dois deles foram para perto das portas pesadas do corredor enquanto o restante vinha nos atacar, ombro a ombro, carregando alabardas cujo alcance era bem maior do que o das nossas espadas. Os arqueiros de Rafe foram para a frente, gritando uma ordem em forma de aviso para que eles parassem, o que os homens não fizeram, e diversas flechas voaram debaixo dos escudos dos guardas em direção às pernas deles. Quando eles tropeçaram, foram repentinamente atacados, e nós fomos para as portas antes que outros guardas pudessem barrá-las. Quando um deles começou a gritar para avisar os outros, Sven derrubou-o, deixando-o inconsciente.

Os dois últimos guardas, postados do lado de fora das portas fechadas que davam para o Saguão de Aldrid, eram, na melhor das hipóteses, protocolo. O propósito deles era desviar visitantes que não tinham sido convidados, e não se defender de ataques. Seus cabelos eram grisalhos, suas barrigas, protuberantes, e suas armaduras consistiam apenas em um capacete de couro e um peitoral. Eles sacaram suas espadas, incertos.

Dei um passo à frente, e eles me reconheceram.

"Vossa Alteza..." O guarda se conteve de repente, não sabendo ao certo do que me chamar.

"Coloquem as armas no chão e fujam", ordenei. "Nós não queremos ferir vocês, mas faremos isso, se for preciso. O reino e as vidas dos meus irmãos estão em jogo."

Os olhos deles ficaram arregalados com o medo, mas os dois mantiveram as posições. "Nós temos nossas ordens."

"Eu também tenho as minhas", respondi. "Mexam-se. Agora. Todos os segundos que vocês demorarem colocam vidas em risco."

Eles não se mexeram.

Olhei para os arqueiros que estavam à minha direita. "Atirem neles", ordenei.

Quando os guardas voltaram suas atenções para os arqueiros, Rafe e Kaden entraram pela esquerda, acertando nas espadas dos guardas. Dessa forma, eles as soltaram e foram parar contra a parede.

Antes que as portas fossem abertas, implementamos o último dos nossos planos. Além de mim, somente Pauline conhecia a disposição da cidadela, e enviei-a com instruções precisas sobre o que ela deveria trazer de volta para mim. Jeb e o capitão Azia foram junto com ela. "O guarda postado na porta deles é vendano", falei. "Talvez você tenha que matá-lo."

Kaden partiu com dois dos soldados vestidos como guardas da cidadela. Sua jornada era mais incerta, embora eu tivesse dito a ele exatamente pelo que procurar. Gwyneth foi mandada em outra direção com o restante dos soldados vestidos como guardas. Com todo o gabinete reunido no Saguão de Aldrid, eu rezava para que os passadiços fossem estar, em sua maior parte, vazios.

Minha cabeça latejava com o som das passadas que se afastavam, uma vida inteira de vozes sendo despertadas dentro de mim.

Olha essa língua, Arabella!

Calada!

Essa questão está terminada!

Vá para a sua câmara!

Rafe e Tavish olhavam para mim, esperando pelo sinal de que eu estava pronta.

Outras vozes soavam na minha cabeça.

Não demore, senhorita.

Confie na força dentro de você.

Nutra a raiva. Use-a.

Era fácil fazer isso. Saquei minha espada e assenti. As portas foram abertas, e entrei com Rafe de um lado e Tavish do outro, com Orrin e seus melhores arqueiros nos flanqueando e Sven liderando as fileiras de portadores de escudos que estavam diante de nós, além de mais soldados que vinham na retaguarda, soldados estes que estavam dispostos a dar suas vidas por um outro reino e uma causa incerta.

CAPÍTULO 64
CRÔNICAS DE AMOR E ÓDIO

RAFE

té este ponto, tudo havia sido planejado com precisão. Daqui em diante, Sven disse que se tratava de outro plano de meia-tigela, mas ele também notou que estava ficando cada vez mais desconfortável com estratégias militares desse tipo. Tavish bufara ao ouvir a palavra *estratégia*. Quando entramos tempestuosamente no saguão, tínhamos habilidades e a surpresa ao nosso lado, e pouco mais além disso. O que os próximos trinta minutos e as próximas horas trariam era incerto, mas eu sabia que estávamos ficando sem tempo. Soube disso no minuto em que Lia entrara no arsenal. Já havia uma guerra em andamento, os traidores contra ela, e nesse exato momento parecia que os traidores estavam vencendo.

Tavish murmurava baixinho enquanto entrávamos em um rompante, olhando para a longa galeria superior e para a varanda que dava para o saguão. Lia dissera que ela era acessível apenas da ala real, mas, se os arqueiros a enchessem antes que pudéssemos defendê-la, seríamos como peixes em um barril esperando para sermos atravessados por uma lança, um de cada vez. Nós guardávamos as costas de Lia e uns dos outros. Lordes e ministros ficaram ofegantes, alarmados demais para entender o que estava acontecendo, enquanto meus homens enchiam o perímetro. Guardas postados na plataforma pararam quando os nossos arqueiros miravam neles. Eu e Tavish ficamos perto de Lia, com os escudos erguidos, observando, virando-nos, analisando a sala. Orrin nos ladeava com seus homens, já mirando as duas torres com as flechas, prontas para responderem a ataques.

Lia parou no centro da sala e gritou para que ninguém se mexesse, prometendo que eles não seriam feridos. Ela mentiu. Sangue foi derramado. Eu vi a fúria faminta nos olhos dela, na face dela, nos lábios dela. Eu achava que essa fúria poderia ser tudo que a mantinha em pé. Havia olheiras em volta dos seus olhos, e os lábios estavam pálidos. Eu sabia que Lia tinha mentido para mim lá no arsenal. Ela perdera muito sangue, mas eu também entendia a adrenalina da batalha e a onda de força que mantinha homens mortos de pé. Junto com a fúria desesperada dela, isso a mantinha agindo por ora.

Ordenei que as portas fossem barradas e que as armas fossem retiradas dos guardas.

Um lorde que estava se dirigindo ao gabinete permanecia paralisado no grande degrau semicircular na frente do saguão, incapaz de falar ou de se mexer. Fiz um movimento na direção dele com a minha espada. "Sente-se."

Ele voltou se arrastando até o seu assento, e Lia subiu os degraus, assumindo o lugar dele.

O escrutínio dela passou pelo gabinete, e ela se dirigiu a cada um deles, assentindo com a cabeça, como se os estivesse cumprimentando, mas eu via o medo nos olhos dos homens. Eles sabiam que isso não era um cumprimento. Todos viam a corda bamba em que ela caminhava, além das diversas armas presas na lateral do seu corpo.

O Chanceler ficou em pé em um pulo. "Isso é ridículo!"

Um eco de concordância retumbava ao redor dele, com cadeiras sendo empurradas para trás e raspando o chão, como se fossem escoltar a insolente princesa até a sua câmara.

Antes que eu pudesse dizer alguma coisa, Lia jogou sua adaga. "Eu falei para não se mexer!", ela gritou. A lâmina fez um pequeno corte na manga da roupa do Chanceler e alojou-se em uma parede entalhada de madeira atrás dele.

Uma onda de silêncio voltou ao saguão. O Chanceler segurava seu braço, com o sangue escorrendo entre os dedos. Ele chacoalhava a cabeça com a raiva, mas voltou ao lugar.

"Assim está melhor", disse ela. "Não o quero morto, *não ainda*, lorde Chanceler. Antes, você vai me ouvir."

Ele podia ter se sentado, mas não foi silenciado. "Então você atira facas para calar o gabinete e tem uma desordenada coleção de rebeldes compelidos a segui-la portando espadas", disse ele. "O que vai fazer? Conter todo o exército morriguês?"

Dei um passo à frente. "Para falar a verdade, sim, vamos fazer isso."

O Chanceler passou os olhos de relance por mim, absorvendo minhas roupas grosseiras. Ele ergueu o lábio em repulsa. "E você seria...?"

Para alguém que estava na posição precária em que se encontrava, ele não mostrava qualquer sinal de que ia recuar. Sua arrogância fazia com que a minha ardesse.

"Eu sou o rei de Dalbreck", respondi. "E posso lhe garantir que minha desordenada coleção pode conter o seu exército por um período de tempo incrivelmente longo, pelo menos longo o bastante até que você esteja morto."

O Capitão da Vigília falou abafando o riso. "Tolo! Nós já encontramos o rei de Dalbreck, e você não é ele!"

Fechei o espaço entre nós e estiquei a mão até o outro lado da mesa, agarrando-o pela frente da sua túnica, colocando-o em pé em um puxão repentino. "Você está disposto a apostar a vida nisso, Capitão? Porque, mesmo embora você nunca tenha me visto, eu vi *você* no monastério da abadia no dia do meu frustrado casamento. Você andava de um lado para o outro, nervoso, com o Guardião do Tempo, proferindo xingamentos, se bem me lembro."

Eu soltei a túnica dele, empurrando-o de volta ao seu assento. "Meu pai faleceu. Eu sou o rei agora, e ainda não decapitei ninguém na minha nova função, embora eu esteja ansioso para ver como é fazer isso."

Encarei-o, prendendo-o no seu assento, e então olhei para o restante do gabinete, fazendo uma varredura visual neles como Lia tinha feito, perguntando-me que mão a teria atingido, qual delas havia arrancado a camisa das suas costas e, o pior, quais dentre o seu próprio traíra a ela e ao seu próprio reino ao conspirar com o Komizar, negociando nossas vidas pela sua ganância. Além do Chanceler e do Capitão da Vigília, o restante do gabinete havia permanecido curiosamente em silêncio, e eu achava essa incubação silenciosa tão perturbadora quanto seus rompantes. Eles tramavam algo.

Olhei para Lia. "Fale, princesa. Você tem a palavra por quanto tempo desejar."

Ela sorriu, com uma dureza assustadora nos lábios. "A palavra", repetiu ela, saboreando os termos enquanto se virava, com os braços estirados nas laterais do corpo. "Perdoem-me, prezados ministros, pelo estado das minhas...", ela olhou para baixo, para as roupas manchadas de sangue, e depois para o ombro exposto, "da minha aparência. Eu sei que não é esse o protocolo da corte, mas suponho que também haja algum conforto nisso. *Espancada e desprezada, ela haverá de expor os perversos.*" Lia fez uma pausa, perdendo um pouco o sorriso que estampava no rosto. "Essas palavras assustam vocês? Pois deveriam."

Ela se virou, com seus olhos passando pelos lordes, e então parou e ergueu o olhar para a galeria vazia. Todos acompanhavam o olhar fixo dela. O silêncio foi ficando cada vez mais longo e desconfortável, mas, por ora, a lembrança da faca dela voando pela sala parecia manter as línguas quietas. Minha pulsação ficou acelerada, e eu e Tavish trocamos um olhar preocupado de relance. Ela parecia ter se esquecido de onde estávamos ou o que estava fazendo. Acompanhei o olhar compenetrado dela. Não havia nada ali. Nada, pelo menos, que eu pudesse ver.

Capítulo 65
CRÔNICAS DE AMOR E ÓDIO

ar mudou, pairando acima de nós, a cor suave e menos intensa, como pergaminho envelhecido. A sala ficou maior, onírica, tornando-se um mundo distante em que uma menina de catorze anos atacava com os irmãos ao seu lado. Todos eles estavam mortos agora, assassinados em um campo de batalha sem nome. Walther sussurrava: *Tome cuidado, irmã.*

Ouvi a menina gritar para ninguém se mexer, e ela prometeu que ninguém seria ferido. Ela sabia que não era verdade. Alguns morreriam, embora ela não soubesse quem ou quando, mas suas mortes já estavam anuviadas atrás dos olhos dela. Ela viu dois homens preparando-se para o ataque junto com ela, observando-se, virando-se, arqueiros flanqueando-a com as flechas sacadas. E então os olhos dela caíram no gabinete, nas faces deles, no assento vazio do seu pai. O ar estalava, pungente, as cores brilhantes, e o medo vibrava contra as paredes em ondas. A menina se fora. Havia apenas eu. Encarando-os. E, hoje, ninguém iria me banir para a minha câmara.

O Vice-Regente, o Chanceler, o Capitão da Vigília, o Mestre Mercante, o Médico da Corte, o Guardião do Tempo, o Marechal de Campo, o Mestre da Caça e, é claro, o Erudito Real, que parecia o mais perturbado de todos pela guinada nos eventos. Notavelmente ausentes estavam a Primeira Filha e o próprio rei, mas um deles logo estaria ali. O Guardião do Tempo mexia nervosamente nos botões do seu casaco, puxando-os e mexendo-os até que um botão saiu e caiu ruidosamente no chão, rolando pela pedra polida.

Eu sabia quem era o arquiteto conspirador por trás de tudo aquilo, quem era o arquiteto que ansiava tanto por poder quanto o Komizar. Talvez até mais que ele, arriscando tudo pelo prêmio completo: o continente. Olhei para ele, lentamente e com firmeza. Estava óbvio agora. As escamas de sua verdadeira natureza brilhavam sob o seu robe. O dragão que tinha tantas faces quanto o Komizar.

Quando o Chanceler desobedeceu a primeira das minhas ordens, minha adaga voou. Foi necessária toda a minha força de vontade para não mirar direto no coração dele. Nos dias em que passei cruzando o Cam Lanteux, todas as vezes em que eu praticava atirar a minha faca no tronco de uma árvore, eu havia marcado o coração dele como o alvo na minha mente, mas sua morte ficaria para depois. Por ora, ele ainda teria alguma serventia para mim, e eu faria uso de cada pedacinho dele, dedo por dedo, se isso fosse necessário para salvar os meus irmãos.

Ele se sentou, mas borbulhava de raiva, agora jogando insultos para cima de Rafe.

Observei o Erudito Real e os outros, um por um, descendo a fileira, pois uma conspiração só era tão boa quanto seu elo mais fraco, e agora esse elo estava sendo testado.

A cidadela aproximava-se, contraindo-se, espremendo a traição, tornando-a algo duro e vivo, a batida do seu coração, selvagem, resistindo, com seu rugido bestial ecoando, mas, debaixo disso tudo, eu ouvia outro som, um tamborilar frágil tão persistente quanto a esperança, e vi alguém sair da varanda.

Era uma menina. Ela se inclinava por cima do corrimão, com os olhos escuros e arregalados fixos em mim. *Prometa,* disse ela.

Assenti. "Prometi faz muito tempo."

E então ela se foi, e o mundo se mexeu, o ar pungente e brilhante novamente.

Os lordes esperavam, com a atenção aguçadíssima, prestes a estalar.

Falei a eles sobre os traidores no meio deles, sobre dragões cuja sede era insaciável, e ainda sobre outro homem, o Komizar de Venda, que estava a caminho daqui com um exército impossível de ser parado para destruir a todos, ajudados pelos mesmos traidores que haviam enviado Walther, o Príncipe da Coroa, para a sua morte. "Eu fugi do casamento porque estava com medo, mas não traí Morrighan, e não traí o meu irmão. Eu o vi morrer, mas nas mãos de vendanos que esperavam por eles. Ele foi enviado em uma emboscada por traidores que estão aqui nesta sala. Os mesmos traidores que enviaram os príncipes Regan e Bryn para a morte."

O Erudito Real se inclinou para a frente. "Isso não seria melhor se fosse discutido em..."

No entanto, o Vice-Regente cortou-o, erguendo a mão. "Não vamos interromper a princesa. Deixe que ela fale. Nós podemos dar a ela essa oportunidade." Ele olhou para mim como se estivesse se lembrando de todas as palavras que havíamos trocado no seu escritório. *Você tem alguma evidência de tudo isso?* Ele sabia que a minha palavra não era o bastante.

Olhei com ódio, um olhar lento e firme, para o Erudito Real, um aviso... *seu tempo ainda virá...*, e me voltei para o Marechal de Campo, que era a conexão do gabinete com as tropas. "Meus irmãos precisam ser rastreados e trazidos para casa agora mesmo. Com meu pai doente, eles nunca deveriam ter sido enviados a Gitos e Cortenai, para início de conversa. Como você explica tamanha e flagrante violação de protocolo, lorde Comandante?"

Ele se mexeu, desconfortável, no seu assento, e desferiu um duro olhar de relance para o Capitão da Vigília. O Erudito Real observava todos eles como se estivesse pronto para pular do seu assento.

"Eu não queria mandá-los nessa missão", foi a resposta dele, com uma cara fechada tornando sua face sombria. "Para falar a verdade, argumentei contra isso; no entanto, fui levado a acreditar que era para o bem do reino."

"E seus irmãos concordaram de coração", acrescentou o Capitão da Vigília.

Fui tempestivamente até o outro lado da plataforma elevada, batendo com a espada na mesa, a poucos centímetros da mão dele. "Eles concordaram em ser assassinados?"

O Capitão da Vigília olhou para sua mão, boquiaberto, como se para se certificar de que todos os dedos ainda estavam lá. Seu olhar se voltou para mim, e seus olhos reluziam com raiva. "Essa menina é louca!", ele gritou para os soldados de Rafe que estavam parados perto dele. "Abaixem as armas antes que ela faça com que todos vocês sejam mortos!"

395

O ribombo de passadas ecoava no corredor ao sul, com as vibrações de uma centena de botas socando o chão e vindo na nossa direção. Soldados tinham sido alertados. Voltei a olhar para o gabinete.

O Dragão.

Um sorriso.

Sorriso este que ninguém mais conseguia ver.

Uma voz que ninguém mais conseguia ouvir.

Mais. É minha. Você é minha.

O ranger de dentes.

Um engolir em seco, faminto.

Uma respiração satisfeita.

Virei-me para Rafe quando as passadas ribombantes ficaram mais altas. Ele manteve o olhar fixo no meu e assentiu, confiante. *Continue.*

Um lorde nos fundos do saguão, aparentemente encorajado pelo som de soldados, se levantou. "A única traidora que vemos neste saguão é você! Se existem outros traidores, você deveria dar nomes aos bois! O Capitão da Vigília está certo, você é louca!"

O Vice-Regente soltou um suspiro, colocando as mãos na sua frente, e franziu o rosto. "Nós permitimos que você se pronunciasse, Arabella, mas, infelizmente, devo concordar com o lorde Gowan. Você não pode fazer essas acusações sem fornecer provas, e não estamos vendo nenhuma."

Eu poderia dizer os nomes de quantos traidores que fossem, possivelmente metade do gabinete, mas minha única prova, se Pauline tinha conseguido garanti-la, seria interpretada como algo que eu plantara. Eu precisava de mais alguém para apontar o dedo.

"Vocês terão as suas provas", prometi, enrolando para ganhar tempo. *Onde estaria Pauline?* Ela estava vindo do corredor ao norte, mas e se seu caminho já se encontrava bloqueado? "Vocês terão os seus nomes. Mas nós não discutimos..."

A mão de alguém socou a porta da entrada ao norte e um grito irrompeu por ela. "*Lia!*"

A barra foi erguida e Pauline cruzou correndo a sala, absorvendo, nervosa, o escrutínio do gabinete e dos lordes. Ela veio andando pelos degraus acima para se encontrar comigo com uma caixa bem segura nos braços.

396

Seguiu-se um outro alarido de passos, e nossos homens que se passavam por guardas da cidadela foram correndo até o corrimão da galeria. Gwyneth juntou-se a eles e assentiu para mim. Mais passadas. Suaves. Apressadas. Um som de saias. Tia Bernette, tia Cloris e lady Adele, a criada da rainha, apareceram, apoiando-se no corrimão enquanto faziam uma varredura com os olhos pela sala. Os olhares contemplativos passaram por mim, e um nó se formou na minha garganta. Eu não era a mesma menina que tinha ido embora tantos meses atrás, e elas não me reconheciam. Quando finalmente perceberam quem eu era, minha tia Cloris ficou ofegante, e lágrimas escorriam pelas bochechas da minha tia Bernette, mas Gwyneth as treinara bem. Elas nada deveriam falar, apenas servir de testemunhas, e todas mantiveram a boca fechada. E então se seguiu um lampejo de azul, e senti meus pulmões se apertarem. A rainha deu um passo à frente entre as minhas tias, uma sombra de quem já fora antes. Ela baixou o olhar para mim, com os olhos escuros, vazios, seu olhar contemplativo queimando o meu. *Não há o que saber... É apenas o calafrio da noite.* Mas agora nós duas sabíamos que se tratava de bem mais do que um calafrio.

"Seja bem-vinda, Vossa Majestade", falei. "Estávamos prestes a discutir a saúde do rei."

Eu me virei de volta para o gabinete. Eles estavam inquietos, esperando que eu dissesse algo, e as mãos do Capitão da Vigília estavam cuidadosamente enfiadas debaixo da mesa.

"Não parece que o rei está se recuperando", falei. "Você pode me dizer o motivo disso?"

"A notícia da sua traição atingiu-o profundamente", grunhiu o Chanceler. "Não há cura instantânea para um coração que foi arrancado do peito de um homem."

Alguns poucos lordes murmuraram, concordando com ele. Ouvi os choros suaves da minha tia Bernette.

"Hummm. Sim, foi o que me disseram." Meus olhos pousaram no Médico da Corte. "Venha se juntar a mim aqui no degrau", falei, "de modo que todo mundo possa ouvir o seu relatório sobre a saúde do meu pai." Ele não se mexeu, olhando de relance para outros membros do gabinete, como se eles fossem capazes de salvá-lo. "Não é um pedido, lorde Fently." Ergui a mão coberta por uma bandagem. "Como

397

você pode ver, estou com um machucado sério. Não me faça arrastá-lo até aqui." Embainhei a minha espada, e ele, relutante, veio até mim.

"Arabella", intercedeu o Erudito Real, "não..."

Fiquei agressiva. "Eu não tenho escrúpulos quanto a cortar sua língua, Vossa Eminência. Para falar a verdade, depois de todos os anos que tive que aguentar seus sermões condenadores, isso me daria o maior prazer, então eu o aconselharia a segurar sua língua enquanto você ainda tem uma."

Segure a língua. Como todas as vezes em que você fez com que eu segurasse a minha. Os olhos dele se estreitaram, familiarizados. Com medo. *Preocupados.* No entanto, não por causa de sua língua. Seria por causa da verdade?

Minha raiva ardia com mais intensidade, e quando o médico parou na minha frente, segurei o ombro dele, forçando-o a ficar de joelhos. "Qual é o problema com o meu pai?", perguntei.

"É o coração dele, Vossa Alteza! Como disse o Chanceler!", ele respondeu rapidamente, com o tom de voz alto e fervente. "Porém, suas outras enfermidades são muitas! É uma coisa traiçoeira, tratar de tantas doenças. Levará algum tempo, mas eu tenho as mais altas esperanças quanto à recuperação dele."

Sorri. "É mesmo? Isso é reconfortante, lorde Fently." Assenti para Pauline, e ela abriu a caixa. "E aqui estão alguns dos remédios com os quais você está o tratando, não?"

"Sim!", respondeu ele, cujo tom estava denso com súplicas. "Estes são apenas remédios simples para fazer com que ele se sinta mais confortável!"

Estiquei a mão para dentro da caixa e puxei dali um pequeno frasco de um elixir âmbar-escuro. "Isso?"

"É só para aliviar dores."

Usei os dedos duros que formigavam para remover a rolha do frasco com a mão machucada. O esforço de torcê-la e soltá-la fez com que o sangue quente saísse de novo do machucado, sob a bandagem. Cheirei o frasco. "Para dor? Um pouco disso poderia me servir." Tomei um gole vigoroso do elixir e dei de ombros. "Pronto. Acho que até já estou me sentindo melhor."

Ele sorriu, e seu rosto estava turvo e tenso, cheio de angústia e medo. Coloquei o elixir de volta na caixa e tirei dali um outro frasco, este cheio com um líquido cremoso branco. "E exatamente como este aqui ajuda o meu pai?"

"O estômago, Vossa Alteza. Ajuda a acalmar o estômago dele."

Ergui o frasco, mexendo-o à luz, e então tomei um gole do seu conteúdo. Sorri. "Sim, eu me lembro disso da minha infância." Fitei com ódio o Erudito Real. "Eu tinha muita dor de estômago."

Coloquei-o de volta dentro da caixa e remexi o conteúdo dela, e depois tirei dali o pequeno frasco cheio com o pó dourado. "E este ?"

Ele engoliu em seco. Sua pele estava pastosa, e uma gota de suor escorria perto da sua orelha. Um meio sorriso ondeava pelos lábios. "É para agitação. Para acalmar os nervos."

"Acalmar os nervos", repeti. "Bem, acho que todos vocês podem ver que estou com os nervos abalados, com certeza." Puxei a rolha, comecei a levar o frasco até a boca e fiquei hesitante. "Faz diferença a quantidade que eu tomar?"

"Não", disse ele, com uma medida de alívio chegando aos olhos. "Você pode tomar o tanto quanto quiser."

Ergui o frasco até os meus lábios novamente. Ele ficou me observando, boquiaberto, esperando que eu tomasse uma grande dose, como eu fizera com os outros. Fiz uma pausa e retribuí a ávida atenção dele. "Parece-me, lorde Fently, que o senhor está precisando disso bem mais do que eu. Pegue, tome um pouco."

Movi o frasco na direção dos lábios dele, e o homem, rapidamente, desviou a cabeça. "Não, eu não preciso."

"Eu insisto."

"Não!"

Ele se desviou bruscamente, mas saquei a faca da minha bota e ergui-a junto ao pescoço dele. "Está vendo o quão nervoso o senhor está, meu lorde?" Abaixei o tom de voz para um rosnado. "Insisto que tome um pouco. *Agora.*" Pressionei ainda mais a faca na garganta dele, e os lordes ficaram ofegantes quando uma fina linha de sangue surgiu debaixo da lâmina. Levei o frasco dourado lentamente aos lábios dele. "Lembre-se", sussurrei, "de que você pode tomar o quanto quiser."

O vidro roçou o lábio inferior dele. "Não!", gritou o médico, com os olhos vidrados com terror. "Foi ele! Foi ele quem deu isso a mim! Foi por ordem dele!"

Ele apontou para o Vice-Regente.

Abaixei a faca, empurrando e libertando o médico. O silêncio era esmagado em todos os olhos que estavam voltados para o membro predileto do gabinete. Sorri para o Vice-Regente. "*Thannis*", falei. "Boa para a alma. Boa para o coração. Algo único, encontrado apenas em Venda. Uma coisa que um embaixador como você provavelmente descobriu anos atrás em uma das suas visitas clandestinas." Andei na direção dele. "Perfeitamente mortal, mas uns poucos e minúsculos grãos? Eles poderiam ser o suficiente para manter um rei fora do caminho enquanto você finalizava seus planos, porque, se ele morresse, haveria muitos príncipes incômodos na linha para o trono que poderiam apontar um novo gabinete."

O Vice-Regente se levantou. "O homem é um mentiroso. Eu nunca coloquei os olhos nessa substância antes."

Uma voz chamou dos fundos do saguão. "Então como explica isso?" Passadas ecoaram, botas na pedra, uma lenta batida que demandava atenção.

Cabeças se viraram. Respirações ficaram suspensas apenas por um instante, e depois sussurros baixinhos irromperam no ar como de um alarmado bando de pássaros. Havia alguma coisa em relação a ele. Algo familiar e, no entanto, estranho também. Alguma coisa que não se encaixava. Eles ficaram em silêncio de novo enquanto Kaden descia pela nave central na nossa direção, com um outro frasco dourado na mão. "Encontrei isso no seu aposento, enfiado em uma gaveta trancada." Ele foi para a frente em uma linha lenta e deliberada, com os soldados pondo-se para o lado. "Provavelmente é o mesmo frasco que usou para manter Andrés, seu filho legítimo, fora de perigo." Eu vi a tensão no rosto de Kaden, seu esforço para manter o controle. O impacto de ver o pai abalara-o como se fora uma tormenta. Seus olhos reluziam; a calma, destruída; mil rachaduras na voz. O menino que só queria ser amado. Que queria ser mantido. Observá-lo lutando para conter-se tornava a sua agonia mais evidente, e a profundidade da dor dele crescia dentro de mim.

O Vice-Regente fitou-o como se ele fosse um fantasma. "Kaden."

"Isso mesmo, *pai*", disse ele em resposta. "Seu filho, de volta do túmulo. Parece que o Komizar estava jogando com nós dois. Eu era o Assassino dele." Kaden parou, e as rachaduras na sua compostura aprofundavam-se. Havia um tremor nos seus lábios que me dilacerou quando ele voltou a se pronunciar. "Ele me treinou durante anos, e, durante todos esses anos, fiquei esperando pelo dia em que mataria você. Parece-me agora que há uns tantos na fila na minha frente para fazer esse serviço."

"Isso é loucura! Isso é..." O Vice-Regente se virou, tendo os olhos fixos nele, as mentiras se aproximando, inescapáveis. Ele se lançou para a frente, puxando uma faca de sob a mesa, e ergueu-a junto à garganta do Guardião do Tempo, arrastando-o aos seus pés e usando-o como se fosse um escudo. Os dois foram tropeçando para trás em direção ao painel de madeira na parte posterior da câmara, e a mão do Vice-Regente tateava atrás dele. *Um pouco para a direita,* pensei, enquanto os dedos tateavam a madeira entalhada. *Ali.* Ele fez pressão e uma passagem apareceu, passagem esta conhecida pelo rei e pelas crianças que espiavam o rei. Ele empurrou o Guardião do Tempo para longe e desapareceu passagem adentro.

O Chanceler olhou de relance, nervoso, para o lado, como se fosse aproveitar a oportunidade e ir atrás.

"Eu não faria isso", disse a ele, e, apenas segundos depois, o Vice-Regente reapareceu, andando para trás, com uma espada no seu peito. Andrés segurava-a e surgiu com mais soldados atrás dele. A expressão na sua face estava tão estilhaçada quanto a de Kaden.

"Você matou os meus camaradas", disse Andrés. "Deveria ter deixado que eu morresse com eles." Ele abaixou a espada e girou o punho cerrado, fazendo com que seu pai caísse aos tropeços na minha direção.

Um fio de sangue escorria do canto da boca do Vice-Regente. Chutei a parte de trás das suas pernas, fazendo com que ele ficasse de joelhos, e puxei seus cabelos de modo que os olhos dele, abruptamente, se encontrassem com os meus.

"Você matou o meu irmão!", falei, levando o rosto para perto do dele. "Meu irmão e todos os bons homens que estavam com ele foram massacrados. Eles não tiveram *nenhuma* chance." Não havia como não notar a tensão perigosa na minha voz, e vi o medo passar com um lampejo pelos *olhos dele.* "Eles estavam em número menor, eram cinco contra um, porque *você* anunciou que eles apareceriam. Eu enterrei todos eles, Vice-Regente. Cavei túmulos até que as minhas mãos sangrassem enquanto você estava aqui bebendo vinho e conspirando para matar mais."

❧ 401 ❧

Voltei rapidamente a face na direção dos lordes. "*Este* é o homem que enviou o meu irmão e 32 soldados para a morte! Foi ele quem envenenou o meu pai! Foi ele que comandou este ninho de ratos conspiradores para tramar contra todos nós!" Voltei a olhar para ele, com a minha faca pressionada junto ao seu pescoço. "Você vai morrer, lorde Vice-Regente, pelos seus crimes contra Morrighan, e, caso não consigamos chegar até os meus irmãos e seus esquadrões a tempo, você vai morrer lentamente. Isso é uma promessa."

Ele olhou para mim, e seus olhos estavam desafiadores de novo. Ele sussurrou baixinho para que ninguém mais fosse ouvi-lo. "Eu tenho um acordo com o Komizar. Posso poupar as vidas que eu escolher."

Sorri. "Um acordo? O Komizar escolhe bem seus tolos."

"É tarde demais", disse ele, ainda negando a inversão das nossas fortunas. "Você não pode nos impedir. Mas eu poderia..."

"Você está certo apenas em relação a uma coisa, lorde Vice-Regente. É tarde demais. Para você. Fiz exatamente o que sempre temeu. Eu expus os perversos."

Encarei-o, com a minha respiração ardente, e soltei a cabeça dele. Minha bandagem ensopada de sangue deixou uma mancha brilhante junto aos seus cabelos de um loiro-branco.

"Prendam-no", falei, e os soldados de Rafe o levaram arrastados para longe.

A sala ficava cada vez mais quente, e minha cabeça, zonza.

"Prendam todos eles", ordenei, acenando para o restante do gabinete. "E a guarda da cidadela. Analisarei depois quais deles são inocentes e adequados para servirem."

Um lorde se levantou. "Você não tem autoridade para ordenar coisas de alto nível..."

Rafe o interrompeu. "A princesa Lia está na regência de Morrighan pelo momento. Ela pode ordenar qualquer coisa que quiser."

Uma comoção de objeções irrompeu, com lorde Gowan se erguendo acima de todos eles. "Com o devido respeito, Vossa Majestade, este não é o seu reino e nem cabe a você tomar tal decisão. O que sugere é anarquia. O protocolo e as leis morriguesas ditam que..."

"Até que o meu marido se recupere, a minha filha assume a posição de rainha regente e designará o próprio gabinete."

A sala ficou em silêncio na mesma hora, com todas as cabeças se virando na direção da rainha na varanda. Ela olhou para mim e assentiu, com a culpa brilhando nos olhos. "Jezelia está agora carregando as decisões do rei. Ela é um soldado no seu exército e será fiel aos seus desejos." Minha mãe olhou com pungência para o lorde Gowan. "Alguém tem alguma objeção?"

Antes que ele pudesse responder, Andrés falou o nome "Jezelia" e prostrou-se no chão em um só joelho. Um por um, os soldados que estavam com ele fizeram o mesmo, um voto, uma consideração pública e tradição antiga da qual tinha ouvido falar, mas que nunca testemunhara. Os soldados no corredor ao norte fizeram o mesmo, e o ribombo do meu nome rolava pela sala. *Jezelia*. A irmã do camarada caído deles. Minha mãe, assim como todos aqueles que estavam com ela na varada, fizeram o mesmo, repetindo o nome que eu nunca tinha ouvido em público nos lábios deles. Meia dúzia de lordes fizeram o mesmo em seguida.

"Está decidido então", disse minha mãe, erguendo-se novamente, e lorde Gowan, assim como o restante dos lordes, relutantes, assentiram. Em questão de minutos, seu mundo fora virado de cabeça para baixo. O motim estava apenas começando.

Dei um passo para a frente, com as faces deles entrando e saindo de foco, o chão se mexendo. "Expor os traidores é apenas o começo do trabalho que temos à frente", falei. Ouvi as minhas palavras ecoando de um jeito estranho e remoto, e então o som da minha faca caindo ruidosamente no chão. "A reunião do conclave não terminou. Vocês precisam saber exatamente o que estamos enfrentando... e o que precisamos fazer para sobrevivermos. Nós nos reuniremos de novo, mas, por ora, eu..."

Eu não tinha certeza se havia conseguido terminar a frase. A última coisa de que me lembro era do braço de Rafe deslizando em volta da minha cintura e dos meus pés sendo erguidos do chão.

CAPÍTULO 66
CRÔNICAS DE AMOR E ÓDIO

uvi choro.
Senti o movimento de mãos macias pela minha testa.
O aroma de rosas.
Choro.
O escorrer de um fio de água.
O sussurrar de portas se abrindo.
Vozes baixinhas.
Um pano fresco no meu rosto.
Um puxão no meu braço dormente.
Será que ela vai entrar em colapso?
Alguma coisa doce na minha língua.
Calidez.
Eu fico com a próxima vigília. Vá.
Um latejar pesado no meu peito.
Passadas guardadas.
Choro. Enérgico e tenso.
O resvalar de uma fera, o leve chicotear da sua cauda.
Estou indo atrás de você. Isso não acabou.

Abri os olhos. O quarto estava às escuras. *Meu quarto.* Uma tora brilhava na lareira. Pesadas cortinas estavam puxadas nas janelas, e eu não sabia ao certo que horas seriam ou por quanto tempo eu tinha ficado desmaiada.

Virei a cabeça. Kaden estava caído em uma cadeira ao meu lado, seus pés apoiados em uma banqueta, a cabeça pendendo para trás, como se ele estivesse dormindo, mas seus olhos estavam focados em mim agora, como se o mero abrir das minhas pálpebras o tivesse acordado. Minha mão estava elevada em um travesseiro, pesada, com um latejar embotado pulsando sob as bandagens recém-trocadas. Eu estava vestindo uma camisola macia.

"Deuses amados", falei, gemendo, lembrando-me dos meus últimos momentos no saguão, "por favor, não me diga que apaguei na frente de todo mundo."

Uma ponta de um sorriso repuxava o canto da boca dele. "Perdeu os sentidos. Há uma diferença. Isso acontece quando se perde sangue o bastante a ponto de encher um balde. Você não é imortal, sabia? Não sei como foi que você permaneceu de pé por tanto tempo. Se a conforta, acho que alguns dos lordes desmaiaram só de ver você sendo carregada para fora da sala."

Carregada. Rafe me carregou. Eu me perguntava onde ele estaria agora. Olhei de relance na direção da câmara externa.

"Ele está cuidando de algumas coisas com os soldados", disse Kaden, lendo a minha mente.

"Ah", falei simplesmente. Para alguém que viajara em jornada por milhares de quilômetros com um esquadrão altamente treinado para me ajudar, ele parecia estar mantendo distância de mim. Até mesmo lá no arsenal, ele havia mandando outra pessoa para colocar nossa porta abaixo.

"Quem foi que fez isso?", perguntei, levantando a mão coberta por uma bandagem.

"Sua mãe, suas tias e um médico, um médico que foi chamado do vilarejo. O Médico da Corte está preso. Assim como os outros."

Ouvi o peso no tom de voz dele. *Outros.* E um em particular.

Estiquei a mão boa e segurei a dele. "Como você está?", perguntei-lhe, em um tom cauteloso.

Ele olhou para mim, hesitante, com a dolorosa expressão nos olhos voltando.

"Não sei." Kaden balançou a cabeça. "Logo antes de entrar naquele saguão, achei que fosse vomitar. Achei que fosse vomitar que nem um menininho."

Ouvi a repulsa na voz dele. "Não há vergonha nenhuma nisso, Kaden."

"Não estou envergonhado. Apenas com raiva porque ele ainda conseguiu fazer isso comigo. Eu não conseguia nem mesmo me reconhecer. Não me dei conta de que vê-lo depois de todo esse tempo faria isso comigo." Ele balançou a cabeça. "Eu não sei como uma pessoa pode sentir tanto medo e estar tão cheia de fúria ao mesmo tempo."

Eu entendia isso completamente. Eu ainda estava com medo, ainda estava com raiva, porém, na maior parte, agora mesmo, estava ansiando por tudo que eu via na face de Kaden.

Ele fez uma pausa, e uma respiração profunda enchia seu peito, suas narinas ficavam dilatadas. "Ele não mudou. Mesmo então, quando olhou para mim, tudo que viu foi uma desvantagem. Naquele momento, se ele pudesse ter me vendido por mais uma moeda, teria feito isso. Eu me senti como se fosse um menino de oito anos de novo."

Apertei a mão dele. "Você não é mais um menino, Kaden. É um homem. Ele não pode mais lhe fazer mal."

"Eu sei." Suas sobrancelhas foram puxadas juntas uma da outra. "Mas veja quantos outros ele machucou. Andrés... ele está pior do que eu. Talvez eu tenha tido sorte de ser dispensado naquela época. Andrés não consegue entender o que aconteceu, não consegue entender que os homens na sua companhia, nos quais ele confiava sua vida, tinham sido traídos pelo seu próprio pai." Ele ergueu o olhar para mim. "Ele estava meio ensandecido quando saiu em cavalgada com a patrulha de reconhecimento para encontrar seus irmãos e seus esquadrões."

"Vocês...?"

"Sim, Rafe e Sven interrogaram os prisioneiros. Eles não conseguiram descobrir nada. E nós mandamos quatro unidades diferentes seguindo em cavalgada com os mais rápidos ravianos. Você ainda estava dando ordens quando Rafe a colocou na cama, e essas foram apenas duas dessas ordens."

"Eu não me lembro disso."

"A maior parte das suas palavras foram murmuradas, e Rafe finalmente mandou você calar a boca e desse ouvidos ao médico."

"Eu fiz isso?"

"Você perdeu os sentidos de novo. Eu acho que isso é dar ouvidos ao médico."

"Que horas são?", perguntei.

Ele deu de ombros. "Já passa da meia-noite."

Kaden me contou o que havia acontecido depois que perdi a consciência, e a maior parte disso ele tinha ficado sabendo por meio da minha tia Bernette. A cidadela inteira ficara em comoção, sendo acordada na maior parte da noite. Depois de me deixar, minha mãe fora ver o meu pai. Ela fez com que ele fosse levado de volta até a câmara de casamento deles e jogou fora os remédios que o Médico da Corte havia ordenado para ele. Deram um banho em meu pai e também bebidas herbáceas para limpar seu sistema. Kaden não sabia o suficiente sobre os efeitos envenenadores da *thannis* dourada para saber se isso seria de alguma ajuda. Vendanos sabiam que não deveriam colocar as mãos nela. Mascar a *thannis* dourada apenas um pouquinho que fosse poderia derrubar um cavalo. Andrés havia se recuperado, mas ele era jovem e saudável, e não fora envenenado durante um longo período de tempo como meu pai. Eu estava preocupada com a possibilidade de que fosse ser tarde demais para reverter os efeitos do veneno e que meu pai ficaria preso em um estupor nebuloso pelo resto da vida. Eu estava preocupada com a possibilidade de que fosse ser tarde demais para tudo.

"Isso será o bastante, Kaden?"

"Para parar o Komizar? Não sei. Acho que a regência que Rafe jogou para cima de você é instável, até mesmo com o apoio da sua mãe."

Eu também vi isso. Levar uma Primeira Filha em desfile para uma cerimônia era uma coisa, tê-la como regente do reino era outra. As tropas com as quais Andrés marchara saguão adentro haviam me apoiado, mas a maioria dos lordes não estava convencida.

"Acho que seus lordes ainda estão com dúvidas em relação à ameaça", completou Kaden.

Eu não esperava algo além disso. Eles tiveram uma vida toda acreditando que Morrighan era a Remanescente escolhida e que nada poderia trazer o reino abaixo. "Eu vou convencê-los", falei, "e prepará-los para se oporem a Venda."

"E depois, vai fazer o quê? Por mais que nós dois queiramos deter o Komizar, não posso esquecer que ainda sou vendano."

Os olhos dele buscaram os meus, preocupados. "Eu sei, Kaden." Os temores dele renovaram os meus. "No entanto, nós dois precisamos nos lembrar de que existem duas Vendas. A Venda do Komizar, que está a caminho daqui para nos destruir, e aquela que nós amamos. De alguma forma, juntos, temos que fazer isso funcionar."

No entanto, eu não estava certa de como fazer isso. Nós dois sabíamos que o Komizar e o conselho nunca recuariam. O prêmio estava à vista deles, e eles pretendiam pegar esse prêmio. *É minha vez agora de comer doces uvas no inverno.* Fiquei ali deitada, com a mão de Kaden ainda na minha, as brasas da lareira ficando mais fracas, minhas pálpebras ficando mais pesadas, o futuro girando atrás delas, e ouvi suaves gemidos novamente. Dessa vez, eu sabia que não era o choro da minha mãe nem das minhas tias que eu ouvia. Esses choros vinham de longe, passando por uma savana, além de um grande rio, através de colinas rochosas e inférteis vales montanhosos. Esses choros vinham dos clãs de Venda. Ele matara mais gente por sussurrar o nome *Jezelia*.

PAULINE

ocê precisa dar um nome a ele.

Porém, eu não tinha um nome. Minha mente estava muito cheia de outros pensamentos para tomar tal decisão. Soltei a criança dos braços da ama de leite e embalei o bebê, passando os dedos pelos cachos dos seus cabelos, que eram da cor de um alto e brilhante sol. Como os cabelos de Mikael.

No entanto, depois do que ele fizera, eu não queria pensar que aquele homem tinha alguma parte nesta criança.

Você tem parentes, Pauline. Não está sozinha.

No entanto, o olhar fixo e frio da minha tia vinha à tona repetidas vezes.

Depois que a mão de Lia foi tratada e a bandagem recolocada, cortamos e removemos suas roupas e demos um banho nela. Lia estava deitada, inconsciente, sem forças, e eles ficaram fitando seu corpo golpeado deitado em cima das brancas roupas de cama. Havia um diário desses últimos meses escrito na pele dela. Eles viram a cicatriz irregular na coxa. O cortezinho na garganta. O talho recente no lábio, onde o Chanceler a acertara; os ferimentos na face, onde os guardas bateram nela. E, quando nós a viramos para lavar suas costas, eles viram a elevada cicatriz nas costelas de onde uma flecha tinha sido removida, e o que restara do seu *kavah* trilhando por seu ombro.

Conforme cada nova marca era descoberta, a rainha ou as tias de Lia continuam um soluço engasgado com o corpo arruinado dela, e a criada da rainha, minha própria tia, me lançava um olhar cheio de ódio e raiva.

"Foi para *isso* que você a levou?", disse ela, por fim, irritada e acusadora.

Voltei minha atenção para o enxaguar de um pano na bacia, não conseguindo olhar nos olhos dela. A culpa passava como uma onda rápida por mim. Era verdade. Eu era a cúmplice de Lia. Se eu não a houvesse ajudado, era possível que ela nunca tivesse deixado Morrighan. Porém, se ela não tivesse feito isso...

Ergui o olhar, fitando a minha tia, que estava rígida com raiva e decepção. "A escolha era dela."

Ela puxou o ar, alarmada. "Era *seu* dever impedi-la! Não..."

"Não me arrependo da minha decisão", falei, "e faria de novo!"

Minha tia ficou boquiaberta, mas lady Bernette esticou a mão para ela, colocando-a no seu ombro. "Pauline está certa", disse ela, baixinho. "A escolha foi de Lia e estava além do alcance de qualquer uma de nós impedi-la de fazer esta escolha."

Minha tia permanecia em silêncio; no entanto, a condenação ainda brilhava nos seus olhos. A rainha soluçava baixinho ao lado do leito de Lia, segurando apertado a mão dela junto à sua bochecha.

Pisquei para me livrar das lágrimas. "Preciso cuidar de uma outra coisa." Girei e saí da sala, pisando no corredor escuro. Quando fechei a porta atrás de mim, me apoiei nela, tentando engolir o latejar doloroso na minha garganta. A dúvida fluía por mim. Eu nem mesmo contara a ela sobre o bebê.

"O que foi?" Kaden havia saído correndo das sombras na minha direção. Eu me esquecera de que ele estava esperando por notícias de Lia.

"Ela está bem", falei. "Nós não sabemos como vai ficar a mão ainda, mas o sangramento parou e o coração dela é forte."

"Então qual é...?" Ele ergueu a mão na direção da minha bochecha, e então a puxou de volta, como se estivesse com medo de me tocar. Até mesmo nas mais escuras sombras, ele vira minhas lágrimas, mas ainda havia uma muralha entre nós, uma desconfiança que eu não conseguia colocar de lado, nem mesmo agora, e ele sabia disso.

Balancei a cabeça em negativa, não conseguindo falar.

"Diga-me", ele sussurrou.

Meu peito estremecia com respirações irregulares. Forcei um sorriso que eu não sentia em qualquer lugar dentro de mim, mas as lágrimas fluíam e escorriam pelas minhas bochechas, de maneira descontrolada. "Eu só tenho uma parente viva neste mundo inteiro, e ela acha que tudo isso é culpa minha."

Ele franziu o rosto e o canto da sua boca ficou repuxado. "Culpa sua? Todos nós cometemos erros, Pauline, e os seus..." Ele esticou a mão para cima e o polegar passou de raspão na minha bochecha, limpando uma lágrima. "Seus erros são os menores dentre eles."

Eu vi o arrependimento nos olhos dele, com as acusações que lancei para cima dele ainda nadando atrás daqueles olhos. Kaden engoliu em seco. "Não existe apenas o parentesco de sangue, Pauline. Nós nascemos com alguns familiares, enquanto outros são escolhidos por nós. Você tem Lia. Você tem Gwyneth e Berdi. Não está sozinha no mundo."

Uma longa quietude pairava entre nós, e eu me perguntava se a menção de família havia reaberto as suas próprias feridas. Eu vi na face dele a mesma expressão dolorida que tinha visto horas atrás quando ele confrontou o pai. Eu queria dizer alguma coisa, oferecer a ele algum tipo de palavras bondosas, como ele acabara de fazer comigo, mas algo temeroso ainda andava de um lado para o outro atrás das minhas costelas. Ele inspirou fundo e preencheu o silêncio para mim.

"E tem o bebê também. Você precisa dar um nome a ele."

Um nome. Isso não deveria ser tão difícil.

"Farei isso", sussurrei, e passei roçando por ele, dizendo-lhe que ele poderia ver Lia em breve.

Coloquei o bebê de volta nos braços da ama de leite. "Eu preciso deixá-lo aqui mais um tempinho", falei a ela. "A cidadela ainda está em tumulto. Lá não é um lugar para um bebê. Já volto."

Ela assentiu em compreensão, prometendo cuidar bem dele, mas vi a dúvida nos seus olhos. Ela esfregava com gentileza os nós dos dedos na bochecha dele, e meu bebê, que ainda não tinha nome, estava aninhado, feliz nos braços dela.

CAPÍTULO 68
CRÔNICAS DE AMOR E ÓDIO

m suave matiz vermelho permeava as beiradas das cortinas. Durante dezessete anos, esse tinha sido o meu sinal familiar da alvorada. Era estranho estar no meu quarto novamente. *Lar.* Não parecia a mesma coisa, porém. O quarto era apertado, confinador, como se eu estivesse tentando vestir um casaco que não me servia mais. Muitas coisas tinham mudado.

Minha mãe não havia passado por ali. Minhas tias Bernette e Cloris tinham vindo três vezes durante a noite para ver como eu estava, ambas cansadas, com os olhos vermelhos. Elas me deram doses de um espesso e viscoso remédio que o médico havia prescrito.

"Isso vai ajudar a restaurar o seu sangue", sussurrou a minha tia Bernette, dando um beijo na minha bochecha.

Quando perguntei a ela como meu pai estava, covinhas de preocupação formaram-se na face, e ela se esforçava para me dar uma resposta cheia de esperança, dizendo que isso levaria tempo.

Minha tia Cloris lançou olhares de relance e cheios de suspeita para Kaden, que cochilava na cadeira ao meu lado. Ela não gostava disso, mas reclamou apenas um pouco da violação do protocolo. Por fim, tarde da noite, ela o enxotou, tendo preparado um quarto em outro lugar na cidadela para ele. Eu dormira de forma intermitente depois disso, com um sonho dissolvendo-se em outro e, por fim, acordei tremendo, quando sonhei com Regan e Bryn cavalgando juntos em um amplo vale. Eu não queria ver o que viria em seguida.

Por ordens da minha tia Bernette, tomei mais uma dose do xarope enjoativamente doce. Eu não sabia se tinha sido o fato de que dormi ou se era obra do elixir, mas estava me sentindo mais firme.

Prendi as cortinas para trás, e a luz inundou a sala. Olhei para a baía, em um raro dia claro em que a ilha rochosa de almas perdidas estava visível ao longe, com suas ruínas brancas que caíam captando o sol da manhã. Dizia-se que os Antigos que uma vez foram aprisionados ainda atacavam paredes que não mais existiam, capturados em uma prisão eterna de um outro tipo, com as memórias prendendo-os com tanta força quanto barras de ferro. Minha atenção se voltou para o oeste, para a última pira de Golgata que estava em pé, ainda se inclinando, encarando seu iminente falecimento com uma graça estoica. Algumas coisas duram... e algumas coisas nunca deveriam existir.

Ouvi alguém batendo à minha porta. Até que enfim. Havia roupas no meu vestíbulo, todas ainda trancadas em baús, aquelas que Dalbreck devolvera por educação. Esses baús não foram abertos em momento algum, mas, se eu fosse abordar o conclave nesta tarde ou executar qualquer uma das muitas tarefas que tinha pela frente, eu não poderia fazê-lo vestindo uma fina camisola emprestada. Minha tia Bernette saíra para ir buscar alguém que tivesse as chaves. Eu estava prestes a procurar por um grampo de cabelo de modo que eu mesma pudesse abrir os baús. Esse seria um dia longo e cheio.

"Entre", falei, enquanto puxava para trás uma cortina de uma janela no vestíbulo. "Aqui."

Ouvi passadas. Passadas pesadas. Meu coração batia forte junto ao meu esterno, e recuei um passo dentro do meu quarto.

"Bom dia", disse Rafe, que estava de volta trajando as próprias roupas, não mais precisando esconder quem era.

O coração no meu peito batia com ainda mais força. Todas as emoções que eu me esforçara tanto para afundar borbulhavam e subiam mais uma vez, e ouvi o anseio na minha voz. "Eu estava me perguntando quando você passaria por aqui."

Ali. Eu vi aquilo nos olhos dele de novo. Vi na forma como ele engolia em seco.

"Você está parecendo melhor do que estava na noite passada", disse ele.

"Obrigada por nos ajudar."

"Sinto muito por não ter vindo antes. Acho que estava esperando um bilhete."

"Eu me recordo bem de você dizendo para não lhe enviar mais nenhum bilhete."

"E desde quando você me dá ouvidos?"

"E desde quando você presta atenção aos meus bilhetes?"

A expressão preocupada dele foi substituída por um largo sorriso, e só foi preciso isso para que eu fosse correndo em direção a ele, esticando as mãos, os braços dele me envolvendo, nós dois abraçando um ao outro como se nunca fôssemos nos soltar, os dedos dele deslizando pelos meus cabelos, seu fraco sussurrar do meu nome, *Lia,* junto ao meu ouvido, mas, quando tentei voltar os meus lábios para junto dos dele, Rafe recuou, deu um passo para trás, segurando nos meus braços e deliberadamente colocando-os de volta nas laterais do meu corpo.

Olhei para ele, confusa. "Rafe?"

"Tem uma coisa que preciso contar a você."

"O quê?", perguntei, com o pânico erguendo-se na voz. "Está tudo bem com você? Aconteceu alguma coisa com...?"

"Lia. Apenas me escute." Seus olhos ardiam olhando dentro dos meus.

"Você está me assustando, Rafe. Fale de uma vez."

Ele piscou, e alguma coisa se mexeu na sua expressão. Ele balançou a cabeça como se os seus pensamentos estivessem correndo à frente dele.

"Eu preciso lhe contar sobre a circunstância de... A verdade é que... O que eu preciso contar a você é que estou noivo."

Minha boca ficou seca. Eu esperei que ele desse risada. Que declarasse que essa era uma piada ruim.

Mas ele não fez isso.

Encarei-o, ainda não acreditando naquilo. Minha boca se abriu para dizer alguma coisa, mas eu não conseguia pensar no quê. Ele me amava. Eu sabia que ele me amava. Eu tinha acabado de ver isso nos olhos dele.

Pelo menos, eu achava que tinha visto. Sim, nós acabamos nos separando muitas semanas atrás, mas isso era suficiente para me esquecer? Em menos de uma estação? Eu procurava alguma coisa a dizer.

"Você encontrou alguém tão cedo? De que reino?", perguntei, com as palavras entorpecidas na língua.

Ele assentiu. "Ela é de Dalbreck. A assembleia queria que eu me casasse imediatamente. Eles achavam que isso acrescentaria a estabilidade necessária."

Eu me virei, piscando, tentando me focar, tentando entender. "Seu reino está em apuros tão terríveis assim?"

"Tanto meu pai quanto minha mãe estavam mortos havia semanas. Eu tinha sumido. O reino estava sem um regente, o que criou problemas. Mais do que nós esperávamos."

"O general que o desafiou?"

"Ele é um deles. Eu tive que..."

Virei para ficar cara a cara com ele.

"Você a ama?"

Ele olhou para mim, pasmado. "Eu nem a conheço."

"Você não me conhecia antes do nosso casamento também."

"Você está se referindo ao nosso casamento que não aconteceu."

Fitei-o. Ele estava falando sério. Ele ia se casar com outra pessoa. Seguindo o conselho da assembleia. Rafe estava atendendo ao seu dever, exatamente como fizera quando veio a Morrighan uma vez para se casar comigo. Será que isso era tudo que o casamento era para ele? Dever? Ao mesmo tempo, eu me odiava por depreciar seus motivos. O que eu fizera senão deixá-lo para trás por causa do meu dever?

Eu ouvi as palavras de Jeb novamente: *Ele está falando a verdade.* Eu não queria que fosse, mas disse coisas para encher o silêncio doloroso. Palavras que eu não pretendia dizer e nem mesmo pelas quais eu esperava. "Talvez as coisas se saiam melhores para vocês dois."

Ele assentiu. "Talvez."

Ficamos parados ali, olhando um para o outro. Minhas entranhas estavam em desordem, como se tudo tivesse se soltado com um chute, abalado. Estranhamente, ele parecia estar se sentindo exatamente como eu.

"Então, como nós ficamos?", perguntei.

Ele fez uma pausa, como se estivesse tentando descobrir ele mesmo, mas seu olhar contemplativo ainda permanecia travado no meu. "Ficamos como duas pessoas... *três*... que precisam parar o Komizar."

"Três?"

"Você me disse que eu precisava fazer as pazes com Kaden. Já fiz." O tom dele era inflexível.

Minha tia Bernette entrou correndo, tilintando o molho de chaves. "Encontrei!" Ela parou quando viu Rafe, como se soubesse que tinha interrompido alguma coisa. Ouvi a mim mesma falando, soando como minha mãe dando o melhor de si, tentando graciosamente resolver um momento estranho. "Tia Bernette, eu gostaria de apresentá-la ao rei de Dalbreck. Rei Jaxon, está é minha tia, lady Bernette."

"Nós nos encontramos na noite passada. Por um breve momento. Vossa Majestade", disse ela, e fez uma cortesia profunda, dando a Rafe a plena honra da sua posição.

"Lady Bernette", respondeu ele, pegando na mão dela, erguendo-a junto aos seus lábios, proferindo delicadezas educadas, e então pediu licença, virando-se para sair sem dizer mais nada a mim. Ele foi andando em direção à porta.

Quantas vezes eu teria que deixar que ele se fosse?
Não mais.
Essa seria a última vez.

Ele não tinha nem mesmo passado pela porta quando passadas soaram na câmara externa. Gwyneth entrou correndo, seguida de um agrupamento dos soldados de Rafe, os quais estavam segurando o Marechal de Campo.

"Isso não podia esperar", disse ela, apologética, vendo que eu ainda vestia a camisola. "É sobre os seus irmãos."

Andei de um lado para o outro no meu quarto. Eu sentira na noite passada que o Marechal de Campo era inocente, mas percebi que ia desmaiar. Era mais seguro simplesmente ordenar que todos eles fossem trancafiados em um lugar seguro até que eu pudesse questioná-los.

"Por que foi que você não nos disse isso na noite passada?", exigi saber.

"Na frente de todos? Depois do que você revelou? Eu não achei que isso seria uma coisa sábia, considerando que tinha acabado de ficar sabendo sobre as cobras que infestavam os escalões. Isso não é algo que queremos que todo mundo saiba, caso isso apresente qualquer vantagem que seja aos príncipes. Eu exigi falar diretamente com você a partir do momento em que fui levado para longe, mas *ele* não queria me dar ouvidos." Ele assentiu na direção de Rafe.

"Todo mundo queria falar com ela. Lia estava indisposta. Eu disse para falar comigo", respondeu-lhe Rafe.

"O rei de uma nação estrangeira que chega bem na hora de um conclave? Supostamente eu deveria confiar de imediato em você com todos os segredos do reino?" O Marechal de Campo olhou para Gwyneth. "Esta boa dama finalmente me deu ouvidos."

Gwyneth admitiu que ela descera ao porão onde os prisioneiros eram mantidos em salas separadas para tripudiar do Chanceler, e para garantir que ele ainda estava lá. Ela fora acordada por um pesadelo, sonhando que ele tinha se libertado da prisão e que estava se dirigindo a Terravin. Quando o Marechal de Campo viu que Gwyneth passava, através da pequena abertura da porta da sua cela, ele implorou por um instante para falar com ela. Tudo que o homem disse foi que tinha notícias sobre os meus irmãos que eu precisava ouvir.

Ele me contou sobre uma conversa que ele tivera com os meus irmãos antes que eles partissem. Disse que não ficara feliz em relação à missão diplomática proposta pelo gabinete, e ficou surpreso com o fato de que meus irmãos tinham concordado com tanta facilidade. Ele suspeitava de que eles estavam prestes a armar alguma coisa.

Em particular, ele confrontou o príncipe mais velho, perguntando a ele o que os dois estariam armando. Regan não tentou negar o que eles estavam fazendo. "Você sabe o que estamos fazendo. A mesma coisa que você faria se sua irmã fosse indevidamente acusada de alguma coisa."

"'Vou fingir que não ouvi isso', falei para o príncipe. E ele respondeu: 'Achei que você fosse fazer isso'."

E então o Marechal de Campo desejou boa sorte a eles.

Eu me sentei no banco que estava na extremidade da minha cama, descansando o rosto nas palmas das minhas mãos. Minha respiração inflava-se no peito. Ele disse que os meus irmãos em momento algum planejavam ir a Gitos ou a Cortenai depois que tivessem colocado no lugar a pedra memorial na Cidade dos Sacramentos, apenas a umas poucas cidades de modo a recrutar mais ajuda, e então eles iriam para Venda com o objetivo de me pegar de volta e provar que eu não era uma traidora, o que queria dizer que os rastreadores que nós tínhamos enviado estavam seguindo na direção errada. Na hora em que eles se dessem conta de que os príncipes tinham planejado uma nova rota, provavelmente eles estariam muito para trás para alcançá-los. No entanto, isso também queria dizer que aqueles que estavam esperando para prendê-los em uma emboscada também precisavam se reagrupar, o que daria uma vantagem aos meus irmãos. No entanto, até mesmo se eles conseguissem se safar daqueles que foram enviados para matá-los, ir todo o caminho até Venda era com certeza uma sentença de morte. Até mesmo uma dúzia de regimentos ao lado deles não seria o bastante para defendê-los do exército vendano com o qual eles se depariam.

"A guarnição militar de Aberdeen", falei. "Depois do que aconteceu com a companhia de Walther, é para lá que eles devem ir em seguida, para recrutarem mais homens e duplicarem seus números. Vamos enviar cavaleiros até lá."

Rafe balançou a cabeça em negativa. "Não. Seus irmãos já teriam passado por lá na hora em que os cavaleiros chegassem. Temos um posto avançado ao nordeste da Cidade da Magia Negra. Fontaine. Podemos tentar interceptá-los por ali."

"Isso é ainda mais distante", disse com escárnio o Marechal de Campo. "Como você ia fazer para que uma mensagem chegasse até eles a tempo?"

Olhei para Rafe, com o coração apertado. "Você tem Valsprey com você?"

Ele assentiu. Nós nos sentamos à minha escrivaninha na mesma hora para escrevermos mensagens. Uma minha para os meus irmãos, de modo que eles soubessem que a intercepção não era um ataque por parte dos soldados de Dalbreck. A outra, de Rafe para o coronel que comandava em Fontaine para colocar patrulhas fazendo uma varredura na paisagem em busca de esquadrões morrigueses. Ainda era um tiro no escuro. Havia quilômetros de terras inóspitas, e aqueles que estavam esperando para emboscar os meus irmãos ainda poderiam chegar até eles antes que eles fossem avisados. No entanto, já era alguma coisa. Rafe olhou para a minha mensagem e a enrolou junto com a dele. Ninguém mais viu o que ele escrevera, porque sua mensagem estava escrita com cifras conhecidas somente pelos seus oficiais. "Eu disse ao coronel que queria um batalhão bem armado para escoltar os esquadrões dos seus irmãos até em casa, se ele os encontrar."

418

Vivos. Isso não tinha sido dito, mas vi a palavra agigantando-se atrás dos olhos dele.

Ele partiu para fazer com que a mensagem chegasse às mãos do cuidador de Valsprey. Se tudo se saísse bem, disse ele, a mensagem estaria lá amanhã, mas ele me avisou de que não receberia qualquer mensagem em resposta. Levava meses para treinar um pássaro a voar para um local distante. Eles não eram treinados para retornar a Civica.

Olhei para o Marechal de Campo, assentindo em agradecimento e como um pedido de desculpa no mesmo gesto. "E, deste ponto em diante, você deve confiar no rei de Dalbreck como se fosse um dos seus. A palavra dele é verdadeira."

Ordenei aos soldados que o soltassem e que o Mestre das Caçadas, o Guardião do Tempo e o Mestre Mercante também fossem libertados. O restante do gabinete permaneceria nas suas celas para encararem o julgamento e a execução, se eu não os matasse primeiro. Minha ameaça ao Vice-Regente tinha sido honesta. Se algum dano fosse causado aos meus irmãos ou aos seus camaradas, a morte dele não seria rápida.

devastação desdenhava de nós,
Mas havia um vale verde à nossa frente.
O fim da jornada estava à vista, finalmente,
E fiz o que sabia que faria o tempo todo:
Enterrei a minha faca na garganta do meu noivo,
E ele ficou ofegante, com a última respiração,
Enquanto seu sangue ensopava a terra,
Não houve nem mesmo uma lágrima
Entre qualquer um de nós,
Especialmente nenhuma lágrima minha.

— ***As palavras perdidas de Morrighan*** —

CAPÍTULO 69
CRÔNICAS DE AMOR E ÓDIO

RAFE

aquela manhã, eu tinha entrado em um quente buraco escuro para interrogar os prisioneiros. O buraco não tinha fim, era uma queda livre que me convidava a me soltar. Tudo que eu era capaz de ver na escuridão enquanto fazia perguntas eram carrinhos de mão cheios de espólios tomados dos soldados mortos de Dalbreck. A cada golpe do meu punho cerrado, via Lia sentada em uma úmida cela de detenção vendana, sofrendo com o luto do irmão morto. E, quando saquei minha faca para o Vice-Regente, via apenas Lia, sangrando e fraca nos meus braços. Sven por fim me puxara para trás.

O Vice-Regente limpou o lábio com a manga da sua roupa, e depois abriu um sorriso afetado. "Eu tinha planejado matar vocês dois, sabe? Uma emboscada feita para que parecesse um roubo comum por parte de bandidos dalbretchianos no caminho de volta para casa depois do casamento."

Os olhos dele reluziam com orgulho. "Você acha que eu não tenho os meus motivos, assim como você não tem os seus? Não ficamos todos cansados de esperar pelo que nós queremos? A única diferença entre mim e você é que parei de esperar."

Esse homem é louco, Sven havia murmurado enquanto me interrompia no meio do golpe do meu punho cerrado. *Já chega*, disse ele, e me empurrou para longe. Ele trancou a porta da cela atrás de nós e depois voltou minha atenção para um outro ponto, lembrando-me de que eu ainda precisava contar isso para Lia.

Entrei nos aposentos a que a tia de Lia, Cloris, havia me conduzido mais cedo, ainda me sentindo como se fosse um intruso. Parecia errado ficar no quarto que o irmão de Lia outrora dividira com a noiva, Greta. A maior parte dos pertences deles fora removida dali; no entanto, no canto do guarda-roupa, encontrei um par de luvas macias no tamanho das mãos de uma mulher, e, em cima do criado-mudo, dois grampos de cabelos delicados com pontas de pérolas. Dei uma olhada na grande cama de dossel e optei por uma horinha de sono no canapé em vez de me deitar na cama. Eu teria preferido ficar em um saco de dormir no Saguão de Aldrid, onde estavam muitos dos meus homens, mas lady Cloris insistiu que eu ficasse com o quarto, e eu não queria relutar em ceder à sua hospitalidade.

Quando entrei, Orrin estava deitado na diagonal na minha cama, adormecido, com a boca aberta e as pernas pendendo na lateral da cama. Jeb estava estirado no canapé, com os olhos fechados e as mãos harmoniosamente entrelaçadas sobre a barriga. Eles dois haviam ficado acordados a noite toda garantindo a segurança da cidadela e designando postos. Somente os soldados de Dalbreck deveriam guardar os prisioneiros até que tivéssemos certeza de que não havia mais nenhum soldado vendano em meio aos escalões. Sven estava sentado a uma mesa, comendo uma torta de alguma carne de caça e revendo arquivos pegos dos apartamentos do Vice-Regente. Tavish estava sentado na outra ponta da mesa, com os pés apoiados em cima dela, remexendo papéis em seu colo.

"Alguma coisa?", perguntei.

Sven balançou a cabeça em negativa.

"Nada de importante que pudesse nos ajudar. Ele é um diabo esperto."

Apanhei um ovo cozido de uma bandeja de comida e fiz com que descesse com leite.

"Você contou a ela?", perguntou Tavish.

Tanto Jeb quanto Orrin abriram os olhos, esperando por uma resposta também.

Assenti.

"Ela precisava saber, rapaz", disse Sven. "Era melhor ouvir isso de você do que ter a informação vazada em um momento inoportuno."

Olhei para ele, incrédulo. "Ela vai abordar a assembleia hoje. Agora é um momento ruim."

"Então não existiria nenhum momento bom. Ainda assim, isso precisava ser feito. Agora já foi, ficou para trás."

Nunca ficaria para trás. A expressão pasma dela quando contei do noivado abriu um buraco em mim. Balancei a cabeça, tentando bloquear a memória. "Não é fácil contar à moça que amamos mais do que a vida que vamos nos casar com outra."

Sven soltou um suspiro. "Coisas fáceis são para homens como eu. As escolhas difíceis são deixadas para os reis."

"O general é um canalha ardiloso", disse Orrin, bocejando, "e precisa de uma flecha no traseiro."

Jeb se sentou e abriu um largo sorriso. "Ou eu poderia cuidar dele silenciosamente. É só falar." Ele fez um som de um clique, o estalar de um pescoço, como se estivesse mostrando o quão rapidamente isso poderia ser feito.

Aquelas eram apenas demonstrações de solidariedade. Eu sabia que nenhum deles assassinaria um oficial legítimo de Dalbreck, nem eu permitiria que fizessem isso, embora fosse tentador.

"E o que você faria com a filha do general? Mataria a menina também?"

Orrin soltou uma bufada. "Tudo de que a menina precisa é olhar para o meu belo rosto para cancelar o casamento com você. Além do mais, eu sou um arqueiro. Trago o jantar para casa. O que você tem a oferecer?"

"Além de um reino?", murmurou Sven.

"Você poderia cancelar o casamento e tentar se sair dessa", sugeriu Tavish.

Sven sugou o ar, sabendo quais seriam as consequências. Minha posição em Dalbreck estava precária. Tentar sair dessa era uma opção arriscada. Eu tinha tudo a perder e nada a ganhar. O noivado era a vitória do general e meu próprio inferno particular, o preço para salvar a vida de Lia. E, enquanto o general fazia os seus joguinhos, a filha dele estava presa no meio. Eu me lembrava do temor nos olhos dela e da sua mão tremendo enquanto ela assinava os documentos. A moça estava com medo e nada queria comigo, mas eu tinha ignorado isso porque estava desesperado e com raiva.

"Vamos mudar de assunto", falei. "O que acontece entre mim e Lia não precisa ser discutido aqui. Ainda temos um exército imbatível marchando na nossa direção."

"Você não acredita nisso", disse Sven, terminando de comer sua torta, "ou não estaria aqui."

"Dei uma olhada nas tropas nessa manhã, e é pior do que pensávamos. Azia se referiu a elas como patéticas."

Sven soltou um resmungo. "*Patéticas* é uma palavra forte. Os poucos que vi pareciam astutos e capazes."

"Os *poucos* que você viu... é exatamente esse o problema. Não é que faltem a eles lealdade ou habilidades, mas seus escalões estão vazios. Este é o maior posto de treinamento deles, mas foram dispersados por toda Morrighan, em pequenas unidades. Apenas mil deles estão estacionados aqui e agora. Levará semanas para reunir todos de novo aqui. E até mesmo então, não será o bastante."

"Pode ser que nem todos do exército vendano estejam se dirigindo até aqui. Dalbreck é um alvo mais próximo. Nós vamos resolver isso. Primeiro, o mais importante. A assembleia desta tarde. Traçar um plano estratégico depois dela."

Um plano. Eu decidira não contar a Sven o que tinha feito. Aquilo funcionaria ou não, e contar isso a ele só faria com que eu recebesse um sermão furioso sobre ser impulsivo, mas eu não percebera que aquilo era impulsivo quando fui cavalgando até o acampamento fora dos portões da cidade onde o cuidador estava assentado com os Valsprey. Depois que entreguei a ele as mensagens, olhei para trás, para Civica, e o peso da sua história assentou-se sobre mim. Eu sentia os séculos de sobrevivência. Morrighan era o começo, o primeiro reino a se erguer depois da devastação, o único de onde todos os outros reinos nasceram, inclusive Dalbreck. Morrighan era uma joia pela qual o Komizar estava faminto, uma validação da sua própria grandeza e, uma vez que ele a tivesse, junto com os seus abundantes recursos, nenhum reino seria poupado. Minhas dúvidas desapareceram. Ele estava vindo até aqui primeiro.

Sven olhou para mim com ares de suspeita, como se conseguisse ver as operações internas da minha mente. Ele colocou os papéis de lado. "O que foi que você fez?"

Estávamos juntos havia muitos anos. Eu me sentei em uma cadeira bem estofada e joguei os pés em cima da mesa. "Acrescentei uma solicitação à minha mensagem para o coronel em Fontaine."

"Uma solicitação?"

"Uma ordem. Mandei que ele enviasse suas tropas a Civica."

Sven soltou um suspiro e esfregou os olhos. "Quantos?"

"Todos."

"Todos... mesmo... *todos*?"

Assenti.

Sven pôs-se de pé em um pulo, fazendo a mesa estremecer e derramando cidra. "Você enlouqueceu? Fontaine é o nosso maior posto avançado! Seis mil soldados! É a nossa primeira linha de defesa para as fronteiras a oeste!"

"Eu mandei a mesma mensagem a Bodeen."

A essa altura, tanto Orrin quanto Jeb estavam se sentando eretos nos seus lugares.

Sven voltou a se sentar à mesa e repousou a cabeça nas mãos.

Orrin soltou um assovio com as notícias chocantes.

Eu imaginava que agora seria uma boa hora para ir embora. Mais alguma revelação e Sven poderia ter um vaso sanguíneo estourado. Minhas decisões estavam tomadas e não era possível mudá-las agora.

"Não digam nenhuma palavra a ninguém", falei. "Isso não é uma resposta a todos os problemas deles. Eles precisam permanecer ferventes nos seus esforços."

Fui andando em direção à porta.

"Agora, onde é que você vai?", perguntou-me Sven.

"Primeiramente o que é mais importante", falei. Por mais que odiasse admitir isso, Kaden seria uma parte crucial do plano para salvar Morrighan. "Prometi fazer as pazes com alguém."

Dei uma olhada no quarto dele. Quando vi que Kaden não estava lá, segui para minha próxima melhor opção, e estava certo. Avistei-o, com uma das mãos pressionadas na parede, parado no topo da escadaria que dava para o nível mais baixo da cidade: onde os prisioneiros eram mantidos.

Ele fitava abaixo da escura escadaria, tão consumido por seus pensamentos que não me notou no final da passagem.

Ele é morriguês, pensei, exatamente como Lia havia dito que era.

Ele era nascido de uma linha de nobreza que remontava até Piers, um dos mais ferozes guerreiros da história de Morrighan. Um Guardião Sagrado, era como Sven se referira a ele. Ele me dera uma breve lição de história na noite anterior, quando mostrei minha surpresa com o parentesco de Kaden. Uma estátua do musculoso e poderoso Piers dominava a entrada do Acampamento de Piers.

Kaden não parecia poderoso agora. Parecia derrotado.

No entanto, na noite passada... engoli em seco, lembrando-me de como eles ficavam juntos quando fui ver como Lia estava durante a noite. Eu tinha visto a mão dele pousada na cama dela e a mão dela curvada sobre a dele. Os dois estavam dormindo, em paz. Saí do aposento rapidamente para que não me vissem. Talvez tivesse sido aquilo o que me dera coragem para contar a verdade a ela. Eu sabia que Lia não o amava da mesma forma como me amava. Eu tinha visto isso nos olhos dela logo que ela me viu no arsenal, e depois a mágoa quando contei-lhe sobre o meu noivado, mas ela também gostava de Kaden. Eles partilhavam alguma coisa que eu e ela não tínhamos: as raízes de um reino e o amor por um outro.

Ele ainda não tinha notado a minha presença ali. Em vez disso, fitava a escuridão e dedilhava, distraído, a adaga embainhada na lateral do corpo, como se uma cena estivesse se desenrolando na sua cabeça. Eu podia imaginar qual seria ela.

Engoli meu orgulho e aproximei-me dele. Eu tinha dito a Lia que já havia feito as pazes com ele. Agora precisava fazer isso de verdade.

KADEN

Não o ouvi chegando até que ele estava perto de mim. Fiquei alarmado e me virei. "O que você quer?", perguntei. "Estou aqui para conversar sobre..."

Desferi um golpe, acertando o maxilar dele, e Rafe foi voando para trás e caiu, e a espada afivelada na lateral do seu corpo batendo ruidosamente no chão de pedra.

Devagar, ele se pôs de pé, com a expressão lívida, e limpou o canto da boca, o sangue manchando as pontas dos seus dedos. "Qual é o seu problema?"

"Apenas me prevenindo de um ataque da sua parte. Parece que me lembro de que, da última vez em que veio de fininho para cima de mim querendo conversar, levei um soco e depois fui jogado com tudo contra a parede dos alojamentos, além de ter sido acusado de todos os tipos de coisas loucas."

"Isso é você se prevenindo de um ataque ou é vingança?"

Dei de ombros. "Talvez seja as duas coisas. Por que está se esgueirando pelos arredores dessa vez?"

Ele me estudou, com o peito subindo e descendo, a fúria cintilando nos olhos. Eu sabia que ele queria me acertar com um golpe, mas, de alguma forma, ele conseguiu continuar com as mãos nas laterais do corpo. "Em primeiro lugar, não estava me esgueirando", disse ele por fim, "e, em segundo lugar, o motivo pelo qual vim foi para agradecer você por ficar do lado de Lia."

Agradecer a mim? "Para que você possa levá-la de volta a Dalbreck agora mesmo?"

A raiva foi toda drenada da face dele. "Lia nunca vai voltar para Dalbreck comigo."

Eu suspeitava da repentina virada do comportamento dele quase tanto quanto da sua declaração.

"Estou noivo de outra mulher", explicou ele.

Soltei o ar, desacreditando.

"É verdade", disse ele. "A notícia foi oficialmente anunciada por todo o reino de Dalbreck. Lia nunca vai comigo para lá."

Essa era a última notícia que eu esperava ouvir. Estaria ele seguindo em frente? "Então, por que está aqui?"

Os lábios dele se curvaram repentinamente de um jeito estranho. Ele não parecia o fazendeiro ou o emissário arrogante, nem mesmo o príncipe que eu conhecera.

"Estou aqui pelos mesmos motivos que você. Pelo mesmos motivos que Lia. Porque queremos salvar os reinos que são importantes para nós."

"Todos eles são importantes para Lia."

A expressão dele ficou mais sombria. "Eu sei."

"E isso lhe causa dor."

"Nós três tivemos que fazer escolhas difíceis... e sacrifícios. Reconheço o sacrifício que você fez ao nos ajudar a fugir de Venda. Sinto muito por não ter dito isso antes."

As palavras saíram duras e ensaiadas, mas, ainda assim, eram um pedido de desculpas que eu nunca esperara ouvir. Assenti, perguntando-me se ele ainda tentaria fazer alguma coisa comigo. Não houve tempo quando nós nos encontramos na cabana. Encontrar Lia, Pauline e Gwyneth era tudo que importava naquele momento.

Estiquei a mão com cautela, oferecendo-a a ele. "Parabéns pelo seu noivado."

Ele segurou a minha mão com a mesma cautela. "Obrigado", respondeu.

Nossas mãos voltaram às laterais dos nossos corpos nos mesmos movimentos calculados. Ele continuava a olhar para mim como se tivesse algo mais a dizer. Eu o ouvira quando ele entrara na noite passada e o vira quando ele saía em silêncio do quarto. Para alguém que estava noivo de outra, ele não escondia bem os sentimentos.

"Vejo você na praça", disse ele por fim. "O que Lia vai enfrentar lá hoje será mais difícil do que os traidores que ela confrontou na noite passada. Ela não estará encarando aqueles que ela precisa jogar na cadeia, mas sim aqueles que ela precisa animar. Ela vai precisar de nós dois lá."

Ele se pôs a ir embora, e então olhou para baixo da escadaria escura, de relance, e depois de volta para mim. "Não faça isso", disse ele, cujo olhar contemplativo se encontrava com o meu. "Chegará a hora, mas não agora. Não desse jeito. Você é melhor que ele."

E, então, Rafe foi embora.

Deixei minhas armas com o guarda antes de entrar na cela. Os olhos do meu pai se travaram nos meus e imediatamente tudo que vi neles foi o cálculo mais uma vez. Isso nunca acabava.

"Filho", disse ele.

Sorri. "Você realmente acha que isso vai funcionar?"

"Cometi um erro terrível, mas um homem pode mudar. Dos meus filhos, eu amava mais você, porque amava sua mãe. Cataryn..."

"Pare com isso!", ordenei a ele. "Não se joga fora as pessoas que a gente ama como se fossem lixo. Não se enterra as pessoas que a gente ama em túmulos sem marca! Eu não quero ouvir o nome dela dos seus lábios. Você nunca amou nada na sua vida."

"E o que você ama, Kaden? Lia? O quão longe isso vai levar você?"

"Você não sabe de nada."

"Eu sei que o sangue é mais espesso e mais duradouro do que um caso passageiro..."

"Isso era tudo que tinha com a minha mãe? Aquela que clama ter amado tanto? Um caso passageiro?"

Ele juntou as sobrancelhas, triste, empático. "Kaden, você é meu *filho*. Juntos, nós podemos..."

"Eu farei um trato com você, *pai*." Os olhos dele ficaram brilhantes. "Você vendeu a minha vida por um único cobre. Permitirei que compre a sua de volta pelo mesmo valor. Dê-me um cobre. É bem pouco a se pedir."

Ele olhou para mim, sem entender. "Dar um cobre a você? Agora?" Estendi a palma da minha mão, esperando. "Eu não tenho um cobre!"

Retirei a mão dali e dei de ombros. "Então perderá a sua vida, assim como eu perdi a minha."

Eu me virei para ir embora, mas parei para dizer a ele uma última coisa. "Já que você tramava junto com o Komizar, morrerá pela justiça dele também, e, só para que saiba, ele gosta que aqueles que vão encarar a execução sofram primeiro. Isso acontecerá com você."

Saí dali e o ouvi me chamando, fazendo um uso liberal da palavra *filho* nos apelos, e eu sabia que, se não tivesse deixado minhas adagas para trás, ele já estaria morto, e que aquele teria sido um fim fácil demais para ele.

Capítulo 71
CRÔNICAS DE AMOR E ÓDIO

"Sente-se", ordenei.
"Onde?"
"No chão. E não se mexa. Quero falar com ela sozinha primeiro."
Olhei para os soldados que haviam me acompanhado.
"Se ele mover um dedo que seja, vocês deverão cortá-lo fora."
Eles sorriram e assentiram.

Cruzei os aposentos dos meus pais e abri a porta que dava para a câmara de dormir deles.

Minha mãe estava deitada, despenteada, parecendo a boneca de pano sem enchimento de uma criança. Meu pai estava deitado no centro, pálido e imóvel. A mão dela repousava nas cobertas da cama que o engoliam, como se ela o prendesse a esta terra. Ninguém, nem mesmo a morte, passaria sorrateiramente por ela. Ela já havia perdido o filho mais velho, seus outros filhos estavam desaparecidos e em grave perigo, e seu marido fora envenenado. Eu não sabia ao certo como ela conseguira reunir energia para ficar comigo ontem. Ela tinha tirado forças de um poço que parecia vazio agora. *Há mais a se tirar,* pensei. Às vezes, tanta coisa pode ser tomada que não importa o que resta.

Ela se sentou direito quando ouviu minhas passadas, e seus longos cabelos pretos caíram desordenados por cima dos ombros. Sua face estava emaciada, seus olhos, cheios de veias por causa das lágrimas e da fadiga.

"Foi você que arrancou a última página do livro", falei. "Eu achava que tinha sido alguém que me odiava muito, e então me dei conta de que era exatamente o oposto: fora alguém que me amava muito."

"Eu não queria isso para você", disse ela. "Fiz tudo que eu podia para impedir."

Cruzei o quarto e, quando me sentei ao lado dela, minha mãe me puxou para os seus braços. Ela me abraçou com ferocidade, com um quieto soluço erguendo o peito. Eu não tinha mais lágrimas a derramar, mas meus braços se fecharam em volta dela, abraçando-a de todas as formas como eu havia precisado abraçá-la nos últimos meses. Ela disse o meu nome várias e várias vezes. *Jezelia. Minha Jezelia.*

Por fim, recuei. "Você tentou manter o dom afastado de mim", falei, ainda sentindo a mágoa. "Você fez tudo que podia para me guiar para longe dele."

Ela assentiu.

"Eu preciso entender", sussurrei. "Diga-me."

E ela o fez.

Ela estava fraca. Estava partida. Sua voz, entretanto, ficava cada vez mais forte enquanto falava, como se ela tivesse contado essa história na sua mente uma centena de vezes. Talvez tivesse feito isso. Ela me contou sobre uma jovem mãe e sua filha, uma história que eu só conhecia do meu ponto de vista.

A história dela tinha costuras que eu nunca observara; era colorida com tecido em tons que eu jamais usara; tinha bolsos escondidos, pesados com preocupação; era uma história que não contava apenas com os meus medos, mas com os medos dela também, cujos fios eram puxados e ficavam mais apertados a cada dia.

Minha mãe tinha dezoito anos quando chegou em Morrighan, e tudo em relação a esta nova terra era estranho para ela: as roupas, a comida, as pessoas, inclusive o homem que seria o seu marido. Ela estava tão cheia de medo que nem mesmo conseguiu olhar nos olhos dele da primeira vez em que com se encontraram. Ele dispensou todo mundo do aposento e, quando ficaram sozinhos, ele esticou a mão, ergueu o queixo dela e lhe disse que os olhos dela eram os mais belos que já vira na vida. Então ele sorriu e prometeu a ela que tudo ficaria bem, que eles poderiam ir se conhecendo sem pressa, e retardou o casamento por tanto tempo quanto podia, enquanto a cortejava.

Isso foi por apenas uns poucos meses; no entanto, dia após dia, ele a conquistava, e ela o conquistou também. Aquilo ainda não era exatamente amor, mas eles estavam apaixonados. Quando se casaram, ela não estava mais olhando para o chão, mas olhando com felicidade para os olhos de todos, inclusive os olhares austeros do gabinete.

Embora a cadeira de Primeira Filha no gabinete tivesse sido cerimonial durante séculos, quando ela disse ao marido que ela queria ser mais ativa no seu papel na corte, ele lhe deu as boas-vindas, de coração. Sabia-se que o dom nela era forte, que ela sentia perigos e loucura. A princípio, o rei considerava tudo que a rainha dizia. Ele buscava os seus conselhos, mas ela sentia um crescente ressentimento em meio ao gabinete com as atenções do rei para sua jovem noiva, e ela foi, aos poucos, ainda que de maneira diplomática, colocada de lado.

E então os bebês vieram. Primeiro, Walther, que era o deleite da corte, e depois Regan e Bryn, que aumentavam a felicidade deles. Todas as liberdades eram permitidas aos meninos, o que era novidade para ela, que vinha de uma casa de meninas, onde as escolhas eram limitadas. Aqui ela observava os jovens filhos sendo nutridos e encorajados a encontrarem suas próprias forças, não apenas por ela e pelo rei, mas pela corte toda.

Então, ela ficou grávida de novo. Havia herdeiros de sobra, e agora todo mundo esperava, com expectativa, por uma menina, uma nova geração para levar em frente a tradição da Primeira Filha. Ela sabia que eu era uma menina antes mesmo de eu ter nascido. Isso a enchia com uma alegria incomensurável, até que ela ouviu um ribombo, um grunhido, a fome de uma fera, andando de um lado para o outro nos cantos da sua mente. Sua tristeza foi aumentando a cada dia, assim como aumentava o estampido das passadas da fera. Ela temia que a fera fosse atrás de mim, que, de alguma forma, a besta soubesse que eu era uma ameaça, e ela sentiu fortemente que isso acontecia por causa do seu dom. Ela me viu sendo arrancada e levada para longe da minha família, tirada de tudo que eu conhecia e arrastada por uma paisagem inimaginável. Ela ia atrás de mim, mas seus passos não eram tão rápidos quanto os da fera que me arrancara dos seus braços.

"E jurei que eu não deixaria que isso acontecesse. Eu falava com você enquanto minha barriga crescia e fazia uma promessa diária de que eu, de alguma forma, a manteria a salvo. E então, no dia em que você nasceu, no meio dos meus temores e das minhas promessas, ouvi um sussurro, uma voz gentil e suave, tão clara quanto a minha. *A promessa é grande para aquela chamada Jezelia.* Achei que aquela fosse a minha resposta, e quando olhei na sua doce face, o nome Jezelia caía melhor em você, acima de todos os outros nomes que o reino colocara em seus minúsculos ombros. Eu achava que o nome era um presságio, a resposta pela qual estava esperando. Seu pai protestou contra a violação de protocolo, mas não recuei.

Depois, parecia que tinha tomado a decisão certa. Você sempre foi forte, desde criança. Tinha um choro vigoroso, que podia acordar toda a cidade de Civica. Tudo em relação a você era vibrante. Gritava mais alto, brincava ainda mais intensamente, sentia mais fome, e prosperava. Dei a você as mesmas liberdades que seus irmãos tinham, e você corria livremente junto a eles. Eu era mais feliz do que jamais fora antes. Quando seus ensinos formais começaram, o Erudito Real tentou adequar as lições, de modo a nutrir o dom. Eu proibi que isso fosse feito, apesar dos protestos dele. Quando ele, por fim, me confrontou, perguntando-me por que motivo eu havia feito isso, contei a ele as circunstâncias do seu nascimento e sobre o meu medo de que o dom fosse lhe fazer mal. Insisti para que ele se concentrasse nas suas outras forças. Ele concordou com isso, ainda que de maneira relutante. Então, quando você tinha doze anos..."

"Foi então que tudo mudou."

"Eu estava com medo e tive que contar com a ajuda do Erudito Real para..."

"Mas é exatamente do Erudito Real que você precisava ter medo! Ele tentou me matar. Enviou um caçador de recompensas para cortar a minha garganta e, em segredo, enviou inúmeros eruditos a Venda para desenvolverem maneiras de matar a todos nós. Ele conspirou com eles. Por mais que você possa ter confiado naquele homem uma vez, ele se voltou contra você. E contra mim."

"Não, Lia", disse ela, balançando a cabeça em negativa. "Desse tanto tenho certeza. Ele nunca traiu você. Ele foi um dos doze sacerdotes que ergueu você diante dos deuses na abadia e prometeu a sua proteção."

"As pessoas mudam, mãe..."

"Não ele. Ele nunca quebrou sua promessa. Eu entendo a desconfiança que sente. Eu tenho vivido com ela desde que você tinha doze anos de idade, o que me levou a conspirar ainda mais com ele."

"O que foi que aconteceu quando eu tinha doze anos?"

Ela me contou que o Erudito Real a chamara para ir até o escritório dele. Ele tinha uma coisa que achava que ela deveria ver. O Erudito disse que se tratava de um livro muito velho que fora tirado de um soldado vendano morto. Como todos os artefatos, o livro tinha sido entregue ao arquivo real, e o Erudito Real havia se posto a traduzi-lo. O que ele leu deixou-o perturbado, e ele consultou o Chanceler em relação ao assunto. A princípio, o Chanceler também parecia ter ficado perturbado. Ele leu o texto diversas vezes, mas então declarou que se tratava de bobagem bárbara. Jogou-o no fogo e foi embora. Não era costume do Chanceler ordenar que textos bárbaros fossem destruídos. A maioria deles não fazia qualquer sentido, nem mesmo quando traduzidos, e esse não era diferente, exceto pela coisa que chamara a atenção do Erudito Real, que recuperou o livro do fogo. O livro estava danificado, mas não destruído.

"Eu sabia, quando ele me entregou o livro junto com a tradução, que alguma coisa estava muito errada. Eu me senti nauseada quando comecei a ler. Ouvia os passos pesados de uma fera mais uma vez. No entanto, assim que cheguei aos últimos versos, estava tremendo de fúria."

"Quando leu que a minha vida seria sacrificada."

Ela assentiu. "Eu arranquei a última página e joguei o livro para o Erudito Real. Mandei que ele o destruísse, exatamente como o Chanceler ordenara, e saí correndo da sala, sentindo como se eu tivesse sido traída do modo mais perverso, enganada pelo dom em que eu tinha confiado."

"Venda não a enganou, mãe. O universo cantou o nome para ela. Ela simplesmente o cantou de volta, e você o ouviu. Você mesma disse que o nome parecia certo. Tinha que ser alguém. Por que não eu?"

"Porque você é a minha filha. Eu sacrificaria a minha própria vida, mas nunca a sua."

Estiquei a mão para baixo e apertei a mão dela. "Mãe, eu escolhi tornar as palavras realidade. Você deve ter sentido isso no seu coração também. Você me deu uma bênção especial no dia em que parti. Pediu para que os deuses me envolvessem com força."

Ela baixou o olhar para a minha mão coberta por bandagens no meu colo e balançou a cabeça. "Mas isso..." Eu vi todos os medos que ela escondera durante anos cristalizados nos seus olhos.

"Por que nunca dividiu isso com o pai?" Os olhos dela brilhavam com lágrimas novamente. "Você não confiava nele?"

"Eu não podia confiar que ele não fosse falar com mais ninguém sobre isso. A distância entre nós dois havia aumentado em relação ao gabinete. Esse acabou se tornando um assunto controverso entre nós. Ele parecia tão casado com eles quanto era comigo. Talvez ainda mais. O Erudito e eu concordamos que seria muito arriscado contar isso a ele porque parecia que *traída pelos seus* poderia significar alguém em uma posição de poder."

"E foi então que conspirou com o Erudito Real para me enviar para longe."

Ela soltou um suspiro, balançando a cabeça. "Nós estávamos tão perto. No dia do seu casamento, achei que você logo estaria longe de Morrighan, e se realmente tivesse alguém que buscava lhe fazer mal, você estaria longe dessa pessoa. Dalbreck era um reino poderoso, que poderia mantê-la a salvo. Mas então, quando admirei seu *kavah* com o restante das pessoas, eu me lembrei do verso, *aquela marcada com a garra e a vinha.* Eu sempre tinha pensado que isso queria dizer um tipo diferente de marca, as cicatrizes feitas por um animal ou por um chicote, mas, ali, entre toda a heráldica e em meio a todos os desenhos intricados nas suas costas, em uma pequena parte, no seu ombro, ali estava, uma garra de Dalbreck e uma vinha morriguesa. Tentei dizer a mim mesma que se tratava apenas de um inocente *kavah,* que era só uma coincidência. Ele seria lavado e sumiria em alguns dias. Eu queria acreditar que isso não significava nada."

"No entanto, você fez com que o sacerdote oferecesse a prece na sua língua nativa. Por via das dúvidas."

Ela assentiu, com a exaustão marcando com linhas sua face. "Eu queria acreditar que o meu plano ainda daria certo, mas, na verdade, não sabia o que ia acontecer em seguida. Eu podia apenas rezar para que os deuses a envolvessem com força, mas quando o rei Jaxon deitou você na sua cama e eu vi o que eles tinham feito com você..."

Ela apertou e fechou os olhos. Eu a abracei, confortando-a como ela me confortara tantas vezes. "Eu ainda estou aqui, mãe", sussurrei. "Umas poucas marcas não são nada. Eu tenho muitos arrependimentos, mas o nome Jezelia não é um deles. Nem deveria ser um dos seus."

Meu pai se mexeu e nós duas voltamos nossa atenção com tudo para ele. Minha mãe foi para o lado dele, aninhando a sua cabeça com o braço. "Branson?" Eu ouvi a esperança na voz dela.

Falas incoerentes foram tudo o que ele ofereceu de volta. Ainda não havia qualquer mudança. Observei enquanto os ombros dela caíam.

"Conversaremos mais tarde", falei.

Ela balançou a cabeça, distraída. "Eu queria estar com ele. O médico proibiu, dizendo que a minha presença só o deixaria agitado." Ela ergueu o olhar para mim, com os olhos aguçados, ferozes, como ela fora outrora. "Farei com que o médico seja executado por isso, Jezelia. Cuidarei para que todos eles sejam mortos."

Assenti, e ela se voltou novamente para ele, roçando os lábios na testa dele enquanto ela sussurrava para um homem que não a podia ouvir, que talvez nunca fosse ouvi-la de novo. Eu estava envergonhada porque já o tinha chamado de sapo.

Fiquei por mais um tempo ali, fitando os dois juntos, sentindo-me estupidificada, observando a preocupação desesperada nos olhos dela e me lembrando de como o meu pai a havia chamado, *minha Regheena*, a ternura na voz, até mesmo enquanto ele jazia ali delirando. Eles amavam um ao outro, e eu me perguntava como é que eu não percebera aquilo antes.

Baixei o olhar para o Erudito Real que ainda estava sentado no chão de pedra. Ele tinha ficado ali esperando por uma hora.

"Estou vendo que você ainda tem todos os dedos dos pés", falei.

Ele estirou uma das pernas e encolheu-se de dor, esfregando a coxa. "Você e seus capangas foram convincentes. Presumo que eu possa me mover agora?"

"Eu sempre odiei você", falei, olhando com ódio para ele. "E ainda odeio."

"É compreensível. Eu não sou um homem muito agradável."

"E você também me odeia."

Ele balançou a cabeça, seus olhos pretos me encarando sem nenhum pedido de desculpas. "Nunca. Você me deixava exasperado, me irritava e me desafiava, mas isso não era menos do que eu esperava. Eu a pressionava. Talvez tenha até sido duro demais, às vezes. Sua mãe não me deixava discutir o dom com você, então eu seguia as ordens dela. Eu tentava torná-la forte de outras maneiras."

Eu me segurava no meu ódio, como um hábito estimado, como uma unha que eu tivesse roído até o sabugo. Eu não tinha acabado. Eu queria mais, mas já sentia uma verdade debaixo dos engodos dele.

"Levante-se", ordenei a ele, tentando fazer com que todas as minhas palavras fossem pungentes. "Nós vamos conversar no que *costumava ser o seu escritório.* Minha mãe está descansando."

Ele lutou para se pôr de pé, com as pernas rígidas, e fiz um movimento para que um guarda fosse ajudá-lo.

Ele ajustou os seus robes, alisando os amassados da roupa, tentando recuperar a dignidade, e ficou cara a cara comigo. Esperando.

"Minha mãe parece achar que você é capaz de explicar tudo. Eu duvido disso." Coloquei a mão na minha adaga, como uma forma de ameaça. "Suas mentiras vão ter que ser muito boas para me convencer."

"Então talvez as minhas verdades sejam melhores."

Eu vi, mais uma vez, o Erudito Real que eu sempre conhecera, aquele que era capaz de ranger os dentes e cuspir com a mais leve provocação. Suas orelhas ficaram flamejantes de tão vermelhas quando o acusei de enviar eruditos a Venda. "Nunca!", gritou ele. Quando lhe contei sobre o trabalho sujo deles nas cavernas daquele reino, ele ficou de pé em um pulo e se pôs a andar de um lado para o outro no escritório, falando os nomes dos eruditos. Eu confirmava com um assentir de cabeça depois de cada nome que ele dizia. Ele se virou rapidamente, como o estalar de um chicote, para ficar cara a cara comigo. Agora não era raiva que eu via no rosto dele, mas, sim, uma traição aguda, como se cada um dos eruditos o tivesse eviscerado pessoalmente.

"Não! Argyris também...?"

"Sim", falei. "Ele também."

A fúria desabava para dentro, e ele titubeou, seu queixo ficou tremendo por um breve instante. Eu ouvi as palavras da minha mãe mais uma vez. *Desse tanto eu tenho certeza. Ele nunca traiu você.* Se isso era uma encenação, era muito convincente. Ao que parecia, Argyris foi o golpe mais baixo. Ele sentou-se na sua cadeira, batendo com os nós dos dedos na escrivaninha. "Argyris era um dos meus pupilos mais brilhantes. Nós estávamos juntos havia anos. *Anos*." Ele se reclinou na cadeira, com os lábios bem puxados e estirados. "O Chanceler dizia que eu continuava perdendo meus principais eruditos porque eu era um homem difícil. Todos eles partiram, com pouco tempo antecedente de aviso, para Sacristas remotas em Morrighan. Foi isso que me disseram. Eu fui ver Argyris um mês depois que ele partiu, mas a Sacrista disse que ele havia ficado lá apenas por uns poucos dias e depois seguira em frente. Eles não sabiam para onde ele tinha ido."

Se ele ficou com raiva quando lhe contei sobre os eruditos, ficou furiosíssimo quando o questionei sobre o caçador de recompensas enviado para cortar a minha garganta. Ele beliscou a ponte do nariz e balançou a cabeça, murmurando baixinho a palavra *estupidez*.

"Eu fui descuidado", disse ele por fim. "Quando descobri que os livros tinham desaparecido e encontrei o seu bilhete no lugar deles, fui procurar por eles." Ele levantou apenas uma das sobrancelhas e desferiu a mim um olhar fixo e incisivo. "Você disse que os colocara de volta no seu lugar devido. Achei que eles estivessem nos arquivos." Ele disse que o Chanceler se deparara com ele e seus assistentes tirando tudo das prateleiras e perguntou pelo que estavam procurando. Um dos assistentes apresentou uma resposta antes que o Erudito Real pudesse dizer alguma coisa. "O Chanceler ficou furioso e ele mesmo procurou pelos livros em algumas das prateleiras antes de sair tempestuosamente da sala, gritando comigo, dizendo que era para eu queimar o livro caso o encontrasse, como eu fora ordenado a fazer, para início de conversa. Depois de cinco anos, eu achava estranho que ele se lembrasse do texto, visto que tinha declarado que aquilo era uma bobagem bárbara. Comecei a me fazer perguntas em relação a ele naquele ponto. Fiz até mesmo uma busca no escritório dele, que não deu em nada."

Isso não me surpreendeu. Meus resultados tinham sido os mesmos. O Erudito Real se inclinou para a frente, a raiva sendo drenada da face.

439

"Pela lei, eu precisava assinar a única sanção para a sua prisão e oferecer uma recompensa para o seu retorno. Ela foi posta na praça do vilarejo, mas aquela sanção não incluía assassinato. Eu nunca enviei um caçador de recompensas para matá-la, nem seu pai fez uma coisa dessas. Ele enviou apenas rastreadores para encontrar você e trazê-la de volta."

Eu me levantei, andando ao redor da sala. Não queria acreditar nele. Girei para encará-lo de novo. "Por que você escondeu a Canção de Venda, para início de conversa? Minha mãe também tinha mandado você destruir o livro."

"Sou um erudito, Jezelia. Eu não destruo livros, não importa qual seja o conteúdo. Textos antigos como aquele são uma raridade, e aquele parecia ser um dos mais antigos com o qual eu já tinha me deparado. Foi apenas recentemente que eu coloquei os Testemunhos de Gaudrel na gaveta ao lado do texto vendano, no que eu achava que era um esconderijo seguro. Eu estava ansioso para traduzi-lo."

Eu via a energia nos olhos do homem quando ele falava dos textos antigos. "Traduzi a maior parte do texto de Gaudrel", falei.

A atenção dele foi cativada e disse a ele a história que o livro contava, analisando cautelosamente sua reação.

"Então Gaudrel e Venda eram irmãs", ele repetiu, como se estivesse tentando comer um pedaço de carne dura, mastigando as palavras que ele não conseguia engolir bem. "E Morrighan era neta de Gaudrel? Tudo uma família só." Ele esfregou a garganta como se estivesse tentando forçar as palavras a descerem. "E Jafir de Aldrid, um abutre."

"Você não acredita em mim?"

Ele franziu a testa. "Infelizmente, acho que acredito."

Ele foi até o móvel de onde eu tinha tirado o texto. Observei com surpresa quando ele abriu uma gaveta com um falso fundo. *Você tem segredos.* Eu sabia disso naquele dia, mas, assim que havia descoberto um segredo, eu não procurei por mais deles.

"Exatamente quantos segredos você tem, Erudito Real?"

"Receio que esta seja a última das minhas surpresas."

Ele dispôs um grosso maço de papéis em cima da escrivaninha.

"O que é isso?", perguntei.

Ele abriu o maço de papéis e espalhou os diversos documentos. "Cartas", disse ele. "Foram encontradas décadas atrás pelo último

Erudito Real, mas elas contradiziam certas facetas dos Textos Sagrados de Morrighan. Como eu, ele não destruía textos raros, mas as cartas eram uma anomalia que não entendíamos."

"Então elas foram escondidas porque contavam uma história diferente."

Ele assentiu. "Estas cartas sustentam isso que você acabou de me contar. Parece que o venerado pai do nosso povo, Jafir de Aldrid, era um abutre que não sabia ler nem escrever quando Morrighan o conheceu. Depois que eles chegaram aqui, ele praticou suas habilidades de leitura e escrita redigindo cartas. Eu traduzi mais ou menos metade delas." Ele empurrou a pilha na minha direção. "Estas são as cartas de amor dele para ela."

Cartas de amor? "Acho que você cometeu um erro. Elas não podem ser cartas de amor. De acordo com Gaudrel, Morrighan foi roubada pelo ladrão Harik e vendida por um saco de grãos a Aldrid."

"Sim. As cartas confirmam isso. No entanto, de alguma forma..." Ele folheou as páginas e leu um trecho de uma das cartas que traduzira. *"Eu sou seu, Morrighan, eternamente seu... e, quando a última estrela do universo piscar em silêncio, eu ainda serei seu."* Ele voltou a olhar para mim. "Para mim, isso parece uma carta de amor."

O Erudito Real estava errado. Ele tinha uma outra surpresa para mim, e parecia que a verdadeira história de Morrighan sempre haveria de revelar alguns segredos.

CAPÍTULO 72
CRÔNICAS DE AMOR E ÓDIO

A praça estava cheia. Todos vieram ver a princesa Arabella ser enforcada. Em vez disso, eu precisava dizer a eles que os lideraria na luta das suas vidas. Fiquei em pé na varanda do pórtico, minha mãe parada ao meu lado, o Erudito Real, do outro, e Rafe e Kaden, cada um ao lado de um deles. O que havia restado do gabinete estava em pé atrás de nós.

Lá embaixo, uma fileira de lordes inquietos, perplexos porque o conclave estava se reunindo com os cidadãos, sentados à frente da praça. Logo atrás dos lordes, Berdi, Gwyneth e Pauline estavam uma ao lado da outra, olhando para cima, para mim, com os olhares contemplativos e autoconfiantes me dando força. Sven, Jeb, Tavish e Orrin, junto com esquadrões de soldados, estavam posicionados no perímetro, observando a multidão.

Seguiu-se uma confusão, um murmúrio que ondeava pela praça quando minha mãe deu um passo à frente para se pronunciar. Ela disse a eles que o rei estava doente depois de ter sido envenenado por traidores, os mesmos traidores que enviaram o filho dela e sua companhia em uma emboscada, e depois ela nomeou esses traidores. Com a menção do Vice-Regente, caiu-se um silêncio cheio de choque, como se ele estivesse na forca e seu pescoço tivesse acabado de estalar na ponta de uma corda. Do gabinete, ele era o predileto em meio ao povo, tornando mais difícil a compreensão de tudo isso por parte deles. Ela disse que a tramoia fora descoberta por causa da lealdade da princesa Arabella a Morrighan, e não sua traição, e que agora estava na hora de eles me darem ouvidos.

Dei um passo à frente e falei sobre a ameaça que estava vindo na nossa direção, ameaça esta que eu havia testemunhado com os próprios olhos, uma grandeza terrível que não era diferente da devastação descrita nos Textos Sagrados. "O Komizar de Venda reuniu um exército de armas que poderia apagar a memória de Morrighan deste mundo."

Lorde Gowan levantou-se, com as mãos cerradas em punhos apertados nas laterais do corpo. "Derrotados por uma nação bárbara? Morrighan é um reino forte. Nós estivemos em pé durante séculos, o mais antigo e o mais duradouro reino no continente. Somos grandes demais para cair!" Diversos lordes rugiram, concordando com ele, revirando os olhos para a princesa ingênua. A multidão que estava em pé se remexia.

"Somos maiores dos que os Antigos, lorde Gowan?", perguntei. "E eles não caíram? As provas disso não estão exatamente ao nosso redor? Olhem para os templos em ruínas que formam nossas bases, as magníficas pontes tombadas, as incríveis cidades. Os Antigos voavam entre as estrelas! Eles sussurravam, e suas vozes retumbavam sobre os topos das montanhas! Eles eram raivosos e o chão tremia de medo! A grandeza dos Antigos era inigualável." Olhei para os outros lordes. "E, ainda assim, eles e o seu mundo não existem mais. Ninguém é grande demais para cair."

Lorde Gowan se manteve firme. "Você está se esquecendo de que nós somos os remanescentes escolhidos."

Outro lorde se manifestou. "Sim! Os filhos de Morrighan! Os Textos Sagrados dizem que somos especialmente favorecidos."

Fitei-os, não sabendo ao certo se deveria contar a eles, lembrando-me da descrença de Pauline, temendo que eu fosse forçá-los a irem longe demais. O ar estava agitado, quente, circulando. Eles esperavam, com as respirações presas, virando as cabeças, como se eles também sentissem alguma coisa.

Dihara sussurrava ao meu ouvido. *As verdades do mundo desejam ser conhecidas.*

Olhei para Pauline, para a luta nos olhos dela, a mais verdadeira filha de Morrighan. Ela ergueu dois dedos junto aos lábios e assentiu.

O Erudito Real acrescentou seu assentimento ao dela.

Conte a eles. A voz de Venda chegou até mim cruzando os séculos, ainda dando um passo à frente, incapaz de descansar. Ela era uma parente de sangue deste reino tanto quanto do reino que recebera o seu nome.

Apenas uma coisa era certa no meu coração. Havia muito, muito tempo, três mulheres que amavam umas às outras e que foram separadas. Três mulheres que antes formavam uma família.

Conte a eles uma história, Jezelia.

E, então, eu fiz isso.

"Reúnam-se aqui perto, irmãs do meu coração,

Irmãos da minha alma,

Família da minha carne,

E eu vou contar a vocês a história de irmãs, de uma família e de uma tribo, parentes de sangue de um outro tipo, unidos pela devastação e pela lealdade."

Contei a eles sobre Gaudrel, uma das Antigas originais, uma mulher que conduzira um pequeno bando de sobreviventes por um mundo desolado, confiando em um saber que perdurava dentro dela. Ela alimentava sua neta com histórias quando não tinha mais nada a oferecer, histórias para ajudar uma criança a entender um mundo cruel e para fazer com que ela permanecesse em silêncio quando predadores chegavam perto demais.

Contei a eles sobre a irmã de Gaudrel, Venda, outra sobrevivente que manteve o seu povo vivo com a sua esperteza, as suas palavras e a sua confiança. Depois de ser levada para longe da família, ela não seria silenciada, nem mesmo pela morte, estendendo-se pelos séculos em busca de esperança para um povo oprimido.

E contei a eles sobre Morrighan, a neta de Gaudrel, uma menina roubada por um ladrão chamado Harik, que a vendeu a um abutre por um saco de grãos. Morrighan era uma menina valente e fiel, que conduziu os abutres até um lugar seguro. Ela confiava na força que tinha e que lhe foi passada por Gaudrel e pelos sobreviventes antigos, um saber ao qual eles se voltavam quando nada mais havia, um ver sem olhos, um ouvir sem ouvidos. Morrighan não era escolhida pelos deuses. Ela era uma das muitas que foram poupadas, uma menina como qualquer outra entre nós, o que tornava sua valentia ainda maior.

"Morrighan invocara uma antiga força dentro de si para sobreviver e ajudara outros a realizar a mesma coisa. E é isso que devemos fazer agora."

Analisei a praça com um olhar contemplativo, olhando para os lordes e para aqueles que estavam em pé na varanda comigo. Meus olhos pararam por um instante em Rafe, e minha garganta ficou apertada. "Nada dura para sempre", continuei, "e vejo o nosso fim se aproximando."

Inclinei-me para a frente, focando-me na fileira de lordes. "Isso mesmo, lorde Gowan. *Vejo.* Eu vi a destruição e a ruína. Vi o Dragão se movendo de forma ameaçadora para cima de nós. Ouvi o esmagar dos ossos entre o maxilar dele. Senti o seu hálito no meu pescoço. Ele está vindo, eu juro a você. Se nós não nos prepararmos agora, a esperança vai deixar de existir, e vocês vão sentir a mordida dos seus dentes, como eu senti. Devemos nos acovardar e esperar que o Komizar nos destrua, ou vamos nos preparar e sobreviver, como fez aquela que dá nome ao nosso reino?"

Um fio de voz.

Devemos nos preparar.

Mais um: *Devemos nos preparar.*

Um punho cerrado no ar, o de Gwyneth. *Devemos nos preparar.*

A praça foi incendiada em uma compartilhada determinação para sobreviver.

Beijei dois dedos, erguendo-os aos céus, um para os perdidos e um para aqueles que ainda estavam por vir, e disse em resposta: "Então, vamos nos preparar!".

CAPÍTULO 73
CRÔNICAS DE AMOR E ÓDIO

ossa Alteza."
Eu, Rafe e Kaden estávamos acabando de passar pela fonte da praça quando fui interceptada pelo general. Uma dúzia de soldados, incluindo Gwyneth, Pauline, Berdi e Jeb, pararam com tudo atrás de nós. O general esticou a mão e pegou na minha, dando tapinhas nela. "Perdoe-me pela audácia, princesa Arabella, mas fico aliviado pelo mal-entendido da sua traição ter sido esclarecido."

Olhei para ele com incerteza, já sentindo que isso não terminaria bem. Eu me lembrava apenas vagamente dele, como um dos generais que estava no serviço à coroa havia mais tempo. "Não foi nenhum mal-entendido, general Howland. Foi uma conspiração e uma mentira muito bem-orquestradas."

Ele assentiu, curvando o lábio inferior em um biquinho. "Sim, é claro. Uma conspiração orquestrada por traidores da pior espécie, e todos nós estamos em dívida com você por expor esses traidores. Obrigado."

"Não precisa agradecer, general. Expor traições é o dever de todo..."

"Sim", disse ele rapidamente, "dever! E é disso que gostaríamos de falar com você." Os generais Perry, Marques e três outros oficiais estavam parados atrás dele. "Com seu pai doente e seus irmãos longe, tanta coisa recaiu sobre os seus ombros. Eu quero que sabia que não há nenhuma necessidade de que você se preocupe com questões militares. Posso ver que já ficou profundamente agitada com a questão desse exército bárbaro, o que é compreensível, considerando o que passou nas mãos deles."

Engoli em seco. *Não, isso não vai terminar nem um pouco bem.* Rafe e Kaden mexiam os pés perigosamente ao meu lado, mas eu coloquei as mãos uma a cada lado do meu corpo. *Esperem.* Eles entenderam a mensagem.

"*Profundamente agitada,* general? Você já se encontrou com o Komizar alguma vez na vida?"

Ele deu risada. "Bárbaros! Eles mudam de regentes com mais frequência do que trocam as roupas de baixo. O Komizar de hoje é o moleque esquecido de amanhã."

Ele olhou de relance por cima do ombro para os outros oficiais, partilhando com eles uma leve gargalhada, e então se virou de volta para mim. Ele enfiou o queixo bem perto do seu peito e mexeu a cabeça em ângulo, e eu suspeitava de que ele estivesse prestes a confiar uma grande verdade que eu deixara de notar. "O que eu estou lhe dizendo é que isso não é uma coisa com a qual deva se preocupar. Você não é treinada em táticas militares, nem mesmo na avaliação de ameaças, além de não ser um soldado. Ninguém espera que seja nada disso. Está livre para voltar aos seus outros deveres. Nós vamos lidar com isso."

Sorri e, com a minha voz mais doce, respondi. "Que alívio, general, porque eu realmente queria muito voltar para os meus trabalhos com a agulha. Você poderia agora me dar uns tapinhas de leve na cabeça e me dispensar?"

O sorriso dele desapareceu.

Dei um passo mais para perto dele, estreitando os olhos. "No entanto, antes de fazer isso, poderia, por favor, me falar como abordaria o fato de que estes dois soldados que estão ao meu lado concordam comigo em relação à ameaça com a qual acha que fiquei *emocionalmente agitada?*"

Ele olhou por um breve momento de relance para Rafe e Kaden, e então soltou um suspiro. "Ambos são homens jovens e... como dizer isso de uma forma delicada?... são facilmente influenciados por um rosto bonito." O sorriso dele estava de volta, como se estivesse me educado em relação aos modos do mundo.

Fiquei tão pasma com essa opinião rasa que, por um instante, não consegui falar. Olhei para a fonte atrás dele, mas Rafe e Kaden foram mais rápidos do que eu. Eles deram passos à frente ao mesmo tempo, cada um deles segurando o general por baixo de um dos seus braços, e o arrastaram para trás. Os outros oficiais pularam para fora do caminho enquanto eles o arrastavam até a fonte. Rafe e Kaden se viraram, olhando para os outros oficiais, desafiando-os a se atrever a dar um passo à frente para ajudar o general. Fiquei observando enquanto a fúria deles virava satisfação quando os dois ouviram o general tossindo e cuspindo água atrás deles. Minha raiva não era tão facilmente esfriada, e fui marchando até a fonte.

"E agora, general, espero conseguir dizer isso *com delicadeza suficiente* para os seus tenros ouvidos. Apesar da minha suprema repulsa, em vez de chamá-lo de palhaço ignorante, iludido, pomposo e egoísta, vou estender a mão e sugerir enfaticamente que você se segure nela, porque não vou permitir que os seus insultos condescendentes nem que o meu orgulho fiquem no caminho da salvação de Morrighan. Por mais que eu possa odiar a ideia, preciso de qualquer miserável habilidade especial que você trará à mesa, e então, quando nos reunirmos para planejarmos as estratégias, em um momento e lugar que *eu* vou designar, você estará pronto para servir ao seu reino. Porque, não se engane quanto a isso, estou no comando de Morrighan agora como regente do meu pai e ficarei emocionalmente agitada com coisas tolas como traidores e exércitos que buscam nos destruir. Está me entendendo?"

O peito dele era um barril que subia e descia com raiva, e a água escorria do seu nariz. Estendi a minha mão, e ele ficou com o olhar fixo nela, olhando para os oficiais, que não se atreviam a correr em sua ajuda. Ele estendeu a mão e pegou na minha, e deu um passo para fora da fonte. Ele assentiu como se estivesse aquiescendo com a ordem e saiu andando, e o som sugado da água agitava-se nas suas botas. Eu não achava que a palavra *bonito* estava mais nos seus pensamentos.

Gwyneth soltou uma generosa bufada de ar. "Muito bem! Fico feliz porque não o chamou de palhaço."

"Nem de pomposo", completou Pauline.

"Nem de ignorante", falou Jeb.

"Ou asno", disse Kaden.

"Eu não o chamei de asno."

Rafe soltou um grunhido. "Poderia muito bem tê-lo chamado disso também."

Agora as coisas estavam resolvidas. Eu podia ter a confiança das tropas, mas havia ao menos uns poucos oficiais que ainda estavam entrincheirados em um sistema que não tinha lugar para mim. Algumas coisas duram, até mesmo depois de uma rebelião decisiva, e eu sabia que eles estariam contando os dias até que o meu pai se recuperasse ou meus irmãos estivessem de volta.

CAPÍTULO 74
CRÔNICAS DE AMOR E ÓDIO

RAFE

ós estávamos em uma comprida plataforma elevada de pedra que dava para o acampamento. Imaginei Piers colocando a primeira pedra quando este era apenas um reino nascente. A plataforma tinha agora oito pedras de altura, com séculos de batalhas e vitórias atrás dela. Qualquer um que ali estivesse comandava a atenção do acampamento inteiro. Lia falou primeiro com as tropas, e depois me apresentou. Esse era o terceiro grupo que abordávamos. Era necessário manter os números pequenos, especialmente nesse último grupo, o qual continha todos os mais novos recrutas. Segundo o Marechal de Campo, uma centena ao todo. Eu disse a esses soldados o que tinha falado para os outros. Minha presença e a dos meus soldados não eram sinônimo de qualquer invasão, apenas um esforço para ajudar a estabilizar e preparar o reino deles. Garanti que não existia qualquer outro motivo para nossa presença ali, porque, com a ameaça se agigantando, o que fosse benéfico para Morrighan também beneficiaria Dalbreck.

Quando terminei de falar, Lia pronunciou-se de novo, enfatizando o esforço conjunto da nossa iniciativa e evocando os assentimentos dos generais que estavam na plataforma elevada conosco, inclusive o asno ensopado cuja língua ficara completamente seca desde que ele fora mergulhado na fonte ontem.

Eu observava Lia. Observava todos os movimentos dela. Observava-a andando de um lado para o outro na plataforma elevada enquanto sua voz se erguia, chegando à última fileira. Observava os soldados que a olhavam, cuja atenção estava fixa em cada uma das palavras. Eu não sabia qual era a benevolência que ela tinha plantado antes de partir, mas o respeito que os lordes cederam sem entusiasmo era aqui concedido livremente. Os soldados davam ouvidos a ela, e vi o que já sabia e que eu não queria aceitar lá em Venda. Ela era uma líder nata.

Aqui era onde ela precisava estar. Deixar que ela viesse foi a escolha certa, mesmo que essa decisão ainda ardesse no meu âmago.

Ela voltou a se pronunciar, dessa vez se preparando para apresentar Kaden, e todos nós estávamos preparados para o que estava por vir. Ela começou o discurso como tinha feito com os outros, mas então se seguiu uma diferença notável, pelo menos para alguns de nós.

"Vendan drazhones, le bravena enar kadravé, te Azione."

Jeb, Natiya e Sven estavam em pé atrás de nós, sussurrando uma tradução para aqueles de nós em cima da plataforma elevada que não conheciam o idioma. *Irmãos vendanos, eu lhes entrego seu camarada, o Assassino.* Lia ergueu a mão de Kaden com as últimas palavras, e eles dois estavam ali, em pé, juntos como uma frente unificada e forte, e então ela recuou um passo, de modo que ele pudesse falar com as tropas.

Aquilo era tanto uma armadilha quanto uma oportunidade. Nós sabíamos que vendanos tinham se infiltrado na guarda da cidadela, mas precisávamos de uma garantia de que eles não estivessem também em meio aos nossos escalões. O Marechal de Campo e outros oficiais poderiam colocar a mão no fogo pela maioria; no entanto, recrutas mais novos que diziam ser dos recantos mais afastados de Morrighan eram uma incerteza. Lia falara com eles em morriguês a princípio, mas então mudou de idioma tão sem esforço, em um piscar de olhos. Havia dúzias de nós postados a cada lado dela. Parecia que estávamos ali para lhe dar apoio, mas nós estivéramos observando cautelosamente os soldados, seus olhos, seus movimentos e seus espasmos, as pistas que revelariam o entendimento ou a confusão.

Kaden continuou a abordagem, não apenas para expô-los, mas também para apelar aos vendanos, como ele mesmo, que poderiam ser influenciados. Kaden e Lia chegaram a essa estratégia juntos, porque os vendanos que estavam trabalhando conosco poderiam ser úteis.

"Confiem na Siarrah, meus irmãos", Jeb interpretou baixinho. "O clã dos Meurasi deu as boas-vindas a ela, assim como o fizeram todos os clãs das planícies e dos vales. *Eles* confiam nela. O Komizar é aquele contra o qual a Siarrah luta, e não nossos irmãos e nossas irmãs que ainda estão em Venda. Agora é a sua chance de dar um passo à frente e lutar conosco. Permaneçam em silêncio e morrerão."

A maioria dos soldados virou-se uns para os outros, confusos, não entendendo a repentina mudança de idioma. No entanto, uns poucos permaneceram focados, com a atenção em Kaden.

Na segunda fileira, um olhar contemplativo, congelado. As pupilas do soldado eram minúsculos pontinhos. Preocupação. Entendimento. Contudo, ele não tinha vindo à frente.

Um outro mais à direita.

"Terceira fileira, segundo da ponta", sussurrou Pauline.

E então, na primeira fileira, um passo à frente, hesitante.

Isso fez com que um outro se seguisse no meio.

Apenas quatro.

"Última fileira, à esquerda", sussurrou Lia a Kaden. "Continue falando."

Cinco soldados vendanos foram encontrados em meio aos escalões, totalizando treze impostores, o que em si era um feito e tanto. Aprender a falar um morriguês impecável poderia levar anos. As tropas foram dispensadas enquanto outros soldados entravam em cena para deter os suspeitos vendanos.

Com o primeiro intervalo de Lia dentro de três horas, sua tia Bernette entrou em cena com remédios. A princesa tomou uma boa golada do frasco. Ela ainda tinha olheiras. Fiquei observando enquanto Lia limpava o canto da boca, o piscar cansado dos seus olhos, o nivelamento dos ombros enquanto ela encarava a próxima tarefa: interrogar os prisioneiros mais uma vez, na esperança de que um deles pudesse soltar informações ou voltar-se contra os outros, como acontecera com o Médico da Corte. De repente, Terravin estava egoisticamente feroz dentro de mim. O ar, os sabores, todos os momentos, todas as palavras entre nós, e eu desejava que pudesse ter tudo aquilo de novo. Nem que fosse apenas por umas poucas horas, desejei ser mesmo o fazendeiro que ela queria que eu fosse, um fazendeiro que sabia cultivar melões, e que ela fosse uma empregada de taverna que nunca ouvira falar em Venda.

Observei enquanto ela saía andando com Kaden para falar com os vendanos, e então fui em outra direção. Não estávamos em Terravin e nunca voltaríamos para lá. Desejos eram para fazendeiros, e não para reis.

CAPÍTULO 75
CRÔNICAS DE AMOR E ÓDIO

PAULINE

Guardião do Tempo estava transtornado. Ele estava na lateral da plataforma elevada, inquieto, esperando que Lia terminasse. O homem fora exonerado, mas agora precisava seguir Lia em vez de ditar coisas a ela. Seu relógio de bolso e seu livro de registros se tornaram inúteis. A tradição e o protocolo sempre tinham sido as engrenagens de Morrighan. Agora, Lia era as engrenagens de Morrighan.

Sua tia Bernette estava parada ao lado dele, esperando também. Eu vi o orgulho na expressão dela, mas também a preocupação. Ninguém sabia com muita certeza como lidar com essa nova Lia. Ela se movia por Civica com força e propósito e sem desculpas. Nenhuma palavra era contida. Ela não tinha tempo para isso. Até onde eu podia ver, ninguém duvidava da princesa. Ela tinha salvado a vida do rei e exposto traidores que vinham tramando bem debaixo dos narizes deles, mas eu sabia que eles se perguntavam o que ela teria visto e aguentado nesses últimos meses. Ela era uma curiosidade.

Assim como eu.

Vi os olhares de relance e ouvi os sussurros em relação a Pauline, a quieta e tímida criada que sempre seguira as regras. O que tinha acontecido com aquela moça? Eu me perguntava a mesma coisa. Algumas partes dela ainda estavam ali, outras partes sumiram para sempre, e talvez outras... eu estava tentando encontrar. Não era apenas a tradição e o protocolo que foram estilhaçados, mas a confiança também.

Quando a última abordagem estava terminada, seguimos nossos passos pelos degraus da plataforma elevada.

"Levante-se", disse Gwyneth a Natiya, e depois veio andando até mim. "Quando você vai voltar para a cidadela? Eu não gosto que fique sozinha na abadia."

"Natiya também está lá."

Gwyneth soltou um grunhido. "E isso deveria me confortar? Ela é uma panela de pressão prestes a explodir."

Nós duas ficamos observando Natiya, que ainda fazia uma varredura visual nas tropas que se dispersavam, com a mão pousada no cabo da espada que pendia dos seu quadris. Não eram só os nossos olhares fixos que ela atraía. Uma jovem menina carregada com três armas e que ficava feliz em exibi-las não era uma visão comum para qualquer pessoa em Civica.

"Ela está encontrando o caminho dela", falei.

Gwyneth estreitou os olhos. Nós duas conhecíamos a história de Natiya. "Imagino que sim", suspirou ela, e voltou-se para mim, dizendo que ela ia levar Natiya de volta para a cidadela. "Ela precisa de um tempinho longe dos seus modos assassinos." Ela desferiu um último olhar cortante para mim. "Verei você lá também... com todos os seus *pertences.* Certo?"

"Talvez", respondi.

Um rosto franzido repuxou o canto da boca de Gwyneth, mas ela não forçou mais ainda a questão. Ela foi andando a passos largos até Natiya e colocou o braço sobre o ombro dela. "Venha, sua diabrete sedenta de sangue. Gwyneth vai ensinar a você umas coisinhas sobre sutileza hoje."

Parti na direção oposta. Eu tinha acabado de passar pela estátua de Piers na entrada do portão quando ouvi alguém chamando o meu nome.

"Pauline! Espere."

Eu me virei e vi Mikael. Parei na mesma hora, pasma que ele tivesse a pachorra de vir falar comigo.

"Eu sei o que está pensando, Pauline", disse ele, "mas eu estava apenas seguindo ordens. Sou um soldado e..."

"Já gastou todo o dinheiro da recompensa? Ou está com medo agora porque eu faço parte do novo gabinete e, se eu quisesse, poderia mandar fazer todo tipo de coisas com você?" Suas pálpebras se mexeram, espasmódicas, e eu soube que tinha dado um tiro certeiro. "Suma da minha frente, seu parasita abjeto!"

Empurrei-o e passei por ele, mas ele me agarrou pelo braço e me virou. "E quanto ao nosso bebê? Onde é que...?"

"*Nosso bebê?* Você está enganado, Mikael", grunhi. "Eu já lhe falei que você não conhece o pai dele."

Tentei me soltar com um puxão, mas ele afundou os dedos no meu pulso. "Nós dois sabemos que eu sou..."

E então se seguiu o som do estalo de um punho cerrado na carne e ele saiu voando pelo ar. Mikael caiu no chão com um baque oco, estirado, de costas, com uma nuvem de poeira irrompendo ao redor dele. Kaden estava em cima dele, agarrando-o pelo colarinho e puxando-o para que ficasse em pé. Fúria liquefeita contorcia o rosto de Kaden.

"Se você tem alguma pergunta em relação ao pai da criança, soldado, é a mim que tem que fazer! E, se algum dia colocar as mãos em Pauline de novo, vai sair com mais do que um lábio sangrando."

Kaden empurrou-o para longe, e Mikael foi cambaleando para trás e depois ficou paralisado. Ele sabia quem Kaden era, o Assassino de Venda que poderia facilmente tê-lo esviscerado sem soltar um pio que fosse. No entanto, mais do que isso, vi outra coisa que ele presumia assentando-se na face de Mikael. Talvez fosse verdade, talvez ele não tivesse sido o único na minha vida. Seu ataque a mim estava acabado. Ele limpou o lábio e se virou, desaparecendo em meio aos soldados que se apinhavam.

Vi os ombros de Kaden subindo e descendo como se ele estivesse tentando se livrar do que restara da sua raiva. Ele mandou outros soldados que haviam parado para observar a comoção voltarem a cuidar das suas vidas antes de finalmente se virar para mim. Ele tirou os cabelos da frente dos olhos. "Eu sinto muito, Pauline. Vi que estava tentando recuar, e eu..." Ele balançou a cabeça. "Eu não tinha nenhum direito de intervir ou deixar implícito que..."

"Você já sabia quem ele era?"

Ele assentiu. "Lia me contou que ele ainda estava vivo, e eu somei dois mais dois. O mesmo tom de loiro dos cabelos do bebê. Sua reação." A cor no pescoço dele de repente ficou mais intensa, como se ele estivesse se dando conta do que estava admitindo: que ele andara me observando. Seus olhos penetravam nos meus, e eu via mil perguntas atrás deles que não tinha visto antes. *Será que algum dia eu o perdoaria? Será que ele tinha ido longe demais? Será que eu estava bem?* No entanto, o que mais vi naqueles olhos foi a bondade que eu observei da primeira vez em que nos encontramos. Silêncio e poeira pairavam no ar entre nós. "Eu sinto muito", disse ele por fim, e olhou de relance para os nós dos dedos, que estavam vermelhos do soco que ele dera no rosto de Mikael. "Eu sei que você não ia querer que parecesse que um Assassino bárbaro..."

"Você pode me acompanhar de volta até a abadia, Kaden?", perguntei a ele. "Se tiver tempo? Só para manter as aparências, caso ele ainda esteja olhando?"

Kaden olhou para mim, surpreso, talvez até mesmo temeroso, mas assentiu, e partimos em direção à abadia. Nós dois sabíamos que Mikael não estava olhando.

CAPÍTULO 76
CRÔNICAS DE AMOR E ÓDIO

epois que minhas tias e Gwyneth me ajudaram a tomar banho e me vestir, eu enxotei todo mundo do meu quarto. Durante quase uma semana, estive consumida em reuniões com generais, oficiais e lordes, e hoje tinha abordado mais regimentos que chegaram depois de serem chamados de volta a Civica. Eu precisava de um momento de paz. Lembrava-me do que Dihara havia me dito em relação ao dom. *Aqueles que estão dentro de muralhas, eles deixam de alimentá-lo, assim como os Antigos fizeram... Você está cercada pelo ruído de sua própria criação.* E houvera um contínuo fluxo de ruídos, a maior parte deles apaixonada e alta.

Eu, Rafe e Kaden tivemos conversas privadas com os generais Howland, Marques e Perry, com o capitão Reunaud, com o Marechal de Campo, com Sven e com Tavish. Cumprimentei pessoalmente o general Howland, tentando colocar nosso início instável para trás. Nossa equipe de dez pessoas reuniu mapas, fez listas, e planejamos nossas estratégias. Eu e Kaden contamos a eles em vívidos detalhes sobre as armas e os números com que nos depararíamos: 120 mil. Quando o Marechal de Campo sugeriu que o Komizar poderia dividir suas forças para realizar ataques em muitos frontes, Kaden lhe garantiu que ele não faria uma coisa dessas. O Komizar promoveria um ataque com força total em Morrighan, preparando impiedosamente o caminho até Civica para fazer desta uma rápida e decisiva vitória. Concordei com ele. O sangue do

Komizar pulsava com o poder que esse exército lhe dava. Ele não o dividiria. Eu me lembrava da sua face enquanto ele contemplava a sua criação: o seu imenso e esmagador impacto era algo belo para ele.

Durante nossos encontros, discussões irromperam sobre tudo, desde o momento certo de agir, passando pelas rotas que o Komizar pegaria até as melhores maneiras de armar os nossos soldados. Uma coisa estava clara: nós precisávamos de mais... Então, esse chamado foi enviado também. Mais armas, mais soldados. Os lordes foram enviados de volta aos seus condados, com as mesmas ordens para conseguirem recrutas e suprimentos.

Todo o reino de Morrighan foi alistado no esforço. Metais foram trazidos às forjas para que fossem remodelados na forma de armas. Portões, portas, bules, nenhum item era pequeno demais ou desimportante demais que não pudesse ser usado para salvar o reino. O moinho estava preparado para trabalhar sem descanso. Mais madeira se fazia necessária para construir barreiras de defesa, armas de fustes ainda a serem imaginadas. O treinamento também começara, com o compartilhamento de habilidades, porque era inegável que os soldados de Dalbreck tinham uma disciplina refinada que seria útil. A princípio, isso causava irritação e amargura nos oficiais, o prospecto do regimento de cem soldados de Rafe treinando tropas morriguesas, mas eu acabei com esse argumento, deixando claro que orgulho não deveria ser um obstáculo à nossa sobrevivência, e Rafe também atenuou as coisas pedindo conselhos deles.

Fui pega com a guarda baixa várias vezes quando via Rafe e Kaden explicando ou discutindo estratégias. Eu observava os dois de maneiras como eu nunca tinha feito antes, de formas que nada tinham a ver comigo. Formas estas que eram todas sobre as próprias histórias e esperanças, obrigações e metas deles. Eu observava Kaden, que evitava de forma habilidosa perguntas sobre o futuro de Venda até mesmo enquanto tramava para fortalecer Morrighan. Algumas das nossas batalhas teriam que ser travadas depois. Eles ainda o chamavam de Assassino, não de uma forma depreciativa, e sim quase como um distintivo de honra pelo fato de que um cidadão morriguês tivesse se infiltrado nos escalões inimigos e retornava agora a Morrighan com seus próprios segredos vendanos.

Conforme os dias passavam, reuniões se prolongavam, e as tensões iam às alturas. Percebi que a maioria dos acessos não eram relacionados a orgulho tanto quanto ao início do entendimento e da percepção da luta monumental que tínhamos à nossa frente: eles entendiam isso plenamente, inclusive o general Howland, e todo mundo procurava respostas que não eram fáceis de encontrar. Como um exército de 30 mil homens, ainda espalhados pelo reino, derrotaria um exército que era 120 mil vezes mais forte e armado com armas mais mortais? No entanto, nós vivíamos encontrando uma resposta. Quando sacávamos mapas e os desenrolávamos pela mesa, eu tentava ler a mente do Komizar. Eu olhava para as estradas, para as colinas, para os vales e para as muralhas que cercavam Civica. As linhas e os marcos viravam um borrão, e alguma coisa fraca batia de leve no meu esterno. Os detalhes das nossas reuniões giravam sempre na minha cabeça. Era difícil bloquear o ruído, mas eu sabia que precisava usar outras forças também, um conhecimento que ajudaria a nos guiar, porque as minhas dúvidas em relação a todas as nossas estratégias estavam crescendo, e cada dia ficava mais tensa com a preocupação com os meus irmãos e seus esquadrões.

Abri a janela com tudo, o ar fresco da noite fazendo a minha face tremer, e rezei, para um deus ou para os quatro deuses, eu não tinha certeza. Havia tanta coisa que eu não sabia, mas tinha certeza de que não aguentaria perder outros dois irmãos.

Não houve qualquer resposta deles, mas Rafe já tinha me dito que isso aconteceria. Ou eles viriam, ou não viriam. Eu precisava ter esperanças e confiar que a mensagem tivesse chegado até lá a tempo. *Tragam-nos para casa,* eu implorava aos deuses. E então falei para os meus irmãos, tal como as palavras de Walther chegaram até mim. *Tomem cuidado, meus irmãos. Tomem cuidado.*

Fiquei com o olhar fixo, observando Civica, com as memórias noturnas silenciando-se, uma fraca canção ainda se prendendo ao ar. *Que assim seja para todo o sempre. Para todo o sempre.* Uma cidade escura, exceto por janelas reluzindo douradas, observando a noite.

A paz foi se assentando, refeições estavam sendo preparadas, ondas de fumaça saindo das chaminés.

Então a paz foi perturbada.

Sons subiam, arrastando-se pelas minhas costas.

Sons que não pertenciam ao mundo do lado de fora da minha janela.

O esmagar de pedras.

O sibilar de um riacho.

Um uivo fúnebre.

Fervor, Jezelia, fervor.

Meu coração ficou acelerado. Eu senti a respiração do Komizar no meu pescoço, o dedo dele tracejando o *kavah* no meu ombro. Vi os olhos de ônix dele na escuridão e o sorriso por trás deles.

"Devo caminhar com você?"

Dei um pulo e girei.

Minha tia Cloris enfiou a cabeça dentro da minha câmara, e sua pergunta era um lembrete para que eu não me atrasasse.

Eu sorri, tentando mascarar o meu alarme. Embora a minha tia tivesse tolerado a completa falta de protocolo em todos os níveis com uma graça surpreendente, eu via os sinais da sua impaciência retornando. Ela queria que as coisas voltassem a ser como antes. Eu não podia prometer isso, mas poderia dar isso a ela nesta noite.

"Vou caminhar com você", falei. Ela saiu tão silenciosamente quanto chegou, e fechei a janela, voltando à minha penteadeira. Embora, por outro lado, não fosse fazer qualquer trança elegante esta noite... não que eu em algum momento fosse particularmente habilidosa nessa coisa de fazer tranças, nem mesmo com as duas mãos. *No entanto, eu tinha me tornado habilidosa no uso de uma espada e uma faca com qualquer uma das mãos.*

Quando o médico deu uma olhada na minha mão e refez as bandagens, dei uma boa olhada nela, para ver como estava, pela primeira vez. A ferida em si, exceto pelos três pequenos pontos de cada lado, mal era visível; no entanto, minha mão ainda estava inchada. Parecia uma luva de veias azuis inchada como salsichas gordas, e parecia muito estranha e entorpecida. Alguma coisa se partira ou tinha sido dilacerada, provavelmente quando soltei a flecha para matar Malich. O médico ficou pasmo com o contínuo inchaço e disse que era essencial que eu mantivesse a mão elevada nos travesseiros à noite, e ele fez uma tipoia para que eu a usasse durante o dia. Quando perguntei a ele se o entorpecimento da mão pararia, ele apenas disse: "Vamos ver".

Coloquei de lado minha escova e olhei no espelho. Meus cabelos caíam livremente soltos pelos meus ombros. Do lado de fora, eu tinha quase que a mesma aparência de antes, talvez um pouco mais magra; porém, por dentro, nada era igual. Nada mais seria igual novamente.

Ele está noivo.

O pensamento veio sem que eu esperasse por ele, como uma repentina golfada de vento. Uma montanha de demandas bloqueara esse pensamento, mas agora um único momento desprovido de pressa permitira que ele entrasse.

Eu me pus em pé em um pulo, afastando-me da minha penteadeira, ajustando o meu cinto, minha tipoia, embainhando a minha faca na lateral do corpo, aprendendo a fazer com uma das mãos o que sempre tinha feito com duas.

A câmara de jantar da família era para refeições menores e mais íntimas, mas nesta noite havia dezesseis de nós. Eu teria simplesmente sorvido um pouco de caldo no meu quarto e caído na cama, como fiz em noites anteriores, ou teria comido durante as nossas reuniões tarde da noite, mas minha mãe veio me ver e ela mesma sugerira isso, e já fazia dias que ela não deixava o quarto. Pensei na minha dúvida nos dias depois da morte de Aster e em como Rafe me dissera que eu precisava me reestabelecer e seguir em frente. Parecia que era isso que ela estava tentando fazer agora. Minhas tias entraram na conversa, dizendo que, no frenesi de atividades nos últimos dias, elas haviam encontrado todo mundo apenas em momentos passageiros. Elas disseram que nós tínhamos uma longa luta à frente, e um jantar compartilhado nos daria uma oportunidade de nos aproximarmos mais. Eu não podia discutir com aqueles argumentos.

Eu e Berdi fomos as primeiras a chegar na sala de jantar, e, quando ela me abraçou, senti um cheiro quente de pão fresco e vi um pozinho de farinha na sua bochecha. "Você esteve na cozinha?"

Ela piscou. "Posso ter dado uma passada por lá. Sua mãe me pediu, e fiquei feliz em fazer esse favor." Eu estava prestes a perguntar o que estivera fazendo lá, quando Gwyneth e Natiya entraram atrás de nós.

O olhar contemplativo de Natiya se ergueu de imediato para o alto teto e então ela analisou as paredes cobertas de tapeçarias. Eu me lembrava da primeiríssima vez em que eu jantara com Natiya. Ela tinha se deparado com a minha gula com uma inocência de olhos arregalados e perguntas. Agora ela observava, quieta, com o olho de um gato nos arbustos, pronto para pular, não diferente do restante de nós. Todos nós estávamos portando armas à mesa, o que no passado teria sido proibido pelo protocolo. Hoje à noite, ninguém apresentaria qualquer objeção a isso, nem mesmo minha tia Cloris.

Nós nos ajeitamos a uma extremidade da mesa.

Minha mãe e minhas tias, assim como a tia de Pauline, lady Adele, vieram em seguida. Os cabelos da minha mãe estavam penteados e trançados, seu vestido estava bem-passado, e o fogo nela, que havia ficado apagado nesses últimos dias, voltara à tona. Eu o via nos olhos dela, nos seus ombros nivelados, no seu queixo alto: os traidores não venceriam. Fiquei surpresa ao vê-la conversando com Berdi como se fossem velhas amigas.

Orrin, Tavish, Jeb e Kaden entraram juntos a passos largos, todos parecendo levemente desconfortáveis, mas minha mãe cumprimentou-os com ternura e apontou para os seus assentos, e eu me dei conta do quão pouco todos eles realmente conheciam uns aos outros, embora estivéssemos aqui há dias. Nós realmente precisávamos nos reunir. Partilhar uma refeição era mais do que nutrir corpos. Criados começaram a encher cálices com cerveja e vinho. Embora minha mãe prometera manter a refeição simples, o moscatel espumante de cereja era a exceção.

"Onde está Pauline?", perguntei a Gwyneth.

Lady Adele ouviu a minha pergunta e empertigou-se, esperando também por uma resposta. Eu sabia que, depois da briga entre elas duas na nossa primeira noite aqui, Pauline passara a evitar a tia. Era por isso que ela permanecia na abadia com o bebê. Hoje, ela tinha se mudado de volta.

"Ela precisou ir até a abadia pegar alguma coisa", foi a resposta de Gwyneth. É claro que nós duas sabíamos o que era. "Logo estará aqui", completou, mas, quando lady Adele desviou o olhar, Gwyneth deu de ombros como se também não soubesse quanto ao que estaria retardando a chegada de Pauline, ou mesmo se ela viria.

Sven entrou andando com o capitão Azia, e eu fiquei surpresa ao ver ambos trajando uniformes de oficiais. O capitão Azia ficou ruborizado com a bajulação das minhas tias, e me dei conta do quão jovem ele era. Ele e Sven rapidamente se engajaram em uma conversa com elas e com lady Adele. Eu me perguntava o que teria acontecido com Rafe. Sorvi o meu moscatel e então ouvi as passadas dele. Eu as conhecia tão bem quanto as minhas próprias passadas. Seu peso, o ritmo,

૭ 462 ૯

o leve retinir da bainha da sua espada. Ele entrou apressado e parou um pouco na entrada, com os cabelos levemente soprados ao vento, vestindo os azuis dalbretchianos. Senti um aperto na barriga contra a minha vontade. Ele pediu desculpas por estar atrasado, pois tinha ficado preso em conversas com alguns dos seus homens. Cumprimentou a minha mãe com mais pedidos de desculpas e depois se voltou para mim. Ele notou a minha tipoia.

"O médico disse que isso ajudaria a reduzir o inchaço", expliquei.

Ele olhou para a tipoia, depois voltou a olhar para mim, olhou para a tipoia de novo, e eu soube que ele estava procurando palavras enquanto outras giravam na sua cabeça. Eu conhecia os tiques dele, suas pausas, suas respirações. Será que a noiva de Rafe algum dia o conheceria tão bem?

"Fico contente por estar seguindo o conselho do médico", disse ele finalmente.

Eram apenas umas poucas palavras supérfluas, mas todo mundo fez uma pausa nas próprias conversas para nos observar. Ele se virou e tomou o seu lugar no assento à extremidade oposta da mesa.

Antes que os primeiros pratos fossem trazidos, minha mãe se virou para mim. "Lia, você gostaria de oferecer a memória sagrada?" Isso era mais do que simples educação. Era o reconhecimento por parte dela da posição que eu tinha agora.

A recordação deu um puxão atrás do meu esterno, e eu me levantei. *Um reconhecimento de sacrifício.* No entanto, não havia qualquer prato de ossos a ser erguido. Disse algumas das palavras apenas para mim mesma, e outras para que todos ouvissem.

E cristav unter quiannad.

"Um sacrifício sempre lembrado."

Meunter ijotande.

"Nunca esquecido."

Yaveen hal an ziadre.

"Nós vivemos mais um dia. E, com isso, que os céus nos concedam sabedoria. *Paviamma.*"

Apenas Kaden ecoou *paviamma* em resposta a mim.

Minha mãe olhou para mim com incerteza. Aquela não era uma prece tradicional. "Essa é uma prece vendana?", ela perguntou.

"Sim", respondi. "E em parte é uma prece morriguesa."

"Mas aquela última palavra?", perguntou-me lady Adele. "Paveem?"

"*Paviamma*", falei. Senti um aperto inesperado na garganta.

"É uma palavra vendana", respondeu-lhe Rafe. "Ela pode significar muitas coisas, dependendo de como é dita. Amizade, perdão, amor."

"Conhece o idioma, Vossa Majestade?", perguntou-lhe minha mãe. Ele manteve os olhos desviados dos meus. "Não tão bem quanto a princesa e, é claro, Kaden, mas sei o bastante para me virar."

O olhar contemplativo da minha mãe voltou-se para Kaden e depois para mim. Eu vi a preocupação nos olhos dela. Um idioma vendano, um Assassino vendano sentado à nossa mesa, uma prece vendana e a resposta somente de Kaden a ela. Eu e ele partilhávamos mais do que apenas uma fuga de Venda.

Sven pareceu notar a pausa da minha mãe e se lançou na conversa, falando sobre como ele aprendera vendano depois de ficar prisioneiro em uma mina durante dois anos com um camarada chamado Falgriz. "Um homem que era um animal, mas que me ajudou a sobreviver." Ele entreteve todo mundo com uma história pitoresca, e fiquei grata a ele por tirar a atenção de mim. Minhas tias estavam enfeitiçadas pelo relato cheio de coragem da fuga de Sven. Tavish revirava os olhos como se ele já tivesse ouvido aquela história antes muitas vezes.

O primeiro prato foi servido: bolinhas de queijo.

Comida para confortar as pessoas. Ergui o olhar para a minha mãe, e ela sorriu. Era isso que ela servia sempre que eu ou os meus irmãos não estávamos nos sentindo bem. Fiquei grata porque ela não tinha exagerado para impressionar o rei Jaxon. Em vista de tudo que acontecera, um jantar simples parecia o mais apropriado.

Quando a minha mãe fez perguntas sobre os Valsprey, Sven disse a ela que com certeza a mensagem tinha chegado ao posto avançado, mas que não teríamos nenhuma resposta. Ele explicou que se tratava de uma mensagem apenas de ida, em que tínhamos que depositar nossas esperanças.

"Então manteremos essa esperança", afirmou minha tia Bernette, "e seremos gratos a todos vocês por nos provê-la."

Minha mãe ergueu a taça e ofereceu um brinde a Rafe, aos seus soldados, aos Valsprey e até mesmo ao coronel que receberia a mensagem e ajudaria os filhos dela. Seguiu-se um encontro de brindes, circulando a mesa e oferecendo gratidão a todos os presentes que ajudaram a desmascarar a conspiração.

Meu peito ficava mais quente com tantos goles do moscatel, e uma criada pôs-se a encher de novo o meu cálice.

"E a você, Kaden", disse a minha mãe. "Eu sinto muitíssimo pela forma como foi traído pelos seus, e sou duplamente grata por estar nos ajudando agora."

"Um filho morriguês de volta ao lar", disse minha tia Cloris, erguendo a taça.

Observei enquanto Kaden se contorcia com isso de presumirem que ele não era mais vendano, mas ele assentiu, tentando aceitar o reconhecimento com graça.

"E a..." Ergui a minha taça, tentando tirar a atenção dele. Cabeças voltaram-se na minha direção enquanto todo mundo esperava para ouvir a quem ou ao que eu brindaria. Olhei para Rafe. Era como se ele soubesse o que eu ia dizer antes de mim. O azul gélido dos seus olhos perfurava os meus. Nós tínhamos que deixar isso para trás. *Reagrupar, seguir em frente. É isso que um bom soldado faz.*

Engoli em seco. "Eu gostaria de oferecer meus parabéns ao rei Jaxon por seu vindouro casamento. Ao rei e à sua noiva, desejo-lhes uma longa e muito feliz vida juntos."

Rafe não se mexeu, não assentiu e nada disse. Sven ergueu a taça e deu uma cotovelada em Tavish para que ele fizesse o mesmo, e logo se seguiu uma onda de votos de felicidade pela mesa. Rafe virou o restante do vinho e disse um "obrigado" baixinho.

De repente, parecia que havia areia na minha garganta, e eu me dei conta de que eu não lhes desejava bem algum e que eu me sentia pequena e mesquinha, e a dor crescia no meu peito. Virei a minha bebida, secando o cálice.

E então ouvimos mais passadas. Pequenas, hesitantes, o suave som do chinelo na pedra.

Pauline.

Cabeças foram viradas em direção à porta, com expectativa. No entanto, em seguida, o som suave misteriosamente parou. Lady Adele franziu o rosto. "Talvez eu..."

Kaden empurrou a cadeira para trás e se levantou. "Com licença", disse ele, e sem outra explicação, saiu da sala.

CAPÍTULO 77
CRÔNICAS DE AMOR E ÓDIO

KADEN

la estava sentada em um banco nas sombras de um passadiço arcado, com o bebê nos braços, seu olhar contemplativo perdido em um mundo distante. Seus longos cachos de cabelos cor de mel estavam arrumadinhos e enfiados dentro de um gorro de rede, cujos pontos e fios transmitiam uma sensação de adequação.

Ela não ergueu o olhar quando eu me aproximei dela. Parei, com os meus joelhos quase raspando nos dela.

O olhar de Pauline permaneceu fixo no seu colo. "Eu estava indo para lá", disse ela, "e então me dei conta de que ele não tem um nome. Eu não posso entrar lá sem um nome para ele. Você mesmo disse isso, preciso dar um nome a ele."

Eu me curvei para baixo em um só joelho e ergui o queixo dela para que ela se deparasse com meu olhar contemplativo. "Pauline, não importa o que eu diga nem o que ninguém lá dentro vai pensar. Você escolhe um nome quando estiver pronta."

Ela me estudou. Seus olhos passavam por todos os centímetros do meu rosto, seu olhar inquieto e temeroso. "Eu achei que ele me amava, Kaden. Eu achei que eu o amava. Tenho medo de fazer escolhas erradas de novo." Ela engoliu em seco e sua busca inquieta parou, com o olhar vindo de encontro ao meu. "Até mesmo quando uma escolha parece tão certa."

Eu não conseguia desviar o olhar. De repente, minha respiração ficou presa no peito, e eu estava com medo de fazer escolhas erradas também. Tudo que eu conseguia ver eram os lábios dela, os olhos, por toda parte, apenas Pauline.

"Kaden", sussurrou ela.

Por fim a minha respiração soltou-se ruidosamente. "Eu acho que se uma escolha parece certa, talvez seja melhor testá-la primeiro", falei. "Vá devagar e veja se pode se tornar algo mais... alguma coisa de que possa ter certeza."

Ela assentiu. "É isso o que quero. Algo mais."

Era isso que eu queria também.

Levantei-me. "Eu vou entrar primeiro. Direi a eles que você está a caminho."

Voltei à sala de jantar no momento em que o próximo prato estava sendo servido: o cozido de peixe de Berdi. Lia se levantou e deu a volta na mesa para dar um beijo na bochecha de Berdi e lhe dizer quantas vezes ela sonhara com cada mordida, cada aroma, cada sabor que tinha o cozido dela. Tão logo senti o cheiro eu soube que, sim, era melhor do que o cozido de Enzo, mas então pedi que todo mundo se segurasse só por um instante. "Eu acho que vi Pauline descendo pelo corredor. Ela deve estar aqui a qualquer momento."

E, em poucos segundos, ela entrou. A moça parou um instante no arco da entrada, com o gorro solto, o cobertor puxado para trás da cabeça do bebê de modo que seus poucos cabelos loiros aparecessem e para que sua pequenina mão fechada estivesse livre para ser agitada no ar.

"Olá, pessoal. Desculpem-me pelo atraso. Eu precisava alimentar o bebê."

Talheres fizeram um estardalhaço ruidoso em algum lugar na sala.

"O bebê?", disse lady Adele.

"Sim, tia", foi a resposta de Pauline. Ela pigarreou e então ergueu o queixo. "Este é o meu filho. Gostaria de vê-lo?"

O silêncio vibrava pela sala. Lady Adele estava boquiaberta. "Como é possível que você tenha um filho?", perguntou ela por fim.

Pauline deu de ombros. "Ah, eu o tive da forma que se costuma ter."

A tia dela olhou para mim e para os meus cabelos de um loiro branco e depois voltou a olhar para o bebê. Eu vi o que ela estava presumindo, e estava prestes a corrigi-la, mas então nada falei. Eu deixaria isso para Pauline.

O bebê quebrou o silêncio com um alto choro.

"Traga-o até aqui", disse Berdi, estirando os braços. "Eu sei como embalar essa batatinha-doce, de modo que ele..."

"Não", disse lady Adele. "Deixe-me ver a criança. Ele tem nome?"

Pauline cruzou a sala. "Ainda não", disse ela, enquanto colocava o bebê nos braços de sua tia. "Ainda estou tentando encontrar o nome certo."

Lady Adele deu tapinhas de leve, mexeu-o para cima e para baixo, fez "Shhhhh" para o bebê e ele ficou quieto. Ela ergueu o olhar para Pauline, piscando, ainda dando tapinhas de leve nele, com a mente girando a mil. "Achar um nome não é uma coisa tão difícil assim", disse ela. "Vamos ajudar você. Agora vá se sentar, seu cozido está esfriando. Eu o seguro enquanto você come."

CAPÍTULO 78
CRÔNICAS DE AMOR E ÓDIO

Até mesmo através das portas fechadas da varanda, eu podia ouvir a risada na sala de jantar. Isso era uma coisa boa. Uma coisa rara. Eu sabia que era momentâneo. A preocupação voltaria a se aproximar; no entanto, por umas poucas horas, era uma abençoada redenção das preocupações que nos prendiam. Nomes para o bebê tinham sido sugeridos com bom humor em volta da mesa. Orrin sugeriu seu próprio nome várias vezes, porém a maioria dos nomes foi retirada de veneradas linhagens históricas em Morrighan. Quando Kaden sugeriu Rhys, dizendo que um nome que não tinha qualquer história morriguesa, para o qual o bebê teria que estar à altura, poderia significar uma *tabula rasa,* Pauline concordou e foi decidido: o nome do bebê seria Rhys.

Esperei por pelo menos cinco minutos depois que Rafe tinha saído para me desculpar e sair também. Eu não queria que alguém achasse que a partida dele apressara a minha, mas era isso que tinha acontecido. De súbito, a sala ficou quente, e eu precisava de ar. Em momento algum ele dirigiu a palavra a mim após o meu brinde, o que não deveria ter me incomodado. Havia tantas pessoas à mesa, tantas conversas, e nós éramos... nada. Pelo menos, nada mais do que dois líderes que estavam trabalhando juntos para encontrar respostas.

Ouvi a porta abrir-se atrás de mim, as conversas da sala de jantar ficando brevemente mais altas e depois sendo abafadas mais uma vez quando a porta se fechou com um clique.

"Você se importa se eu me juntar a você?", perguntou-me Sven.

Acenei para o corrimão da varanda ao meu lado, embora eu realmente não quisesse companhia. "Por favor."

Essa ala da cidadela dava para as colinas florestadas, as mesmas em que eu e Pauline havíamos desaparecido meses atrás. Os topos das árvores eram uma margem preta e irregular em contraste com o céu estrelado.

Sven fitou o que era, na maior parte, escuridão. "Não está sentindo frio aqui fora?", ele me perguntou.

"O que tem em mente, Sven? Não é nos pelos arrepiados do meu braço que está pensando."

"Fiquei surpreso por você ter oferecido um brinde ao noivado do rei."

"Foi desajeitado. Você provavelmente viu isso. Eu achei que fosse melhor simplesmente fazer o brinde para que as pessoas soubessem e para que ficasse para trás."

Ele assentiu. "Você está certa. Provavelmente é melhor assim."

A amargura se ergueu na minha garganta. Eu odiava isso de ser "melhor assim". Nunca era melhor assim. Essa era uma frase que colocava uma cobertura de açúcar nas migalhas que sobraram das nossas opções. "No entanto, fiquei surpresa com a rapidez que o noivado aconteceu depois que partimos."

Sven olhou de um jeito estranho para mim. "Você realmente entende que ele não teve escolha, não é?"

"Sim, eu sei, pela estabilidade do reino."

Ele franziu o rosto. "Ele recusou as ofertas das filhas de muitos barões pela *estabilidade do reino,* mas ele não podia recusar a oferta do general."

"Então a filha do general dever ser especial."

"Sem dúvida, ela é. Ela..."

Por que ele estava fazendo isso comigo? Eu me virei para ir embora. "Desculpe-me, Sven, mas eu..."

Ele esticou a mão e tocou no meu braço de leve para me fazer parar. "Eu imaginei que ele não ia lhe contar tudo. Você precisa ouvir, Vossa Alteza. Não vai mudar nada. Não *pode* mudar nada", disse ele, em um tom mais grave, "mas talvez lhe proporcione um melhor entendimento do que o rei precisou fazer. Eu não quero que pense que Rafe é tão raso que, assim que você estava fora da vista dele, ele fosse se esquecer de você."

Sven me contou que Rafe havia voltado para um reino que estava mais tumultuado do que qualquer um deles tinha esperado. A assembleia e o gabinete estavam pulando nos pescoços uns dos outros, o comércio estava em frangalhos, e o tesouro estava quase vazio. Dezenas de decisões adiadas foram jogadas para cima de Rafe. Ele trabalhava do nascer do sol até noite adentro. Todo mundo estava esperando que o jovem rei restaurasse a confiança e ofereciam a ele uma centena de opiniões sobre como fazer isso, e, nesse ínterim todo, o general estava respirando sob o pescoço dele como um leão prestes a atacar... o mesmo general que o desafiara.

"No entanto, em meio a isso tudo, sei que não houve um dia em que ele não se perguntasse sobre você e se preocupasse com você, questionando se ele deveria ter a deixado ir ou se deveria ter ido com você. A primeira coisa que ele fez foi fazer com que aquele seu livro fosse traduzido."

"O livro que ele roubou."

Sven abriu um largo sorriso. "Sim. Ele estava com esperanças de que você tivesse cometido um erro. De que ele talvez pudesse parar de se preocupar."

"Mas ficou sabendo que não era assim, não foi?"

Ele assentiu, e então olhou com pungência para mim. "Ele também descobriu as duas passagens que você deixou de mencionar."

"O que qualquer coisa disso tem a ver com o noivado, Sven?"

"Ele não saiu de Dalbreck apenas para salvar o seu reino ou o dele, esses pensamentos vieram depois. Ele era apenas um jovem homem lutando contra o tempo, desesperado para salvar alguém que ele ainda amava, mas sabia que tinha que ser esperto em relação a isso também. Ele ordenou que o general lhe providenciasse uma companhia especial de soldados no dia seguinte, de forma que ele pudesse sair sem ser notado, com os melhores dos melhores homens ao seu lado. O general concordou... com uma condição."

Meu estômago lentamente foi se insinuando até a minha garganta. Uma condição. "Ele chantageou Rafe?"

"Eu acho que as palavras *negociação* e *compromisso* foram usadas. Ele disse que só queria garantir que o rei voltaria para casa dessa vez."

Por mais pasma que eu estivesse, também senti alguma coisa se levantando dentro de mim.

"Então isso não é um noivado de verdade. Quando ele voltar para Dalbreck, ele pode..."

"Receio que o noivado seja muito real, Vossa Alteza..."

"Mas..."

"Você deveria saber de uma coisa. Um arranjo de noivado é a mesma coisa que uma lei em Dalbreck. Por que você acha que nosso reino ficou tão enfurecido quando o seu noivado com o nosso príncipe foi rompido? Em Dalbreck, não importa se for escrito em um papel ou oferecido com um aperto de mãos. A palavra de um homem é uma promessa. E, dessa vez, Jaxon deu sua palavra ao seu próprio povo. Ele já forçou os limites da confiança deles com a longa ausência. Um rei, aos olhos dos seus súditos, em quem não se pode confiar que vá honrar sua palavra não pode receber qualquer confiança que seja. Se ele quebrasse essa promessa, não teria um reino ao qual retornar."

"Ele poderia perder o trono?" Minha cabeça girava com o quanto Rafe tinha arriscado.

"Sim, e ele se importa profundamente com o seu reino. Eles precisam dele", respondeu Sven. "Trata-se do reino dos pais e dos ancestrais dele. A liderança é algo que está no seu sangue."

Eu entendia o peso de promessas, e a força de Rafe como um rei era mais importante para Morrighan agora do que nunca. Era importante para mim.

Fitei a linha irregular de floresta, sentindo a ardente ironia da escolha de Rafe: para ajudar a mim e ao reino de Morrighan a sobrevivermos, ele foi forçado a partir o meu coração.

"Ela é boa?", perguntei por fim.

Sven pigarreou e deu de ombros. "Ela parece suficientemente agradável."

"Que bom", falei. "Ele merece ao menos isso."

E eu estava falando sério. Saí e fui até o telhado, onde havia apenas eu, mil estrelas piscando e a beleza da escuridão, que se estirava até os confins do universo, apagando os infinitos jogos de cortes e de reinos.

les passaram pelo longo vale,
e os sentinelas da devastação
olhavam para baixo, para Morrighan,
dos picos que se agigantavam,
sussurrando que o fim da jornada estava perto.
Mas a Escuridão rugia, atacando novamente,
e Morrighan lutava pelo Remanescente Sagrado,
derramando o sangue da escuridão,
derrotando-a para sempre.

— *Livro dos Textos Sagrados de Morrighan, Vol. IV* —

CAPÍTULO 79
CRÔNICAS DE AMOR E ÓDIO

u bebia chicória quente de uma caneca alta, estudando os mapas que estavam espalhados pela mesa na câmara de reuniões. Eu os movia ao meu redor como se estivesse olhando para eles de um novo ângulo, que me faria ver alguma coisa que não tinha visto antes. *Ali.* Aquilo girava dentro de mim, uma voz distante me forçando a olhar de novo e de novo, mas eu não sabia o que estava procurando. *Ali.* Uma resposta? Um aviso? Eu não sabia ao certo.

Eu tinha chegado mais cedo porque não conseguia dormir. Ainda estava escuro quando ouvi os gritos de crianças. Joguei minha colcha para trás e olhei janela afora, mas os gritos não estavam vindo de lá. Eles pairavam no meu quarto e nadavam atrás dos meus olhos. Eu os via apinhados, juntos, com medo, os jovens soldados vendanos que estavam a caminho. E então ouvi os Brezalots, suas respirações quentes e ferozes, o vapor das suas narinas enchendo o ar da noite, e, por fim, os sussurros do Komizar arrastavam-se debaixo da minha pele como se fossem vermes erguendo a minha carne. *Fervor, Jezelia, fervor. Você está enfim me entendendo?*

Não havia como voltar a dormir após isso. Eu me vesti e fui descendo sorrateiramente até a cozinha, onde um bule de água quente estava sempre fumegante, e enquanto minha chicória estava em infusão, eu me ajoelhei ao lado da lareira, dizendo minhas lembranças matinais, pensando em Morrighan cruzando as terras inóspitas sem qualquer mapa para guiá-la, e a coragem que ela deve ter conjurado. Rezei por aquela mesma coragem.

Havia ao menos uma dúzia de mapas dispostos na mesa. Alguns, apenas de Civica; outros, do reino inteiro; e ainda outros do continente inteiro. Os mapas viravam um borrão, e um cheiro passava por mim, fragrante, como grama esmagada em uma campina. Os minúsculos pelos do meu pescoço ficaram arrepiados. *Ali.* Uma voz tão clara quanto a minha.

Rearranjei com fervor os mapas, dessa vez examinando as rotas ao sul, mas eles não continham mais respostas para mim do que antes. Havia dúzias de possibilidades. Demos voltas e mais voltas em relação a qual rota o Komizar tomaria, embora, uma vez que ele entrasse em Morrighan, isso faria pouca diferença. Não tardaria para que 120 mil soldados suprimissem vilarejos ao longo do caminho e depois engolfassem Civica. Outra questão que se agigantava era quando eles chegariam aqui. Quanto tempo ainda tínhamos? Muito dependia da rota, embora a diferença entre as rotas ao sul e ao norte ainda fosse apenas uma questão de dias. Olheiros foram enviados para proverem aviso prévio, mas eles não tinham como fazer o reconhecimento de todos os quilômetros de uma vasta imensidão.

As últimas duas semanas levaram muito da nossa formação de estratégias para fora, cavalgando pela área rural que nos cercava, tentando encontrar localidades estratégicas onde montar e fortificar as nossas defesas. Civica estava miseravelmente vulnerável, e os bloqueios que estavam sendo construídos nas duas artérias principais eram horrivelmente inadequados. Durante esse tempo, voltei a treinar. Assim que tirei a tipoia e a bandagem, tentei recuperar a força na mão esquerda, mas o entorpecimento persistia. A mão estava boa para segurar um escudo e pouco mais do que isso. Eu não conseguia atingir um alvo a uns três metros que fossem. Minha mão direita precisava se esforçar mais. Tentei esconder a frustração quando eu e Natiya treinamos dezenas de mulheres que tinham vindo servir no nosso esforço, muitas delas já com habilidades com arcos e flechas.

Quando o general Howland viu mulheres em meio às tropas, cerrou o maxilar com tanta força que achei que fosse esmigalhar os dentes em centenas de lascas ruidosas. "Todo soldado disposto é bem-vindo e necessário, general", falei para ele, pisando nos seus argumentos antes que eles pudessem começar. "Uma mulher estará liderando vocês na batalha. Por que ficaria tão surpreso ao ver mulheres em meio aos escalões?" Ele me encarou, pasmo, e me dei conta de que era a primeira vez que ele compreendera que eu entraria na batalha com ele. Sim, o general estava contando os dias até que meu pai se recuperasse ou que meus irmãos retornassem, mas ainda não havia sinais de qualquer uma das duas coisas.

A porta se abriu e ergui o olhar de relance. Rafe estava lá, parado, com uma caneca fumegante na mão também. Voltei a olhar para os mapas. "Você chegou cedo."

"Você também", disse ele.

Eu não havia contado a ele que tinha tomado conhecimento das circunstâncias do noivado dele. Meu brinde não eliminara por completo a estranheza entre nós. Havia vezes em que ele me pegava olhando para ele, e eu desviava o olhar rapidamente. Outras vezes, o olhar contemplativo dele se demorava em mim até mesmo quando nossa conversa tinha terminado, e eu me perguntava no que ele estaria pensando. No entanto, nós nos acomodamos em um ritmo. Amigos. Camaradas. Como eu e Kaden éramos.

Rafe foi andando até o meu lado da mesa e olhou para os papéis que estavam estirados comigo. Seu braço roçou no meu enquanto ele empurrava um mapa para o lado. Minha pele ardeu com seu toque. Ardeu de um jeito que não deveria acontecer entre amigos. Isso não estava certo, eu sabia, mas não conseguia evitar aquele sentimento.

"Você está vendo alguma coisa?", ele me perguntou.

Eu via apenas que nossos esforços pareciam fúteis. "Não."

"Nós vamos encontrar um jeito", disse ele, lendo os meus pensamentos.

Kaden chegou, e consultamos uns aos outros, como fazíamos a cada manhã antes de todo o resto do pessoal se juntar a nós, em relação ao que precisava ser abordado naquele dia. A discussão de evacuar cidades ao longo de prováveis rotas de invasão precisava ser abordada, mas nós sabíamos que isso poderia agitar o pânico e perturbar as cadeias de suprimentos de que tão desesperadamente precisávamos. Nós nos reclinamos nas cadeiras, descansando as botas na mesa e, horas depois, estávamos ainda na mesma posição enquanto ouvíamos Tavish e o capitão Reunaud brigando sobre as formas de se derrubar um Brezalot. Eles eram criaturas detestáveis de ataque e eram perfeitos para o uso da arma mais destrutiva do Komizar. Ambos tinham visto Brezalots serem mortos com lanças, mas isso exigiria uma extrema proximidade dos animais explosivos. Eles concordavam que uma balestra funcionaria, no entanto, sem saber exatamente de onde os imensos cavalos haveriam de atacar, precisaríamos de dezenas de armas. Morrighan tinha quatro delas, que não haviam sido usadas em anos. Pesadas balestras não eram úteis para a maioria das batalhas que ocorriam em localidades de campos remotos. Precisava-se apenas de uma espada ou uma flecha para matar um homem. A ordem foi dada para que mais balestras fossem construídas.

Seguiu-se uma batida à porta, e um sentinela anunciou que os criados tinham chegado com a comida do meio-dia. Mapas foram movidos para uma mesa de canto, e as travessas foram trazidas para dentro. Enquanto comíamos, a conversa voltou-se para o treinamento dos soldados, e meus pensamentos se voltaram para os meus irmãos. Olhei para Rafe, que estava do outro lado da mesa, na minha frente. Eu não tinha certeza de que algum dia o tinha agradecido por solicitar uma escolta de volta para casa para os esquadrões dos meus irmãos, e então, com egoísmo, eu me perguntava quantos soldados um batalhão dalbretchiano teria. Em Morrighan, um batalhão era formado por quatrocentos soldados. Uma vez que estivessem aqui, será que os homens dele ficariam e nos ajudariam?

Eu sabia que o mesmo pensamento fervia na mente de Kaden, e então, entre mordidas de carne e pão, o Marechal de Campo de repente fez em voz alta a pergunta que todos nós tínhamos em mente: será que Dalbreck enviaria mais tropas para ajudar Morrighan? A sala ficou imersa em silêncio.

Essa pergunta já tinha sido feita. Rafe sustentara desde a sua chegada em Civica que ele e os seus homens estavam aqui apenas para ajudar a expor traidores, estabilizar o nosso reino e nos ajudar a prepararmos as forças para uma possível invasão. O Marechal de Campo havia colocado Rafe em uma posição desconfortável repetindo a pergunta. Dalbreck também estava correndo riscos. Rafe precisava pensar

477

nas próprias fronteiras, isso sem falar no próprio reino cheio de problemas. Ele já tinha arriscado muita coisa só de vir até aqui. Eu vi o foco de Sven ficar mais aguçado, esperando para ver o que Rafe diria.

Ele me estudou, pesando cuidadosamente a resposta, e depois voltou a olhar para o Marechal de Campo. "Quando enviei a mensagem a Fontaine, também solicitei o envio de tropas."

As expressões nos rostos das pessoas que estavam em volta da mesa ficaram radiantes.

"Quantos?", perguntou-lhe Marques.

"Todos."

Sven reclinou-se em sua cadeira e soltou um suspiro. "Esse é nosso maior posto avançado. São 6 mil soldados."

Passaram-se uns poucos segundos em silêncio total.

"Bem, isso é..." As sobrancelhas do Marechal de Campo eram como fatias de lua em cima de seus olhos arregalados.

"Notável!", terminou Howland.

"E muito bem-vindo", completou Marques.

"Fiz uma solicitação similar a Marabella", disse Rafe. "Eles vão reunir tropas em mais dois postos avançados ao longo do caminho. São mais mil. Estou certo de que todos virão, contanto que os Valsprey tenham chegado lá sem incidentes. Não posso fazer nenhuma promessa em relação ao restante."

Eu não estava certa de que o havíamos ouvido direito. "O restante?", falei, tão pasma quanto as outras pessoas da sala.

Sven levantou-se, com as mãos pressionadas na mesa. "O *restante?*"

"Os 32 mil soldados que ainda estão em Dalbreck e que estou tirando das nossas fronteiras. Como eu disse, não posso prometer que eles virão. A transição de poder enfrentou alguns obstáculos. O general a quem tive que solicitar as tropas é o mesmo que recentemente me desafiou. Ele poderia usar esse pedido como uma forma de recomeçar sua campanha pelo trono. Isso é improvável, porém..." Rafe olhou para mim, hesitante.

"Porque você está noivo da filha dele", terminei.

Rafe assentiu.

"*Improvável?*" Sven fitou Rafe, sem acreditar, com os olhos ardendo em chamas, e então se virou e saiu andando da sala, batendo a porta atrás de si.

Rafe assentiu para que Tavish fosse atrás dele, e ele saiu também.

Seguiu-se uma silenciosa e falsa sensação de segurança, estando os oficiais com os olhos pregados na porta, a raiva de Sven ainda pairando no ar, e então o Marechal de Campo voltou a olhar para Rafe. Eu via a dúvida nos olhos dele. Ajudar uma princesa com uma rebelião para expor traidores era uma coisa, mas um rei abandonando as próprias fronteiras era um ato de insanidade. "Por quê, em nome dos deuses, você faria uma coisa dessas? Isso vai deixar suas próprias fronteiras vulneráveis."

Rafe não perdeu a compostura. "Eu não tenho dúvidas de que o Komizar atacará Dalbreck, mas antes atacará Morrighan. Ele está vindo para cá primeiro."

"Foi isso que a princesa disse, mas como você pode ter certeza disso...?"

"É um risco calculado. Não trazer as minhas tropas até aqui é um risco maior. Isso poderia significar a nossa própria destruição. De um ponto de vista estratégico, vocês têm os portos e os recursos para dominar todos os outros reinos a oeste. Assim que o Komizar tiver Morrighan, ele será imbatível."

Ele parou de falar por um instante, e seus olhos, por um breve momento, buscaram os meus. "No entanto, é bem mais do que isso o que me leva a ter certeza. Alguém uma vez me perguntou se alguma vez eu senti algo muito profundamente no meu âmago." Ele olhou de novo para o Marechal de Campo, e então olhou de relance para as paredes que nos cercavam e para o antigo mural que contava a história da menina Morrighan, com o olhar contemplativo erguendo-se para o teto, para as pedras e, ao que parecia, para o cimento dos séculos que mantinha tudo isso junto. "Esta é a joia pela qual o Komizar está sedento. Morrighan é o reino mais antigo, aquele que deu origem a todos os outros. Morrighan nunca caiu. É um símbolo de grandeza. No entanto, mais do que isso, é o reino que os deuses ordenaram desde o começo. Para o Komizar, a conquista de Morrighan é sinônimo de conquistar os deuses. Eu vi esse desejo nos olhos dele quando estava em Venda, e ele não vai se contentar com nada menos do que isso."

Nós ficamos sentados ali por longos segundos, e eu soube que Rafe tinha percebido as ambições do Komizar com uma incrível clareza.

"Obrigada, rei Jaxon", falei por fim. "Quaisquer que sejam os números que possam vir, cada soldado nos tornará mais fortes, e para cada um deles nós estaremos em dívida com você." Porém, eu estava agradecendo a ele por mais do que suas tropas. Ele estava tão afundado nisso quanto eu e Kaden agora. Era tudo ou nada.

Uma renovada exuberância irrompeu-se na sala, com os generais e oficiais adicionando seus agradecimentos ao meu; no entanto, eu, Kaden e Rafe trocamos olhares de quem sabia das coisas. Se todas as tropas solicitadas por Rafe viessem, nossas forças combinadas seriam de 70 mil. Nosso número ainda era inferior em quase uma proporção de dois para um por um exército que desceria sobre nós com armas mais mortais. Rafe abrandou a resposta deles com um lembrete de que essa era apenas uma bandagem em uma ferida bem aberta. Nós precisávamos mesmo era de uma agulha e de um fio para costura, de forma a fechar a ferida.

"Mas é uma bandagem tremendamente boa", disse o Marechal de Campo.

As discussões recomeçaram. Com as forças adicionais em mente, os generais começaram a falar de bloqueios mais defensivos nas artérias fundamentais de Morrighan.

Uma agulha e um fio.

Fiquei com o olhar fixo em Kaden, cuja boca estava se mexendo, mas eu não conseguia ouvir as palavras que ele dizia. A sala foi ficando cada vez mais brumosa. As deliberações tornaram-se um ribombo ao longe, até mesmo enquanto outros sons se erguiam à frente delas.

Um rangido.

Um esmigalhar.

Uma roda na pedra.

Eu me lembrei de ouvir o clangor da ponte. Que chegou cedo demais. Antes do primeiro degelo. Os sons na minha cabeça ficavam cada vez mais altos, e a sala, cada vez mais escura.

O sibilar de um riacho.

Um uivo fúnebre.

Passadas apressadas.

Temor, denso como a noite.

Fervor, Jezelia, fervor, um sussurro quente ao meu ouvido.

E então, outra voz, suave e baixinha, tão fina quanto um farfalhar de vento.

Ali.

෴ 480 ෴

"Lia?", disse Kaden, tocando no meu braço.

Dei um pulo, e as brumas desapareceram. Todo mundo estava com os olhares fixos em mim, mas tudo em que eu conseguia pensar era em pachegos. Minha cadeira rangeu para trás, e fui correndo até a mesinha de canto onde estavam as pilhas de mapas. "Coloquem a comida de lado!", gritei, enquanto levava aquele monte de mapas para a mesa e os espalhava nela.

"Que diabos?"

"Você viu alguma coisa?"

"Alguém me diga o que ela está fazendo."

Folheei os mapas até encontrar aquele que eu queria.

Ali.

"Uma rota ao norte", falei. "É por ali que ele está vindo."

Ergueu-se uma onda de argumentos. "Nós já descartamos a possibilidade de uma rota ao norte. Ele poderia ficar preso em uma nevasca tardia."

"Mais ao norte", falei. "Por Infernaterr. É a rota perfeita. O caminho é reto, e o inverno nunca chega até lá."

A essa altura, tanto Kaden quanto Rafe estavam olhando por cima do meu ombro para o mapa também.

Kaden deu um passo para trás e balançou a cabeça. "Não, Lia. Não por ali. Ele nunca viria por esse caminho. Você conhece os clãs. Até mesmo Griz e Finch. Homens demais no exército dele temem as superstições das terras inóspitas."

Dirigi meu olhar a Kaden. "É esse o ponto. Ele está usando esse medo."

Ele olhou para mim, ainda sem entender.

"*Fervor*, Kaden. Ele não tem mais a mim. Ele criará o próprio fervor dele. Um tipo diferente de fervor para forçá-los a seguirem em frente."

O início do entendimento passava pelos olhos dele, e depois veio a preocupação. Eles chegariam aqui antes do que prevíramos?

"Eu os ouvi", falei. "Os gritos dos jovens soldados. Os uivos dos pachegos. O Komizar usa o medo deles para arregimentá-los. E que caminho melhor do que as terras inóspitas do Infernaterr para mover o seu exército rapidamente pelo continente?"

Voltei ao mapa, olhando para uma extensão entre o Infernaterr e Morrighan. Mais palavras soavam na minha cabeça. Palavras de Rafe, caçoando de mim enquanto minha espada bloqueava a dele.

Ataque! Não espere que eu deixe você cansada!

"O que é isso?", perguntei, apontando para o que parecia uma linha em V de picos na ponta do Infernaterr.

O capitão Reunaud aproximou-se para ver para o que eu estava apontando. "O Vale do Sentinela. Às vezes, é chamado de Último Vale." Ele me explicou que se acreditava que esse fora o último vale pelo qual Morrighan conduzira os Remanescentes antes que eles chegassem ao seu novo começo. Ele havia viajado por esse vale algumas vezes em comboios que se dirigiam a Candora.

Deixe que a surpresa seja a sua aliada!

"Por que é chamado de Vale do Sentinela?", perguntei.

"Ruínas", respondeu ele. "Elas ficam acima das altas colinas que margeiam o vale como se estivessem nos observando. A luz pode pregar peças lá. É uma trilha estranha, e quando o vento é soprado e assovia pelas ruínas os soldados dizem que os Antigos estão chamando uns aos outros."

Pedi que ele me falasse coisas específicas em relação ao terreno, a altura dos picos, a extensão do vale e os múltiplos cânions além dos picos.

Avance! A espada é uma arma mortal, e não de defesa. Se você estiver usando-a para se defender, está perdendo uma chance de matar.

Reunaud disse que eram quinze quilômetros de vale que se estreitavam até um ponto com menos de cinquenta metros de largura. Eu já tinha visualizado as linhas de frente do Komizar: seriam os mais jovens, os quais ele consideraria os mais dispensáveis do seu exército. *Venda não tem crianças.* Ele jogaria isso na minha cara, esperando que me abalasse, como acontecera naquele dia no terraço. Que fosse abalar todo soldado morriguês que estivesse relutante em erguer a sua espada contra uma criança.

"Nós estamos perdendo tempo tentando defender Civica. Precisamos avançar."

"Avançar? Para onde?", grunhiu o general Howland. "O que você...?"

"Essa é nossa agulha e nosso fio. Contenção. Nós afunilamos o exército dele com ataques-surpresa de lado. Nós derrubamos os fortes enquanto ainda estamos fortes. Essa pode ser nossa única chance."

Apontei para o pequeno V no mapa. "Ali. Eis onde encontraremos o exército do Komizar. Vamos mover todas as nossas tropas para o Vale do Sentinela."

As discussões explodiram. Howland, Marques e Perry vieram para cima de mim com tudo que tinham, achando que eu estava louca de mover nossas forças inteiras para uma localidade muito distante com base no que eles chamavam de palpite. Rafe e Kaden estudavam os mapas, conversando baixinho entre si, e depois olharam para mim e assentiram.

O Marechal de Campo e Reunaud pareciam ter sido pegos no meio disso tudo.

"Vocês sabem o quanto vai demorar para mover 30 mil soldados até um ponto tão longe assim?", disse Howland berrando, balançando o dedo para mim.

"Então você está dizendo que um líder bárbaro é capaz de mover um exército descomunal de 120 mil soldados por todo o continente e nós não somos capazes de mover nossas forças menores até uma localidade que fica logo fora das nossas fronteiras? Talvez devêssemos simplesmente desistir agora, não, general?"

"Mas não temos nenhuma evidência de que ele esteja vindo mesmo do norte!", gritou Marques.

Perry jogou as mãos para cima. "Deixar Civica desprotegida? Você não pode..."

"*Esse ponto*", falei com pungência, "*não* está sendo considerado sem cautela. Nós começaremos a estabelecer novas estratégias pela manhã. Vamos sair daqui no final da semana. Vocês estão livres para deixarem a sala agora para prepararem suas tropas para mover..."

Howland deu um passo na minha direção, com os punhos rigidamente cerrados nas laterais do corpo. "Isso não vai acontecer!", berrou ele. "Eu vou falar com a rainha. Você não vai..."

Tanto Rafe quanto Kaden ficaram tensos, parecendo que estavam prestes a fazer com que o homem fosse dar outro mergulho na fonte, dessa vez pela janela, mas então socos ressoaram na porta da câmara, que se abriu com tudo, e o Guardião do Tempo irrompeu aposento adentro, passando pelo sentinela e empurrando-o, com os olhos esbugalhados e o rosto brilhando com o suor. Pauline e Gwyneth entraram correndo logo depois dele.

"O que foi?", perguntei, com o coração pulando na garganta.

"É o rei", disse ele, entre respirações dificultadas. "Ele acordou. E quer ver todos vocês na sua câmara. Imediatamente."

CAPÍTULO 80
CRÔNICAS DE AMOR E ÓDIO

O general Howland foi o primeiro a sair pela porta, como se essa fosse uma dádiva entregue em mãos pelos próprios deuses.

Meu pai acordou. Essa é uma dádiva, pensei. *Mas talvez não seja uma dádiva que veio em um momento oportuno.*

Tanto Rafe quando Kaden ficaram hesitantes, perguntando-se se a presença deles seria de fato solicitada. Pauline garantiu que sim. Nenhum deles parecia ansioso para conhecer o meu pai.

Nós andamos rapidamente pelos corredores, com o Guardião do Tempo e o general Howland seguindo na frente. Pauline e Gwyneth nos disseram que a rainha estava ao lado dele e que o rei já fora informado de tudo que havia acontecido.

"Você está se referindo àquela coisinha chamada rebelião?", disse Rafe, e esfregou o pescoço como se estivesse se dirigindo até a forca.

"Não tem graça", falei.

Nossas passadas ecoaram no corredor, soando como o pequeno estouro de um bando de bodes nervosos. Parecia que nunca chegaríamos lá, mas então, antes que eu estivesse preparada para isso, a porta que dava para a câmara externa dele se abriu e fomos conduzidos para dentro pela minha tia Cloris. O restante dos membros do gabinete, inclusive o Erudito Real, já estava lá.

"Entrem", disse ela. "Ele está esperando."

Minha pulsação estava intensa, e entramos no quarto dele. Ele estava sentado na cama, apoiado em travesseiros. Seu rosto estava marcado por linhas e esquelético, e ele parecia bem mais velho do que era, mas os olhos estavam brilhantes. A cadeira da minha mãe estava ao lado da cama, e as mãos dos dois estavam entrelaçadas em uma familiaridade não característica.

Primeiramente os olhos dele pousaram em mim por um longo momento de escrutínio antes que ele, por fim, passasse a olhar para os outros ali presentes.

"Entendo que vocês estavam no meio de uma reunião", disse ele, "e que não fui convidado para ela..."

"Apenas porque o senhor estava indisposto, Vossa Majestade", respondi.

Ele juntou as sobrancelhas. "Acho que a dose diária de veneno não caiu bem para mim."

"Vossa Maj..."

Meu pai fechou a cara. "Já falo com você, Howland. Espere sua vez."

O general assentiu.

"Qual de vocês é o rei de Dalbreck?"

"Seria eu, Vossa Majestade", respondeu-lhe Rafe.

Meu pai ergueu a mão com muito esforço e acenou com um dedo torto para que Rafe chegasse perto dele. "Você está aqui para assumir o comando do meu reino?"

"Não, senhor, apenas para ajudar."

Estava claro que o meu pai ainda estava muito fraco, e eu sabia que Rafe estava medindo com cautela as palavras. Eu também detectei um certo nervosismo na sua resposta, e Rafe nunca ficava nervoso. Isso fez com que eu prendesse por um instante a respiração.

"Chegue mais perto. Deixe-me olhar melhor para você."

Rafe deu um passo à frente e prostrou-se com um só joelho no chão, ao lado da cama dele.

"Por que está de joelhos?", grunhiu meu pai. "Um rei não se curva a outro. Seu guia não lhe ensinou isso?" Os olhos dele dançavam e, por um breve momento, ele olhou de relance para mim antes de se virar de novo para Rafe. "A menos que você esteja de joelhos por outro motivo... Se for esse o caso, você está diante da pessoa errada."

Ah, pelo amor dos deuses! Ele estava brincando com Rafe. Esse não era o meu pai. Será que o veneno fez o seu cérebro apodrecer?

"Por nenhum outro motivo", disse Rafe, e voltou a ficar em pé rapidamente.

Meu pai acenou para que Rafe fosse para trás.

"E você deve ser o Assassino", ele disse a Kaden. Acenou para Kaden vir para a frente de forma similar a como fizera com Rafe. Kaden não se prostrou de joelhos, mas eu sabia que ele não faria uma coisa dessas. Ele nunca se curvaria para a realeza, até mesmo se isso lhe custasse a vida. Meu pai não pareceu notar a afronta e estudava Kaden. Ele engoliu em seco, e vi um brilho de arrependimento na sua expressão, como se ele visse a semelhança entre Kaden e o Vice-Regente. "Eu sabia sobre você. Seu pai me disse que a sua mãe o tinha levado embora."

"O engodo sempre foi o maior dos talentos dele", respondeu Kaden.

O peito do meu pai se levantou em uma respiração irregular. "E o seu também, pelo que entendo."

Olhei de relance para Pauline. Ela esteve na breve reunião com ele, mas será que lhe contara sobre Terravin?

"Você está aqui para matar alguém, rapaz?"

Um fraco sorriso iluminou o rosto de Kaden. Ele estava pronto para participar desse jogo com o meu pai. "Apenas com as ordens da sua filha."

"Ela ordenou que você me matasse?"

Kaden deu de ombros. "Ainda não."

Os olhos do meu pai ficaram cintilantes, com o jogo deixando-o revigorado, trazendo-o de volta à vida. Seu olhar contemplativo se voltou para mim. Ele fechou a cara mais uma vez. "Você desobedeceu as minhas ordens, Arabella, e entendo que vendeu as joias do manto de casamento que estavam na nossa família havia gerações. Deve ser punida."

Os generais Howland e Perry mexiam os pés, felizes.

"Vossa Majestade", interveio Rafe, "se eu puder..."

"Não, você não pode!", falou meu pai, irritado. "Este ainda é o meu reino, não o seu. Vá para trás, rei Jaxon."

Assenti para Rafe, tentando tranquilizá-lo. *Espere.*

Meu pai voltou a se colocar junto aos travesseiros. "E sua punição será continuar a reger no meu lugar, aturando as infinitamente absurdas picadas do ofício até que eu esteja plenamente recuperado. Você aceita essa punição, Arabella?"

Minha garganta estava densa, doendo. Dei um passo à frente. "Sim, Vossa Majestade, eu aceito." Engoli em seco e depois disse: "Com uma condição".

Murmúrios cheios de surpresa irromperam.

Até mesmo no seu estado de fraqueza, ele revirou os olhos. "Uma condição para a sua punição? Você não mudou nada, Arabella."

"Ah, pai, com certeza eu mudei muito."

"E a condição seria...?"

"Você vai me apoiar independente de qual seja a minha decisão, porque ainda há muitas decisões difíceis pela frente, e algumas delas não serão populares para todos."

"Impopulares como um golpe de Estado?"

"Sim, impopulares como um golpe."

"Então eu aprovo sua condição." Ele olhou além de mim para o restante das pessoas. "Estou confiante de que Arabella cumprirá seu castigo para minha total satisfação. Alguém tem alguma objeção a isso?"

Ninguém se pronunciou, embora eu soubesse que palavras silenciosas ardiam em algumas línguas.

"Que bom", disse o meu pai. "Agora, todo mundo para fora. Quero falar com a minha filha. A sós."

Tão logo o quarto foi esvaziado, eu me voltei para ele de novo, e vi que toda aquela atuação o cansara. Ele se afundou nos travesseiros, mais fraco do que antes.

Seus olhos brilhavam. "Eu sinto muito, Arabella."

Eu me enrolei na cama ao lado dele, aninhando a minha cabeça no seu peito, e ele conseguiu colocar o braço em volta do meu ombro e deu uns tapinhas de leve na minha mão. Pediu desculpas por muitas coisas, e uma das mais importantes era de ter se tornado tão cansado da sua posição a ponto de permitir que a corrupção se insinuasse bem debaixo do seu nariz.

"Eu falhei como pai e como rei."

"Todos nós cometemos erros, pai. Com esperança, aprenderemos com eles e seguiremos em frente."

"Como foi que você acabou íntima de um Assassino e de um rei recém-coroado?"

"Os deuses têm um senso de humor perverso."

"E você confia neles?"

Sorri, pensando em todos os engodos e em todas as traições que já se passaram entre nós. "Com a minha vida", respondi.

"Existe mais alguma coisa por trás dessa união?"

Muito mais, pensei. Talvez mais do que qualquer um de nós realmente entendesse.

Juntos eles atacarão,
Como estrelas cegantes lançadas dos céus.

"Sim", respondi. "Eles não apenas me dão esperança, como são a esperança de Venda também."

"Eu quis dizer..."

"Eu sei o que o senhor quis dizer, pai. Não existe mais nada entre nós."

"E qual seria essa decisão impopular?"

Contei a ele sobre o vale para onde estava movendo nossas forças contra os desejos do general, e então lhe falei mais acerca do meu plano, o que eu não tinha contado a quem quer que fosse.

"Arabella, você não pode..."

"Você me prometeu, pai. Essa decisão é minha." Deslizei para fora da cama. "O senhor deveria descansar."

Ele soltou um suspiro, com as pálpebras caindo. "Os outros reinos nunca vão..."

"Eles não terão escolha. Quanto a isso não poderei ser influenciada. Por favor, confie em mim."

Ele baixou as sobrancelhas com preocupação, mas então outra pergunta esvaneceu-se nos seus lábios, com sua última energia exaurida, e seus olhos se fecharam.

Eu estava com os ânimos elevados quando retornei ao meu quarto. A imagem dos meus pais de mãos dadas continuava vindo à minha mente. Era um gesto simples, mas tão inesperado quanto uma chuva de verão. Algumas coisas sobreviviam, até mesmo quando...

A porta de Rafe se abriu quando passei por ela e ele saiu com tudo, colidindo comigo. Nós tropeçamos e nos seguramos, com a mão dele apoiando-se na parede atrás de mim.

"Lia", disse ele, alarmado. Nós dois estávamos equilibrados nos nossos pés agora, mas ele não se mexeu. O ar crepitava entre nós, vivo de um jeito que fazia a minha pele formigar. A tensão era aparente nos olhos dele, e ele deu um passo, afastando-se, criando espaço entre nós, o movimento desajeitado e óbvio.

Engoli em seco, tentando me convencer de que tudo isso fazia parte de deixar as coisas para lá. "Você está saindo em disparada para fazer o quê?", perguntei a ele.

"Eu preciso falar com Sven antes do jantar. Quero me certificar de que ele não vai levar indisposição para a mesa. Com licença, eu..."

"Eu sei", falei, inexpressiva. "Você precisa ir."

Ele passou as mãos nos cabelos, jogando-os para trás, hesitante. Eu soube, com aquele pequeno movimento, que ele estava se esforçando para deixar as coisas para trás também, um pouquinho de cada vez. O amor não acabava de uma só vez, não importando o quanto fosse necessário que isso acontecesse ou o quão inconveniente fosse. Não se pode mandar no amor mais do que um documento de casamento poderia ordenar que ele surgisse. Talvez o amor tivesse que se esvair sangrando uma gota de cada vez até que chegue um tempo em que o nosso coração esteja entorpecido, frio e, na maior parte, morto. Ele mexeu os pés, seus olhos não se encontrando com os meus.

"Nós nos vemos no jantar", disse ele, e saiu para encontrar Sven.

Sombras dançavam nas paredes da fogueira na lareira. Tirei o meu cinto e as minhas armas, pendurando-os em um gancho, e cruzei o quarto até o meu vestíbulo, tateando o caminho em meio à escuridão enquanto deixava o restante das roupas caírem no chão. Acendi uma vela na escrivaninha e apanhei uma toalha para me enxugar, mas então alguma coisa insinuou-se para cima de mim. Uma presença.

Jezelia.

Eu girei, com o coração batendo de um jeito selvagem, buscando nos cantos da câmara. O cheiro dele enchia o ar, seu suor, sua confiança. Meus olhos faziam uma varredura frenética no aposento, varrendo as sombras, com a certeza de que ele estava ali.

"Komizar", sussurrei. Ouvi os passos dele, vi o brilho dos seus olhos na escuridão, o calafrio enquanto a mão dele circundava o meu pescoço, seu polegar pressionando a base da minha garganta, sentindo a batida do meu coração. *Sempre há mais a se tirar.*

E então ele se fora. A câmara estava vazia, como sempre estivera, e minhas respirações saltavam pelo peito. *As mentiras, ele forçará as mentiras para cima de você.* As mentiras dele. Ele me provocava e me amaldiçoava a cada quilômetro que viajava. Eu fiz o impensável... pior do que esfaqueá-lo... roubei um pouco do seu poder. Tentei forçar a calma de volta para dentro do meu coração.

Eu não permitiria que as mentiras dele roubassem as vitórias deste dia.

Inspirei o ar purificador e despejei água dentro da bacia de banho, mas então fiquei paralisada, fitando a superfície brilhante. O jarro deslizou dos meus dedos, caindo ruidosamente no chão. O sangue espiralava-se na água, dedos vermelhos girando diante dos meus olhos, uma tempestade que carregava os sons estridentes da batalha, o fatiar de uma espada pela carne, o tombar oco de corpos caindo na terra. E então, com a mesma rapidez, era apenas água de novo, límpida e domada.

Recuei, tentando respirar, tropeçando às cegas pelo quarto.

Os esquadrões dos meus irmãos.

Um ofego doloroso por fim encheu os meus pulmões, e estiquei a mão para pegar as minhas roupas. Minhas mãos tremiam enquanto eu me vestia, afivelava os cintos, embainhava armas, calçava as botas. Minha palavra era tão verdadeira quanto a de Rafe. Eu me dirigi à cela em que estava o Vice-Regente.

CAPÍTULO 81
CRÔNICAS DE AMOR E ÓDIO

RAFE

Tavish me disse que Sven fora falar com o capitão Azia sobre a rotação de soldados que estavam guardando os prisioneiros. Ele não tinha conseguido arrancar uma palavra que fosse de Sven. O homem ainda estava taciturno e bufando de raiva quando partiu. "Mas você conhece Sven. Ele sempre fica rugindo em relação às suas decisões de meia-tigela."

"Você também acha que estou errado?"

Tavish deu de ombros, vestindo-se para o jantar. "Eu sempre acho que você está errado. Geralmente dá certo. Não se preocupe, ele vai se recuperar." Tavish calçou as botas e então fez uma pausa, quando estava no meio de amarrar os cadarços. "Mas vou adiar falar a ele sobre a sua outra decisão. Isso poderia fazer com que a cabeça dele explodisse."

Assenti e me servi de um pouco de água.

Tavish abriu um largo sorriso. "Sabe, se você morrer nessa batalha, não terá que se casar com ninguém."

Eu me engasguei enquanto bebia, derramando água pela camisa. "Bem, esse é um pensamento brilhante. Obrigado."

"Sou um estrategista. Estou sempre pensando."

Dei batidinhas com uma toalha na minha camisa. "Talvez você devesse procurar por outra linha de trabalho."

O largo sorriso dele se desfez. "Você vai conseguir sair dessa. Nós vamos ficar do seu lado."

Eu tinha contado a Tavish sobre a minha decisão de não me casar com a filha do general. Isso não era para o bem de Lia, nem para o meu próprio bem, mas sim pela moça. Ela não queria se casar comigo mais do que eu não queria me casar com ela. Ela estava sendo forçada a fazer aquilo da mesma maneira como tinha sido feito com Lia. Eu já cometera o mesmo erro fatal uma vez. Não estava prestes a cometê-lo de novo, até mesmo se isso custasse o trono. A moça merecia escolher o próprio futuro e não aceitar um futuro obviamente planejado pelo general para servir às próprias necessidades.

"Você contou para Lia?", ele me perguntou.

"Por quê? Para que possamos revirar a mesma discussão que tivemos quando deixamos Marbella? Não posso passar por aquilo de novo. Minha decisão não vai mudar nada entre nós. Se sobrevivermos a isso tudo, ainda assim retornarei a Dalbreck e ela ainda..." Balancei a cabeça. "Ela não vai vir comigo."

"Como pode ter tanta certeza?"

Pensei na fúria nos olhos dela quando Lia dançou comigo no posto avançado, nos ossos que ela, em segredo, pegava e, debaixo da mesa, deslizava para dentro do bolso, na forma como ela andava de um lado para o outro na plataforma elevada no acampamento de Piers e então levantou a mão junto com a de Kaden quando abordou as tropas. "Eu a conheço. Tenho certeza."

"Ela fez outras promessas?"

"Sim."

Ele se levantou e colocou a mão no meu ombro. "Sinto muito, Jax. Se eu pudesse mudar alguma coisa disso para você, mudaria."

"Eu sei."

Ele me deixou para ir se encontrar com Jeb e Orrin. Troquei de camisa e então saí para encontrar Sven, ainda remoendo as palavras dele. *Ele vai se recuperar.* Dessa vez, no entanto, parecia diferente. Sven já tinha explodido comigo antes, mas nunca na frente de forasteiros. Talvez fosse isso que lhe causasse tanta amargura. Tomei decisões que colocavam o meu trono em risco, a mesma posição para a qual ele passara boa parte da sua vida me preparando, e fiz isso sem o consultar antes.

Lembrei-me de quando estava colocando a sela no meu cavalo e partindo em uma jornada às cegas para encontrar uma princesa em fuga. Ele também não tinha sido a favor daquilo, mas, depois de me assolar com um bando de perguntas, Sven saiu do caminho e me deixou ir. Era isso o que ele sempre fazia: levantava argumentos até que a minha determinação se tornasse de aço. E, quando eu ficava dilacerado, ele me provocava: *tome sua decisão e viva de acordo com ela.* Até mesmo quando eu estava prestes a arrancar a cabeça do general dos seus ombros, Sven fizera com que eu reconsiderasse. *O que deseja mais? A satisfação de arrancar a cabeça dele fora ou a de chegar até Lia o mais rápido possível? Porque nesse assunto, ele está certo: ninguém vai conseguir reunir uma equipe especial para você tão rapidamente quanto ele.* E era verdade. Qualquer atraso, até mesmo de um dia, e eu não teria chegado até Lia a tempo. Aquela fora a decisão certa, e Sven me ajudara a chegar a ela.

No entanto, eu não mudaria de ideia sobre a decisão de manobrar as tropas. O conselho dele não foi necessário. Eu sabia o que precisava fazer, não apenas por Lia, mas também por Dalbreck. Queria explicar isso a ele. A essa altura, provavelmente ele estaria mais calmo. Sven lamentaria ter perdido uma reunião com o rei.

O pai de Lia não era como eu esperava que fosse. Agora eu sabia de quem Lia herdara aquela face calculada. Ele fizera com que eu me contorcesse. Eu não tinha me dado conta de que ele estava brincando comigo até que o homem proferiu a punição de Lia. De alguma forma, ele sabia que existiu alguma coisa entre nós. *Que ainda existia alguma coisa entre nós.* Alguma coisa que eu tentava esquecer. Tudo que pude fazer foi tirar a mão do braço dela quando esbarramos um no outro. Eu era cauteloso nos meus movimentos quando estava por perto dela, consciente de uma forma que se tornara cansativa. Era como se eu estivesse mais uma vez em cima de uma tora em um jogo de luta. Um passo em falso, e eu estaria até a cintura na lama. Era mais fácil quando estávamos ocupados com tarefas que precisavam ser abordadas. Nós simplesmente trabalhávamos juntos, mas naqueles momentos não planejados, como quando trombei com ela, tudo ficava instável, balançando, e eu precisava navegar novamente o espaço entre nós, lembrando-me de não fazer o que já fora tão natural antes.

"Sentinela", falei, quando cheguei à ala oeste, onde os prisioneiros estavam sendo mantidos. "O coronel Haverstrom passou por aqui?"

"Sim, faz um tempinho, Vossa Majestade. Ele ainda está lá embaixo", disse, assentindo em direção às escadas no final do corredor.

Sem sombra de dúvida ele estava enchendo os ouvidos do capitão agora, em vez dos meus. Eu ficaria devendo a Azia.

Entrei na passagem, e a escadaria estava às escuras. A noite se insinuara rapidamente, e os guardas não tinham acendido as lanternas. Apenas as tochas tremeluzentes do nível mais inferior proviam alguma luz. Alguns degraus lá para baixo, senti um silêncio penetrante, silêncio este que parecia profundo demais. Não havia qualquer murmúrio, nenhum bater de bandejas ou pratos de metal, embora estivesse na hora do jantar. Minha mão foi até a minha espada e, quando me virei no patamar da escada, havia um corpo com a face no chão, estirado na parte debaixo da escada. Sven.

Saquei minha espada e saí correndo.

Rolei o corpo dele para cima, e foi então que eu vi outro corpo, e mais um. Um soldado. Uma criada com bandejas de comida espalhadas ao redor dele. Os olhos deles estavam abertos, mas nada viam. As portas das celas estavam escancaradas. Meu sangue corria a mil nas veias, tentando cuidar de Sven e procurar por perigo ao mesmo tempo.

"*Sven!*", sussurrei. O abdômen dele estava ensopado de sangue. "Guardas!", berrei, escadaria acima. "Sentinela!"

Eu me virei de volta para Sven. As respirações dele estavam rasas, seus lábios mal se moviam, como se ele estivesse tentando falar. Ouvi um barulho e dei meia-volta. Outro corpo jazia naquela direção. Azia. Fui descendo de fininho o corredor em direção a ele, com a espada em riste, e curvei-me para sentir o pescoço dele. Morto. Era o sangue dele escorrendo para dentro de um dreno que eu ouvira.

Espiei dentro da primeira cela. O Médico da Corte jazia no centro da sala, com a garganta cortada, aberta. A próxima cela continha mais um soldado morto. As outras celas estavam vazias.

Guardas pisavam pesado, descendo as escadas, com Lia logo atrás deles.

"Eles fugiram!", berrei. "Chamem um médico! Sven ainda está vivo!" Mas por um triz. Pressionei a ferida dele. "Vamos, seu velho azedo! Fique conosco!"

"Fechem os portões da cidade!", gritou Lia. "Alertem a guarda e o acampamento!"

Ela caiu ao meu lado e me ajudou a fazer pressão na ferida, mas parecia que não era possível estancar o sangue, que vazava pelos nossos dedos. Kaden desceu correndo as escadas, absorvendo a cena horrível. Ele passou por nós aos empurrões, com a espada em punho.

"Eles se foram", falei. "Eu deveria ter deixado que você matasse o canalha quando teve a oportunidade."

Tirei o meu casaco e usei-o para ajudar a estancar o sangramento. Tanto as mãos de Lia quanto as minhas estavam ensopadas de sangue.

"Fique com ele até o médico chegar", falei a ela. "Não deixe que ele se vá!"

E subi correndo as escadas para caçar os animais que fizeram isso.

CAPÍTULO 82
CRÔNICAS DE AMOR E ÓDIO

odos os cantos, todos os túneis, todas as passagens, todos os peitoris e todas as câmara na cidadela foram alvos de uma busca. Eu, Rafe e Kaden, acompanhados de centenas de soldados, ficamos acordados a noite toda, fazendo uma varredura na cidade, indo de porta em porta, de esgoto em esgoto, de telhado em telhado. Civica estava fechada, até mesmo enquanto ganhava vida com as tochas. A busca passou dos portões da cidade e entrou nos vilarejos pequenos que a circundavam. Nem uma única pista ou cavalo desaparecido foram encontrados. Eles tinham desaparecido. Rastreadores foram despachados.

Havia nas celas vazias dos prisioneiros terra remexida e caixas de madeira vazias, armas que tinham sido enterradas há muito tempo, um plano secundário de fuga para o caso de serem descobertos. Agora eu entendia por que eles me arrastaram a céu aberto por todo o caminho até o arsenal em vez de me aprisionar aqui. Temiam que eu fosse sentir seu estoque secreto. Até mesmo com as armas armazenadas para futuro uso, eles tinham esperado pelo momento certo. O Médico da Corte pagara com a vida por se voltar contra o Vice-Regente.

Eu, Kaden e Pauline esperávamos do lado de fora das câmaras de Sven. Rafe estava lá dentro junto com o médico. O dia passara correndo por nós, e a noite estava se aproximando novamente. Nenhum de nós conseguira dormir mais do que umas poucas horas nessa tarde.

"Eu deveria tê-lo matado", disse Kaden, balançando a cabeça. "Deveria ter feito isso quando tive oportunidade."

Porém, a culpa era minha. Eu adiara a execução, pensando que um deles poderia ser quebrado, um deles poderia se virar contra os outros, como o médico, e nos prover de informações que talvez fossem úteis. E, se o Vice-Regente temesse uma morte dolorosa, ele mesmo poderia ser quebrado e me dizer alguma coisa que ajudaria os meus irmãos. Joguei o jogo do Komizar, tentando encontrar o melhor uso para os prisioneiros. No entanto, eu perdi.

Agora, quatro homens estavam mortos, Sven estava lutando pela sua vida e os traidores estavam livres, provavelmente a caminho de juntarem-se ao Komizar e de contarem a ele que eu estava na regência de Morrighan agora.

Berdi e Gwyneth se encarregaram da tarefa de preparar um apropriado funeral dalbretchiano para os soldados mortos, inclusive para o capitão Azia. Tínhamos pouca experiência com piras funéreas, mas queria me certificar de que eles recebessem os tributos devidos.

"Se eles estão correndo para se encontrar com o Komizar, ele fará com que eles lutem", disse Kaden. "Ninguém que esteja cavalgando com ele tem um passe livre."

"O Capitão da Vigília não levanta uma arma há anos", falei. "O Vice-Regente e o Chanceler, porém..." Um suspiro passou sibilando pelos meus dentes. Treino com espada era uma parte diária das rotinas deles. Os dois diziam que era uma maneira simples de manter a forma. Ambos tinham habilidade com espadas. No entanto, o que eram mais dois soldados em meio a milhares deles?

Pauline ergueu o lábio em repulsa. "Aposto que os covardes vão se enfiar em um buraco e esperar que o perigo da batalha passe."

Esfreguei as minhas têmporas. Minha cabeça doía. O sangue, os corpos, o rosto de Rafe, tudo isso se repetia na minha mente várias vezes. A ânsia na garganta de Rafe enquanto ele lutava para salvar Sven. *Vamos, seu velho azedo!*

A porta da câmara de Sven se abriu, e Tavish saiu dali.

Todos nós olhamos com ansiedade. "Como ele está?", perguntei.

497

Tavish deu de ombros, e sua face estava exaurida, exausta.
"Está se aguentando."
"E Rafe?"
"Também está se aguentando. Você pode entrar."

Rafe estava sentado em uma cadeira perto da cama de Sven, com os olhos fixos nele, e seu olhar vazio dilacerava o meu coração. Eu sabia que a última conversa deles tinha sido raivosa, com Sven saindo tempestivamente da sala. E se as coisas entre os dois fossem acabar assim? E se, depois de tudo que eles partilharam, aquele fosse o momento final deles juntos? Encarei Rafe, uma casca do que havia sido apenas horas antes. Ele já tinha perdido o pai e a mãe há apenas alguns meses. Quanto mais uma pessoa podia perder?

Eu queria que ele chorasse, ou que ficasse com raiva, ou que reagisse de alguma maneira. Ele mal balançou a cabeça quando lhe perguntei se eu podia pegar alguma coisa para ele.

Gwyneth e Berdi se juntaram a nós mais tarde. Naqueles momentos cheios de cansaço, achei que não poderia amar mais qualquer uma das duas. Gwyneth despejou a água, empurrando-a para a mão de Rafe, e brincou com Sven, falando com o homem como se ele a estivesse ouvindo. Talvez estivesse. Jeb e Orrin entraram depois, pisando forte, com as pálpebras pesadas pela exaustão, mas nenhum de nós queria estar nos próprios aposentos nesta noite. Tratava-se de uma vigília, como se todos os nossos corações pesados fossem âncoras que pudessem prender Sven a este quarto. Kaden estava sentado no canto, em silêncio, carregando uma culpa que não merecia. Gwyneth e Berdi trouxeram comida, afofaram travesseiros, limparam a testa de Sven. Gwyneth repreendeu Sven, dizendo que era melhor que ele recobrasse a energia logo, porque ela não conseguia mais aguentar essas faces pétreas, e então olhou para todos nós, tentando nos incitar a sair do nosso estado de melancolia. Ela deu um beijo na bochecha dele. "Esse é por conta da casa", disse ela. "Pelo próximo, você vai ter de pagar."

Quando encorajei Rafe a comer alguma coisa, ele assentiu, mas, ainda assim, nada comeu. *Por favor,* rezei para os deuses, *por favor, permitam que eles troquem umas últimas e poucas palavras que seja. Não deixem Rafe com apenas isso.*

Gwyneth veio andando e sentou-se na lateral da cadeira de Rafe, jogando o braço em volta do ombro dele. "Você não pode ouvi-lo, mas ele pode ouvir você. É assim que as coisas funcionam. Você deveria falar com ele. Dizer o que precisa dizer. É por isso que ele está esperando." Os olhos dela estavam cheios de lágrimas. "Está entendendo? Vamos sair agora, para que vocês dois possam conversar sozinhos."

Rafe assentiu.

Todos nós saímos do aposento. Fui ver como ele estava uma hora depois. Rafe estava sentado no chão, adormecido, com a cabeça inclinada junto à lateral da cama de Sven, que ainda estava inconsciente, mas notei a mão dele no ombro de Rafe, como se ela tivesse escorregado das cobertas da cama. Ou talvez Rafe a tivesse colocado ali.

CAPÍTULO 83
CRÔNICAS DE AMOR E ÓDIO

u observava a cena da galeria superior, escondida de vista porque não conseguia suportar a ideia de que a minha mãe fosse me ver. Que fosse saber que eu também sabia. Ela e minhas tias tocavam suas cítaras, com a música melancólica cutucando as minhas costelas, a canção sem palavras da minha mãe, uma canção funérea flutuando, deslizando no ar, insinuando-se para dentro de todas as veias frias da cidadela. Era uma canção tão antiga quanto a Canção de Venda, tão antiga quanto as brumas da noite e os vales afastados ensopados de sangue, um refrão tão velho quanto a própria terra.

Eu não esquecera a visão que tive, o espiralar de sangue, o grito de batalha, o zunido de uma flecha. Mais morte estava à espreita. Eu via a falta de vida nos olhos da minha mãe. Ela teve a mesma visão que eu. *Os esquadrões dos meus irmãos.* Eu me apoiei na pilastra. A cidadela já estava repleta de pesar, as piras funerárias tendo ficado para trás apenas ontem.

Em dois dias, partiríamos para o Vale do Sentinela. *Nutra a fúria.* Eu tentava me virar com um fervor cegante, mas a tristeza entrava se insinuando.

O Dragão conspirará,
Exercendo o poder como um deus, impossível de ser parado.
Impossível de ser parado.

Quanto mais perderíamos?

A verdade tornava-se clara, a gula, a pegada, o alcance. O Komizar estava vencendo.

Passadas pesadas soavam no corredor, e eu me virei e vi Rafe enfim voltando do Acampamento de Piers. Ontem, ele fora direto para lá depois que as piras funerárias tinham sido extintas, com os olhos mais uma vez ferozes, cuidando das preparações com vingança. Hoje, ele também estivera lá o dia todo. Eu mesma acabara de voltar. Estava tarde. O jantar estava esperando por mim no meu quarto. Porém, quando ouvi as cítaras...

Olhei para trás, para a minha mãe. Esse era mais um motivo pelo qual ela não nutrira o meu dom. A verdade tinha pontas afiadas que poderiam nos eviscerar por inteiro.

As passadas pararam um pouco na galeria. Eu estava enfiada na sombra das pilastras, mas Rafe me vira mesmo assim. Ele veio andando até mim, com os passos largos e lentos, cansado, e parou ao meu lado, olhando para o corredor abaixo de nós. "Qual é o problema?"

Olhei para Rafe com incerteza, não sabendo ao certo o que ele queria dizer com isso.

"Eu não vi você ociosa desde que chegamos aqui", explicou. Sua voz tinha um cansaço que eu nunca ouvira antes.

Eu não queria explicar meus medos em relação aos meus irmãos. Não agora, quando Sven mal se prendia à vida. O médico não tinha dado muitas esperanças para a recuperação dele. Quaisquer que tenham sido as últimas palavras que Rafe sussurrara a Sven, ele precisava confiar no que Gwyneth dissera, que Sven as tinha ouvido.

"Só estou dando um tempinho", falei, tentando manter a voz estável.

Ele assentiu, e depois me atualizou em relação às tropas, às armas, aos carrinhos, a todas as coisas que eu já verificara, mas essa era a linguagem entre nós dois agora. Nós havíamos mudado. O mundo estava nos forçando a ser algo que nunca tínhamos sido antes, moldando-nos dia após dia em duas pessoas que não tinham qualquer espaço uma para a outra.

Observei-o, a lisura do seu rosto, a barba por fazer nas bochechas. Fiquei olhando para os seus lábios se mexerem e fingi que ele não estava falando sobre suprimentos. Ele estava falando sobre Terravin. Estava rindo de melões e prometendo que plantaria um para mim.

Estava lambendo o seu polegar e passando-o na terra que eu tinha no queixo. Estava me dizendo que algumas coisas duram, as coisas que importam. E, quando falou *nós encontraremos um jeito,* ele não estava falando sobre batalhas, e sim sobre nós.

Rafe terminou de fazer as suas atualizações e esfregou os olhos, e estávamos de volta ao nosso mundo como ele realmente era. Vi o pesar entorpecente que o assolava e senti o vazio que ele deixava para trás. *Reagrupar. Seguir em frente.* E fizemos isso, porque não havia mais nada a ser feito. Ele falou que estava indo dormir. "Você deveria fazer o mesmo."

Assenti, e descemos o corredor até os nossos quartos, com as paredes da cidadela fechando-se sobre nós, meu peito ficando apertado com o puxar das cordas das cítaras e por causa do que eu sabia que o amanhã poderia trazer.

Quando chegamos à minha porta, o vazio me contorceu com mais força. Eu queria enterrar o rosto na minha cama e bloquear o mundo. Eu me virei para ele para lhe desejar boa-noite; no entanto, em vez disso, meus olhos ficaram travados nos dele, e palavras que eu nem mesmo me permitia pensar de repente estavam lá, desesperadoras e cruas.

"Tanto me foi tirado. Você já desejou que pudéssemos roubar um pouco disso de volta? Apenas por uma noite? Apenas por umas poucas horas?"

Ele fixou os olhos em mim, com uma ruga se aprofundando entre as sobrancelhas.

"Eu sei que você não pretende se casar", falei sem pensar. "Tavish me contou." Meus olhos ardiam. Era tarde demais para conter o resto. "Não quero ficar sozinha esta noite, Rafe."

Os lábios dele se abriram, seus olhos estavam vítreos. Uma tormenta enfurecia-se por trás deles.

Eu sabia que eu tinha cometido um erro terrível. "Eu não deveria ter..."

Ele deu um passo mais para perto de mim, suas mãos batendo com tudo na porta que estava atrás de mim, prendendo-me entre os seus braços; sua face, seus lábios, a poucos centímetros de mim, e tudo que eu conseguia ver, tudo que eu era capaz de sentir era Rafe, os olhos partidos e a tensão atrás deles.

Ele se inclinou mais para perto de mim, as respirações duras e quentes junto à minha bochecha. "Não se passa um dia sem que eu deseje roubar de volta algumas horas", sussurrou ele. "Sem que eu deseje roubar de volta o gosto da sua boca na minha, a sensação dos seus cabelos torcidos entre os meus dedos, a sensação do seu corpo pressionando o meu. Não se passa um dia sem que eu deseje ver você rindo como na época em que estávamos em Terravin."

Ele deslizou a mão atrás de mim e puxou meus quadris para junto dos dele, com a voz rouca, os lábios roçando o lóbulo da minha orelha. "Nunca se passa um dia sem que eu deseje roubar de volta uma hora na torre de vigília de novo, quando eu estava beijando e abraçando você e...", a respiração ele estremecia junto à minha orelha, "e eu queria que o amanhã nunca chegasse. Quando eu ainda acreditava que reinos não poderiam ficar entre nós." Ele engoliu em seco. "Quando eu desejava que você nunca tivesse ouvido falar de Venda."

Ele se reclinou, e o infortúnio nos seus olhos me cortava. "Mas estes são apenas desejos, Lia, porque você fez promessas, e eu também. O amanhã virá, e ele será importante, para o seu reino e para o meu. Então, por favor, não me pergunte de novo se eu desejo alguma coisa, porque não quero ser lembrado de que todo dia eu desejo alguma coisa que não posso ter."

Ficamos encarando um ao outro.

O ar estava quente entre nós.

Eu não respirava.

Ele não se mexia.

Nós fizemos promessas um ao outro também, eu queria dizer. No entanto, em vez disso, apenas sussurrei: "Eu sinto muito, Rafe. Nós deveríamos dizer boa-noite e esquecer..."

E então os lábios dele estavam nos meus, a boca, faminta, minhas costas pressionadas junto à porta, a mão dele esticando-se atrás de mim para abrir essa porta, e nós entramos aos tropeços de volta ao quarto, com o mundo desaparecendo atrás de nós. Ele me ergueu nos seus braços, com o olhar preenchendo todos os espaços vazios dentro de mim, e então deslizei pelas mãos dele, minha boca se encontrando com a dele mais uma vez. Nossos beijos eram desesperados, intensos, eram tudo que importava e tudo que existia.

Meus pés tocaram o chão e o mesmo aconteceu com nossos cintos, nossas armas e nossos coletes, caindo em uma trilha. Nós paramos, ficamos cara a cara um com o outro, com o medo entre nós, medo de que nada disso fosse real, medo de que até mesmo essas preciosas poucas horas pudessem ser arrancadas de nós. O mundo tremeluzia, puxando-nos para dentro da escuridão protetora, e eu estava nos braços dele de novo, as palmas das nossas mãos, úmidas, buscando, sem mentiras, sem reinos, nada entre nós além de nossas peles; a voz dele, cálida, fluida, como um sol dourado desdobrando todas as coisas apertadas dentro de mim — *eu te amo, amarei você para sempre, não importa o que aconteça.* Rafe precisando de mim tanto quanto eu precisava dele. Seus lábios sedosos deslizando pelo meu pescoço, pelo meu peito, minha pele tremendo e ardendo ao mesmo tempo. Não havia qualquer pergunta, nada de pausas, nenhum espaço para que mais fosse roubado. Havia apenas nós, e tudo que já tínhamos sido um para o outro nos dias e nas semanas em que só nós importávamos; nossos dedos se entrelaçando, se segurando, ferozes; o olhar contemplativo dele penetrando no meu; e então o medo e o desespero desaparecendo, nossos movimentos ficando mais lentos e nós memorizamos, nos demoramos, nos tocamos, engolindo lágrimas que ainda cresciam dentro de nós, a realidade assentando-se: tínhamos somente poucas horas. Ele estava em cima de mim, a chama do fogo iluminando os seus olhos, o mundo se estirando, fino, desaparecendo; sua língua, doce, lenta e gentil na minha, e então mais urgente, pressionando, apressada, o momento se tornando a promessa de uma vida toda, uma necessidade febril e um ritmo pulsando entre nós; nossa pele, molhada e abrasadora; e então o tremor da respiração dele no meu ouvido e, por fim, o meu nome nos lábios dele: *Lia.*

Ficamos deitados na escuridão, eu com a cabeça no peito dele. Eu sentia as batidas do seu coração, as suas respirações, as suas preocupações, a sua calidez. Ele traçava, distraída e preguiçosamente, linhas pelo meu braço. Nós conversamos como costumávamos fazer, não sobre listas e suprimentos, mas sobre o que pesava nos nossos corações. Ele me falou sobre o noivado e sobre o motivo pelo qual ele não poderia ir até o fim com aquilo. Não era apenas o fato de que ele não a amava. Ele já sabia pelo que eu tinha passado. E prometeu a si mesmo que não faria isso com alguém de novo. Lembrava-se do que eu lhe falara sobre escolhas, e sabia que a menina também merecia isso.

"Talvez ela queira se casar com você, não?"

"Ela tem apenas catorze anos e nem mesmo me conhece", disse Rafe. "Eu a vi tremendo e com medo, mas estava desesperado para chegar até aqui, até você, então assinei os papéis."

"Sven disse que romper o noivado poderia custar o seu trono."

"Esse é um risco que vou ter que correr."

"Mas, se você explicar as circunstâncias, o que o general fez..."

"Eu não sou mais uma criança, Lia. Sabia o que eu estava assinando. Pessoas assinam contratos todos os dias para conseguir o que desejam. Se eu não cumprir com a minha parte, parecerei um mentiroso para um reino que já está cheio de problemas."

Ele estava se deparando com uma escolha impossível. Se realmente se casasse com ela, poderia arruinar o futuro de uma moça que merecia ter um futuro. Se não se casasse com ela, poderia perder a confiança de um reino que amava e deixá-lo ainda mais tumultuado.

Fiz perguntas a ele sobre Dalbreck e sobre como tinham sido as coisas quando ele voltou para lá. Rafe me contou sobre o funeral do pai, os obstáculos e os problemas, e ouvi a preocupação no tom de voz dele, mas, enquanto descrevia isso, também ouvi sua força, seu amor profundo pelo reino, seu anseio por retornar a ele. *A liderança está no sangue dele.* Isso tornava os riscos que Rafe correra por mim e por Morrighan ainda maiores. A dor no meu coração aumentou repentinamente. Um fazendeiro, um príncipe, um rei. Eu o amava. Eu amava tudo que ele sempre fora e tudo que ele seria, até mesmo se fosse sem mim.

Eu me rolei, ficando em cima dele dessa vez, e juntei meus lábios aos dele.

Nós dormimos e acordamos durante a noite toda, com mais um beijo e mais um sussurro; porém, por fim, a aurora e o mundo se insinuavam de volta. Uma luz cor de framboesa reluzia ao redor das cortinas, sinalizando que o nosso tempo acabara. Eu estava deitada, enrolada na curva dos braços dele, e seus dedos dedilhavam as minhas costas, tocando de leve no meu *kavah*. *Nosso kavah*, eu queria dizer, mas eu sabia que a última coisa que ele queria era ser arrastado para dentro da profecia de Venda, embora já fosse tarde demais para isso.

Nós nos vestimos em silêncio.

Éramos líderes de reinos novamente, e o som de botas, fivelas e dever pairava no ar ao nosso redor. Nossas poucas horas se foram, e não tínhamos mais tempo a perder. Ele começaria seu dia vendo como Sven estava, e eu sairia para informar o Guardião do Tempo dos meus deveres, de modo que ele pudesse me encontrar conforme a necessidade surgisse, porque eu o proibira de ficar na minha cola.

Quando meu último cadarço estava amarrado, quebrei nosso silêncio. "Tem uma coisa que ainda tenho que dizer a você, Rafe, uma coisa que já falei para o meu pai. Quando chegarmos ao vale e encontrarmos o exército do Komizar, vou oferecer a eles um acordo de paz."

As narinas de Rafe estavam dilatadas, e seu maxilar ficou rígido. Ele se curvou para pegar sua bainha de ombro do chão como se não tivesse me ouvido. Então deslizou-a sobre a cabeça, ajustando a fivela, seu movimento pontuado com a raiva.

"Pretendo oferecer aos vendanos o direito de se assentarem no Cam Lanteux, uma oportunidade de um melhor..."

Ele bateu com tudo com a espada na bainha. "Nós não vamos oferecer nada ao Komizar!", disse ele, furioso. "Você está me ouvindo, Lia? Se ele estivesse pegando fogo, eu nem mesmo mijaria nele para diminuir as chamas! Ele não vai ter nada!"

Estiquei a mão para tocar no braço dele, mas ele o puxou. Eu sabia que Rafe ainda estava abalado com a perda do capitão Azia e dos seus homens. "Não é uma oferta para o Komizar", falei. "Eu sei que ele não vai aceitar nada menos do que o nosso massacre. A oferta é para o povo de Venda. Lembre-se de que eles não são o Komizar."

O peito dele subia e descia. "Lia, você está lutando contra um exército, o conselho, os milhares que estão atrás dele e que querem a mesma coisa que ele. Eles não vão dar ouvidos a nenhum acordo de paz vindo de você."

Eu pensei naqueles que apoiavam o Komizar. Os *chievdars.* Os governadores que babavam em cima de recompensas e que queriam bem mais. Nos lordes de quadrantes, que respiravam o poder como se fosse ar. Os soldados que massacraram o meu irmão e sua companhia e que depois zombaram de mim enquanto eu os enterrava, e nas centenas mais como eles, aqueles que se deleitavam com a destruição. Rafe estava certo. Assim como o Komizar, eles não me dariam ouvidos.

506

No entanto, eu precisava acreditar que existiam outros que me ouviriam, os clãs pressionados à servidão, e outros que se acovardaram e seguiram o Komizar porque não tinham outra opção. Os milhares que estavam desesperados por algum tipo de esperança. Era com esses que eu tinha que tentar minha sorte.

"Antes de a batalha começar, vou fazer a oferta, Rafe."

"Seu pai concordou com isso?"

"Isso não importa. Eu sou a regente."

"Os Reinos Menores nunca vão concordar com uma coisa dessas."

"Eles vão concordar se Dalbreck fizer isso primeiro. Se perdermos, isso vai acontecer de qualquer forma. E, se ganharmos, ainda precisa acontecer. Essa é a única maneira de seguirmos em frente. Todo mundo precisa de esperança, Rafe. Tenho que dar isso a eles. É a coisa certa a ser feita."

Ele argumentou que não teria tempo para oferecer um acordo e que o campo de batalha não era o lugar para se negociar isso. Havia dezenas de milhares naquele exército que se estenderia por quilômetros e quilômetros, eu não conseguiria falar com eles todos, e o Komizar não me daria ouvidos. Os momentos anteriores à batalha eram carregados de incertezas.

"Sei disso. Mas vou achar um jeito. Estou apenas pedindo a sua ajuda. Sem que Dalbreck concorde, só estarei oferecendo falsas esperanças a eles."

Rafe soltou um suspiro e passou os dedos pelos cabelos. "Eu não sei se posso fazer essa promessa, Lia. Você está me pedindo para quebrar um tratado com séculos de existência." Ele deu um passo mais para perto de mim, e percebi que sua raiva estava diminuindo. Ele tirou uma mecha de cabelos que caía no meu rosto. "Sei o que mais você pretende fazer. Estou lhe pedindo pela última vez. Não faça isso. Por favor. Pelo seu bem."

"Nós já discutimos esse assunto, Rafe. Tem que ser alguém."

Seguiu-se uma centelha de novo nos olhos dele, resistindo. Não era isso o que ele queria ouvir, mas então nossa atenção foi atraída para alguém batendo com urgência à porta.

Era a minha tia Bernette, sem fôlego e segurando a lateral do corpo. "Tropas de Dalbreck!", disse ela, ofegante. "Elas foram avistadas! A uma hora de Civica."

Meu coração ficou preso na garganta. "E os esquadrões?", perguntei. Os olhos dela brilhavam com preocupação. "Nós não sabemos."

Eu, Rafe, Tavish e uma dúzia de soldados fomos cavalgando até onde as tropas estavam marchando em direção a Civica. Nós vimos uma brigada de talvez uns quinhentos homens. Não os 6 mil que Rafe havia solicitado.

"Pode ser que o restante esteja bem para trás", comentou Tavish. Rafe nada disse.

Quando nos avistaram cavalgando na direção deles, a caravana parou. Rafe saudou o coronel e perguntou onde estava o restante das tropas. O coronel explicou que o general Draeger já os tinha chamado de volta a Dalbreck antes de o coronel receber a mensagem de Rafe. Vi o calor brilhando nos olhos de Rafe, mas ele seguiu em frente e abordou o assunto que no momento era mais urgente: os príncipes e os seus esquadrões.

"Eles estão aqui, Vossa Majestade, cavalgando no meio", disse ele, assentindo por cima do ombro. "Receio que tenha havido perdas. Nós não..."

Afundei os calcanhares no cavalo, e tanto ele quanto eu fomos voando em direção ao meio da caravana. Quando o azul de Dalbreck cedeu espaço para o vermelho morriguês, pulei do meu cavalo, procurando por Bryn e por Regan e chamando-os pelos seus nomes.

Avistei cinco cavalos com trouxas grandes presas em cobertores jogados em cima das selas. Corpos. Minha garganta se fechou.

A mão de alguém tocou o meu ombro.

Eu girei e fiquei cara a cara com um homem que não reconhecia, mas que parecia me conhecer. "Eles estão vivos, Vossa Alteza. Por aqui."

O homem me levou de volta para o meio da caravana. Identificou-se como sendo um cirurgião e então descreveu os ferimentos dos meus irmãos. A violência do ataque inesperado fora direcionada a eles. "Os homens deles lutaram com valentia, mas, como pode ver, alguns perderam a vida."

"E os homens que os atacaram?"

"Estão mortos, mas teria acontecido o contrário com todo o esquadrão morriguês se o rei não tivesse enviado a mensagem."

Chegamos ao vagão, e o cirurgião ficou para trás, deixando que eu me encontrasse com os meus irmãos sozinha. Minhas têmporas pulsavam fortemente. Os dois estavam deitados em sacos de dormir, a palidez cor de cinza iluminada com um brilho ensebado. No entanto, quando Regan me viu, os olhos dele brilharam.

"Irmã", disse ele, e tentou se sentar direito, mas depois fez uma careta e caiu de volta. Fui entrando no vagão e fiquei ao lado deles, e segurei as suas mãos junto às minhas bochechas. Minhas lágrimas escorriam pelos dedos deles. *Eles estão vivos. Bryn, Regan.* Falei os nomes dos dois em voz alta, como se para convencer a mim mesma de que eles mesmo estavam ali. Os olhos de Regan estavam molhados com lágrimas também, mas os olhos de Bryn permaneciam fechados, com um elixir para dormir mantendo-o em um mundo onírico.

"Sabíamos que aquilo tudo era mentira", disse Regan. "Apenas não sabíamos quão profunda a mentira era."

"Nenhum de nós sabia", falei.

"Antes de irmos embora, nosso pai sussurrou para mim: *encontrem-na.* Ele queria que você voltasse também. Ele ainda está vivo?"

"Sim", respondi. Eu já tinha contado a eles sobre o Vice-Regente na mensagem que enviei, mas agora revelei o que acontecera nessas últimas semanas e o nosso plano de encontrar o Komizar no Vale do Sentinela. E então, embora me doesse reviver isso, contei a eles a verdade sobre a morte de Walther.

"Ele sofreu?", meu irmão me perguntou, com os olhos fundos e a expressão amargurada.

Eu não sabia ao certo como responder, e a lembrança de Walther entrando furiosamente na batalha veio à tona de novo. "Ele estava ensandecido com o pesar, Regan. Sofria desde o momento em que Greta morreu nos seus braços. No entanto, no campo, ele morreu rápido... Walther era um príncipe guerreiro, valente e forte, mas o lado do inimigo tinha muito mais homens."

"Assim como está acontecendo conosco agora."

"Sim", admiti. "O mesmo está acontecendo conosco agora." Eu não podia embelezar a verdade para ele, nem mesmo com o seu estado enfraquecido.

"Aguente uns poucos dias", disse ele. "E então poderei cavalgar com você."

Ouvi a fome na voz dele, seu desejo de vingar seu irmão com a irmã ao seu lado. Isso ardia nele. Eu entendia essa necessidade, mas soltei um suspiro. "Você tem um talho na lateral do corpo, Regan, e foram necessários 27 pontos para fechá-lo. Se fosse comigo, você me levaria junto?"

Ele rolou a cabeça para trás. Ele sabia que não seria capaz de cavalgar nem em poucos dias e nem em umas poucas semanas. "Malditos cirurgiões. Eles adoram contar."

"Você tem que ficar aqui. Bryn vai precisar de você quando acordar."

Olhei para Bryn, em paz no seu drogado mundo onírico. Meu doce irmão mais novo parecia mais um anjo do que um soldado. "Ele sabe o que aconteceu?", perguntei.

Regan balançou a cabeça. "Acho que não. Ele estava gritando e delirando. Não acordou desde então."

Baixei o olhar para a perna de Bryn, cuja metade se fora.

"Se eu não estiver aqui quando ele acordar, diga-lhe para ter a certeza de que farei com que paguem por isso. Farei com que paguem por todas as vidas e por toda a carne que eles tomaram. Eles vão pagar em dobro."

CAPÍTULO 84
CRÔNICAS DE AMOR E ÓDIO

avish, Jeb e Orrin estavam direcionando as tropas aos seus lugares na caravana. Nós estávamos partindo em três ondas. Gwyneth, Pauline e Berdi andavam com listas, checando vagões de suprimentos, certificando-se de que eles estavam uniformemente dispersados dentre os contingentes.

Eu estava prestes a ir falar com outro regimento que havia chegado na noite anterior quando fui chamada por Pauline, ostensivamente, para dar uma olhada em um vagão. Eu sabia que ela tinha alguma outra coisa em mente.

"O casaco que você pediu está pronto", disse ela. "Coloquei-o no seu quarto." Ela manteve o tom de voz baixo, olhando de relance por cima do ombro. Eu pedi a ela para ser discreta. "A costureira não ficou feliz. Ela não entendia por que você queria retalhos quando havia bom tecido perfeitamente disponível."

"Ela fez conforme pedi?"

Pauline assentiu. "Sim, e incorporou os retalhos vermelhos que você me deu."

"E o ombro?"

"Também." A expressão dela ficou cheia de preocupação. "Mas você sabe o que o pessoal vai pensar."

"Eu não posso me preocupar com o que os outros vão pensar. Preciso ser reconhecida. E quanto ao cordão?"

Ela enfiou a mão no bolso e me entregou uma longa tira de couro cheia de buraquinhos. Eu já tinha os ossos para ela. Eu os vinha guardando.

"Também preciso conversar com você sobre Natiya", disse ela. "Ela acha que vem conosco."

Esfreguei a minha testa, não querendo ter outra disputa de vontades com a garota, temendo que ela fosse vir atrás de nós de qualquer jeito. "Ela pode vir", falei. "Ela fala vendano. Terei uma função para ela." Eu vi a preocupação nos olhos de Pauline. "Farei o melhor possível para mantê-la a salvo", disse, embora o meu melhor não tivesse sido o bastante ainda. Eu estava contando a Pauline sobre os meus planos para Natiya quando uma voz alta retumbou atrás de nós.

"Olha, se não é a criada desbocada da taverna e sua bela amiga! Parece que cheguei no momento certo. Eles colocaram as duas servindo os soldados agora?"

Girei e me deparei com um soldado... um soldado que me era familiar. Precisei de alguns segundos para reconhecê-lo, mas então me lembrei dele. O jeito pavoneado como o homem andava e seu sorriso arrogante não tinham mudado. Ele era o soldado da taverna que eu ensopara com cerveja e que depois ameaçara com uma faca no festival. Estava óbvio que ele não tinha se esquecido de mim.

"Você disse que seria você que me surpreenderia da próxima vez em que nos encontrássemos", disse ele, chegando mais perto de mim. "Acho que as coisas não se saíram bem assim."

Dei um passo à frente para ir ao encontro dele. "Você chegou na noite passada, soldado?"

"Isso mesmo", disse ele.

"E não está familiarizado com o meu papel aqui?"

"É fácil o bastante ver para o que você é boa. E prometeu que, quando nos encontrássemos de novo, acertaríamos as coisas entre nós de uma vez por todas."

Sorri. "Sim, eu disse isso, não foi? E devo admitir que realmente não estava esperando por você. Bom para você, soldado, mas pode ser que eu tenha uma surpresa."

Ele esticou a mão e segurou no meu pulso. "Você não vai puxar nenhuma faca para cima de mim dessa vez."

Olhei para os dedos dele que estavam segurando o meu pulso e então voltei a olhar para o rosto lascivo dele. "Ah, eu nunca faria uma coisa dessas", falei, com o tom doce. "Por que sacar uma faca quando tenho um exército inteiro à minha disposição?"

E, antes que ele pudesse pestanejar, Natiya, Pauline, Gwyneth e Berdi estavam pressionando espadas nas costas dele.

Kaden e Rafe estavam parados a uns poucos metros dali, notando a repentina atividade. Eles cruzaram os braços nos peitos.

"Acha que deveríamos ajudá-las?", perguntou-lhe Kaden.

Rafe balançou a cabeça em negativa. "Não... Acho que elas dão conta disso."

O soldado ficou paralisado, reconhecendo a sensação do aço na sua coluna.

Sorri para ele mais uma vez. "Bem, acho que consegui surpreender você, no fim das contas."

Ele soltou o meu pulso, não sabendo ao certo o que acabara de acontecer.

Meu sorriso desapareceu. "Agora, vá se juntar aos seus escalões, soldado, e espere que fale com a sua companhia. Este será o meu último aviso para que você se comporte como um membro honrado do exército do rei. Da próxima vez, vou cortá-lo da sua posição como se fosse uma coisa podre em uma maçã."

"É você quem vai falar com o..."

"Sim."

Ele pareceu notar a bainha de ombro de Walther cruzando o meu peito pela primeira vez, junto com a insígnia real.

"Você é a..."

"Sim."

Ele ficou pálido, soltando pedidos de desculpas, e começou a prostrar-se com um só joelho no chão. "Vossa Alteza..."

Eu o interrompi, empurrando-o para que ficasse em pé de novo, com a ponta da minha espada. "Não deveria fazer diferença se eu sou uma criada de taverna ou uma princesa. Quando eu o vir tratando os outros com respeito, independentemente da posição que ocupam, ou da sua anatomia, então seu pedido de desculpas significará alguma coisa."

Eu me virei para ir embora enquanto ele ainda falava, cansada porque essa era uma batalha que eu teria que lutar repetidas vezes.

A jornada até o Vale do Sentinela levou duas semanas. Duas longas semanas, com chuva, granizo e vento abafando os ânimos e retardando cada quilômetro. Nós começamos a jornada com 15 mil soldados e fomos pegando tropas adicionais ao longo do caminho. Quando acampamos logo do lado de fora da boca do vale, nossos números chegavam a 28 mil. Eram quase todos os soldados que tínhamos em Morrighan. Eu nunca tinha visto tantos em um só lugar. Eu não conseguia ver o fim do nosso acampamento. Nossos suprimentos eram abundantes. Alimentos. Armas. Madeira para construir barricadas e defesas. Tendas para nos proteger contra as intempéries enquanto nossos planos finais eram colocados em prática. Uma vasta cidade impressionante. No entanto, ainda era bem pequena em comparação ao que o Komizar vinha trazendo até nós.

Todas essas tropas estavam aqui seguindo as minhas ordens, com base em alguma coisa que eu sentia no meu âmago. Os generais tinham grunhido o caminho todo. Rafe enviara Jeb e Orrin com um contingente de soldados para interceptar tropas dalbretchianas que pudessem estar vindo e direcioná-las até o Vale do Sentinela. *Pudessem estar vindo.* As palavras eram bem pesadas para mim. Com Draeger chamando de volta milhares de soldados a Dalbreck, parecia improvável que nós fôssemos ter alguma ajuda.

Tavish explicou que o general chamara as tropas de volta muito tempo antes de receber a mensagem de Rafe. "Pode ser que eles ainda venham."

Pode ser. Minha ansiedade só aumentava. Cada dia se passava como uma baixa batida de tambor vibrando por mim, marcando o tempo. Rafe prometeu que as forças de Marabella apareceriam, mas também não tínhamos qualquer sinal delas. Era possível que Rafe já tivesse perdido o poder sobre o seu reino.

Pelo menos o tempo enfim ficou agradável. Eu, Rafe e Kaden partimos sozinhos para fazermos o reconhecimento do vale. Eu não queria ouvir os generais grunhindo, o socar de estacas de tendas, nem os chamados de soldados. Uma voz quieta me atraíra para cá. Eu precisava de quietude enquanto explorava o lugar e ouvia para ver se havia mais segredos que ele pudesse contar para mim.

A abertura que dava para o vale era estreita, exatamente como Reunaud a descrevera.

꒰ 514 ꒱

Entramos ali cavalgando e descemos das nossas montarias. Senti na mesma hora. Até mesmo Rafe e Kaden sentiram. Eu via isso nos seus rostos, assim como na reverência dos seus passos. O ar continha a presença de alguma coisa imortal, algo que podia ser esmagador ou libertador. Alguma coisa que não se importava conosco, mas apenas com o que estava a caminho. Nós olhamos para os altos e verdes penhascos e para as ruínas que se agigantavam acima de nós. O peso dos séculos nos pressionava.

Andamos juntos por um tempo. Rafe erguendo o olhar para os penhascos, primeiro de um lado, depois do outro, e Kaden se virando, imaginando, estudando.

A grama do vale roçava acima das nossas botas.

Olhei ao meu redor, maravilhada. Então este era o vale pelo qual Morrighan havia conduzido os Remanescentes antes que chegassem ao seu novo começo.

"Eu vou subir para ver o que há lá", disse Rafe, apontando para as ruínas que olhavam para nós de cima.

"Vou dar uma olhada no outro lado", disse Kaden, e os dois partiram nos seus cavalos, procurando por trilhas que dessem para os topos. Fui andando à frente, aprofundando-me mais no vale. Ouvindo a quietude, a brisa, e então um sussurro estremeceu pela grama, correndo na minha direção, roçando a minha face e as minhas mãos com os dedos frios.

Ele circulava pelo meu pescoço, erguia os meus cabelos.

Esse mundo, ele nos inspira... ele nos partilha.

O vento, o tempo, ele circula, se repete...

Eu sentia a respiração contida, e depois, o lento exalar do ar. Continuei andando. O vale foi ficando mais largo, pouco a pouco, como se fossem braços nos dando as boas-vindas e abrindo-se para o que quer que estivesse na outra extremidade. Estudei as baixas colinas, as projeções rochosas, os afloramentos de penedos, os sulcos macios com grama, a face de um vale que também me estudava, virando os olhos, seu coração batendo. *Por que está aqui?* Meu olhar contemplativo viajou para o topo do vale: as ruínas. Eu ouvia Gaudrel falando, como se ela caminhasse ao meu lado.

Em uma era antes de monstros e demônios vagarem pela terra...
Havia cidades, grandes e belas, com torres reluzentes que tocavam o céu...
Elas eram feitas de magia, e de luz, e dos sonhos dos deuses...

Eu sentia aqueles sonhos agora, pairando, à espera, como se o mundo deles pudesse ser despertado de novo. *O universo tem uma longa memória.* Continuei andando e, como tinha dito o capitão Reunaud, as ruínas me observavam enquanto eu passava. Quinze quilômetros de um imenso vale. Quinze quilômetros de ruínas que se elevavam. De tirar o fôlego. Poderosas. Assustadoras.

O aviso de Rafe zumbia nos meus ouvidos.

O exército deles se estenderá por quilômetros. Você não vai conseguir falar com todos eles.

Continuei andando.

Eu encontraria uma maneira.

Algumas das ruínas haviam tombado no chão do vale. Passei por gigantescos blocos de pedra maiores do que um homem, agora cobertos com musgo e vinhas, a terra ainda tentando apagar a fúria de uma estrela. Ou seriam muitas estrelas? O que tinha acontecido de verdade? Será que algum dia saberíamos?

No entanto, eu sabia que o poder e a grandeza dos Antigos foram abertos pelo Komizar. Ele faria uso disso contra nós em uma questão de dias. Tínhamos poucas chances, até mesmo contando com as tropas de Rafe. Sem elas, nada tínhamos. Meu coração batia mais rápido. Será que eu trouxera todo mundo até aqui para morrer em um vale esquecido e afastado? Os gritos dos Antigos passavam por nós como assovios ao vento, e os Textos Sagrados eram sussurrados de volta para mim.

Uma grandiosidade terrível
Rolava pela terra...
Devorando homens e feras,
Campos e flores.

O tempo circula. Repete-se. Pronto para contar a história de novo. E de novo.

O tambor batia mais alto. Os dias estavam passando, e o Komizar estava se aproximando. *Continue em frente,* dizia a mim mesma. *Continue andando.*

O cheiro da grama esmagada pelas minhas botas ia até as minhas narinas. Pensei em Dihara e em outra campina. Era uma vida inteira atrás, mas eu a via de novo. Ela girava na sua roca de fiar. Sua cabeça foi inclinada para o lado.

Então você acha que tem o dom.

Quem disse isso?

As histórias... elas viajam.

A roca dela virava, *zunia.* O vale esperava, observava, a batida do seu coração, um murmúrio na brisa. A verdade estava aqui. Em algum lugar. Segui andando. O puxar de uma corda. E mais uma. Música. Girei, olhando para trás, de onde tinha vindo. O vale estava vazio, mas eu ouvia o dedilhar melancólico das cítaras, a canção da minha mãe flutuando, e então, quando voltei a olhar para onde estava me dirigindo, vi outra coisa.

Todos os caminhos pertencem ao mundo. O que é a magia senão aquilo que ainda não entendemos?

Havia uma menina ajoelhada na beirada de um amplo penhasco acima de mim.

Ali.

A palavra tremia na minha barriga, familiar. Palavra esta que me empurrara e me cutucava em direção aos mapas, e depois, a este vale.

Os olhos dela se encontraram com os meus.

"Era você", sussurrei.

Ela assentiu, mas nada disse. Beijou seus dedos e eu ouvi os Textos Sagrados sendo trançados junto com o ar.

E Morrighan ergueu sua voz,
Aos céus,
Beijando dois dedos,
Um para os perdidos,
E um por aqueles ainda por vir,
Pois a separação entre os bons e os ruins ainda não estava acabada.

A canção que tinha enchido o vale apenas segundos atrás agora era dela, serpeante, estendendo-se, chamando. Subi aos tropeços a trilha íngreme até o penhasco, mas, na hora em que cheguei onde ela a menina havia ajoelhado, ela se fora. O penhasco se projetava para a frente, e o longo vale estava no meu campo de visão em ambas as direções, tão imóvel e silencioso como sempre, exceto pela voz dela. Prostrei-me no chão, ajoelhando-me, sentindo a calidez de onde ela estivera, sentindo o desespero dela de séculos atrás. Sentindo isso agora. *A separação entre os bons e os ruins ainda não estava acabada.*

O tempo circula. Repete-se.

E as preces desesperadas que ela erguia aos deuses há muito se tornaram minhas próprias preces.

"Lia", Rafe me chamou, "o que está fazendo aí em cima?"

Eu me virei e vi Rafe e Kaden nos seus cavalos. Eles trouxeram o meu cavalo também. Voltei a ficar em pé e dei uma última olhada no penhasco, nas colinas e nas ruínas que se agigantavam acima de mim.

"Estou me preparando", respondi, e fui descendo a trilha para me encontrar com eles.

Quando voltamos ao acampamento, enviamos olheiros cavalgando nos animais mais rápidos até pontos de observação além da boca a leste do vale para observarem o exército que se aproximava. O restante de nós começou a trabalhar. Rafe e Kaden mapearam o terreno e as trilhas que poderiam aguentar brigadas de soldados de ataque. Havia sete de nós em um lado das colinas e quatro do outro. Ruínas os esconderiam de vista até que estivéssemos prontos. A entrada que dava para o vale tinha quase cinco quilômetros de largura, mas se estreitava rapidamente. O Marechal de Campo, Howland, Marques e os outros oficiais conduziriam os ataques quando recebessem o sinal. Nossa sincronização teria que ser perfeita.

Uma divisão, a minha, seria colocada como isca e distração. As batidas dos nossos tambores e nossos cânticos de batalha os atrairiam na nossa direção.

A alta grama do vale esconderia um pouco das nossas defesas. Fileiras mortais de estacas foram construídas e escondidas. Redes foram posicionadas para serem lançadas. Balestras foram colocadas de maneira estratégica, embora esse fosse o maior elemento desconhecido — onde e quando os Brezalots seriam usados —, mas eu estava certa de que os Garanhões da Morte deles e suas crianças-soldados seriam a primeira linha de ataque. O Komizar veria minhas tropas de poucos mil bloqueando o seu caminho no fim do vale e presumiria que o restante do meu exército estava atrás de mim. Enviar seus animais de ataque claramente limparia o caminho de forma rápida.

Trabalhávamos sem parar. E esperávamos. Esperávamos pelo Komizar. Esperávamos pelas tropas de Rafe. Nenhum dos dois veio, e os nervos ficavam cada vez mais agitados. Eu dizia as memórias sagradas pela manhã e à noite. Falava com as tropas, dava uma injeção de ânimo neles, fazia promessas a eles e a mim mesma.

Berdi, Pauline e Gwyneth trabalhavam junto com os cozinheiros do acampamento para manter todo mundo alimentado e os ânimos elevados, no que elas eram excelentes. Puxei Natiya para o lado, em particular, e fui andando com ela vale adentro. "Olhe para lá", falei, apontando para o interior do vale. "O que vê?"

"Estou vendo um campo de batalha."

Olhei para dentro do mesmo vale, mas vi uma *carvachi* púrpura e fitas girando ao vento. Vi Dihara tecendo na sua roca de fiar e Venda cantando de uma muralha. Vi Morrighan rezando de um penhasco e Aster, sentada, de olhos arregalados, em uma tenda, ouvindo uma história. Uma história maior. Vi um mundo passado que não queria que desistíssemos. Olhei de volta para Natiya. Eu não queria que ela desistisse do mundo que conhecia também.

"Um dia você vai passar por aqui de novo e verá mais do que isso", prometi. "Até lá, tenho um trabalho para você. Trabalho este que é mais importante do que todo o resto que faremos, e você não vai precisar de uma espada."

CAPÍTULO 85
CRÔNICAS DE AMOR E ÓDIO

KADEN

icamos sentados na tenda, cansados, com dor, mas ainda planejando. Lia esfregou os olhos. Rafe esfregou os nós dos dedos. O Marechal de Campo se sentou à frente, com o queixo aninhado nas mãos. Amanhã as brigadas seriam posicionadas nos seus lugares. Nós estávamos nos contendo, na esperança de que as tropas de Dalbreck fossem chegar, mas não podíamos mais esperar. O pouco que tínhamos precisava ser posicionado. Nossas divisões estariam em número menor, em uma proporção de quatro para um.

Sem qualquer sinal do Komizar ou de Dalbreck, Perry sugeriu que pudéssemos considerar a retirada de volta a Civica. O que eu poderia dizer a favor de Howland era que, por mais que ele grunhisse e reclamasse, ele apoiava Lia, dizendo que não era hora para uma retirada. Nós tínhamos uma chance miserável de vitória aqui e nenhuma em Civica.

Vi o peso disso nos olhos de Lia. Senti o contorcer de preocupação no meu próprio âmago, e não gostava do fato de Pauline estar aqui. Ela tinha um bebê lá na cidadela. É exatamente por isso que estou aqui, ela me dissera.

Gwyneth entrou voando, com o rosto franzido e uma das mãos nos quadris, cheia de frustração. "Tem um homem grande e feio lá fora exigindo ver Lia."

"Um soldado?", perguntei.

Ela deu de ombros. "Ele está equipado para matar alguma coisa. Alguma coisa grande."

"Ele vai ter que esperar", disse Lia.

"Foi isso que eu disse para ele, mas o homem não quer desistir. Ele continua gritando, chamando pela rainha Jezelia."

Howland ergueu ambas as sobrancelhas. "Rainha Jezelia?"

"Isso mesmo", respondeu, "e ele está com um pequeno rufião assustador com ele. Eu não faria..."

Vi que o rosto de Lia ficou radiante.

Ao mesmo tempo, o rosto de Rafe assumiu um ar sombrio.

"Rainha?", disse Howland mais uma vez.

Lia pulou do seu assento e saiu voando da tenda.

Eu a segui.

Ela já estava abraçando e beijando a ambos. Nem Griz e nem Eben resistiram.

Fui andando até os dois e os cumprimentei. "Já estava na hora", falei.

"Por que demorou tanto?"

"Médico teimoso", grunhiu Griz.

"Ele se perdeu", explicou Eben.

Griz deu um tapinha na nuca dele, e depois abriu um largo sorriso, tímido. "Pode ser que o menino esteja certo."

"*Drazhones*", falei, e abracei-os, batendo palmas.

Recuei um passo, e Lia os encheu de perguntas. Eles eram apenas mais dois soldados; no entanto, tê-los ao lado no combate significava tudo para ela.

Uma pequena multidão se reuniu ao redor, cuja curiosidade foi aumentada pela comoção, e provavelmente pela visão de um gigante cheio de cicatrizes como Griz e de seu ajudante bem armado.

Pauline veio andando e parou ao meu lado, olhando para eles com interesse. "São eles os soldados que vi com você lá em Terravin?", ela me perguntou.

"Sim. No entanto, eles são mais do que soldados. Eles são minha família também", falei. "Minha família. Outro tipo de parentes de sangue."

Ela passou roçando bem perto de mim, e seu ombro encostou no meu. "Eu quero conhecê-los."

CAPÍTULO 86
CRÔNICAS DE AMOR E ÓDIO

RAFE

 restante de nós foi saindo da tenda também. Todos eles ficaram observando Lia abraçar primeiro Griz e depois Eben. Eu via a alegria na face dela. Ela falava vendano com eles, voltando-se com naturalidade para o idioma, como se fosse a própria língua materna.

Fiquei feliz ao vê-los também, mas não do mesmo jeito que Lia. Griz era um inimigo formidável. A cada dia que se passava sem sinal das tropas que solicitei, eu me lembrava de que precisávamos de todos os soldados que pudéssemos conseguir.

"Por que ele a chamou de rainha?", perguntou Howland.

Olhei para Lia. Ela estava trajando um casaco no estilo dos Meurasi, com os retalhos vermelhos do vestido de casamento por cima do ombro e cruzando a frente do casaco. O *kavah* estava exposto. Ossos gingavam dos seus quadris.

Todo mundo precisa de esperança, Rafe. Tenho que dar isso a eles.

"É apenas um costume vendano", disse Tavish ao general. Ele olhou para mim e deu de ombros.

"Sim, só um costume", concordei.

Se Lia queria explicar mais coisas, cabia a ela decidir.

Eu me virei para voltar à tenda, e então, no meio de uma passada, parei ao avistar Jeb caminhando na minha direção. E depois

Orrin. Os dois estavam com largos sorrisos nos rostos, e depois eu vi o general.

"Draeger", falei.

"Isso mesmo, Vossa Majestade. As tropas estão aqui, como ordenou."

Fiquei estudando-o, ainda com suspeitas. "*Todas* as tropas?"

Ele assentiu. "Todas. Com um monte de atiradeiras e tudo o mais que pediu."

O acampamento estava em silêncio. Escuro, exceto por umas poucas tochas acesas entre tendas. Seria difícil dormir esta noite. As tensões estavam nas alturas, mas o descanso foi ordenado. Era necessário. Fui andando até a entrada do vale, onde a luz das tochas não chegava. Apenas a lua entrelaçando-se nos dedos de nuvens iluminava a grama da campina. Lia se reclinou junto à parede de pedra, fitando vale adentro.

"Quer companhia?", perguntei.

Ela assentiu.

Ficamos ali, parados, olhando para a quietude. Já tínhamos dito tudo o que havia para ser dito. Feito tudo o que podíamos fazer. As tropas de Dalbreck estavam posicionadas. Nossas chances estavam melhores. Venda tinha uma proporção de apenas dois para um dos nossos agora. No entanto, as armas vendanas ainda eram melhores. Alguma coisa a fundo dentro de mim queria arrastar Lia para longe, mantê-la a salvo, mas eu sabia que não podia fazer isso.

"Estamos tão preparados quanto possível", falei.

Ela assentiu mais uma vez. "Eu sei."

O olhar contemplativo dela viajava ao longo da silhueta da ruína nos penhascos, com as bordas fantasmagóricas delineadas pelo luar prateado.

"Eles foram grandes uma vez", disse ela. "Eles voavam em meio às estrelas. Suas vozes retumbavam sobre as montanhas. E isso foi tudo que restou. Será que algum dia saberemos de fato quem eles foram, Rafe?" Ela se virou na minha direção. "Depois de amanhã, será que alguém saberá quem nós fomos?"

Olhei para ela, não me importando com quem eram os Antigos. Tudo em que eu conseguia pensar era: *não importa quantos universos vão e vêm, sempre me lembrarei de quem éramos juntos.*

Eu me inclinei para baixo. Beijei-a. Devagar. Com gentileza. Uma última vez.

Ela olhou para mim. E nada disse. E nada precisava dizer.

A grama da campina ondeava com a brisa. No dia seguinte, estaria marcada por pisadas. Queimada. Cheia de sangue. Nossos olheiros tinham entrado em cavalgada ali essa noite. O exército do Komizar chegaria na entrada do vale pela manhã.

Os coroados e os derrotados,
A língua e a espada,
Juntos eles atacarão,
Como estrelas cegantes lançadas dos céus.
— **Canção de Venda** —

Capítulo 87
CRÔNICAS DE AMOR E ÓDIO

⊰ LIA ⊱

utra a fúria.
Meu coração socava selvagemente o peito.
O exército era um borrão no fim do vale. Uma sólida onda que rolava. Condensando-se. Erguendo-se. Solidificando-se enquanto o vale se estreitava.

O ritmo deles era deliberadamente relaxado. Despreocupado.

Eles não tinham necessidade de se preocupar. Eu já os vira se aproximando dos penhascos na entrada do vale antes de voltar cavalgando para assumir minha posição. Eu já observara quão longe eles se estendiam, o quão imbatíveis eram. Até mesmo a trilha que deixavam para trás era incrível, como se fosse a poeira de uma estrela cadente cruzando o céu. Trilha esta que se estendia por quilômetros. Eles marchavam em dez divisões, a infantaria na frente, seguida do que pareciam ser suprimentos, artilharia e hordas de Brezalots. Outra infantaria vinha em seguida, e então uma quinta divisão de soldados montados a cavalo. Havia um peso nessa divisão, alguma coisa densa e mais agourenta do que o restante. Não havia qualquer dúvida na minha mente de que era nessa divisão que ele cavalgava, no meio, ao alcance rápido de todas as divisões, mantendo uma vigília da sua criação, sugando o seu poder e exalando-o novamente, como se fosse fogo.

O ritmo lento do exército dava nos nervos, exatamente como ele planejara.

Um esquadrão dos olheiros deles tinha nos avistado, e então voltaram às linhas de frente deles, provavelmente reportando nossos números patéticos. Cinco mil de nós defendiam a saída do vale, 5 mil que eles conseguiam ver. Outros estavam prontos para saírem em fluxo de trás de nós. O ritmo vendano continuava lento como um xarope fluindo sem parar, imperturbado. Nós éramos apenas uma pedra a ser pisoteada na trilha. Até mesmo se todo o exército morriguês bloqueasse a saída, o Komizar não se preocuparia. Na verdade, nós só aguçávamos o seu apetite. Por fim, ele estava comendo o primeiro prato do festim pelo qual esperara por tanto tempo.

Morrighan.

Ouvi o nome do reino nos lábios dele. Com diversão. Pegajoso e enjoativo como uma bala de gelatina na boca. Ele o engolia como se fosse uma guloseima.

Se a fúria pulsava nas minhas veias, ela estava mascarada pelo medo que rugia nos meus ouvidos pelos milhares que estavam atrás de mim. Este poderia ser o dia em que eles perderiam as suas vidas.

Rafe e Kaden estavam sentados nos seus cavalos, cada um ao meu lado. Enquanto eu estava vestida para ser reconhecida, as roupas deles serviam a um propósito oposto. Ambos trajavam mantos pretos com os capuzes abaixados, o uniforme dos Guardiões Morrigueses. Jeb, Tavish, Orrin, Andrés e Griz formavam uma fileira atrás de nós, com os mesmos mantos. Nós não queríamos que fossem reconhecidos tão cedo.

"Ele está brincando conosco", disse Rafe, os olhos travados na nuvem que seguia lentamente em frente.

Kaden soltou um xingamento baixinho. "Nesse ritmo, estaremos lutando ao anoitecer."

Nós não podíamos nos apressar e seguir em frente. Precisávamos que eles viessem até nós.

"Acabou de passar do meio-dia", falei, tentando me acalmar tanto quanto acalmar a ele. "Ainda temos horas de luz do dia."

E então um cavalo se soltou das suas linhas de frente. Uma manchinha ao longe a princípio, mas que depois veio com rapidez. Ouvi os ruídos das catapultas enquanto ele vinha tempestuosamente na nossa direção. No entanto, alguma coisa em relação à sua coloração estava errada.

"Esperem!", falei.

Não era um Brezalot. E havia um cavaleiro.

Conforme ele se aproximava, eu soube.

Era o Komizar.

Ele parou a uns cem metros de distância. Então estirou as mãos para cima para mostrar que não estava armado.

"Que diabos ele está fazendo?", perguntou Rafe.

"Solicito uma conversa com a princesa", disse ele. "Sozinho!"

Uma conversa? Ele ficou doido? Mas então pensei: *Não. Ele está mortalmente são.*

"E trago um presente demonstrando a minha boa vontade", completou ele. "Tudo que peço é um momento para conversar... sem armas."

Tanto Rafe quanto Kaden ficaram hesitantes, mas então o Komizar esticou a mão atrás das suas costas e jogou uma criança no chão.

Era Yvet.

Meu coração parou. A grama a engolia até a cintura.

Eu me lembrava do dia em que eu a vira reunida e agachada no mercado com Aster e Zekiah, segurando com firmeza um tecido ensanguentado depois que a ponta do seu dedo tinha sido cortada fora. Ela parecia ainda menor e mais aterrorizada agora.

O Komizar desceu da sua montaria. "Ela é toda sua", disse ele, "apenas pelo preço de uns poucos minutos."

Rafe e Kaden foram contra, mas eu já estava desafivelando o cinto e entregando a eles minha espada e minhas facas.

"Nossos arqueiros podem derrubá-lo e podemos ficar com a criança", argumentou Rafe.

"Não", respondi. Nada era tão simples com o Komizar. Nós dois conhecíamos bem demais um ao outro, e essa era uma mensagem muito clara para mim. "E quando terei Zekiah de volta?", eu disse em resposta a ele.

O Komizar sorriu. "Quando eu tiver voltado em segurança até as minhas linhas. Então, eu o enviarei. Mas se eu não voltar..." Ele deu de ombros.

Ele gostava disso. Era um jogo, um teatro. Ele queria prolongar, espremer todas as peças um pouquinho mais apertadas na sua mão.

Eu sabia que tanto Rafe quanto Kaden estavam a uma batida de coração de fazerem um sinal para os arqueiros. O sacrifício de uma criança pela besta em si. Uma criança que poderia morrer de qualquer forma. Uma criança que *provavelmente* morreria de qualquer forma. E o prêmio estava ao nosso alcance. Contudo, era uma escolha que vinha com um preço, preço este que o Komizar já tinha calculado. O ar estava tenso com a decisão. Ele estava lá, em pé, parado, sem medo, sabendo, e eu o odiava ainda mais profundamente. O quanto eu era como ele? Quem eu estava disposta a sacrificar para conseguir o que queria?

"O destino do Komizar virá depois", sussurrei. "Não coloquem as mãos na besta ainda."

Cavalguei ao encontro dele, mas quando ainda estava a uns dez metros de distância, desci da minha montaria e acenei para que Yvet viesse para a frente. Ela voltou os olhos assustados e arregalados para o Komizar. Ele assentiu, e ela veio andando até mim.

Eu me ajoelhei quando ela chegou perto, e a menina estendeu as suas mãos minúsculas. "Yvet, está vendo aqueles dois cavalos bem lá atrás de mim, com os soldados que estão com mantos?"

Ela olhou além de mim para os milhares de soldados, com o lábio tremendo, mas então avistou os dois que trajavam mantos escuros. Ela assentiu.

"Que bom. Eles vão cuidar de você. Eu quero que vá até eles agora. Eu quero que corra e não olhe para trás. Não importa o que veja ou ouça, você vai seguir em frente, está me entendendo?"

Os olhos dela estavam marejados de lágrimas.

"Vá", falei. "Agora!"

Ela saiu correndo, tropeçando pela grama. A distância parecia de muitos quilômetros, e, quando ela chegou até eles, Kaden a pegou, ergueu-a e a entregou a outro soldado. Meu estômago pulou até a minha garganta. Engoli em seco, forçando a bílis a descer. *Ela conseguiu*, falei para mim mesma. Forcei minhas respirações a assumirem um ritmo lento e voltei a ficar cara a cara com o Komizar.

"Está vendo?", disse ele. "Mantenho a minha palavra." Ele assentiu para que eu fosse à frente. "Vamos conversar."

Fui andando até ele, procurando por irregularidades, coisas se projetando nas suas roupas, uma faca esperando para me fazer pagar. Conforme eu me aproximava, via as linhas da sua face, a pungência das maçãs do seu rosto, o peso que o meu ataque tivera sobre ele. No entanto, eu também via a fome ardendo nos seus olhos. Parei na frente dele. Seu olhar contemplativo rolava sem pressa por mim.

"Você queria conversar?"

Ele abriu um sorriso. "As coisas chegaram a este ponto, Jezelia? Nada de gentilezas?"

Ele ergueu a mão, como se fosse acariciar o meu rosto.

"Não toque em mim", falei, em tom de aviso. "Ou mato você."

Ele levou de volta a mão à lateral do seu corpo, mas seu sorriso permanecia congelado nos lábios.

"Eu a admiro, princesa. Você quase fez o que ninguém mais conseguiu fazer nos onze anos da minha regência. Isso é um recorde, sabia? Nenhum outro Komizar ficou com comando por tanto tempo assim."

"Uma pena que esta regência esteja prestes a chegar ao fim."

Ele soltou um suspiro, de forma dramática. "Como você ainda se prende às coisas. Eu gosto de você, Jezelia. Gosto mesmo. Mas isso?" Ele acenou na direção das tropas que estavam atrás de mim como se fossem merecedoras de pena demais para que fossem consideradas. "Você não precisa morrer. Venha para o meu lado. Olhe tudo que tenho a oferecer."

"Servidão? Crueldade? Violência? Você me deixa tão tentada, *sher* Komizar. Nós conversamos. Pode voltar agora."

Ele olhou além de mim, para as tropas.

"Aquele lá atrás é o príncipe? Com os *cem* homens dele que entraram tempestivamente na cidadela?" Seu tom estava denso com a zombaria.

"Então o Vice-Regente veio correndo até você com o rabinho entre as pernas."

"Eu sorri quando ele me contou o que você fez. Fiquei impressionado por ter conseguido expor os meus espiões. Como está o seu pai?"

"Morto." Ele não merecia qualquer verdade de mim. E quanto mais fracos ele achasse que estávamos, melhor.

"E os seus irmãos?"

"Mortos."

Ele soltou um suspiro. "Isso tudo está fácil demais."

"Você não me perguntou sobre Kaden", falei.

O sorriso dele desapareceu, e a expressão ficou sombria. Eu também o conhecia bem. Kaden foi um golpe que ele não conseguia esconder. Havia algo neste mundo que ele amava, afinal de contas. Algo que ele salvara, nutrira, mas que se voltara contra ele. Algo que apontava para o próprio fracasso dele.

Uma pequena onda de pedrinhas de repente veio caindo dos penhascos acima. O Komizar ergueu o olhar, analisando as ruínas vazias, virando-se para olhar para o outro lado. O silêncio de respirações contidas tomava conta do vale.

Ele voltou a olhar para mim e abriu um largo sorriso. "Você achou que eu não soubesse?"

Minha barriga ficou gelada.

Ele se virou como se fosse ir embora, mas então deu um passo, aproximando-se de mim.

"É a menina no terraço que está chateando você, não é? Admito que fui longe demais. Foi uma coisa de momento, sabe? Será que um pedido de desculpas faria com que mudasse de ideia?"

Coisa de momento? Encarei-o. Não havia palavras. Nenhuma palavra.

Ele se inclinou para baixo e deu um beijo na minha bochecha. "Pensei que não."

Ele se virou e voltou andando até o cavalo. A fúria veio, cegante, brilhante, voraz.

"Mande vir Zekiah!", gritei.

"Farei isso, princesa. Eu sempre sou fiel à minha palavra."

⇥ KADEN ⇤

Entreguei Yvet a um soldado. A menina estava se engasgando com seus soluços mesclados com choro, mas não havia tempo para confortá-la. "Leve-a até Natiya", falei.

Lia tinha montado um acampamento do lado de fora do vale para quaisquer crianças que conseguíssemos capturar. Gwyneth, Pauline e outros soldados estavam lá. Natiya falava o idioma e precisaria garantir a eles que nenhum mal lhes seria feito, o que poderia até ajudar a confortá-los, presumindo que conseguíssemos fazer com que mais alguns deles saíssem vivos do vale.

Voltei a subir no meu cavalo, observando enquanto Lia chegava mais perto do Komizar. Aquilo era loucura. Eu supervisionava os penhascos. Observava a muralha do exército preparado, nas suas posições, para o ataque. Observava e esperava, e sabia que aquela não era uma simples negociação entre inimigos. Era para soltar os nervos. O lento sacar de uma faca sobre a pele. Um uivo do caçador se aproximando em uma floresta. Os cavalos batendo as patas no chão, sabendo, nervosos.

"Shhhhh", sussurrei.

Faça com que eles sofram.

Esse era o Komizar, fazendo aquilo que fazia de melhor.

⇥ RAFE ⇤

Por fim respirei enquanto o Komizar saía em cavalgada e Lia voltava no seu cavalo.

Zekiah foi entregue conforme prometido, inteiro e vivo. Ele foi levado rapidamente para fora do vale para esperar junto com Yvet. Eu tinha esperado pelo pior, pedaços, talvez, como o Komizar gostava de ameaçar, mas ele sempre sabia como virar o jogo. Plantar a dúvida.

Lia me avisara de que ele sabia que havia tropas lá no alto das ruínas, e enviei soldados para alertá-los. Ele podia ter ficado sabendo que eles estavam lá, mas não sabia exatamente de onde atacariam nem quantos soldados tínhamos. Era um longo vale e, quando o Vice-Regente escapara, ele só sabia sobre mim e meus cem homens, e não de todo o exército de Dalbreck.

A nuvem rolava na nossa direção de novo. No entanto, dessa vez, com uma fome voraz. Senti o trovão tanto de pés de humanos quanto de patas de animais, ambos unidos como uma única fera rugindo. Senti nossas tropas ficando tensas, preparadas para saírem com tudo. Estirei o meu braço esquerdo, fazendo um sinal para que ficassem no lugar. *Contenham-se.*

"Você tem certeza de que ele os enviará antes?", perguntei a Lia. Com as altas colinas ao nosso redor, o crepúsculo já estava se fechando sobre nós.

Os nós dos dedos de Lia ficaram brancos. Uma das suas mãos prendeu-se com firmeza nas rédeas, e a outra foi até o punho da espada.

"Sim. O fato de que ele usou Yvet e Zekiah é prova disso. Ele me conhece. Sabe o que perturbará os nossos soldados e o que fará com que hesitem. Nós não somos como ele."

Nós os víamos chegando mais perto, e suas feições entraram por fim no nosso campo de vista, fileiras de soldados, dez ao fundo, uma centena na lateral. Nenhum deles era mais velho do que Eben ou Natiya. A maioria era muito mais nova do que eles. Enquanto avançavam, eu via os seus rostos, selvagens, que já mal podiam ser reconhecidas como faces de crianças.

Fiz sinal para que a guarda com os escudos fosse para a frente e assumisse a sua posição. "Escudos erguidos!", ordenei. Os escudos deles entrelaçaram-se com uma precisão treinada. "Arqueiros, à frente!", chamou-os Orrin.

E então o primeiro dos Brezalots atacou.

⇥ LIA ⇤

O animal provocado passou rapidamente pelas linhas de frente deles, seguindo em direção à guarda de escudos. As atiradeiras que estavam acima de nós foram movidas para as cordilheiras, inclinadas e em prontidão. Observei enquanto eles as viravam, mirando. Tavish esperava com uma paciência perturbadora e, por fim, fez sinal para os dois que tinham os melhores ângulos. "Fogo!" As lanças de ferro voaram. Uma delas errou o alvo, mas a outra foi um tiro perfeito, espetando o animal no ombro. O Brezalot tropeçou, caiu, e então a terra explodiu a uma distância segura, com uma chuva de campina, cavalo e sangue, os pedaços ainda em chamas. O cheiro de carne queimada enchia o ar.

Então mais um Brezalot veio.

E mais um.

O segundo foi derrubado, mas o terceiro só foi atingido de raspão pela lança de ferro, e atacou a guarda com escudos. Seguiu-se uma confusão para fugir, mas era tarde demais. O Brezalot explodiu, deixando um grande buraco cercado por corpos mortos e pedaços da besta. Orrin e seus arqueiros foram jogados no chão pela rajada. Rafe e a infantaria correram à frente para ajudá-los, e o Komizar usou o caos resultante para enviar sua brigada de crianças-soldados para nos desmoralizar ainda mais.

"Retirada!", berrei, em voz alta e frenética, de forma que até mesmo o Komizar nos ouviria. "Retirada!"

Nossas linhas cambaleavam para trás, a guarda segurando os escudos desordenadamente, mas a infantaria atrás de nós entrava em posição. Em prontidão.

Eu observava. Sem fôlego. Esperando. Fazendo valer uma paciência que não sabia que tinha. Os guardas com escudos foram cambaleando para trás. As crianças-soldados vinham com tudo para cima deles, vindo do meio do vale na nossa direção.

"Retirada!", gritei outra vez. As tropas vendanas aguardavam, esperando que os jovens soldados aumentassem o nosso caos antes que eles se movessem e entrassem com as suas armas pesadas. Observei, com o coração martelando o peito, e então, quando a última das crianças cruzou uma determinada linha, gritei: "Agora!".

A terra se erguia no ar. Pedaços de campina e grama voavam enquanto fileiras de estacas com pontas afiadas saíam voando debaixo do piso do vale. Duas fileiras impossíveis de serem ultrapassadas cruzavam a extensão lateral do vale, prendendo as crianças do nosso lado. Elas se viraram, pasmas pelo barulho, e então redes foram lançadas, caindo em cima delas, prendendo-as ainda mais. A infantaria se apressou a seguir em frente para subjugá-los e guiá-los para fora do vale até onde Natiya, Pauline e Gwyneth esperavam com mais soldados.

Fui correndo para a frente, parando na parede de estacas. Eu sabia que tinha apenas segundos antes que um outro Brezalot estivesse pronto para irromper pela nossa parede ou para que outra das atrozes armas deles fosse lançada.

⇥ KADEN ⇤

Oito vendanos cavalgavam conosco, aqueles em quem confiávamos, os que se revelaram lá na cidadela. Essa era a parte à qual eu sabia que Rafe tinha objeções ou que talvez temesse, mas ele seguiu cavalgando em frente ao lado de Lia, e eu, no outro lado, observando para ver se havia arqueiros ou outros dentro da linha de alcance para derrubá-la.

536

Havia calamidade do lado oposto das estacas, uma onda de perturbação atrás das linhas de frente, ordens rolando para trás.

"Irmãos! Irmãs!", disse Lia, chamando a atenção deles de volta para ela. Mais palavras ondearam em resposta. Havia vendanos ao lado dela, incluindo eu mesmo e Griz, o que foi o gatilho para o surgimento de um tenso silêncio. Ela fez uma súplica por rendição, ajuste, uma promessa de paz, mas tinha havia sequer terminado a proposta quando o Komizar, o *chievdar* Tyrick e o governador Yanos abriram caminho à frente com tudo nos seus cavalos. Os olhos do Komizar recaíram por um breve momento sobre mim, e o fogo da minha traição ainda ardia neles, e então sua atenção se voltou para um soldado que dera um passo à frente e abaixado sua arma, ouvindo os apelos de Lia. O Komizar girou sua espada, e o homem foi fatiado ao meio. Os soldados da linha de frente ergueram as armas, que seguravam com firmeza em punhos cerrados, quentes com o fervor de evitar o mesmo destino, e então uma horda de Brezalots vinha com tudo na nossa direção.

⇥ RAFE ⇤

Fui jogado do meu cavalo. Lascas de madeira choviam para cima de mim. Uma trombeta ressoava, reverberando pelo vale. Rolei e fiquei em pé, com a espada em mãos e o escudo erguido. Os batalhões foram lançados. Nos penhascos ao longe, via forças lideradas por Draeger atacando por uma trilha abaixo. No lado oposto, os homens de Marques faziam o mesmo, em um esforço para dividir as forças vendanas em duas. Tavish lutava às minhas costas, com o alto ressoar do aço se enrolando ao nosso redor, tanto eu quanto ele girando, arremessando e cortando a parede de vendanos que vinha para cima de nós. Finalmente voltamos para os nossos cavalos e matamos os vendanos que estavam prestes a reivindicá-los para eles. De cima da minha montaria, procurei em meio ao caos de marrom, cinza e metal lampejante por um vislumbre que fosse de Lia. Ela se fora. Fomos abrindo caminho lutando, com outros escalões, e então avançamos com muito esforço em meio às linhas inimigas, e fomos em direção à quinta divisão.

⇥ LIA ⇤

Fiquei em pé me arrastando, com um aglomerado de soldados do meu lado. Uma poeira espessa enchia o ar. Eu tinha perdido tanto Rafe quanto Kaden de vista. Vendanos vinham como em um enxame, passando pelas estacas estilhaçadas. Ouvi os ofegos borbulhantes de soldados empalados com madeira lascada. A escuridão estava se insinuando, mas os desfiladeiros estavam iluminados com uma linha de fogo, e pedras eram catapultadas para espalhar forças vendanas enquanto batalhões de Dalbreck seguiam também como um enxame em direção ao piso do vale. Jeb chegou ao meu lado.

"Por aqui", disse ele, e, com um pelotão dalbretchiano, nós fomos socando o chão e abrindo caminho em meio às linhas vendanas. Os gritos de batalha enchiam o ar, ecoando impiedosamente entre as muralhas do vale. Ouvi o respirar pesado, as tosses, o som oco de morte soando repetidas vezes. O Komizar fora rápido ao silenciar a minha voz antes que eu atingisse até mesmo um pequeno número de vendanos, mas agora, com os mais jovens dos soldados vendanos em segurança longe do seu alcance, eu sabia onde tinha que ir, onde mais deles me ouviriam. Faces se tornavam um borrão enquanto avançávamos, com o escudo erguido, a espada golpeando, com Jeb cuidando de guardar as minhas costas, e eu, as dele. Meu escudo levou um golpe potente, e caí do cavalo. Rolei antes que um machado batesse no chão onde antes estava a minha cabeça, e então lancei a espada em entranhas macias enquanto o soldado vinha para cima de mim de novo.

Fiquei em pé em um pulo, girando, erguendo o meu escudo para evadir de outro ataque, e então, no girar de metal e sombra, meu olho avistou alguma coisa, coisa esta que era um brilho azul.

⇥ KADEN ⇤

As tropas vendanas se arrastavam sob o ataque de pedras que choviam em cima deles. O ataque lançado dos desfiladeiros era apenas uma distração até que os batalhões pudessem chegar ao piso do vale. O sangue escorria na minha perna, onde um pedaço de madeira perfurava a coxa, como se fosse uma baioneta. Eu não conseguia puxá-lo para fora, então o parti, até mesmo enquanto apunhalava com a minha espada um vendano que eu conhecia e que me atacava. E então matei mais um. E mais outro. Griz lutava para abrir caminho na minha direção. Lia estivera apenas a uns poucos metros de nós, e agora ela se fora. Nós atacávamos mais a fundo nos escalões vendanos. Minutos pareciam horas, nosso progresso era lento, um fluxo de soldados dalbretchianos e morrigueses lutando aos nossos lados, e de repente uma explosão abalou o vale.

⇛ RAFE ⇚

Uma nuvem de fumaça subia pelo céu, iluminando o vale com centelhas e chamas. Uma chuva de fogo caía, com milhares de brasas reluzentes ateando fogo tanto em homens quanto em animais, cavalos recuando com medo, soldados gritando enquanto pegavam fogo. Corri para um deles, empurrando-o ao chão e rolando-o para apagar as chamas, e então vi Tavish. Ele batia nas chamas que subiam pelo seu braço, colocando fogo nos seus cabelos. Eu me pus a apagar as chamas dele, usando minhas mãos enluvadas para abafá-las. Ele gritou com agonia mesmo depois que o fogo foi extinto. Eu me inclinei para perto dele, tentando acalmá-lo.

"Você vai ficar bem, irmão", falei. "Prometo que vai ficar bem." Ele gemeu com dor, e ordenei que outro soldado o levasse para trás das nossas linhas e o ajudasse a erguer-se em um cavalo.

O soldado partiu com Tavish, e foi então que senti as palmas das minhas mãos ardendo, já com bolhas por abafar as chamas. Arranquei minhas luvas fora. Elas estavam saturadas com a substância inflamável que tinha chovido sobre nós. Ajoelhei-me, pressionando as mãos junto à grama fresca, e então vi um outro soldado jazendo no chão ao meu lado. Era o filho do Vice-Regente, Andrés. O irmão de Kaden estava morto. Tive tempo apenas de fechar os seus olhos inexpressivos que fitavam o nada.

Cavalguei na direção do batalhão de Draeger, observando os vendanos caírem às dezenas e às centenas, mas não importava quantos mais caíssem, sempre haveria mais deles para os substituírem.

Quando cheguei aos nossos batalhões, Draeger e Marques tinham sido bem-sucedidos na tarefa de fragmentar a quinta divisão, mas já estávamos perdendo terreno.

Eu vi Kaden seguindo na minha direção. Lia não estava com ele, e meu coração parou. *Onde será que ela estava?* "Eu a perdi", disse ele quando chegou perto de mim. "Ela não está com você?"

Um vendano tão grande quanto Griz veio para cima de nós, girando uma maça em uma das mãos e um machado na outra. Ele batia com os punhos cerrados nos nossos escudos, empurrando-nos cada vez mais para trás, até que eu e Kaden fomos para o lado ao mesmo tempo e viemos de trás, com ambas as nossas espadas penetrando nas costelas dele. Ele caiu como uma árvore, chacoalhando o chão, e então, atrás dele, ao longe, nós dois avistamos o Vice-Regente.

⇥ LIA ⇤

O terror, o sangue, isso era como uma onda colidindo conosco repetidas vezes, vinda de todos os lados para cima de nós. Toda vez que um batalhão ganhava terreno, mais Brezalots eram cutucados para seguirem em frente, mais flechas eram atiradas, mais flechas de ferro giravam pelo ar, penetrando em escudos e carne, mais discos em chamas eram lançados, que grudavam na pele e tostavam pulmões. O barulho era ensurdecedor, rugindo pelo vale como uma tempestade implacável. Fogo e fumaça se erguiam, cinzas ardentes caíam. Eu perdi a minha direção, e o penhasco não estava mais à vista. Apenas a sobrevivência importava, a cada momento. Golpeando, apunhalando, recusando-me a deixar que ele vencesse. *Isso não acabou.*

Jeb estava feroz nos seus ataques, tão determinado quanto eu a irromper pela próxima onda de linhas deles, mas não conseguíamos fazer nenhum progresso, nossas forças minguando a cada nova barragem de armas. Avistei vislumbres de um batalhão pesadamente armado à frente, homens a cavalo batalhando acima das cabeças da infantaria. Não havia tempo para procurar por Rafe ou Kaden entre eles, mas eu sabia que era para lá que eles tinham se dirigido. O familiar guinchado cheio de dor de um Brezalot ressoava no ar. Eu sabia o que aquilo significava. Outro Brezalot fora sido carregado com explosivos e cutucado para seguir em frente. Ouvi o temeroso som oco dos seus cascos, o sibilar das suas respirações raivosas ficando cada vez mais altas enquanto vinham, trovejante, na nossa direção. Os sons ecoavam, multiplicavam-se, cercavam-nos. Eu me virei, não sabendo ao certo onde o Brezalot apareceria, e então uma mão áspera me empurrou, jogando-me para trás.

Era Rafe.

Fomos aos tropeços para o chão, até mesmo enquanto o mundo explodia.

⇥ KADEN ⇤

"Você não pode fazer isso."

A respiração dele estava dificultada, suas palavras saíam curtas, ele ainda estava tentando me convencer. Eu via o terror nos olhos dele. Eu era mais forte. Era mais rápido. Estava movido por onze anos de raiva.

Metal foi de encontro a metal. Os golpes vibravam entre nós. *Você não pode fazer isso. Eu sou seu pai.*

Ele desferiu um golpe, e a lâmina passou de raspão pelo meu braço.

O sangue escorria pela minha camisa, e os olhos dele estavam iluminados com a fome. Ele baixou o olhar de relance para a minha perna, ainda empalada com a estaca de madeira. Vi o cálculo nos olhos dele. *Quanto força eu ainda teria?*

Eu mesmo não tinha certeza. Estava ficando mais difícil ignorar a dor. O fluxo de sangue estava pegajoso na minha bota. Eu o impeli para trás, o clangor do aço ruidoso no ar.

"Eu sou seu pai", disse ele de novo.

"Quando?", perguntei. "Quando alguma vez você foi meu pai?"

As pupilas dele eram minúsculos pontinhos, e suas narinas estavam dilatadas. Não havia nenhum cheiro de jasmim nele agora. Apenas o cheiro do medo.

Minha lâmina fazia pressão na dele, segurando, empurrando, uma vida inteira de mentiras entre nós.

Ele se afastou, recuando vários passos. "Eu tentei consertar as coisas com você", disse ele, sibilando. "Você não pode fazer isso. Filho. Vamos começar de novo. Ainda há tempo para nós."

Relaxei a pegada na minha espada. Abaixei a minha guarda. Fiquei encarando-o. "Tempo? Agora?"

Os olhos dele reluziam, e ele avançou para a frente, como eu sabia que faria, jogando no chão a espada que estava na minha mão. Ele sorriu, pronto para mergulhar a lâmina em mim, mas, enquanto ele dava um passo à frente, fui mais rápido e, estando peito a peito com ele, enfiei a minha faca nas suas entranhas.

Seus olhos se arregalaram.

"Seu tempo acabou", sussurrei. *"Pai."*

E deixei que ele caísse aos meus pés.

⇥ RAFE ⇤

Eu me deitei sobre ela, protegendo-a enquanto chovia metal, madeira e fogo ao nosso redor.

"Rafe", sussurrou ela. Uma fração de segundo de alívio passou voando entre nós antes que a batalha se aproximasse de novo. Nós ficamos em pé, agarrando os nossos escudos e as nossas armas do chão. Uma nuvem de fumaça enchia o ar, e vendanos pasmados cambaleavam na nossa direção, com a rajada desorientando-os tanto quanto desorientavam o inimigo.

"Eu preciso chegar até o penhasco, Rafe. Tenho que falar com eles antes que todos nós estejamos mortos."

Nós saímos correndo nas sombras dos despenhadeiros. Avistei o penhasco à frente, mas então o governador Yanos se aproximou. O Capitão da Vigília, o Chanceler e um esquadrão de cinco soldados estavam parados atrás dele. Yanos deu um passo à frente. "Entregue-a."

"Para que você possa colocar a cabeça dela em uma estaca?", respondi.

"Isso cabe ao Komizar decidir."

Meu punho cerrado se apertou no meu escudo. Senti as bolhas nas palmas da minha mão estourando, o líquido vazando entre os meus dedos. "O penhasco está bem atrás de nós, Lia. Vá!" Rezei desesperadamente para que uma vez na vida ela não discutisse comigo. Ouvi-a correndo.

O Chanceler sorriu. "O penhasco é um beco sem saída. Não há nenhum lugar para onde ela possa ir. Você acabou de encurralar a presa para nós."

"Só se conseguir passar por mim." Ergui a minha espada.

"Passar por nós", disse Draeger, e se pôs ao meu lado. Jeb estava com ele.

⊰ LIA ⊱

Corri na direção do penhasco, meus pulmões ardendo com a fumaça. Ouvi o desespero no comando de Rafe. *Vá!* Muitos estavam morrendo. Todo mundo estava perdendo, exceto o Komizar. O vale ainda rugia com a batalha. Como eles iam me ouvir?

O suor escorria pela minha testa, meus olhos ardiam, e eu me esforçava para ver o caminho à frente, mas, então, o azul lampejou mais uma vez, o brilho azul, um olho que não enxergava. Eu me engasguei com o ar acre, tentando ver em meio à fumaça, e então Calantha saiu das brumas nebulosas e bloqueou o meu caminho.

Ela estava trajando roupas com as quais eu nunca a tinha visto vestida antes. Ela não era mais a senhora do Sanctum. Era uma guerreira feroz com sabres e facas embainhados nas laterais do corpo. Uma das facas era minha. As joias brilhantes refletiam os fogos que ardiam.

Os nós dos dedos dela estavam firmes, segurando sabres que a mulher sabia usar.

Saquei lentamente a minha espada. "Vá para o lado, Calantha", falei, esperando que ela pulasse. "Não quero machucar você."

"Não estou aqui para deter você, princesa. Estou aqui para lhe dizer que se apresse. Fale com eles antes que não sobre ninguém para conhecer a verdade deste dia. Eles não estão sedentos por isso. A sede deles é por outro tipo de esperança."

Um lorde de quadrante atacou em meio a um véu de fumaça, com um machado na mão, posicionado para ser enterrado em mim, mas Calantha lançou-se para cima dele, fatiando sua larga barriga, e o corpo dele tombou, caindo com um som oco na base do penhasco. Ela olhou para mim, repetindo a súplica de Rafe: "Vá!".

... e então ela se virou para derrubar um dos seus.

⊰ RAFE ⊱

Eu tinha lutado ao lado de Jeb antes, mas não de Draeger. Ele sabia por instinto quais eram os lutadores mais fortes. Nós lutávamos de costas uns para os outros. Eu mantinha o Chanceler à vista enquanto esmagava a face de outro soldado com o escudo e cortava a panturrilha de um outro até o osso. O Capitão da Vigília ficava para trás de todos eles.

Os golpes de Draeger fizeram com que Yanos se afastasse, e o governador caiu. Draeger passou correndo por ele e depois deu meia-volta para bloquear os golpes de um outro soldado. O Chanceler foi para a frente de uma forma ameaçadora. O golpe da sua espada atingindo meu escudo fez o ar estalar, mas eu me desviei da força e ela passou de relance pelo crânio de um soldado que estava ao lado dele. Ele caiu enquanto Jeb enfiava a espada em um soldado que estava ao lado deste. Agora a luta estava de um para um, exceto pelo Capitão da Vigília, que ainda se acovardava atrás dos outros. Minhas mãos ardiam na espada, deslizavam com as bolhas molhadas, mas firmei ainda mais a minha pegada, indo de encontro a cada golpe do Chanceler. Nossas espadas se cruzaram, pressionando uma à outra, nossos peitos subindo e descendo.

"Foi você", falei. Ele me empurrou para longe e girou a espada. Nossas espadas colidiram ruidosamente.

"Eu só matei o velho", disse ele, nem mesmo sabendo o nome de Sven. Sua face brilhava com o suor. "O Capitão da Vigília cuidou do restante."

"Sven não está morto", falei.

O aço ressoava, e centelhas voavam entre nós.

"Você acha que eu me importo?", disse, entre respirações pesadas.

Minha espada golpeava o escudo dele, cujo metal ficava esmagado com os golpes.

"Não mais do que você se importa com empalar uma princesa ou trair o seu reino."

Fiz pressão para a frente, não dando a ele uma oportunidade para atacar, com seu braço ficando fraco sob a barragem da artilharia, e, por fim, o escudo dele cedeu.

Impeli a espada para a frente. A lâmina deslizou pelas costelas dele, minha mão indo de encontro às suas entranhas, minha face a poucos centímetros da dele.

"Eu não espero que você se importe, Chanceler. Só espero que você morra."

⊰ LIA ⊱

Saí correndo, tossindo e tropeçando por sulcos escuros. A noite tinha se aproximado e se fechado sobre nós, mas o vale brilhava com bolsões de luz, com os fogos queimando cadeias montanhosas, campinas e corpos. A fumaça pairava em nuvens, amarga e pungente, tecida com o cheiro de carne queimada. O clangor de metal ainda reverberava das muralhas do vale. Os gritos dos caídos apunhalavam o ar, e os animais pegos na devastação lamentavam com tristeza.

Limpei os olhos, que ardiam, procurando, entre brasas que queimavam a minha pele, a trilha que dava para o penhasco, sendo varrida pela falta de esperança.

Não demore, senhorita, ou todos eles vão morrer.

Eu me engasguei e fui aos tropeços para a frente. Um dedo de ar límpido abriu-se, e vi a trilha. Saí correndo, tropeçando e abrindo com as mãos o meu caminho até o topo. Consegui chegar à beirada do penhasco, e minha alma foi dilacerada ao meio. Em ambas as direções, o vale ardia em chamas, as armas ribombavam, o brilho de metal lampejava, os corpos contorciam-se em massas, como um ninho de serpentes morrendo.

"Irmãos! Irmãs!", gritei, mas minhas palavras ficaram perdidas no rugir de um vale que se estirava para longe demais e que retumbava alto demais. Eles não conseguiriam me ouvir. *Confie.* Era impossível.

Fiquei desesperada e gritei de novo, mas a batalha seguia furiosamente em frente.

Confie na força dentro de você.

Ergui as mãos e levantei a voz aos céus, buscando não apenas pela força dentro de mim como também pela força de gerações. Senti alguma coisa vindo em resposta, e então o que eu ouvia não era mais apenas a minha voz, e sim um milhão de vozes. Elas teciam por mim, ao meu redor, com o mundo nos inspirando, lembrando, o tempo circulando. Morrighan estava ao meu lado, com Venda e Gaudrel do outro lado. Pauline, Gwyneth e Berdi estavam atrás de mim e mais uns cem. Nossas vozes eram trançadas, juntas, um aço chegando aos confins do vale, espiralando, partilhando. Cabeças se viraram, ouvindo, sabendo, com alguns golpes cortando mais a fundo do que outros. A fumaça espiralava-se, afinava-se.

E então a batalha cedeu lugar à imobilidade.

"Irmãos! Irmãs! Joguem as armas no chão! Eu sou sua rainha! Filha do seu sangue e irmã do seu coração! Ficarei ao lado de vocês. Voltarei a Venda." Eu disse a eles que havia outro tipo de esperança, aquela que Venda prometera. Implorei que ouvissem os seus corações, que confiassem em um saber tão antigo quanto o universo. "A força está dentro de nós. Vamos montar assentamento no Cam Lanteux. Construir novas vidas. Com meu último suspiro antes de morrer, prometo a vocês que faremos com que isso aconteça, juntos, mas não é dessa forma que se isso se dará. Podemos prevalecer contra o Dragão que rouba nossos sonhos! Joguem no chão as armas, e vamos criar uma esperança duradoura."

Um universo ficava imóvel. Os céus observavam. A respiração dos séculos era contida.

A pausa da batalha se estendia.

E então uma espada foi jogada no chão.

E mais uma.

E, enquanto os *chievdars*, os governadores e os lordes de quadrantes ainda travavam uma luta cheia de raiva, fechados ao chamado, os clãs baixavam em ondas as suas armas.

"Eu não poderia ter pedido por um lugar melhor para encontrar você, meu bichinho de estimação. Onde todos possam vê-la."

Eu me virei. Era o Komizar.

"Agora eles vão saber com certeza quem o Komizar de Venda realmente é", disse ele.

Saquei a espada e recuei um passo. "Eles estão me dando ouvidos, Komizar. É isso que querem. É tarde demais para você."

Ele ergueu a sua espada pesada com ambas as mãos. Eu conhecia aquela pose. Sabia o que viria em seguida.

"Eles querem o que *eu* quero", disse ele. "E quero você morta. É simples assim, princesa. É isso que é o verdadeiro poder."

Ele olhou para a espada na minha mão e sorriu, pois o seu alcance era menor do que o da arma dele. Ele deu um passo mais para perto de mim, sua face reluzindo com o desejo obsessivo pelo poder que estava na ponta dos seus dedos. Dei um passo para trás e senti a beirada do desfiladeiro desfazer-se embaixo dos meus pés, ouvi as pedras soltas caindo no piso do vale. Meu coração ficou apertado, e vi a sede nos olhos dele. *Mais.* A batalha e o meu medo o alimentavam. Mas então vi outra coisa, um lampejo de cor. Um olho azul feito joia.

"Reginaus!"

A expressão do Komizar ficou fria, com ele ouvindo o seu nome verdadeiro dito em voz alta, e então o homem foi engolfado pela fúria. Ele girou e ficou cara a cara com Calantha.

O pesar brilhava no solitário e pálido olho dela, e talvez a lealdade, o amor e mil outras coisas que eu não conseguiria nomear. *Nós temos uma longa história,* dissera ela certa vez para mim. Talvez fosse isso o que eu via no olhar contemplativo dela, as lembranças de tudo que ele fora para ela e de tudo que era agora.

"Você me deu esperança uma vez", disse ela. "Mas não posso deixar que faça isso. Chegou a hora para outro tipo de esperança."

Uma desdenhosa bufada de ar mal havia passado pelos lábios dele quando ela partiu para o ataque contra ele. O Komizar ergueu a espada em um movimento pungente, e a espada dele empalou-a muito antes de Calantha em algum momento chegar até ele; no entanto, a força do movimento dela teve uma potência inesperada, com a espada atravessando-a, e o corpo dela bateu contra o dele, que foi para trás aos tropeços, primeiro um passo, depois outro, e então o pânico passou como um lampejo pela face dele enquanto o homem se arrastava para ter onde pisar firme, mas era tarde demais. Pulei para o lado quando ambos os corpos passaram voando por mim e tombaram pela beirada, com o grito dele ecoando enquanto os dois caíam no piso do vale, mas, enquanto me lancei para o lado, eu me senti deslizar também, o chão cedendo embaixo de mim. Freneticamente busquei me segurar em alguma coisa, grama, galhos, mas tudo estava fora do meu alcance, a terra deslizando ao meu redor e eu caindo com eles. Mas então senti a mão de alguém travar na minha.

CAPÍTULO 88
CRÔNICAS DE AMOR E ÓDIO

⇥ PAULINE ⇤

A batalha podia ter acabado, mas ainda era travada em sonhos. Foi preciso um regimento de soldados junto comigo, Gwyneth, Berdi, Eben e Natiya para conter as crianças-soldados que eram conduzidas para fora do vale, e para confortá-las nos dias que se seguiram. Até mesmo do acampamento nós ouvíamos as explosões, o terror, os gritos reverberando pelo vale. Logo antes de acabar, eu me coloquei de joelhos, procurando por Lia, rezando pela sua segurança e pela sua força, rezando para que a voz dela fosse ouvida pelos vendanos.

Natiya, ela mesma só uma menina, falou com as crianças com palavras que lhes eram familiares, e parecia, às vezes, que isso era tudo que as aquietara e que nos fizera aguentar a noite. No dia seguinte, as crianças ainda tremiam de medo, abaladas, encolhendo-se ao nosso toque. Era difícil ganhar a confiança delas. Eu entendia bem demais que confiança era uma coisa que não podia ser forçada nem obtida de uma hora para a outra, mas também sabia que viria com paciência, lentamente, dia após dia, e eu estava pronta para dar às crianças esse tempo, não importando o quanto demorasse.

Quando entrei no vale e vi os mortos, e então ajudei a cuidar das centenas que estavam feridos, pensei sobre a devastação descrita nos Textos Sagrados e nos punhados de Remanescentes que conseguiram sobreviver. Nós quase tínhamos sido eles. Beijei dois dedos, um para os perdidos e um para aqueles ainda por vir, e rezei para que a separação dos bons e dos ruins tivesse acabado.

Nós não podíamos mais ceder qualquer vida aos céus.

"Acabei de cuidar deste daqui", disse a cirurgiã. Ela limpou o sangue das mãos, e segui os sentinelas enquanto eles carregavam Kaden até a extremidade mais afastada da tenda.

⇛ KADEN ⇚

Estiquei a mão para baixo, tateando a minha perna.

"Não se preocupe. Ela ainda está aí."

Pauline limpava minha testa com um pano molhado. Minha cabeça ainda estava zonza por causa do elixir que a cirurgiã me dera. A tenda estava cheia de feridos. Havia mais uma dúzia de tendas como aquela. Eu tive que viver com a madeira na minha perna por três dias. Havia muitos feridos para os poucos cirurgiões aqui cuidarem de todos de uma vez. Quase aceitei a oferta de Orrin de cortar o pedaço de madeira fora para mim. Tavish estava deitado em um saco de dormir do lado oposto ao meu, com o braço e o pescoço cheios de bandagens. Metade das suas longas madeixas se foram. Ele ergueu o braço bom como uma forma de me dar as boas-vindas, mas até mesmo esse pequeno esforço deixou-o com uma careta de dor.

Rafe sentou-se em um engradado no canto oposto enquanto Berdi esfregava um bálsamo curador nas mãos dele. Outra pessoa colocava um curativo em um talho que ele tinha no ombro, e então enfiou o braço dele em uma tipoia. Eu podia ouvir Gwyneth através das paredes da tenda, dando ordens para que Griz fosse buscar mais baldes de água e para que Orrin rasgasse mais panos para bandagens. O período pós-batalha era tão ruidoso quanto a batalha em si, mas era um tipo de barulho diferente.

"O Capitão da Vigília?", perguntei.

Pauline balançou a cabeça. "Nenhum sinal dele", respondeu ela.

Os covardes fugiram de fininho, e o paradeiro tanto dele quanto de uma meia dúzia de membros do conselho era desconhecido. Era possível que estivessem em meio à massa de corpos mortos, não mais reconhecíveis.

"Se estiverem vivos, foram rastejando para dentro de profundos buracos negros", disse Pauline ainda. "Nós nunca os veremos de novo."

Assenti e esperava que ela estivesse certa.

⇥ RAFE ⇤

"Como estão as suas mãos?"

"Berdi acabou de trocar os curativos", respondi. "Devo conseguir cavalgar dentro de alguns dias."

"Que bom."

"E como está o seu ombro?", perguntei.

"Dolorido... porém, valeu a pena. Você pode puxá-lo para colocá-lo no lugar quando desejar."

Eu mal tinha chegado até Lia antes que ela fosse até o penhasco com o Komizar e Calantha. Minhas mãos ainda estavam molhadas com a minha própria carne queimada, mas peguei no pulso dela e a puxei de volta. Até mesmo com os nossos machucados, eu e ela estávamos dentre os sortudos. Eu contara a Kaden sobre Andrés, mas o corpo dele nunca foi encontrado, talvez tivesse sido pisoteado por um Brezalot além da possibilidade de ser reconhecido.

O custo para Dalbreck fora alto. Pelas contas do general Draeger, havíamos perdido 4 mil soldados. Sem a súplica de Lia e sua promessa aos vendanos, o conflito não teria tido fim. Não havia qualquer dúvida na mente de Draeger agora de que o Komizar teria assolado Morrighan, e depois a nós, fazendo-nos desaparecer da face da terra.

Forças dalbretchianas, vendanas e morriguesas trabalhavam juntas durante o período imediatamente subsequente à batalha, e Lia falava com os vendanos todo dia, ajudando a prepará-los para sua jornada de volta para casa.

"Nós devemos estar prontos para partirmos dentro de uns poucos dias também", disse ela.

"Os últimos corpos tiveram que ser queimados. Havia corpos demais para enterrar."

"Jeb?"

Ela assentiu e saiu andando.

⇥ LIA ⇤

Quase duas semanas já tinham se passado. O último dos mortos fora enterrado ou queimado, inclusive o Komizar. Era estranho olhar para o corpo sem vida dele, os dedos que apertaram a minha garganta, a boca que sempre continha ameaças, o homem que olhara para uma cidade-exército e imaginado os deuses sob o seu polegar. Tudo em relação a ele agora era tão ordinário.

"Nós podemos deixar o patife para os animais", um sentinela falou para mim. Imaginei que minha expressão pudesse ter sugerido tal pensamento. Olhei para Calantha, que jazia ao lado dele.

"Não", falei. "O Komizar se foi. Ele é só um menino chamado Reginaus agora. Queime seu corpo junto ao dela."

Jeb recebeu uma pira funérea própria. Eu o tinha encontrado vivo na manhã depois da batalha enquanto realizávamos uma busca em meio à pilha de corpos. Puxei a cabeça dele para cima do meu colo, e seus olhos tinham se aberto.

"Vossa Alteza", disse ele, cuja face estava suja e ensanguentada, mas os olhos ainda brilhavam com vida.

"Estou aqui, Jeb", falei, limpando o sangue da sua testa. "Você vai ficar bem."

Ele assentiu, mas nós dois sabíamos que era mentira.

A expressão dele contorcia-se de dor enquanto ele forçava um sorriso. "Olhe só isso." O olhar contemplativo dele voltou-se para baixo, na direção do seu peito que sangrava. "Arruinei mais uma camisa."

"É só um pequeno rasgo, Jeb. Eu posso consertar. Ou arrumar uma camisa nova para você."

"Linho de Cruvas", disse ele, cujas respirações saíam cortadas.

"Sim, eu sei. Eu lembro. Sempre vou me lembrar."

Os olhos dele brilhavam, e naqueles olhos ficou por um tempo um último olhar de quem sabia das coisas. Então, ele se foi.

Alisei os cabelos dele. Sussurrei o seu nome. Limpei a sua face. Embalei-o. Abracei Jeb como se ele fosse todo mundo que eu vira morrer neste último ano, todos aqueles que eu não tivera tempo de abraçar. Eu não queria soltá-lo nunca mais. E então enterrei o meu rosto no pescoço dele e chorei, aos soluços. Meus dedos se entrelaçaram com os dele, e eu me lembrei da primeira vez em que o encontrei, um coletor de fezes ajoelhado no meu quarto, dizendo-me que ele estava lá para me levar para casa. Um sentinela roçou o meu braço, tentando me convencer a soltá-lo, mas eu o empurrei para longe. Uma vez na vida, eu não seria apressada para me despedir de alguém.

Essa seria a última vez em que eu choraria, não importava quantos outros corpos empilhássemos para que fossem queimados ou enterrados. A imensidão da morte era entorpecedora. No entanto, eu sabia que, em algum ponto, as lágrimas voltariam. A dor tomaria conta de mim de forma inesperada e me colocaria de joelhos. Não existia qualquer regra para o pesar e o luto, mas havia regras para a vida, e, nesses primeiros dias, os requisitos dos vivos demandavam que eu continuasse seguindo em frente.

Tinha outros — Perry, Marques, o Marechal de Campo — que também não sobreviveram, outros oficiais estavam gravemente feridos, e ainda havia aqueles que lutaram tão heroicamente quanto eles e estavam incólumes. Os governadores Umbrose e Carzwil eram os únicos membros do conselho que baixaram as armas junto com os clãs. Eles também tinham outro tipo de esperança.

O general Draeger era um dos que ficaram incólumes, e ele me ajudou no período subsequente à batalha, às vezes, fazendo as tarefas mais duras e mais destruidoras de corações. Nós dois seguramos um jovem vendano enquanto seu braço mutilado era cortado fora das engrenagens de uma das armas mal planejadas do Komizar.

"Eu lhe devo um pedido de desculpas", disse ele certo dia, quando caminhávamos de volta ao acampamento. "Você não é o que eu esperava."

"Nenhum pedido de desculpas se faz necessário", falei. "Você também não é o que eu esperava. Achei que você fosse um asno insuportável que só se vendia pelo poder."

Ele sugou o ar, surpreso. "E agora?"

"Em vez disso, eu me deparo com um homem que é apaixonado e profundamente leal ao seu reino. Admiro-o grandemente isso, general, mas essa pode ser uma linha estreita a se navegar. Às vezes, pode nos levar a cruzar limites. Eu sei como é a sensação de ter as minhas escolhas tomadas de mim. Eu rezo para que nenhuma filha do seu reino tenha que jamais lutar para que sua voz seja ouvida, como eu tive que fazer."

Ele pigarreou. Aparentemente, eu não tinha muita sutileza. "Foi por isso que você fugiu do casamento?", ele perguntou.

"Todo mundo merece ser amado, general, e não porque um pedaço de papel ordena que isso aconteça. A escolha é poderosa e pode levar a grandes coisas se não for mantida nas mãos fortemente cerradas de uns poucos."

Os suprimentos de comida que o Komizar tinha estocado haviam, em grande parte, durado. Eles seriam o bastante para nós até voltarmos a Venda. Eu me encontrei com os clãs e chorei nos ombros deles, e eles, nos meus. Dia após dia, eu sentia a nossa determinação se juntando como um osso quebrado, nossa cicatriz compartilhada nos tornando mais fortes. Rejeitei o título de Komizar, mas aceitei o título de rainha.

E até mesmo com a minha força e a minha esperança crescendo todo dia, quando nós nos encontramos no fim do vale para nos despedirmos das tropas morriguesas e dalbretchianas, senti uma pequena parte dessa esperança desaparecendo.

Abracei Tavish e Orrin, e então eu e Kaden demos apertos de mãos nos generais Howland e Draeger. O general Draeger ficou hesitante, como se quisesse dizer mais alguma coisa para mim, mas então ele apenas apertou a minha mão e me desejou tudo de bom.

Rafe deu um passo à frente e segurou na mão de Kaden. Eles nada disseram; em vez disso, estudaram um ao outro, e então trocaram assentimentos de cabeça, como se algumas palavras já tivessem sido trocadas entre eles.

Fiquei fitando Rafe e enchi a minha mente de uma centena de memórias do que *era*, de modo que eu não tivesse que pensar no que estava por vir. Pensei na primeira vez em que ele fez cara feia para mim na taverna de Berdi, no sol formando faixas nas maçãs do seu rosto quando ele foi até o Cânion do Diabo, nele procurando por palavras a dizer quando perguntei de onde ele era, no pequeno coração de suor na sua camisa enquanto ele tirava teias de aranha das calhas, do toque curioso do seu dedo traçando o *kavah* no meu ombro, da fúria nas nossas vozes enquanto discutimos logo antes do nosso primeiro beijo, das lágrimas nos olhos dele enquanto ele me levantava de uma margem gélida de rio.

No entanto, na maior parte do tempo, eu me lembrava das poucas horas roubadas quando reinos não existiam para nós.

"Lia."

Minhas memórias iam embora, e o sol, de repente, estava quente e ofuscante.

Rafe veio andando até mim. Kaden e os oficiais ficaram olhando para nós. Não havia qualquer privacidade nesse momento, e talvez fosse melhor assim.

"Você precisa retornar aos seus deveres em Dalbreck agora", falei. Era uma afirmação, embora eu soubesse que ele tinha ouvido a pergunta que eu fiz sutilmente.

Ele assentiu. "E você tem os seus deveres em Venda."

A mesma pergunta estava escondida nas palavras dele.

Assenti. "Fiz promessas, exatamente como você."

"Sim. Promessas. Eu sei." Ele mexeu os pés, olhando para baixo de relance por um instante.

"Vamos esboçar os novos tratados em breve. Vamos enviá-los a você e aos outros reinos."

"Obrigada. Sem o exemplo de Dalbreck, não teríamos como fazer isso acontecer. Eu lhe desejo tudo de bom, rei Jaxon."

Ele não me chamou de rainha Jezelia, como se não pudesse aceitar o título e a escolha que eu tinha feito. Ele nunca amara Venda do mesmo jeito que eu.

Ele me fitou por um longo tempo, sem falar, e por fim respondeu: "Eu também lhe desejo tudo de bom, Lia".

Nós nos despedimos, ele seguindo o caminho dele e eu, o meu, nós dois comprometidos a ajudar os reinos que amávamos a construir um futuro. Havia muitas formas de uma vida ser sacrificada, e nem sempre era morrendo.

Olhei para trás, por cima do ombro, observando enquanto ele cavalgava para longe, e então pensei no comentário que Gwyneth fizera havia muito tempo. *Amor... é um truquezinho bem legal se você conseguir encontrá-lo.*

Nós tínhamos encontrado o amor.

Agora, no entanto, eu sabia que encontrar o amor e se prender a ele não eram a mesma coisa.

Voltei cavalgando até os muitos vendanos que esperavam pelo meu sinal, cujas faces estavam cheias de esperança, prontos para começar o futuro que eu prometera a eles, e acenei para que nossa caravana seguisse em frente, de volta para casa.

Com a aurora vem um melhor vislumbre do nosso abrigo.
É seguro fazer uma fogueira agora.
Os abutres não vão nos avistar.
Nós estamos com frio e com fome, e Pata matou um coelho.
Reunimos o pouco de combustível que conseguimos
ver, uma cadeira quebrada e uns poucos livros.
As páginas são um precioso material que se inflamam
facilmente e que ajudam a madeira pegar fogo.
Os outros caminham ao redor, deslumbrados,
olhando para as paredes que nos cercam.
Eu observo as páginas do livro curvando-se,
ouço o chiado do coelho assando
e o ronco das nossas barrigas.
A criança me traz uma esfera colorida, quase toda azul.
O que é isso?, ela pergunta, e a gira,
encantada com a sua beleza.
Não sei ao certo como me referir àquilo, mas as palavras
ali escritas me são familiares. Busco nas minhas memórias
a minha avó me contando como o mundo costumava ser.

> *É um mapa do nosso mundo.*
> *Nosso mundo é redondo?*

Era.
Agora é plano, pequeno e marrom.
Mas a criança já sabe disso.

Visto das estrelas, Morrighan.
Se você voar em meio às estrelas, vai ver
o mundo de um jeito bem diferente.
O que vou ver?

Ela está faminta, não apenas por alimento, mas
por entendimento, e tenho pouco a lhe dar.

Venha, criança, sente-se no meu colo enquanto
o coelho está sendo cozido, e eu vou lhe
contar o que se pode ver das estrelas.
Era uma vez, há muito tempo, quando havia
não apenas os Remanescentes e os abutres.
Havia nações de todos os tipos, centenas de
reinos que davam a volta neste mundo.
Centenas?

Ela sorri, acreditando que esse seja mais
um dos meus contos. Talvez seja.
As linhas da verdade e da subsistência
ficaram borradas há muito tempo.

O que aconteceu com eles, Ama? Onde eles agora?
Eles somos nós, criança. Nós somos o que restou.
Mas havia uma princesa?
Sim, criança, uma princesa. Exatamente como
você. Uma princesa forte e valente que visitou
as estrelas, e de lá viu um mundo diferente
e imaginou novos mundos ainda por virem.

— *Os Últimos Testemunhos de Gaudrel*

CAPÍTULO 89
CRÔNICAS DE AMOR E ÓDIO

RAFE

"Onde é que Vossa Majestade está com a cabeça?", sussurrou Sven entredentes.

Ele sabia onde minha cabeça estava. No mesmo lugar para onde vagara incontáveis vezes nesses últimos meses, mas Lia tinha os deveres dela, e eu tinha os meus.

"Sim, continue, lorde Gandry", falei, sentando-me um pouco mais reto na minha cadeira.

Voltei a atenção aos Barões da Assembleia, onde ela era devida.

Sven levara a sério as minhas últimas palavras para ele lá em Morrighan. Palavras que eu achava que ele não fosse ouvir, e provavelmente não eram as últimas palavras que Gwyneth tinha em mente. *Acorde, seu velho tolo! Você não está dispensado dos seus deveres ainda. Acorde ou vou jogar você em uma gamela de água. Está me ouvindo, Sven? Eu ainda preciso de você.*

Sempre que nós discutíamos em relação a alguma questão agora, ele me lembrava da minha confissão: de que eu precisava dele. Era verdade. E não apenas como conselheiro.

Os morrigueses haviam-no depositado bondosamente de volta na nossa porta tão logo ele fora capaz de viajar. Eu mantinha os dias dele curtos. Ele ainda se cansava com facilidade, mas era um milagre que estivesse vivo.

Depois da batalha no Vale do Sentinela, a longa cavalgada de volta a Dalbreck dera ao general Draeger e a mim diversas oportunidades para conversarmos. Ele me disse que estava repensando o noivado. A filha dele era jovem, brilhante e criativa, e o peso de tal contrato poderia impedir o seu crescimento e reduzir os seus ânimos. Afinal de contas, a moça só tinha catorze anos. Com a derrota do Komizar e meu retorno a Dalbreck garantido, o noivado se provaria uma distração para o trabalho que teríamos pela frente, e o bem do reino era tudo que importava. Será que eu acharia que poderíamos dissolver o contrato de comum acordo?

Fiquei pensando nisso durante cerca de cinco segundos, e concordei.

Quando a assembleia por fim encerrou a reunião, voltei ao meu escritório. O comércio estava enérgico novamente, e os cofres estavam cheios, em parte devido ao acordo com Morrighan, sem dúvida fortemente sugerido pela rainha de Venda. O porto de Piadro foi concedido a Dalbreck em troca de dez por cento dos nossos lucros. Era um acordo benéfico para as duas partes.

"Chegou uma outra mensagem do Mantenedor de Venda."

O braço direito de Lia. Kaden. Sem dúvida ele estava pedindo por mais uma escolta, suprimentos, alguma coisa. No entanto, eu sabia que eles precisavam disso e que não pediriam se não fosse necessário. Dar uma mãozinha para o restabelecimento deles beneficiava a todos os reinos.

"Dê o que quer que ele deseje."

"Que ela deseje, você quer dizer."

Sim, ela. Eu sabia que as solicitações, no fim das contas, vinham de Lia. Porém, ela chamava igualmente os outros reinos pedindo ajuda, e nós sabíamos que os Reinos Menores seguiam os exemplos de Morrighan e de Dalbreck. Nós nos falávamos somente através de mensagens por meio dos nossos emissários. Isso tornava as coisas mais fáceis para nós. No entanto, ouvi os relatórios. Venda estava prosperando sob a regência de Lia. Não fiquei surpreso. Um dos assentamentos de fazenda deles estava sendo estabelecido logo além das nossas fronteiras. Isso deixava alguns cidadãos nervosos, mas eu me esforçava para confortá-los. Venda não era como costumava ser antes.

"O Mantenedor incluiu alguma coisa junto com esta mensagem. Pode ser que queira dar uma olhada."

"O que quer que seja..."

"Dê uma olhada."

Ele colocou um pequeno pacote em cima da minha escrivaninha que estava envolvido em tecido e amarrados com corda, e então enfiou a mensagem na minha mão.

Vagões.

Grãos.

Escoltas.

A lista seguia em frente. As solicitações de costume.

No entanto, no final, um bilhete do Mantenedor:

Encontrei essa coisa enfiada
atrás de uma manjedoura no celeiro de Berdi.
Acho que pertence a você.

"Devo abrir?", perguntou-me Sven.

Fiquei com o olhar fixo no pacote por um bom tempo.

Eu sou seu e você é minha e nenhum reino jamais vai ficar entre nós.

Por um bom tempo mesmo.

Eu sabia o que tinha ali.

Uma coisa branca.

Uma coisa bonita.

Algo que tinha sido jogado fora há muito tempo.

"Jaxon?"

"Não", falei. "Pode jogar fora."

Fim da jornada. A promessa. A esperança.

Reúnam-se, cheguem perto, meus irmãos e minhas irmãs.

Hoje é o dia em que mil sonhos vão nascer.

Nós tocamos as estrelas, e a poeira de possibilidades é nossa.

Pois, era uma vez, três mulheres que eram uma família,

Como nós somos agora, e elas mudaram o mundo

Com a mesma força que temos dentro de nós.

Nós somos parte da história delas,

E uma história ainda maior está pela frente.

Porém, o trabalho nunca termina.

O tempo circula. Repete-se.

E nós não devemos apenas estar preparados

Para o inimigo de fora,

Mas também para o inimigo de dentro.

Embora o Dragão esteja descansando por ora,

Ele acordará novamente

E vagará pela terra,

Com a barriga cheia de fome.

Por medo de repetirmos nossa história,

Que as histórias sejam passadas

De pai para filho, de mãe para filha,

Pois, com apenas uma geração,

A história e a verdade ficam perdidas para sempre.

E assim será,

Irmãs do meu coração,

Irmãos da minha alma,

Família da minha carne,

Para todo o sempre.

— A Canção de Jezelia —

CAPÍTULO 90
CRÔNICAS DE AMOR E ÓDIO

rganizei os papéis que estavam em cima da minha escrivaninha e olhei para fora das janelas da galeria. Uma chuva de primavera deixara poças na varanda, as quais refletiam uma cidade que não parecia mais tão sombria.

Essa era a primeira vez em que eu ficava sozinha em meses, e não sabia exatamente o que fazer com a liberdade. Eu me despedira da minha mãe e do meu pai naquela manhã. Eles estavam retornando a Morrighan. Regan havia ficado na regência durante a ausência do meu pai. Bryn também estava lá. Minha mãe disse que ele lutara com a perda da sua perna, mas estava ficando mais forte e já tinha voltado a cavalgar. Isso abrira um novo mundo para ele, e agora ele tinha esperanças de vir ver o meu, talvez na próxima primavera.

Meu pai era um homem transformado, não apenas pelos eventos dos últimos meses, mas também pela jornada até aqui, vendo um mundo para o qual ele nunca tivera tempo antes. Eu não queria me tornar aquela pessoa que estava tão presa nos detalhes do meu dever que não vivia no mundo em que governava.

Eu andava nas ruas de Venda todos os dias. Partilhava de xícaras de *thannis* nas esquinas. Fazia compras na *jehendra*, ouvia histórias nas tinas de banho e conversava com os novos lordes de quadrantes escolhidos pelos clãs. Eu ia aos casamentos deles. Dançava nas celebrações deles. Entrei nos ritmos de um mundo e das pessoas que estavam ganhando vida de novo.

Nos últimos meses, eu tinha viajado a todas as províncias em Venda, havia me encontrando com o povo e designado novos governadores. Pelo menos metade dos quais eram mulheres e anciões dos clãs. Desse ponto em diante, eles perderiam suas posições pela vontade do povo, não por meio de uma espada nas costas, e seria assim que eu também manteria a minha posição.

O trabalho e as decisões nunca tinham fim. Com Dalbreck e Morrighan seguindo de exemplo, os Reinos Menores concordaram com os novos tratados em relação aos assentamentos no Cam Lanteux. Isso não aconteceu sem resistência, mas Morrighan e Dalbreck provinham escoltas para os contingentes de assentadores vendanos. As primeiras safras foram plantadas, e a esperança florescia. O fruto do trabalho me mantinha seguindo em frente.

Eu não conseguiria ter feito isso sem Kaden. Ele trabalhava sem descanso. Toda a compaixão e a ternura que ele tinha puxado da mãe finalmente podiam brilhar, mas as cicatrizes ainda estavam lá, exatamente como aquelas nas suas costas. Eu via quando ele segurava Rhys, de forma protetora, com reflexos rápidos, como se mão alguma fosse marcar com cicatrizes a pele ou a alma dessa criança. Eu esperava que ele estivesse certo.

Bati à porta da câmara de reuniões dele, e, como não houve qualquer resposta, entrei. Todos os traços do Komizar se foram, exceto pela mesa que tinha um talho, o que marcava a sua ascensão ao poder. A escrivaninha de Kaden tinha uma pilha tão alta de papéis quanto a minha. Acrescentei mais à pilha dele, um proposto acordo mercantil com a Eislândia.

Para ajudar os assentamentos, havíamos readaptado a cidade-exército do Komizar para outros propósitos. As fundições, as forjas e as tanoarias agora estavam ocupadas fornecendo ferramentas para atividades agrícolas e comércio. Os campos de teste, bem, aqueles nós tínhamos deixado a cargo das estações para que fossem apagados, as cicatrizes e os fragmentos da destruição lentamente sendo engolidos pelo vento, pela chuva e pelo tempo.

Os gigantescos Brezalots dourados que haviam sobrevivido foram libertados. Agora eles pastavam em rebanhos em distantes topos de colinas, e eu os via de uma maneira diferente, como as criaturas belas e majestosas que eram. Se eu me aventurasse a chegar perto demais deles, se visse o vapor dos hálitos quentes deles ou o socar dos seus grandes cascos, o terror ainda passaria como um lampejo por mim, junto com a memória de corpos mutilados e do cheiro de carne queimando. Algumas cicatrizes demoravam mais a fechar do que outras, e algumas cicatrizes, eu sabia, eram necessárias. Algumas coisas nunca deveriam ser esquecidas.

"Procurando por mim?"

Eu me virei. Kaden estava na entrada, com Rhys no colo.

"Esse bebê tem quase um ano de idade", falei. "Ele nunca vai aprender a andar se os pés dele não tocarem o chão."

Kaden sorriu. "Ele vai aprender a andar em breve."

Falei para ele sobre a papelada extra que eu tinha deixado, que absorveu a informação sem perder o equilíbrio. Ele era tudo pelo que eu poderia pedir em um Mantenedor: calmo, constante e devotado. Leal.

"Onde está Pauline?", perguntei.

Os olhos dele iluminaram-se. "Indo atrás de Eben e Natiya."

Eu sabia que Pauline seria bem-sucedida e os encontraria. Ela estava determinada a que todo mundo aprendesse a ler e escrever no idioma vendano, o qual ela mesma estava estudando. Pauline começou a dar aulas pela manhã para eles e para todo mundo que conseguisse persuadir. Eu não disse a Kaden que eu os tinha visto no pátio de trabalho, batalhando com espadas de treino. A competição entre os dois era feroz, mas também havia um senso de brincadeira, e quando os ouvi provocar e rir um para o outro, meu coração se elevou, vendo aquele pequeno vislumbre das crianças neles de volta. Rezei para que mais disso viesse com o tempo.

"Eu só estava me despedindo de Griz", disse ele.

"Eu me despedi dele na noite passada."

Griz estava liderando outro grupo de assentadores para o Cam Lanteux. Gwyneth seguiria cavalgando com a caravana também, e então ela continuaria seguindo em frente até Terravin. Ela tinha ficado para me ajudar aqui em Venda, mas, por fim, teria que voltar para casa... e para Simone. Não importava que ela precisasse amar a filha de longe. Era lá que ficava o seu coração. Ela tinha prometido a Berdi que enviaria notícias de como a taverna estava se saindo. No entanto, com todas as caravanas que tinham partido, não deixei de notar que ela partira naquela liderada pelo homem grande e feio, como ela ainda se referia a ele. As provocações malvadas dela haviam frustrado Griz nesses últimos meses, mas ele sempre voltava para mais, e eu sabia que Gwyneth adorava ficar olhando enquanto ele lutava para manter uma cara fechada quando um sorriso espreitava nos seus olhos. Eles eram uma dupla estranha, mas eu não ficaria surpresa se Griz fizesse uma viagem de passagem por Terravin.

"Jia!", Rhys soltou um guinchado e esticou a mão. Seus pequenos e ligeiros dedos puxaram uma mecha de cabelos do meu gorro, e ele ficou radiante, deleitado com o prêmio. Com gentileza, Kaden soltou os dedos dele dos meus cabelos.

A compreensão de uma coisa passou em uma onda por mim, e abri um sorriso. "Olhe para nós, Kaden. Você, eu, aqui em Venda, e você com um bebê no colo."

Ele abriu um largo sorriso. "Sim, eu sei. Isso passou pela minha cabeça."

"É estranho como nós podemos vislumbrar o nosso futuro, mas não podemos saber de tudo sobre ele", falei. "Imagino que histórias ainda maiores estejam por vir."

O sorriso dele desapareceu. "Você está bem?"

Ele percebia, de vez em quando. Quando eu estava olhando para o longe, imaginando coisas, com os pensamentos a quilômetros de distância daqui. Lembrando.

"Estou bem", respondi. "Vou até o Saguão do Sanctum. Eu não comi ainda."

"Vou descer em um instante", disse ele.

Passei pelo Erudito Real no corredor. Ele tinha acabado de vir das cavernas. Argyris e os outros eruditos retornaram a Morrighan para enfrentarem julgamento e a forca. Nenhum livro mais era queimado nos fornos da cozinha, não importando o quão grande ou pequena parecesse ser a importância dele.

"Estou trabalhando naquela tradução que você queria", disse ele. "Parece ser um livro de poesia." Eu dera a ele o pequeno livro que Aster, com orgulho, roubara para mim das pilhas na caverna. "O primeiro poema é alguma coisa sobre esperança e penas. Trarei para você mais tarde."

Sorri. Um poema com asas?

O quão adequado era que Aster tivesse pegado aquele livro. Eu ainda a imaginava todos os dias, não mais como o anjo desamparado com as asas tosadas, mas como eu a vira quando trilhava aquela linha tênue entre a vida e a morte. Aster, livre e girando em uma campina com seus longos cabelos fluindo.

O Saguão do Sanctum, como todo o resto em Venda, também havia mudado. Berdi cuidara disso. Não fedia mais a cerveja derramada, e agora juncos frescos aclaravam o chão. A muito abusada mesa ainda tinha as marcas do seu passado, mas pelo menos agora ela brilhava com limpeza e polimento diários.

Cruzei a sala até um aparador e me servi de um prato de mingau quente, ovos cozidos, pães achatados e peixes pescados no rio. No final do aparador, havia um prato de ossos. Meus dedos peneiraram por ele, pensando em todo o sacrifício.

Meunter ijotande. Nunca esquecido.

Deslizei mais um osso para o meu cordão.

Eu comia sozinha à mesa, olhando para sua extensão, para as cadeiras vazias, ouvindo a rara quietude, sentindo-me cheia de modos como nunca achei que fosse possível. No entanto, de outras formas... algumas coisas tinham tomado conta de mim, coisas das quais eu não conseguia me desvencilhar. Coisas como Terravin, um novo começo que me levara a tanto mais.

Levei a louça até o aparador e apanhei um trapo, espremendo-o na água cheia de sabão. Uma criada entrou, mas a dispensei. "Eu faço isso", falei para ela, e a mulher foi embora.

Limpei as migalhas que deixei na mesa, mas então continuei a limpar, indo até a outra extremidade.

Pauline entrou, com os braços carregados de livros, e deixou-os cair em cima da mesa. "O que você está fazendo?", ela me perguntou.

"Só limpando um pouco."

Ela abriu um largo sorriso. "Você está parecendo mais uma ajudante de taverna do que uma regente ocupada."

"Há pouca diferença entre as duas", falei, e deixei o trapo cair de volta na tigela do sabão. Olhei para o chão e estiquei a mão para pegar a vassoura que estava apoiada na parede.

"O chão não precisa ser varrido", disse ela.

"A rainha disse que precisa."

Ela franziu os lábios, fingindo que estava ofendida. "Então acho que você tem que varrer."

Ela saiu, e presumi que era para pegar mais uma carga de livros. O cheiro doce do cozido de Berdi pairava no ar. Ainda havia uns poucos luxos em Venda; no entanto, as panelas infinitas de cozido dela eram únicas e, enquanto eu varria, via uma baía com joias, ouvia o grito das gaivotas, lembrava-me de um gentil bater à porta da minha cabana e de uma guirlanda de flores colocada nas minhas mãos.

Um gritinho agudo de felicidade partiu o silêncio. Ergui o olhar e me deparei com Kaden e Pauline conversando baixinho na entrada do saguão. Ele entregou Rhys a ela, mas eles continuavam muito ligados um ao outro, com os lábios dele roçando tranquilamente os dela. Eles ficavam mais próximos a cada dia. *Sim*, pensei, *existem centenas maneiras de se apaixonar.*

Fui andando e recoloquei a vassoura no lugar ao lado do aparador. Eu não tinha mais tempo para sonhar acordada. Pilhas de papéis esperavam por mim e eu...

"Lia?", Kaden me chamou.

Eu me virei. Ele e Pauline vieram andando mais para perto de mim. "Sim?"

"Há outro emissário aqui para vê-la."

Revirei os olhos. Eu estava cansada das infinitas reuniões com os Reinos Menores. Parecia que nada estava resolvido de uma vez por todas. Sempre havia mais garantias que eu precisava oferecer a eles. "Ele pode esperar até que..."

"É um emissário do reino de Dalbreck", disse Pauline.

Quando não me mexi, Kaden adicionou um lembrete. "Dalbreck vem sendo generoso com os seus suprimentos."

Grunhi e cedi. "Mande-o entrar."

Kaden olhou para as minhas roupas desmazeladas. "Você não vai se trocar e vestir algo mais... apresentável?"

Olhei para baixo, para o meu vestido de trabalho, e então desferi a ele um olhar de reprovação, dizendo com mais firmeza: "Mande-o entrar".

Pauline começou a protestar também, mas eu a interrompi.

"Se assim está bom o bastante para o povo de Venda, está bom o bastante para um emissário."

Ambos franziram os rostos.

Puxei o gorro da minha cabeça e penteei os cabelos com os dedos. "Pronto! Assim está melhor?"

Ambos suspiraram e saíram. Minutos depois, eles estavam de volta, com Pauline vindo correndo na frente, parando, rígida, perto da lareira. Kaden ficou parado no fim do corredor, em grande parte envolto em sombras. Eu podia ouvir o arrastar de pés de um contingente de pessoas em algum lugar atrás dele. Kaden deu um passo à frente e anunciou: "O emissário de Dalbreck, que está aqui para falar com a rainha de Venda".

Acenei com os dedos para a frente, com impaciência, e Kaden deu um passo para o lado.

O emissário deu um passo à frente. Eu pisquei.

Engoli em seco.

Ele cruzou o corredor na minha direção. O único som era o de suas pesadas botas batendo na pedra.

Ele parou na minha frente, seus olhos olhando dentro dos meus, e então, devagar, ele se prostrou com um joelho no chão. "Vossa Majestade."

Eu não conseguia encontrar a minha voz. Minha língua parecia cheia de areia, e minha garganta, um rígido osso seco. De alguma forma, consegui fazer com que as pontas dos meus dedos se mexessem, e fiz um movimento para que ele ficasse em pé.

Ele ficou de pé, e engoli em seco outra vez, finalmente conseguindo trazer alguma umidade à minha língua. Analisei as roupas desgrenhadas dele, poeirentas devido a uma longa jornada. "Você parece mais um fazendeiro do que um grande emissário de Dalbreck", falei.

Os olhos dele ficaram radiantes. "E você parece mais uma criada de taverna do que a rainha de Venda."

Ele se aproximou de mim.

"E o que o traz assim tão longe?", perguntei a ele.

"Eu trouxe uma coisa para você."

Dessa vez, foi ele quem fez um movimento com a mão. Seguiu-se mais mexer de pés no corredor escuro atrás dele, e então Orrin e Tavish entraram, com largos sorrisos grudados nas faces. Cada um deles carregava um engradado cheio de melões.

"Eu mesmo os cultivei", disse Rafe. "Na maior parte."

Minha mente ficou confusa. *Melões?* "Você é um homem de muitos talentos, rei Jaxon."

Rugas se aprofundavam em volta dos olhos dele. "E você, rainha Jezelia, é uma mulher de surpreendentes forças."

Eu não me mexi. Não sabia ao certo se estava respirando.

Ele esticou a mão para cima e acariciou a minha bochecha.

"Eu sei que milhares de quilômetros nos separam. Sei que você tem os seus deveres infinitos aqui e eu tenho os meus em Dalbreck. Mas nós fizemos o impossível, Lia. Se conseguimos encontrar uma maneira de colocar um fim em séculos de animosidade entre os reinos, com certeza, podemos encontrar um jeito para nós."

Ele se curvou para a frente, e os seus lábios encontraram-se com os meus, gentis, ternos, e eu tremia junto ao seu toque. Senti o gosto do vento, dos doces melões, de mil sonhos e de esperança.

Nós nos separamos e olhamos um para o outro, com um final melhor na ponta dos nossos dedos.

Um jeito para nós.

Impossível. No entanto, isso não tinha nos impedido antes.

E eu ergui a mão e trouxe a boca de Rafe de volta para junto da minha.

FIM

AGRADECIMENTOS

O fim da jornada.

O que começou com uma ideia vaga sobre as coisas e que acabou florescendo em um mundo que eu nunca poderia ter imaginado com o meu primeiro passo, tornou-se uma jornada de alcance tão longo quanto o Cam Lanteux, e tantos desceram por essa louca estrada comigo. Assim como Lia tinha um exército atrás dela, eu também tinha um atrás de mim e, sem eles, estes livros não existiriam. Estou em dívida eterna.

Vamos começar com a força imbatível que é a minha editora original, Macmillan/Henry Holt. Vocês são, colocando as coisas de forma simples, brilhantes e infinitamente criativos. Obrigada a Jean Feiwel, Laura Godwin, Elizabeth Fithian, Angus Killick, Jon Yaged, Brielle Benton, Morgan Dubin, Allison Verost, Caitlin Sweeney, Kallam McKay, Claire Taylor, Kathryn Little, Mariel Dawson, Emily Petrick, Lucy Del Priore, Katie Halata, Jennifer Healey, John Nora, Ana Deboo, Rachel Murray e o exército de vocês que trabalhava nos bastidores. Obrigada por acreditarem nesta série e por colocarem-na nas mãos dos leitores.

Vamos simplesmente dizer isso aqui e agora: Rich Deas é um deus das capas! Pode ser que eu tenha perdido o fôlego quando vi a capa do último livro. E o interior do livro é simplesmente tão bonito quanto a capa. Anna Booth criou coisas totalmente maravilhosas com o design, fazendo com que eu quisesse abraçar todas as páginas. Estou pasma e cheia de gratidão a ambos.

Minha editora, Kate Farrell, como sempre, forneceu insights de olhos aguçados, perguntas que me fizeram pensar, um apoio constante e a sua amizade. No decorrer destes três livros e mais uma noveleta, nós lutamos, fizemos *brainstorming*, conspiramos, demos risada e *criamos* juntas. Ela é uma em um milhão. Eu sou, e sempre serei, muito grata.

Sou incrivelmente grata a todas as bibliotecárias e a todos os bibliotecários, livreiros, tuiteiros, booktubers, blogueiras e blogueiros, e a todos os leitores que espalharam a palavra para um ou para muitos. Adorei ouvir o que vocês pensavam, suas teorias e esperanças para esses personagens. Seu incrível entusiasmo me serviu de combustível. (Sim, Stacee, eu sei. Mais beijos.) Senti realmente que estávamos juntos nessa jornada.

Obrigada a Deb Shapiro, Peter Ryan e à equipe do Stimola Literary Studio pela criatividade e por manterem todas aquelas "coisas de autor" adicionais em um curso reto.

Desde a primeiríssima página das *Crônicas de Amor e Ódio*, nós vemos um mundo em que a história sustenta os seus habitantes, e assim eu saúdo as minhas camaradas escritoras. Não é verdade que não existe nenhuma história nova sob o sol. Vocês provam que existem histórias novas sim, todos os dias, com os novos mundos e as novas perspectivas que criam. Obrigada por me levarem nas suas jornadas também. Uma história, como um dragão faminto, é uma coisa que dura, e talvez seja tudo que nos proteja de sermos comidos.

Um agradecimento especial às escritoras de YA Marlene Perez, Melissa Wyatt, Alyson Noël, Marie Rutkoski, Robin LaFevers e Jodi Meadows, pelo seu apoio e pelos seus conselhos. Desde críticas ao manuscrito a abraços virtuais e cookies, conversas sobre arte, torcida e comiserações sobre as dificuldades e a experiência de se escrever uma trilogia, vocês me deram uma perspectiva muito necessária. Muito obrigada a Stephanie Bodeen por fantasiar sobre queijo de cabra e outras comidas comigo e me desafiar a incluir uma comida improvável, chouriço enrolado em bacon, no meio de um mundo medieval. O apreciador de comida do posto avançado, coronel Bodeen, ficou feliz em fazer esse favor. Obrigada a Jessica Butler e a Karen Beiswenger pelo *brainstorming*, pelas leituras beta e pelas suas ponderações selvagens sobre o mundo dos Remanescentes. Vocês mantiveram o meu cérebro em funcionamento. Também quero agradecer a Jill Rubalcaba, que me ofereceu conselhos sobre o meu primeiro livro e muitos outros depois dele. Suas palavras de tempos atrás, quando eu estava começando a escrever o livro de Jenna, *você consegue*, tornaram-se o meu mantra diário para afastar as dúvidas e me empurrar até a linha de chegada.

Minha família é a melhor, sempre a minha base: Karen, Ben, Jess, Dan, Ava, Emily e a doce bebê Leah, vocês são o equilíbrio, as verdadeiras alegrias da minha vida.

Meu marido, Dennis, foi um tremendo herói ao me ajudar a terminar este último livro. Ele foi um guerreiro que cuidava de mim, me alimentava, massageava os meus ombros, me encorajava e me protegia de cair em um coma de exaustão. Eu não teria como amá-lo mais.

Por fim, ergo uma taça (de uma bela safra morriguesa) a Rosemary Stimola, minha agente e amiga há quinze anos. Ela é meu Gandalf, meu Yoda, minha Dihara, uma mulher de forças e de sabedoria incomuns. Sem ela, não existiria *Crônicas de Amor e Ódio*. Obrigada, Rosemary. Você é o máximo.

A todos, *paviamma*.

MARY E. PEARSON é uma premiada escritora do sul da Califórnia, conhecida por seus outros sete livros juvenis — entre eles a série popular *The Jenna Fox Chronicles*. Mary é formada em artes pela Long Beach State University, e possui mestrado pela San Diego State University. Aventurou-se em trabalhar como artista por um tempo, até receber o maior desafio que a vida poderia lhe proporcionar: ser mãe. Adora longas caminhadas, cozinhar e viajar para novos destinos sempre que tem a oportunidade. Atualmente, é autora em tempo integral e mora em San Diego, junto com seu marido e seus dois cachorros. Saiba mais em marypearson.com.

GASTINEUX

CANDORA

CORTENAI

INFERRN

REINO DE
MORRIGHAN

TRIBO DE GAUDREL

CAM LAN

CIVICA

TERQUOI TRA

CIDADE DA
MAGIA NEGRA

TERRAVIN

AZENTIL

OCEANO DE SAFRAN

PIADRO

GITOS

M D

MAR
DE AKERI

REINO DE
VENDA

ATERR

EUX

SANCTUM

FALWORTH

Grande

REINO DE
DALBRECK

REUX
LAU

CRUVAS